魏晉南北朝志怪選

（三版）

尤雅姿　注譯

臺灣學生書局　印行

在混亂中流徙的大歷史遭遇
在驚疑中驛動探問的小人物話語
幽明的藩籬可以做有條件式的越界
慾望的宵夜不妨隨機性點些野味
總之就是
歹死不如快活

磨難是通向悟道的層層陡坡
人間世界的峰頂空氣稀薄
夫子因此閉嘴不語
轉身走進志怪的點滴墨跡
任由鄉野奇譚鋪敘凡人一篇篇的千古心事

於是
作家的好奇之筆
接力散播 點染幻化
圖寫成一個
陰陽交涉
有哭有笑也有些憂傷
的妖精鬼魅共和國

三版序

　　距離這本書的初版已經十年，十年前懷抱著編譯注解志怪的熱切已趨平靜，不是疲乏或懈怠，而是一種耕耘後把穀物曬好收納完畢的舒心，以及偷得浮生半日閒的滿足，於是暫且把書本擱置在糧倉庫存，只在上課前取出調理而已。之後的三五年，我寫了《中國敘事理論與實際批評》，但對志怪未多留心。期間也執行科技部的兩年研究計劃「《世說新語》物質用器考述兼疑義疏通──以六朝出土文物為佐證」，先後前往南京博物院、六朝博物院、四川博物院、重慶博物院、甘肅博物院、遼寧博物院、嘉峪關長城博物院、魏晉新城壁畫墓博物院等處進行移地研究。《世說新語》的時代自漢魏西晉到過江之後的東晉南朝劉宋，與魏晉南北朝志怪的歷史文化背景相符，其物質文化資料是相通的。我驚喜地發現這些陳列的文物可以應證志怪文本描述的細節，一雙指環，是《甄異傳》女鬼贈與秦樹的定情物；一枚金釵，是《搜神記》費季遠行之前試妻的信物；琵琶俑是《冤魂志》太樂伎的縮影；溷廁模型反映《幽明錄》虞敬與《搜神記》庾亮廁所見鬼的場景；陶製雞籠是《搜神後記》董壽之遇難返家後「籠中雞驚叫」的異象示意；一座青磁帶黑點的熏爐，是溫嶠的隨葬品，《異苑》說他經過采石磯時，聽到水底似有音樂聲，於是燃燒犀牛角窺看水底幽冥世界而懷憂喪命；墓室一公尺半石門上的門卒浮雕，再現漢魏兩晉的亭吏形象……這些文物的種類多元而豐富，有實物、畫像石，明器，陶俑、石像，木雕，磚壁水墨畫等，我將它們分項歸納註記，在講授志怪時以投影的方式介紹給同學認識，纖芥細物寓真情，那些來自好久好遠的兩千年文物，就在教室布幕之前，無言地宣說他們神秘詭譎的命運。

　　年行漸長大，老熟的冷眼在閱讀文本時，也看到了中古漢語詞彙與文物

制度上的問題，單衣，袴褶，平巾幘，漆紗籠冠，武弁大冠，憑几，床榻，牛車，伍伯，騶卒，漿水，菖飯，市里，胡粉，虎子，斂手，這些已自現實隱匿形跡的文化，不但不易用文字描述，甚至也無從想像。不過，同學們似乎也不以為意，畢竟，志怪與生俱來的奇幻情節引人入勝，生人與鬼魅的淒迷遭遇令人感嘆不已，至於有待推敲與考證的問題，就留給老師去查找答案吧。於是當三版的修訂時機來臨，我就像耕牛犁田一般，一行一行地耙梳，來來回回地踩踏，凡糾結的殘根，阻滯的泥塊，都一遍一遍細心處理。北齊‧賈思勰在《齊民要術》〈種穀篇〉提醒農民，唯有把田土徹底翻鬆耙透，春耕時作物的幼芽鬚根才能在勻細鬆軟的土壤中呼吸成長，秋季的收穫才會豐富。種田如此，筆耕亦然，唯有完成確實的注釋，古樸的志怪才能被充分理解，展開方方面面的學術研究，即使純然遊目騁懷地「看故事」，也能看得透徹明白，舒心地把故事珍藏在自己的文化糧倉。

　　本次增修的部分是中古漢語詞彙與魏晉南北朝文物的說明，除了以文字進行解說之外，且增列了八十幅珍貴的文物圖檔，豐富的文物具體示現了志怪述及的書生佳麗，忠犬駿馬，琵琶樂伎，古蜀巫師，方相鬼臉，一磚一瓦，一几一案，一顰一笑……宛然目前。跨越浩渺的時空，它們從魏晉南北朝離別墓主人，棲身於各地博物院，如今又回到它們所屬的年代，無聲地，靜態地，形象地在扉頁間立足，與文字共同述說那一個屬於他們的永恆故事。

　　我想，這是最後一次修訂了，感謝老師先進對我的提攜教誨，感謝學友，同學們對我的信任與期望，感謝父母賜給我敏捷勤勞的體魄與性格。感謝中興大學自我求學以來即提供一個樸素寬泰的教學與研究環境，讓我不慌不忙，舒心自在地進行教學與研究職責。感謝陳星平老師惠賜書名題簽，也謝謝小兒紹雍十年來一直擔任本書的插畫義工，他有童心未泯的審美趣味，也有不肯相讓的圖像判斷力，圖檔與封面設計都由他操刀游刃。感謝陳依萱同學為我開啟漢墓畫像文物之門。但願這本書從原典編選、主題設計、注解、翻譯、圖像配置，到問題與討論的安排，都能滿足學友們的研讀需求，若能因而舉燭照見志怪的文化角落，那將是學術薪傳的夙願。最後再次感謝

台灣學生書局與責任編輯陳蕙文女士對學術出版事業的寬宏贊助，若蘭女士圖文並茂的專業排版也一併申謝。唯有印製成好書，這些無與倫比的奇妙故事才有望在書面傳遞不絕。

尤雅姿　寫於 110 年 8 月 19 日

再版序——重逢

　　四月的春天，群英爭妍，好鳥枝頭宛轉相鳴，那些經歷過霜雪，原本蕭瑟寂寥的樹枝群，也已循序漸進地滋生著豐蔚的綠葉，長成形狀色澤樹形各異的林木，參差錯落地在自己的領地上生活著。歲歲年年，春去秋來，熬過冷冬，終盼得了和風暖陽的存問。柳條上蟄伏的芽孢靜靜地睜開眼，敗葉覆蓋下土壤裡的小花朵相偕醒覺，在春風中佈置著草地……三月末的早晨，當我從內卡河畔再別美麗的山城杜賓根之時，沙洲上夾道的法國梧桐木，還荒荒地裸露著拳屈結球的怪異枝枒，想必，在一個月過後的仲春，他們應該已是綠葉成蔭的迷彩走廊了。這是第一本很快就有再版機會的書，自從知道之後，片片斷斷的感想就忽隱忽顯地閃映心頭，總得讓我多駐足片刻，再說些什麼，兜攏某些浮光掠影的因緣脈絡。

　　今天，一如往常，從里特街十二號六樓的宿舍下樓開步走，宿舍原址是萊比錫的圖書貿易中心，毀於一次世界大戰戰火，兩旁仍留有三兩間舊書店，它們是我樓下的鄰居，天天照面，但天天略過，略過之後才吩咐自己，下次要記得進去「面晤」尼采的《查拉圖斯特拉如是說》，看看書中的關鍵句「神已死」，先知究竟是在什麼語境下吐露機宜？相信「神已死」，還是相信「神不死」，何者比較容易安頓生死難題？終於，在五月的一個黃昏，我走進一樓的古董書店參觀。從地面到天花板上，環繞在四周的書籍，盡是人類的言說與智慧載體，紛紛紜紜卻又安安靜靜，彼此各就各位地在書架上枕戈待旦。慢條斯理的歲月賦予書籍一種無與倫比的雋永色澤，不論白晝或黑夜，書店總是有溫暖的輝光悠悠透出。

　　信手抽閱了第一層書架上的兒童圖書，是天鵝王子，三隻小熊，老鼠歷險，在很久很久以前的森林裡……早先，紹雍為志怪繪圖時曾疑惑地問我，

這個時代還會有志怪嗎？有啊，當然。我這樣相信，事實也確實如此。志怪存在於童話，電影，動漫，遊戲；在這個虛擬的精彩世界中，魔獸可以稱霸，火龍，靈石，寶劍，巫師，關隘的守護精靈，面授機宜的先知，個個都在童心與指掌中呼風喚雨，躍躍欲出；為了生存，正邪雙方必須對決！只是，魏晉南北朝志怪，雖然也有這類及物信仰，慾望幻覺，以及聳動耳目的創作用心；但在那樣一個腥風血雨，死活都沉重的年代裡，對一切的生靈而言，誰都希望叫天天有應，喚地地有靈；一切都是實有的存在，信鬼神者得化險為夷，得命不該絕。因此，古典的志怪內容，就不只是童話或鬼話的奇幻故事而已，其中，還有活在苦難世界中的不得已。轉大人，得硬起心腸告訴自己「神已死」；當孩童，何妨繼續相信「有怪物」，「有魔獸」，「有鬼神」；這樣的世界自然比較有趣，也比較有個指望可以環抱，好構成某種遙遠安慰的浪漫幻覺。

　　沿著里特街走上商場大道，熙來攘往的行人自在地，隨意地逛著大街，平常的人生，大約就是這樣心安理得地，安全無虞地過著日子。也許是像我這樣一個異鄉人踽踽獨行，也許是像他那樣一個人賣藝街頭，也許是雙雙佝僂著背，相互攙扶著走過餘生；更多的也許是三兩成群的年輕男女，東張西望，哈哈笑笑，敷衍著人生。望一眼僻暗冷清的轉角，那些巷弄口砸碎的買醉啤酒瓶，石板路縫歪七扭八的不屑菸蒂，也沾黏著不少人的滿腹牢騷……

　　從另一家新式書店左轉步上大街遇到席勒街後再右轉走個三五分鐘，就到東亞學系了。我利用休假來此客座三個月，臨行之際恰好蕙文叮嚀須準備再版事宜，於是，行囊中就攜帶著近六百頁的書本飛越萬里來此作二版的修正工作。關於志怪，這真是一場遙遠又奇妙的緣分！七年前我也因休假前往杜賓根大學訪問，兩場題為「匱乏世界中的情慾冒險與覺醒——六朝志怪中人／妖一夜情」演講，由於響應熱烈，遂在我心中埋下了編譯志怪的種籽；經過七年，乘此機緣，又再細細密密地補正全書；當年，它只是一朵構想。

　　前修未密，後出轉精。自唐人作意鋪染傳奇後，中國志怪類小說一山高於一山，群峰競秀，萬壑爭流，真是目不暇給。清代筆記小說出奇制勝，再加上「世風日下，人心不古」的進化規律，子不語的作品越加張牙舞爪，腥

䭵色艷，詭譎幻變。但我還是比較喜歡魏晉南北朝志怪，清清朗朗，簡約雋永，具有中國古典道地的溫柔敦厚；不鋪張，不炫技，不賣淫，不說教，不泣血，不流淚！簡淡自然，點到為止，如此而已。從閱讀接受而言，讀者在半信半疑之間游心寓目，既生奇幻樂趣，也發人省察某些問題，這種樸拙真趣，迥非唐傳奇以後之能事者，增華者可以望其項背。最後仍要感謝台灣學生書局，慷慨耐心地接受我「不留餘地」的修改。是為序。

尤雅姿 24.04.2014 序於萊比錫

端午後三日定稿

自 序

　　月夜，黑窈高遠的天空，雄奇又柔情地橫亙著一波又一波如高空海浪般的白雲。九點半了，操場的跑道上，仍不時傳來場邊學生笑鬧的聲音；我低頭望著自己的步履，左一步，右一步，一圈，又一圈地繞著跑道跑著……月光照映下，影子時有時無，時而在左，時而在右，我望著自己移動中忽而變長，忽而變短的人影，想著《莊子》裡那個害怕自己影子的人；我並不害怕自己的影子，但此刻的我分辨不清在逝者與來者的變動之中，什麼是自己此在的真正意義？什麼又是書寫記事的價值？在當今全球化，圖像化，資訊娛樂化的市場經濟下，我所以敘寫中國古典文學的意義何在？

　　加達默爾（Hans-Georg Gadamer, 1900-2002）在《真理與方法》中有言：「屬於世界文學的作品，在所有人的意識中都具有其位置。」一部屬於世界文學的作品可以通過最遙遠的時空距離向另外一個陌生的世界講述他們的故事，而且依然意味深長。我想，魏晉南北朝志怪就是屬於這類性質的作品，具有永恆意義，屬於所有時空，屬於一切人的文學作品，縱使離開生養它的環境，也依然向一切有效的閱讀者釋放意義和趣味，並在他們的意識之中具有一個位置。也許，這就是意義之所在，詮釋之價值。

　　出版在即，內心充實而澎湃，回顧整個編譯計畫，像是在黑森林之中採摘莓果，是一趟心醉神馳的旅程；但也像是一隻掛在斗室之中吐絲結網的蜘蛛，越編越遠，焦慮地等待收網的歸期……日復一日，年復一年，終究是把這本書寫完了。謝謝姿廷，四年來她孜孜不倦地幫助我借書、還書、查頁碼，作標記，省卻我一再翻檢厚達四千頁的辭典，她一個鍵一個鍵地敲下我不太整齊的手稿，一句又一句地從錄音筆將我的聲音轉換成文字檔，尤其她又怕鬼，夜半人靜時，當她獨自聽著我慢吞吞的「鬼話」，應該會東張西

望，分辨虛實吧。假若沒有姿廷的協助，我是不可能自動耐煩完成這卷帙浩繁的注解和翻譯工作。小兒紹雍多年來在盛情難卻下為媽媽畫插圖，增添一些閱覽的趣味；但他在畫完「烏龜來救溺」時剛好發生莫拉克颱風，水災死難慘重，他一驚，也就不畫了，嗚呼哀哉。

　　我把這本書獻給我的學生們，尤其是十年來選修「魏晉南北朝志怪」的進修部同學，我們在星期三夜晚於綜合大樓講述妖精鬼魅故事時的盛況與興奮，如今仍令我心頭溫暖，書的完成是老師的責任和心意，使同學們不必再抄板書上的解釋於字裡行間。我也想把書獻給晉朝的干寶和大學時的恩師——杜松柏教授，如果時空任意門可以開啟的話；二十七年前，杜松柏老師問我要不要以干寶的《搜神記》作為碩士論文時，我不知好歹地說，那是怪、力、亂、神！我為自己當年的愚魯失笑！也感謝一路栽培我的恩師們肯作育這個頑冥小女子。

　　最後，還要感謝台灣學生書局以及編輯陳蕙文女士從容周詳的安排，有了這些協助，如今我們才可以輕啟扉頁，讓中國古典奇幻故事，歷久彌新地傾訴許許多多可以告人的祕密。

尤雅姿序於台中開心小書齋 99.11.16 凌晨

100.8.17 定稿

例　言

一、本書精選魏晉南北朝時期約二十餘種搜奇志怪之書，其中又以干寶《搜神記》、陶潛《搜神後記》、劉義慶《幽明錄》、祖沖之《述異記》、劉敬叔《異苑》、顏之推《冤魂志》為多，總共選錄二百二十則故事。全書內容包括：緒論──介紹魏晉南北朝志怪的敘事流派以及歷史背景與文化意涵；正文──由十六篇主題擔綱講述的各類故事，每則故事均包括出處資料、原文、注釋和語體翻譯；各篇主題之首提列前言，概述該主題在文化與文學層面上的有關議題，篇末綴附與該主題相關之問題討論，可供文化、文學、文藝創作之進階研習或人生哲學之思辨。

二、本書之寫作宗旨在推廣中國古代奇幻有趣之文言小說，著力於提供讀者可資解惑之注釋與流暢好讀之翻譯，故在辨偽、校讎與版本之考證未遑論及，原典文字之考訂唯借重於先進前輩之研究成果；為便閱讀，亦不在書中一一標出異文、闕文之各家考證，偶涉疑義，方酌出己見，附於注釋之中。前賢輯軼與校訂之專著芳名列於書末所附之參考文獻。

三、本書異於其他選輯之以時代先後或專人專書做為編排次序，改取事件識別性較為顯著之主題作為分類依據，按故事情節特徵，將故事繫屬在十六篇主題之下，依序是：

　1.陰陽生死戀，以人與鬼之間的生死情緣故事為主；

　2.妖魅色誘集，以人與妖精之間的跨界交歡故事為主；

　3.冤魂索命錄，以受害者的冤魂報仇故事為主；

　4.異次元時空記，以超常的空間場域之遊歷故事為主；

　5.半獸人怪譚，以人形轉化為獸形的故事為主；

　6.家有仙妻，以仙女下凡為人妻的故事為主；

　　7.活見鬼，除了人鬼戀和冤魂復仇之外的見鬼故事；

　　8.動物緣，以人和動物之間的報恩故事為主；

　　9.我來變變看，以人的身體發生異常離合變化的故事為主；

　10.醫病奇聞，以疾病成因與醫藥療治的故事為主；

　11.降妖大觀，以降伏妖怪的故事為主；

　12.感天動地，以大難當前的非常作為故事為主；

　13.幽明即時通，以人鬼之間的託夢故事為主；

　14.恐怖特區，以凶宅或鬧鬼場所的故事為主；

　15.死去又活來，以人死之後又復活的故事為主；

　16.死亡預告，以死亡預兆的透露與應證的故事為主。

四、魏晉南北朝時期之小說有立書名與分卷繫事之著述體例，然尚未見作者有設立故事標題之舉，因此志怪原書在各則故事之前並不附題目；但因一卷之內所錄事件動輒十數則，為求便於指稱，後之治學者遂另立標題；一般多簡單命名，通常以該則故事之人物姓名設題，然此法亦不甚便利明白，蓋因志怪之人物有時其姓氏或名字業已闕忘不傳，無法舉出其姓名；再者志怪記事有時亦不涉人物，故難以人名為例；其次，就敘事方法而言，這些人物所扮演的角色功能是推進故事發展的行動單位，所以其為某甲或為某乙之意義不大。根據上述三項原因，本書在標題設計上有別於傳統慣例，改針對該故事之事件特徵、物件特徵、場景特徵進行題目之擬定；為符合推廣之宗旨，標題也以新奇警策為主。另外，為利於治學者之檢索比對，書末附錄本書所有選文之原典出處及舊題對照。

五、生難字詞一律標明音義；標音先注音符號，次拼音，以便擇用。朝代、帝王、年號、地名、人名，皆加附私名號，以醒眉目，避免滋生混淆。

六、字詞之注解以精確、明白為原則，為落實文言句意之解說，亦列出該字所屬之詞性與用法，以利掌握詞彙與文句涵義。

七、翻譯以切合文言原文內容所指為前提，盡力做到準確、細膩與流利，間亦斟酌上下文，作適當之修辭補綴與標點符號之調節。

八、本書附有插圖伴讀，莞爾逸趣，可調劑眉眼閱讀之疲。

九、本書另有中文原典附英文翻譯之百篇姐妹作，可供國際漢學交流之用。

十、學海浩瀚，典籍淵深；所見一隅，闕誤必多。祈四海博雅君子不吝匡
　　正。

魏晉南北朝志怪選

目　次

緒論：

從博物周覽到妖異書寫
——魏晉南北朝志怪之文化語境與敘事流脈

一、前言

（一）「志怪」的內涵與外延

　　「志怪」的「志」是「記錄」之意，屬於為備忘存查而筆載記錄的文字，其形式為摘要、條列，用簡明扼要的文字記錄事物之名目、存在之時空、性質狀態、大小數量、效應作用等。漢代以前尚未造出「記」字，所以，凡是要指稱「記錄」、「記事」、「記物」、「記微」之意時，一律寫作「志」。漢・鄭玄（公元 127-200）注《周禮》：「志謂記也。」唐・賈公彥（公元?-?）補充解釋：「古者，記識物為志。」❶清・段玉裁（公元 1735-1815）在《說文解字注》也指出，「記」字是漢代小篆才創造出的字，古文只有「志」字而無「記」字，秦漢古籍中的「志」、「記」、「識」、「職」四字，音義全部相同，彼此可以通用。❷在小篆造出「記」字以後，

---

❶　《周禮・春官》「小史」：「掌邦國之志。」，「保章氏」：「掌天星，以志星辰日月之變動，以觀天下之遷，辨其吉凶。」《周禮》（台北：藝文印書館，十三經注疏），頁 403。

❷　漢・許慎著、清・段玉裁注《說文解字注》：「蓋古文有『志』無『識』，小篆乃有『識』字。……『志』者，『記』也。……今人分『志向』一字，『識記』一字，『知識』一字，古只有一字一音。」（台北：藝文印書館，1979），頁 506。

「記錄」之「記」已有字可用，「志」字就多用在與意識活動有關的概念，所謂「在心為志」，如：意志，志向，志願等，但「志」也仍保有「記錄」的意義，此類性質的書面文獻也繼續以「志」為題，如《三國志》，各地的「地方志」，或如〈刑法志〉、〈藝文志〉、〈食貨志〉、〈五行志〉等。

　　「志」作動詞用，既為「記錄」，所以「志」作名詞用時，就是指以「記錄」某「人／事／時／地／物」等資料的書籍簿冊；與「誌」、「記」、「錄」相通。❸志記類的書籍在魏晉南北朝為數頗多，《人物志》、《風土志》、《博物志》、《南方草木志》、《靈鬼志》、《冤魂志》、《搜神記》、《玄中記》、《幽明錄》、《述異記》、《續齊諧記》、《冥祥記》、《妬記》等。又，「志」類的書籍其題材本不限於人事；萬物皆可入列，日月星辰、蟲魚鳥獸、山川林木、礦石器物、風土習俗、節令由來、奇遇異聞、災情禍患……凡其信息有足引起關注，值得載錄流傳者，皆可筆之於書。至於專記人物者，則效法漢・司馬遷（公元前 145-?）的「人物列傳」體要，並以「傳」為題，如《列異傳》、《甄異傳》、《高僧傳》等。

　　「志怪」的「怪」是指奇怪異常的事物或現象。奇怪與異常都是經過相形比較而來的，所以，單獨存在的事物並不會形成「奇怪」的判斷，必須有兩個或兩件以上的事物並列比觀，才會顯出差異來。東漢・許慎（公元 30-124）《說文解字》：「怪」者，「異也。」「異」者，「分也。」「分」者，「別也。」「八」者，「別也。象分別相背之形。」清・段玉裁在此注解：「分之，則有彼此之異。」❹宇宙森羅萬象，自然千差萬別，世間人情百態，原本也各有殊異，所以識者原應有見異知異與見怪不怪的目光，莊子（公元前 369-前 286）甚且提出「齊物」視野來觀照萬有，而不會有大小貴賤美醜的差別心。但對小知小見的常人來說，當事物或信息與耳目接觸之際，必以其平素所建立起的常識與常規進行「比觀」與「判別」，能識別出兩者

---

❸　漢・許慎著、清・段玉裁注《說文解字注》，頁 49。

❹　漢・許慎著、清・段玉裁注《說文解字注》，頁 514、105。清・段玉裁注：「分之，則有彼此之異。」

的同異，解讀差異所代表的意義，進而預測其可能的吉凶禍福，這實則是明察萬物與明白事理的智能表現。

對魏晉南北朝大時代環境下的生民來說，四海內外已有廣泛的交流，遠國異域的奇人異事紛至沓來，鬼神仙佛之說方興未艾，戰亂流徙的逃亡旅途，離奇的遭遇，沿路傳播，這些與「正常」、「日常」有別的事物或信息經比較後得出「非同小可」，「非比尋常」的結論時，必然會產生「怪異」的驚疑反應，大驚小怪，疑神疑鬼，惴慄不安；而使大腦興奮運思，啟動願聞其詳的動機。

東晉博物學家郭璞（公元 276-324）指出這世界上沒有「怪物」，「物」本身並不怪，怪的是人的感受，人對於未曾見識過，聽聞過，或匪夷所思，無法理解的「物」，常以之為「怪」，若能明察事物的真相，世間萬物其實不足為怪，他在注《山海經》〈敘〉說：

> 世之所謂異，未知其所以異，世之所謂不異，未知其所以不異。何者？物不自異，待我而後異，異果在我，非物異也。故胡人見布而疑黂，越人見罽而駭毳。夫翫所習見而奇所希聞，此人情之常蔽也。今略舉可以明之者，陽火出於冰水，陰鼠生於炎山，而俗之論者莫之或怪。及談《山海經》所載而咸怪之，是不怪所可怪而怪所不可怪也，不怪所可怪則幾於無怪矣。怪所不可怪，則未始有可怪也。❺

郭璞認為人以其「習以為常」的主觀小知視角去看待世間萬物，未曾見聞過的就以之為怪異，他感嘆：「非天下之至通，難與言山海之義矣。嗚呼！達觀博物之客，其鑒之哉。」概而論之，「怪」、「異」都是在與「正常」比較後得出的，凡與某一常規、常態、常情不同的，就被區別並標記出來，且戒慎對之。由於不解所產生的不安與疑慮，這些「怪異」的信息格外引人關注，故而大眾傳口，津津樂道。不論是博物學對自然知識的探索，或

---

❺　清‧郝懿行箋疏、晉‧郭璞傳：《山海經箋疏》（台北：台灣中華書局，四部備要，1982）。

是陰陽家對「非常信息」的閱微見機，或是小說家對創作材料的搜集，稀奇古怪的人事物總能激起人類的好奇心，展開探聽與傳播信息的敘述行動。

（二）記錄異常物象的書面文本

「志怪」是一個由「志」與「怪」這兩個單純詞所合成的動賓式複合詞，作動詞用時，是「記錄怪異反常事物」；作名詞用時，統稱「記錄怪異反常事物的書面文籍」。「志怪」一詞最早見於《莊子‧逍遙遊》：「《齊諧》者，❻志怪者也。《諧》之言曰：『鵬之徙於南冥也，水擊三千里，搏扶搖而上者九萬里，去以六月息者也。』」莊子以《齊諧》書中所述的鯤鵬作為隱喻，形容人類精神可以達臻的一種無限自由與開闊的境界，他說鯤的海上行動「水擊三千里」，化而為鵬，空中行動「搏扶搖而上者九萬里」，鯤鵬雄奇的生命能量，不受空間與形式的限制，海天逍遙，人類若能突破時空與物質的限制，就能如鯤鵬「逍遙遊」。

莊子提到的「志怪」《齊諧》一書已不可考，但從引文來看，應是博物學之書，以紀錄大自然界罕見的「奇怪生物」為內容。《齊諧》的「鯤鵬」許是大翅鯨，或藍鯨一類的巨鯨，當牠們浮出海面呼吸時，會將肺部裡的空氣經由噴氣孔用力噴出，由於冷凝作用，形成一道高達九公尺的白色水柱，與《齊諧》記錄的「搏扶搖而上者九萬里」相應；而當完成換氣後，巨鯨潛入海底時其寬達四公尺的尾鰭肢拍擊水面的景象，恰是《齊諧》「水擊三千里」反映的視覺震撼印象。奇怪的生物，屬於古代博物學的範疇，戰國時期的思想家志不在考察自然現象，哲學家莊子關注的是人生，所以將「鯤鵬」轉化為精神逍遙的隱喻。但後世據《莊子》的借用得知先秦時期有專門記載「奇怪生物」的書，名為《齊諧》。此後，《齊諧》遂借代為題材瑰奇絕特的作品。明‧謝肇淛（公元 1567-1624）《五雜組》主張《齊諧》雖僅存其

---

❻　若從下文的「《諧》之言曰……」來看，《齊諧》也可斷句為「齊《諧》者，」如此，則是齊國當地的一本名為《諧》的志怪書。

名，但溯源追本，當推舉為小說之祖。❼謝肇淛持論的理據應該是著眼於
《齊諧》的奇幻題材，唯有可令讀者游心騁目的非常題材，才能構成小說應
有的妙趣。

　　先秦哲學家關懷人文社會，除了荀子（公元前 316-前 237）、騶衍（公元前
305-前 240）之外，概不注重自然科學與研究推理。儒家講求人倫秩序與孝悌
德行，雖要求祭拜祖先，但對於鬼神是抱持理性的態度，孔子（公元前 551-
前 479）說「敬鬼神而遠之」、「祭如在，祭神如神在」，他還說「非其鬼
而祭之，諂也。」孔子認為祭祀先人的目的在於慎終追遠，所以除了祖先之
外，不需祭拜其他各路鬼神，在他看來，祭家鬼以外的鬼，是諂媚之行，目
的是「祈福」或「避禍」，君子不為也。《論語‧述而》載：「子不語：
怪、力、亂、神。」❽「怪」是物怪，「力」是暴力，「亂」是災亂，
「神」是鬼神。這四類內容，孔子不去談論。這句陳述雖是夫子對「怪力亂
神」不以為然的態度，但卻為「志怪」界定了範疇，此後，「志怪」譜系的
作品，就不限於自然界的「怪物」，還擴及到「鬼物」，「神靈」與「亂
象」等。

（三）魏晉南北朝志怪文獻鈎沉

　　「魏晉南北朝志怪」泛指經籍志或書目載錄作者屬魏晉南北朝年代，書
名冠以「異」、「怪」、「神」、「鬼」、「魂」、「靈」、「冥」、「幽
明」、「齊諧」等關鍵詞，以標示書寫題材為「異常」、「鬼神」、「靈
怪」類之作品。這些自「記錄」而來的「報導文學」，在文體類型上屬於敘
事類，所以書名多有「志」、「記」、「錄」等文體名類。由於時代久遠、
戰火波及與著作之不經性質，原書消沉磨滅，大多化為烏有，能如南朝宋‧
劉敬叔（公元?-468?）《異苑》之保持原貌者極少。王國良在《魏晉南北朝志
怪小說研究》說明如下：

❼　明‧謝肇淛：《五雜組》「《夷堅》、《齊諧》，小說之祖也，雖莊生之寓言，不
　　盡誣也。」（台北：新興書局，明萬曆刻本，1971），頁 1087。
❽　楊伯峻譯注：《論語譯注》（北京：中華書局，1993），頁 72。

魏、晉、南北朝志怪小說甚多，然能保全舊貌而傳至後世者，則頗為罕見。此與吾國士大夫文學觀念之偏狹，以及迭遭天災人禍之毀損，固不無關係。然早期出版者未能迅速覓得抄本，予以刊刻流傳，遂至亡佚，恐亦重要因素也。所幸者，魏、晉以後，文學作品喜用典故，文人每以博聞強記相爭勝，按事義而分門編排之工具書——類書，大受歡迎。各種典籍中之奇聞逸事，被蒐羅殆盡，志怪小說之片段，亦因此得以大量保存。今仍通行者，如：《北堂書鈔》、《藝文類聚》、《初學記》、《法苑珠林》、《太平御覽》、《太平廣記》、《事類賦》等，皆為古小說之淵藪。此外，以引書繁富而著稱之古注，若《三國志注》、《水經注》、《世說新語注》、《文選注》四種，亦採錄不少志怪資料。故魏、晉、南北朝志怪小說，原書雖亡，後世好事者，猶能依據類書、古注以輯佚文，稍復舊觀焉。❾

今日所得見者是這些書在亡佚之前曾被「類書」、「叢書」輯錄部分，或曾被其他書引用部分內容，縱然零星片段，但檢索勾稽之後，也可以一睹舊觀。如南朝・劉義慶（公元 403-444）的《幽明錄》，此書在趙宋時代已亡佚，但因劉孝標（公元 462-521）注《世說新語》時徵引過部分內容，所以書雖失蹤，卻非一無覓處。魯迅（公元 1881-1936）從眾多類書與文獻中輯得二百六十五則佚文，收入於《古小說鈎沉》，《幽明錄》從此再現人間，魯迅輯佚之功實不可沒。

　　「類書」的性質類似百科資料工具書，分門別類檢索之用，如《初學記》、《北堂書鈔》，「叢書」依編纂者規劃好的特定屬性，將群書之中符合此一屬性的書籍彙刊而成，❿如以「小說」為其叢書屬性的《說郛》、

---

❾　王國良：《魏晉南北朝志怪小說研究》（台北：文史哲出版社，1984），頁 65。

❿　清・王謨：《漢魏遺書鈔》：「類書之法，在以天地人物等目分為門類，而采取經史諸子百家傳記書中，凡言天者入天文，言地者入地理，言人物者入人物，每一書而割裂篇章，掇拾句字，至數十百種利用。」「散叢書之法，多不及正經史，而雜取百家傳記，稗官小說諸成書，或全本，或節略，隨意編纂，亦各有門類。多者數百種，少亦數十種，叢集為一書利用。」（台北：中文出版社，1981），頁 3。

《稗海》、《五朝小說》，以某一「時代」為其叢書屬性的如《唐宋叢書》、《漢魏叢書》，後者收錄有東晉・干寶（公元?-336）的《搜神記》、戴祚（公元?-?）的《甄異傳》；齊代祖沖之（公元429-500）的《述異記》、陶潛（公元365-427）的《搜神後記》、郭璞的《玄中記》、王嘉（公元?-390）的《拾遺名山記》、北齊・顏之推（公元531-591）的《冤魂志》等。⓫除了類叢書囊收之外，這些書籍的內容也因被他書徵引片段，而保存一二，如南朝梁・劉孝標在注解《世說新語》時，引用南朝宋・劉義慶的《幽明錄》、南朝梁・裴松之（公元372-451）注《三國志》時引用了曹丕（公元187-226）的《列異傳》、葛洪（公元283-343）的《神仙傳》、陸氏（陸蔚？陸夏？公元?-303）的《異林》，是以「其書雖亡而尚有零篇斷簡，單辭隻句散見他書者，正賴有好事者采而輯之，猶可存什一於千百。」⓬經輯佚而得保留殘篇於世的，如清・馬國翰（公元1794-1857）輯《玉函山房輯佚書》收有劉宋・東陽無疑（公元?-?）的《齊諧記》、民國魯迅所輯之《古小說鈎沉》收錄有南朝宋・郭季產（公元?-?）《集異記》、袁王壽（公元?-?）《古異傳》、北齊・顏之推《集靈記》等。⓭

⓫　王國良：《魏晉南北朝志怪小說研究》：「顏之推《還冤記》（本名：《冤魂志》），通行者為《寶秘笈》本、《唐宋叢書》本、《增訂漢魏叢書》本等，俱為明、清兩朝所輯刻，已非原來面貌。晚近敦煌文獻出土，多數流落海外。法國巴黎國家圖書館藏有題曰『《冥報記》』之晚唐手卷一種，長約兩丈。前半部有缺損，錄存冤魂索報故事十五則。此書經王重民、重松俊章等人加以考訂，以為係顏之推《還冤記》，而非唐臨《冥報記》。該卷子所載，依次為：『符永固』、『李期』、『劉毅』、『孔基』、『曇摩讖』、『支法存』、『張超』、『張稗』、『呂慶祖』、『諸葛元崇』、『鐵臼』、『太樂伎』、『鄧琬』、『蕭嶷』、『元徽』，順序與通行本迥異，雖已殘闕不全，其為原編舊貌則無疑也。」，頁67。

⓬　清・王謨：《漢魏遺書鈔》，頁3。

⓭　叢書子目所列者有：吳・張儼：〈太古蠶馬記〉、宋・賈善翔：〈天上玉女記〉、晉・司馬彪：〈泰山生令記〉、晉・庾翼：〈泰嶽府君記〉、魏・蔣濟：〈山陽死友傳〉、晉・郭頒：〈古墓斑狐記〉、晉・李朏：〈烏衣鬼軍記〉、晉・孔曄：〈夏侯鬼語記〉、晉・釋法顯：〈神僧傳〉、晉・殷基：〈丁新婦傳〉等等。見上海圖書館編：《中國叢書綜錄》「志怪之屬」（上海：上海古籍出版社，1986），頁1083-1087。

　　從歷史斷限來看，魏晉南北朝啟自公元 220 年曹丕代漢，建立魏朝政權始，下至公元 589 年楊堅（公元 541-604）滅陳並統一南北朝為止，歷時約四百年之久；概略而言，這是一個權力、秩序、情慾、規範、生命定義以及文學與藝術範疇皆在震盪騰轉的非常年代。民國，魯迅《中國小說史略》將漢代以後，唐代以前以鬼神為題材的小說闢專篇解說，名之為「六朝之鬼神志怪書」，其後率多以「六朝志怪」概稱之。然，「六朝」的地理界域限圍於江東地區，年代則自吳、東晉以及南朝宋齊梁陳，但中古時期的「志怪」著作，不論是作者身世、事料來源，都有曹魏、西晉與北朝者，如：魏・曹丕《列異傳》，北齊・顏之推《冤魂志》，北魏・楊衒之（公元?-?）《洛陽伽藍記》。六朝時期的志怪作品確實瑰奇獨特，但若不顧魏晉與北朝，則不能照見「志怪」的緣起與流變。因此，志怪文獻的時空範圍應以「魏晉南北朝」為周全。

二、志怪的文化語境變遷

　　「志怪」源起上古占卜語怪與博物知識而來，漢武鑿通西域以及西南與海上絲路通行之後，絡繹不絕的胡漢交流輸入了更多的異形奇物怪談。兩漢盛行騶衍陰陽家學說，今文經學家提倡天人感應，學官與民間並皆留意偵候異象，據以預測興亡預兆，所謂「國之將亡，必有妖孽」，志怪警世之意，昭然若揭，此其記事要旨。漢末天下動亂，災變迭起，禍殃與亂象，湧現了巨量的「非常信息」，這些異聞具有極高的可述性，眾口輾轉傳播，激發文史之士稟筆撰述，其後踵事增華，佐以「遊目騁懷」的文學視野，嘗試跨越質樸實錄的志記體例，吸收災祥旨趣與史傳筆法，傾注人間情懷，自覺地創造出情節離奇動人的「志怪小說」。

（一）始於巫文化的卜筮檔案

　　巫文化源自於人類對生命困境的吉凶關切，卜筮者期望經由通靈的巫師指點迷津，提供重大行動的吉凶開示，以趨吉避凶。巫師是部族之中的「博

物學者」、「歷史學者」、「軍師」、「人生導師」，負責為王者問卜之事，卜筮吉凶，提出行動的建議。郭靜云在《天神與天地之道——巫覡信仰與傳統思想淵源》一書中通達地解說遠古的巫覡文化是戰國知識與思想系統的搖籃：

> 巫覡文化信仰不僅有思想化的演變，同時也經歷了民間迷信化的過程。在巫覡社會中，是極少數的人物掌握觀察自然現象，了解天象地兆，確定曆法、祭祀，而同時負責推算、占卜、解決社會所關注的問題。對自然界沒有累積足夠知識和經驗者，不能承擔做巫師的責任。這些經驗也在代際間秘密傳承，在社會內對其他人形成一種神祕感。但是隨著社會的發展，慢慢地除了巫師以外有越來越多的人掌握了這方面的知識。其中一些人將這些巫覡的知識重新思考，尋找事件更深的起源和因果關係，這就是後來所稱的文人。文人們進一步將巫覡知識發展為一套思想系統，同時將信仰轉化成哲學。除了文人的思想系統之外，另一群人則讓巫覡知識變成民間習俗並加以傳播。這些人未必了解儀式、規定和禁忌的來源及核心理由，但他們模仿一些古巫師的作法，形成簡化、樸素的上古信仰模擬版本。❶❹

由於占卜請疑攸關重大的禍福預測，巫師占卜的話語會被記錄下來而得以流傳，因此，卜辭保留著遠古時期的歷史人物事蹟、部族之間的爭戰、天象地理自然界的現象，是人類最早的知識文獻紀錄。依據清‧王謨（公元 1731-1817）輯佚的《漢魏遺書鈔》所收錄的《歸藏》佚文，❶❺略可窺見一二：巫

---

❶❹　郭靜云：《天神與天地之道——巫覡信仰與傳統思想淵源》（上海：上海古籍出版社，2016），頁3。

❶❺　清‧王謨輯：《漢魏遺書鈔》說明其《歸藏》遺書鈔自「周禮疏二條、爾雅疏二條、山海經注十條、穆天子傳一條、莊子釋文一條、楚辭補注一條、文選注三條、類聚四條、初學記二條、書鈔一條、御覽十條、路史注一條、經義考五條。」其中晉‧郭璞注《山海經》之資料最多，可見《歸藏》與《山海經》記錄了上古的博物知識。（台中：中文出版社，1981），頁12。

師解釋天象恆星太陽與晝夜之形成：「瞻彼上天，一明一晦，有夫羲和，是主日月，職出入以為晦明。」❶巫師觀察動物：「有梟鴛鴦，有雁鷫鸘。」、「有鳥將至而垂翼」、「榮榮之華，徵徵鳴狐。」❶巫師對各族領導及其人民的特徵描述：「共工人面蛇身朱髮」、「麗山之子，青羽，人面馬身。」、「羽民之狀，鳥喙赤目而白首」❶，巫師對上古天然災害的敘述「滔滔洪水，無所止極。伯鯀乃以息石息壤以填洪水。」巫師對古代首領人物的事蹟敘述：「鯀死三歲不腐，剖之以吳刀，化為黃能。」（注《初學記》引作大副之吳刀，下有「是用出禹」句，路史後紀誤做啟。）❶巫師對戰爭行動的利害評估「昔穆王天子筮西征。不吉。曰：龍降于天，道里修遠，飛而沖天，蒼蒼其羽。」、「昔黃帝與炎帝爭鬥涿鹿之野，將戰，筮于巫咸，巫咸曰：果哉而有咎。」，巫師對山岳奇石的歷史遺蹟描述：「啟母在嵩高山化為石。子啟亦登仙，故其上有啟石。」，巫師對建築空間的吉凶預測：「上有高臺，下有雝池，以此事君，其貴若化；若以賈市，其富如河漢。」❷等等。這些自洪荒時代留存下來的資料如鳳毛麟角，不但文獻稀有，也不易理解，但不能短視地斥為無稽之談，也不應以後起的「知識理性立場」來擯斥巫文化，否則無從探究志怪的文化脫胎及其後繁榮多元的文學演化。

　　巫師的話語有老者的熟成智慧與智者的斬截判斷，如「昔桀筮伐有唐而枚占于熒惑。曰不吉。不利出征，唯利安處。彼為狸，我為鼠。勿用作事，恐傷其父。」❷，他（她）根據得出的卦象「見微知著」，並以歷史面向的典故或現實面向的萬物細節，教導卜疑者審時度勢，見機行事，以趨吉避凶。雖說志怪的作者並非巫者，但其濟世意圖實不亞於巫者，除卻已經致力於文學營造者，否則，志怪的字裡行間仍彌漫著巫文化的慎重與權威，即使

---

❶　清・王謨輯：《漢魏遺書鈔》《歸藏》，晉・薛貞注，頁12。
❶　以上三條俱出清・王謨輯：《漢魏遺書鈔》《歸藏》，晉・薛貞注，頁14。
❶　以上三條俱出清・王謨輯：《漢魏遺書鈔》《歸藏》，晉・薛貞注，頁12。
❶　清・王謨輯：《漢魏遺書鈔》《歸藏》，晉・薛貞注，頁12。
❷　以上三條俱出清・王謨輯：《漢魏遺書鈔》《歸藏》，晉・薛貞注，頁13。
❷　清・王謨輯：《漢魏遺書鈔》《歸藏》，晉・薛貞注，頁13。

它已經轉型到氣化論與五行說的哲學範疇，但，預卜吉凶的基因仍然在身。巫師必然善於言說布道，他在解釋卦象，預卜吉凶時的話術，自自然然地運用了「預敘」，而「懸疑」的效果也因而產生，待事件已成定局之後，不論是成是敗，都跌宕起伏，情節生動。這樣的素材與方法，不僅在占卜的現場語境引來高度關切，在之後的文辭流傳，也一樣具足玄想的神秘趣味，故能為其後的鬼神文學提供文化元素與敘事資料。

　　郭靜云指出，巫師是人類第一批具有特權的知識分子與管理階層，戰國之後，巫師所掌握的知識為士人所習得，並提純為哲學思想系統，至於巫師所施行的巫術，則在民間秘密流傳，民間巫師以簡化與樸素的方式施行預測、解惑、消災等職能。由此可知，巫文化對魏晉南北朝志怪的影響，包括上古素材的沿用，話語的風格，預示吉凶的主旨。

　　以《歸藏易》為例，《歸藏易》，與伏羲卦的《連山易》及《周易》統稱「三易」，是古代中國三種卜筮方法，《歸藏》為黃帝時代的易卦卜筮，文字紀錄則出於夏商朝，❷❷據《周禮》注引杜子春之說，❷❸連山即伏羲氏，歸藏即黃帝，將伏羲八卦旋轉一百八十度，就成了歸藏卦，其陰陽分判、往順來逆的方向完全與伏羲八卦相反。歸藏的經卦以「坤卦」為首，認為坤為大地，人類立足大地，凡生息繁衍與生活所需皆取之於大地，故以坤為首。《隋書·經籍志》曰：「〈歸藏十三卷〉（晉太尉參軍薛貞注）。」❷❹西晉時汲郡人不準盜取春秋古冢，被官方取締，遂得搶救墓中珍貴的竹書簡冊，由於是以古文書寫，朝廷任命張華（公元 232-300）領導學者荀勗（公元?-289）、束皙（公元?-300）等人整理，其中的《易繇陰陽卦》，荀勗將之命名為《歸藏》。晉代以前的《歸藏》從未面世，晉代以後歷代《歸藏》的版本均出自汲冢書的《易繇陰陽卦》。其文辭主要記載問卜之事與卜筮結果。《歸藏

---

❷❷　1993 年 3 月於湖北江陵王家台 15 號秦墓中出土《歸藏》，稱為王家台秦簡歸藏，是以卦占為主體的摘抄本。

❷❸　《周禮》「大卜」鄭玄注引杜子春云：「連山，宓戲；歸藏，黃帝。」（台北：藝文印書館，十三經注疏），頁 369。

❷❹　清·王謨輯：《漢魏遺書鈔》（台北：中文出版社，1981），頁 12。

易》、《連山易》皆提及嫦娥竊取靈藥以奔月的事跡:「有馮羿者得不死之藥於西王母,姮娥竊之以奔月,將往,枚筮于有黃,有黃占之曰:『吉。翩翩歸妹,獨將西行,逢天晦芒,无恐无驚,後且大昌。』姮娥遂託身于月。」(李淳風,乙巳占)㉕干寶取錄之於《搜神記》,文字未有增減,故知傳世的占卜文獻也是志怪的資料來源。

(二)化育自《山海經》的自然人文博物

存世最早與最重要的「志怪」書為《山海經》。此書源自上古文獻,文字簡樸,為典型的摘要條列式,如某山「多怪蛇,多怪木,不可以上」,某物「見則天下大風」、「見則其國有大兵」、「見則天下大疫」、「見則天下大穰」、「見則其邑大旱」、某物「傷人必死」、「服之不憂」、「佩之不聾」,某地「有獸焉,其狀如馬而白首,其文如虎而赤尾,其音如謠,其名曰鹿,佩之宜子孫」、「其狀如牛而四節生毛,名曰麈牛」……物怪之外,《山海經》兼收錄遺老傳述的上古部族衍派與酋邦征戰史事,如羿、夸父、蚩尤、共工、應龍等酋邦群帝之間的戰爭追殺與逃亡遷徙事蹟。夸父、后土、應龍、蚩尤、禺彊、黃帝、女魃等,非鬼非神,而是神權時代酋邦組織中的「帝」、「巫」,酋邦領袖分佈於四嶽,身兼統治者、戰爭指揮者、知識習得者、醫療者、通靈者、祭司等數種身分於一身,他們由「人」裝扮成「神人」。總之,《山海經》是博物書,但因其所記之人事物均「奇怪」,所以即使眾說紛紜,然仍穩居「志怪」之祖。㉖

據東漢・趙曄(公元?-56?)《吳越春秋》卷六載,《山海經》為大禹治水時命益所分條記述的地理人文資料檔案。文曰:「禹……巡行四瀆,與益夔共謀,行到名山大澤,召其神而問之山川脈理、金玉,所有鳥獸昆蟲之

㉕ 清・王謨輯:《漢魏遺書鈔》〈連山易〉,頁14。
㉖ 明・胡應麟:《少室山房筆叢》:「《山海經》,古今語怪之祖。劉歆謂夏后伯翳撰。……余嘗疑戰國好奇之士,本《穆天子傳》之文與事,而侈大博極之……而其敘述高簡,詞義淳質,名號倬詭,絕自成家。」卷32,《四部正譌》(台北:世界書局,1963)下,頁412。

類，及八方之民俗，殊國異域，土地里數，使益疏而記之，故名之曰《山海經》。」趙曄此段文字說明禹與伯益、夔共同巡行四瀆時，規劃沿路進行國土資源普查與情報登錄，是以每到名山大澤，即召喚該處的酋邦首領前來咨詢，要求各酋邦首領（文中以「神」稱之）呈報當地的自然環境資源、鳥獸昆蟲種類，有何特徵，有何特性，有毒無毒，該如何防範其危害，各地方的民情風俗、族群分佈等資訊，使伯益將這些資料分條紀錄下來，以供國土經營、施政管理與賦稅徵收之用。

今人衛挺生（公元 1890-1977）《穆天子傳今考》則認為《山海經》的「山經」，應是戰國時期騶衍（公元前 324-250）在燕昭王的資助下，組織山川調查隊，分南路、西路、北路、東路、中路五條路線，進行實地踏勘的紀錄，因此，兩千年之後的今天，猶可依照方向與里程指出所在位置。衛挺生判斷《五山經》後的「禹曰」，應是漢代劉歆（公元?-23，後避哀帝劉欣諱，改名劉秀）所妄加，以附會禹益作《山海經》的說法。他說：

> （燕）昭王以騶子為師時，似曾接受騶子之主張。在騶子之訓練指導下，組織山川調查隊，分途踏勘各地之名山大川，記其山川之方向、里程、動植物、礦產之情狀，與其居民之傳說。分南、西、北、東、中五路出發。各路之調查各分小組。各小組之報告分路收藏。各路之藏各編輯為一「山經」是為「《五藏山經》」。每一藏之山經，內部之次第往往有顛倒，乃因編輯者與報告者之互不相謀，而不知各小組間之相互關係，此乃小疵。就大體論，《五藏山經》既皆出於實地勘查，故多可按現代之地圖之方向里程而錐指各地之地名。今查《五藏山經》之調查項目，皆與《史記·騶衍傳》合。故知其出於騶子之主持也。❷

折衷而論，《山海經》的人文地理資訊源出於大禹治水時的紀錄無疑，

---

❷　衛挺生：《穆天子傳今考》（台北：中華學術院印行，1970），頁 16-17。

戰國時期，燕昭王禮聘騶衍，騶衍建議燕昭王，應確實掌握國土資源，以利資源開發利用，踏勘的路線也屬大禹治水的領域。漢代劉歆整理典籍時，或增補「禹曰」，或加入漢代桑欽的《水經》記錄。不論哪一說，從知識範疇來說，《山海經》屬於博物學知識系統，博物學是人類最初的知識智庫，看似荒誕恢詭，奇怪不常，但其志記意圖在於報導海內外萬物信息，以利政治民生，並非張皇「鬼神靈怪」之作。漢代時博物學興盛，《山海經》再度受到重視與探究，西晉時，汲郡竹書出土，中有《穆天子傳》，周穆王、西王母、豹首人身、不死藥……對遠國異域的博物書寫又多了非我族類的浪漫想像。

　　西漢・劉秀（劉歆，公元前?-23）〈上《山海經》表〉曾說，自從東方朔能據《山海經》博聞以對漢武帝「異鳥」之問後，「朝士由是多奇《山海經》者，文學大儒皆讀學以為奇，可以考禎祥變怪之物，見遠國異人之謠俗。故《易》曰：『言天下之至賾而不可亂也。』博物之君子，其可不惑焉。」❷❽漢武帝（公元前 156-前 87）鑿通絲路，海內外交通往來熱絡，博物成為君子見多識廣的新指標，「博物」內容包羅了遠國異域的山川、動植物產、五方人民，奇俗異聞，此外也紀錄歲時、災祥、方術、醫藥等等。魏晉時期，士人待詔策問備詢，能通曉古今，博覽多聞者，則可回答帝王提出的各種問題。《北堂書鈔》載魏・王粲（公元 177-217）「博物，問無不對。」晉・郭璞注《山海經》、張華編輯有卷帙宏富的《博物志》，有山川地理知識，有歷史人物傳說，有奇異草木瓜果蟲魚、飛禽走獸駱駝，也有醫藥飲食生育神仙方術，可謂集人類文化、古史、博物、雜說於一爐。晉・崔豹（公元?-?）《古今注》三卷，一百九十則，內容有輿服、都邑、音樂、鳥獸、草木、蟲魚等如：「鯨，海魚也，大者長千里，小者數十丈。」「其雌曰鯢，大者亦長千里。」南朝宋・劉敬叔《異苑》也屬博物學之作，將近四百則的奇聞異事，包羅了山川、人物、動物、植物、器物等的奇異變化，吉凶徵兆，民間祭祀、鬼神、冢墓、妖精、復生等。南朝梁・宗懍（公元 501-565）

---

❷❽　清・郝懿行箋疏、晉・郭璞傳：《山海經箋疏》（台北：台灣中華書局，四部備要，據郝氏遺書本校刊，1982）。

的《荊楚歲時記》記錄了古代荊楚地區四時十二月重大節令的來歷、傳說、風俗、活動等，涉及天文、地理、歷史、神話、農事、生產、婚姻、家庭、醫藥、文娛、體育、旅遊等眾多領域。

在搜奇獵異的博物學風氣下，志怪吸納博物學異禽鬼獸，魑魅魍魎的素材，但知識性與應用性被文學性取代，使它在南朝之後，漸漸朝向奇聞異事的小說寫作方向，博物學的文字簡澹無華，小說家的則已有完整曲折的情節與動人心目的浪漫趣味。

（三）浸潤於陰陽五行與天人感應說

五行災異情報，最早是一種由史官負責的天象觀察與記錄、情報偵測與反映，其最終目的在於「告王改脩德政以備之，以救止前之惡政云。」《周禮》「保章氏」負責觀察記錄異常的天象變化，以見其吉凶。❷❾異象，是妖祥的徵兆，從政治管理系統來看，這些脫序的失常現象必須反饋給控制機構，以調整施政策略，確保政治系統的正常運作。所以，《春秋左氏傳·宣十五年》：「天反時為災，地反物為妖，民反德為亂，亂則妖災生。」❸❿顯示統治者對天象，地物，人事三者發生異常悖反現象的高度注意與推測：天象發生異常變化謂之「天反時」，萬物發生異常變化謂之「地反物」，人民發生異常變化謂之「民反德」；「天反時」會有天災，諸如地震，山崩，旱澇，海嘯皆是；「地反物」會有物怪妖魅，諸如牛羊豚犬魚蟲雞鴨草木石瓦器皿等等的各種變態皆是；而「民反德」則有各種不倫不類的人倫異常現象，男不男，女不女，奇形怪狀，奇裝異服，奇怪言行等皆是。

兩漢時期，騶衍五行學說以及天人感應思潮興盛，史家對於天象異聞的情資搜集益發積極，並輯之為「五行志」，其用心之處也在於喻世、警世，但因為素材的怪異特性，使得原屬史籍「五行志」的妖祥事跡成為怪異書寫的溫床。漢末魏晉南北朝，亂世動盪與政權易代的生存危機，使朝野上下瀰

---

❷❾ 《周禮》（台北：藝文印書館，十三經注疏），頁405。
❸❿ 《左傳》（台北：藝文印書館，十三經注疏），頁408。

漫著疑神疑鬼的亂世焦慮，而對現實政局的失望，也讓「救止惡政」的政治
熱情冷卻下來，史官政治取向的「志怪」於是漸漸朝文學與宗教的途徑邁
步；雖然，其警世與淑世的懷抱依然念茲在茲。

　　唐・劉知幾（公元 661-721）《史通》將雜史區分為十品，凡記神仙、魑
魅、妖異等事件的作品歸類為「雜記」，如：祖臺之的《志怪》、干寶的
《搜神記》、劉義慶的《幽明錄》、劉敬叔的《異苑》都在「雜記」之列。
對於這些記載怪異或妖邪現象的雜史，劉知幾堅守史家寫作的宗旨，強調即
使是雜記，也應發揮「福善禍淫」、「懲惡勸善」的功能，不能只是「苟談
怪異而已」，否則就失去史家著述的意義，他說：「雜記者，若論神仙之
道，則服食鍊氣，可以益壽延年；語魑魅之途，則福善禍淫，可以懲惡勸
善，斯則可矣。及繆者為之，則苟談怪異，務述妖邪，求諸弘益，其義無
取。」❸既然雜記各種怪異論談的志怪屬於雜史流派，且被賦予延年益壽、
懲惡勸善、福善禍淫的「史命」，那麼，志怪寫作的文人，自然更加用心地
談怪述異了。

三、歷史環境與社會現象瞻望

（一）戰亂疾疫籠罩的非常時代

　　魏晉南北朝志怪的書寫實踐，尚需著眼於動盪離亂的歷史環境爆發了許
多災難，產生了無數愛恨情仇、生離死別的感人故事。據閻步克在《波峰與
波谷》中的統計，東漢時期的人口原有四千五百萬，三國後期僅餘七百六十
七萬，西晉有一千六百餘萬人口，是休養生息之後的厚生歲月，但南朝動盪
之後，人口又因戰爭死難而銳減，陳朝滅亡時，戶口數僅剩兩百萬。❸西晉

---

❸　唐・劉知幾撰、明・郭孔延評釋：《史通評釋》（上海：上海古籍出版社，
　　1984），頁 122。
❸　閻步克：《波峰與波谷：秦漢魏晉南北朝的政治文明》（北京：北京大學出版社，
　　2009），頁 140。

末年爆發的永嘉之亂，死亡人數以十萬計，《晉書》卷 28〈五行志中〉載：「永寧元年，自夏及秋，青、徐、幽、并四州旱，十二月又郡國十二旱，是年春，三王討趙王倫，六旬之中數十戰，死者十餘萬人。」❸南北朝的戰亂，略可從《北齊書》卷 45〈顏之推傳〉看到人民流亡失據的困頓，顏之推在〈觀我生賦〉追述：「民百萬而囚虜，書千兩而煙煬，溥天之下，斯文盡喪。憐嬰孺之何辜，矜老疾之無狀，奪諸懷而棄草，踣於塗而受掠。冤乘輿之殘酷，軫人神之無狀。載下車以黜喪，捃桐棺之藁葬」❸連年戰爭所引發的屠戮、離散，嚴酷危害到的身家性命，十室九喪，煢煢婦孺，哀哀無告，千百萬計塗炭生靈的死生奇遇，皆成為道聽途說的異聞。

除了國內外戰爭的災難威脅，各朝因權力鬥爭而爆發的誅除舉動也是風聲鶴唳，草木皆兵，不計其數的項上人頭因捲入政爭漩渦而問斬滾落，造成當時喪家必須以木製、蠟製或草紮之假頭為親屬入殮。《晉書》卷 27〈五行志上〉載：「孝武晏駕而天下騷動，刑戮無數，多喪其元，至於大殮，皆刻木及蠟或縛菰草為頭。」❸這些刀下亡魂，往往成為行蹤詭異的無頭鬼，是構成靈異故事的關鍵人物。❸

根據鄧雲特（公元 1912-1966）在《中國救荒史》的統計，從三國到兩晉之間的兩百年中，連年災害，幾無中斷，各種重大的自然災害總計發生過三百零四次；南北朝時代，情況更為嚴重，一百七十年中遭遇各種災害總計達三百一十五次，平均每年達一點八次，其頻度之密，程度之嚴重，遠逾前

---

❸　《晉書》（台北：台灣商務印書館，百衲本二十四史，1988），頁 214。

❸　《北齊書》（台北：鼎文書局，1987），頁 622。

❸　《晉書》（台北：台灣商務印書館，百衲本二十四史，1988），頁 211。

❸　《晉書》卷 27〈五行志上〉載：「元帝永昌元年，甘卓將襲王敦，既而中止，及還家，多變怪，照鏡不見其頭。此金失其性而為妖也。尋為敦所襲，遂夷滅。」同前注，頁 206。又劉苑如：《身體・性別・階級——六朝志怪的常異論述與小說美學》有言：「斷頭乃是死亡的凶兆。六朝志怪中每有斷頭的異徵出現，便伴隨著誅滅病亡的事件。」（台北：中央研究院中國文哲研究所，2002，《中國文哲專刊》），頁 150-151。

代，舉凡地震、水旱、風雹、蝗螟、霜雪、瘟疫之災，無不紛至沓來。❸
《後漢書》〈五行志〉所載之災異有雞禍、羊禍、大水、水變色、山鳴、魚
孽、地震、山崩、地陷、大風拔樹、死復生，人化⋯⋯❸這些災異與饑荒的
時代背景，也反映於志怪，如《齊諧記》載有東晉隆安初年郭坦之飢餓行
乞，鄉人給予「莒飯」，「莒」為芋頭，根據北齊・賈思勰《齊民要術》所
載，「莒」，即芋頭，是飢荒時期可以救飢的糧食。

　　疾病，必然在戰爭與荒年再次襲擊生民，中國傳統醫學認為，瘟疫的成
因與自然氣候的反常變化有關，如久旱，酷熱，潮濕，瘴氣容易引發流行疾
病，此外，環境衛生與飲食條件惡劣也是重要致病因素，除此，醫療資源與
社會保健制度簡陋也使瘟疫難以預防或控制其四處散播，再就生民條件而
言，人體營養不良，免疫力降低，感染疾病的機會必然是相對提高。❸現實
環境的創傷痛苦，容易誘使精神疾病的發作，志怪記錄了某些變形忘形的怪
談，如化虎吃人、離魂迷走、躁怒攻擊、聽見鬼語，看見怪物等，當時多以
為是鬼魅惑人，或是冤魂尋仇，多乞請巫師、術士進行劾魅降妖儀式；今日
看來，應當是瘋狂、憂鬱、失憶、譫妄、解離症狀的表現現象。

（二）資源掠取的盜墓罪行

　　漢末之後戰亂斷續不止，軍需資源搜求孔急，而民生經濟已蕭索凋敝，
無可多用，此時，非常的資源開發就從盜墓開始。由於漢代經濟富庶，崇尚
神仙信仰，又因講究孝道，以事死如事生的信念厚葬亡者，王侯富豪的大墓

---

❸　鄧雲特（鄧拓）：《中國救荒史》（台北：台灣商務印書館，1966），頁 8-10。

❸　《後漢書》（台北：台灣商務印書館，百衲本二十四史），卷 13-18。

❸　參周萍主編：《中醫學》：「中醫文獻中很早就有疫癘的記載，各家著作中的名稱
　　也不盡相同，有的叫戾氣，也有的叫『異氣』、『毒氣』等⋯⋯疫癘發生與流行的
　　原因，與以下幾方面有關：1 自然氣候的反常變化，如久旱、酷熱或濕霧瘴氣等。2
　　環境與飲食衛生不佳。3 人體正氣虛弱以及對疫癘病人沒有及時防治。4 社會制度及
　　保健服務的影響。」（長沙：湖南科學技術出版社，1988），頁 44。

遂成為盜墓者覬覦的挖寶對象。❹依文物的考據調查，北邙山有九成以上的大墓均遭過盜挖。❹貴盛人家的大墓每每招引盜墓能手的覬覦。❹《呂氏春秋》卷 10〈節葬〉❹即以盜墓集團之挖墳取利來勸誡世人應放棄厚葬之舉：「視名丘大墓，葬之厚者，求舍便居，以微掘之，日夜不休，必得所利，相與分之。」高誘（公元?-212）在「求舍便居，以微掘之。」注解說到：盜墓者以「暗通款曲」的方式深入大墓之中尋寶：「有人自關中來者為言：姦人掘墓，率於古貴人塚旁相距數百步外為屋以居，即於屋中穿地道以達於葬所，故從其外觀之，未見有發掘之形也，而藏已空矣。」盜墓者為了掩人耳目，以及便於從容搜索和運送財寶，每每在大墓不遠處另築小屋，並且鑽掘地下甬道，以利進出於墓室。❹盜墓集團之偷竊行徑猖獗，使朝廷以

---

❹ 魏晉時期，由於漢末戰亂慘傷，民生困頓，國家遂明令禁止厚葬傳統，不封不樹，禁止立碑。

❹ 周到主編：《中國畫像石全集 8・石刻線畫》：「北魏自孝文帝太和十七年南遷以後，『乃自表瀍西以為山園之所』，並下詔：『遷洛百姓，死生均葬洛中，不得歸葬恆代。』這樣就在邙山之巔瀍河兩岸，形成了一個包括『九姓帝族』、『勳舊八姓』和其他內入餘部諸姓，以及一些重要降臣的墓葬區。儘管『邙山墓多無臥牛之地』，可惜卻被盜得十墓九空。據不完全統計，北魏墓被盜者不下五百座，現在可見墓誌達六百餘方。」（洛陽：河南美術出版社，2008），頁 5。

❹ 以出土之東晉墓葬用文物來看，隨葬器物清單詳細反映了當時盜墓者可獲取的財物相當豐富，包括衣料、衣物、飾品、文書用具、器物，甚而珍稀貴重的寶物。羅宗真、王志高著：《六朝文物》曾錄出陪葬物清單一張如下：「故白練長裙二要 故白練里衫二領 故白練複兩當一要 故白練袷兩當一要 故白練複袴一要 故白練複幈一要 故白練袷幈一要 故白練襦一領 故白練複衫一領 故白練袷衫一領 故黃麻複袍一領 故黃麻單衣一領 故白練複牟一枚 故犀導一枚……」（南京：南京出版社，2004），頁 26。

❹ 秦・呂不韋著、漢・高誘注：《呂氏春秋》（台北：中華書局據「畢氏靈巖山館校本」校刊《四部備要》）。

❹ 張承宗、魏向東著：《中國風俗通史》：「自古以來，厚葬和盜墓就如一對孿生兄弟形影相隨。即使在社會相對治平的時代，一些盜匪和貧民也把挖墳盜墓當作謀生救急的手段。歷代名墓大家，無不被盜賊光顧，珍寶被席捲一空。……漢魏之交，軍閥混戰。各地軍閥為達到求存發展的目的，無不想方設法聚斂財富。當時百姓困窮，從活人身上難以撈到油水，自然就把主意打到了死人的身上。」（上海：上海

連坐重罰來嚇阻，據《宋書》沈約（公元 441-513）〈自序〉所載，宋世祖劉駿（公元 430-464）曾下詔嚴辦盜墓者，以「見死不救」之罪懲罰被盜家墓附近之村民，但時任西曹主簿的沈亮（公元 404-450）卻認為盜墓只是竊盜行為，雖侵犯了死者，但比起打家劫舍的匪徒來說，他們畢竟沒那麼囂張，都是以「銷聲匿跡」的方式在進行，所以墳場附近的村民很難發覺有人在發冢，對於他們「不赴救」的罪罰不妨從輕發落，建議只處一年刑期。❹可見，盜墓禁不勝禁，防不勝防，而且罪罰較輕，獲利甚多。

　　在盜墓過程中可能遇見年輕貴族女性保存良好的遺體而有侵犯之舉，如干寶《搜神記》卷 15 載：「漢桓帝馮貴人病亡。靈帝（公元 156-189）時，有盜賊發冢，三十餘年，顏色如故，但肉小冷。群賊共奸通之，至鬥爭相殺，然後事覺。」魏·曹丕《列異傳》中的談生在發現鬼妻是半具白骨之後，為了治生，也跟隨著她進入「華堂室宇，器物不凡」的墓室，並獲得了一領價值千萬的珍珠袍服；《搜神記》卷 16 的韓重也在紫玉公主的墓中獲贈一顆寸徑大珍珠。盜墓奇遇遂被好事者繪聲繪影地說成淒美哀婉的人鬼情緣。

（三）存亡焦慮心態與信仰救濟

　　德國社會學家馬克思·韋伯（公元 1864-1920）在《儒教與道教》指出，中國自漢朝以後，隨著環境與信徒的變化，宗教立場已經從原始的共同體祭祀，特別是周王朝那種對先王禮拜的政治團體的祭祀，轉向到對個人生命與利害的關懷，對個人苦痛的救難，❹揚言將芸芸眾生「從疾患、貧窮、困頓和危險中拯救出來。」❹此所以佛教在漢代末季傳入，僧人在大江南北行

　　文藝出版社，2001），頁 354-355。

❹　《宋書》沈約〈自序〉（台北：鼎文書局，1990），頁 2450。

❹　〔德〕馬克斯·韋伯著、王若芬譯：《儒教與道教》"Konfuziamismus und Taoismus"
　　有言：「從表現為苦難、困頓和死亡的暫時的框子和威脅人的地獄懲罰中解脫出
　　來，得到人間或天堂的未來存在中的永恆的幸福，或者從帶著逝去時代行為的無情
　　報應的輪迴循環中解脫出來，達到永恆的安寧，或者從無聊的煩惱與瑣事中解脫出
　　來，達到無夢之眠。」（北京：商務印書館，1997），頁 20。

❹　馬克思·韋伯認為漢朝時，宗教上的「救贖」，已不再是那種無視於任何個人利

腳，觀世音在人間救苦救難，神仙信仰在名山勝谷發揚，方士入宅劾魅，道士上章降妖之故也。由於人間的苦痛，莫甚於死亡，畏懼死亡是一切人類的共同憂懼，所以安撫世人對死亡的恐慌，虛擬死後世界的景況，就成為宗教宣傳的首要任務。❹神仙登退，地府遊歷，幽明感通，死而復活，觀音救難的傳說，成為宣教類志怪的書寫範疇。王國良在《冥祥記研究》詳述如下：

> 佛教徒有意地將各種宗教性的遺文軼事，或者個人信仰的親身經歷及
> 體驗，訴諸文字，編集成宗教應驗錄，單單在六朝時期就出現有：
> 晉・朱君台《徵應傳》？卷、晉・謝敷《觀世音應驗》一卷、宋・王
> 延秀《感應傳》八卷、宋・傅亮《觀世音應驗記》一卷、宋・劉義慶
> 《宣驗記》十三卷、宋・張演《續觀世音應驗記》一卷、齊・王琰
> 《冥祥記》十卷、齊・陸杲《繫觀世音應驗記》一卷、梁・王曼穎
> 《補續冥祥記》一卷、北周・釋無名《驗善知識傳》一卷、隋・侯白
> 《旌異記》十五卷、隋・釋靜辯《感應傳》十卷、不明朝代・劉泳
> 《因果記》十五卷，總共十三種。這些書，有的幸運全帙流傳後世，
> 有的隻言片語不存，有的則是遺文散見舊籍，復經近世學者勤加輯
> 錄，尚可窺見原書大略。如劉義慶的《宣驗記》、王琰的《冥祥

益，只關注共同政治團體的祭祀宗旨；宗教開始對個人的苦難采取了新原則，此時出現了同情個人病痛與苦難的宗教立場，旨在將從個人疾患、貧窮、困頓和危險中拯救出來。同前注，頁 10-11。

❹ Benjamin Beit-Hallahmi & Michael Argyle, *The Psychology of Religious Behaviour, Belief & Experience*: "Death is the most universal, and most negative, aspect of the human condition, and dealing with it is at the heart of all religions. There may be anxiety about dying, the loss of the good things of this world, the loss of personality, the possibility of going to hell if one believes in it, or the sheer uncertainty of what is going to happen. Religions provide an account of what will happen, though it is often very vague. It is commonly supposed that there are two processes: fear of death (FOD) leads to accepting religious beliefs about the after-life, and this in turn reduces anxiety." (Routledge U.S.A. N.Y, 1997), p.193.

記》、無名氏的《旌異記》等。㊾

　　李劍國認為其中以南朝宋‧劉義慶的《宣驗記》為前導，他說：「此等輔教性志怪書，晉、宋之際已有謝敷（公元 313-362）、傅亮（公元 374-426）之《觀世音應驗記》（均佚），義慶《宣驗》實非首創；然其書卷帙繁夥，內容廣泛，南朝小說盛談因果，不可謂非義慶所倡導也。」㊿書中的題材有地獄見聞，善惡果報，以及誦經靈驗，助人脫苦離禍之奇蹟。

　　有別於佛教對死難的救度，道教追求的是現世的安樂，別有洞天的仙鄉提供了可以躲避俗世勞苦的新樂園，是另一種對生民的溫柔撫慰。黃勇在《道教筆記小說研究》指出道教的仙鄉追求的是肉體生命的快樂，他說：「道教與其他宗教最根本的區別在於，它對肉體生命抱一種充分的肯定態度，它追求的不是靈魂的解脫，而是肉體生命的永恆。」51苟波在：《仙境仙人　仙夢──中國古代小說中的道教理想主義》也探討了這種極樂世界的生活追求，他指出發源自中國西部的崑崙神話系統與東部沿海的蓬萊神話系統，雖然有著不同的神譜與樂園描述，在秦漢時期也只限於帝王與英雄能嚮而往之的長生仙境，彼時「仙界的封閉性與神祕性將普遍民眾完全排除在外。」52但隨著漢末道教在民間的興起，這種仙境的遊覽機會也回歸普羅大眾，仙鄉的故事增添更多的世俗生活內容，進入仙鄉的也多是凡夫俗子。

　　佛教，道教之外，中國本土的自然靈物崇拜與巫術信仰更是長期流行於民間，雖然某些理性的官員曾質疑巫祝，巫術，或廟產的管理方式，如孫策（公元 175-200）處決道士于吉，認為他擾亂軍心、顧邵（公元 184-214）禁淫祀，撤毀廬山祠、張春質疑巫師劾魅有詐，勒令他據實以報、葛祚準備大批

㊾　王國良：《冥祥記研究》（台北：文史哲出版社，1999），頁 1。

㊿　李劍國：《唐前志怪小說輯釋》（台北：文史哲出版社，1995），頁 498。

51　黃勇：《道教筆記小說研究》（成都：四川大學出版社，2007），頁 65、130。

52　苟波：《仙境　仙人　仙夢──中國古代小說中的道教理想主義》（成都：巴蜀書社，2008），頁 92。

刀斧，欲為民除去作祟之巨木等等。❺他們都對轄區境內的術士，淫祀有「不信邪」的犀利眼光，也懷疑有「神棍」居中興風作浪，勒索鄉民；但志怪傳播者對這些「淫祀」是持寬鬆保留的態度，這或許是宗教意識形態所致，另一方面也與志怪在敘事上的浪漫傾向有關。

　　志怪也敘述了介於善惡報應與司法案件的靈異事件，這些故事反映苦難眾生對悲慘迫害的傷痛記憶，以及對非常救濟途徑之殷殷尋求，最具代表性的作品當屬北齊‧顏之推的《冤魂志》。這些來陽世尋仇的冤魂們，死後「親自」向天曹申訴，爭取平反與報復仇家的機會。如〈孫元弼〉無罪見殺，他向皇天訴冤，終能親自向仇家討命，他說：「吾孫元弼也。訴怨皇天，早見申理。」〈太樂伎〉亦然，在遭冤殺一個多月後，來到迫害者案前說：「昔枉見殺，實所不忿。訴之得理，今故取君。」這兩個案例的加害者都是握有生殺大權的地方首長，在故事中他們也都為他們所犯下的罪業賠上性命！然而，受害者的人生並無從改寫，冤魂的復仇成功或許只能使旁觀的同情者對惡人的受死感到痛快，進而繼續對法理的公義性抱存信念。❺《墨子‧明鬼》：「今若使天下之人，偕若信鬼神之能賞賢而罰暴也，則天下豈亂哉？」墨子（公元前 468-前 376?）的觀念未必是在提倡鬼神之存在，而在思考公共秩序如何建立，他認為群眾若是普遍相信鬼神之存在，則不敢為非作歹，如此，社會秩序就能建立起來，反過來看，相信鬼神之能罰暴，也是亂世難民對公平正義的終極信仰。

---

❺　分見：《搜神記‧于吉》，《志怪‧顧邵》，《幽明錄‧張春》，《搜神記‧葛祚》。

❺　〔荷蘭〕叔本華（A. Schopenhauer, 1788-1860）著，劉大悲譯：《意志與表象的世界》"Die welt als wille und vorstellung"：「復仇的願望是和邪惡密切相關的。它是以冤報冤，並非涉及未來，這是屬於懲罰性質，是因為已經發生的事情，已經過去了的東西，這樣，便不是一種手段，而是一種目的，因為想要在報復者加於侵犯者的折磨中得到快樂。報復與純粹邪惡不同的地方是在於公理正義的表面現象。因為，如果當作報復的行為是根據法律而做的，換句話說是根據以前決定和公認的規則而做的，並且是在認可這規則的社會中做的，那麼，這個行為便是懲罰，因此，也是公理正義。」（台北：志文出版社，1993），頁 321-322。

（四）祈福禳災的祭祀習俗

　　地方上的歲時祭祀是一種以儀式及物品在特定時間或特定地點祭祀某種特定對象物的社會集體行動。從消極目標而言，祭祀目的是祈求該鬼神或該物怪不要降禍於民；而就積極面而言，則是祈求鬼神仙人或該物怪能因祭祀「稍安勿躁」，進而降福於民。因此，歲時節令或祭祀習俗是對萬物有靈的信仰體現，民眾相信這些存在的鬼神物怪也有其特殊欲求或是特定的畏懼對象，只要滿足他們的要求，或是就其弱點進行反擊，就能順利趨吉避凶。

　　從社會學的定義來看，民間歲時習俗除了在實際保存型態上具有習慣性、規律性之外，同時也具有某種目的性的趨利避害之行動取向。一個族群之所以反複實踐某種「習以為常」的行動，其實是受到功利目的所制約，人們為了祈求豐饒、幸福、安全、健康；而有種種的集體式社會行動。❺❺魏晉南北朝志怪考述了一些風俗節日或禁忌的來源，促進民間百姓在實踐祭祀活動時，一方面既能知其然，明白歲時習俗的祭祀對象與祭祀方法；另一方面也能知其所以然，透過故事之講述而生動地理解了祭祀之緣由，如此一來，必然能更「信以為真」地奉行不違地代代相傳下去。

　　志怪所述及的風土習俗有招魂復魄、驅鬼防疫、避煞，素女祠、丁姑祠、蔣侯祠、廬山神祭祀，姑獲鳥育兒避忌等。❺❻如福建地區保佑室家之福的白水素女祠，原是孤兒謝端從田裡撿回的田螺，仙女下凡的「牠」化身為

---

❺❺　〔德〕馬克斯・韋伯（Marx Weber, 1864-1920）著、顧忠華譯：《韋伯作品集：社會學的基本概念》：「當一種社會行動取向的規律性有實際存在的機會時，我們稱它為「習俗」（Brauch）。如果這種機會在一群人中僅僅是由於反復操練（Ubung）而產生的。假若這類操練是基於長期習以為常（Eingelebtheit）的結果，習俗將稱之為『風俗』（Sitte）否則行動取向的規律性可被視作是『受利害狀況所制約的』（interessenbedingt），如果其存在的機會只是通過行動者純粹目的理性地指向同樣的期望從而被如此制約的話。」（桂林：廣西師範大學出版社，2005），頁38。

❺❻　晉・宗懍：《荊楚歲時記》：「正月一日，是三元之日也，春秋謂之端月，雞鳴而起，先於庭前爆竹，以辟山臊惡鬼。」、東晉・郭璞：《玄中記》〈桃都山〉南朝・吳均：《續齊諧記》〈屈原〉。

女子為他料理餐飲。❺❼江南地區的丁姑祠是家庭婦女的保護神，由於她不堪家事勞務之苦而於九月七日自殺身亡，因此，九月七日是江南地區的婦女節，當天，婦女可以休假，不必操作家務。❺❽在避邪方面有吐口水以驅鬼、❺❾佩戴朱筆以防疫等。台灣民間風俗的燒王船、炸蜂炮；民間祭祀的董孝子廟、黑虎將軍武財神趙公明廟等也可從魏晉南北朝志怪追溯其源頭，其它如八家將，七爺、八爺繞境也繼承《周禮・夏官》方相氏所披戴的面具與所執行的驅儺儀典。❻⓪整體而言，這些歲時習俗也是以趨吉避凶，祈求幸福為前提的信仰活動。

　　人鬼姻緣故事則涉及民間冥婚習俗，但在歷史文獻記載上，主要以年輕未成年之早夭女子為主，若有女子未嫁而亡，家屬可代為擇選一位亦逝者之男子與之合葬。但志怪只言及其妻子為鬼，男子仍為生人，未見男女雙方皆屬亡人的事例。謝明勳在《六朝志怪小說研究述論：回顧與論釋》有詳細的論述。❻❶

四、妖異書寫的敘事流脈

（一）從語怪到志怪

　　從「語怪」凝聚成「志怪」，遍歷了遼闊漫長的時空，「語怪」是流傳於民間「眾人之口」的動態怪異情報，「志怪」則是由專人筆記的「書面」怪異情報，相對靜態。在傳承的脈絡上，「志怪」的素材取自於「語怪」，

---

❺❼　東晉・陶潛：《搜神後記》卷 5〈白水素女〉。

❺❽　東晉・干寶：《搜神記》卷 5〈丁姑祠〉。

❺❾　東晉・干寶：《搜神記》卷 16〈宋定伯賣鬼〉。

❻⓪　《周禮》〈夏官・司馬〉載：「方相氏，掌蒙熊皮，黃金四目，玄衣朱裳，執戈揚盾，率百吏而時難（儺，驅除），以索室驅疫之鬼。」（台北：藝文印書館，十三經注疏），頁 475。

❻❶　謝明勳：《六朝志怪小說研究述論：回顧與論釋》（台北：里仁書局，2011），頁271-331。

從素人「口傳」到文士「筆錄」的轉譯過程中，會因語境與意圖的不同而衍生形式與意蘊上的嬗變。就形式來說，「語怪」前修未密，「志怪」後出轉精，初始的奇事怪物雖聳動聽聞，但線索粗略，文詞簡陋，欠缺連貫的因果情節，雖適用於「道聽途說」的語境，但化成書面文字閱讀時，則失之於零碎片面，有感於此的作家在編寫時，便嘗試跨越存真紀錄的界限，借助既有材料的會整與自我想像的縫補，將遺聞逸事塑造成一個較為完整可讀的故事規模。

　　明・謝肇淛在《五雜組》說：「小說野俚諸書，稗官所不載者，雖極幻妄無當，然亦有至理存焉。……凡為小說及雜劇戲文，須是虛實相半，方為游戲三昧之筆，亦要情景造極，而止不必問其有無也。」❷就作品內容的虛實性而言，魏晉南北朝志怪的書寫意圖是從「信以為真」的立場出發的，然而，雖志在紀實，但口／耳之間，畢竟已有轉述的差異。歷史學者杜維運說：「口頭傳說的材料……是極端不夠堅實的。傳說有渲染，有附會；最可靠的目擊者，由於受觀察與記憶的限制，也無法將往事清楚而正確的呈現，瞥及事件的一半，憑想像擴及其他，加上記憶的不正確，於是其所述就真偽相參了。」❸換言之，五花八門的傳奇異聞既然是道聽途說，間接取材而來，在作家重新講述時，就必然構成一根與第一根線不同的新線條，所以，在志怪敘事文本之內，必定存有敘事者在複述或進行重寫時的改動，而這種改動就形成了文學杜撰性。❹由於這些奇聞怪事或鬼神靈異檔案，僅是粗具梗概的素胚而已，一鱗半爪的資訊不成故事，為利鋪張，敘事者執筆書寫之際，必然須適度串聯成「言之成理」的邏輯序列，或是給予人物在造型與行

---

❷　明・謝肇淛：《五雜組》，頁 1286-1287。

❸　杜維運：《中西古代史學比較》（台北：東大圖書股份有限公司，1988），頁 61-62。

❹　美・丁・希利斯・米勒著；申丹譯：《解讀故事》"Reading Narrative"：「任何講述都是重新講述，它構成一根與第一根線不同的新線條。然而在其自身之內，存在進一步重複或者重新再現的可能性。由一次雙重而引起無窮無盡的雙重。蹤跡可以不斷重新追溯。」（北京：北京大學出版社，2004），頁 90。

動上的最基本形容。於是作家們慢慢地採用杜撰手段來「生事」了。這樣，志怪就從正史之流風而為雜史稗官，雜史稗官又參錯了尚奇好異的故事化虛構部分，於是乎小說家之特色嫣然上身。

（二）從博物摘要到妖異敷寫

公元前一世紀，漢武帝基於軍事戰備原因派遣張騫（公元前?-前 114）率團出使西域，張騫在二十多年的踏勘與歷險歲月，為漢武帝搜集了周詳的西域情報，漢帝國繼而劃時代地鑿通了蔥嶺以西的橫貫道路，將中亞、西亞、南歐到中土串連起來，從此，草原絲路上的王侯、將領、使臣、高僧、商隊、軍旅、刑徒、奴隸……絡繹不絕。公元一世紀，漢明帝（公元 28-75）再遣班超（公元 32-102）、甘英（公元?-?）領軍出使西域，大隊人馬直達波斯灣，後因海怪傳說而不前。從遙遠的波斯、阿富汗、新疆、敦煌，一路千山萬水，沙漠跋涉，艱苦卓絕地進入了中國境內，這些先驅者所經歷的奇遇險境，所聽聞的奇妙事蹟，一一越過了語言與文化的邊界，與胡桃、胡瓜、胡麻、胡椒、胡餅、胡琴、胡床、胡粉、胡說、胡言、獅子、鸚鵡、玻璃、葡萄酒、鮮卑婢、崑崙奴……相攜入境，從宮廷王室到駐外使館，從佛寺僧徒到營區軍士，酒肆、市井，天方世界的「異境」、「異俗」、「異花」、「異香」、「異鳥」、「異獸」……令人好奇，願聞其詳。張騫與甘英的遠洋任務，也在民間興起海天遊蹤的星際幻想。東漢滅亡後，魏蜀吳三國鼎立，政權深入了大東北、大東南、大西南地區，遼東、川蜀、雲貴、閩越的在地異聞，如大象、巨蟒、猿人、仙鄉、少數民族之類的傳聞，也相繼匯入，全方位地擴充了博物領域。

自西漢末年起，戰亂人禍與天災瘟疫即蟬聯不絕，魏晉之交的政權鬥爭，南北朝之際的內亂外患，在在造成悲慘的死難與顛沛流離的遷徙，盜墓、洗劫、蒙冤、見鬼、遇妖、托夢、復活、發狂……傳聞紛紛，地湧出血，城陷為湖，石登上岸，草妖，犬禍，蛇蠱，瘧疾，霍亂，大疫，男化為女，女化為鼉，有虎化作人，有狐化成女，有人變成熊，有人化虎而吃人，斷頭能言，落頭能飛，小兒化為水，狗作人言，有人一身二體，有牛一足三

尾……種種聳動的「異聞」不脛而走，在民間畫蛇添足地傳揚著。這些非比尋常的消息聽在「好事之士」的耳朵裡，自然有別於好奇大眾的「里耳」，不會僅僅是聽聽就罷，有心人必然會認真琢磨，思忖亂象的成因與後果，且不以小道廢之，而賦閒游藝的文人，則重視其中的離奇情節與荒誕趣味，由是而展開採集與編寫的行動，四散漂移的「傳聞」這才逐漸被文字紀錄下來，成為了有情節組織的「故事」。

美國研究志怪小說的學人杜志豪（Kenneth J. Dewoskin）又從文史分流主張中國小說與史傳在六朝時期正式分道揚鑣，他強調中國小說之誕生應以六朝志怪為源起。小說與史傳仍具有在敘事技巧與敘事材料上千絲萬縷的關係，小說雖因其杜撰性與文學性而被史學排擠，但史學的敘事技巧與對材料的呈現過程其實無異於小說的寫作；另一方面，六朝志怪所以能大量地繁殖並引起唐傳奇的興盛，也不得不歸功於六朝時期史傳文學的繁榮。**⑥**

（三）耀豔奇幻的創作趨勢

魏晉南北朝志怪堪稱中國奇幻小說之祖，後代文士作意摹寫者不可勝數，踵事增華的作品也代代相傳，唐、宋以後的傳奇、話本、雜劇、小說、戲曲、民間故事、電視影劇等，都與魏晉南北朝志怪之間存有深切的互文關係。以全球化尚未啟動之前的台灣民間故事電影製片為例，幾乎都是志怪類素材，婁子匡、朱介凡統計民國四十五年到四十九年五年之內的民間故事電影以「蛇郎君」與「虎姑婆」最受歡迎，前者連映二十六天，後者十六天，賣座甚佳。**⑥**

---

⑥ *"The Six Dynasties Chih-Kuai and The Birth of Fiction"* in Andrew H. Plaks ed.: *"Chinese Narrative Critical and Theoretical Essays"* (Princeton, Princeton University Press, 1977), pp.23-28, 32, 50-51.

⑥ 婁子匡、朱介凡：《五十年來的中國俗文學》（台北：1963 年，未著出版社），頁94、95、96。

片名	攝製發行者	編劇	導演	主角	年份
林投姐	凌波影業社	慕容鐘	唐紹華	愛哭妹	四十五年
廖添丁	華利影業社	唐紹華	唐紹華	黃志清	四十五年

　　這個開枝散葉的發展趨勢是由上達於王轉趨下放於民，由嚴肅神秘的妖異預警系統，轉而為駭人聽聞的故事散播，政治情資搜集的成份漸少，但未曾完全消失；搜奇獵異的文藝趣味漸強，但仍寓有禍福吉凶的警世意味，只是，議政的機會已然消失，轉而為社會諷刺的指桑罵槐。如唐代李復言（公元 775-833）《續玄怪錄》的「張逢化虎」、清代鷲林鬥山學者編寫的話本《跨天虹》「道士化虎」的故事均衍自志怪「人化虎」的本事。**❻❼**諷刺演變的轉折可以從故事之中的人物類型分布來檢視，**❻❽**出現在唐傳奇以後的「異人」，他們已經不是真道士，也不具真法術，也不是真妖真怪，而是裝神弄鬼，以假當真地詐欺世人，遂行牟利之目的。男女情慾主題自志怪的〈談生〉、〈紫玉〉之類等的人／鬼戀故事開啟之後，也一脈相承，綿延不絕，明朝湯顯祖（公元 1550-1616）〈牡丹亭〉的「幽媾」、周朝俊（公元?-?）〈紅

甘國寶過台灣	臺榮影業社	蔡秋林	辛　奇	洪明雪	四十五年
邱罔舍	藝林影業社	張深切	張深切	陳力雄	四十六年
郭素月棺中生子	東海影業社	慕容鐘	胡　傑	陳國鈞	四十七年
梁山伯與祝英臺	臺榮影業社	呂木生	郭榮教	美龍玉	四十七年
蛇郎君	眾化影業社	陳碧梅	邵羅輝	梅芳玉	四十八年
孟姜女	晃東影業社	洪信德	梁哲夫	洪明芳	四十八年
牛郎織女	美都影業社	不詳	李泉溪	杜慧玉	四十九年
虎姑婆	遠大影業社	張　其	張　英	張麗娜	四十九年

再從以上各片的台北市放映天和賣座紀錄來看，以「蛇郎君」和「虎姑婆」是比較可觀，前者共映二十六天，總收入是三二六、八八六、二〇元；後者共映十六天，總收入是二五一、一五九、八〇元；都列入四十八年和四十九年台北市的賣座最高的影片，於此也可以看出民間故事攝成的電影是眾所歡迎的實況了。

❻❼ 苗深等標點：《明清稀見小說叢刊》《跨天虹》（濟南：齊魯書社，1996），卷 4。

❻❽ 加拿大原型批評學者弗萊‧諾思羅普根據亞里斯多德所提出的書中人物與普通人的水平比較標準，又把虛構型文學作品劃分為五種基本模式：一、神話，其中人物的行動力量絕對地高於普通人，並能超越自然規律；二、浪漫故事，其中人物的行動力量相對地高於普通人，但得以服從於自然規律；三、高模仿，即模仿現實生活中其水平略高於普通人的文學作品，如領袖故事之類；四、低模仿，即模仿現實生活中的普通人的作品，如現實主義小說；五、反諷或諷刺，其中人物的水平低於普通人。他分別研究了悲劇和喜劇中的這五種模式，認為在西方文學中，這五種模式是順序而下進行演變的，而演變到反諷模式則又像神話回流，形成循環。

梅閣〉中的李慧娘，清朝蒲松齡（公元 1640-1715）《聊齋誌異》裡的〈聶小倩〉、〈公孫九娘〉也是以女鬼與書生之間的戀慕為張本。**❻❾**仙鄉或神女傳說則使艷遇主題在唐傳奇《遊仙窟》獲得大張旗鼓的動力，降至清・蒲松齡的《聊齋誌異》更是「神女」的易容改裝版，人間的家常女子似乎已喪失了人間男子所渴求的「純情」典範，所以〈小翠〉、〈紅玉〉等皆是以「狐精」為關鍵人物，靈心麗質，青春生動，純情奉獻，無怨無悔。**❼⓿**晚近張系國科幻小說有〈陽羨書生〉之作，汲取空間縮放的概念來構思其星塵組曲系列。**❼❶**在劍俠主題上，有關干將、莫邪鑄造雌雄劍的故事傳說，或是王嘉《拾遺記》卷 10〈昆吾山〉對寶劍的神奇描述在在影響了後世武俠小說中對名劍與大俠的典型刻畫。**❼❷**志怪對於域外的日本物語或習俗也產生了影響，如晉・郭璞《玄中記》的姑獲鳥故事傳到日本之後，與日本的怨靈「產女」（うぶめ）傳說相結合，並且在江戶時代以後取代了「產女」，而以「姑獲鳥」（うぶめどり）通稱；其他「瘧鬼」（ぎゃくき）、「蠱毒」、

---

❻❾ 吳同瑞、王文寶、段寶林編：《中國俗文學概論》也指出：「志怪小說在俗文學發展史上最突出的貢獻，是為明吳承恩神魔小說《西遊記》和清蒲松齡《聊齋誌異》等名著的孕育和問世提供了思想資料和創作經驗。」（北京：北京大學出版社，1997），頁 270-271。

❼⓿ 羅書華在其《中國敘事之學——結構、歷史與比較的維度》表示：蒲松齡的《聊齋誌異》寫了許多花妖狐魅，不只是蒲松齡個人的情愛心態反映，其實也「可以看到一代知識分子隱秘的心靈。」這種隱秘的心靈「暴露了作者潛意識中對美麗、性感女性強烈的渴望的男性性心理。」（北京：中國社會科學出版社，2008），頁 78-79。

❼❶ 張系國：《夜曲》（台北：知識系統出版有限公司，1985）。

❼❷ 劉蔭柏：《中國武俠小說史》（石家庄：花山文藝出版社，1992），頁 31。又，王嘉《拾遺記》提到寶劍干將，莫邪的神奇鑄造過程與靈性也是武俠小說時所觀摩的對象：「昔吳國武庫之中，兵刃鐵器，俱被食盡，而封署依然。王令檢其庫穴，獵得雙兔，一白一黃，殺之，開其腹，而有鐵膽腎，方知兵刃之鐵為兔所食。王乃召其劍工，令鑄其膽腎以為劍，一雌一雄，號『干將』者雄，號『鏌鋣』者雌。其劍可以切玉斷犀，王深寶之，遂霸其國。後以石匣埋藏。及晉之中興，有紫氣沖牛斗。張華使雷煥為豐城縣令，掘而得之。華與煥各寶其一。拭以華陰之土，光耀射人。後華遇害，失劍所在。煥子佩其一劍，過延平津，劍鳴飛入水。及入水尋之，但見雙龍纏屈於潭下，目光如電，遂不敢前取矣。」

「犬神」、「变化」都是從志怪中能致病的疫鬼以及能變形的物魅得其名實。❼❸這些海內外流衍的互文性現象，也表現了民間文學在擴散過程之中必有的集體性、雷同性和變異性。

五、結語

　　宇宙天體奧祕難測，大千世界森羅無窮，物種生命神奇詭譎，歷史興衰與人間禍福變化萬端……亙古以來，人類以其觀察、思維與實踐力，初步認識了視聽所及的日月星辰，動植禽獸，理解了一些自然界的運行規律，制定了世間領域的規範與秩序，掌握了身體與意識所體現出的正常與反常變化……世世代代累積傳承，修訂擴充，由此建構了龐大的知識文化系統。在此系統內，由於世界萬物的生成原理與運動變化現象，都在人類自認為可以理解與可以控制的範圍之內，所以都被認定為「正常」，以「常道」運行，以「常態」存在。然而，相對於人類已知的知識領域，我們所不知道的，未曾發現的，所無法控制的，包括天文現象、地理景觀、自然生態、動植物種、夢境、疾病、死亡……尚有無邊的神秘領域。由於未知與不解，故不能名之，而以「怪異」、「異形」、「異象」、「變態」概括，且因未知而存有疑慮，故需備加提防，所以，發現之後予以記載，提高警戒，以提防因不察而導致的禍患。這是從「怪物」、「異象」與人的切身利害關係出發的志怪意圖。

　　將「怪異現象」與「吉凶禍福」做政治性的正式警告，始於周王朝，由周官太史機構下的「保章氏」執掌，保章氏觀測日月星辰自然以及人民生活

---

❼❸　〔日〕多田克己著，歐凱寧譯：《日本神妖博物誌》：「產女是死亡的孕婦或產婦之怨靈，她們的下半身為血染紅，懷裡抱著嬰兒立在路口或橋頭，請求路人幫她抱孩子。到了江戶時代，『產女』被稱為『姑獲鳥』或是『產婦鳥』，它會在下著細雨的夜晚與鬼火一起出現，形狀像青鷺鷥，一旦降落地面，又變為女人，請路人幫她抱一抱孩子。」（台北：商周文化事業公司，2009），頁 191，其餘述及之妖怪分見該書頁 231、263、267。

行為的異常變化現象，將這些非常情報上傳給統治者，列為執政預警，以防患於未然，或救政救弊於已然。魏晉南北朝志怪的原始創作意圖本諸於此，雖然，當志怪的傳播趨勢下放民間之後，作意幻設的小說趣味漸強，但仍微有鑒戒之意寓焉，明‧吳承恩在《禹鼎志序》有言：「雖然吾書名為志怪，蓋不專明鬼，時紀人間變異，亦微有鑒戒寓焉。昔禹受貢金，寫形魑魅，欲使民違弗若。」❼❹從接受反應而言，志怪較諸歷史紀實性作品具有更高的閱讀趣味，也因此產生更為廣遠的影響力，所以雖曾被主流文化斥為怪力亂神，荒誕無稽之作，但其豐富的文化歷史卻源遠流長。英國學者泰勒（Edward Burnett Tylor, 1832-1917）在《原始文化》一書中就鄭重推崇怪異論述的歷史價值，認為創作者，傳播者皆為後世存留了該時代的哲學、宗教、風俗、藝術，以及大量的生活記憶。❼❺

重慶博物院，東漢坐姿文俑，左手輕撫耳朵，作傾聽狀。四川省綿陽市出土。

---

❼❹　轉引自王運熙、顧易生主編：《中國文學批評史新論》（上海：復旦大學出版社，2001），下冊，頁 144。

❼❺　英‧愛德華‧泰勒（Edward Burnett Tylor, 1832-1917）著、連樹生譯、謝繼勝等校：《原始文化》"Primitive Culture" 說：「富有詩意的傳奇的創作者和傳播者不自覺地、好像不經意地為我們保留下了大量可靠的歷史證據。他們把自己祖先思想和語言的傳家寶放到了神話中的神和英雄的生活中去，他們在自己的傳奇的結構中表現出了自己思維的進程，因此，他們就保留了他們那個時代的藝術和風俗、哲學和宗教，而關於那個時代的記憶本身卻常常被書面歷史喪失了。」（上海：上海文藝出版社，1992），頁 403。

主題一、陰陽生死戀

前　言

　　置「身」於墳場下棺木中的死亡女子，原本是愛情世界中最無能為力，且又徹底孤獨的長眠者。不論入土之前，甘不甘心闔眼，是否和良人緣慳一面，未及和所愛執手道別，荳蔻年華的她就已香消玉殞。夭折的結局縱然令人唏噓，但，任誰也無從變更這個已成定局的事實。然而，在志怪中，男性作家圓成了飄零女鬼還陽求愛的生命欲望，虛擬地填補了他與她的愛情缺憾。

　　故事是這樣發生的，日暮天黑，夜色悄然降臨大地之後，陰陽兩界的寂寞與幻想，共同點燃了埋藏於黑暗中的慾望。迷途於荒郊野外的男性旅人，向那一盞悠悠燃起的燈火快步趨近；夜半時分的斗室，獨對孤燈誦詩的貧寒書生，聽到款款動心的扣門聲……十五、六歲的絕色女鬼，盛裝而來，自薦枕席；孤男寡女有了枯木又逢春的幸福。纏綿一夜之後，有的只是露水姻緣，即興式的情愛勢必在日照下蒸發；但也有女鬼破土而出，重見天日，獲得了新生的機緣。

　　故事中的男性角色一律為活人，女性角色則是年輕貌美且身家不俗的多情女鬼；他們的關係有的是緣盡情未了的佳偶；有的則是素昧平生的陰陽邂逅。故事的結局也悲喜不一，有的轉世成功，育有兒女；有的功敗垂成，飲恨離去。在敘事技巧上，男女主角的對話樸素含蓄，而又能兼顧彼此的性格與情感；在物件的安排上，一件陪葬的珠袍，一片撕裂的衣裾，一對定情的指環，或是一隻遺落的女鞋，都能具體點染淒美的人鬼戀氣氛。場景的布置上，墳場最多，其次為寢室；除了顯示鬼的活動範圍而以葬身之地為主外，

墳場、牀榻所象徵的意象也別具用心。在敘事模式的表現上，魏晉時期的作家已出現以「韻文」進行抒情的技巧，例如由紫玉公主含淚唱出婚姻受阻的委屈，開啟了傳統小說和戲曲以散文敘事，而以韻文抒情的雙文體組合模式。

　　陰陽戀的主題由於故事的情節張力強，人物形象對比鮮明，結局又淒美感傷，因此成為後世小說、戲劇的重要題材；明朝‧湯顯祖《牡丹亭》的〈幽媾〉、周朝俊的〈紅梅閣〉、清朝‧蒲松齡《聊齋誌異》的〈聶小倩〉、〈公孫九娘〉是著名佳作。

一、墳場一夜情　東晉‧戴祚：《甄異傳》

　　沛郡人秦樹者，家在曲阿小辛村❶。義熙中，嘗自京歸，未至

二十里許，天暗失道❷。遙望火光，往投之。見一女子秉燭出，云：「女弱獨居，不得宿客❸。」樹曰：「欲進路，碍夜，不可前去，乞寄外住。」女然之❹。

樹既進，坐竟，以此女獨處一室，慮其夫至，不敢安眠❺。女曰：「何以過嫌？保無慮，不相誤也❻。」為樹設食，食物悉是陳久。樹曰：「承未出適，我亦未婚，欲結大義，能相顧否❼？」女笑曰：「自顧鄙薄，豈足伉儷？」遂與寢止❽。

向晨，樹去，仍俱起執別❾。女泣曰：「與君一覿，後面莫期❿。」以指環一雙贈之，結置衣帶，相送出門⓫。樹低頭急去，數十步，顧其宿處⓬，乃是冢墓。居數日，亡其指環，帶結如故⓭。

【注釋】

❶ 沛郡：郡名。在今安徽省境內。　秦樹：人名。　者：語末助詞，表提示。　曲阿：縣名，今江蘇省丹陽縣。

❷ 義熙：東晉安帝司馬德宗年號。公元405至418年。　嘗：曾經。　自京歸：從京城回鄉。當時之京城是建鄴，在今江蘇省南京市。　未至：在到達某處之前。里：長度單位。約合半公里。　許：表示約略估計之詞。　失道：迷路。

❸ 投：投奔，請求收容。　秉燭：拿著火炬。燭：火炬，以膏製成，用以照明者。古人未有蠟燭，唯呼火炬為燭。　女弱：婦女。　宿客：留客人住宿過夜。

❹ 進路：趕路、上路。進：前進。登上。　碍：音ㄞˋ；ài。礙的俗體字。限止，阻擋。　乞：請求。　外：室外。　然：答應。

❺ 坐竟：放下行李，坐定下來。　以：與。　一室：一間寢室。古人房屋內部，前為堂，後為室。一室，即無廳堂，只有寢室。漢有單室墓。　慮：憂慮。擔心。

❻ 過嫌：顧慮，猜疑。　相誤：耽誤你。相：表示動作，偏指受事的一方。

❼ 承：聽聞，知悉。由「承言」引申為「聞言而知悉」。　出適：出嫁。適：女子出嫁。　結大義：締結夫妻之道。大義特指夫妻關係。　相顧：眷顧我。

❽ 自顧鄙薄：自認身分卑微。顧：考慮，顧及。　伉儷：配偶，此指妻子。　寢止：睡覺。止：休息。

❾ 仍：乃，於是。　向晨：天將亮時。向：將要。　執別：握手道別。

❿ 面：面會，相見。　莫期：莫能期望。

⓫ 指環：戒指。以金屬或寶石製成的小環，作為飾物或信物戴在手上。此為魏晉時期

形成的新語詞，應與西域文化之傳入有關。《晉書·四夷傳·大宛》：「其俗娶婦，先以金同心指鐶為娉，又以二婢試之，不男者絕婚。」　結：用繩線之類的東西將物品綁住。

⓬　顧：回頭看。

⓭　乃：卻；竟。　亡：遺失。　結帶：腰帶上綁著的結。

翻譯：

沛郡人有個叫秦樹的，家住在曲阿縣小辛村。在晉安帝義熙年間，有一次從京城要回鄉去，還差二十里路左右就可到家時，因天色昏暗而迷了路。此時望見遠處有火光，於是前往投宿。一位女子拿著火燭出來應門，對他說：「女子隻身在家，無法留客過夜。」秦樹說：「我也打算趕路，但礙於夜晚，沒法繼續前進，拜託讓我在室外借住吧。」女子答應他了。

秦樹進門坐定後，與這個女子獨處一室，擔心她丈夫回來後會怪罪，以致於不敢放心入睡。女子說：「何必如此多慮？不必擔心，不會耽誤你。」她為秦樹備置餐點，都是陳年存放的食物。秦樹說：「聽妳這麼說，知道妳還沒出嫁，而我也還沒成婚，我想與妳共結為夫妻，能否眷顧我的一片心意？」女子笑著說：「我自知身分卑微，怎麼配當你的妻子？」接著就和秦樹一起睡了。

天將亮時，秦樹要離去了，兩人於是一齊起身握手道別，女子啜泣著說：「與君相聚一場，以後沒有機會再見面了！」她拿出一對指環送給秦樹，將它們繫結在他的衣帶上，然後送他出門。秦樹壓低著頭快步離開，走了幾十步之後，他回頭看了看昨天的過夜處，發現那竟然是一座墳墓！幾天過後，那對指環消失不見了，但衣帶上的結依舊還在。

二、鬼妻的珠袍　魏·曹丕：《列異傳》

漢談生者，年四十，無婦，常感激讀《詩經》 ❶。夜半，有女

子年可十五、六，姿顏服飾，天下無雙，來就<u>生</u>，為夫婦❷。乃言：「我與人不同，勿以火照我也。三年之後，方可照耳❸。」

　　與為夫婦。生一兒，已二歲，不能忍，夜伺其寢後，盜照視之❹。其腰已上，生肉如人，腰已下，但有枯骨。婦覺，遂言曰：「君負我。我垂生矣，何不能忍一歲而竟相照也❺？」<u>生</u>辭謝❻。涕泣不可復止，云：「與君雖大義永離，然顧念我兒，若貧，不能自偕活者，暫隨我去，方遺君物❼。」<u>生</u>隨之去，入華堂室宇，器物不凡。以一珠袍與之，曰：「可以自給。」裂取<u>生</u>衣裾，留之而去❽。

　　後<u>生</u>持袍詣市。<u>睢陽王</u>家買之，得錢千萬❾。王識之曰❿：

「是我女袍，那得在市？此必發冢❶！」乃取拷之。生具以實對，王猶不信。乃視女冢，冢完如故❷。發視之，棺蓋下果得衣裾。呼其兒視，正類王女❸。王乃信之。即召談生，復賜遺衣，以為主婿。表其兒為侍中❹。

【注釋】

❶　漢：朝代名。劉邦建立。自公元前 202 年至公元 9 年為西漢；公元 25 年至 220 年為東漢，劉秀建立。　談生：談姓書生。　感激：有所感觸。內心激動。　《詩經》：中國最早的民間詩歌總集，以情詩為多。

❷　可：大約。　就：奔就，私奔，指女子不經媒妁而私與男子結合。

❸　耳：句末語氣詞。表示肯定。

❹　伺：偵察，等候。　盜：副詞。私下，偷偷地。　照：用燈火來把物體照亮。視：審察，仔細看。

❺　覺：醒來。　負：辜負。　垂：將近，將要。　竟：副詞。竟然。

❻　辭謝：自我責備，認錯。　涕泣不可復止：此句省略主詞，指談生之妻不停地哭泣。

❼　大義：特指夫妻關係。　若貧：若此之貧的省略。貧苦若此。　偕活：一起生存。暫：副詞。姑且，暫且。　遺：音ㄨㄟˋ；wèi。給予。

❽　自給：自給自足。給：音ㄐㄧˇ；jǐ。供應。　裾：音ㄐㄩ；jū。衣服前後之下緣部份。

❾　詣市：到市集去。　詣：音ㄧˋ；yì。到，往。　睢陽：縣名，城名。在今河南省境內。漢代梁國的都城所在。

❿　識：辨識。認出。　之：代詞。指珠袍。

⓫　是：代詞。這個。指這件珠袍。　發冢：盜墓。

⓬　拷：打。泛指刑求訊問。　具：副詞。都，全部。　完：完好。完整。

⓭　發：打開。　呼：呼請。　正類：確實相似。正：副詞。確認事實，加強肯定語氣。

⓮　主婿：諸王的女兒稱郡主，其丈夫稱主婿。　表：上奏。　侍中：古官名。皇帝或諸王身邊的親要侍從官，可以進出殿中，故曰「侍中」，多由貴族子弟充任。

翻譯：

漢朝時有一位姓談的書生，年紀已四十歲，還沒有妻室，有所感觸時常

誦讀《詩經》來遣懷。某個半夜，有位年約十五、六歲的女子，她的姿色和服飾美麗絕倫，天下無雙。她來投奔談生，和他做了夫妻，之後她才說：「我和常人不同，你不要拿燈火來照我！三年過後，才可以這樣做。」

談生和她結為夫妻後，她生了一個兒子，兒子已經兩歲了，談生忍不住好奇心，夜晚窺看妻子入睡後，偷偷拿著燈火來照視她的身體——妻子腰部以上像活人一樣長著皮肉，但腰部以下卻只有一副枯朽的骸骨！

妻子驚醒了，她對他說：「郎君對不起我！我就要復活了，為什麼不能再忍耐一年，竟然用燈火照我！？」談生認錯道歉，妻子淚流不止，她說：「雖然和郎君已永遠做不成夫妻了……可是顧念到我的孩子，家境是如此的貧窮，你沒法帶著孩子過活……暫且跟我去個地方，我有件物品要送給你。」談生於是跟著她前去，進入一座殿堂華麗的屋宇，屋內陳設的器物珍貴不凡。她將一件珍珠袍服交給談生，告訴他：「這樣生活就足以維持了。」她撕下談生衣服的下襬，留存之後就離去了。

後來談生拿著珠袍到市場上求售，睢陽王家的人買下珠袍，談生賣得了一千萬。睢陽王辨識著這件珠袍，他說：「這是我女兒的珠袍，為什麼它會出現在市場上？這一定是盜墓！」於是逮捕談生，加以拷問，談生具實回答。睢陽王仍然不相信，於是去檢查女兒的墳墓，墳墓完好如初；打開墓室來查看，棺蓋下果然有一片衣服的下襬！睢陽王呼請談生的兒子前來相視，確實長得很像睢陽王的女兒；睢陽王這才相信了談生。他立刻召見談生，把珠袍再次送給他，認他為郡主的夫婿，也上奏朝廷，任命談生的兒子為侍中。

三、忘了穿鞋的鬼情人　　東晉·陶潛：《搜神後記》卷四

晉時，武都太守李仲文在郡喪女，年十八，權假葬郡城北❶。有張世之代為郡。世之男字子長，年二十，侍從在廨中❷。夜夢一

女，年可十七、八，顏色不常，自言前府君女❸，不幸早亡，會今當更生，心相愛樂，故來相就❹。如此五、六夕。忽然晝見，衣服熏香殊絕，遂為夫妻，寢息，衣皆有污，如處女焉❺。

後仲文遣婢視女墓，因過世之婦相問❻。入廨中，見此女一隻履在子長牀下，取之啼泣，呼言發冢❼！持履歸，以示仲文，仲文驚愕。遣問世之：「君兒何由得亡女履耶？」世之呼問兒，具道本末❽。李、張並謂可怪。發棺視之，女體已生肉，姿顏如故，右腳有履，左腳無也。

子長夢女曰：「我比得生，今為所發❾。自爾之後❿，遂死肉爛，不得生矣。夫婦情至，謂偕老，而無狀忘履⓫，以致覺露，不復得生。萬恨之心，當復何言⓬！」涕泣而別。

【注釋】

❶ 晉：朝代名，司馬炎建立。自公元 265 至 316 年為西晉，公元 317 至 420 年為東晉。　武都：郡名。在今甘肅省境內。　太守：官名。管理一郡政事之首長。　李仲文：人名。　在郡：在擔任郡太守的期間。　權：姑且。　假葬：非永久性的安葬。多因寓居外鄉，不能歸葬故里而暫時葬於寓居地。

❷ 張世之：人名。　代：更替。以此易彼，以後續前。　侍從：陪從在尊長身邊。　廨：音ㄒㄧㄝˋ；xiè。官吏辦事及居住的處所。

❸ 可：大約。　顏色：容貌。　不常：不平凡。指勝出一般人。　府君：漢魏對太守的尊稱。

❹ 會：恰好。適逢。　更生：再生。復活。　就：奔就，私奔。

❺ 熏香：用火煙炙香木，使物品附著其香氣。　殊絕：極為特出，非常不同。　污：血污，被血沾到的污漬。

❻ 遣：派遣。　視：察看。　過：前去詢問，拜訪。　相問：問候她。相：表示動作，偏指受事的一方。

❼ 履：鞋子。　呼：喊叫。　發冢：挖掘墳墓。盜墓。

❽ 遣問：使人去問。　具道本末：將事情的原委全部說出來。具：副詞。都，全。通「俱」。

❾ 比：音ㄅㄧˋ；bì。副詞。表時間上的接近。將要。　發：打開。指棺木被啟開。

❿　自爾之後：從此之後。爾：此，此時。

⓫　謂：以為。認為。　　無狀：行為不好，有失儀態。

⓬　不復：不。復：音節助詞，無實義。　　當復：當。將。復：音節助詞，無實義。

翻譯：

　　晉朝時武都郡太守李仲文於任職期間女兒在郡過世，時年十八歲，暫且將女兒埋葬在郡城的北邊。其後張世之接任郡太守，張世之的兒子字子長，年二十歲，隨侍父親住在官舍中。張子長夜晚夢見一個女子，年紀約十七、八歲，容貌美麗出眾，她表明自己是前任太守的女兒，不幸年輕早死，而今適逢復活之時，因為愛慕子長，所以前來相就。這樣相會了五、六個晚上後，女子突然在白晝現身，她的衣服散發著獨特的香氣。兩人於是結為夫妻，同睡時，女子的衣服都沾有血跡，如處女落紅一般。

　　其後李仲文派遣婢女去巡視女兒的墳墓，也順道去拜訪張世之的夫人。婢女進入官舍後，看到李女的一隻鞋子，就在子長的牀下！她拾起鞋子啼哭，大喊：「盜墓！」婢女將鞋子拿回去，交給李仲文查看，李仲文十分震驚。他前去質問張世之說：「您兒子為什麼會有我亡女的鞋子？」張世之把兒子叫過來問，兒子將事情始末全部說出來。李太守和張太守都認為事情詭異。於是開棺檢查，發現李女的遺體已長出了新肉，姿容也一如生前，但她的右腳穿有鞋子，左腳卻沒有。

　　子長夢見女子對他說：「我原本就快復活了，而今棺木被啟開！從今以後，我將身死肉爛，無法重生了。與你夫婦一場，情深義重，原以為可以白頭偕老，不料自己舉止失態，匆忙間竟忘了穿上鞋子，以至於事跡敗露，不能復生。內心萬分悔恨，但有什麼話可說？」她哭著和他道別了。

四、天曹救美　　南朝　宋・劉敬叔：《異苑》卷八

　　<u>臨海 樂安 章沈</u>，年二十餘死，經數日，將斂而蘇❶。云：被

錄到天曹，天曹主者是其外兄，斷理得免❷。初到時，有少年女子同被錄送，立住門外。女子見沈事散❸，知有力助，因泣涕，脫金釧一隻及臂上雜寶，託沈與主者，求見救濟❹。沈即為請之，并進釧物。良久出，語沈已論，秋英亦同遣去❺。秋英即此女之名也。

於是俱去，腳痛疲頓，殊不堪行❻。會日亦暮，止道側小窟❼，狀如客舍，而不見主人。沈共宿嬿接，更相問次❽，女曰：「我姓徐，家在吳縣烏門，臨瀆為居，門前倒棗樹即是也❾。」明晨各去，遂並活。

沈先為護府軍吏，依假出都❿，經吳，乃到烏門，依此尋索，得徐氏舍。與主人敘闊，問：「秋英何在？」主人云：「女初不出入，君何知其名⓫？」沈因說昔日魂相見之由，秋英先說之，所言因得，主人乃悟⓬。惟羞不及寢嬿之事，而其鄰人或知，以語徐氏。徐氏試令侍婢數人遞出示沈⓭，沈曰：「非也。」乃令秋英見之，則如舊識。徐氏謂為天意，遂以妻沈，生子名曰：天賜。

【注釋】

❶ 臨海：郡名，在今浙江省境內。　樂安：縣名，今浙江省仙居縣。　章沈：人名。　斂：音ㄌㄧㄢˋ；liàn。收藏，整理。為死者更衣曰小斂，入棺曰大斂。　蘇：再生，復活。

❷ 錄：逮捕。特指被鬼差所捕。　天曹：道家所稱天上的神官機構。曹：古時分職治事的官署。　主者：主管人。　外兄：表哥。　斷理：審理和判決案件。　免：赦免，釋放。

❸ 散：罷休

❹ 與：給予。　見：用於動詞前，在句中表示代詞賓語的省略。

❺ 語：音ㄩˋ；yù。告訴。　論：判決，定罪。　遣去：使離去。

❻ 疲頓：勞苦。　殊：極，甚。　不堪：受不了。

❼ 會：適逢。　止：停住休息。　窟：土室。

❽ 嬿接：指男女相悅合歡。嬿，音ㄧㄢˋ；yàn。和好。　接：會合。　更：副詞。再，又。　問次：詢問住所。次：處所。止宿之處。

⑨ 吳縣：縣名。今江蘇省蘇州市。　臨瀆：面對著溝渠。瀆：音ㄉㄨˊ；dú。溝渠。
倒棗樹：樹幹傾斜生長的棗樹。

⑩ 護府軍吏：在護府將軍府內服役的軍職吏員。　依假：允假。假：音ㄐㄧㄚˋ；
jià。假期。　出都：到都城去。六朝都城在今江蘇省南京市。出：前往。

⑪ 敘闊：寒喧問候。　初不：從不。初：副詞。表示程度，相當於「從來」，後接否
定詞「不」，形成「初不」格式。

⑫ 得：合適。符合。

⑬ 不及：沒有提到。　遞：依照次序，逐一傳送。

翻譯：

臨海郡樂安縣人章沈，年紀二十多歲時死去，停屍數日，正要放入棺木
大斂時卻復活了。他說他被鬼吏逮捕，押往天曹，而天曹的主事者恰好是他
的表哥，經過審理後他獲得了赦免。在他剛到天曹時，有個年輕女子也一同
被押送過來，她站在門外等候裁決，女子看到章沈的事情一筆勾銷，知道有
力人士幫助了他。於是流著淚低聲地哭著，將手上的一隻金釧和其他的寶物
全脫了下來，拜託章沈交給天曹的主事者，請求救她一命。章沈立刻為她請
託，並將金釧和寶物一起獻上，很久之後主事者才走了出來，告訴章沈已經
判決好了，秋英也一同被釋放。秋英就是這女子的名字。

兩人於是一起離開天曹，由於腳痛和疲累之故，他們已經走不動了，這
時天色也黑了，於是停在路旁的小土屋休息，小土屋像是客舍，卻不見客舍
的主人，章沈和秋英合歡過夜。他還探詢她的住處，女子說：「我姓徐，家
在吳縣烏門，正對著小溪，我家門前有一棵長得歪斜的棗樹。」明天早上各
自離去，兩個人都復活了。

章沈原先是護府軍的軍吏，他請准休假，前往都城，經過吳地，來到了
烏門，按照女子提供的訊息尋找，找到了徐家。他跟主人寒喧後，就詢問秋
英人在何處。主人說：「我女兒從來不出門，先生如何知道她的閨名？」章
沈於是說出昔日兩人幽魂相逢的經過。由於秋英已先說過此事，章沈的話語
因而獲得了證實，主人於是明白了事情的始末。章沈怕羞，並沒有提到兩人
過夜之事，但鄰居有人知道內情的，就將此事告訴了徐氏。徐氏試著叫幾個

奴婢依次出來讓章沈指認是否為秋英，章沈都說：「不是。」於是令秋英出
來見他，兩人一見如故。徐氏認為這是天意，就將秋英許配給章沈為妻，他
們生有一個兒子，取名為「天賜」。

五、髮妻　　東晉・陶潛：《搜神後記》卷四

　　晉時，東平馮孝將為廣州太守❶。兒名馬子，年二十餘，獨臥
廨中❷。夜夢見一女子，年十八、九，言：「我是前太守北海徐玄
方女，不幸蚤亡，亡來今已四年❸。為鬼所枉殺，案生錄當八十
餘，聽我更生❹，要當有依馬子，乃得生活，又應為君妻。能從所
委，見救活不❺？」馬子答曰：「可爾。」乃與馬子剋期當出❻。

　　至期日❼，牀前地頭髮正與地平，令人掃去，則愈分明，始悟
是所夢見者。遂屏除左右人，便漸漸額出，次頭面出，又次肩

項，形體頓出❽。馬子便令坐對榻上，陳說語言，奇妙非常❾。遂與馬子寢息。每誡云：「我尚虛爾，君當自節❿。」即問何時得出，答曰：「出當得本命生日⓫，尚未至。」遂住廨中。言語聲音，人皆聞之。

女計生日至，乃具教馬子出己養之方法，語畢辭去⓬。馬子從其言，至日，以丹雄雞一隻，黍飯一盤，清酒一升，醊其喪前，去廨十餘步⓭。祭訖⓮，掘棺出，開視女身，體貌全如故。徐徐抱出，著氈帳中，唯心下微煖，口有氣息⓯。令婢四人守養護之，常以青羊乳汁瀝其兩眼，漸漸能開。口能咽粥，既而能語⓰。二百日中，持杖起行。一期之後⓱，顏色肌膚氣力，悉復如常。

乃遣報徐氏，上下盡來。選吉日下禮，聘為夫婦。生二兒一女：長男字元慶，永嘉初為秘書郎中；小男字敬度，作太傅掾；女適濟南劉子彥，徵士延世之孫云⓲。

【注釋】

❶　晉：朝代名。司馬炎建立。自公元 265 至 316 年為西晉。自公元 317 至 420 年為東晉。　東平：郡名。在今山東、河南兩省境內。　馮孝將：人名。　廣州：州名。在今廣東、廣西兩省境內。　太守：古官名。為一郡之首長。

❷　廨：音ㄒ一ㄝˋ；xiè。官吏辦事或居住的官舍。

❸　北海：郡名。在今山東省境內。　蚤亡：早死，夭亡。蚤：音ㄗㄠˇ；zǎo。通「早」。

❹　枉殺：無辜遭到冤屈殺害。　案：通「按」。查考。　生錄：指記載生死資料的簿籍。　聽：准許。　更生：復活。

❺　要當：要。當為音節助詞。　依：依靠，憑藉。　生活：生存。　委：付託。　見就活否：救活我嗎？見：用於動詞前，在句中表示代詞賓語的省略。

❻　爾：助詞。用於句末，表肯定語氣，相當於「呀」、「啊」。　剋期：約定日期。剋：約定。通「刻」。

❼　期日：約定的日期。

❽　次：依照順序。　頓：即時，頓時。

⑨　對榻：對向的坐榻。榻：低矮有足的坐臥工具。　陳說：用在解釋原因，說明理由的場合，與一般的敘述有別。

⑩　虛：不具形體。　當自：當。自為音節助詞。　節：節制。

⑪　出：出脫。　生日：出生之日。

⑫　計：計算。　具：副詞。表示全部。

⑬　丹雄雞：紅色羽毛的公雞。公雞有赦罪免死之意。　黍飯：糯米飯。黍：稻之粘者。　醊：ㄓㄨㄟˋ；zhùi。舉酒灑地，以示祭地。　喪：死者的遺體，此指葬身之處。　去：距離。

⑭　祭訖：祭拜完畢。

⑮　開視：打開棺木檢查。　著：安置。　氈帳：用毛毯做成的帳棚。　心下：胸口。

⑯　瀝：一點一點滴下去。　咽：音一ㄢˋ；yàn。吞。通「嚥」。

⑰　期：音ㄐㄧ；jī。一週年。

⑱　永嘉：晉懷帝司馬熾的年號。自公元307至312年。　秘書郎中：掌典籍或起草之文官，任職第一年者稱郎中。　太傅掾：太傅府佐治的官員。掾：音ㄩㄢˋ；yùan。官署僚屬。　適：女子出嫁。　徵士：不就朝廷徵聘之士。　云：語尾助詞。無義。

翻譯：

　　晉朝時，東平郡人馮孝將擔任廣州太守。他的兒子名叫馬子，年紀二十多歲，獨自睡在官舍中。晚上夢見一個女子，年紀十八、九歲，說：「我是前任太守北海郡徐玄方的女兒，不幸早夭，亡故至今已經四年了。我是被鬼所錯殺，檢覈生死簿的資料，我應當要活到八十多歲。裁決准許我復活，但要依附馬子，才能活命，且應該做您的妻子；您能接受請託，救活我嗎？」馬子回答說：「可以啊。」於是跟馬子約定好「出土」的時間。

　　到了約定的時間，牀前的地上出現了與地面齊平的頭髮，馬子令人將頭髮掃去，但頭髮卻越掃越明顯地浮現出來，他這才想起了先前的夢境。於是命令身邊的人都退下。漸漸的女子的額頭冒出來了，接著她的臉也出來了，接著是肩膀，再來是脖子，然後整個身體頓時都冒出地面來了。馬子讓她坐在對面的榻上。她所做的解釋，非常奇特。女子接著就和馬子同睡了。她每每告誡馬子：「我還是個虛身，您要節制些。」馬子問她什麼時候可以「出世」，她回答他：「出世必須在原出生日的那一天；還沒到。」女子就這樣

住在官舍中，她說話和行動的聲音，人們都聽得到。

　　女子推算生日將到，於是仔細地教馬子如何將她從墳中挖出，以及之後的養護方法，說完以後告辭離開。馬子照著她的話做，在她生日那天，以一隻紅色羽毛的大公雞、一盤糯米飯和一升的清酒，祭奠在她墳前；墳墓距離官舍只有十餘步遠。祭拜完之後，將棺木掘出，撬開棺材，檢查女子的身體狀況，她的形體和相貌完好如初。馬子慢慢地將她從棺木中抱了出來，安置在毛毯圍成的帷帳中，她只有胸口處稍暖，口中尚存氣息而已。馬子派四個奴婢看護她，常常用黑羊的乳汁滴潤她的雙眼。漸漸的，她的雙眼可以睜開了，嘴巴也可以吞嚥米粥，慢慢的也能說話了。過了兩百天左右，女子可以拿著枴杖起身行走。一年之後，她的氣色肌肉皮膚和精力完全恢復正常了。

　　於是派人向徐氏報告這個消息，徐家上下全員到齊。選了一個吉祥的日子下聘，為兩人舉行婚禮。他們後來生了兩個兒子一個女兒：大兒子字元慶，在晉朝懷帝永嘉年間擔任祕書省的文書官員，小兒子字敬度，任職太傅府的佐官；女兒嫁給了濟南劉子彥，他是隱士劉延世的孫子。

六、幽魂公主的眼淚　　東晉・干寶：《搜神記》卷十六

　　吳王夫差小女，名曰紫玉，年十八，才貌俱美❶。童子韓重，年十九，有道術❷。女悅之，私交信問，許為之妻❸。重學於齊、魯之間，臨去，屬其父母，使求婚❹。王怒，不與女。玉結氣死，葬閶門之外❺。

　　三年重歸，詰其父母❻。父母曰：「王大怒，玉結氣死，已葬矣。」重哭泣哀慟，具牲幣，往弔於墓前❼。玉魂從墓出，見重，流涕謂曰：「昔爾行之後，令二親從王相求，度必克從大願，不圖別後遭命；奈何❽！」玉乃左顧宛頸而歌曰：「南山有鳥，北山張羅❾。鳥既高飛，羅將奈何！意欲從君，讒言孔多❿。悲結生

疾，沒命黃壚。命之不造，冤如之何⓫！」「羽族之長，名為鳳凰
⓬。一日失雄，三年感傷。雖有眾鳥，不為匹雙。故見鄙姿，逢君
輝光。身遠心近，何當暫忘⓭！」歌畢，歔欷流涕。要<u>重</u>還家⓮，
<u>重</u>曰：「死生異路，懼有尤愆，不敢承命⓯。」<u>玉</u>曰：「死生異
路，吾亦知之，然今一別，永無後期，子將畏我為鬼而禍子乎？
欲誠所奉，寧不相信⓰！」<u>重</u>感其言，送之還家。<u>玉</u>與之飲讌，留
三日三夜，盡夫婦之禮。臨出，取徑寸明珠以送<u>重</u>⓱，曰：「既毀
其名，又絕其願，復何言哉！時節自愛⓲。若至吾家，致敬大
王。」

　　<u>重</u>既出，遂詣<u>王</u>⓳，自說其事。王大怒曰：「吾女既死，而<u>重</u>
造訛言，以玷穢亡靈⓴。此不過發冢取物，託以鬼神！」趣收<u>重</u>，
<u>重</u>走脫，至<u>玉</u>墓所訴之㉑。<u>玉</u>曰：「無憂，今歸白王㉒。」王粧
梳，忽見<u>玉</u>，驚愕悲喜，問曰：「爾緣何生㉓？」<u>玉</u>跪而言曰：
「昔諸<u>生韓重</u>來求<u>玉</u>，大王不許，<u>玉</u>名毀義絕，自致身亡。<u>重</u>從
遠還，聞<u>玉</u>已死，故齎牲幣詣冢弔唁㉔。感其篤終，輒與相見，因
以珠遺之。不為發冢，願勿推治㉕。」夫人聞之，出而抱之，<u>玉</u>如
烟然。

【注釋】

❶ 吳：古國名。據有今江蘇省及浙江省部分地區。傳至夫差，於公元前 475 年被越國
　滅亡。　夫差：公元前？年至公元前 473 年。夫差大敗於越王勾踐，自縊身亡。
❷ 童子：未成年的男子。古代，男子二十歲成年。　道術：道德與學問。
❸ 悅：喜歡。　私交信問：暗中交換定情信物。問：小聘。　許：允嫁。答應嫁。
❹ 齊、魯：古地名。約在今山東省地區。　臨：到，及。　屬：音ㄓㄨˇ；zhǔ。託
　付。通「囑」。
❺ 結氣：鬱悶。　閶門：城門名。在今江蘇省蘇州市。
❻ 詰：音ㄐㄧㄝˊ；jié。責問，問。
❼ 具：備辦。　牲禮：供祭拜用的牲禮。　幣：泛指祭祀用的禮物。

❽　爾：你。　令二親：您的雙親。令：敬稱。　度：音ㄉㄨㄛˊ；duó。揣測。克：能夠。　不圖：想不到。

❾　宛頸：低下頭。　張羅：設下羅網。

❿　讒言：惡意中傷的話語。　孔：副詞。甚，很。

⓫　沒命：死亡。沒：音ㄇㄛˋ；mò。通「歿」。　黃壚：謂地下。黃泉。　不造：泛指命運受阻，不能有所成就。　冤：怨恨。

⓬　羽族：鳥族。　鳳凰：傳說中的鳥名。雄曰鳳，雌曰凰。

⓭　故見：於是顯現。見：音ㄒㄧㄢˋ；xiàn。「現」的本字。　逢：迎見，迎接。何當：何。當為音節助詞。

⓮　歔欷：音ㄒㄩ　ㄒㄧ；xū　xī。哀嘆抽泣聲。　涕：眼淚　要：音ㄧㄠ；yāo。通「邀」。邀約。

⓯　尤愆：過失。愆：音ㄑㄧㄢ；ciān。　承命：聽從命令。

⓰　將：副詞。表示反語。相當於「豈」、「難道」。　禍：危害。　誠：真誠。　所奉：有所侍奉。　寧：副詞。表示反詰。

⓱　徑寸：直徑一寸。

⓲　時節：指四季的節序。

⓳　詣：謁見，拜訪問候。

⓴　玷穢：音ㄉㄧㄢˋ　ㄏㄨㄟˋ；diàn hùi。污辱。

㉑　趣：音ㄘㄨˋ；cù。急，從速。　收：拘捕。　走脫：跑掉。逃離。脫是補語，說明走的結果。　所：處所。

㉒　白：稟告，陳述。

㉓　緣：憑藉。

㉔　齎：音ㄐㄧ；jī。隨身攜帶。

㉕　遺：音ㄨㄟˋ；wèi。贈予。　推治：追究。懲處。

翻譯：

　　吳國國王夫差的小女兒，名叫紫玉，年紀十八歲，才性容貌皆好。青年學生韓重，年紀十九歲，品學兼優。紫玉公主喜歡韓重，私自和他交換定情信物，答應要嫁他為妻。後來韓重到齊魯一帶遊學，臨去之前囑託父母要為他提親。吳王對上門提親的韓重父母發怒，不肯將女兒嫁給他家。紫玉為此鬱結氣死。葬在閶門之外。

　　三年後，韓重遊學回來，追問父母提親一事的結果。父母說：「大王對提親一事震怒！紫玉為此抑鬱而死，已經下葬了！」韓重一聽悲慟大哭，他

備齊牲禮來到公主的墳前哀悼。紫玉的幽魂從墳墓中出來，與韓重相見，公主淚流滿面地告訴他：「當年你離開之後，您雙親就去向大王提親；原以為必定能如我兩所願，想不到別後會遇到這樣的命運，奈何！」公主轉過臉，低頭唱著哀歌：「南山有烏鴉，北山設羅網；烏鴉高飛去，羅網奈如何！真心追隨你，流言是非多。悲愁生疾病，命喪黃泉下。命運不成全，悲憤又如何？」接著又唱：「羽族之冠，唯是鳳與凰，一旦雌失雄，三年皆感傷，雖有眾鳴禽，不願配成雙。含羞現鄙姿，迎見君輝光，身遠而心近，何曾將你忘！」

歌唱完後，公主嗚咽落淚，她邀請韓重一起回到墳墓，韓重說：「生死異路，恐有差錯，不敢從命。」紫玉說：「生死有別，我也知道，但今天分別後，就永遠不能相見了。你怕我是鬼而害了你嗎？我誠心誠意地想侍奉你，為什麼你不相信？」韓重被她的話感動，護送她回墳墓。公主和他飲酒進餐，共度三天三夜的夫妻生活。當韓重要離開墳墓的時候，公主拿了一顆直徑一寸的大珍珠送給他，說：「我的名節已毀，成婚的願望也斷了，還能再說什麼呢？你要注意氣候變化，自己多保重身體。若到我家，請向大王問安。」

韓重離開墳墓之後，就去拜見大王，自述他和紫玉在墓中重逢。國王聽了大發雷霆，他說：「我的愛女已經死了，而你韓重還編造鬼話污辱亡靈，你這不過是盜墓挖寶的行徑，還假託神鬼來唬人！」國王下令立即逮捕韓重。韓重慌忙跑掉，他跑到公主的墳前申訴此事。公主說：「不要憂心！我現在就回去稟告大王。」

國王在梳髮整妝時，忽然看見了他的愛女紫玉，他在錯愕之中又悲又喜，問她：「妳是怎麼活過來的？」公主跪著說：「從前太學生韓重想要求婚，大王不同意；我名節敗壞，又得不到真愛，自己走上了絕路。前幾天，韓重終於從遠方回來了，他特地帶著牲禮來墳前悼念我，我被他的深情所感動，就從墳墓出來與他相見，並把珍珠贈送給他……他並不是盜墓偷來的，希望父王您不要追究懲罰他。」王后聽到小公主回來了，急忙跑出來擁抱住她，然而懷裡的紫玉公主卻如一縷輕煙地消失。

七、還陽姻緣路　　東晉·干寶：《搜神記》卷十五

　　漢獻帝建安中，南陽賈偶，字文合，得病而亡❶。時有吏將詣太山，司命閱簿❷，謂吏曰：「當召某郡文合，何以召此人？可速遣之❸。」時日暮，遂至郭外樹下宿❹。

　　見一年少女獨行。文合問曰：「子類衣冠，何乃徒步？姓字為誰❺？」女曰：「某三河人，父見為弋陽令，昨被召來，今卻得還❻。遇日暮，懼獲瓜田李下之譏❼。望君之容，必是賢者，是以停留，依憑左右❽。」文合曰：「悅子之心，願交歡於今夕❾。」女曰：「聞之諸姑，女子以貞專為德，潔白為稱。」文合反覆與言，終無動志❿。天明各去。

　　文合卒已再宿，停喪將殮⓫，視其面有色，捫心下稍溫，少頃卻蘇⓬。後文合欲驗其實，遂至弋陽，修刺謁令⓭，因問曰：「君女寧卒而卻蘇耶⓮？」具說女子姿質服色、言語相反覆本末⓯。令入問女，所言皆同。乃大驚歎，竟以此女配文合焉⓰。

【注釋】

❶ 漢獻帝：劉協，公元 181 至 234 年在世。公元 189 至 220 年在位，公元 220 年時，遭曹丕廢為山陽公，漢朝滅亡。　建安：東漢獻帝之年號。自公元 196 至 220 年。　南陽：郡名。在今河南、湖北兩省境內。　賈偶：人名。

❷ 將詣：帶往。將：攜帶。詣：往，到。　太山：即「泰山」。山名。在今山東省境內。中國古時以泰山為冥界。　司命：主壽之神名。負責與生死有關的事物。　閱簿：核對算簿上的生卒資料。閱：核實，查對。簿：逐項登記資料的冊子。

❸ 召：呼人使來。　可：應該。虛化後多用於命令、告誡等句子中。　遣：發送，使離去。

❹ 郭：外城。

❺ 類：相似。　衣冠：士階層，官紳。此指官宦人家的子女。　徒步：步行。古時平民無車，必須步行。　姓字：姓名。古代婚姻六禮中有問名。問得女方姓名。《禮記·曲禮》：「男女非有行媒，不相知名。」

❻　三河：地名。漢代時指河南、河東、河內三郡。在今河南省境內。　見：音ㄒㄧㄢˋ；
　　xiàn。「現」的本字。現在。　弋陽：縣名。在今河南省潢川縣。　令：官名。掌
　　管一縣之行政。　卻：副詞，表示相反。
❼　遇：遭逢。　瓜田李下：比喻容易招惹嫌疑，引來非議。
❽　依憑：依託。　左右：您。對人不直接稱呼名字，只稱左右，以示尊敬。
❾　悅子之心：對你有愛慕之心。
❿　姑：父親的姐妹。　潔白：操守清白。　稱：名譽。　動志：改變心意。
⓫　再宿：經過兩個晚上。宿：隔夜。　停喪將殮：停屍等候著衣入棺。
⓬　色：氣色。血色。　捫：音ㄇㄣˊ；mén。撫摸。　心下：心窩，胸口。下為詞
　　尾，非為方位詞。　卻蘇：反而復活。蘇：復生。
⓭　修刺：備好名片，做為通報姓名之用。刺：名片。古代在竹簡上刺上名字及問候
　　語，所以叫做刺。　謁令：晉見縣令。
⓮　寧：副詞。表狀態。曾否。
⓯　具：副詞。都，全。　反覆：重複。　本末：事物的原委。
⓰　竟：最終。

翻譯：

　　漢獻帝建安年間，南陽郡人賈偶，字文合，得病而死。當時有差吏將他
帶到太山，司命核對生死簿的資料後，對差吏說：「應該要召來的是某郡的
文合，怎麼召來了這個人？應該趕快將他遣返！」當時天色已黑，被遣返的
賈文合於是到城牆外的樹下過夜。

　　這時，他見到一個年輕女子獨自走著，文合問她：「妳像是官宦人家出
身，怎麼徒步走路呢？妳的姓名是什麼？」女子說：「我是三河地方的人，
父親目前擔任弋陽縣縣令。昨天我被召來，今天反而放我回去！不料遇到天
黑，擔心招惹嫌疑，引人非議……看您的舉止風度，必是賢德之人，所以在
此留步，想投靠您。」文合說：「我由衷喜愛妳；希望可以在今夜交歡。」
女子說：「我聽姑媽們說，女子以貞潔為美德，清白為名譽！」文合再三勸
誘，都無法打動她的心意。天明之後，雙方各自離去。

　　文合死亡已經過了兩晚，家人準備為停屍的他入殮裝棺，卻發現他面有
血色，觸摸他的胸口也有些溫暖，不久，他竟復活過來了！後來文合想要驗
證那個女子所說的話是否屬實，就到弋陽縣去訪查。他備妥名片去晉見縣

令，並問縣令：「您的女兒是否曾死後復活？」文合詳細地把女子的容貌、穿著和言談重述了一遍。縣令進去詢問女兒，都與文合說的相同。縣令對此驚歎非常，最後將這個女兒許配給了文合。

八、此情生死永不渝　東晉・干寶：《搜神記》卷十五

晉惠帝世，河間郡有男女私悅，許相配適❶。尋而男從軍，積年不歸。女家更欲適之❷。女不願行；父母逼之，不得已而去。尋病死。

其男戍還，問女所在，其家具說之❸。乃至冢，欲哭之訴哀，而不勝其情❹。遂發冢開棺，女即蘇活。因負還家，將養數日，平復如初❺。

後夫聞，乃往求之❻。其人不還，曰：「卿婦已死❼，天下豈聞死人可復活耶？此天賜我，非卿婦也。」於是相訟。郡縣不能決，以讞廷尉❽。祕書郎王導奏❾：「以精誠之至，感於天地，故死而更生。此非常事，不得以常禮斷之。請還開冢者。」朝廷從其議❿。

陝西省咸陽博物館西漢周勃絳侯墓彩繪戴冠長甲持盾扛械步兵俑，陝西省咸陽市西漢墓出土。

【注釋】

❶　晉惠帝：司馬衷。公元 259 至 306 年在世；

公元 290 至 306 年在位，後遭毒死。　河間：郡名。在今河北省境內。　私悅：暗中相愛。　許相配適：承諾要嫁娶對方。配適：婚配。

❷ 尋：副詞。表時間。不久。　積年：多年。積：多。　更：副詞。另外。　適：女子出嫁。

❸ 戍：音ㄕㄨˋ；shù。在邊防駐守。　具：副詞。全，都。

❹ 哭：特指凶禮中的哭喪。　而：副詞。反而。　不勝：承受不住。勝：音ㄕㄥ；shēng。經得起。

❺ 發冢：掘開墳墓。　蘇活：再生，復活。　負：以背載物。揹著。　將養：調養。

❻ 後：之後。指時間上相對較後。　求：尋找，索取。　之：代詞，指他的妻子。

❼ 卿：六朝時期對於第二人稱「你」的通稱。

❽ 相訟：互相控告。　決：判決訴訟，判決案情。　讞：音一ㄢˋ；yàn。議罪。對於有疑，或判決不能服人的訴訟案件所進行的平議。　廷尉：掌理天下刑獄，凡州郡疑難案件皆應報請判處。

❾ 秘書郎：官名。掌典籍，或起草文書之官。　王導：公元 276 至 339 年在世。東晉權臣、宰相。《晉書》有傳。　奏：向上級陳述。

❿ 議：議決。

翻譯：

在晉惠帝時代，河間郡有一對男女瞞著父母彼此相愛，他們私定終身。不久，男子去從軍，過了好多年都沒有回來。女方家要把女兒改嫁給他人，女子不肯，父母強迫她，不得已而嫁了過去。嫁去不久就病死了。

那個男子從戍防的邊疆回來了，問女方家女子人在何處？她家把全部的情形說了。男子於是來到女子的墳前，他原想放聲痛哭一場來傾訴內心的哀傷，卻無法克制住悲情……於是他掘開了墳墓，撬開了棺材；棺材一開，女子立時復活了。男子於是揹著她回家，調養幾天之後，身體恢復如常。

後來她的丈夫聽說了此事，就去男子家要人。男子不肯歸還，他說：「你的妻子已經死了，天底下可曾聽說過人死還可復活的事嗎？這是上天賜給我的，不是你的妻子！」雙方相持不下，於是向官府爭訟。郡縣不能決斷這個案子，呈交終審機構廷尉加以裁決，但仍無法定奪。最後由祕書郎王導奏稟皇帝：「此人至情至性，感動天地，才會使死者復活。此事非比尋常，故不能以常法論斷。建請將此女子歸還給掘開墳墓者。」朝廷同意了這項決議。

九、情婦住在棺材裡　西晉·陸氏：《異林》

　　鍾繇嘗數月不復朝會，意性異常❶。或問其故，云：「常有好婦來，美麗非凡。」問者曰：「必是鬼物，可殺之❷。」

　　婦人後往，不即前，止戶外❸。繇問何以，曰：「公有相殺意！」曰：「無此。」乃勤勤呼之，乃入，繇意恨恨，有不忍之心，然猶斫之，傷髀❹。婦人即出，以新綿拭血，竟路❺。

　　明日，使人尋跡，至一大塚，木中有好婦人，形體如生人，著白練衫，丹繡裲襠，傷左髀，以裲襠中綿拭血❻。叔父清河太守說如此❼。

【注釋】

❶　鍾繇：人名。三國時魏人。公元 151 至 230 年在世。仕漢、魏，官至太傅，為書法名家。《三國志》有傳。　不復：不。復：音節助詞。　朝會：臣屬朝見君主的活動。朝：音ㄔㄠˊ；cháo。臣見君為朝。　意性：心情。

❷　好婦：美女。　可：應該。表示規勸或告誡。

❸　即前：立即入見。前：進，入見。　止：停住。　戶：臥室的小門。

❹　相殺：殺我。相：偏指受事的一方。　乃勤勤呼之：於是誠懇地呼請她。乃：連詞。於是。勤勤：誠厚貌。呼：請。　乃入：才進來。乃：副詞。纔。　恨恨：戀戀不捨。斫之：砍殺她。斫：音ㄓㄨㄛˊ；zhúo。用刀斧砍。　髀：音ㄅㄧˋ；bì。大腿。

❺　竟路：整條路。竟：總指，自始至終。

❻　木中：棺材裡。木，木材所製的器物，此指棺材。　練：白色柔軟的熟絹。　裲襠：音ㄌㄧㄤˇ ㄉㄤ；liǎng dāng。背心，前幅當胸，後幅當背之服裝。

❼　叔父：稱呼父之弟。　清河太守：清河郡的首長。此指三國時吳人陸雲，於公元 262 至 303 年在世。他在吳平之後歸晉，官至清河內史。是當代著名的文學家，與其兄陸機並稱為「二陸」。《晉書》有傳。故知敘述者乃陸機之子。《異林》存世僅此一則。

翻譯：

　　鍾繇曾經有好幾個月都不去參加朝廷的會議，心情也和平常不一樣。有

同僚問他是什麼緣故，鍾繇說：「近來常有個美女來找我，艷麗出奇！」那人說：「必定是鬼，勸你殺了它！」

後來那女人來找鍾繇，她沒有立即進來見面，她在房門外停住。鍾繇問她怎麼了，女人說：「大人想殺掉我。」鍾繇說：「沒這回事！」於是誠懇地呼請她，這才進入房內。鍾繇捨不得，也不忍心，但還是砍了她；砍傷她的大腿，那女人立即逃離出去！邊逃邊以新綿絮擦拭著傷口流出來的血；整條路上，血跡斑斑。

第二天，鍾繇派人沿著血跡一路追蹤，追到一座大墳墓；棺材中發現了一個美麗的女人，形體宛如活人，身上穿著白色絲絹製成的長衫，套著朱紅色繡花的背心。左大腿受了傷，用背心裡的綿絮擦拭過。我叔父清河太守如此說。

十八、不了情　　南朝 宋·祖沖之：《述異記》

庾邈與女子郭凝私通，詣社，約取為妾，二心者死❶。邈遂不肯婚娉。經二載，忽聞凝暴亡❷。

邈出門瞻望，有人來，乃是凝，斂手，嘆息之❸。凝告郎云：「從北村還，道遇強人抽刃逼凝，懼死從之❹。未能守節，為社神所責，卒得心痛，一宿而絕❺。」邈云：「將今且停宿❻。」凝答曰：「神鬼異路，毋勞爾思。」因涕，泣下沾襟❼。

【注釋】

❶　庾邈：人名。庾氏為東晉勢族，伯父庾亮為丞相，父親庾冰亦掌朝政。　私通：非正式婚配下的男女性關係。　詣社：到社廟。詣：音一ˋ；yì。往，到。社：古代祭土神之所，即社廟、社宮。社也祭祀婚姻神高禖。高禖即女媧，創立對偶婚，與伏羲結為夫妻。　約取為妾：約定娶作側室。妾：小妻。當時庾家為勢族，女方若門第不相當，僅得作妾。　二心者死：有異心的那個人就會死。二心：異心。

者：助詞。語首提示。

❷ 暴亡：突然死亡。暴：突然。

❸ 乃：原來是。　斂手：將右手疊在左手之上，拇指交叉，置於腹前。表示恭敬之禮。此為當時卑者對尊者之見面禮儀。　之：代詞。用於不及物動詞之後，指事物。

❹ 郎：情郎。女子對年輕情人的暱稱。　強人：強盜。　抽刃：拔出刀子。刃：刀。

❺ 社神：土地神。　卒：音ㄘㄨˋ；cù。急遽貌。通「猝」、「促」。　一宿：一晚。宿：隔夜。

❻ 將：音ㄑㄧㄤ；qiāng。請求。　將今且停宿：請今晚先留下來過夜。

❼ 毋勞爾思：你不要憂心。勞：惆悵、憂傷。爾：你。思：音ㄙˋ；sì。心情。　涕：眼淚。作動詞用。流淚。　泣：淚。　襟：古代衣服的交領。

六朝博物院，面容端正清秀的男文吏俑，南京市雨花台出土。

翻譯：

　　庾邈和女子郭凝未婚私通，兩人一起到社廟約定，庾邈要娶郭凝為妾，誰有貳心誰就死。庾邈之後再不肯訂親。這樣過了兩年，庾邈突然聽說郭凝猝死了。

　　一晚，庾邈出門張望，看到有人前來，原來是郭凝。她斂手對庾邈行禮，感歎這場不幸。郭凝告訴情郎：「我從北村回來時，路上遇到了強盜，他拔出刀子來逼迫我，我怕被他殺死，就順從了他。我沒能守住貞潔，遭到社神的責罰，突然胸口發痛，一晚就命絕了。」庾邈說：「請妳今晚先留下來過夜吧。」郭凝答說：「人鬼異路，你莫傷心。」說完便流淚了，眼淚落下，沾濕了衣領。

十一、再見她一面　魏·曹丕:《列異傳》

　　北海營陵有道人,能使人與死人相見❶。同郡人婦死已數年,聞而往見之,曰:「願令我一見死人,不恨❷。」遂教其見之。於是與婦人相見,言語、悲喜、恩情如平生。良久,乃聞鼓聲,恨恨不能出戶❸,掩門乃走,其裾為戶所閉,掣絕而去❹。

　　後歲餘,此人死。家葬之,開見婦棺,蓋下有衣裾。

【注釋】

❶　北海:郡名。在今山東省境內。　　營陵:縣名。在今山東省昌樂縣,為北海郡治所。　　道人:巫師。

❷　願:請。乞求。　　一見死人:見得到身故的人。一:助詞。加強語氣。　　不恨:沒有遺憾。

❸　乃聞鼓聲:才聽到鼓聲。乃:副詞。才。《搜神記》卷二亦載此說:云:「道人曰:『卿可往見之,若聞鼓聲,即出,勿留!』」　　恨恨:音ㄌㄧㄤˋ ㄌㄧㄤˋ;liàng liàng。惆悵,眷念。依依不捨。　　戶:臥室的小門。

❹　掩門:關門。掩:關閉。　　裾:衣服前後所下垂之緣。　　掣絕:扯斷。拉斷。掣:音ㄔㄜˋ;chè。拉牽,抽取。

翻譯:

　　北海郡營陵當地有個巫師,能使活人和死人相見。同郡有個人他的妻子已經死了好多年,聽說後就去見那個巫師,對他說:「請求你讓我和死去的人見上一面,此生便無遺憾。」巫師於是傳授他與死人相見的方法,囑咐他若是聽到鼓聲,立即離開。這個人因而和亡妻相見了,她的言語、悲喜心情、關愛的情意,都一如平生。許久之後,方才聽到鼓聲,他離情依依,捨不得步出房門,直到亡妻將門關起來時才走,他衣裳的下襬就這樣被門給夾住了,扯斷之後才得以離去。

　　一年多之後,這個人死了。家裡的人為他下葬,打開基室之後,看到他妻子的棺蓋下有一片衣服的下襬。

十二、倩女幽魂來送絹　　南朝 宋‧祖沖之：《述異記》

　　清河崔基，寓居青州❶。朱氏女姿容絕倫，崔傾懷招攬，約女為妾❷。後三更中，忽聞扣門外，崔披衣出迎，女雨淚嗚咽❸，云：「適得暴疾喪亡，忻愛永奪❹。」悲不自勝。女於懷中抽兩疋絹，與崔曰❺：「近自織此絹，欲為君作褌衫，未得裁縫，今以贈離❻。」崔以錦八尺答之。女取錦，曰：「從此絕矣！」言畢，欻然而滅❼。

　　至旦，告其家。女父曰：「女昨夜忽心痛，夜亡。」崔曰：「君家絹帛無零失耶？」答云：「此女舊餘兩疋絹在箱中。女亡之始，婦出絹，欲裁為送終衣，轉眄失之❽。」崔因此具說事狀❾。

六朝博物院，東晉陶女俑，南京市雨花台小行出土。

【注釋】

❶　清河：郡名。在今河北省境內。　崔基：人名。清河郡崔氏是世家大族。　青州：州名。在今山東省境內。

❷　絕倫：無與倫比，特出，超凡。　傾懷：傾心愛慕。　招攬：招到，收攏，此指追求。約：預先約定。　妾：小妻，側室。崔氏為大姓，不得與庶族通婚，因此，崔氏雖與朱氏女相愛，也只能娶她作妾。

❸　叩門：敲門。　雨淚：流淚。雨：音ㄩˋ；yù。滴落。

❹　適：副詞。剛才。　暴疾：急性發作的疾病。　忻愛：珍愛。　奪：失去。

❺　悲不自勝：無法克制悲痛。　抽：引出，拔

出。　疋：量詞。通「匹」。布幅長四丈為匹。　絹：生絲所織成之帛。　與：給予。

❻ 褌：音ㄎㄨㄣ；kūn。有襠的褲。　未得：未能。得：能夠。表示客觀情況允許。贈離：奉送財物以作為別離後存念之用。

❼ 錦：用彩色經緯絲織出各種圖案的絲織品。錦的價格為絹的數倍強。　答：報答。豁然：散開貌。

❽ 零失：遺失少許。零：數的零頭。　餘：剩餘。　轉眄：即轉瞬之間。形容時間短促。

❾ 具：副詞。都，全。　事狀：事情。

翻譯：

清河郡人崔基，住在青州。有位朱氏女子姿容絕美，崔基傾心追求，約定要聘她為妾。後來在某個半夜裡，崔基突然聽到屋外有敲門聲，他披著衣服出去相迎，這個女子淚如雨下，嗚咽著說：「剛才我得到急症身亡⋯⋯將永遠失去我的最愛了！」她悲傷不已。女子從懷裡拿出了兩匹素絹，交給崔基說：「這是最近我親自織的絹帛，原本要為你做套衫褲，還沒能夠縫製，如今拿來作為離別的贈禮了。」崔基以八尺的錦緞回贈她。女子接下錦緞，說：「從此永別了！」話說完後，她就消失了。

到了天明，崔基去她家報知這件事。女子的父親說：「女兒昨晚突然心痛，夜裡就亡故。」崔基說：「您家的絹帛有沒有短少一些呢？」答說：「女兒之前留有兩匹絹，放在箱子裡。女兒剛死的時候，我妻子拿出絹來，想為她縫製送終的壽衣，轉眼之間絹就不見了。」崔基於是將送絹一事全都說了。

※問題與討論

1. 編撰一則超時空人鬼婚戀故事，文長300字，需安排一個能據以定情與相認的信物。

2. 本篇部分故事反映了「難婚主題」的文化背景，請嘗試分析當時婚姻的阻

　礙因素為何？

3.相對於陽世的女人，女鬼的求愛有哪些便利與不便之處？

4.秦漢地方行政官兼管司法，一般案件可自行判處，如有疑案，則逐級移送，縣不能決則移於郡，郡不能決則移於廷尉，廷尉為終審機構，若廷尉不能決，則上奏皇帝決定。準此，〈此情生死永不渝〉共歷經幾次的審議？你若是執事的司法官，會如何判決這椿疑案？

主題二、妖魅色誘集

前　言

　　本篇主題曲折地反映情欲匱乏者的性欲變相或偽飾。在故事中，敘事者興奮而又戒慎地轉述了這類奇聞妙事：某個隻身捕魚的成年男性，在水霧迷濛的沼澤邊與素昧平生的「女子」邂逅，調情的話語，樸實又帶挑逗性；出門在外的無聊男子，面對投懷送抱的女妖，無法抗拒，且沾沾竊喜，以為今晚將有一場風流豔遇……豈料，風停雨霽，月光映照之下，方才翻雲覆雨的對象竟然是一尾鱷魚！幾度春宵之後，男人瞥見裙襬間出現的，不是美人腿，竟是龜腳與龜尾巴……氣急敗壞的男人們顧不得驚恐，一心要擒拿「她」們懲治，報復失身於獸類的委屈。然而，作為江湖老手的鱷魚、烏龜、水獺、狐妖、狸魅……牠們多數能臨危不亂，匆匆閃人，徒留情何以堪的男子書空咄咄。女人的情慾也不易設防，獨守空閨的寂寞怨婦，恍惚與良人互通款曲，只是東窗事發，良人不是人，而是作為「情夫」的猴、蛇、狗、雞……究竟是誰玩了誰？是自欺？還是被騙？是否淫心一有，孽境即生。

　　人與妖魅之間的「性相遇」故事與地緣有關，所謂靠山吃山，靠海吃海；北方男人多遇到山產；南方則是水族居上。由於狐、狸會潛入民宅「偷雞」，所以狐精常會在雞舍現身引誘男人。不論物種的棲息地及生態如何不同，成年男女和精怪的過節都有如下的環境因素與事件序列：

$$
成人
\begin{cases}
出外男性
\begin{cases}
隻身一人 \to 遇妖 \to 色誘得逞 \to 發現上當 \to 妖怪逃之夭夭 \\
僻靜處所 \to 遇妖 \to 色誘得逞 \to 發現上當 \to 妖怪逃之夭夭 \\
天色昏暗 \to 遇妖 \to 色誘得逞 \to 發現上當 \to 妖怪逃之夭夭
\end{cases} \\
居家女性
\begin{cases}
未婚 \to 待嫁閨中 \to 遇妖 \to 受騙得逞 \to 發現上當 \to 妖怪被殺 \\
已婚 \to 獨守空閨 \to 遇妖 \to 受騙得逞 \to 發現上當 \to 妖怪被殺
\end{cases}
\end{cases}
$$

　　從上述簡表的事件進程來看，被人倫禮教視為獸慾的性渴望最易存在於「隻身寂寞」之際；不論是居家或外出；男性或女性；已婚或未婚，觸發性衝動的對象是化身為主動求歡的「妖魅」。既知是「妖魅」，原該加以驅逐擯斥；但在故事之中，「妖魅」是誘姦得逞後，當事人才發現上當了。這說明一般成人，其實難以抑制「妖魅」所象徵的「性欲」；正因為如此，「性欲」就被「妖獸」化了。那些引起男性勃勃欲試的年輕冶豔女子，也就被「妖精」化了。這個現象反映成人在欲望與規範之間的性愛焦慮，而這種焦慮又被抑制成對美艷女子的指摘與防範，此所以《洛陽伽藍記》紀錄當時社會敵視「衣服靚妝，行路人見而悅」的女人，聲稱她們是狐魅，是古代淫婦的化身。志怪將人類的情欲對象「妖魅化」，並將人類不倫不類的性冒險歸罪於精魅的誘拐，而其產下的異類生命則不被允許進入人類社會的疆域內，牠們的下場有二，一是死；有產下即死者，有遭誅死者；二是驅逐出境，如放生於江海；永絕人間。足見本類型的志怪題材有意維護人類社會的性與生育規範。

　　本篇故事道破之後，就是「人獸交」，這種亂倫的「性遇」雖然是可說的「怪談」，但卻是萬不可做的「禁忌」，「禁忌」直接宣告「絕對禁止做」的行為規範，以及所有社會成員必須「切實遵守」的道德義務，以防範個人性行為墮落所引發的人性與社會淆亂。但話說回來，人與妖魅的情欲故事充滿異色趣味，妖魅的喬裝、情節的鋪陳與逆轉，都令人興奮稱妙，故後世頗有踵事增華者，如清‧蒲松齡《聊齋誌異》的狐妖，民間故事的《白蛇傳》，都是歷久不衰的經典故事。

一、妖龜魅來搭訕　　晉‧孔約：《志怪》

　　會稽史謝宗赴假吳中，獨在舡❶。忽有女子，姿性妖婉，來入舡。問宗：「有佳絲否？欲市之❷。」宗因與戲，女漸相容。留在

舡宿，歡宴繼曉❸。因求宗寄載，宗便許之❹。

　　自爾，舡人恆夕但聞言笑，兼芬馥氣。至一年，往來同宿❺。密伺之，不見有人。方知是邪魅，遂共掩之❻。良久，得一物，大如枕；須臾又得二物，並小如拳❼。以火視之，乃是三龜。

　　宗悲思，數日方悟。自說此女子一歲生二男，大者名道愍；小者名道興。既為龜，送之於江❽。

【注釋】

❶　會稽：郡名。在今江蘇省東南部及浙江省西部。　吏：在地方政府服役的吏員，編籍於吏戶，有糧餉，有役期，可給假。　謝宗：人名。　赴假：度假。在假期中前往某地。　吳中：古地名。在今江蘇省吳縣。　舡：音ㄒㄧㄤ；xiāng。船。

❷　妖婉：妖艷嫵媚；柔順溫婉。　市：購買。

❸　戲：調戲，開玩笑。　相容：同意他（的調情行為）。　繼曉：通宵達旦，直到天亮。

❹　寄載：搭便船。寄：依託。載：乘坐。　許：答應。許可。

❺　自爾：從此。　舡人：船夫。　恆：經常。　兼：不僅如此還包括其他方面。　往來：來來去去。表示全稱性概念。

❻　密伺：暗中守候偵查，窺伺。　魅：怪物。　掩：乘其不備而偷襲。

❼　物：物怪。　須臾：片刻。　並：兩者的情況皆相同。

❽　悟：覺悟，理解。　送：遣送。

翻譯：

　　會稽郡的小吏員謝宗到吳中去渡假，獨自一人在船上。忽然有個女子，姿質妖艷且溫婉動人，她進來船上問謝宗說：「有沒有品質好的絲啊？我想要買一些。」謝宗乘便調戲她，女子也漸漸容許了他的一些行為。當晚她就留在船上過夜，吃喝玩樂到天亮。她因而請求謝宗讓她寄住在船上，謝宗也答應了。

　　此後，附近的船家總是在入夜之後聽到談笑的聲音，還聞到芬芳的香味。一年之間，他們兩人都住在一起。船家們暗中窺伺謝宗的船，沒看到有人，這才知覺「她」是個妖魅。於是聯合突襲謝宗的船，搜了很久才找到一

個物怪，大如枕頭，接著又找到兩個物怪，都如拳頭般小。拿火炬來照它們，原來是三隻烏龜。

　　謝宗為此很悲傷，幾天之後才想得開。他說這個女子一年生了兩個男嬰，大的取名道愍；小的取名道興。既然是烏龜，就把牠們放到江裡去了。

二、臂彎裡的鱷魚　　東晉・干寶：《搜神記》卷十九

　　鄱陽人張福，船行還野水邊❶。夜有一女子，容色甚美，自乘小船，來投福❷，云：「日暮畏虎，不敢夜行。」福曰：「汝何姓？作此輕行。無笠，雨駛，可入船就避雨❸。」因共相調，遂入就福船寢❹。以所乘小舟，繫福船邊。

　　三更許，雨晴月照，<u>福</u>視婦人，乃是一大鼉，枕臂而臥❺！<u>福</u>驚起，欲執之，遽走入水❻。向小舟是一枯槎段，長丈餘❼。

【注釋】

❶ 鄱陽：郡名。在今江西省境內。　船行：行船，利用船隻在水面上往來。　還：通「旋」，旋轉。　野水：非人工整治的天然水域。

❷ 乘：坐，駕。　投：投靠。

❸ 輕行：輕便但不堅固安全的行裝。　笠：防止被雨淋溼的篷狀物。　雨駛：雨猛急。駛：急，迅速。形容詞。　可：宜，應當。表示規勸的語氣。　就：副詞。正：便。

❹ 共：與，同。　相調：互相調戲。　入就：進到。就：到。

❺ 鼉：音ㄊㄨㄛˊ；tuó。動物名，鱷魚類。中華短吻鱷，一名鼉龍，又名豬婆龍，或稱揚子鱷。體長一公尺半至兩公尺餘，體重約三十六公斤，四隻腳，背部和尾部長有鱗甲，兇猛力大。長江流域的江湖、水塘為其棲息地，遇敵時，會迅速沉入水底避害。　枕臂：頭靠著手臂。枕：音ㄓㄣˋ，zhèn。以頭枕物。

❻ 執：拘捕，捉拿。　遽：迅速。

❼ 向：先前。　槎：音ㄔㄚˊ；chá。編竹木成排可浮於水上之渡水工具。竹筏，木筏。　段：一截。　丈：十尺為丈。約合今 220 公分。

翻譯：

　　鄱陽郡人張福，駕船繞轉到無人的天然水域。夜晚有一個女子姿色非常美麗，獨自駕著小船前來投靠張福，說：「天黑了，害怕會有老虎，不敢夜行。」張福說：「妳姓什麼呢？這麼隨便出船啊！沒有船篷，雨勢這麼急！勸妳進來我的船避雨吧。」於是同她戲謔一番，女子接著就進來張福的船和他睡覺；她把搭乘的小舟綁在張福的船旁邊。

　　三更左右，雨停了，月光照映下來，張福細看這個女人，竟然是一隻大鱷魚，枕著自己的手臂在睡覺。張福大驚而起，打算捉拿牠，但大鱷魚已迅速地潛入水裡去了！剛才的那條小舟，原來是一截枯朽的木筏，大約十尺多長。

三、水獺女郎　　東晉・戴祚：《甄異傳》

河南楊醜奴，常詣章安湖拔蒲❶。將暝❷，見一女子，衣裳不甚鮮潔而貌美。乘船載蓴，前就醜奴❸：「家湖側，逼暮不得返。」便停舟寄住❹。

借食器以食，盤中有乾魚、生菜。食畢，因戲笑。醜奴歌嘲之❺，女答曰：「家在西湖側，日暮陽光頹，託蔭遇良主，不覺寬中懷❻。」俄滅火共寢。覺其臊氣，又手指甚短，乃疑是魅❼。此物知人意，遽出戶，變為獺，徑走入水❽。

【注釋】

❶ 河南：郡名。在今河南省境內。　楊醜奴：人名。　詣：音一ˋ；yì。往，到。章安湖：湖名，在今浙江省境內，為長江三角洲區域內的湖泊，資源豐富。　蒲：音ㄆㄨˊ；pú。草名。即香蒲，可供食用，其葉供編織，可作成蓆子、扇子、袋子等器具。

❷ 暝：天黑，日暮。

❸ 蓴：音ㄔㄨㄣˊ；chún。植物名。一名水葵，又名鳧葵。多生湖泊河流之中，葉橢圓形，有長柄浮出水面，莖和葉柄有黏液，可以作羹，是名貴食材。字亦作「蒓」。　就：趨向，接近。

❹ 逼暮：天就要黑了。逼：接近。　寄住：借住。

❺ 嘲：嘲笑，戲弄。

❻ 頹：落下。　中懷：內心。

❼ 俄：音ㄜˊ；é。不久，瞬間。　臊：音ㄙㄠ；sāo。肉類及油脂的腥臭氣。水獺以魚為主食，此指其魚腥味。　魅：鬼怪。

❽ 遽：快速。　獺：音ㄊㄚˇ；tǎ。獸名。水獺。形長三尺餘，全體被細長柔毛，頭扁而短，眼睛甚大，四肢短，各有趾，趾間有蹼。晝伏夜出，行動敏捷，捕魚為食。　徑：直接，敏捷快速。　走：跑。

翻譯：

河南郡人楊醜奴，經常到章安湖去拔蒲草。天快黑時，見到一個女子，

衣服不是很乾淨，但容貌美麗。她乘著船，載著蓴菜，划到楊醜奴前方，說：「我家住在湖邊，天色已暗，沒法子回去了。」接著就把船停泊下來，借住在楊醜奴的田舍。

　　她向楊醜奴借用餐具來進食，盤子裡有魚乾和生菜。吃完之後，兩人就玩鬧起來。楊醜奴唱歌調戲她，女子回唱道：「家住西湖邊，日暮陽光沉，託福遇良人，心情好舒放！」不久將燈火熄滅，準備一起睡覺……楊醜奴發覺她有股腥臊氣，而且手指非常短，遂懷疑牠是妖魅。這精魅知曉人的心思，牠迅速溜出小門，變成隻水獺，直接跑進水裡去了。

四、露出龜腳　　南朝・佚名：《續異記》

　　山陰朱法公者，嘗出行，憩於臺城東橘樹下❶。忽有女子，年可十六、七❷，形甚端麗。薄晚，遣婢與法公相聞，方夕欲詣宿❸。

　　至人定後，乃來❹，自稱姓檀，住在城側。因共眠寢，至曉而去，明日復來。如此數夜。每曉去，婢輒來迎❺。復有男子，可六、七歲，端麗可愛，女云是其弟。

　　後曉去，女衣裙開，見龜尾及龜腳。法公方悟是魅，欲執之❻。向夕復來，即然火照覓，尋失所在❼。

【注釋】

❶　山陰：縣名。今浙江省紹興市。　　出行：外出旅行。　　臺城：京城。魏晉南朝時稱朝廷禁省為臺。南朝臺城在今江蘇省南京市附近。

❷　可：大約。

❸　薄晚：快要天黑時。薄：逼近，靠近。　　相聞：問候。　　方夕：就在晚上時。方：時間副詞，正，適。　　詣宿：來此過夜。

❹　人定：古代時段名稱，指夜深人都安睡之時。　　乃：才。

❺　輒：副詞。總是，就。

❻　魅：鬼怪。　　執：捉拿。拘捕。

❼　向夕：傍晚。向：介詞。將要。　　然火：點燃火燭。然：燃的本字。燃燒。　　尋：
　　不久。指時間很短。通「俄」。

翻譯：

　　山陰縣人有個叫朱法公的，曾經外出旅行，他在臺城東邊的橘樹下休息著。忽然出現了一個女子，年紀約十六、七歲，模樣非常端正秀麗。接近天黑時，她派遣婢女來向朱法公致意，說她將會在晚上來過夜。

　　一直到夜深人靜之時，她才來，自稱姓檀，就住在城邊，接著就和朱法公一起睡覺。待到天亮，她才離開，明天又來；就這樣過了好幾個晚上。每次於清晨離去時，她的婢女總會立刻前來迎接，另外還有一個男孩，約六、七歲大，端正漂亮，討人喜愛，女子說那是她的弟弟。

　　之後有個清晨她要離去，女子的衣裙敞開了，朱法公瞥見裙子裡面有龜尾巴和龜腳。朱法公才覺悟到她是妖魅，打算當晚要擒拿她。快傍晚時，女子又來了，朱法公即刻點燃火燭要查尋，但一下子就失去了牠的蹤跡。

五、雙宿容易雙飛難　　南朝　宋・劉敬叔：《異苑》卷八

　　晉懷帝永嘉中，徐奭出行田，見一女子姿色鮮白❶。就奭言調❷，女因吟曰：「疇昔聆好音，日月心延佇❸。如何遇良人，中懷邈無緒❹。」奭情既諧，欣然延至一屋❺，女施設飲食而多魚。遂經日不返。

　　兄弟追覓至湖邊，見與女相對坐。兄以藤杖擊女，即化成白鶴，翻然高飛。奭恍惚，年餘乃差❻。

【注釋】

❶ 晉懷帝：司馬熾，公元 284 至 313 年在世。　永嘉：晉懷帝年號。公元 307 至 312年。　徐奭：人名。　行田：種田。　鮮白：明潔。
❷ 就：趨近。　言調：談天說笑。　調：音ㄊㄧㄠˊ；tíao。調戲，調笑。
❸ 疇昔：往日。疇，助詞，無義。　好音：美好的名聲。　日月：一天和一月。指每天每月，無時無刻。　延佇：久立等待。
❹ 良人：婦女稱丈夫、情人。或指好人。　中懷：內心。　邈：渺茫。　無緒：理不清思緒。
❺ 諧：融洽和樂。　延：引進，接待。
❻ 翻然：高飛貌。　差：音ㄔㄞˋ；chài。病除，痊癒。

翻譯：

晉懷帝永嘉年間，徐奭到田裡耕作，見到一個女子姿色明潔。她走近徐奭，跟他說笑，女子接著吟唱：「久仰您的好名聲，內心日日在盼望，不意在此遇見您，內心迷惘無頭緒。」徐奭一聽有合意。女子於是欣喜地將他請進屋，她準備了飲食，其中以魚為多。徐奭就這樣住了好幾天都不回家去。

徐奭的兄弟到處尋找他的下落，找到了湖邊，看見徐奭和那個女子面對面坐著。徐奭的兄長拿起藤杖往那女子打了下去，女子立刻變成了一隻白鶴，高高地飛走了。徐奭此後神智恍惚，過了一年多他才痊癒。

六、母豬賽貂蟬　　東晉・干寶：《搜神記》卷十八

晉有一士人，姓王，家在吳郡❶。還至曲阿，日暮，引船上當大埭❷。見埭上有一女子，年十七、八，便呼之留宿。至曉，解金鈴繫其臂❸。使人隨至家，都無女人，因逼豬欄中，見母豬臂有金鈴❹。

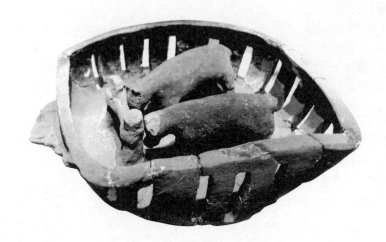

南京博物院，六朝灰陶豬圈，南京市梅家山出土。

【注釋】

❶　晉：朝代名。司馬炎建立。自公元 265 至 316 年為西晉。自公元 317 至 420 年為東晉。　吳郡：郡名。在今江蘇、浙江兩省境內。

❷　曲阿：縣名。在今江蘇省丹陽市。　引船：以繩索牽引船隻，使船行動。　當大埭：土壩名。埭：音ㄉㄞˋ；dài。用土堵水稱埭。古時在河流水淺不利行船處，築一土壩堵水，中留航道，兩岸樹立轉軸。船要過河時，船尾繫一粗繩連結轉軸，或以人，或以牛，推軸挽繩，將船牽引過去。引船上埭需要繳費，稱牛埭稅。所以，埭也相當於河道轉運收費站。

❸　呼：請。　金鈐：金鎖。鈐：音ㄑㄧㄢˊ；qián。　臂：人的手臂。

❹　都：全。完全。　逼：靠近。　豬臂：豬的前腳。凡昆蟲獸類之前腳曰臂。

翻譯：

　　晉朝時有個讀書人，姓王，家住在吳郡。某次，返家途中來到曲阿縣，天黑了，於是把船拉上當大埭停靠宿夜；在埭上見到一個女子，年紀約十七、八歲，就呼請她留下來過夜。到了天明，他解下一個金鎖綁在女子的手臂上。隨後派人跟蹤那個女子去到她家，卻發現她家都沒有女人，於是走近豬欄邊看看，見到一隻母豬的前腳綁有金鎖。

七、獺糞變成口香糖　　南朝 宋‧劉義慶：《幽明錄》卷六

　　<u>宋</u>永興縣<u>吏</u><u>鐘道</u>得重病初差，情欲倍常❶。先樂<u>白鶴墟</u>中女子，至是猶存想焉。忽見此女振衣而來，即與燕好❷。

　　是後數至❸。<u>道</u>曰：「我甚欲雞舌香❹。」女曰：「何難？」遂掬香滿手以授<u>道</u>。<u>道</u>邀女同含咀之❺。女曰：「我氣素芳，不假此❻。」女子出戶，狗忽見，隨咋殺之，乃是老獺。口香即獺糞，頓覺臭穢❼。

【注釋】

❶ 宋：朝代名。劉裕建立，南朝之一。公元 420 至 479 年。　永興縣：縣名。在今湖南省境內。　吏：役吏。低於平民的一種特殊社會階層，編籍於吏戶，須在官府服役，有役期。　鐘道：人名。　差：音ㄔㄞˋ；chài。病除。痊癒。　倍常：加倍於一般正常情況。倍：更加。照原數加倍。

❷ 先：在此之前。　樂：音一ㄠˋ；yào。喜愛。　墟：墟里，村落。　存想：欲念。　焉：代詞。指那女子。　振衣：抖動衣服以除掉灰塵。　燕好：男女相好。

❸ 是後：此後。　數：音ㄕㄨㄛˋ；shuò。屢次，多次。

❹ 雞舌香：桃金孃科丁香的花蕾和果實，曬乾之後有辛鬱的香味。因其種仁由兩片似雞舌形狀的子葉抱合而成，故稱之為雞舌香，是貴重的香料。古人將它含在口中，可以使口氣芬芳。漢代郎署近侍，皆賜雞舌香，以防口臭。曹操〈與諸葛亮書〉：「今奉雞舌香五斤，以表微意。」

❺ 掬：音ㄐㄩ；jū。雙手捧著。　授：給予。　咀：音ㄗㄨˇ；zǔ。咬嚼。品嘗。

❻ 素：本來，向來。　假：音ㄐㄧㄚˇ；jiǎ。憑藉。借助。

❼ 戶：臥房的小門。　隨：隨即。立即。　咋：音ㄗㄜˊ；zé。咬，嚙。　乃：竟然。原來。　獺：音ㄊㄚˇ；tǎ。動物名，通常指水獺。另有旱獺，山獺。　頓：即時，立刻。

翻譯：

　　南朝宋永興縣吏員鐘道得了重病，病剛好，他的性欲加倍強烈於往常。早先他喜愛一位住在白鶴墟的女子，到了此時他對她更是癡心妄想。忽然間，就見到這個女子抖抖衣服走了過來，隨即就跟他相好。

　　此後這個女子屢次來相好。有一次，鐘道跟她說：「我好想要含個雞舌香！」女子說：「這有什麼難的？」於是用雙手捧著滿滿的雞舌香給鐘道。鐘道邀請那女子也一起含著品嘗。女子說：「我的口氣向來芳香，不需要靠這個。」女子步出房門後，狗突然見到了，立即撲過去咬死她，竟然是一隻老獺，方才的雞舌香就是獺糞！鐘道立刻覺得滿嘴又髒又臭。

八、披麻帶孝的白狗　　東晉·干寶：《搜神記》卷十八

　　北平田琰，居母喪，恆處廬。向一期，夜忽入婦室❶。密怪之，曰：「君在毀滅之地，豈可如此❷。」琰不聽而合❸。

　　後琰暫入，不與婦語，婦怪無言，并以前事責之❹。琰知鬼魅。臨暮竟未眠，衰服掛廬❺。須臾，見一白狗，攫銜衰服，因變為人，著而入❻。琰隨後逐之，見犬將升婦牀，便打殺之。婦羞愧而死❼。

【注釋】

❶　北平：郡名，在今河北省境內。　田琰：人名。　居母喪：處於母喪時期。《禮記·喪服大記》：「父母之喪，居倚廬……禫而從御，吉祭而復寢。期，居廬，終喪不御於內者……」指在居喪期間，孝子要住在墓旁小屋，並不得返家與妻子行房事。　處：居住。　廬：服喪時所居住的墓旁小屋。　向：將要。　期：音ㄐㄧ；jī。一周年。

❷　密怪之：悄悄地責備他。　毀滅之地：指處於服父母喪的情況。毀滅：舊指因喪親哀痛而毀傷性命；以此代指父母之喪。地：境地。

❸　聽：聽從，接受。　合：交合。

❹　暫：匆匆。急遽。　怪。怨怒，惱怒。　并：合併。一齊。　責：譴責。詰問。

❺　臨：到，及。　竟：自始至終。　衰服：古代服三年喪期時用粗麻布製成的喪服。衰：音ㄘㄨㄟ；cuī。通「縗」，粗麻布。

❻　須臾：片刻，指時間很短。　攫銜：用爪子抓取後叼在嘴上。　著：穿戴。

❼　隨後：跟隨在後。　逐：追趕。　升：登上。　殺：殺死。

翻譯：

　　北平郡人田琰，為母親服喪時期，總是獨居在墓旁的小屋。喪期將屆一年時的某個夜晚，他突然進入妻子的臥室，妻子悄悄地責備他，說：「你是在守孝的情況，不可以如此！」田琰不理會妻子的話，就跟她交合。

　　事後的某天，田琰匆匆入房，他沒跟妻子說話，妻子氣他一句話也沒有，就連同先前回家睡她的事來罵他。田琰一聽知道是妖魅在胡搞，決計採取行動。從傍晚起他都沒睡，粗麻孝服刻意掛在守孝小屋上……不久，看到一隻白狗用爪子把孝服抓下來叼著，既而變做人形，穿上孝服進他家去了。田琰在牠後面追著，當他看到白狗就要爬上妻子的牀時，立刻衝過去打死牠。妻子則羞愧而死。

九、阿紫與逃兵　東晉・干寶：《搜神記》卷十八

　　後漢建安中，沛國郡陳羨為西海都尉❶。其部曲王靈孝無故逃去，羨欲殺之。居無何，孝復逃走❷。羨久不見，因其婦，婦以實對，羨曰：「是必魅將去，當求之❸。」因將步騎數十，領獵犬，周旋於城外求索，果見孝於空塚中❹。聞人犬聲，怪遂避去。

　　羨使人扶孝以歸，其形頗像狐矣，略不復與人相應，但啼呼「阿紫」❺，阿紫，狐字也。後十餘日，乃稍稍了悟。云：「狐始來時，於屋曲角雞棲間❻，作好婦形，自稱『阿紫』，招我❼。如此非一，忽然便隨去，即為妻，暮輒與共還其家。遇狗不覺❽。」云樂無比也。

　　道士云：「此山魅也。」《名山記》曰❾：「狐者，先古之淫婦也，其名曰『阿紫』，化而為狐。故其怪多自稱『阿紫』。」

【注釋】

❶ 後漢：朝代名。劉秀建立。自公元 25 至 220 年。　建安：東漢獻帝劉協年號。自公元 196 至 220 年。　沛國：郡國名，或稱沛郡。在今安徽省境內。　陳羨：人名。　西海：郡名。漢有北海郡、西河郡，但無西海郡，西海可能是西河或北海之誤。西河郡在今內蒙古、山西兩省境內。北海郡在今山東省境內。　都尉：官名。負責維持地方治安。

❷ 部曲：泛指隸屬於將軍府的軍官。部曲原為古時軍隊的編制單位。大將軍營有五部，部設校尉一人，部下有曲，曲有軍侯一人。　王靈孝：人名。　居：處於某種時間、環境之中。　無何：不久。

❸ 是：此，這。　將去：帶走。將：音ㄐㄧㄤ；jiāng。攜帶。　當：應該。　求：尋覓。

❹ 將：率領。　步騎：步兵和騎兵。騎：音ㄐㄧˋ；jì。馬兵。　周旋：在周圍來回循環。　果：副詞。終於。

❺ 扶：攙扶，支持。　略：副詞。表示程度，多與「不」、「無」連用，構成「完全沒有」之意。復為詞綴，無義。　相應：互相對應。　啼：悲泣出聲。

❻ 曲：音ㄑㄩ；qū。深隱處。　角：音ㄐㄩㄝˊ；júe。隅。角落。

❼ 招：以手示意，或用某種方式招之使來，引致。

❽ 覺：發覺。

❾ 名山記：書名，似為地理書，不詳其餘。

翻譯：

　　後漢獻帝建安年間，沛國郡人陳羨擔任西海郡的都尉。他部下有個叫王靈孝的軍官無緣無故地逃走，陳羨想要殺掉他。王靈孝被捕後不久，又逃走了。陳羨因為很久沒看到王靈孝，以逃兵連坐法將他的妻子囚禁起來，他妻子據實以對，陳羨說：「這樣一定是被妖魅給帶走了；該去把他找回來！」於是率領了幾十個步兵、騎兵，帶著獵犬，來來回回地在城外搜索，終於看見王靈孝在一座廢棄的空墳裡。聽見人員和狗的聲音，妖魅於是逃去。

　　陳羨令人攙扶王靈孝回來，他的樣子已經很像狐了，完全不能和人溝通，只是啼哭著喊：「阿紫！」阿紫，是狐的名字。過了十多天之後，王靈孝的神智才慢慢地清醒，他說：「那狐初來的時候，是在屋子角落的雞舍間，牠化成美女的模樣，自稱是：『阿紫』，招手要我過去。她這樣招我已不只一次了，突然地我就跟她走了，她立刻作我妻子。天黑時我們一起回她

家，遇到狗，狗也不會察覺有異。」王靈孝說那真是快樂無比啊。

　　道士說：「這是山魅啊。」《名山記》載：「狐，是上古時代的淫婦，她的名字叫：『阿紫』，化身成狐。所以這類妖怪多自稱：『阿紫』。」

十、小辣魅外找　　南朝　宋‧祖沖之：《述異記》

　　陳留董逸少時，鄰女梁瑩年稚色豔，逸愛慕傾魂，貽椒獻寶，瑩亦納而未獲果❶。後逸郡人鄭充在逸所宿，二更中，門前有叩掌聲，充臥望之，亦識瑩，語逸❷：「梁瑩今來！」逸驚躍出迎，把臂入舍，遂與瑩寢。瑩仍求去，逸攬持不置，申款達旦❸，逸欲留之，云：「為汝蒸豚作食，食竟去❹。」逸起，閉戶絕帳，瑩因變形為狸，從梁上走去❺。

【注釋】

❶　陳留：郡名。在今河南省開封附近。　董逸：人名。　貽椒獻寶：贈送香草、珍寶之類的禮物。貽：動詞。贈送。椒：香料。　果：實現預期的願望。

❷　鄭充：人名。　所：地方。　叩掌：拍手。擊掌。六朝人以拍手作為尋人的訊號。語：音ㄩˋ；yù。告訴。

❸　把臂：握人手臂，表示親密。　仍：副詞。相當於「乃」。之後，隨著。　攬持不置：抱住不放。置：放。　申款：訴說情意。　達旦：直到天亮。

❹　蒸豚：將洗淨的小豬煮到半熟後用豆豉汁浸著，再把糯米炊到半熟，灑上豉汁，小豬與糯米兩者連同生薑、桔皮、蔥白合起來放進蒸鍋蒸，約蒸兩小時即可食。竟：完畢，終了。

❺　戶：臥室的小門。　絕：封堵。　梁：房屋上橫放的大木。　走去：跑掉了。

翻譯：

　　陳留郡人董逸年輕時，鄰家有個姑娘叫梁瑩，年幼色艷，董逸為她神魂顛倒，贈送香花珍寶給她，梁瑩雖然也收下了禮物但還沒跟他相好。後來董

逸的同鄉鄭充在董逸那裡過夜，二更時，門前有拍手找人的聲音，鄭充睡眼惺忪地望了望來人，他也認識梁瑩，他告訴董逸：「梁瑩現在來了！」董逸驚喜地從牀上跳了起來，走出去迎接她，他挽著她的手臂進屋，接著就跟梁瑩睡了。

事後梁瑩說她要走了，董逸摟住她不放，情話說到天都亮了，董逸還是想留住她。他對梁瑩說：「我去為妳蒸頭小豬來吃，吃完才走。」董逸起身，他把臥房的小門鎖上，牀帳綁牢。梁瑩一看，立刻變形為狸，迅速從屋上的橫梁跑掉了。

十一、戀戀蚱蜢妹　　南朝・佚名：《續異記》

徐邈，晉孝武帝時，為中書侍郎❶。在省直，左右人恆覺邈獨在帳內，以與人共語❷。有舊門生，一夕伺之，無所見❸。天時微有光，始開窗戶，瞥睹一物從屏風裡飛出，直入鐵鑊中❹。仍逐視之，無餘物，唯見鑊中聚菖蒲根下有大青蚱蜢❺，雖疑此為魅，而古來未聞，但摘除其兩翼。

至夜，遂入邈夢云：「為君門生所困，往來道絕，相去雖近，有若山河❻。」邈得夢，甚悽慘。門生知其意，乃微發其端❼。邈初時疑，不即道❽。語之曰：「我始來直者，便見一青衣女子從前度，猶作兩髻，姿色甚美。聊試挑諧，即來就己❾。且愛之，仍溺情❿。亦不知其從何而至此。」兼告夢。門生因具以狀白，亦不復追殺蚱蜢⓫。

【注釋】

❶　徐邈：人名，公元 344 至 397 年。《晉書》有傳，載其年四十四，始補中書舍人一職。　晉孝武帝：司馬曜，公元 362 至 396 年在世，於公元 373 年至 396 年在位。

六朝博物院，笑容恬靜純美，梳雙髻髮型的女石俑，神
情安詳持重的男石俑，南京市麒麟門外靈山出土。

中書侍郎：官名，是中書令的副職。參與朝政。

❷ 省：官署名。即中書省。　直：值班，執勤。　左右：旁邊。也指在旁邊侍候的
　人。　帳：牀榻上施設的帳幔。　以：在。

❸ 門生：門下使役之人。六朝時仕宦者可自募在門下親侍者，即助理人員。　伺：偵
　察，伺候。

❹ 瞥：過目，眼前迅速閃現。　鑊：釜屬。鐵製的圓型鍋具。

❺ 仍：乃。於是。　逐：追趕。　餘：其他，多餘。　菖蒲：草名。有香氣，可入
　藥。　下：處所名詞詞尾，泛指該處。

❻ 道：路，方法。　絕：斷絕。　山河：高山大河，喻難以度過。

❼ 悽慘：悲傷淒切。　微發：稍微透露。　端：事物的開頭。

❽ 即：副詞。立刻。　道：說。

❾ 青衣：婢女所著之青綠色衣服。漢代以後，青衣為卑賤者之服。　度：經過。
　聊：副詞。隨便。姑且。　挑：引誘。

⑩ 仍：於是。就。　溺情：沉迷於情慾。溺：音ㄋㄧˋ；nì。沉溺，陷溺。
⑪ 具：副詞。全部。　狀白：陳述。稟告。　不復：不。復為音節助詞，無義。

翻譯：

　　徐邈，在晉孝武帝時期擔任中書侍郎。他在中書省值勤時，身邊的人經常發覺徐邈雖獨自在牀帳內，卻在和某人說著話。有個徐邈過去的部屬，在某個晚上窺伺他，卻什麼也沒發現。到天微微亮時，徐邈才打開窗戶，那個部屬瞥見有個東西從房間的屏風裡飛了出來，直直地飛進一口鐵鍋中。他於是追過去查視，但也沒有發現其他東西，只看見鐵鍋裡叢生著菖蒲根，那裡有隻大的青色蚱蜢。他雖然懷疑這隻蚱蜢可能就是妖魅，但古來至今都沒有聽說過，所以就只摘掉了蚱蜢的兩扇翅膀。

　　到了夜晚，蚱蜢魅進入徐邈的夢境，牠說：「我被您的部屬阻撓，來往的道路已經斷絕，雖然距離很近，卻如高山大河般難以度越。」徐邈做了這個夢之後，非常悲傷。他的部屬察覺他的心情後，就稍微探探他的口風。徐邈剛開始有些疑慮，並不馬上講。後來才告訴他：「我剛來中書省值班時，就看到一個穿著青色衣服的姑娘從我面前經過，她還梳著兩個小髮髻，姿色真是漂亮。我試著挑逗她，她就來跟我好了，而我也愛上了她，就這樣一直沉迷著……我也不知道她是從哪裡來的！」徐邈也把夢境告訴他。那部屬便把蚱蜢一事全部稟告，也不追殺蚱蜢了。

十二、狐妻的秘密毛　北魏·楊衒之：《洛陽伽藍記》卷四

　　市北，慈孝、奉終二里，里內之人以賣棺槨為業，賃輀車為事❶。有輓歌孫巖，娶妻三年，不脫衣而臥，巖因怪之❷。伺其睡，陰解其衣，有毛長三尺，似野狐尾，巖懼而出之❸。妻臨去，將刀截巖髮而走❹。鄰人追之，變成一狐，追之不得。

其後，京邑被截髮者一百三十餘人。初變婦人，衣服靚妝❺，行路人見而悅，近之皆被截髮。當時有婦人著綵衣者，人皆指為狐魅。<u>熙平</u>二年四月有此❻，至秋乃止。

【注釋】

❶　市北：指洛陽大市的北區，此區被規劃為殯葬業者所居。本則為節選，原文曾對洛陽大市四周的里邑、人事全幅介紹：「出西陽門外四里御道南，有洛陽大市，周回八里。……市東有通商、達貨二里。……市南有調音、樂律二里。……市西有延酤、治觴二里。……市北慈孝、奉終二里。」　賃：音ㄌㄧㄣˋ；lìn。租借。輀車：喪車。輀：ㄦˊ；ér。載棺木之車。

❷　輓歌：送喪哀悼的歌。此指以唱輓歌為業的人。　孫巖：人名。　不脫衣：不脫外衣。古人睡覺著貼身內衣，再著眠衣而臥。　臥：睡覺。　怪：疑忌。

❸　伺：偵察、等候。　陰解其衣：暗中偷偷解開她的外衣。

❹　將刀：持刀。

❺　靚妝：以脂粉妝飾容貌。靚：音ㄐㄧㄥˋ；jìng。以脂粉作美妝。

❻　指：指斥。指責。　熙平：北魏孝明帝元詡年號。自公元 516 至 518 年。

翻譯：

在洛陽城大市的北區，有慈孝和奉終二個里。里內的人以賣棺材為業，也有從事出租靈車的。有個以唱輓歌為業的人叫孫巖，妻子娶來三年了，三年來她睡覺都不脫掉外衣，孫巖因此對她生疑。他窺伺妻子睡著之後，偷偷解開她的外衣，發現她有叢體毛三尺長，像野狐的尾巴！孫巖覺得她很可怕，將她趕出門！妻子臨走時，拿起刀子割斷孫巖的頭髮後跑掉，鄰人追著她，她遂變成了一隻狐，追不到了。

這件事過後，京城中頭髮被割掉的人有一百三十多個。這個割人頭髮的妖魅，初時變作女人，裝扮美豔，路過的行人看了會心動，那些走近她的，都被她割斷頭髮。當時若有婦人穿著色彩鮮豔的衣服，都被人指斥為狐魅。割髮事件在北魏孝明帝熙平二年四月發生，到了秋天，事情才平息。

十三、人魚怪胎　　無名氏：《稽神異苑》

　　《三吳記》曰❶：「餘姚百姓王素有一女，姿色殊絕❷。有少年，自稱江郎，求婚。經年，女生一物，狀若絹囊。母以刀割之，悉是魚子❸。乃伺江郎就寢細視，所著衣衫皆鱗甲之狀，乃以石磑之❹。曉見牀下一大魚，長六、七尺。素持刀斷之，命家人煮食。其女後適於人❺。」

【注釋】

❶　三吳記：古書名，已佚。從書名來看應是記吳地風土的地理書。　吳：三國時孫權在江東建立吳國政權，後以「吳」指長江下游地區。

❷　餘姚：縣名。在今浙江省境內。　百姓：平民。　王素：人名。　殊絕：非常出眾，極為美麗。

❸　經年：經過一年。　絹囊：白絹製成的口袋。　絹：生絲織成的帛。　魚子：魚卵。

❹　伺：偵查，等候。　細視：詳細地察看。　磑之：以搗衣石鎮壓他，使其靜止不

動。此為古代壓伏邪魅的作法。碪：音ㄓㄣ；zhēn。搗衣石，此作動詞用。之：指示代名詞。指「江郎」。

❺　牀下：牀邊。下為處所名詞詞尾，泛指該處。非方位詞。　適：女子出嫁。

翻譯：

　　《三吳記》記載：「餘姚縣百姓王素有一個女兒，姿色極為美麗。有位少年，自稱是江郎，向王家求婚。一年後，王素的女兒生下了一個東西，形狀像是絲帛製成的囊袋。她的母親拿刀子來割破它，全都是魚卵。於是靜候江郎入睡後仔細查看他，發現他所穿的衣衫都有鱗甲狀的紋路，便用搗衣石鎮壓他。天亮後，看見牀邊有一尾大魚，長達六、七尺。王素拿刀將牠斬斷，叫家裡的人煮來吃。這個女兒後來再嫁給了別人。」

十四、狸精越界來通婚　南朝 宋・劉義慶：《幽明錄》卷三

　　晉太元中，瓦官佛圖前淳于矜❶，年少潔白。送客至石頭城南，逢一女子，美姿容。矜悅之，因訪問❷。二情既和，將入城北角❸，共盡歡好，便各分別。期更克集，便欲結為伉儷❹。女曰：「得婿如君，死何恨。我兄弟多，父母并在，當問我父母。」矜便令女婢問其父母，父母亦懸許之❺。女因敕婢取銀百斤，絹百匹，助矜成婚。經久，養兩兒❻。

　　當作秘書監，明日，騶卒來召，車馬導從，前後部鼓吹❼。經少日，有獵者過見矜，將數十狗徑突入，咋婦及兒，并成狸❽。絹帛金銀并是草及死人骨及蛇魅等❾。

【注釋】

❶　晉：朝代名。公元 265 年，司馬炎代魏稱帝，國號晉。自公元 265 至 316 年為西晉。公元 317 至 420 年為東晉。　太元：晉孝武帝司馬曜年號。自公元 376 年至

四川博物院，東漢軺車駢駕畫像磚拓印，成都市新都區出土。

396 年。　瓦官佛圖：瓦官寺，東晉名寺。故址在江蘇省南京市，寺址原為東晉燒陶官窰機構，故名瓦官。晉哀帝司馬丕敕建，為東晉名寺。佛圖：亦作浮屠。梵語音譯，意為佛塔或佛寺。　淳于矜：人名。

❷　石頭城：城名。在今江蘇省南京市。因形勢險要而為名。　逢：遇到。　訪問：探望，拜訪。此本為婚禮的「問名」階段。

❸　將入：帶進。

❹　期更克集：約定再次能夠聚會的時間。期：約定時間。更：再。克：成。此仿婚禮的「請期」。　便：副詞。表示順承關係，用於複句第二分句，表示後一件事情的發生與前一件事情有關。　伉儷：配偶。

❺　恨：遺憾。　懸許：暫且先答應。懸：預先。此仿婚禮的「納采」。

❻　敕：音ㄔˋ；chì。命令。　絹：絲織品名。此仿婚禮的「納徵」。　匹：音ㄆㄧˇ；pǐ。量詞。計算布匹的單位。布帛長四尺為一匹。

❼　秘書監：掌圖書典籍或起草文書之官。秘書：官署名，典藏圖籍，綜理文書。　騶卒：騎馬的吏卒。騶：音ㄗㄡ；zōu。主駕車馬之吏。　召：召喚。　導從：官員出行時在樂儀隊前後負責維安與排場之隨從，前驅者為導，後隨者為從。　部：設置，陳列。　鼓吹：樂隊。由敲擊樂器鼓、鐃，與吹奏樂器簫、笳組成，人數約七至十六人。

❽　過覓：經過而順道訪候。　徑：即，就。　突入：衝撞進入。　咋：音ㄗㄜˊ；zé。咬。　并：合齊。

❾　蛇魅：即蛇莓，亦稱蛇銜、蛇蛋草。植物名。田野道旁多有，果實細小，紅色，由於成熟的果實外部有泡沫液體，類似蛇的唾沫，故謂之。

翻譯：

　　晉朝孝武帝太元年間，住在瓦官寺前的淳于矜，年輕白淨。某次他送賓客到石頭城的南邊去，巧遇一位女子，姿容美麗。淳于矜喜歡她，於是去問候致意。雙方都有好感，便相攜進入城北的角落裡，共度一場歡情，之後便互相道別，淳于矜約她再次相聚的日期，可以的話他希望屆時就和她結為夫妻。女子說：「能得到您這樣的夫婿，我是死也無憾；但我家兄弟多，父母都健在，應當先徵詢我父母才是。」淳于矜就使喚她的婢女去求婚；女子的父母暫且先答應了。女子接著遣使婢女拿來一百斤的銀和一百匹的絹，以協助淳于矜完成婚事。幾年後，他們育有兩個兒子。

　　在淳于矜確定出任秘書郎的第二天，馬兵就來召請，車馬隨扈和鼓吹樂隊前呼後擁地護送他去就職。幾天後有個獵人順道經過，說要找淳于矜，那獵人領著幾十條狗迅速衝入屋內，撲咬淳于矜的妻子和兒子，他們一齊都變成了狸！那些絹帛、金銀全是草、死人骨頭和蛇莓之類的東西。

十五、蛇郎君的洞房花燭夜　　東晉・陶潛：《搜神後記》
卷十

　　<u>晉</u>太元中❶，有士人嫁女於近村者，至時，夫家遣人來迎，女家好遣發，又令女乳母送之❷。既至，重門累閣，擬於王侯❸。廊柱下有燈火，一婢子嚴粧直守。後房帷帳甚美❹。

　　至夜，女抱乳母涕泣，而口不得言。乳母密於帳中以手潛摸之，得一蛇，如數圍柱，纏其女，從足至頭❺！乳母驚走出外，柱下守燈婢子，悉是小蛇，燈火乃是蛇眼❻。

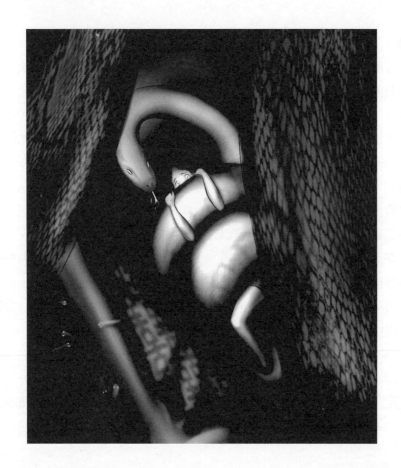

【注釋】

❶　晉：朝代名。司馬炎建立。自公元 265 年至 316 年為西晉；公元 317 年至 420 年為
　　東晉。　太元：東晉孝武帝司馬曜年號，自公元 376 至 396 年。

❷　好遣發：很隆重地將女兒嫁出去。好：副詞。甚；很。表程度。遣發：遣送，嫁
　　女。　送：遣送。嫁送。

❸　重門累閣：指屋宇為多進的豪宅，廂房甚多，樓閣高疊。　擬：類似。

❹　柱下：柱子邊。下：處所名詞詞尾，泛指所在處。非方位詞。　嚴粧：粧束，打
　　扮。　直守：值班守夜。直：通「值」。值勤。　後房：古時富有人家妻妾居住的
　　地方。

❺　密：秘密，暗中。　潛摸：偷偷地觸摸。　圍：量詞。直徑一尺的圓周長。或左右

手拇指和食指合攏的長度。

❻　走：逃跑。　乃是：原來是。

翻譯：

　　晉朝孝武帝太元年間，有個士人要把女兒嫁到附近的村落，婚期到了，夫家派人來迎娶，女方家很隆重地嫁送女兒，又令女兒的乳母也陪嫁過去。到了夫家，門有多道，廂房森列，樓閣聳然，好比王侯的豪宅。走廊的柱子處設有燈火，燈火旁都有一位梳妝打扮過的婢子在值夜。臥房的帷帳非常美麗。

　　到了夜裡，那個女兒抱著乳母飲泣，但嘴巴卻說不出話來。乳母暗中將手伸進帷帳裡面偷摸，竟摸到了一條大蛇，如好幾圍粗的柱子！大蛇把這新嫁娘纏住，從腳一直纏到了頭！乳母驚嚇得跑出臥房；發現柱子邊看守燈火的婢子們，全都是小蛇，而燈火原來是蛇眼。

十六、蛇情夫的致命鼾聲　南朝　宋・劉義慶：《幽明錄》
卷五

　　<u>會稽郡</u>吏<u>鄧縣薛重</u>得假還家，夜，戶閉❶，聞妻牀上有丈夫鼾聲。喚妻，久從牀上出，未及開戶，<u>重</u>持刀便逆問妻曰❷：「醉人是誰？！」妻大驚愕，因苦自申明「實無人」意❸。<u>重</u>家唯有一戶，搜索了無所見，見一大蛇，隱在牀腳，酒臭。<u>重</u>便斬蛇寸斷，擲於後溝❹。

　　經數日而婦死，又數日而<u>重</u>卒，經三日復生。說，始死，有人桎將<u>重</u>到一官府❺，見官僚，問：「何以殺人？」<u>重</u>曰：「實不曾行凶。」曰：「寸斷擲在後溝，此是何物？」<u>重</u>曰：「此是蛇，非人。」府君愕然而悟曰：「我常用為神，而敢淫人婦，又

妄訟人❻！」敕左右召來，吏卒乃領一人來，著平巾幘❼，具詰其淫妻之過，將赴獄❽。<u>重</u>乃令人送還。

【注釋】

❶　會稽：郡名。在今浙江省境內。　吏：役吏。吏在魏晉南北朝是一種低於平民的社會階級，編戶在吏籍，須在官府服役，有役期，領糧餉，可給休假。　鄮縣：縣名。在今浙江省寧波市。鄮：音ㄇㄠˋ；mào。　得假：取得休假。獲准休假。　戶：單扇的小門。

❷　丈夫：男人。成年男子的通稱。　喚：召；令之使來。　未及：還來不及，趕不及。　逆：迎上去。

❸　大：表示程度極深，規模廣。　苦自：極力，懇切。自為詞綴，無義。　意：意思。

❹　了：音ㄌㄧㄠˇ；liǎo。完全。　隱：隱藏。　溝：田間灌溉的水道。

❺　始死：剛死的時候。始：副詞。才，剛表示事情發生的時間不久。　梏將……到：銬住（他）帶到。梏：音ㄍㄨˋ；gù。木製用以束縛雙手的刑具。作動詞用，把手銬住。將：領，攜帶。作語助詞用，意義虛化。

❻　府君：漢魏時尊稱衙府首長為府君。　愕然：驚訝的樣子。愕：音ㄜˋ；è。驚訝。　用為神：任用他為神靈。　淫：姦淫。　妄訟：胡亂訴訟。

❼　敕：音ㄔˋ；chì。命令。　左右：指在旁侍候的人或近臣。　著：音ㄓㄨㄛˊ；zhuó。穿著。　平巾幘：魏晉時低階軍官所戴的平頂圓帽。

❽　具詰：審訊。　過：過失。　將：拿，持。　赴獄：入獄。赴：前往，投入。

翻譯：

　　會稽郡的役吏鄮縣人薛重獲准休假回家，夜晚到家時，房門緊閉，卻聽到妻子的牀上有男人的鼾聲。他喊妻子來開門，許久她才起牀出來開；等不及房門開啟，薛重就拿著刀子向前逼問妻子說：「那個醉人是誰？！」妻子非常驚慌，她極力表明「確實沒有人」的意思。薛重家就只有一道房門，他四下搜索都沒有任何發現，只看到一條大蛇，藏身在牀腳，有酒臭。薛重就將蛇斬成寸斷，扔到後面的田溝裡。

　　幾天後他妻子死了，再過幾天薛重也死了，三天後，薛重卻復活了。他說，剛死時，有人用梏銬住他的雙手，押他到府衙去見官，府君審問他：

「你為何殺人？」薛重說：「我確實不曾行凶！」官員說：「被你砍成寸斷丟在後面溝渠，那是什麼東西？」薛重說：「那是蛇，不是人。」府君乍聽愕然不解，既而想通了，說：「我常任用他作為神靈，他竟敢姦淫別人的妻子，還胡亂告發他人！」命令身旁的近侍召他來！吏卒於是帶領一人前來，此人頭上戴著軍人的小圓帽，府君審訊他姦淫人妻的罪過，擒拿他押赴監獄；薛重則令人遣送回來。

十七、母猴的溫柔鄉　　南朝 宋·劉敬叔：《異苑》卷八

晉太元末，徐寂之嘗野行，見一女子，操荷舉手麾寂之❶。寂之悅而延住。此後，來往如舊，寂之便患瘦瘠❷。時或言見華房深宇，芳茵廣筵，寂之與女觴肴宴樂❸。

數年，其弟晬之聞屋內群語，潛往窺之，見數女子從後戶出。惟餘一者，隱在簣邊❹。晬之逕入❺，寂之怒曰：「今方歡樂，何故唐突❻？」忽復共言云：「簣中有人。」晬之即發看，有一牝猴。遂殺之，寂之病遂瘥❼。

【注釋】

❶ 晉：朝代名。司馬炎代魏稱帝。國號晉。自公元 265 至 316 年為西晉，公元 317 至 420 年為東晉。　太元：東晉孝武帝司馬曜年號。自公元 376 至 396 年。　徐寂之：人名。　野行：到郊外旅行；到田野行走。　操荷：拿著荷葉。　麾：招手。

❷ 延住：邀請留下。　如舊：如常。　瘦瘠：消瘦，虛弱。

❸ 或：不定代詞。有人。　芳茵廣筵：美好的坐墊，寬廣的坐蓆。芳：美好。茵：坐墊，坐褥。　觴肴：喝酒吃肉。觴：音ㄕㄤ；shāng。盛有酒的杯。作動詞用，飲酒。肴：音一ㄠˊ；yáo。魚肉一類的葷菜。作動詞用。吃肉。

❹ 潛：暗中。　窺：暗中偷看。　隱：音一ㄣˇ；yǐn。藏匿。　簣：音ㄎㄨㄟˋ；kuì。盛土的竹籠。

❺ 逕：直捷。

四川博物院，東漢男女歌舞俑，手舞足蹈，歡顏生動。

❻ 方：副詞。正，正在。　唐突：冒犯，不恭敬。

❼ 發：打開。　牝猴：母猴。牝：音ㄆㄧㄣˋ；pìn。雌性，指禽獸而言。　瘥：音
ㄔㄞˋ；chài。病癒。

翻譯：

　　晉朝孝武帝太元末年，某天徐寂之在郊野旅行，碰見一位女子，她手握
著荷葉，舉起來向徐寂之招招手；徐寂之覺得高興就邀請她留下來別走……
此後，他們繼續保持來往，但徐寂之跟著就生病了，人變得消瘦虛弱。當時
有人說曾看過一座華麗幽深的房子，褥墊精美，坐蓆寬敞，而徐寂之就在裡
面跟女人吃吃喝喝，飲宴作樂。

　　數年過去了，徐寂之的弟弟徐晞之有次聽到屋子裡有好多人在說話，於
是偷偷地向前窺視，他看到幾個女子從後方的小門出去，只剩下一個躲在竹
籠邊。徐晞之直接闖了進去，徐寂之生氣地說：「現在玩得正開心，幹什麼
衝進來掃興？」忽然又對他說：「竹籠裡有人！」徐晞之立刻打開來看，有
一隻母猴在裡面。徐晞之便殺掉牠，之後徐寂之的病就痊癒了。

十八、三小猴　東晉‧陶潛：《搜神後記》卷九

　　晉太元中，丁零王翟昭後宮養一獼猴，在妓女房前❶。前後妓女同時懷妊，各產子三頭❷，出便跳躍。昭方知是猴所為，乃殺猴及子。妓女同時號哭。昭問之，云：「初見一年少，著黃練單衣，白紗帢，甚可愛，笑語如人❸。」

【注釋】

❶　晉：朝代名。司馬炎代魏稱帝。國號晉。自公元 265 至 316 年為西晉。公元 317 至 420 年為東晉。　太元：東晉孝武帝司馬曜年號。自公元 376 至 396 年。　丁零：古代突厥族的漢語音譯，也作「丁靈」、「敕勒」，遊牧於中國北部和西部。　翟昭：丁零國王名，又作翟釗，公元？至 393 年在世。　妓女：古代養於宮中作為歌舞演藝或性勞動之女人。

❷　前後：前前後後，指某段時間。　懷妊：懷胎。　頭：量詞。多用於計算牲畜。

❸　初：當初。用於追述往事。　黃練：黃色的熟絹。　單衣：單層的素紗長衫，領袖與下襬皆有緣飾。　帢：音ㄑㄧㄚˋ；qià。圓錐形的縑帛製便帽。

翻譯：

　　在晉朝孝武帝太元年間，丁零族的大王翟昭在後宮養了一頭獼猴，就放在妓女們的房舍前。那段時期，妓女們同時都懷孕了，每人各產下了三頭崽子，才出生就會跳躍。翟昭這才知道是猴子幹的好事，於是殺了獼猴和那幾隻小猴子。妓女們同時放聲大哭，翟昭盤問她們，回答說：「初時看見一個年輕人，身穿黃絹的單衣，頭戴白紗便帽，非常討人歡心，他跟常人一樣有說有笑的。」

十九、真假郎君對打　東晉‧陶潛：《搜神後記》卷九

　　太叔王氏❶，後娶庾氏女，年少色美。王年六十，常宿外，婦

深無忻❷。後，忽一夕，見王還，燕婉兼常❸。晝坐，因共食。

　　奴從外來，見之大驚，以白王❹。王遽入，偽者亦出，二人交會中庭，俱著白帢，衣服形貌如一❺。真者便先舉杖打偽者，偽者亦報打之。二人各勅子弟，令與手。王兒乃突前痛打，是一黃狗，遂打殺之❻。

　　王時為會稽府佐，門士云，恆見一老黃狗自東而來❼。其婦大恥，病死。

【注釋】

❶　太叔：叔公。祖父的弟弟。

❷　深：副詞。表示程度深。甚，很。　　忻：音ㄒㄧㄣ；xīn。欣喜，快樂。通「欣」。

❸　燕婉兼常：非常恩愛。燕婉：親密和好。兼常：加倍於平常。

❹　晝：白天。　　白：稟告，陳述。

❺　遽：迅速。　　白帢：用白色縑帛縫製的圓錐形便帽。帢：音ㄑㄧㄚˋ；qià。便帽。

❻　報：報復。　　勅：音ㄔˋ；chì。命令。　　與手：出手相擊，施毒手殺之。　　突：衝撞。

❼　會稽：郡名。在今浙江省境內。　　佐：政府機關主官以下之僚屬官員。　　門士：部屬。

翻譯：

　　叔公王氏，再娶庾氏女為後妻，她年紀輕，相貌美，但王氏已六十歲了，經常都睡在臥房外，他的妻子非常不幸福。之後，就在某個晚上，突然看到王氏回臥房來了，和她親密溫存，加倍熱情於往常。天亮後兩人閒坐著，接著一起吃飯。

　　奴僕從外頭進來，看見這情形後很驚訝，他去報告給王氏知道。王氏隨即衝回家，剛好那假的王氏也走了出來，兩人就在中庭碰上了！雙方都戴著白色便帽，衣服和相貌也一模一樣。真的王氏先拿起木棍來打那假的，假的

也不甘示弱地又打了回去。兩人都喝令子弟們將對方給作掉！王氏的兒子便衝上前去痛毆那個假的，原來那是一隻黃狗化身的，就打死了牠。

　　王氏當時在會稽郡府衙任職，部屬說，經常看到一隻老黃狗從東邊走過來。他的妻子為此大感羞恥，後來得病身亡。

二十、老公雞　南朝 宋·劉義慶：《幽明錄》卷六

　　臨淮朱綜遭母難，恆外處住，內有病，因前見❶。婦曰：「喪禮之重，不煩數還❷。」綜曰：「自荼毒以來❸，何時至內？」婦曰：「君來多矣。」綜知是魅，敕婦婢：「候來，便即戶執之❹！」及來，登往赴視。此物不得去，遽變老白雄雞❺。推問，是家雞。殺之，遂絕❻。

【注釋】

❶ 臨淮：郡名。在今江蘇省境內。　母難：母喪，喪母之不幸。　恆：長久，經常。　內：妻子。　前見：進見。入見。

❷ 重：重要，重大。　不煩：沒有必要，用不著。　數：音ㄕㄨㄛˋ；shuò。屢次，多次。

❸ 荼毒：痛苦。荼味苦，引申痛苦。此指喪親之痛。毒：用在謂詞性語素之後構成雙音詞，起擴充音節作用。

❹ 魅：鬼怪。　敕：命令。　候：偵察，伺候。　即戶執之：就在房門口捉拿他。即：就，靠近。執：拘捕。

❺ 及：至；等到。　登：立刻，即時。「登時」之省文。　赴視：趨往察看。　遽：急速，突然。　推問：追查，推究。

❻ 絕：杜絕，斷絕。

翻譯：

　　臨淮郡人朱綜遭逢母喪，一直住在外面。妻子生病了，於是進房來探

視。妻子說：「喪禮為重，不需屢次回來。」朱綜說：「自從母親過世之後，我什麼時候進來過臥室？」妻子說：「郎君回來過好多次了！」朱綜知道是妖魅在作怪。他命令妻子的婢女：「偵察動靜，牠一來，立即在房門口逮住牠！」在妖魅被抓後，朱綜即刻前往查看，這個妖物無法脫身，突然變成了一隻白色的老公雞。追查後得知，牠原來是家裡養的雞。把雞殺掉之後，妖魅就絕跡了。

二十一、彩虹情夫與私生子　　東晉・陶潛：《搜神後記》
　　卷七

　　盧陵巴邱人陳濟者，作州吏❶。其婦秦，獨在家。忽疾病，恍惚發狂，後漸差。常有一丈夫，長丈餘，儀容端正，著絳碧袍，采色炫燿，來從之❷。後常相期於一山澗間。至於寢處，不覺有人道相感接，忽忽如眠耳。如是數年。春每往期會，不復畏難❸。比鄰入觀其所至，輒有虹見。秦至水側，丈夫以金瓶引水共飲。後遂有身，生而如人，多肉，不覺有手足❹。

　　濟假還，秦懼見之，乃納兒著甕中❺。因見此，丈夫以金瓶與之，令覆兒❻。濟時醉眠，在牖下聞人與秦語云：「兒小，未可得將去。不須作衣，我自衣之❼。」即與絳囊以裹之，令可時出與乳❽。於時風雨瞑晦，人見虹下其庭，化為丈夫❾。復少時❿，將兒去，亦風雨瞑晦，人見二虹出其家。

　　數年而來省母。後秦適田，見二虹於澗，畏之⓫。須臾見丈夫，云：「是我，無所畏也。」從此乃絕⓬。

【注釋】

❶ 盧陵：郡名。在今江西省境內。　巴邱：縣名，屬盧陵郡。在今江西省峽江縣。　者：用在敘述句名詞主詞後，表示停頓。　作州吏：在州政府作役吏。吏是編在吏戶低於平民的社會階層，須在官府服役，有役期，可休假。

❷ 丈夫：成年男子的通稱。男人。　丈：度量衡名。十尺為丈。相當於 220 公分。　著：音ㄓㄨㄛˊ；zhuó。穿。　絳碧袍：深紅色與綠色兼而有之的長袍。　從之：跟隨著她。之：第三人稱代詞。指秦氏。

❸ 相期：相約。　寢處：寢止，睡覺。指稱男女之間的性行為。　人道：指人類交合之事。　忽忽：意識恍惚。　耳：語氣詞。有「僅止於此」的意思。　不復：不。復：詞綴。置於副詞後，構成新副詞。

❹ 比鄰：鄰居。比：音ㄅㄧˋ；bì。緊靠。　輒：副詞。總是，就。　虹：太陽光線與水氣相映，出現在天空的彩暈。古代認為陰陽不調時，天空會出現彩虹。虹有雌雄之別，色鮮盛者為雄，色暗淡者為雌。雄為虹，雌曰蜺，合稱虹蜺。傳說虹能吸飲。　金瓶：黃銅或黃金製的汲水瓶。　有身：懷孕。

❺ 假還：休假返家。　見之：看到嬰兒。之：第三人稱代詞。指嬰兒。　乃納兒著甕中：於是把嬰兒放到甕子內。納：入。著：音ㄓㄨㄛˊ；zhuó。用於動詞或動賓短語後，相當於「在」，「到」。

❻ 以金瓶與之：把金瓶給她。之：第三人稱代詞。指秦氏。　覆：遮蓋，掩蔽。

❼ 牖下：窗邊。牖：音ㄧㄡˇ；yǒu。房屋牆壁上的窗。下：處所名詞詞尾，泛指該處。　未可得將去：還不能帶他走。得：能夠。可以。將：攜帶。　衣之：給他穿上衣服。衣：音ㄧˋ；yì。給人穿上衣服。之：第三人稱代詞。指嬰兒。

❽ 囊：盛物的袋子。　裹之：包著他。之：第三人稱代詞。指嬰兒。　令可時出與乳：要她按時將嬰兒抱出來餵奶。時：按時。乳：以乳汁哺餵嬰兒。

❾ 風雨暝晦：刮風下雨，天色昏暗。　下：降落。　庭：堂前的空地。

❿ 復少時：又過了片刻。復：再，又。少時：不久。

⓫ 省：音ㄒㄧㄥˇ；xǐng。問候，探望是否安好。　適田：到田裡去。適：往，至。　畏之：害怕他們。之：第三人稱代詞。指虹丈夫與其子。

⓬ 絕：消失不見。不再出現。

翻譯：

　　盧陵郡巴邱縣有個人叫陳濟，在州政府服役作吏。他的妻子秦氏獨自在家。秦氏忽然生了病，失智瘋顛，後來漸漸好了。那時常常有一個男人，身高十尺多，儀表端正，穿著紅綠色的長袍，色彩亮麗鮮豔，他來跟秦氏相好。以後他們常相約在一處山澗裡幽會，當兩人燕好時，秦氏並沒有肉體交

合的感覺，只是覺得昏昏欲睡而已。這樣過了好多年，每逢春天秦氏就去山
澗相會，不畏山路困難。她的隔壁鄰居尾隨入山，發現秦氏所到的澗谷，總
是有彩虹出現。一次，秦氏來到溪水邊，那男人用一個金瓶舀水，兩人共同
喝下了那水，之後，秦氏就懷有了身孕。生下來的嬰兒和常人一樣，只是肉
很多，看不出長有手腳。

　　後來陳濟休假回家了，秦氏害怕他會發現這個嬰兒，就把嬰兒放進甕子
裡。有見於此，這男人就把一個金瓶交給秦氏，要她用來遮掩嬰兒。陳濟當
時喝醉睡著了，但他在窗邊聽到有人同秦氏在說話，言說：「兒子幼小，還
不可以帶他走，妳不需為他縫製衣服，我自有衣服給他穿。」接著就給她一
個深紅色的袋子用來包裹孩子，囑咐她按時把孩子抱出來餵奶。當時風雨交
加，天色昏暗，有人看到彩虹降落在秦氏家門前的空地上，化成了一個男
人。再過片刻，將兒子帶走了。當時也是刮風下雨，天色昏暗，有人看見兩
道彩虹從她家離開。

　　幾年後兒子回來探望母親。其後秦氏到田裡去工作，看見溪澗出現了兩
道彩虹，她感到害怕，不久，那個彩虹男人出現了，說：「是我，沒有什麼
好怕的。」此後，就沒再出現了。

二十二、奇裝異服的采菱少女　　南朝　宋·劉義慶：《幽
明錄》卷四

　　東平呂球❶，豐財美貌。乘船至曲阿湖❷，值風不得行，泊菰
際❸。見一少女乘船采菱，舉體皆衣荷葉❹。因問：「姑非鬼邪？
衣服何至如此？」女則有懼色❺，答云：「子不聞『荷衣兮蕙帶，
儵而來兮忽而逝』乎❻？」然有懼容，回舟理棹，逡巡而去❼。球
遙射之，即獲一獺。向者之船，皆是蘋縈蘊藻之屬❽。

　　見老母立岸側，如有所候❾，望見船過，因問曰：「君向來不

見湖中采菱女子耶？」球云：「近在後。」尋射，復獲老獺❿。

　　居湖次者咸云⓫：「湖中常有采菱女，容色過人。有時至人家，結好者甚眾。」

【注釋】

❶　東平：郡名。在今山東、河南兩省境內。

❷　曲阿湖：湖名。在今江蘇省丹陽縣西北。

❸　泊：泊：停船靠岸。　菰：一名茭；禾本科，多年生草本，生淺水中，高五、六尺，春月新芽如筍，名茭白，可供蔬食；秋季結實，名菰米，可作飯。

❹　菱：一年生水生草本植物，果實有硬殼，四角或兩角，俗稱菱角。　舉體：全身上下。舉：全。

❺　姑：六朝人稱少女為姑。　則：連詞。前句是情況，後句用「則」連接，表示一種結果。

❻　「荷衣兮蕙帶」兩句：出自《楚辭・九歌・少司命》中的詞句。謂以荷葉為衣裳，以蕙蘭香草為衣帶，匆匆而來又匆匆離去。〈九歌〉是屈原所作的祭祀歌曲，楚人用以樂神。原句本是指司命神（美人）服飾香淨，往來淹忽，凡人對她是可遇而不可求。

❼　回舟理棹：掉轉船隻，調整船槳。棹：音ㄓㄠˋ；zhào。划船的工具。　逡巡：匆匆，迅速。逡：音ㄑㄩㄣ；qūn。

❽　向者之船：剛才的船。向：原先，剛才。　蘋、蘩、蘊藻之屬：指生長於水中和水邊一類的植物。蘋：淺水中的碧綠色草本植物，一名四葉菜，或田字草。蘩：白蒿，葉背生有白毛。蘊藻：結聚叢生的各種水草。

❾　老母：老婦。　候：等候。

❿　向來：剛才。六朝習語。　尋：副詞。隨即，不久。

⓫　湖次：湖邊。次：泛指所在之處。

翻譯：

　　東平郡人呂球，資財富裕，相貌俊美。有一次乘船到曲阿湖去，遇到風起波湧，無法行船，於是把船停泊在茭白叢旁邊。這時看見一位少女划著船在採菱角，她全身上下都穿戴著荷葉。呂球因而問她：「姑娘，妳該不會是鬼吧？衣服何至於奇怪成這樣？」少女一聽略顯驚慌，回答說：「先生沒聽過『荷衣兮蕙帶，候而來兮忽而逝』的辭句嗎？」然而她還是露出懼怕的神

情，隨即把船掉頭，理好槳之後就匆匆離開。呂球遠遠地發箭射向她，立刻
獵到了一隻水獺。方才她乘坐的船，原來都是蘋草、白蒿和叢生的水藻之類
湊成的。

　　之後，呂球看見一位老婦站在湖岸邊，看似在等人。老婦看到呂球的船
經過，就問他：「先生剛才有沒有見到湖中有個採菱角的女子呢？」呂球
說：「就在後面不遠！」不久發箭射向那位老婦，又再獵得了一隻老獺。

　　住在湖邊的人都說：「湖裡常常有採菱角的少女，姿色美麗出眾，有時
也會溜到人家裡去，和她們相好的人非常多。」

二十三、外宿摸魚　　魏·曹丕：《列異傳》

　　彭城有男子娶婦，不悅之，在外宿。月餘日，婦曰：「何故
不復入❶？」男曰：「汝夜輒出，我故不入❷。」婦曰：「我初不
出❸。」婿驚，婦云：「君自有異志；當為他所惑耳！後有至者，
君便抱留之；索火照視之為何物❹。」

　　後所願還至，故作其婦，前卻未入，有一人從後推令前❺。既
上牀，壻捉之曰：「夜夜出何為？」婦曰：「君與東舍女往來而
驚，欲託鬼魅以前約相掩耳❻！」壻放之，與共臥。夜半心悟，乃
計曰：「魅迷人，非是我婦也。」乃向前攬捉，大呼求火，稍稍
縮小，發而視之，得一鯉魚，長三尺❼。

【注釋】

❶　彭城：郡名。在今江蘇省境內。　男子：平民男性。　不復：不。復為詞綴，起擴
　　充音節之用。
❷　輒：副詞。總是。就。　故：連接詞。因此。
❸　初不：從不。初：副詞。表示程度，相當於「從來」。後接否定辭「不」，形成
　　「初不」格式，意為「從來都沒有」。

❹ 自：副詞。原本：本來。　異志：他心。　耳：語氣詞。表示肯定。　索火：索取火炬。

❺ 所願：盼望的人。所：助詞。用於動詞前，組成名詞性短語，表示與行為動作有關的人。願：希望，思念。　還至：又到了。還：副詞。復。表示行為動作的重復。故作：仍然化作。　前卻：已經進來了。前：進。卻：副詞，表示動作完成。

❻ 驚：驚駭。　掩：掩飾、遮蓋。

❼ 計：運思。　攬捉：捕捉。　求火：索求火燭。　發：放。開。　鯉魚：淡水魚類，生長於湖泊和溪河中，體側扁，成紡錘形，大者長二、三尺。

翻譯：

　　彭城郡有個男子娶了妻，卻不愛這個妻子，每晚都在臥室外面睡。過了一個多月後，妻子問他：「為什麼不進房間裡睡呢？」男子說：「晚上你總是出來睡，我所以免進房啊。」妻子說：「我從沒出臥房過！」丈夫一聽大驚，妻子說：「夫君原本就有二心，應當是被她給迷惑了，今後若是再來，夫君就抱住她不放，叫人拿火燭來照。看她究竟是什麼東西。」

　　之後男子的意中人又來了，仍然化作他妻子的模樣；剛進來還未入見時，有人從背後推她進去。上床後，男子捉住她說：「你夜夜出來做什麼！？」那個化身為妻子的女子說：「夫君和東家女往來才會看到我而驚慌，你想推託給鬼魅以掩飾先前的幽會！」男子鬆開手，和她同睡。到了半夜，他心裡明白了，才告訴自己說：「妖魅把我迷惑住了，這不是我妻子！」於是撲上去攬緊她，並大聲叫人拿火炬過來照，懷中的女人略略縮小，放開手來查看，發現是一尾鯉魚，長達三尺。

※ 問題與討論

1. 從男性的視角來看，妖魅在言行外貌上具有哪些難以抗拒的誘惑力？說明之。

2. 妖魅與人的不倫私情會在什麼樣的情況破局？

3.中國社會常以「狐狸精」指斥哪一類型的女人，試問其中緣故？

4.杜撰一則兩棲類爬蟲動物色誘男性的故事，文長200字，需有四句對白。

5.古代婚禮有六道程序：

　①納采，通過媒人向女方求婚，致送禮物，女方同意後，收下采禮。

　②問名，詢問女方姓名生日資料，以卜吉凶。

　③納吉，卜問為吉，決定合婚。送絹以示定婚。即送定。

　④納徵，男方送聘禮；金銀絹帛等給女方。即完聘。

　⑤請期，男女雙方商定迎娶日期。

　⑥親迎，男方前來女方家迎娶新婦。

　準此，請分辨「狸精越界來通婚」的婚事籌措事項，有哪些悖反失序之處？嘗試評論其可能之原因。

6.選個故事，你也試著來畫張小圖。

主題三、冤魂索命錄

前　言

　　在弱肉強食的紛爭環境，眾暴寡，強凌弱，是現實社會中無可避免的殘酷對決。政治場域中，不同的權力板塊相互擠壓碰撞，角逐失利的一方，被迫步上刑場，斬首示眾，受難者揚言死後復仇；刑事檔案中，弱女子遭惡人劫財劫身，棄屍於枯井邊，苦候巡察的刺史到此緝凶；地方政府內閣中，紙包不住火的性醜聞，使舉發者慘遭滅口之禍，皇天、陰曹，或王法能否懲姦治惡？迢迢返鄉路上，男子遭謀財害命，載浮載沉的水流屍千里託夢訴冤，案件能否審理得當？這些都是本篇主題的故事內容，其他還包括了多起冤獄、縱火殺人、誣告害命等不幸事件。

　　有壓迫，就有反抗；有傷害，必生報復之心，這是生命的自我保護本能。故事中的亂世冤魂，不論男女貴賤，莫不夙夜匪懈地要求最終的正義裁決，至於讀者群或社會輿論，也在注目著善惡報應的實現方式。此所以堅信鬼神不誣的志怪作者，戒慎莊重地從歷史事件、地方傳說等文獻，采擷種種有關報應的案例，並以善惡果報的意識型態進行理解。敘事者將前事件與後事件串連成具有因果關係的情節，以元凶的血洗含冤者的淚，使受害者雖不甘心，但卻能闔眼罷手，認命地退場。

　　本單元之作品以北齊・顏之推的《冤魂志》為多，此書明代以後不傳於世，敦煌石窟寶藏有《冥報記》，是《冤魂志》殘本，存十五則佚文。從敘事表現手法來看，冤魂索命的主題扣人心弦，不論是受害的情節，或是償命的過程，走勢曲折，而又無可挽回，令人同情歎息之餘，又滿足了閱讀的快感。故事中的鬼，形象詭異多變；有的自行移動首級，直接從斬首的斷頸處

放進祭品；有的只以溼漉漉的水迹現形；有的忽隱忽現，在鏡中悄然浮出人臉；有的可大可小，能在瞬間鑽入仇家的腹內，令他驚駭昏死；有的面色慘然青黑，兩眼空洞無珠，兀然在荒澤中守候著冤家，有的以水中幻影現身，當仇家接近水面時，冷不防地竄出奪命的鬼手……這些人物造型既有來頭，又有看頭，強化了復仇場面的敘事張力。從歷史層面來看，這些故事也紀錄了魏晉時期的司法體制，包括逮捕、審問、判決的過程及步驟，有關判決不服者的申訴機制和時程，對強盜殺人罪的刑罰規定，其它如刑求以錄口供，戮孥等也有所交代。

　　摘奸發伏，制裁罪行的故事可以滿足超我的正義感與道德期望，與殺人償命的原始血仇心理遙相呼應。對於無數在現實生活中受過欺凌而又束手無策的讀者來說，其心中的攻擊欲望也可以經由閱讀獲得替代性的滿足。此所以這類作品代代相傳，對後世以冥報、復仇、洗冤、公案為主題之小說有重要的啟發。

一、火場冤魂來索命　　北齊‧顏之推：《冤魂志》

　　宋下邳張稗者，家世冠族，末葉衰微❶。有孫女姝好美色，鄰人求聘為妾❷。稗以舊門之後，恥而不與❸。鄰人憤之，乃焚其屋，稗遂燒死。其息邦先行，不知❹，後還，亦知情狀，而畏鄰人之勢，又貪其財而不言，嫁女與之。

　　後經一年，邦夢見稗曰：「汝為兒子，逆天不孝，棄親就同凶黨！」捉邦頭，以手中桃杖刺之❺。邦因病兩宿❻，嘔血。而邦死之日，鄰人又見稗排門直入❼，張目攘袂❽，曰：「君恃貴縱惡，酷暴之甚❾！枉見殺害，我已上訴，事獲申雪，卻後數日，令君知之！」鄰人得病，尋亦殂沒❿。

【注釋】

❶ 宋：朝代名，南朝之一。劉裕建立，自公元 425 至 479 年。　下邳：郡名，在江蘇省境內。　張稗：人名。　冠族：顯貴的豪門世族。　末葉：後世。葉：時期。

❷ 姝好美色：溫柔又美麗。姝：音ㄕㄨ；shū。柔美。　妾：小妻。偏房。

❸ 以：認為。　舊門之後：歷史悠久的名門後裔。　與：給予。

❹ 乃：於是。　息：音ㄒㄧ；xī。子息。親生子。

❺ 就同：投靠。雙音詞。　凶黨：凶狠之輩。　捉：抓住。　刺：以細銳物直前傷入。

❻ 兩宿：兩晚。宿：量詞。計算夜的單位。

❼ 排門直入：推開門扇直接入內。排：推，分開。直：副詞。徑直。

❽ 張目攘袂：睜大眼睛，憤怒激動，有意出手攻擊之貌。攘袂：音ㄖㄤˊ　ㄇㄟˋ；ráng mèi。撩起袖口，露出手臂。袂：袖口。

❾ 恃貴縱惡：仗著勢力，放肆作壞。　之甚：至甚。至極。

❿ 卻後：過幾天之後。卻：時間副詞。　尋：副詞。不久。　殂沒：音ㄘㄨˊ　ㄇㄛˋ；cú mò。死亡。

翻譯：

　　南朝劉宋時下邳郡人張稗，原本是家世顯貴的大族，但後代衰落了。張稗有一個孫女，姿色美麗，鄰人向張家求聘娶作小老婆。張稗認為他們是世代悠久的豪門之後，孫女作妾是家門之恥，拒絕接受。鄰人為此憤怒，於是放火燒了他們的房屋，張稗就這樣被燒死。張稗的兒子張邦因為先前出門在外，不知道此事，後來回到家鄉，也知道事情的經過，但他畏懼鄰人的權勢，又貪圖他的聘金，因此沒有把事情張揚出去，便把女兒給了鄰人。

　　一年過後，張邦夢見父親張稗對他說：「你這個做兒子的，逆天不孝！你背棄親人，投靠惡霸！」他捉住張邦的頭，用手中的桃木手杖戳他。張邦因此接連病了兩晚，吐了血。在張邦死的那天，那個鄰人也看到張稗推開門扇闖了進來，他雙眼怒瞪，撩起袖子，說：「你仗勢欺人，殘酷至極！我冤枉地被你給燒死，如今我已上訴，冤情獲得洗雪，過幾天之後，你就知道！」鄰人得病了，不久也死了。

二、水流屍返鄉報案　　北齊‧顏之推：《冤魂志》

瑯琊諸葛覆永嘉年為九真太守，家累悉在揚都，唯將長子元崇赴職❶。覆於郡病亡，元崇年始十九，送喪欲還❷。覆門生何法僧，貪其資貨❸，與伴共推元崇墮水而死，因分其財。

爾夜❹，元崇母陳氏夢元崇還，具敘亡父事及身被殺委曲❺：「屍骸流漂，怨酷無雙❻！違奉累載❼，一旦長辭，銜悲茹恨❽，如何可說！」歔欷不能自勝。又云：「行速疲極，困臥窗下牀上，以頭枕窗❾。母視兒眠處，足知非虛矣。」陳氏悲怛驚起，把火照兒眠處，沾濕猶如人形❿。於是舉家號泣。便如問⓫。

於時徐森之始除交州⓬，徐道立為長史，道立即陳氏從姑兒也。具疏所夢，托二徐檢之⓭。二徐道遇諸葛喪船，驗其父子亡日，如鬼語。乃收其行凶二人，即皆款服，依法殺之⓮。更差人送喪達都⓯。

【注釋】

❶ 瑯琊：郡名。在今山東省境內，南朝時於江蘇省設置僑郡瑯琊，也作「琅玡」、「琅邪」。　諸葛覆：人名。　永嘉年：晉懷帝司馬熾年號，自公元 307 至 312 年。　九真：郡名。在今越南境內。　太守：郡守。一郡的行政首長。　家累：家中人口，妻子家人之屬。　悉：全，都。　揚都：都城名。在今江蘇省南京市。南北朝時期，習稱建康為揚都。　將：攜帶。

❷ 送喪欲還：護送死者的靈柩將要返鄉。喪：裝有死者遺體的棺木。欲：副詞。將；表時間。

❸ 門生：門下使役之人。　資貨：財物。

❹ 爾夜：當天晚上。爾：此，這，那。

❺ 具：全，都。　委曲：事情的原委。

❻ 怨酷無雙：怨恨慘痛至極。酷：痛苦。

❼ 違奉累載：多年來不能隨侍親側。違奉：有失奉侍。累載：經年。

❽ 銜悲茹恨：含悲飲恨。茹：含。

❾　歔欷：音ㄒㄩ　ㄒㄧˋ；xū xì。悲泣抽噎。　　不能自勝：無法自我克制。勝：音
　　ㄕㄥ；shēng。禁，受得住。　　疲極：疲憊。雙音詞，同義連文，為當時俗語，
　　極：疲乏，不作副詞解。　　窗下：窗邊。下為處所名詞詞尾，泛指該處。

❿　悲怛：哀痛驚愕。怛：音ㄉㄚˊ；dá。　　把火：用手持拿火燭。

⓫　號泣：有哀訴之詞的哭泣。如呼「蒼天」、「奈何」。　　如問：到官府申告對方罪
　　行。如：往，到。問：審訊問罪，宣佈對方罪狀，加以譴責。

⓬　徐森之：人名。　　始除交州：方接任交州刺史一職。始：纔，方。除：拜官授職。
　　交州：州名。在今越南、廣東、廣西省境內。九真郡屬交州所轄。

⓭　徐道立：人名。　　長史：官名。邊境的州郡設有長史一人作為副首長，可代理政
　　務。　　從姑兒：堂侄。　　具：副詞。全，都。通「俱」。　　疏：分項說明。　　檢
　　之：查察此案。之：指示代名詞，此指這件命案。

⓮　道遇：中途碰見。　　收：逮捕。　　款服：服罪。

⓯　更：副詞。再，又。　　送喪達都：護送遺體回到揚都。

翻譯：

　　瑯琊郡人諸葛覆，在西晉懷帝永嘉年間出任九真郡太守一職。他的家眷都在揚都住著，只帶著長子諸葛元崇去赴任新職。諸葛覆於任內病故，當時諸葛元崇才十九歲，他護送著父親的靈柩返鄉。諸葛覆的部屬何法僧，貪圖他們的資產，就和同夥一起把諸葛元崇推落水中害死，然後瓜分了他們的財物。

　　當天晚上，諸葛元崇的母親陳氏夢見兒子回來了，他詳細地說明父親病歿以及自己遇害的經過。他說：「屍骸任水漂流，真是悲慘至極！多年來一直沒有侍奉母親，盡人子之孝，如今又和您永別，我的悲哀遺憾，如何說得清？」他忍不住地抽泣……接著又說：「一路慌忙地趕著回來，我好累，癱在窗邊的牀上睡了，我把頭倚在窗子，母親您去查看兒子睡眠所在處，就會明白一切不假！」陳氏從夢中悲傷地驚醒了，她持著火燭去照看兒子睡覺的位置，果然有一片被水沾溼看似人形的痕跡。於是全家哀訴大哭。接著前往官府去申告。

　　當時徐森之剛擔任交州刺史一職，徐道立任他的長史，徐道立正是陳氏的堂姪兒。陳氏把夢中得知的事情全都分項述明，請託徐森之和徐道立查明

此案。二徐在途中發現了運送諸葛氏靈柩的船，勘驗他們父子的死亡日期，和諸葛元崇鬼魂所說的一樣。於是收押行兇的那兩個人，他們隨即俯首認罪，依法將兩人處決了。另外再派人把靈柩護送回揚都。

三、靈座前的斷頭鬼　　北齊・顏之推：《冤魂志》

晉夏侯玄，字太初❶。以當時才望❷，為司馬景王所忌而殺之❸。玄宗族為之設祭❹，見玄來靈座❺，脫頭，置其傍。悉取果食酒肉以內頸中❻，既畢，還自安❼。言曰：「吾得訴於上帝矣！司馬子元無嗣也❽。」

　　尋而景王薨，遂無子，其弟文王封次子攸為齊，繼景王後，攸薨，攸子因嗣立，又被殺❾。及永嘉之亂❿，有巫見帝云：「家傾覆，正由曹爽、夏侯玄之訴怨得申故也⓫。」

【注釋】

❶ 夏侯玄：三國時魏人。公元 209 至 254 年在世，容止俊美，風格高朗，弘辯博暢，為當時玄學名流，任征西將軍，後與李豐密謀暗殺司馬師，事洩，遭司馬師殺害，夷滅三族。《三國志》有傳。此處所指之「晉」，採寬泛之王權認定，因當時之魏國已由後來建立晉朝之司馬氏掌權。

❷ 才望：有才能名望者。

❸ 司馬景王：司馬師的尊號。司馬師，字子元，三國時魏人。公元 207 至 255 年在世，為司馬懿長子，在征戰途中病故。晉朝建立後，被追尊為「世宗景帝」，《三國志》有傳。

❹ 宗族：同宗親屬。　設祭：備辦酒食以祭祀。

❺ 靈座：新喪既葬，為亡者所設置的坐位几筵，以供奉其神主。

❻ 悉：全，都。　內：音ㄋㄚˋ；nà。「納」的本字，收藏，收入。

❼ 畢：結束。　還：音ㄏㄨㄢˊ；huán。副詞。再。　自：助詞。無實義。　安：安置，安放。

❽ 得：可以。　訴：控訴。

❾ 尋：相繼，接著。　文王：司馬昭，公元 211 至 265 年在世。司馬懿之次子，司馬師之弟。其子司馬炎建立晉朝之後，追諡他為文王，《晉書》有傳。　司馬攸：公元 246 至 283 年在世。司馬昭之次子，出繼司馬師，英年病逝。《晉書》有傳。攸子：司馬攸的嫡子司馬冏。公元？至 303 年在世。司馬冏為八王之亂的起事者，後因兵敗被殺。《晉書》有傳。

❿ 及：連接詞，到了。　永嘉之亂：晉懷帝永嘉五年（公元 311 年），匈奴族劉曜攻破洛陽，焚城，搶掠屠殺，俘虜懷帝，晉軍陣亡者達十餘萬人，王室以及官民有三萬人被殺。永嘉之亂使司馬氏王族死亡殆盡，五年後西晉滅亡。逾八十萬人南渡長江避亂，司馬睿在建康即位，南北朝開始。

⓫ 曹爽：三國時魏人。公元？至 249 年在世，曹操族孫，因涉及政變，遭司馬懿殺害、夷三族。《三國志》有傳。曹爽與夏侯玄為表兄弟關係。　故：副詞。加強判斷語氣。

翻譯：

　　晉朝夏侯玄，字太初。因為是聲望地位崇高的一代名流，遂遭司馬師猜忌，將他處死。夏侯玄遇害後，宗族為他設奠祭祀，見到夏侯玄來到靈座，把斷頭脫下，放到靈座一邊，他把所有果物酒肉等祭品，全都放進頸項中，放完之後，再把斷頭安裝上去。他說：「我可以去向上帝申訴了；司馬師就要絕子絕孫了！」

　　不久，司馬師病死了，沒有留下子嗣，他的弟弟司馬昭將次子司馬攸封為齊王，出繼司馬師之後，但司馬攸病死，司馬攸之子司馬冏繼立後又被殺掉。到晉懷帝永嘉之亂時，有巫師見到景王司馬師說：「家門覆滅的原故，就是因為曹爽和夏侯玄的冤情獲得平反啊！」

四、誰用斧頭劈死主人　　北齊‧顏之推：《冤魂志》

　　宋世永康人呂慶祖家甚溫富。嘗使一奴名教子守視墅舍❶。以元嘉中便往案行❷，忽為人所殺。族弟無期先大舉慶祖錢，咸謂為害❸。

　　無期齎羊、酒、脯至柩所而咒曰❹：「君荼酷如此，乃云是我！魂而有靈，使知其人❺！」既還，至三更，見慶祖來云：「近教子哇嚋不理❻，許當痛治奴❼，奴遂以斧斫我背，將帽塞口，因得嚙奴三指❽，悉皆破碎，便取刀刺我頸，曳著後門❾。初見殺時，諸從行人亦在其中❿，奴今欲叛，我已釘其頭著壁⓫。」言畢而滅。

　　無期早旦以告父母。潛視奴所在，壁果有一把髮，以竹釘之。又看其指，並見破傷。錄奴詰驗，具伏⓬。又云：「汝既反逆，何以不叛？」奴云：「頭如被繫，欲逃不得。」諸同見者，

事事相符，即焚教子並其二息⓭。

【注釋】

❶　宋：朝代名，南朝之一。劉裕建立，自公元 420 至 479 年。　永康：縣名，在今浙江省境內。　呂慶祖：人名。　溫富：溫飽富足。　教子：人名。　守視：看守。墅舍：別館，本宅外供遊樂休憩的園林屋舍。

❷　以：在，於。　元嘉：宋文帝劉義隆之年號，自公元 424 至 453 年。　案行：巡視。案：巡視。通「按」。

❸　族弟：同宗族之弟。　無期：呂無期。人名。　大舉：隆重地興辦。　餞：以酒食送行。　謂：評論。

❹　賫：音ㄐㄧ；jī。攜物自隨。　柩：已裝屍體的棺材。　咒：禱告。在鬼神前陳說許願。

❺　荼酷：痛苦。同義連文雙音詞。酷：痛苦。　乃：卻。　其：指示代名詞。指人或事。

❻　畦疇不理：荒廢田地，不治農事。畦疇：音ㄒㄧ ㄔㄡˊ；xī chóu。泛指田園、農地。

❼　訐：音ㄐㄧㄝˊ；jié。揭發他人的過錯。　當：會，必定。　痛治：嚴加懲處。

❽　斫：音ㄓㄨㄛˊ；zhuó。砍。　齧奴三指：咬了奴僕的三隻手指。齧：音ㄧㄠˇ；yǎo。同「咬」。

❾　曳：音ㄧㄝˋ；yè。拖，牽引。

❿　從行人：隨行的人。

⓫　釘其頭著壁：把奴僕的頭釘在牆壁上。

⓬　錄：逮捕。　具伏：完全招認所犯的罪。伏：認罪。　叛：逃跑。

⓭　事事相符：每件事情都相符合。　焚：火刑。《周禮》：「殺其親者，焚之。」息：音ㄒㄧ；xī。親生子。古代法律有戮孥之制，將罪犯及其子一併處決。

翻譯：

　　南朝劉宋時代永康縣人呂慶祖家境非常富有。他曾遣使一名叫教子的家奴看管別墅。呂慶祖在宋文帝元嘉年間到別墅去巡視，突然遭人殺死。他的族弟無期因之前曾為呂慶祖舉行過盛大的送別酒宴，被大家議論紛紛，都認為人就是他殺害的。

　　無期帶著羊肉、酒、肉乾等祭品來到呂慶祖的靈柩前祝禱：「你慘遭如

此毒手，人們卻說是我做的！你的亡魂若是有靈，讓我知道兇手是誰！」無期回去後，到了三更，見到呂慶祖前來告訴他：「最近教子農事不理，田園荒廢，被我責罵，我揚言要嚴加懲罰他！這奴僕一聽就拿起斧頭來砍我的背，還把布帽塞住我的嘴！我趁機咬住那奴僕的三根手指，把它們都給咬碎！那奴僕又拿刀來刺我的脖子，還把我拖到後門去。我剛被殺害時，那些隨行的人也在屋裡。那奴僕現在想要逃亡，可是我已經把他的頭給釘在牆壁上了！」話說完，他就消失了。

　　天亮後，呂無期把這件事告訴父母。他暗中前往奴僕所住的地方查看，發現牆壁上果然有一把頭髮，被竹子給釘住。再查看他的手指，也都受傷破損了。將那奴僕逮捕過來盤問命案事件，他全都認罪。又問他：「既然你都叛變了，為何不逃走呢？」奴僕說：「我的頭好像被綁住了，想逃卻逃不了。」詢問那些目擊者，所說的事項都吻合。立即把教子和他的兩個兒子都處以火刑。

五、性醜聞秘辛　　北齊・顏之推：《冤魂志》

　　晉富陽縣令王範有妾桃英，殊有姿色，遂與閣下丁豐、史華期二人姦通❶。範嘗出行不還❷。帳內都督孫元弼聞丁豐戶內有環珮聲❸，覘視❹，見桃英與同被而臥。元弼叩戶，面叱之❺，桃英即起，攬裙理鬢，躡履還內❻。元弼又見華期帶珮桃英麝香❼。二人懼元弼告之，乃共謗元弼與桃英有私❽。範不辨察，遂殺元弼。

　　有陳超者，當時在座，勸成元弼罪。後範代還，超亦出都看範❾。行至赤亭山下，值雷雨日暮。忽然有人扶超腋，徑曳將去❿，入荒澤中。電光照見一鬼，面甚青黑，眼無瞳子，曰：「吾孫元弼也。訴怨皇天，早見申理。連時候汝，乃今相遇！」超叩頭

流血，鬼曰：「<u>王範</u>既為事主，當先殺之。<u>賈景伯</u>、<u>孫文度</u>在<u>太山</u>玄堂下，共定死生名錄。<u>桃英</u>魂魄亦收在<u>女青亭</u>者，是第三地獄名，在黃泉下，專治女鬼。」投至天明❶，失鬼所在。

　　<u>超</u>至<u>揚都</u>詣<u>範</u>，未敢說之。便見鬼從外來，逕入<u>範</u>帳❷。至夜，<u>範</u>始眠，忽然大魘❸，連呼不醒。家人牽青牛臨<u>範</u>❹，上并加桃人左索❺。向明小蘇❻。十許日而死，妾亦暴亡。

　　<u>超</u>亦逃走<u>長干寺</u>，易姓名為<u>何規</u>。後五年，三月三日臨水，酒酣，<u>超</u>云：「今當不復畏此鬼也❼！」低頭，便見鬼影已在水中，以手搯<u>超</u>鼻，血大出，可一升許。數日而殂❽。

【注釋】

❶ 晉：朝代名。司馬炎建立。自公元 265 至 316 年為西晉；317 至 420 年為東晉。富陽：縣名。在今浙江省杭州市富陽區。　王範：人名。　妾：小妻。　殊：極，甚。　閤下：官署內的閤員。閤是位於官署正廳旁的夾室，僚屬在閤內恭候領旨任事。後用以稱幕僚人員。下：處所名詞後的詞尾，表該處。　丁豐：人名。　史華期：人名。　姦通：男女私通。

❷ 出行不還：到外地巡視而沒有回來。行：巡視。

❸ 帳內都督：官名。縣府裡總管庶務的人員。　帳下：縣府。帳：古時首長治事所在張設帷帳，以防塵避風。　戶：室內單扇的小門。

❹ 覘視：偵查窺視。覘：ㄓㄢ；zhān。

❺ 叩戶：敲擊房門。　面叱之：當面大聲怒罵他們。叱：音ㄔˋ；chì。大聲呵斥。

❻ 攬：收攏。　躡履：音ㄋㄧㄝˋ　ㄌㄩˇ；niè lǚ。踩著鞋子。躡：踩。

❼ 麝香：貴重的香料，多以錦囊袋子裝著來散發香氣。

❽ 私：不正當的性關係。

❾ 陳超：人名。　勸成：助成。　代還：就任地方職務年限到期，重新調回朝廷任職。　出都：到都城去。

❿ 扶：攙持。　徑：直接，捷速。　曳：音ㄧㄝˋ；yè。拖。　將：攜帶。

⓫ 賈景伯：人名。賈逵，字景伯，公元 30 至 101 年在世。東漢經學家。　孫文度：人名。西晉名士。　玄堂：天子所居，在南為明堂，在北為玄堂。　女青：道教的神仙名，可鎮伏萬鬼。　投：到，臨。

⓬ 揚都：都城名。在今江蘇省南京市。　詣：拜訪。　逕：音ㄐㄧㄥˋ；jìng。直

接。同「徑」。 帳：帳幔。

⑬ 魘：音一ㄢˇ；yǎn。夢中驚駭。惡夢。

⑭ 牽青牛臨範：拉著一頭黑牛來到王範面前。青牛：可辟惡之物。秦有辟惡車，上加桃弓葦矢，以祓除不祥，此當其遺制。臨：來，到。

⑮ 桃人：桃木所刻的荼與、鬱壘人像。 左索：以蘆葦編成的執鬼繩索。傳說桃都山有神人，荼與、鬱壘，並執葦索以綁鬼，鬼畏之。

⑯ 向明：天色將明時。 小蘇：稍微蘇醒。

⑰ 三月三日：春天在水邊戲樂的節日，以去除厄運。 當：表示肯定或推斷。相當於「大概」。 不復：不。表示否定。復為音節助詞。

⑱ 撏：音ㄒ一ㄣˊ；xín。摘取。剝取。 可一升許：約有一升。升：容量單位，約合今 200c.c.。 殂：音ㄘㄨˊ；cú。死亡。

翻譯：

晉朝時富陽縣縣令王範有個小妾名叫桃英，頗具姿色，因而和縣府裡的閤員丁豐和史華期兩人通姦。王範曾外出未歸，縣府的總務長孫元弼聽見丁豐房門裡面傳來玉珮的響聲，便前往偵查，看到丁豐和桃英同蓋著被子在睡覺。孫元弼就敲房門，當面叱責了他們！桃英於是從牀上起身，攏好裙子，梳理鬢髮，套上鞋子回內室去了。之後，孫元弼又看到史華期身上佩戴著桃英的麝香錦囊。丁豐和史華期兩人唯恐孫元弼向縣令告發姦情，於是聯手毀謗孫元弼和桃英私通。王範未經查證，就把孫元弼給殺害了。

有個陳超，當時也在座，他促成了孫元弼的死罪。後來王範任職屆滿，陳超到都城去看望他。陳超走到赤亭山下時，遇到雷雨，天色陰暗……突然有人架住陳超的手臂，直接拖走他！拖他進到雜草叢生的荒澤裡。當時雷電閃現，電光照到一個鬼，面色相當青黑，目眶內沒有眼珠！鬼說：「我是孫元弼，已經向皇天申訴了冤情，冤情早獲昭雪。我一直都在這裡等你，今天終於遇到你了。」陳超向鬼叩頭，叩到頭都流出血了。鬼說：「王範既然是元兇，應當先殺掉他！賈景伯和孫文度兩位高士都在泰山地府的北堂裡，共同勘定生死資料。桃英的魂魄也收押在女青亭，這是第三地獄的名稱，地處黃泉之下，專門在懲治女鬼。」到天亮之際，不見鬼的形蹤了。

陳超到揚都拜訪王範時，還不敢說起此事，接著就看到鬼從外面來了，

鬼直接進入王範的帷帳內。到了晚上，王範才剛入睡，突然就大發噩夢，一直喊他都不醒。他家的人牽了一頭黑牛來王範牀前辟惡，黑牛身上還加放了鎮惡用的桃木偶和抓鬼用的蘆葦索。天快亮時，王範稍為甦醒。但十幾天之後就死了，他的寵妾桃英也暴斃。

陳超於是逃命躲在長干寺裡，改名換姓叫何規。過後五年，他在三月三日修禊節那天到水邊遊樂，人已經很醉了，陳超說：「今天我可不怕這隻鬼了！」一低頭，就看見鬼影已經在水中了！鬼手揪住陳超的鼻子，鼻子遂嚴重出血，血約流了一升之多。幾天後陳超死亡了。

六、刑場含恨奏琵琶　　北齊・顏之推：《冤魂志》

　　宋元嘉中李龍等夜行劫掠。於時丹陽陶繼之為秣陵縣令，微密尋捕，遂擒龍等❶。取龍引一人，是太樂伎，忘其姓名❷。劫發之夜，此伎推同伴往就人宿，共奏音聲❸。陶不詳審，為作款列，隨例申上❹。及所宿主人士貴賓客並相明證，陶知枉濫。但以文書已行，不欲自為通塞❺，遂并諸劫干人❻，於郡門斬之。

　　此伎聲伎精能，又殊辨慧。將死之日，親隣知識看者甚眾。伎曰：「我雖賤隸，少懷慕善，未嘗為非，實不作劫！陶令已當具知，枉見殺害；若死無鬼則已，有鬼必自陳訴❼！」因彈琵琶歌曲而就死。眾知其枉，莫不殞泣❽。

　　月餘日，陶遂夜夢伎來至案前云：「昔枉見殺，實所不忿❾。訴之得理，今故取君！」便入陶口，仍落腹中。陶即驚寤，俄而倒絕，狀若風顛❿，良久方醒。有時而發，輒天矯，頭反著背⓫。四日而亡。亡後家便貧頓⓬，一兒早死，餘有一孫，窮寒路次⓭。

【注釋】

❶ 宋：朝代名，南朝之一。劉裕
建立，自公元 420 至 479 年。
元嘉：宋文帝劉義隆之年號。
自公元 424 至 453 年。　李
龍：人名。　丹陽：郡名。在
今安徽、江蘇兩省境內。　陶
繼之：人名。　秣陵：縣名。
在今江蘇省江寧縣。　微密：
隱密地伺察。

❷ 取：捕取。　引：交代。審訊
中牽連涉案的人。　太樂伎：
在太樂府任職的樂師。太樂：
官署名。職掌邦國祭祀典禮時
的音樂演奏。太樂典領之倡
優、樂師有千人之多。

❸ 推：推究，追想。　宿：住
所。　音聲：音樂，曲調。

❹ 款列：下級向上級詳實匯報。
隨例：照例。例：規程條例。
申：官府行文，下級對上級稱
申。

甘肅天水博物院，隋唐貼金彩繪執曲頸琵琶
伎樂俑，甘肅省天水市出土。

❺ 及：連接詞。到了。　枉濫：違反事實。同義連文雙音詞。濫：失實。　通塞：向
上級陳述以補救過錯。塞：音ㄙㄜˋ；sè。補救過錯。

❻ 干：若干。幾個。問數或數量未定。

❼ 實不作劫：確實不作搶匪。劫：名詞。強盜。　必自：必。自為音節助詞。

❽ 殞泣：落淚。殞：音ㄩㄣˇ；yǔn。墜落。通「殞」。泣：淚。

❾ 案：書案、奏案。有足的小型書案，可以放置文書奏章於其上，通達拜謁時，名刺
亦放其上。案上可放硯、卮燈，以利閱讀及簽署文件。　不忿：不平，不服氣。
故：特意。

❿ 便：副詞。就。　仍：副詞。再。　俄而：瞬間，忽然。同「俄爾」。　風顛：因
中風而仆倒。張機《金匱要略》：「夫風之為病，當半身不遂。」

⓫ 夭矯：強力屈伸。

⓬ 貧顇：貧困勞苦，顇：音ㄘㄨㄟˋ；cuì。勞累。通「悴」。

⓭ 路次：道路邊。次：泛指所在處。

翻譯：

　　南朝宋文帝元嘉年間，李龍等人在夜間搶劫。當時丹陽郡人陶繼之作秣陵縣縣令，他暗中跟監追捕，終於擒拿了李龍等人。也一併逮捕李龍在受審過程中所交代的一個人，他是一名在太樂部門演奏的樂師，不記得其姓名。這名樂師到案後供述，搶案發生的那晚，他和同伴到某個人家夜宿，共同演奏音樂。陶繼之沒有據實審判，就把這個樂師也匯報為搶匪，按照慣例呈交上級。及至那家主人與當晚的賓客共同出面作證後，陶繼之知道自己審判失誤；只是公文已經發出，他不願向上級陳述是自己的過失，以免遭到懲處。於是將樂師連同一干搶劫犯都在郡門口斬首處決。

　　這個樂師的音樂技藝精湛，又非常聰穎明理。將死的那一天，許多親朋鄰居和認識他的人都去看望他。樂師說：「我雖是個卑微的樂工，但自幼即嚮往善道，不曾為非作歹，我確實沒做強盜！陶縣令應當已完全清楚，猶冤枉殺我！若死後無鬼便罷，有鬼的話我一定去申冤！」接著彈奏琵琶樂曲，隨後就遭處決了。眾人知道他是冤枉的，紛紛落下了眼淚。

　　過一個多月，陶繼之晚上夢見樂師來到書案前，說：「從前蒙冤被殺，內心實在憤恨難平。申訴已經獲得審理，今天專程來取走你的性命！」於是鑽入陶繼之的口，再落入他的腹中。陶繼之立即驚醒，不久昏倒，樣子像是中風一般。很久之後他才醒來。有時候又發作，發作的時候身體總是強力屈伸，頭向後彎曲到背。四天之後他死了。死了之後家裡貧窮潦倒，一個兒子早夭，剩下一個孫子，在路邊挨餓受凍。

七、女鬼的悲憤控訴　　東晉・干寶：《搜神記》卷十六

　　漢九江何敞，為交趾刺史❶，行部到蒼梧郡高要縣，暮宿鵠奔亭❷。夜猶未半，有一女從樓下出，呼曰「明使君❸，妾冤人也！」須臾，至敞所臥牀下跪曰：「妾姓蘇名娥，字始珠，本居

廣信縣❹，修里人。早失父母，又無兄弟，嫁與同縣施氏。薄命夫死，有雜繒帛百二十疋❺，及婢一人，名致富。妾孤窮羸弱，不能自振，欲之旁縣賣繒，從同縣男子王伯賃車牛一乘，直錢萬二千❻，載妾并繒，令致富執轡，乃以前年四月十日，到此亭外。於時日已向暮❼，行人斷絕，不敢復進，因即留止。致富暴得腹痛，妾之亭長舍，乞漿取火❽。亭長龔壽，操戈持戟❾，來至車旁，問妾曰：『夫人從何所來？車上所載何物？丈夫安在？何故獨行？』妾應曰：『何勞問之。』壽因持妾臂曰：『少年愛有色，冀可樂也……』妾懼怖不從，壽即持刀刺脅下，一創立死❿。又刺致富，亦死。壽掘樓下，合埋，妾在下，婢在上，取財物去。殺牛燒車，車釭及牛骨⓫，貯亭東空井中。妾既冤死，痛感皇天，無所告訴，故來自歸於明使君⓬。」敞曰：「今欲發出汝屍，以何為驗？」女曰：「妾上下著白衣，青絲履，猶未朽也。願訪鄉里，以骸骨歸死夫⓭。」掘之果然。

　　敞乃馳還，遣吏捕捉，拷問具服。下廣信縣驗問，與娥語合。壽父母兄弟，悉捕繫獄。敞表壽⓮：「常律殺人，不至族誅。然壽為惡首，隱密數年，王法自所不免。令鬼神訴者，千載無一。請皆斬之，以明鬼神，以助陰誅⓯。」上報聽之⓰。

【注釋】

❶　漢：朝代名。劉邦建立。自公元前 202 年至公元 9 年為西漢；公元 25 年至 220 年為東漢，劉秀建立。　九江：郡名，在今安徽省境內。　何敞：人名。　交趾：部名。漢分全國為十三部，部是監察區，非行政區。交州。約在今越南北部、廣東、廣西兩省境內。　刺史：官名。西漢時由中央派遣到各郡國巡察政務，監督豪強、斷治冤獄的官員。刺：檢覈查看。史：監察官。

❷　行部：到「部」所監察的郡縣巡按、斷治冤獄。西漢時，刺史在每年八月乘傳車周行郡國，視察政事。　蒼梧郡：郡名，屬交趾部。在今廣西省境內。　高要縣：縣

四川博物院，東漢斧車，斧車上樹立之「斧」象徵出行者有生殺大權。彭州市出土。

名。在今廣東省肇慶市高要區。　鵠奔亭：亭名。在高要縣西八里。亭是秦漢時設
置於縣道的行政單位。亭有亭長，以禁盜賊。亭下寬，備行李止宿；亭上有樓，以
便守望。北魏‧酈道元《水經‧浪水注》：「浪水……亂流徑廣信縣……縣有鵠奔
亭，廣信蘇施妻始珠，鬼訟於交州刺史何敞處，事與鬶亭女鬼同。」

❸　明使君：賢明的使君。明：漢魏時對貴盛人物的敬稱是在其稱號之前加上「明」。
　　使君：漢時稱刺史為使君。

❹　廣信縣：縣名，蒼梧郡治所。在今廣西省梧州市。

❺　薄命：苦命。　雜繒帛：各色的絲織品。漢代繒帛可以做為貨幣。　疋：量詞。計
　　量布帛的長度單位。四丈為一疋。

❻　賃：音ㄌㄧㄣˋ；lìn。以錢向人借物品。　一乘：一輛。乘：音ㄕㄥˋ；shèng。
　　直：價值，通「值」。

❼　向暮：快要日落。

❽　暴：音ㄅㄠˋ；bào。突然。　之：往。　漿：酸漿。初製時是以熱的熟飯置於甕
　　中至將滿，蓋好，數日後澱粉酶發酵為醋酸，即為酸漿，加水稀釋可為清涼飲料，
　　即漿水，對腸胃炎有療效。

⑨　亭長：漢代最基層的行政長官，須學習五兵。相當於現代派出所所長。　龔壽：人
　　名。　操戈持戟：手中拿著兵器。戈、戟：古代長柄有鋒刃，供刺擊用之兵器名，
　　戈為一刃，戟為兩刃；混言之則無別。

⑩　脅：音ㄒㄧㄝˊ；xié。從腋下至肋骨盡處。　創：音ㄔㄨㄤ；chuāng。創傷。

⑪　釭：音ㄍㄤ，ㄍㄨㄥ；gāng，gōng。車轂中用以穿車軸的圓筒形鐵製部件。

⑫　痛感皇天：蒼天痛惜。　告訴：陳告痛苦；訴訟冤屈。　來自：來。自為音節助
　　詞。

⑬　上下：全身。　青絲履：鞋面用黑色絲錦縫製而成的鞋。為貴婦人穿用。　訪：探
　　望。　鄉里：家鄉。

⑭　下：到。　具服：全部認罪。具：都。服：承認，認罪。通「伏」。　表：漢朝時
　　下級向上級單位報告的公文。

⑮　陰誅：冥報。

⑯　報：審判。　聽：准許，同意。

翻譯：

　　漢朝時九江郡人何敞擔任交趾部的刺史，他巡察到蒼梧郡高要縣，傍晚留宿在鵠奔亭。夜半不到時，有個女子從樓下現形，高聲地喊著：「賢明的使君，民女是一個有冤的人啊！」不久，她來到何敞的臥牀前跪下，說：「民女姓蘇名娥，字始珠，原本住在廣信縣，是修里人，自幼父母雙亡，也無兄弟，嫁給同縣施氏。我命不好，丈夫早死，留有各類的絲織品一百二十疋，還有一個奴婢，名叫致富。我孤苦貧窮，身體孱弱，不能自力更生，打算到鄰縣賣掉這些絲織品。於是向同縣的一個男子叫王伯的租用一輛牛車，牛車值一萬二千元。我令致富駕駛牛車，載著我和這批絲織品，就在前年的四月十日，來到了亭的外邊。當時天色將晚，見不到行人的蹤跡，我們不敢再向前趕路，於是就駐車留下來。致富當時突然肚子痛，民女於是到亭長的公舍去要些酸漿和柴火。亭長龔壽手握著戈戟，來到牛車旁，問民女說：『夫人妳是從哪裡來的？車上載的是什麼物品？妳丈夫人在哪裡？怎麼獨自在外趕路呢？』民女回答說：『何必多問！』龔壽就抓住民女的手臂說：『年輕人喜歡美色，希望可以高興高興……』民女驚恐不從，龔壽立即拿刀刺進我的肋骨，這一刀使我立刻喪命。他又刺殺致富，致富也死了。龔壽在

樓下掘了一個土穴把我們一起埋掉，民女在下，婢女在上。他把財物都奪去了。還把牛殺了，車燒了，燒不掉的車釭和牛骨被藏進亭東邊的枯井中。民女含冤慘死，皇天也感哀痛，但我卻投訴無門，所以來向賢明的使君申冤。」何敞說：「現在我打算挖掘出你的屍體，要以什麼為驗呢？」女子說：「我全身穿著白衣，黑色絲鞋，遺體尚未朽壞。我希望能夠回到故里，把骸骨歸葬到亡夫的身旁。」挖掘之後，果然如其所言。

　　何敞於是快馬馳回郡城，派遣官員逮捕龔壽，拷打問供之後，龔壽完全認罪。又到廣信縣查驗，和蘇娥說的話吻合。龔壽的父母兄弟全都收押入獄。何敞在對龔壽的判決書上寫著：「普通法律治罪殺人案件，不至於誅殺家族；但龔壽為罪首，且又隱匿數年，王法自所不容！此案竟令鬼魂親自訴冤，實千古未見。請全部予以斬殺，以明鬼神之實有，以助陰間之懲惡！」上級批准了這個判決。

八、鏡子裡有鬼　東晉‧干寶：《搜神記》卷一

　　孫策欲渡江襲許❶，與于吉俱行❷。時大旱，所在熇厲❸。策催諸將士，使速引船❹。或身自早出督切❺，見將吏多在吉許❻。策因此激怒，言：「我為不如吉耶？而先趨附之❼！」便使收吉。至，呵問之曰❽：「天旱不雨，道路艱澀，不時得過，故自早出❾。而卿不同憂慼，安坐船中，作鬼物態，敗吾部伍❿！今當相除⓫！」

　　令人縛置地上，暴之，使請雨。若能感天，日中雨者，當原赦；不爾，行誅⓬。俄而雲氣上蒸，膚寸而合⓭。比至日中，大雨總至，溪澗盈溢⓮。將士喜悅，以為吉必見原，並往慶慰。策遂殺之。將士哀惜，藏其屍⓯。天夜，忽更興雲覆之。明旦往視，不知

所在。

　　策既殺吉，每獨坐，彷彿見吉在左右。意深惡之，頗有失常。後治瘡方差⓰，而引鏡自照；見吉在鏡中，顧而弗見；如是再三，撲鏡大叫，瘡皆崩裂，須臾而死。

【注釋】

❶ 孫策：漢末人，公元 175 至 200 年在世。漢獻帝時，率軍平定江東，後遇刺受傷以致身亡。《三國志》有傳。　襲許：突襲許縣；建安元年（公元 196 年）曹操迎漢獻帝遷都於許縣。許：地名。在今河南省許昌縣。曹丕建魏，以國基昌於許縣，因改為許昌。

❷ 于吉：人名。東漢琅邪人，編有《太平清領書》百餘卷，張角以此書傳播道教教義，信眾數十萬人，為道教的創始領導。見《後漢書・襄楷傳》、《三國志・孫策傳》裴注。

❸ 所在：到處。　熇熇：熱氣熾烈。熇：音ㄒㄧㄠ；xiāo。熱氣。熇：猛烈。

❹ 引船：開船。引：牽引，拉開。

❺ 身：親自。　督切：督導糾正。

❻ 許：處所，地方。

❼ 為：是。　而：連接詞。連接兩個分句，表示轉折。　先趨附之：爭先趨迎歸附於吉。之：指示代名詞，此指于吉。

❽ 呵：音ㄏㄜ；hē 大聲喝斥。同「訶」。

❾ 不時：不能及時。　故自：雙音節副詞。用於加強判斷語氣，或確認某種事實。自為音節助詞。

❿ 而：連接詞。連接兩個分句，表示轉折。　卿：第二人稱代詞。相當於「你」或「您」。　作鬼物態：裝神弄鬼。　敗：破壞。

⓫ 當：會，必定。　相除：除掉你。相：偏指受事一方，此用以指代第二人稱。

⓬ 暴之：曝曬于吉。暴：音ㄆㄨˋ；pù。「曝」的本字。之：指示代名詞，此指于吉。　者：語氣助詞。用在假設小句的末尾，相當於「……的話」，多跟假設連接詞「若」合用。　爾：指示代詞。如此，這樣。

⓭ 俄而：不久。　膚寸而合：指雲氣聚合。膚寸：古代長度單位，一指為寸，四指為膚。

⓮ 比至日中：到了中午。比至：連接詞。及，到。　總至：急遽到來。總：副詞。猝然。通「恩」。

⓯ 見原：被原諒，被赦免。見：助動詞。被，表示被動。　藏：收藏。一說收葬。

⓰　治瘡方差：孫策射獵時，遭刺客襲擊，面頰中箭。此處所指的瘡應指其頰上的箭傷。方差：才剛好。方：副詞。剛剛。差：音ㄔㄞˋ；chài。病除，通「瘥」。

翻譯：

孫策打算渡江去偷襲許縣，偕于吉同行。當時嚴重乾旱，到處都很炎熱。孫策催促旗下的將士，命令他們盡速引船前進。有時大清早就親自出來督促，卻看到將士們多數聚在于吉那裡。孫策因此惱火，自問道：「我是不如于吉嗎！？他們竟然爭相追隨他！」遂派人逮捕于吉。人押到後，孫策大聲責問他：「天氣乾旱不雨，水路艱澀難行，就怕不能及時通航，所以我們一定要盡早出發。然而你不但不能與我分憂，甚且老神在在地坐在你的船中裝神弄鬼，破壞我軍的風紀！今天一定要除掉你！」

孫策令人捆綁于吉，放置他在地上，任由烈日曝曬著他！孫策命令他祈雨，若是真能感應蒼天，在中午降下雨來的話，那麼就會赦免他；不能，則予處死！不久，雲氣蒸騰，且逐漸密集了起來。到了中午，大雨驟然滂沱落下，溪澗的水量也豐盈滿溢。將士們滿心歡喜，認為于吉一定會被赦免，相偕去向他慶賀安慰。但孫策還是殺了于吉。將士們很痛惜，把于吉的屍體收藏好。當晚，突然又湧起雲霧，遮蓋著屍體……天亮時前往查看，屍體已經不知去向了。

孫策殺害于吉之後，每當一人獨坐，便彷彿看到于吉在身邊！他內心非常厭惡于吉的陰魂不散，多次為此舉動失常。後來他臉上的瘡剛剛治好，他拿起鏡子照視自己，卻看見于吉在鏡子裡！他回頭查看，卻什麼也沒見到！他就這樣反覆地前後張望，最後竟撲向鏡子大吼大叫，臉上的傷口全都潰裂開來，不久就死了。

九、將軍的末路　北齊‧顏之推：《冤魂志》

宋高祖平桓玄後，以劉毅為撫軍將軍、荊州刺史❶。到州便收

牛牧寺僧主，云：「藏<u>桓</u>家兒度為沙彌！」并殺四道人❷。後夜夢見此僧來云：「君何以枉見殺貧道❸？貧道已白於天帝❹，恐君亦不得久！」因遂得病，不食，日爾羸瘦❺。

　　當發<u>揚都</u>時，多有諍競，侵凌宰輔，<u>宋高祖</u>因遣人征之❻。<u>毅</u>敗，夜單騎突出，投<u>牛牧寺</u>❼，僧曰：「撫軍昔枉殺我師；我道人自無執仇之理❽；然何宜來此？亡師屢有靈驗，云：『天帝當收撫軍，於寺殺之！』」<u>毅</u>便嘆吒，出寺後崗上，大樹自縊而死也❾。

【注釋】

❶ 宋高祖：劉裕，公元 363 至 422 年在世。南朝之一宋代的開國君主。　桓玄：人名。公元 369 至 404 年在世。東晉將軍桓溫之子。《晉書》有傳。劉毅：東晉人。公元？至 412 年在世。桓玄篡位時，劉毅與劉裕等起兵討玄，公元 404 年玄平，劉裕任用劉毅為撫軍將軍兼荊州刺史一職。後劉裕專朝政，以晉安帝之名義出兵攻討劉毅，毅兵敗，自縊。《晉書》有傳。　撫軍將軍：將軍的稱號。　荊州：州名。在今湖北、湖南二省境內。其前身為荊州刺史部。　刺史：原為部的監察史，南朝時以刺史領州，握有兵權，多帶將軍頭銜。

遼寧博物院，東晉北朝鮮卑貴族頭盔，由長札片與鉚釘製成，可護耳，護頸，盔頂上有纓管，可插纓飾。遼寧北票喇嘛洞墓出土。

❷ 收：拘捕。　度：使人離俗出家。佛教稱男子出家初受十戒者為沙彌。　并：兼；同時。　道人：僧人。

❸ 枉：冤屈。　見：助動詞。表示他人行為及於己。　貧道：僧人自稱之詞。晉南北朝僧人自稱，或云我，或舉名，或云貧道。

❹　白：稟告；向……陳述。

❺　日爾羸瘦：一天一天地疲病瘦弱。爾：助詞，作詞尾，無義。羸：音ㄌㄟˊ；léi。瘦弱。

❻　發：指出兵北伐。　揚都：都城名。在今江蘇省南京市。　諍競：力爭，強辯。諍：音ㄓㄥˋ；zhèng。直言規勸，止人之失。　侵凌：侵犯。　宰輔：輔佐皇帝的大臣，通常指主掌朝政大權的丞相，此處指專政的劉裕。

❼　投：投奔。

❽　執仇：結成仇怨。　理：道理。

❾　嘆叱：大聲地嘆氣呼喊。　出：前往。　崗：山脊。

翻譯：

　　南朝宋高祖劉裕在平定桓玄之亂後，任用劉毅為撫軍將軍兼荊州刺史一職。劉毅一到荊州，立即逮捕了牛牧寺的住持僧主，罪名是：「窩藏亂臣桓家之兒，剃度其為沙彌以掩人耳目！」劉毅還一併殺了四個僧人。事後某夜，夢見這位僧人來對他說：「你為什麼冤殺了貧道？貧道已經向天帝報告過了，恐怕你也是活不久了！」劉毅接著就生病，他吃不下，一天一天的瘦弱下去。

　　當劉毅知道劉裕要從揚都出兵北伐時，多次發表激烈的反對意見，冒犯了手握大權的劉裕。宋高祖劉裕於是派人率兵去征討他。劉毅戰敗了，晚上單槍匹馬地突圍逃出，他投奔到牛牧寺，僧人對他說：「撫軍從前冤殺了我師父……我們出家人當然沒有記仇的道理；但你怎麼好來這裡呢？亡師常常顯靈說：『天帝將會收押撫軍，並在本寺誅殺他！』」劉毅聽後高聲悲嘆，他到牛牧寺後的山頭上，在一棵大樹自縊身亡。

十、加倍奉還　　北齊・顏之推：《冤魂志》

　　魏城陽王元徽初為孝莊帝畫計殺爾朱榮，及爾朱兆入洛害孝莊而徽懼走，投洛陽令寇祖仁❶。祖仁父叔兄弟三人為刺史，皆徽

之力也❷。既而爾朱兆購徽萬戶侯❸，祖仁遂斬徽送之，並匿其金百斤，馬五十匹。

及兆得徽首，亦不賞侯。兆乃夢徽曰：「我金二百斤、馬百疋，在祖仁家，卿可取也❹。」兆覺，曰：「城陽家本巨富，昨令收捕，全無金銀，此夢或實？」至曉，即令收祖仁。祖仁又見徽曰：「足得相報矣❺！」

祖仁欵列，得金百斤，馬五十疋❻。兆不信之。祖仁私斂戚屬，得金三十斤，馬三十疋輸兆❼，猶不完數❽。兆乃發怒，懸頭於樹，以石硾其足❾，鞭捶殺之。

【注釋】

❶　魏城陽王：北魏時期的城陽王，元徽，公元 491 至 531 年在世。曾為魏孝莊帝（元子攸，公元 507 至 531 年在世）設計埋伏殺害爾朱榮。　爾朱榮：北魏權臣，公元 493 至 530 年在世。世居爾朱川，故以此為姓氏。　及：連接詞。到了。　爾朱兆：北魏權臣，公元？至 533 年在世。驍勇剛猛，後兵敗自縊。爾朱榮遇害後，其姪兒爾朱兆等起兵為榮復仇，軍隊攻陷洛陽，縊殺魏孝莊帝，這時元徽驚恐逃亡，投奔到洛陽令寇祖仁的家中躲避。寇祖仁，即寇彌。《魏書》卷十九載寇祖仁假意接濟元徽，但內心忌憚得罪爾朱兆，於是嚇唬元徽，說官捕將至，令其改避他所，元徽亡命出奔後，遂使人於半路攔截殺害他，且送其屍於爾朱兆。

❷　刺史：官名。秦時設刺史，監督各郡。刺：檢舉不法；史，皇帝所使。魏晉之後，重要的州、郡由都督兼任刺史，掌一州軍政大權，權力更大。

❸　購：懸賞，收買。　萬戶侯：食邑萬戶之侯。

❹　及：介詞。在。　疋：音ㄆㄧˇ；pǐ。量詞，通「匹」。計算馬的單位。　卿：你。第二人稱代詞。　可：當，合，該。規勸之語。

❺　足：可以。　相報：報復你。相：偏指受事的第二人稱。

❻　欵：音ㄎㄨㄢˇ；kuǎn。「款」的俗字。實。　列：匯報。

❼　私：私下。暗中。　斂：收聚。　戚屬：親屬。　輸：繳納，獻納。

❽　完數：把數目湊齊。

❾　硾：音ㄓㄨㄟˋ；zhuì。繫以重物使之下沉。同「錘」。

翻譯：

　　北魏城陽王元徽先前曾為魏孝莊帝佈局謀殺了爾朱榮，等到爾朱兆為報爾朱榮之仇進入洛陽殺害孝莊帝後，元徽嚇得趕緊逃命，他去投奔洛陽縣令寇祖仁。寇祖仁的父親、叔父、兄弟三人之所以能當上刺史，都是元徽出的力。元徽逃亡後，爾朱兆以萬戶侯的代價懸賞元徽的首級。寇祖仁於是斬了元徽，將首級送過去；寇祖仁還侵吞了元徽的一百斤黃金和五十匹駿馬。

　　在爾朱兆得到元徽的首級時，他也沒有封寇祖仁為侯。爾朱兆接著夢見元徽告訴他：「我的兩百斤黃金和一百匹駿馬，都在寇祖仁家，你該去討取！」爾朱兆醒來之後，想道：「城陽家本來就極為富有，昨天派人收捕時，卻完全沒有任何金銀財寶……這個夢或許是真的？！」天一亮，爾朱兆立刻下令收押寇祖仁。寇祖仁也見到元徽的亡魂對他說：「我可以報復你了！」

　　寇祖仁據實向爾朱兆匯報，說他拿了元徽的黃金一百斤，馬五十匹。但爾朱兆不相信他。寇祖仁私底下向親戚們籌措，又湊得黃金三十斤，馬三十匹獻納給爾朱兆，但數目還是湊不齊。爾朱兆為此發怒，他將寇祖仁的頭懸掛在樹上，雙腳則綁上石頭垂墜著，鞭打他到死。

十一、噎在喉嚨裡的眼珠　　北齊‧顏之推：《冤魂志》

　　<u>梁</u>太山<u>羊道生</u>❶為<u>梁郡</u>邵陵王中兵參軍❷。其兄<u>海珍</u>任<u>漢州</u>刺史❸。<u>道生</u>乞假省之❹。臨還，兄於近路頓待<u>道生</u>❺。<u>道生</u>見縛一人於樹，就視，乃故舊部曲也❻。見<u>道生</u>，潸泣哀訴，云<u>漢州</u>欲賜殺，求之救濟❼。<u>道生</u>問何罪，答云：「失意叛逃。」<u>道生</u>曰：「此最可忿❽！」即下馬以珮刀剜其眼睛吞之❾。部曲呼天號地。須臾，<u>海珍</u>來，又勸兄決斬❿。

　　至座良久，方覺眼在喉內，噎不肯下⓫。索酒嚥之，頻傾數

盃，終不能去❶❷。轉覺脹塞❶❸。遂不成宴而別。在路數日死。當時
見者，莫不以為天道有驗矣。

【注釋】

❶　梁：朝代名。南朝第三個王朝。蕭衍建立。自公元 502 至 557 年。　　太山：郡名。
　　在今山東省境內。　　羊道生：人名。

❷　梁郡：郡名。在今安徽省境內。　　邵陵王：蕭綸。梁武帝蕭衍諸子，天監十三年，
　　公元 514 年封為邵陵郡王。　　中兵參軍：官名。中兵為地方軍事長官，置中兵參
　　軍，以為僚屬。

❸　漢州：州名。在今四川省境內。　　刺史：官名。南朝時為統領一州軍政之首長。

❹　乞假省之：請假去探望問候他的兄長羊海珍。省：音ㄒㄧㄥˇ；xǐng。探望。

❺ 臨：到，及。　頓：停留，止息，指止宿停息並且備辦膳食。　待：款待。

❻ 就視：走近端詳。就：趨近。　故舊：舊時的屬吏。　部曲：此指自行徵辟的僚屬，私兵。部曲必須經過主人的放免才可以獲得自由，成為平民，若擅自離開守地，則以逃亡論罪。

❼ 洟泣：音ㄧˊ　ㄊㄧˋ；yí tì。鼻涕和眼淚。　欲：要。　賜：上給下謂賜。

❽ 失意：不得意。　叛逃：逃。同義連文。雙音詞。叛：逃。　此最可忿：此事最可恨！南朝時期，由於兵役繁苦、將領殘暴等因素，士兵逃亡情況嚴重，統治者遂採取強化追捕和嚴懲逃亡者等措施因應。

❾ 珮刀：即佩刀，佩繫在腰間的刀。　剜：音ㄨㄢ；wān。挖。《秦并六國平話》寫燕將石凱極為凶殘，其人：「牙齒如鑽如鑿，背略綽如虎如狼，因餐虎肉面皮青，好吃人睛雙目赤。」可作參考。

❿ 勸：勸說。　決斬：處斬。

⓫ 至座：坐上座位。　噎：音ㄧㄝ；yē。食物塞住了咽喉。

⓬ 索：討取。　嚥：吞。　頻：屢次，連續多次。　盃：音ㄅㄟ；bēi。同「杯」。

⓭ 轉：變換。　脹塞：指腸胃脹滿不適。

翻譯：

　　梁朝泰山郡人羊道生，擔任梁郡邵陵王的中兵參軍。他的哥哥羊海珍擔任漢州刺史。羊道生請假前去探訪哥哥。到了要回去的時候，他的哥哥在距路口不遠處設宴款待，為他餞行。途中，羊道生看見有個人被綑綁在樹上，他趨前端詳，認出是他以前的部下。這個被綁的人一見是羊道生，便洟淚縱橫地哭訴，說漢州刺史就要殺了他，哀求羊道生救他一命。羊道生問他犯了什麼罪，回答說：「失意，就逃走了。」羊道生說：「這最可恨！」他立刻下馬，拿起佩刀，挖出這個人的眼睛，把它們吞掉。這個軍人哭天搶地地哀嚎，不久，羊海珍來了，羊道生又勸哥哥將此人斬首論罪。

　　羊道生入座好久，才發覺眼珠噎在喉嚨裡，怎麼都嚥不下去。他要酒來喝，想把眼珠嚥下喉，連續灌了好多杯，終究吞不落；接著轉而覺得肚子堵脹不適，於是離席，宴會尚未完畢就草草道別。幾天後羊道生死在半路上。當時目睹此事的人，都認為天道報應果然是有靈驗。

十二、請一刀兩斷　　北齊・顏之推：《冤魂志》

晉明帝殺力士含玄，玄謂持刀者曰：「我頸多筋，斫之必令即斷，吾將報汝❶。」持刀者不能留意，遂斫數瘡，然後始絕。尋復見玄絳冠朱服，赤弓彤矢射之❷。持刀者呼曰：「含玄緩我❸！」少時而死。

【注釋】

❶　晉明帝：司馬紹。於公元 323 至 325 年在位。　力士：官名。主管金鼓旗幟，隨皇帝車駕出入及守衛四門。　含玄：人名。　筋：指肌腱或骨頭上的韌帶。　斫：音ㄓㄨㄛˊ；zhuó。劈，用刀斧砍。

❷　瘡：音ㄔㄨㄤ；chuāng。外傷。通「創」。　尋復：尋。隨即，不久。復：音節助詞。　絳冠朱服：深紅色的帽子和紅色的衣服。古代武將的官服。　赤弓彤矢：朱紅色的弓與箭。古代帝王以赤弓彤矢賜與有功之諸侯。

❸　緩：動詞。鬆開，放寬。赦免。

翻譯：

晉明帝處決力士含玄。行刑時，含玄對執刀的人說：「我頸部筋肉多，砍頭時，務必一刀就斷，我會報答你。」執刀的人不用心，遂砍出了多處的傷口，才把含玄的脖子給砍斷。沒多久，執刀的人就看到含玄一身紅衣紅帽，舉起赤弓朱箭射殺他。他大喊：「含玄，饒恕我！」不久就死了。

十三、要命的醫生　　北齊・顏之推：《冤魂志》

魏支法存者，本是胡人，生長廣州，妙善醫術，遂成巨富❶。有八支氍毹，作百種形像，光彩曜目，又有沉香八尺板牀，居常芬馥❷。

　　王談為廣州刺史，大兒劭之屢求二物，<u>法存不與</u>❸。<u>王談</u>囚<u>法</u>
<u>存</u>，繼殺之而籍沒家財焉❹。死後形見於府，輒打閣下鼓，似若稱
冤❺。如此經旬月，<u>王談</u>得病，恆見<u>法存</u>守之，少時遂亡。<u>劭之至</u>
<u>揚都</u>又死❻。

【注釋】

❶　魏：朝代名。三國之一。曹丕建立，自公元 220 至 265 年。　支法存：人名。
　　者：用在敘述句名詞主語後，表示停頓。　胡人：中國古代對北方邊地及西域各民
　　族人的稱呼。　廣州：州名。在今廣東、廣西兩省境內。

❷　氍毹：音ㄊㄚˋ ㄉㄥ；tà dēng。同「㲪氈」。中古波斯語 tāptān「織物」的音
　　譯。用精細的羊毛編織而成，具有美麗圖案的毯子，以突厥所製者為首善。　沉
　　香：香木。木材與樹脂可供細工用材及薰香料。其黑色芳香，脂膏凝結為塊，入水
　　能沉，故名沉香，是極為名貴的香料。　板：片狀的木頭。　牀：臥具。牀榻。
　　居：住所。

❸　王談：人名。　刺史：官名。秦時設刺史，監督各郡。刺：檢舉不法；史，皇帝所
　　使。魏晉之後，重要的州、郡由都督兼任刺史，掌一州軍政大權，權力更大。
　　與：給予。給。

❹　籍沒家財：將其家財物資沒收入官。籍：音ㄐㄧˊ；jí。沒收入官。

❺　見：音ㄒㄧㄢˋ；xiàn。「現」的本字。顯露，出現。　輒打閣下鼓：總是搥打衙
　　署的鼓。閣下：辦公處所。下為處所名詞詞尾。古時於公署門外設鼓，民有不平之
　　事則可擊鼓鳴冤。　稱：呼。喊。

❻　旬月：滿一個月。旬：滿。　少時：不多時。不久。少：音ㄕㄠˇ；shǎo。不多。
　　揚都：都城名。在今江蘇省南京市。

翻譯：

　　魏國的支法存，原本是胡人，但在廣州出生成長，他的醫術精妙，行醫
所得使他成為巨富。他擁有八張精美的羊毛毯，編織的圖案多達百種，光彩
亮麗耀眼。他又有一張沉香木製成的八尺牀板，使他的起居空間總是馥郁芬
芳。

　　王談擔任廣州刺史時，他的大兒子王劭之多次想討取這兩件好東西，但
支法存不給。王談遂將支法存囚禁起來，繼而殺掉他，並把他的財產全部沒

收充公。支法存死了之後現形於官府，他總是搥擊著官署的鼓，像是在喊冤。這樣整整過了一個月，王談得了病，他一直看到支法存守著他，不久王談亡故。王劭之後來到揚都去，也死了。

十四、山澗裡飛揚的裙裳　　北齊・顏之推：《冤魂志》

　　河間國兵張鹿、經曠二人相與諧善❶。晉太元十四年五月五日共升鍾嶺，坐於山椒。鹿酗酒失色，拔刀斬曠❷。曠母爾夕夢曠，自說為鹿所殺，殺屍澗中，脫褌覆腹，尋覓之時，必難可得，當令裳飛起，以示處也❸。

　　明晨追捕，一如所言。鹿知事露，欲規叛逸，出門輒見曠手執雙刀，來擬其面，遂不得去❹。母具告官，鹿以伏辭❺。

【注釋】

❶ 河間國：諸侯國名。在今河北省境內。國：古代諸侯王之受封地，以其郡為國。張鹿：人名。　經曠：人名。　相與諧善：彼此和好友善。相與：彼此之間，互相。

❷ 晉：朝代名。司馬炎建立。自公元 265 至 316 年為西晉；自公元 317 至 420 年為東晉。　太元：晉孝武帝司馬曜之年號。自公元 376 至 396 年。　升：登上。　鍾嶺：山名。　山椒：山頂。椒：山頂。　酗酒：飲酒無節，發酒瘋。　失色：變臉，翻臉。　斬：殺。截斷。

❸ 爾夕：當晚。爾：此，這，那。　殺屍：收屍。殺：收束。收斂。　褌：音ㄎㄨㄣ；kūn。有襠的褲子。　處：地方，處所。

❹ 規：謀畫。　叛逸：逃，逃亡。同義連文。雙音詞。　擬：比劃。指向，靠近。

❺ 具告官：將全部情況向官府告發。具：副詞。都。　以：因而。　伏辭：被告承認犯罪而寫下的供詞。

翻譯：

　　河間國的士兵張鹿和經曠兩人彼此很合得來，交情友好。晉孝武帝太元

十四年五月五日那天，他們倆一起登上了鍾嶺，坐在山頂處。張鹿在酒醉之後翻臉發狠，拔刀斬死了經曠。經曠的母親那天晚上夢見了經曠，訴說他被張鹿給殺害了，屍體收拾在山澗中，褲子被脫下來蒙住腹部，所以在找尋他的遺體時，必定很難發現；因此他會讓裙裳飛動，以顯示所在位置。

第二天早上，官府展開追查，情形一如他所說的。張鹿知道事跡敗露，計畫要逃亡，可是他一出門就看到經曠手拿著雙刀，朝他的臉比劃了過來，致使他無法逃走。經曠母親向官府具案控告，張鹿因而認罪畫押了。

十五、性騷擾疑案　　北齊・顏之推：《冤魂志》

漢時王濟左右嘗於闇中就婢取濟衣物❶，婢欲奸之，其人云：「不敢。」婢言：「若不從我……我當大叫！」此人卒不肯❷，婢遂呼云：「某甲欲奸我！」濟即令人殺之。此人具自陳訴，濟猶不信，故牽將去❸，顧謂濟曰：「枉不可受，要當訟府君於天❹！」後濟乃病，忽見此人語之曰：「前具告實，不見理，今便應去❺！」濟數日卒。

【注釋】

❶ 漢：朝代名。前漢，劉邦建立，自公元前 202 至公元 7 年。後漢，劉秀建立，自公元 25 至 220 年。　王濟：晉朝人，好騎馬射獵，性豪奢，娶晉公主。《晉書》有傳。王濟為晉人，「漢」或為「晉」之誤。　左右：在旁侍候的人員。近侍。闇：闇閣。掩蔽的夾室。　就：向。

❷ 奸：性侵犯。男女犯淫。　從：順從。依從。　卒：音ㄗㄨˊ；zú。究竟，最終。

❸ 具自陳訴：詳細地說明報告。具：副詞。都，全。自：詞綴。用於單音節副詞後，構成雙音節副詞。　故牽將去：仍舊把他拖走。故：副詞。仍然。牽將去：拉走。將：助詞，無義。

❹ 顧謂：回頭告訴。　枉不可受：無法容忍的冤屈。　要當：要。當為音節助詞。訟：訴訟，爭曲直於官府。　府君：對官員的尊稱。此指天曹機關的首長。

❺　見理：申理我（的冤情）。見：指代第一人稱我。　去：離開。死亡。

翻譯：

　　漢朝時王濟的近侍曾經在掩蔽的夾室向婢女要拿王濟的衣服，婢女想要和他私通，這個人說：「我不敢。」婢女說：「你要是不順從我，我就要大叫！」這個人怎麼樣就是不肯，婢女於是大聲呼叫說：「某甲要強姦我！」事發後，王濟立即令人殺掉他，此人詳細說明事情的經過，王濟仍然不相信，還是叫人將他給拉走。這個人回頭告訴王濟：「這冤屈實無法可忍，我要向皇天控訴府君您！」後來王濟生病了，忽然間看到這個人來告訴他：「先前我據實以告，你不理我，如今該你去死了！」王濟幾天後死了。

十六、風雪中的戰俘　　北齊·顏之推：《冤魂志》

　　江陵陷時，有關內人梁元暉，俘虜一士大夫，姓劉❶。此人先遭侯景喪亂，失其家口，唯餘小男，始數歲，躬自擔負，又值雪泥，不能前進❷。梁元暉監領入關，逼令棄兒。劉甚愛惜，以死為請。遂強奪取，擲之雪中，杖棰交下，驅蹙使去❸。劉乃步步迴顧，號叫斷絕，辛苦頓斃，加以悲傷，數日而死❹。

　　死後，元暉日見劉伸手索兒，因此得病，雖復悔謝，來殊不已。元暉載病，到家而卒❺。

【注釋】

❶　江陵：城名。南朝梁元帝的新都。在今湖北省境內。　陷：失陷，攻破。公元 553 年十一月，西魏攻陷梁首都江陵，西魏軍隊俘虜數萬口為奴婢，分賞三軍，驅入長安，凡老弱幼小者皆殺害之。　關內：指函谷關以內。在今陝西省、甘肅省境內。梁元暉：人名。　士大夫：指居官有職位之人。

❷　家口：家中的成員。　侯景：人名。公元？至 552 年在世。原為東魏大將，後率部

隊投效南朝梁，次年（公元 548 年）發兵叛變，攻陷首都建康，餓死梁武帝蕭衍，自立為王。侯景肆意屠殺劫掠，造成嚴重的死難，史稱「侯景之亂」。《南史》有傳。　始：方；纔。　躬自擔負：親自用擔子挑在肩上。　雪泥：雪溶泥濘。

❸ 杖棰：長的木棍，用以捶擊的刑具。東漢‧蔡琰〈悲憤詩〉亦云：「或便加棰杖，毒痛參并下，旦則號泣行，夜則悲吟坐。」　交：交錯。　驅蹙：驅使，逼迫。蹙：音ㄘㄨˋ；cù。迫。通「促」。

❹ 頓躓：牽拽拖拉，跌跌撞撞。頓：牽，拽。躓：向前仆倒。　加：連詞，表遞進關係，既⋯⋯又。

❺ 索兒：索取兒子。討求兒子。　雖復：雖。復為詞綴。　悔謝：為所犯的錯誤悔恨道歉。　來殊不已：依然繼續來個不停。殊：副詞。表堅定不疑。　載病：身上帶著病。

翻譯：

　　江陵城淪陷時，有關內人梁元暉，他俘虜了一名政府官員，姓劉。這個人先前曾遭遇過侯景之亂，失去了他的家人，只剩下最小的兒子，才幾歲而已。他親自用擔子挑著幼兒吃力地走著，不幸途中又遇到溶雪泥濘，更是寸步難行。梁元暉負責監領戰俘們入函谷關，他逼迫劉要拋棄兒子。劉非常捨不得，以死請命。梁元暉遂強行奪下他的擔子，連同擔子裡的幼兒都扔進雪堆中，又用刑杖來回棰擊他，驅趕他離開。劉走一步就回頭張望一次，他痛哭哀號，肝腸寸斷。一路上被拽得跌跌撞撞，痛苦不堪，再加上內心的悲慟，幾天之後他就死了。

　　劉死了之後，元暉每天都看到劉向他伸手索討兒子，元暉就這樣得了病，雖然他向冤魂懺悔賠罪，但冤魂仍然出現個不停。元暉帶著病，才一到家就死了。

十七、富商的大船　北齊‧顏之推：《冤魂志》

　　梁武帝欲為文皇帝陵上起寺❶，未有佳材，宣意有司，使加采訪❷。

　　先有曲阿人姓弘，家甚富厚，乃共親族，多賫財貨，往湘州治生❸。經年，營得一筏，可長千步❹，材木壯麗，世所稀有。還至南津，南津校尉孟少卿希朝廷旨，乃加繩墨❺。弘氏所賣衣裳繒綵，猶有殘餘，誣以涉道劫掠所得❻，并造作過制，非商賈所宜，結正處死，沒入其材，充寺用❼。奏，遂施行。

　　弘氏臨刑之日，敕其妻子，可以黃紙、筆墨置棺中，死而有知，必當陳訴❽，又書少卿姓名數十，吞之。

　　經月，少卿端坐，便見弘來。初猶避捍，後乃款服。但言乞恩，嘔血而死❾。凡諸獄官及主書舍人，隨此獄事署奏者，以次殂歿，未及一年，零落皆盡❿。其寺營構始訖，天火燒之，略無纖芥。所埋柱木，亦入地成灰⓫。

【注釋】

❶　梁武帝：蕭衍，南朝梁政權的建立者。公元 464 至 549 年在世，502 年至 549 年在位。崇信佛教，廣建寺院。　文皇帝：蕭順之，梁武帝蕭衍的父親，南齊宗室。蕭衍即位後，追尊其父為文皇帝。　陵：皇帝之墳墓。　起：建造。

❷　佳材：優質的木料。　宣意：將想法宣告於人。　有司：主管的官員。　加：副詞。更加。　采訪：尋求。

❸　曲阿：縣名，在今江蘇省丹陽縣。　共：聯合。　親族：家屬和同族的人。　賫：攜物自隨。賫的俗體字。音ㄐㄧ；jī。　財貨：財物。　湘州：州名。在今湖南省大部與湖北省小部。　治生：經營事業。

❹　經年：經過數年。　營：製造。　筏：用竹、木等平擺著編紮而成的水上交通工具。　可：大約。　步：古時一步為六尺，約合一公尺半。

❺　南津：城名。在湖南省長沙市西南，湘水經過，有南津港西通洞庭湖，為泊舟之所。　校尉：官名，略次於將軍，多以親信的將領充任。　希朝廷旨：迎合皇帝的意思。　加：誣妄。　繩墨：以違法予以論罪制裁。

❻　繒綵：絲織品的總稱。　殘餘：剩餘。　誣：加罪於無辜。　涉道：路過。　劫掠：搶奪。

❼　過制：超過規定。　結正：判決。　沒入：沒收。充作建造寺廟之用。

❽　敕：命令。　黃紙：染過黃蘗苦汁的紙，可防蟲蛀，以其色黃，故稱黃紙。　必

當：必。當為音節助詞。　陳訴：指告狀。

❾　避捍：閃避防衛。　款服：誠實地認罪。　乞恩：向人討饒，請求寬恕活命。

❿　主書：官名，掌管文書。　舍人：官名，又稱中書舍人，負責起草詔令。　以次：
　　依次序。　殂歿：死亡。　零落：死亡。

⓫　營構：建築。　訖：完工。　纖芥：細小的東西。

翻譯：

　　梁武帝打算為他的父親文皇帝在陵墓上興建佛寺，但沒有優質的建材，於是向主事機關布達此意，要求他們加強尋求。

　　先前有一位曲阿縣人，姓弘，家境十分富有，他和親族們攜帶了很多的財物，前往湘州經商。多年後，建造了一艘大船，船身長約達千步，所用的木料壯碩美麗，是世間極為稀有的木材。弘氏回到南津域，南津校尉孟少卿迎合朝廷亟須頂級木料的旨意，遂誣指弘氏違法，要予以治罪。弘氏販賣的衣裳與絲帛商品，還有剩餘，孟少卿就誣陷這些是弘氏沿途搶劫得來的贓物，並認為他的船製造得過度豪華，並不是生意人所應該有的行為。孟少卿將弘氏以死罪論處結案，船身的木料沒收，充作興建佛寺之用。案件上奏核可，便發落執行。

　　弘氏將要受刑之日，吩咐他的妻子，可準備黃紙、筆墨置放在他的棺木中，若他死後有知，一定要陳情上訴。他又寫下孟少卿等數十人的姓名，連紙吞進腹中。

　　一個月之後，孟少卿正坐著，就看見弘氏前來。開始時孟少卿還推諉閃躲，之後他就照實認罪了，他只是說著「饒命！饒命！」，最後吐血而死。凡是經手這個冤獄的司法人員、行政人員，以及簽署者，一個一個相繼死去，不到一年，就全數死亡。至於那個佛寺才剛落成，就從天降下大火，把佛寺徹底燒盡，纖芥細物都沒剩下。那些埋作基礎的棟樑木料，也被火竄入地下燒成了灰。

※問題與討論

1. 簡述顏之推的生平與其善惡報應觀。

2. 故事中的天庭審判和人間的司法審判之精神與程序有何相同之處？

3. 構思一場冤魂與仇家相遇的情景，包含時間、環境、行為、兩造的問答對話。

4. 社會學認為刑罰乃是由於殘害個人利益所引發的憤怒所導致出來的，試據以說明本篇故事的復仇動機為何？

5. 清·蒲松齡：《聊齋誌異》中有〈好快刀〉故事，試以之比對本篇〈請一刀兩斷〉在人物構成、情節、趣味上之異同。

6. 你對小霸王孫策懲治于吉的做法有何意見？除了誅除之外，試研擬其他的可行之策。

主題四、異次元時空記

前　言

　　邂逅仙鄉與地獄遊歷是本單元的主要內容，其他亦包括太空飛航、星際旅行等罕見奇聞。由於都是穿梭於日常與非常的時空，且在時間的運動速率和在空間的型態上也與人間大異其趣，故以「異次元時空記」為題。仙鄉的過客均以血肉之軀的狀態前往，而地獄的入境者則用靈魂出竅的方式作短暫的訪問；兩者的性別絕大多數為男性，尤其是仙鄉遊歷，清一色全是肩負生計的成年男子。或因獵鹿，或因捕魚，或因採集樹皮而闖入了一個令人欣悅的世外桃源。就文化人類學而言，這些世外桃源應是少數民族的群居聚落所在，其走婚風俗有別於漢族，再加上水石雲霞，境象殊勝，天然的山川屏障，使偶然入境的男性產生一種迷離夢幻的體驗，以為自己踏進了仙鄉。

　　從心理學的角度看，人們在自己身旁的世界往往感受不到樂園般的浪漫色彩，只有在遙遠的他鄉，才會滋生一種夢幻式的生存經驗，並由此醞釀出鄉愁。因此，以桃花源為經典的樂土意識具有一種脫離塵寰，高飛遠走的傾向，它與現實生活空間構成此岸與彼岸的對襯關係，反映人對現世生活的不滿意，嚮往有更美好的境域可以安居樂業。然而，入境仙鄉的男人卻又選擇重返人間，是否已然省悟苦樂參半的人間才是具有意義的生活所在？不論這種省悟是伴隨著人生義務的承擔，還是失望後不得已的妥協，還是那種曾經擁有就罷的簡單滿足……，往返樂土的經驗都惠賜了絕處逢生的短暫驚喜。

　　除了仙鄉之外，地獄遊歷也是本主題的重要內容。在中國原始信仰之中，幽都、泰山，已呈現出地獄的原型。東漢時，民間信仰職掌性命存亡的司命神，相信人死後魂魄將歸返司命神所在的泰山。西晉・張華《博物志》

卷一載記:「泰山一曰天孫,言為天帝之孫也,主召人魂魄,東方萬物始成,知生命之長短。」佛教傳入中國後,其稱死後世界為地獄,「地獄」的梵語音譯為「泥犁」,義譯為「苦器」,指受苦的地方。由於漢魏時期的佛經翻譯入境隨俗地將佛教的地獄譯為「泰山」、「泰山獄」、「泰山地獄」,印度的地獄遂與中國本土的泰山冥府在名義上產生了混雜。

佛教教義有「死後論」,就死後之意識狀態做出種種解釋,也有「斷見論」,主張死後即斷滅,否定意識之持續,或生命之另類展延。不過,最具影響力之觀點仍屬通過「因緣論」推衍得出的生命法則。因緣論認為一切現象之成立,皆為相對的互存關係,若此在即彼在,此滅即彼滅。趙泰遊地獄的故事,傳達出若欠債不還,則投胎轉世,作牛作馬,任重道遠;若搬弄是非,下一世則成叫聲粗啞的貓頭鷹;若一心向佛,則自地獄超生,髮膚完好,不再受刀山油鍋的痛苦折磨。佛教徒相信人死後在地獄受苦受罪是真有其事,由還陽的人所帶回的非常情報,告訴在世活人,他們可以利用祝禱、超渡、辦法會等儀式幫助亡者消解業障,熬過地獄磨難,進而往生或超生。總之,地獄駭客的任務就是見證並傳播他們確實看到地獄的審判情形,將恐懼和希望一併宣傳,以利傳教。

屬於中國本土道教的非常時空——仙鄉則沒有磨難,盡是男性肉身所得以享受到的飲食男女、多福多壽;相對來說,佛教的地獄遊歷是咎責罪罰的他人經驗,道教的仙鄉旅行則是物質欲望的自我慰勞。佛教讓靈魂有機會受苦,道教讓身體有機會享福,說到底,都是在撫慰苦海無邊的眾生。

除了宗教性質的另類空間巡遊外,志怪也提到太空世界的遊歷奇遇。故事中的人物搭上了「太空船」航向銀河系,看見了織女和牛郎;亦有「火星」造訪地球,與地球小朋友遊玩的神奇傳聞;至於竊走不死藥的嫦娥,她奔月不返的故事,除了解釋人類何以會死亡之外,也浪漫地表現了人類飛天的原始夢想。這類太空題材在中國古典小說中極為罕見,呈現中古時代對於天方異域與宇宙星系的好奇異想。

本篇故事的奇幻空間別開生面,詭祕有趣。人物遭逢了讀者在日常空間經驗所不可能目睹的恐怖現象,牛頭馬面與他擦身而過,刀山油鍋、劍樹火

山彷彿冒著滋滋油煙和熊熊火焰，隨機滾跳著罪人的破碎身體……這些都是經典的地獄場面。救贖意義也發人深省，由於禁錮罪犯者是自己犯下的罪孽，所以「地獄」，也可看作人墮落本我深處時，貪（Raga）、嗔（dosa）、癡（maha）三毒的受苦境遇。與地獄相對的仙鄉則是平凡男人渴求的樂園情結，不需工作營生，沒有老病死的磨難，如花美眷和飲食之樂，左右逢源，用之不盡……然而，旅程總有一個終結，終點總是又回到了「人間」，這或許意味著凡人雖然為人間勞苦而憂，但最縈懷於心的時空所在，依然是人世間。「成仙」與「還俗」的內在矛盾，也許還包括了一旦長生不死之後，無窮而閒散的歲月實在不易排遣。至於當太空人或做鬼做神，也不是長遠之計，人還是盼望能活著返回世間，雙腳踏實地踩在地面上，如常過小日子。

一、獵人的追尋與歸去　　東晉·陶潛：《搜神後記》卷一

　　<u>會稽剡</u>縣民<u>袁相</u>、<u>根碩</u>二人獵，經深山重嶺甚多，見一羣山羊六、七頭，逐之❶。經一石橋，甚狹而峻❷。羊去，<u>根</u>等亦隨，渡向絕崖。崖正赤，壁立❸，名曰<u>赤城</u>。上有水流下，廣狹如匹布。<u>剡</u>人謂之瀑布。羊徑有山穴如門，豁然而過❹。既入，內甚平敞，草木皆香。有一小屋，二女子住其中，年皆十五、六，容色甚美，著青衣。一名<u>瑩珠</u>，一名□□。見二人至，欣然云：「早望汝來。」遂為室家❺。忽二女出行，云復有得壻者，往慶之。曳履於絕巖上行，琅琅然❻。

　　二人思歸，潛去歸路❼。二女追還，已知，乃謂曰：「自可去。」乃以一腕囊與<u>根</u>等，語曰：「慎勿開也❽。」於是乃歸。後出行，家人開視其囊。囊如蓮花，一重去，一重復，至五，蓋❾，中有小青鳥，飛去。<u>根</u>還知此，悵然而已。後<u>根</u>於田中耕，家依

常餇之，見在田中不動，就視，但有殼如蟬脫也❿。

【注釋】

❶ 會稽：郡名。在今江蘇、浙江兩省境內。 剡縣：縣名。在今浙江省嵊縣。剡：音ㄕㄢˋ；shàn。 袁相：人名。 根碩：人名。

❷ 甚狹而峻：非常狹窄且陡峭。山羊喜居於僅有一崎嶇小徑可達之陡峭山壁。

❸ 渡：過；通過。 向：介詞。用在處所詞前，表示往，趨向。 正赤：正紅色。 壁立：陡峭如牆地豎立。壁作副詞用。

❹ 廣狹：寬度。 匹布：一匹布的長度為四十尺。約合一公尺。 豁然：暢通無阻貌。

❺ □□：此為原刻字跡毀損難辨，故以方框表示。 室家：夫婦。

❻ 絕巖：斷崖。 出行：外出離開。 曳履：拖著鞋子。曳：拖。 琅琅：清朗、響亮的聲音。

四川博物院，東漢戴花冠持鏡微笑女俑，郫縣宋家林出土。

❼ 潛：暗中，偷偷地。 去：到⋯⋯去。 歸路：回家的路。

❽ 自可：自。用於加強判斷語氣或確認事實。可為音節助詞。 腕囊：掛在手腕上用來盛物的袋子。 慎勿：告誡用語，警告莫作某事。

❾ 重：音ㄔㄨㄥˊ；chóng。量詞。凡複疊物，其一複疊曰一重。 蓋：器物上的遮蓋物。

❿ 依常：按照慣例。 餇：送食物給人吃。 就視：走向前去察看。

翻譯：

會稽郡剡縣縣民袁相、根碩兩人去打獵，越過了許多深山峻嶺，看見了

一羣山羊，約有六、七頭，於是追逐牠們。追到一座石橋前，橋身非常狹窄且陡峭，羊羣過去後，袁相、根碩也跟隨著羊過橋，來到對面的斷崖。斷崖是赤紅色的，高高地豎立著，名為赤城。斷崖上面有水流瀉而下，寬度約如一匹布，剡縣人稱之為瀑布。在羊群經過的小路上有座山洞像是一道門，他們順利通過，進去後，內部甚為平坦寬敞，草木芬芳！有一間小屋，兩個女子住在裡面，年紀都在十五、六歲上下，姿容甚為美麗，穿著青色的衣服。一個女子叫瑩珠，一個女子叫□□。看見他們兩人抵達後，歡喜地說：「早就在盼望你們的來臨！」於是結為夫婦。突然，兩個女子外出去了，說是又有人獲得了夫婿，她們要去慶賀她。她們跂著鞋子在斷崖上行走，腳步聲清脆響亮。

之後袁相、根碩兩人想回家，偷偷地踏上歸途，兩個女子去追他們回來。知道他們的去意之後，便對他們說：「去吧！」接著把一個腕囊交給袁相和根碩，告訴他們：「千萬不要打開。」兩人於是回家去。後來根碩外出，他的家人將這個腕囊打開來端詳，囊如蓮花花瓣重重疊疊，打開一重，又是一重，到第五重是蓋子，囊中有一隻小青鳥，蓋子一揭開，牠就往外飛走了。根碩回來後知道此事，只是覺得惆悵。後來他去田裡耕種，家人照例送食物來給他吃，卻看見他僵在田裡一動也不動；走向前查看他，發現根碩像是蟬蛻，只有一副空殼。

二、山林迷踪三百年　南朝 宋・劉義慶：《幽明錄》卷一

　　<u>漢明帝永平五年</u>。<u>剡縣劉晨、阮肇</u>共入天台山取穀皮❶，迷不得返，經十三日，糧食乏盡，饑餒殆死❷。遙望山上有一桃樹，大有子實，而絕巖邃澗，永無登路❸。攀緣藤葛，乃得至上。各噉數枚，而饑止體充。復下山，持杯取水，欲盥漱，見蕪菁葉從山腹流出，甚新鮮，復一杯流出，有胡麻糝❹，相謂曰：「此知去人

四川博物院，三國蜀，托盤獻食女俑，重慶市出土。

徑不遠。」便共沒水，逆流二、三里，得度山❺。

出一大溪，溪邊有二女子，姿質妙絕，見二人持杯出，便笑曰：「劉、阮二郎捉向所失流杯來❻。」晨、肇既不識之，緣二女便呼其姓，似如有舊，乃相見而悉。問：「來何晚耶？」，因邀還家❼。其家筒瓦屋，南壁及東壁各有一大牀，皆施絳羅帳，帳角懸鈴，金銀交錯❽。牀頭各有十侍婢，敕云：「劉、阮二郎，經涉山岨，向雖得瓊實，猶尚虛弊，可速作食❾。」食胡麻飯、山羊脯、牛肉、甚甘美。食畢，行酒❿。有一羣女來，各持五、三桃子，笑而言：「賀汝婿來⓫。」酒酣作樂，劉、阮忻怖交并。至暮，令各就一帳宿，女往就之，言聲清婉，令人忘憂。

十日後，欲求還去，女云：「君已來是，宿福所牽，何復欲還邪⓬？」遂停半年。氣候草木是春時，百鳥啼鳴，更懷悲思，求歸甚苦⓭。女曰：「罪牽君，當可如何⓮！」遂呼前來女子，有三、四十人，集會奏樂，共送劉、阮，指示還路。

既出，親舊零落，邑屋改異，無復相識。問訊得七世孫，傳

聞上世入山，迷不得歸。至<u>晉</u><u>太元</u>八年，忽復去，不知何所❶。

【注釋】

❶ 漢明帝：劉莊。公元 28 至 75 年在世，公元 57 至 75 年在位。　永平五年：公元
　　62 年。永平為漢明帝年號。自公元 59 至 75 年。　剡縣：縣名。在今浙江省嵊
　　縣。剡：音ㄕㄢˋ；shàn。　劉晨：人名。　阮肇：人名。　天台山：山名。在今
　　浙江省天台縣北。　穀皮：穀樹的皮。其纖維堅韌，浸泡以後，能捶打延展至原來
　　面積的十倍，色白柔軟，可做造紙原料。古時或用來製作束髮之頭巾、帷帳。穀：
　　音ㄍㄨˇ；gǔ。木名。又稱楮樹、構樹。
❷ 餒：饑餓。　殆：近，幾乎。
❸ 大有：有很多。大：規模廣，數量多。　子實：草木的果實。　絕巖邃澗：懸崖深
　　澗。　永無：完全沒有。「永」和「無」連用，表示完全否定。　藤葛：泛稱蔓生
　　植物的攀緣莖。
❹ 盥漱：以手承水漱洗口腔。　蕪菁：蔬菜名。俗稱大頭菜。塊根肉質，可供蔬食。
　　胡麻糝：用芝麻和米粒混合煮成的菜飯。糝：音ㄙㄢˇ；sǎn。飯粒。吳地方言稱
　　飯粒為飯米糝。
❺ 去：距離。　人徑：人走的道路，泛指有人居住的地方。　沒水：潛水。沒：音
　　ㄇㄛˋ；mò。入水。　度：過，通「渡」。
❻ 捉：握，拿。　向：舊時，過去。　失：失去。　流杯：順水漂流的杯子。此處似
　　反映「流杯卜婿」的婚俗，即利用杯子為引，藉以物色婚偶的人選。
❼ 忻：音ㄒㄧㄣ；xīn。心喜。通「欣」。　悉：全，都。
❽ 筒瓦屋：用半圓形屋瓦覆蓋為頂的屋子。瓦：覆屋的瓦片，一般是用陶土燒製而
　　成。瓦有板瓦、筒瓦；瓦的製法是先製成圓筒形的陶坯，然後剖開陶坯入窯燒製，
　　稱為瓦解。四剖六剖為板瓦，對剖為筒瓦。　絳：深紅色。　羅帳：用紗羅製
　　成的帷帳。羅：質地輕軟透氣，經緯組織有網眼的絲織品。　帳角懸鈴：在帷帳的
　　四角懸掛鈴鐺。　交錯：錯金銀工藝所顯現的金絲銀絲之鑲嵌花樣。
❾ 勑：音ㄔˋ；chì。指示，囑咐。　岨：音ㄐㄩ；jū。石山。　瓊實：甘美的果實。
　　可：宜，合，該。
❿ 行酒：行酒勸飲。古代宴會飲酒，非如現代每人有杯，而是勸酒人執盅，依次傳
　　送，謂之行酒。
⓫ 壻：女之夫。夫壻。通「婿」。
⓬ 是：此。這裡。　宿福：過去所累積的福份。　牽：牽引。相互有關聯。　何復：
　　何。復為音節助詞。
⓭ 苦：副詞。懇切。
⓮ 罪：罪罰。過失。　當可：當，將。可為音節助詞。

⓯ 邑屋：村舍。　無復：無。復為音節助詞。　相識：認識他們。相為偏指用法，代指受事的一方。　問訊：打聽消息，詢問請教。　晉太元：東晉孝武帝司馬曜之年號。自公元 376 至 396 年。

翻譯：

漢明帝永平五年，剡縣人劉晨、阮肇一同進入天台山去採集穀樹皮。他們在山裡迷路而回不得家，經過了十三天，糧食已全數吃完，就快餓死了。這時他們遠遠望見山上有一棵桃樹，結著好多的桃子，但是位在斷崖之上，且隔著深澗，完全沒有路可以上去。只得攀著樹藤葛蔓，才有辦法到上面去。兩人各吃了幾顆桃子後，肚子不餓了，體力也恢復了。於是又下山去，拿出杯子舀水，準備漱一漱口；這時看到有蕪菁的菜葉從山腹流了出來，菜葉非常新鮮，接著又有一個杯子漂了出來，裡面還放著胡麻飯糰！兩人相互說著：「由此可知，離人煙之處不遠了！」於是一起潛水，向上逆流了二、三里，終於度過了這座山。

他們從一條大溪游了出來，溪邊有兩個女子，姿色絕美；看見兩人拿著杯子游了出來，就笑著說：「劉郎、阮郎拿著我們剛才漂走的杯子來了。」劉晨、阮肇原先並不認識她們，因為兩個女子直接喊他們的姓氏，彷彿有舊交情似的，於是也一見如故。她們問道：「怎麼這麼晚才來呢？」接著邀請他們回家。她們家是用半圓形屋瓦覆蓋的房子，南邊和東邊的牆壁旁各放了一張大牀，牀都架設著深紅色絲羅做的紗帳，帷帳的四角懸掛著鈴鐺，鈴鐺用金絲、銀絲鑲嵌成耀眼的圖案。牀前各有十幾個侍女，女子吩咐她們說：「劉、阮二郎跋山涉水，之前雖吃了珍貴的桃子，但身體還是很虛弱，該盡速炊飯作食了。」他們吃了胡麻飯、山羊肉乾、牛肉，非常美味可口。吃完之後斟酒勸飲。有一群女子前來，每人各拿了三、五個桃子，笑著說：「恭賀妳們的夫婿到來！」酒醉後嬉戲作樂，劉、阮兩人驚喜交集。到了天黑，使兩人各就各的牀帳宿眠，女子隨後即來共好。溫言軟語，令人忘憂。

過了十天，劉晨、阮肇兩人要求回去，女子說：「您已來到此地，這可是過去累積的福分所致，為什麼要回去？」於是又留下來半年，半年後，正

是草木回春的季節，百鳥鳴叫，更讓劉晨、阮肇勾起思鄉悲情，他們懇切請求讓他們回家去。女子說：「罪業連累了您，我能如何！」於是呼請了三、四十個女子前來，聚會奏樂，共同為劉晨、阮肇送行，然後指示他們回家的路。

　　離開山林後，回到家鄉，親舊凋零，村舍變遷，沒有人認識他們。向村人打聽，找到第七代的孫子，孫子說傳言他們是在上一個世代入山，因為迷路沒有回來。兩人在晉孝武帝太元八年時，突然離開，不知去向。

三、水底冥界　南朝 宋·劉
敬叔：《異苑》卷七

　　<u>晉</u><u>溫嶠</u>至<u>牛渚磯</u>❶，聞水底有音樂之聲，水深不可測。傳言下多怪物，乃燃犀角而照之❷。須臾，見水族覆滅，奇形異狀，或乘馬車，著赤衣幘❸。其夜，夢人謂曰：「與君幽明道隔，何意相照耶❹？」<u>嶠</u>甚惡之，未幾卒❺。

六朝博物院，東晉溫嶠墓青瓷香熏。瓷器在東晉為貴族專用，香熏是焚燒香木，使其產生芳香的氣息。南京郭家山出土。

【注釋】

❶　晉：朝代名。司馬炎建立。自公元 265 至 316 年為西晉。自公元 317 至 420 為東晉。　溫嶠：公元 288 至 329 年在世。晉元帝時任大將軍。《晉書》有傳。溫嶠墓於公元 2001 年在江蘇省南京北郊被發現。　牛渚磯：地名。在今安徽省境內，為牛渚山北部突出於長江中的部分，又名采石磯，為長江最狹之處，是溝通長江南北的重要津渡，也是南北戰爭要塞，傳說此地亦是李白捉月溺水之處。

❷　傳言：傳說。　犀角：一種由犀牛角製成的照明法器。傳說燃燒犀牛角可以照明水底世界，真相畢現。

❸　須臾：片刻，指時間很短。　水族：統稱生活在水中的動物。古代南方民族相信人

死或復生，或化為魚。　覆滅：傾覆消滅。　幘：音ㄗㄜˊ；zé。包覆頭髮的巾帕。

❹ 幽明：人鬼的界域。地下為陰，故稱幽；人間為陽，故稱明。幽：昏暗，隱蔽。相照：照視我們。相為偏指用法，代指受事的第一人稱。

❺ 惡：音ㄨˋ；wù。不好，指心情很壞。　未幾：不久。《晉書》本傳載：「嶠先有齒疾，至是拔之，因中風。至鎮未旬而卒。」

翻譯：

晉朝人溫嶠來到長江的牛渚磯，聽見水底有音樂般的聲音，但江水深不可測。相傳在水底下有許多鬼怪，溫嶠就燃燒犀牛角，用它的火光來照看個究竟。不久，看見水族滅亡，牠們奇形怪狀，有的乘坐馬車，有的穿戴著紅色的衣服和頭巾……當天晚上，溫嶠夢見有人對他說：「與您是陰陽兩界，幽明區隔，為何要來窺照我們？！」溫嶠為此心情很差，不久亡故。

四、搭太空船遊銀河　　西晉・張華：《博物志》卷十

舊說云：天河與海通，近世有人居海渚者，年年八月有浮槎來，甚大，往反不失期❶。人有奇志，立飛閣於槎上，多齎糧❷，乘槎而去。

十餘日中，猶觀星月日辰，自後茫茫忽忽，亦不覺晝夜❸。去十餘日，奄至一處，有城郭狀，屋舍甚嚴，遙望宮中多織婦❹。見一丈夫牽牛，渚次飲之❺。牽牛人乃驚問曰：「何由至此？」此人具說來意❻，并問此是何處，答曰：「君還，至蜀都，訪嚴君平則知之。」竟不上岸，因還如期❼。後至蜀，問君平，曰：「某年月日有客星犯牽牛宿。」計年月❽，正是此人到天河之時。

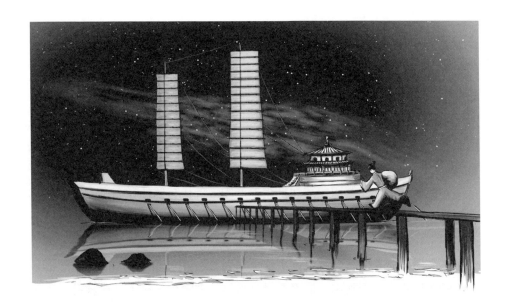

【注釋】

❶ 天河：銀河。由大量恆星構成的星系。晴夜高空，呈銀色帶狀，形如大河，故曰天
　　河。　海渚：海邊。渚：音ㄓㄨˇ，zhǔ。水邊。　浮槎：在水上汎行的木筏或竹
　　筏。前秦‧王嘉：《拾遺記》「唐堯」載有類似奇聞：「傳堯登位三十年，有巨查
　　浮於西海，查上有光，夜明晝滅。海人望其光，乍大乍小，若星月之出入矣。查常
　　浮繞四海，十二年一周天，周而復始，名曰貫月查，亦謂掛星查，羽人棲息其
　　上。」　失期：超過預定的日期。

❷ 飛閣：天橋。架空建築的閣道，供人通行。　閣：閣道。連接兩處，或兩建築體之
　　間可供通行的廊橋。　齎：音ㄐㄧ，jī。隨身攜帶物品。

❸ 不覺晝夜：無法分辨白天或黑夜。　茫茫忽忽：曠遠，模糊不清。

❹ 奄：音ㄧㄢˇ，yǎn。忽然。　嚴：整齊。　宮：室。

❺ 丈夫：成年男子的通稱。　渚次：水邊。次：表示處所。猶「處」、「旁邊」。
　　飲：音ㄧㄣˋ，yìn。以飲料給人或畜喝。

❻ 乃：於是。　具：副詞。全部，都。

❼ 蜀都：地名。蜀漢的國都。今四川省成都市。　嚴君平：嚴平，漢隱士，君平為其

字。公元前 86 至公元 10 年在世。傳說他在成都為人卜筮謀生，日得百錢即閉肆下簾而授《老子》，有書傳世。　竟：自始至終。　如期：按時。及時。

❽　蜀：地名。指四川省地區。　客星：中國古代對天空非經常性出現的星辰之稱謂。客星忽見忽沒，或行或止，不可推算，寓於星辰之間如客，故謂之客星。　犯：觸犯。衝觸。　牽牛宿：牽牛星。俗稱牛郎星。隔著銀河與織女星相對。　計：計算。

翻譯：

古代傳說天上的銀河與海洋是相連通的。近代有個住在海邊的人，每年八月都看到一艘船漂流過來，船十分巨大，如期往返，從未延誤。此人於是有了個奇妙的想法。他建造一座可以從海邊連接到巨船上的空中走廊，也預備了許多糧食隨身帶著，就這樣搭乘巨船而去。

剛登船的十多天當中，他還看得到月亮、太陽和星辰，之後就是一片迷迷茫茫，也分辨不出究竟是白天還是黑夜。又過了十多天之後，忽然抵達一個地方，該處有像城牆般的建築，房屋相當整齊，此人遠遠看到室內有許多在織布的婦女。又見到一個男子牽著牛，來到水邊讓牛喝水。牽牛的人於是驚訝地問他：「你是怎麼來到這裡的啊！？」此人詳細說明了來意，並詢問這裡究竟是什麼地方，牽牛的人回答說：「你回去之後到四川成都，找嚴君平問就會知道了。」這人始終不曾上岸，於是按時回來了。後來他到四川去詢問嚴君平，嚴君平回答說：「某年某月某日，有一顆不常見的星辰觸犯到牽牛星。」推算日期，恰好是此人到達銀河的時候。

五、火星遊地球　　東晉·干寶：《搜神記》卷八

吳以草創之國，信不堅固❶，邊屯守將，皆質其妻子，名曰：「保質」。童子少年，以類相與娛遊者，日有十數❷。

孫休永安三年三月❸，有一異兒，長四尺餘，年可六、七歲，

衣青衣，忽來從群兒戲。諸兒莫之識也，皆問曰：「爾誰家小兒，今日忽來？」答曰：「見爾群戲樂，故來耳❹。」詳而視之，眼有光芒，爛爛外射。諸兒畏之，重問其故❺。兒乃答曰：「爾恐我乎？我非人也，乃熒惑星也❻。將有以告爾：三公歸於司馬❼！」

　　諸兒大驚，或走告大人，大人馳往觀之❽。兒曰：「舍爾去乎！」聳身而躍，即以化矣❾。仰而視之，若曳一匹練以登天。大人來者，猶及見焉。飄飄漸高，有頃而沒❿。

　　時吳政峻急，莫敢宣也⓫。後四年而蜀亡。六年而魏廢，二十一年而吳平。是歸於司馬也⓬。

【注釋】

❶ 吳：三國時朝代名。孫權建立，為晉所滅。自公元 222 至 280 年。　草創：剛開始建立。凡事初設皆稱草創。　信：副詞。的確，確實。

❷ 邊屯：在邊境駐守防衛。　質：音ㄓˋ；zhì。扣留人、物以作為抵押保證之憑據。　妻子：妻與子。　相與：共同。一起。

❸ 孫休：三國時吳景帝之名。孫權之子，公元 235 至 264 年在世，《三國志》有傳。永安為其年號，自公元 258 至 264 年，永安三年為公元 260 年。

❹ 爾群：你們。　樂：音ㄌㄜˋ；lè。喜悅，愉快。　耳：助詞。表肯定語氣。

❺ 詳：仔細。審慎。　視：看，審查。　爌爌：音ㄩㄝˋ ㄩㄝˋ；yuè yuè。如火光一般明亮。　重：音ㄔㄨㄥˊ；chóng。再。

❻ 恐：懼怕。　乃：原來是。　熒惑：火星別名。因星體呈現赤色光澤而又隱現不定，令人迷惑，故名之。《史記·天官書》：「熒惑，失行是也。出則有兵，入則兵散。」古代觀象者認為熒惑出現則有戰事。

❼ 三公：輔佐國君掌握軍政大權的三位首長。西漢三公為丞相、太尉、御史大夫。司馬：複姓，以官為氏。此指任曹魏丞相的司馬懿。

❽ 走：疾趨，快跑。　馳：疾趨，迅速前往。

❾ 舍：音ㄕㄜˇ；shě。放棄。捨離。　聳：高起。直立。　化：變身，改變。

❿ 曳：音ㄧㄝˋ；yè。拖著，牽引使長。　練：名詞。白色柔軟的絲帛。將微帶黃色的縑煮熟，使其柔軟潔白曰練；故稱已練之縑為練。　有頃：不久。　沒：音ㄇㄛˋ；mò。沉入。消失。

⓫ 峻急：嚴刑峻法。急：嚴峻。　宣：宣揚。公佈。

⓬ 蜀：朝代名。劉備建立。自公元 221 至 263 年。蜀亡：指公元 263 年，曹魏攻入蜀，後主劉禪投降而蜀亡。　魏：朝代名。三國時曹丕建立。自公元 220 至 265 年。魏廢：指公元 266 年魏國最後一任君王曹奐被司馬氏廢黜。　吳平：指公元 280 年，晉滅吳國。　是：指示代詞。此。這。

翻譯：

　　三國時，吳國因政權剛剛創立，政局實在未穩固，所以在邊疆駐防守衛的將領們都要把妻子和小孩留下來做為人質，稱之為：「保質」。兒童和少年們依類聚在一起玩的，每天有十幾群。

　　在孫休永安三年三月時，有一個怪異的孩童，身高四尺多，年約六、七歲，穿著青色的衣服，突然來跟這群兒童遊戲。這些兒童沒有一個人認識他，都問他：「你是誰家的小孩，今天怎麼突然來跟我們玩？」他回答說：

「看你們一起玩得很高興，所以就來了。」那些孩子們仔細端詳他，發現他的眼睛有光芒，亮晃晃地向外照耀。兒童們看了很害怕，就又對他問東問西；青衣小兒回答說：「你們怕我是嗎？我不是人類，我其實是火星！我有天機要告訴你們：朝政大權將歸屬司馬氏。」

小孩們聽了非常害怕，有的跑去告訴大人，大人們趕過來察看情形；青衣小兒說：「不理你們，我要走了！」他挺身一躍，人就變形了。孩子們仰頭來看他，他好像拖著一匹白練飛上天了，那些趕過來的大人，還看得到他。他越飄越高，不久消失無蹤了。

當時吳國嚴刑峻法，民眾不敢宣揚這件事。過後四年蜀國滅亡，六年後魏國國君被廢，二十一年後吳國被平定。從此政權歸於司馬氏了。

六、泰山府君有請　　東晉‧干寶：《搜神記》卷四

胡母班，字季友，泰山人也❶。曾至泰山之側，忽於樹間逢一絳衣騶，呼班云：「泰山府君召❷。」班驚愕，逡巡未答❸。復有一騶出呼之。遂隨行。數十步，騶請班暫瞑。少頃，便見宮室，威儀甚嚴❹。班乃入閣拜謁，主為設食❺，語班曰：「欲見君無他，欲附書與女婿耳❻。」班問：「女郎何在？」曰：「女為河伯婦❼。」班曰：「輒當奉書，不知緣何得達❽？」答曰：「今適河中流，便扣舟呼青衣，當自有取書者。」班乃辭出。昔騶復令閉目，有頃，忽如故道❾。

遂西行。如神言而呼「青衣」，須臾，果有一女僕出，取書而沒❿。少頃復出，云：「河伯欲暫見君。」婢亦請瞑目。遂拜謁河伯。河伯乃大設酒食，詞旨殷勤。臨去，謂班曰：「感君遠為致書，無物相奉。」於是命左右：「取吾青絲屨來！」以貽班。

班出，瞑然忽得還舟⓫。

遂於長安經年而還。至泰山側，不敢潛過⓬，遂扣樹，自稱姓名：「從長安還，欲啟消息。」須臾，昔騶出引班，如向法而進，因致書焉⓭。府君請曰：「當別再報⓮。」班語訖，如廁，忽見其父著械徒作⓯，此輩數百人。班進拜，流涕問：「大人何因及此？」父云：「吾死，不幸見遣三年⓰，今已二年矣，困苦不可處。知汝今為明府所識，可為吾陳之，乞免此役，便欲得社公耳。」班乃依教，叩頭陳乞⓱。府君曰：「生死異路，不可相近，身無所惜。」班苦請，方許之。於是辭出還家⓲。

歲餘，兒子死亡略盡。班惶懼，復詣泰山⓳，扣樹求見，昔騶遂迎之而見。班乃自說：「昔辭曠拙，及還家，兒死亡至盡。今恐禍故未已，輒來啟白，幸蒙哀救⓴。」府君拊掌大笑㉑，曰：「昔語君『死生異路，不可相近』故也。」即敕外召班父。須臾，至庭中㉒，問之：「昔求還里社，當為門戶作福，而孫息死亡至盡㉓，何也？」答云：「久別鄉里，自忻得還㉔，又遇酒食充足，實念諸孫，召之。」於是代之。父涕泣而出。班遂還。後有兒皆無恙㉕。

四川博物院，東漢兩騎吏（騶卒）畫像磚拓印，騶卒戴冠，翽鬚貪張，右手握繮繩，左手持幢麾，德陽市柏隆出土。

【注釋】

❶ 胡母班：人名。胡母為複姓。　泰山：郡名。在今山東省境內。郡內有泰山，古稱東嶽，為五嶽之一。中國古代有泰山崇拜信仰，視泰山底下為冥府所在。

❷ 絳衣：深紅色的衣服。漢朝騎吏戎裝為深紅色。　騶：音ㄗㄡ；zōu。主駕馬之吏，亦負責傳呼喝道。　呼：高聲喊叫。　府君：漢晉時對一郡首長太守的尊稱。此將地府視為一郡，故稱之。　召：命令前來，予以接見。

❸ 逡巡：音ㄑㄩㄣ ㄒㄩㄣˊ；qūn xún。倒退，遲疑。

❹ 瞑：閉目不看。　少頃：不久。　威儀：儀仗，隨從。　嚴：整齊肅穆。

❺ 閣：官署廳事。　謁：音ㄧㄝˋ；yè。晉見。　主：主人。　設食：具饌。陳設飲食。

❻ 無他：沒有別的事。　附書：帶信。附：交付。書：書信。　耳：助詞。而已。罷了。

❼ 女郎：尊稱對方之女兒。　河伯：傳說中之河神。姓馮名夷，浴於河中而溺死，民間遂奉之為河伯。　婦：人妻。

❽ 輒：即時，立刻。　奉書：送信。　緣：憑藉。

❾ 適：往，到。　扣舟：敲擊船身。　青衣：婢女。自漢以後，以青衣為卑賤者之服。　當自：當。就。自為音節助詞。　如：到……去。　故道：原路。

❿ 須臾：片刻。指時間很短。　沒：音ㄇㄛˋ；mò。入水。潛水。

⓫ 相奉：給你。相：偏指受事一方，可作人稱代詞。奉：給與。　青絲履：鞋面用黑色絲錦縫製而成的鞋。舒適華美，為貴族所穿用。庶人著麻草編成的草鞋。　貽：贈送。　瞑然：睡著了似的。

⓬ 長安：古都城名。在今陝西省西安市。　潛：隱匿，偷偷地，不為人知地。

⓭ 啟：陳述。　向法：先前的方法。　致書：交付書信。　焉：語氣詞。用在句末，加強肯定語氣。

⓮ 請：詢問。　當：表示推斷。　別：另外。其他。　報：報告，告知。

⓯ 如廁：上廁所。如：介詞，到，往。　訖：音ㄑㄧˋ；qì。完畢，終了。　械：枷鎖，鐐銬之類的刑具。　徒作：拘禁罰使勞動。

⓰ 見遣：因為犯罪而被發送到某處處罰。見：助動詞。被，表示被動。

⓱ 役：勞役。　便：副詞。表示順承關係，用於複句的第二分句，表示後一件事情的發生與前一件事情有關。　社公：土地之神。即土地公。　耳：助詞。表示肯定語氣。　教：上對下的命令。

⓲ 身：自己，我。第一人稱指示代名詞。　惜：吝，捨不得。　苦請：懇請。苦：副詞。懇切。

⓳ 詣：音ㄧˋ；yì。往，到。

⓴ 乃自：乃。自為音節助詞。　曠拙：荒謬。　故：副詞。仍。猶。　啟白：稟告，

陳述。　　幸：冀；期望。

㉑　拊掌：拍手。拊：音ㄈㄨˇ；fǔ。拍，輕擊。

㉒　敕：音ㄔˋ；chì。下令。　　外：僕役。　　庭：朝廷、王廷、官署。

㉓　門戶：家庭。　　孫息：兒孫。息：音ㄒㄧ；xī。親生子。

㉔　忻：音ㄒㄧㄣ；xīn。心喜。通「欣」。

㉕　代：替換，以此異彼。　　無恙：平安無事。

翻譯：

　　胡母班，字季友，是泰山郡人。有一次他經過泰山旁邊，忽然在樹林間遇到一位身穿紅衣的騎吏，高聲呼喊他：「泰山府君召見。」胡母班驚愕，遲疑未答之際，又有一位騎吏出來呼喊他，胡母班於是跟著他們走。走了數十步之後，騎吏請胡母班暫時把眼睛閉上。不久，就看見了宮廷，隨扈陣容甚為整齊。胡母班就進入官廳晉見泰山府君，主人為他備辦了飲食，告訴他：「要見你沒有別的原因，只是想託一封書信給我女婿。」胡母班問：「女郎人在何處？」回答說：「我女兒是河伯的妻子。」胡母班說：「我會立刻遞送書信，但不知道要如何才能把信給送到？」府君回答說：「現在你往河中央去，接著就敲扣船身喊『青衣』，將會有人來取信。」胡母班於是告辭離開。先前的騎吏再次命他闔上眼睛，片刻，忽然又回到原來的道路。

　　胡母班於是乘舟西行，依照神的指示大聲喊「青衣」，不久，果然有一個女僕出來了，她把信拿走之後就潛入水裡。片刻後她又冒出水面，說：「河神想要見一見您。」女僕也請胡母班閉上眼睛，胡母班因而拜見了河神。河神準備了非常豐富的飲食招待他，態度殷勤，言詞親切。臨別時，告訴胡母班說：「感謝您大老遠來為我送信，我沒有什麼東西可以奉送給您。」於是命令身旁的隨從說：「去拿我的黑絲鞋來！」河神把絲鞋贈給胡母班。胡母班告退出來後，彷彿小睡了片刻，隨即又回到了船上。

　　胡母班在長安待了多年後回來，當他走到泰山邊時，不敢一聲不響地通過，於是敲扣著樹木，自報姓名，說：「從長安回來，想要報告消息。」不久，先前的騎吏出來引導胡母班，依照原來的方法入見府君，遞交了書信。府君詢問他說：「想必還有其他事要報告。」胡母班說完之後，到廁所去，

突然看到他父親戴著手鐐腳銬在做苦工，像這樣的受刑人有數百個之多。胡母班向前拜見父親，流著淚問他：「父親大人為什麼會落到這樣的地步？」父親說：「我死後，不幸被處罰來此服三年的徒刑，現在已服刑兩年，艱苦到撐不下去了。我知道你現在受到府君大人的賞識，請為我陳情，懇求他免除我的勞役，能成的話，我也想做個土地公。」胡母班就照父親的指示，向泰山府君叩頭陳情。府君說：「生與死是不同的世界，彼此不可接近，至於我則不會吝惜開恩。」胡母班極力請求，泰山府君這才同意了。於是告辭回家。

　　一年多之後，胡母班的兒子們一個個死了，都快死光了。胡母班非常害怕，他再次來到泰山，敲著樹請求接見。昔日的騎吏於是來迎接他謁見府君。胡母班就對府君說：「從前我言辭荒謬，回到家之後，兒子死亡殆盡！我怕災禍還沒完，就來稟報，期望蒙受您的救助。」泰山府君聽後拍手大笑，他說：「從前我告訴你『死生異路，不可相近』，原因就在此！」立刻下令衙吏去召胡母班的父親來。不久，他來到官署中，府君問他：「從前你要求回到故里當土地公，就應當要為家門造福，怎麼你的兒孫們卻相繼死光了呢？什麼原因？」胡母班的父親回答說：「我離開家鄉很久了，能夠回去真是高興，而且酒菜總是豐盛……我實在想念這些孫子們，就把他們一個一個都叫過來。」泰山府君於是撤換他的職務。胡母班的父親掉著淚離開官署。胡母班於是回家去。之後他再生的兒子都平安無事。

七、地獄停看聽　南朝 齊・王琰：《冥祥記》

　　晉趙泰，字文和，清河貝丘人也。祖父京兆太守❶。泰，郡察孝廉，公府辟，不就❷。精思聖典，有譽鄉里。當晚乃膺仕，終於中散大夫❸。泰年三十五時，嘗卒心痛，須臾而死。下屍於地，心暖不已，屈伸隨人❹。留屍十日，忽然喉中有聲如雨，俄而蘇

活❺。

　　說初死之時，夢有一人，來近心下。復有二人，乘黃馬，從者二人，夾持泰掖，徑將東行。不知可幾里，至一大城，崔嵬高峻，城邑青黑，狀錫❻。將泰向城門入，經兩重門，有瓦室可數千間；男女大小，亦數千人。行列而立。吏著皂衣，有五、六人，條疏姓字，云當以科呈府君❼。泰名在三十。須臾，將泰與數千人男女一時俱進。府君西向坐，簡視名簿訖，復遣泰南入黑門。有人著絳衣，坐大屋下，以次呼名❽，問生時所事：「作何罪？行何福善？諦汝等以實言也。此恆遣六部使者在人間，疏記善惡，具有條狀，不可得虛❾！」泰答：「父兄仕宦皆二千石。我少在家，修學而已，無所事也，亦不犯惡❿。」

　　乃遣泰為水官監作吏，將二千餘人，運沙裨岸，晝夜勤苦。後轉泰水官都督，知諸獄事⓫。給泰兵馬，令案行地獄⓬，所至諸獄，楚毒各殊：或針貫其舌，流血竟體。或被頭露髮，裸形徒跣，相牽而行，有持大杖，從後催促。鐵牀銅柱，燒之洞然，驅迫此人，抱臥其上，赴即焦爛，尋復還生⓭。或炎爐巨鑊，焚煮罪人，身首碎墜，隨沸翻轉，有鬼持叉，倚於其側，有三、四百人，立於一面，次當入鑊，相抱悲泣⓮。或劍樹高廣，不知限極，根莖枝葉，皆劍為之，人眾相訾⓯，自登自攀，若有欣競，而身體割截，尺寸離斷。泰見祖父母及二弟，在此獄中涕泣。

　　泰出獄門，見有二人，齎文書來⓰。語獄吏言：「言有三人，其家為於塔寺中懸幡燒香，救解其罪，可出福舍⓱。」俄見三人，自獄而出，已有自然衣服，完整在身。南詣一門，名「開光大舍」。有三重門，朱彩照發。見此三人，即入舍中，泰亦隨入。前有大殿，珍寶周飾，精光耀目，金玉為牀⓲。見一神人，姿容偉

異，殊好非常，坐此座上，邊有沙門，立倚甚眾。見府君來，恭敬作禮。泰問：「此是何人，府君致敬？」吏曰：「號名世尊，度人之師❶。」有頃，令惡道中人皆出聽經。時有萬九千人，皆出地獄，入百里城。在此道者，奉法眾生也，行雖虧殆，尚當得度，故開經法❷。七日之中，隨本所作善惡多少，差次免脫。泰未出之頃，已見十人，升虛而去❶。

　　出此舍，復見一城，方二百餘里，名為「受變形城」。地獄考治已畢者，當於此城，更受變報❷。泰入其城，見有土瓦屋數千區，各有房舍。正中有瓦屋高壯，欄檻采飾。有數百局吏，對校文書❸。云：「殺生者，當作蜉蝣，朝生暮死；劫盜者，當作豬羊，受人屠割；淫逸者，作鶴鶩鷹鷺；兩舌者，作鴟梟鵂鶹；捍債者，為騾驢牛馬❹。」

　　泰案行畢，還水官處。主者語泰：「卿是長者子，以何罪過，而來在此？」泰答：「祖父兄弟，皆二千石。我舉孝廉，公府辟，不行❺。修志念善，不染眾惡。」主者曰：「卿無罪過，故相使為水官都督。不爾，與地獄中人無以異也。」泰問主者曰：「人有何行，死得樂報？」主者言：「唯奉法弟子，精進持戒，得樂報，無有謫罰也。」泰復問曰：「人未事法時，所行罪過，事法之後，得以除不❻？」答曰：「皆除也。」語畢，主者開籐篋，檢泰年紀，尚有餘算二十年在。乃遣泰還。臨別，主者曰：「已見地獄罪報如是，當告世人，皆令作善。善惡隨人，其猶影響❼，可不慎乎？」

　　時親表內外候視泰者，五、六十人，同聞泰說。泰自書記，以示時人。時晉太始五年，七月十三日也。乃為祖父母二弟，延請僧眾，大設福會。皆命子孫，改意奉法，課勸精進❽。時人聞泰

死而復生，多見罪福，互來訪問。時有太中大夫<u>武城</u><u>孫豐</u>、<u>關內</u>侯<u>常山</u><u>郝伯平</u>等十人，同集<u>泰</u>舍。款曲尋問，莫不懼然。皆即奉法㉙。

【注釋】

❶ 晉：朝代名。司馬炎代魏稱帝，國號晉。自公元 265 至 316 年為西晉。公元 317 至 420 年為東晉。　趙泰：人名。　清河：郡名。在今河北省境內。　貝丘：縣名。在今山東省臨清市。　京兆：漢代京畿的行政區劃名，後世因稱京都為京兆。　祖父：祖父與父親。　太守：官名。管理一郡政事之首長。

❷ 郡察：在郡內部進行的選薦。　孝廉：漢代選舉官吏的兩種科目名。孝，指孝子。廉，指廉潔之士，後來合稱「孝廉」。　公府：封建時代中央一級的機構。　辟：音ㄅㄧˋ；bì。徵召。不就：不赴。不前往。

❸ 當晚：在老年時。當：在（某一時間）。晚：老年。　乃：才。　膺仕：就任官職。膺：音ㄧㄥˋ；yìng。受，當。　中散大夫：官名。參與議論政事，無固定名額。

❹ 卒：音ㄘㄨˋ；cù。急遽貌。通「猝」、「促」。　須臾：片刻。下屍於地：將屍體從牀上移放到地面。　屈伸隨人：指身體柔軟，並未僵硬，所以能順著他人的牽拉而作彎曲、伸直的動作。

❺ 俄而：不久，瞬間。俄：音ㄜˊ；é。頃刻。　喉中有聲如雨：瀕死者喉嚨所發出的淅瀝淅瀝聲。因瀕死者失去吞嚥與咳嗽功能，致使唾液進入氣管，形成所謂的「死亡囈語」。蘇活：再生、復活。

❻ 心下：心窩處。下：指所在範圍的名詞詞尾。　挾扶泰掖：從左右兩邊挾持趙泰的手臂。掖：音一ㄝˋ；yè。

甘肅博物院，清代旃檀佛銅像，右手施無畏印，左手施與願印。

通「腋」，胳肢窩。　　徑將東行：直接帶往東方前進。徑：迅速，直接。將：攜帶。送。　　崔嵬：高聳貌。崔：高大。嵬：音ㄨㄟˊ；wéi。山高貌。　　狀錫：像是錫。

❼　向：從。由。表示動作的起點。　　皂衣：漢代差役制服。皂：音ㄗㄠˋ；zào。黑色。　　條疏：分條陳述。　　科：分類。　　府君：漢魏時太守自辟僚屬如公府，因稱太守為府君。此將地獄視為一郡，故謂其首長為府君。

❽　簡視：考察，檢閱。　　訖：音ㄑㄧˋ；qì。完畢。　　絳衣：深紅色的衣服。漢代夏季時官員的朝服為深紅色。　　以次：依照順序。以：介詞。按照。

❾　諦：音ㄉㄧˋ；dì。副詞。詳細。認真。　　六部：六軍。部：軍隊之稱。　　條狀：分項敘述。　　不可得虛：不得虛假。

❿　二千石：年俸二千石穀糧的官階。漢代內自九卿郎將，外至郡守尉的俸祿等級約為二千石。二千石相當於今六萬公斤，為高級官員俸額。　　少：音ㄕㄠˋ；shào。年輕。

⓫　水官監作吏：官名。監督水利工程的官員。　　裨岸：修補河岸。裨：音ㄅㄟ；bēi。完補，增益。　　都帳：帳下領兵者，猶衛隊長。　　知諸獄事：職掌地獄的各種事務。知：主持，職掌。

⓬　給：音ㄐㄧˇ；jǐ。供應。　　案行：巡視。案：通「按」。查考。

⓭　楚毒：痛苦。　　徙跣：赤足步行。跣：音ㄒㄧㄢˇ；xiǎn。光著腳。　　相牽：互相拖拉。　　洞然：明亮的樣子。　　尋復：尋。不久。復：音節助詞。　　赴：趨往，快步向前去。

⓮　倚：音一ˇ；yǐ。靠著。　　次當入鑊：依序入鐵鍋中。鑊：音ㄏㄨㄛˋ；huò。無足的圓形鐵鍋。古代有將人放入鑊中烹煮之酷刑。

⓯　相訾：互相詆毀。訾：音ㄗˇ；zě。詆毀。

⓰　齎：音ㄐㄧ；jī。隨身攜帶物品。

⓱　懸幡：掛著旗幟。僧寺有在高竿上懸掛旗幡的儀式。　　出：進；前往。　　福舍：僧舍。

⓲　俄：音ㄜˊ；é。瞬間。　　自然衣服：自然現成的衣服。　　詣：音一ˋ；yì。往、到。　　開光大舍：佛教地獄論述中的屋舍名稱。此舍珍寶周飾，金玉耀目，釋迦牟尼佛在此講道開示。　　牀：低矮的坐臥家具，較坐榻高級，一般為木製。

⓳　沙門：僧徒。亦作「桑門」。梵語。意指勤修善法，止息惡行。　　世尊：佛家對釋迦牟尼的尊稱。源於梵語 Lokanātha。世界的統治者。　　度人：使人解脫苦難。

⓴　有頃：不久。　　惡道：佛教有六道輪迴說。六道指天道、人道、阿修羅道、餓鬼道、畜生道、地獄道。後三者為惡道。　　百里城：佛教稱死後等待超度升天的處所。　　奉法眾生：信奉佛法的所有人物。眾生：佛教指一切有情、假眾緣而有生的人或物。　　尚當：尚。還。當，音節助詞。

㉑　差次免脫：安排赦罪釋放。差次：挑選或安排某人做某事。免脫：赦放。　　升虛而

去：飛天而去。虛：天空。

㉒　受變形城：佛教稱人死後等待接受變形報應的處所。　考治：考核；考查。　更：副詞。再。

㉓　局吏：官署的吏員。　對校：校對。

㉔　蜉蝣：蟲名。壽命短者數小時，長者六、七日。　鶴鶩麢麋：野鶴、野鴨、野鹿之類的野生動物，借喻其人如禽獸般雜交，故被變形為此類動物。　兩舌：言語反覆，妄言謬語。　鴟梟鵂鶹：貓頭鷹一類的猛禽，此喻其話語難聽。　捍債：欠債不還。

㉕　卿：古代的第二人稱敬辭，如同你，或您。　不行：不就。

㉖　精進：梵語 virya（毗梨耶）的意譯。指堅持修善法，斷惡法，毫不懈怠。　事法：信奉佛法。法：佛教泛指宇宙的道理。梵語音譯為達摩、曇無，意譯為法。

㉗　滕篋：用以收藏文書且緘封保存的小木箱。滕：音ㄊㄥˊ；téng。緘封。篋：音ㄑㄧㄝˋ；qiè。小竹箱。　檢：查驗。　餘算：剩餘的壽數。算：壽命。　影響：比喻善惡業報迅捷而不虛，如影之隨形，響之應聲。

㉘　太始：年號。東晉列國前涼張玄靚（敬悼公）年號。自公元 355 至 361 年。

㉙　太中大夫：官名。掌議論。　武城：縣名。在今山東省德州市。　關內侯：王侯頭銜，封地為關內，指函谷關以內。　常山：郡名。在河北省境內。　款曲：詳盡情況。

翻譯：

　　晉朝人趙泰，字文和，是清河郡貝丘縣人。祖與父都擔任京都地區的太守。趙泰被郡推薦為孝廉，但公府來徵召他，他推辭不去。他精研聖賢經典，在鄉里享有聲譽。年紀大了才去作官，官拜中散大夫。趙泰在三十五歲那年，有一次突然心痛，不久死去。家人將他的屍體停放到地上，不過他的心口仍然溫暖，身體四肢也能任人屈伸。停屍了十天，家人忽然聽到他的喉嚨裡有雨聲般的聲音，不久他復活了。

　　他說剛死的時候，夢見有一個人來到他胸口，接著又來了兩個人，騎著黃色的馬匹，帶著兩個侍從，他們挾持住趙泰，帶他徑直朝東邊走去。不知走了多少里，來到一座大城，巍峨高峻，都城是青黑色的，看起來像是用錫打造的。他們將趙泰帶進城門，通過兩道門之後，約有數千間瓦屋；男女老幼也有數千人之多，個個排隊站立著。吏員們穿著黑衣，大約有五、六個人，他們分條記錄姓名資料，說是要分科呈報給府君。趙泰的名字排在第三

十位。不久，把趙泰和數千個男女同時帶進去。府君面向西坐著，他檢閱完名冊資料後，又下令趙泰往南進入一道黑門。那裡有人穿著深紅色的官服，坐在大屋子裡，他依照順序叫喚人員姓名，問他們生前所做的事，他說：「犯過何罪？行過何善？你們詳細正確地據實報告。本處經常派遣六部使者駐在人間，紀錄各種善行惡行，資料詳備，你們無法造假！」趙泰回答說：「我的父親和兄長都是政府的高階官員。我年輕時在家讀書而已，並沒有從事其他的事務，也沒有犯過惡行。」

於是派遣趙泰擔任水官監工，帶領兩千多人，運輸沙石修補堤岸，日夜勤勞辛苦。之後轉調趙泰為水官督導，管理地獄事務，供給趙泰兵馬，要求他逐一巡視各個地獄。趙泰到過的各個地獄，其間的苦難煎熬都不一樣：有的地獄是用針貫穿犯人的舌頭，犯人們血流遍體。有的地獄是犯人們個個披頭散髮，赤身露體，光著腳，互相用繩子牽著走，有差吏拿著大木棍，在後面驅趕他們；這個地獄裡架設著鐵牀銅柱，被火燒得通亮！差吏驅趕這些犯人躺到灼熱的鐵牀上，抱住燃燒的銅柱，犯人上去後身體立即焦爛，但不久復活。有的地獄是火爐大鍋，裡面烹煮著罪人，他們的身體和首級都已破碎散落，隨著沸湯翻滾著，有個鬼拿著叉子，靠在鍋爐旁叉取人犯。另一面有三、四百個人，站成一列，一個一個依序進入大鍋內，他們互相抱著痛哭。有的地獄是用利劍搭成的巨樹，又高又廣，沒有邊際，劍樹的根、莖、枝、葉，都是用劍做的。這個地獄的犯人們互相辱罵，他們自動自發地攀爬到劍樹上，像是開心地在比賽誰爬得快，然而他們的身體都被割截得寸寸斷裂。趙泰看見了自己的祖父、祖母和兩個弟弟，都在這個地獄中哭泣。

趙泰從地獄門出來之後，看見有兩個人拿著文件前來，對獄吏說：「文件上說這裡有三個人，他們家已在佛寺中懸幡燒香，解救了他們的罪業，所以現在可以前往福舍了。」不久就見到三個人從地獄裡出來，一出地獄，就有自然形成的衣服，完好地穿戴在他們身上。往南來到一座大門，門上題著：「開光大舍」。開光大舍共有三道大門，每道門都閃耀著朱紅色的光輝。趙泰看見這三個人直接走進室內，他也跟隨進去。開光大舍的前方是大殿，用珍貴的珠寶周密地裝飾著，華麗的光芒耀眼奪目，牀榻則是用黃金和

寶玉製成的。趙泰看見一位神人，風姿奇偉非凡，極為美好，端坐在這牀榻上，他的身邊有為數眾多的和尚隨侍站立著。趙泰看見地獄府君前來，向坐榻上的神人恭敬行禮。趙泰問獄吏：「這位是何人？府君須向他致敬？」獄吏說：「他的封號為世尊，是度化眾生的大師。」不久，令在餓鬼道、畜生道、地獄道等惡道中的罪人都出來聽講佛經；當時共有一萬九千個罪人一起離開地獄，進入百里城。在百里城這一道的人，是信奉佛法的眾生，他們的行為雖然有過失，但還可以超度，所以對他們宣講佛法開示。七天當中，根據他們原本的善惡事蹟資料，安排赦免釋放。趙泰尚未離開時，已經見到十個人升空而去了。

　　出了開光大舍，又見到一座大城，方圓面積有二百多里，城名叫做「受變形城」。凡是在地獄已經被拷打問罪完畢的，就會被送來這座城，繼續接受變形的報應。趙泰進入受變形城後，看見磚土瓦屋有數千區，每區各有房舍。城中央處有座瓦屋高大宏偉，欄杆門檻都有彩飾。內有數百個各部會的官吏，正在校對文書。他們說：「殺生的人，要變作蜉蝣，朝生暮死；搶劫的人，要變作豬羊，受人宰殺；荒淫的人，要變作鶴鷹麋鹿，混亂雜交；搬弄是非的人，要變作貓頭鷹，叫聲難聽；欠債不還的人，要變作騾驢牛馬，背負重擔。」

　　趙泰巡視完畢後，回到了水官處。主事者告訴趙泰：「你是長者的子弟，因何罪過，而來到這裡？」趙泰回答：「我的祖父兄弟們，皆官拜二千石。我被推舉為孝廉，公府徵召出仕，但我不就任。我立志行善，未曾染上各種惡行。」主事者說：「你沒有罪過，才會派遣你擔任水利都督。要不然，你跟地獄裡其他人的遭遇就沒有差別！」趙泰問主事者說：「人們有何種行為，才會在死後獲得好報？」主事者說：「唯有信奉佛法的弟子，精進持戒，能得好報，而不會有懲罰。」趙泰又問說：「人在尚未信奉佛法時，他所犯下的罪過，在信奉佛法之後，能否消解？」回答說：「完全可以解除。」說完之後，主事者打開一個文件箱，檢核趙泰的年紀，知道他還有二十年的壽命在。於是發遣趙泰回去。臨別時，主事者說：「既然你已經見到了地獄中的這些罪罰報應情形，你就應當告訴世人，要他們都做善事。善惡

報應會依照每個人的作為而定，就像光之於影；聲之於響；豈可不戒慎恐懼？」

當時內外表親來探望趙泰的，有五、六十人之多，他們同時都聽到了趙泰所說的這一切。趙泰自己也以文字記錄下來，傳播給當時的人看。那時候是前涼敬悼公五年的七月十三日。趙泰於是為已故的祖父母和兩個弟弟，延請眾僧，舉行盛大的亡魂超度法會。趙泰還命令所有的兒孫都要改信佛法，精進修行。當時的人聽說了趙泰死而復生，且目擊了許多罪福報應，紛紛前來訪問他。彼時有太中大夫武城人孫豐、關內侯常山人郝伯平等十人，同聚於趙泰家中，他們詳細詢問了地獄的各種景況，聽到的人沒有不感到畏懼的，所以他們全都立即信奉了佛法。

八、嫦娥奔月　東晉·干寶：《搜神記》卷十四

羿請無死之藥於西王母，嫦娥竊之奔月❶。將往，枚筮之于有黃❷。有黃占之曰：「吉。翩翩歸妹❸，獨將西行。逢天晦芒❹，毋恐毋驚，后且大昌。」嫦娥遂托身於月，是為蟾蜍❺。

【注釋】

❶ 羿：音一ˋ；yì。人名。神射手。此為堯時之羿，非夏代之后羿。傳說堯時有十日在天，草木枯焦，羿以其神力射下九日，為生民解除苦旱。　請：乞求。　西王母：上古時代西方的異族女性領袖，後被神化為不死女神。　嫦娥：人名。羿的妻子。

❷ 枚筮：不告訴筮者要卜之事而請其預卜該事吉凶的占卜法。枚：樹枝。古時行軍為保持肅靜不語，會令士兵用口咬住樹枝，謂之銜枚。枚筮之意源此。筮：以蓍草的莖作為算籌，將一定數目的算籌放在兩手，交互運算，得出數字，再以得出的數字來預測吉凶。　之：指示稱代詞。指奔月一事。　有黃：巫師之名。

❸ 占：臨視卜筮結果，答述其吉凶。　翩翩：輕快的樣子。　歸妹：《周易》之卦名。「☱☳兌下震上。征，凶。无攸利。」「征，凶」指位置不當，以進則凶；「无攸利」指柔乘剛之逆，無所利，須順守之。妹是年輕女子，歸是女子出嫁；歸妹指少女出嫁。「翩翩歸妹」字義是說女子出嫁，步履輕快。

四川博物院，東漢月神畫像石，嫦娥奔月，化為蟾蜍，托身於月。成都市彭州
升平出土。

❹ 晦芒：謂天色昏暗。
❺ 蟾蜍：音ㄔㄢˊ ㄔㄨˊ；chán chú，即蟾蜍。中國古代認為月中黑影形似蟾蜍，
且謂蟾蜍永生。兩足蟾蜍人立而以手持杵，下搗不死藥，為四足蟾蜍的變形。

翻譯：

羿向西王母乞求到了不死藥，嫦娥將它偷走，要奔逃到月。將要動身之
前，她到巫師有黃那裡去占卜此事之吉凶。巫師有黃審視著卦象向她解說：
「此事為吉。出嫁少女，步履飛快，獨自向西前行，遇到天昏地暗，不驚不
慌，日後將會大興大旺！」嫦娥就這樣寄身於月，成為月裡的蟾蜍。

九、桃花源　　東晉・陶潛：《搜神後記》卷一

　　晉太元中，武陵人捕魚為業，緣溪行，忘路遠近，忽逢桃花

夾岸數百步❶，中無雜樹，芳華鮮美，落英繽紛，漁人甚異之；復前行，欲窮山林❷。林盡，水源，便得一山，山有小口，彷彿若有光。便捨舟，從口入，初極狹，纔通人，復行數十步，豁然開朗，土地曠空，屋舍儼然❸。有良田、美池、桑竹之屬，阡陌交通❹，雞犬相聞，男女衣著悉如外人，黃髮、垂髫並怡然自樂。見漁人，大驚，問所從來？具答之❺。便要還家，為設酒，殺雞作食❻。

村中人聞有此人，咸來問訊，自云先世避秦難，率妻子邑人至此絕境，不復出焉，遂與外隔。問今是何世，乃不知有漢，無論魏、晉❼。此人一一具言所聞，皆為歎惋，餘人各復延至其家，皆出酒食，停數日，辭去，此中人語云：「不足為外人道也❽。」

既出，得其船，便扶向路，處處誌之❾。及郡，乃詣太守，說如此，太守劉歆即遣人隨之往，尋向所誌，不復得焉❿。

【注釋】

❶ 晉：朝代名。司馬炎建立。自公元 265 至 316 為西晉，公元 317 至 420 年為東晉。太元：年號。東晉孝武帝司馬曜的年號，自公元 376 至 396 年。 武陵：郡名。在今湖南、湖北兩省境內。 緣：沿著。 夾岸：左右兩岸。 步：長度名。六尺為一步。約合一公尺餘。

❷ 芳華：美好的花，芳香的花。 落英：落花。 異之：對此感到詫異。異：詫異。之：指示代名詞。此指桃花遍開於兩岸一景。 窮：尋根究源。

❸ 口：出入的通道。 纔：音ㄘㄞˊ；cái。僅僅。 通人：人能穿越而過。 豁然：敞開貌。豁：直通無阻的山谷。 儼然：整齊貌。

❹ 阡陌交通：田間小路互相通達。阡、陌：田間小道。

❺ 黃髮：老人。老人髮白，白久則黃，故以黃髮為高壽者。 垂髫：兒童。古時兒童不束髮，頭髮下垂。髫：音ㄊㄧㄠˊ，tiáo。童子下垂之髮。 具答之：將全部的事都回答他。具：副詞。都，全。之：指示代名詞。此指入桃花源一事。

❻ 要：音一ㄠ；yāo。邀請。 設酒：備酒。

❼ 咸來：都來。咸：皆，都。 問訊：省視慰問。 邑人：同邑的人。邑：古代行政

區域的單位，四井為邑，方二里。此指小村落。　絕境：僻遠之地。　不復：不。復為音節助詞。　乃：尚且。

❽　各復：各。復為音節助詞。　延：接待，引進。　此中人語云：此地人告訴他說。語：音ㄩˋ；yù。告訴。　不足：不必。不能夠。用於勸戒。　道：講說。談論。

❾　扶：沿著。　向路：原路。向：當初，原先。　誌之：將之標記起來。之：指示代名詞。此指進入桃花源之路。

❿　及郡：返抵武陵郡。及：到。　詣：音一ˋ；yì。到……去。拜訪。　太守：官名。管理一郡政事之首長。　即：副詞。便，立時。

翻譯：

東晉孝武帝太元年間，一個以捕魚為生的武陵人，沿著溪流航行，他沒留意而把船划得太遠了……忽然，映眼望見河的兩岸盡是桃花樹，綿延數百步，其間沒有其他的雜樹。花朵鮮豔，繽紛飄揚。漁人覺得此地非常奇妙，於是繼續向前划行，他想一探山林盡處究竟是什麼地方。山林盡處，是水源地，接著發現有座山，山有個小洞口，隱約似乎有光。漁人於是擱下船，從山洞口穿入，剛開始時山洞很狹窄，僅能容身而已，但繼續再走約數十步之後，就寬敞明朗了。這裡土地遼闊，房屋井然整齊，有肥沃的田地、美麗的池塘，以及桑樹、竹林之類的植物，田與田之間的小路暢通便利，雞鳴和狗吠的聲音也清晰可聽。此地男女的穿著都跟外面的人一樣，老年人和小朋友也都怡然自在……當他們看到漁人時十分詫異，問他是從哪裡來的？漁人一一回答。村民於是邀請漁人回家作客，為他準備酒食，還殺雞作菜來招待他。

村中人聽說有這個人，紛紛前來問候。他們說先祖是為了躲避秦末的災難，才領著妻子和同鄉來到這處遙遠之境，此後就沒有離開過，遂與外面的世界隔絕了。問漁人現今是哪一個朝代，竟不知道漢朝，更別說是後來的魏和晉了。漁人一五一十地把他所知道的事件都告訴他們，他們聽了這些外界的事情都很感嘆。其他的人也各自邀請漁人到他們家作客，每家都拿出酒和食物來款待他。漁人停留了幾天之後告辭，村人對他說：「這裡的事沒必要對外面的人說。」

　　漁人出了山洞，找到了船，於是沿著先前來的路處處留下記號。等到返抵武陵郡，漁人立刻去拜訪太守，告訴他有個世外桃源！太守劉歆立即派人隨同他前往，但要尋覓先前他所做的記號時，卻找不到了。

※問題與討論

1. 桃花源的生活圈具備哪些資源與設施，其生活型態和人際關係有何特質？
2. 歸納仙鄉遊歷的情節結構序列，說明造訪者伴隨而生的心路歷程。
3. 地府遊歷故事中的主角具有何種身分特性，他之所以能出入地府是否肩負某種宣傳任務？說明之。
4. 以〈地獄停看聽〉的內容為根據，設計一張地獄遊歷路線圖。須附簡要站牌名、設備、活動景況說明。

主題五、半獸人怪譚

前　言

　　本篇故事內容包含圖騰動物的信仰傳說、某些精神變態行為的捕風捉影描述，以及關於背離人性的形象化隱喻。

　　「圖騰」是「totem」的音譯，這一外來詞源自北美洲原住民語，本義是「他是我兄弟」，一群人稱兄道弟，反映人類早期氏族社會的組成形態。「氏」族社會的「氏」是公名，而非私名，各個民族有其崇拜的動物，該動物是他們的生命源頭，即祖靈。漢・司馬遷在《史記・五帝本紀》載黃帝「教熊、羆、貔貅、貙、虎，以與炎帝戰於阪泉之野。」其中的熊、羆、貔貅（貓熊）、貙（豹貓）、虎等大型猛獸，並非指野生動物參與戰爭，而是指熊氏、羆氏、貔貅氏、貙氏、虎氏等的氏族也參與會戰。在圖騰信仰方面，本篇傳述的有狗圖騰、豹貓圖騰、猿猴圖騰等部族的起源傳說或風俗描述。以狗圖騰部落的起源故事為例，它敘述遠古時代有位公主為了履行國王的承諾而嫁給一隻勇敢的五色神犬——「盤瓠」，人與神犬在婚配後生下六男六女，這些子女們在盤瓠死後行族內血婚制而繁衍成「犬戎」一族。「犬戎」的服飾綴有尾巴之形，在飲食動作和祭祀行為上也模仿狗的形態，表現出圖騰信仰的特徵。犬之外，志怪載錄的圖騰信仰還有猿猴，故事描述以猿猴為圖騰的部族其所進行的搶婚和育子習俗以及指甲特徵，有趣的是，地球上的動物只有人類與猿猴才有因進化而退化的扁平指甲。外此的圖騰則以老虎為最多，故事的重要情節是人能化身為老虎，之後也能再變回人形。

　　以虎為圖騰的部族在化虎之後並不會吃人，化虎吃人的故事或許是食人族習性的變相傳聞，或者是一種精神病狀的變態行為表現。中國最早的化虎

吃人傳聞見載於《淮南子‧俶真訓》，該則軼事原在申論道體與萬有並無差別的比喻，文曰：「昔公牛哀轉病也，七日化為虎，其兄掩戶而入覘之，則虎搏而殺之。是故文章（指獸紋）成獸，爪牙移易（指從人的爪牙變成獸的爪牙），志與心變，神與形化。方其為虎也，不知其嘗為人也；方其為人，不知其為虎也。二者代謝舛馳，各樂其成形，狡猾鈍惛，是非無端，孰知其所萌？」《淮南子》借公牛哀從人變成虎之例，申說六合之內的萬物，其源雖同，公牛哀就是虎，虎就是公牛哀；但化成萬物後，就各有其神志，各有其形貌，故公牛哀在形神上都與虎大不相同。落實來看《淮南子》描述的化虎吃人過程與薛道恂的情況近似，也與希臘時代發現的精神病——狼獸狂（Wolfwut）相仿，患病者發病時，自以為變身成兇猛的野獸，具有嚴重的攻擊性。流傳於民間的「虎姑婆」與化虎吃人的故事略有不同，其源頭可能來自於另一個中國民間故事「老虎外婆」，或是日本傳說中的「山姥」。「山姥」是住在深山裡的老太婆妖怪，指甲尖銳，會抓走小孩後再吃掉他。

　　除了圖騰、精神病之外，半獸人也隱喻「獸性」或「獸行」發作的人類。這是因為人類的文明發起於對自身的動物性本能作出了限制，因此，半獸人故事的深層結構反映出嚴肅的人性議題。德國哲學家卡爾‧亞斯培（Karl Jaspers, 1883-1969）曾在《人類的歷史及其起源》（*The Origion and Goal of History*）提出「軸心時代」（Axis Age）一詞及其概念。他認為公元前 800 年到公元前 200 年，是世界第一個文化繁榮時期，人類告別了動物崇拜，明白自己不是禽獸而是人，於是邁向自我覺醒以及自我獨立的境界。以中國上古時代而言，先民相信他的生命與動物的生命緊密相關，因而崇拜圖騰動物，堅信他的祖先是熊、是牛、是巨魚；牠們的靈力是族人生命的來源，是庇護部族的神秘能量；如有熊氏（熊圖騰）、蚩尤（牛圖騰）、鯀（巨魚圖騰）、伏羲氏（鯢圖騰）等所屬的族群信仰。然而，當人類省悟了人／獸有別之後，人性就凌駕了獸性，道德規範也在此找到了是非善惡的判定依據。先秦時期的哲學家孟子就說：「人之異於禽獸者幾希！」又責備某些執政團體枉顧民生，是「率獸食人」。所以本主題有些故事是在諷刺某些違反善良人性或社會規範的人，貶斥他們不是人，近乎「禽獸」、「畜生」這類罵人辭彙的投

射。

　　值得繼續思索的是：若如雅斯培所云，人與獸既已分道揚鑣，何以人又可變形為獸？層出不窮地侵害他人或脫逃社會規範？是因為潛藏於人性底層的犯罪意識隱隱然誘發出一些邪惡愚妄的行為嗎？或是，其實根本沒有所謂的「善良人性」！？人之為人的特性，就在於人的詭譎多變、既善且惡、去留不定的微妙多面性？這意味著人性之中還潛藏著壓制不住的野性，它們埋伏於身體與精神的某一處偏僻角落，伺機出匣。

　　綜合來看，本類故事雖然都是人獸異體合構，但屬於圖騰傳說的對於動物並無貶意；屬於另類隱喻的，則是暗指失信、劫掠、傷害、誘姦、拘禁、恫嚇等不良行為，人／獸的道德規範防線嚴明。

一、猿人取妻　西晉‧張華：《博物志》卷三

　　蜀中西南高山上❶，有物如獼猴，長七尺，能人行，健走，名曰猴玃，一名馬化，或曰猳玃❷。伺行道婦女有好者，輒盜之以去❸，人不得知。行者或每遇其旁，皆以長繩相引，然故不免❹。

　　此得男子氣自死，故取女也，取去為室家❺。其年少者，終身不得還。十年之後，形皆類之，意亦迷惑，不復思歸。有子者，輒俱送還其家，產子皆如人。有不食養者，其母輒死❻，故無敢不養也。及長，與人無異，皆以楊為姓。故今蜀中西界多謂楊率皆猳玃、馬化之子孫，時時相有玃爪者也❼。

【注釋】

❶　蜀：郡名，在今四川省境內。秦、漢在四川地區置蜀郡，後遂以蜀為四川別名。

❷　健走：善於奔跑。　馬化：某地區稱呼猿猴的方言。凡物之大者曰馬。　猴玃：大型猴子。似獼猴而大，色蒼黑，能攫持人。疑是黑猩猩之屬。玃：音ㄐㄩㄝˊ；júe。晉‧崔豹《古今注》：「猿五百歲化為玃。」　猳：音ㄐㄧㄚ；jiā。猴類的

動物。

❸　伺：偵察，等待。　好：美好。　盜：竊取。

❹　行者：行人。　遇：不期而會。相逢。　相引：互相牽著。　故：副詞。仍然。

❺　氣：原指物體得以構成的物質元素，此指身體生成的氣息。　自死：就死。自：副詞。用於加強判斷語氣或確認事實。　故：連接詞。因此。　取：捕捉，選用。室家：妻。

❻　輒：則。　食：音ㄙˋ。sì。餵食。以食與人。

❼　謂：認為。　率皆：雙音詞。全部。　相：觀察，查看。　爪：動物的指甲或趾甲。

翻譯：

　　在四川西南邊的高山上，有一種怪物長得像獼猴，身高長達七尺，能直立行走，而且跑得很快，名為「猴玃」，一名「馬化」，也有人稱之為「猳玃」。牠們埋伏於山路邊偵查，要是有好樣的女子路過，就把她擄走，人無法察知牠們的行蹤。行人經過猴玃出沒的山區時，會用長繩互相牽著來防範，然而還是免不了有人會被捉走。

　　這種怪物若接觸到男子的體氣就會沒命，所以牠們只捉女子，捉去做牠們的妻子。那些被捉去的年輕女子終身都不能回家，十年之後，她們的形貌已經完全像猿猴，連心思也受到迷惑，不會再想要回家了。生有孩子的，就將母子一起送回娘家去；其所產下來的孩子都跟人一樣。娘家若是不飼養孩子，孩子的母親就會死亡，所以沒有人敢不養。孩子長大之後，和一般人沒有兩樣，且都以楊為姓。所以現在四川西部邊境多認為姓楊的，全是猳玃、馬化的子孫，常常都可以看到他們生有猿猴的指甲。

二、騙神不是人　　南朝 宋・祖沖之：《述異記》

　　宋元嘉中，南康平固人黃苗，為州吏❶。受假違期，方上行，經宮亭湖❷。入廟下願，希免罰坐❸，又欲還家，若所願並

遂，當上猪、酒。<u>苗</u>至州，皆得如志，乃還。資裝既薄，遂不過廟❹。

　　行至都界，與同侶並船泊宿❺。中夜，船忽從水自下，其疾如風，介夜四更，<u>苗</u>至<u>宮亭</u>，始醒悟❻。見船上有三人，並烏衣，持繩收縛<u>苗</u>，夜上廟階下❼。見神年可四十，黃面，披錦袍。梁下懸一珠，大如彈丸，光耀照屋❽。一人戶外白：「<u>平固黃苗</u>，上願猪酒，邅回家，教錄，今到❾。」命謫三年，取三十人❿。遣吏送<u>苗</u>窮山林中，鑠腰繫樹，日以生肉食之⓫。

　　<u>苗</u>忽忽憂思，但覺寒熱，生瘡，舉體生斑毛⓬。經一旬，毛蔽身，爪牙生，性欲搏噬⓭。吏解鑠放之，隨其行止。三年，凡得二十九人，次應取<u>新淦</u>一女⓮，而此女士族，初不出外。後值與娣妹從後門出，詣親家，女在最後，因取之⓯。為此女難得，涉五年，人數乃充⓰。

　　吏送至廟，神教放遣。乃以鹽飯飲之❼，體毛脫落，鬚髮悉出，爪牙墮，生新者。經十五日，還如人形，意慮復常，送出大路。縣令呼<u>苗</u>具疏事，覆前後所取人❽，遍問其家，並符合焉。髀為戟所傷，創瘢猶在。<u>苗</u>還家八年，得時疾死❾。

【注釋】

❶　宋：朝代名。南朝之一。劉裕建立。自公元 420 至 479 年。　元嘉：南朝宋文帝劉義隆年號。自公元 424 至 453 年。　南康：郡名。在今江西省境內。　平固：縣名。在今江西省興國縣。　州吏：在州政府服役，從事勞動的吏，可供雜役，有役期，在役期間給稟，有休假。吏是低於平民的社會階層。

❷　受假：長官批准休假申請，並簽發假期與過關憑證。　違期：超過期限。未按時返回報到須寫說明書報告，方得銷假，否則受罰。　方：副詞。表示動作或狀態不因有某種情況的發生而改變。猶、尚。　上行：前行。　宮亭湖：古代彭蠡湖的別名，為當時之南北交通要衝，是中國五大湖之一，在長江以南，江西省北部。湖形似葫蘆，中為細腰，因而有南北之分，南曰宮亭湖，北曰落星湖。宮亭因湖旁廬山之下有座宮亭廟而得名。酈道元《水經注》卷三十九「廬江水」說：「山廟甚神，能分風擘流，住舟遣使，行旅之人，過必敬祀而後得去。」宮亭廟因得接受各方供奉，資財甚豐。

❸　下願：求神保佑時許下的酬謝。　罰坐：因獲罪而受罰。

❹　資裝既薄：錢財和攜帶的物品不多。當時的人在遠行前會攜帶物品到他處販售，以便攢積旅費之用。黃苗因攜帶物品寥少，因而不願如約貢獻豬肉和酒。　過：訪候、拜候。

❺　都界：都與都之間的邊界。古代以四縣為一都。　並船：把兩艘船並列比靠，用繩索繫住。　泊：停船靠岸。

❻　從水：順著水流。　自：副詞。用於加強語氣或判斷事實。　下：從高處到低處移動。　介：臨近。「介」原指疆界相隔，此由空間引申為時間的相隔。

❼　收縛：拘捕綑綁。

❽　神年可四十：神看起來年約四十歲。　梁：屋子上方橫向架設的大木。　珠：夜光珠。南朝・任昉《述異記》：「南海有珠，即鯨魚目瞳，夜可以監，謂之夜光。」

❾　白：稟告，陳述。　遯：遁的本字。逃走，隱去，回避。　教：上對下的命令。錄：逮捕。

❿　讁：因坐ㄓㄜ／；zhé。因罪受罰。　取：捕取。收取。

⓫　窮：盡。最荒遠隱僻之處。　鏁腰：以鎖鍊綁在腰上以拘繫之。鏁，通鎖。　食：

音ㄙˋ，sì。拿食物給人吃。

⑫ 忽忽：迷惑、恍惚，意識不清的樣子。　舉體：遍體。舉，全。皆。

⑬ 旬：十天。　搏噬：以手攻擊對打，以口吞咬物體。

⑭ 隨：聽任，放任。　行止：動靜，進退，指其行動。　新淦：縣名。在今江西省吉安市。

⑮ 初不：從不。副詞。表示程度，相當於「從來沒有」。　值：遇到。　娣妹：同嫁一夫之妹。　詣：往，到。　最在後：在最後。

⑯ 為：介詞。表示原因。　涉：經歷。　充：滿，數目足夠。

⑰ 飲：音一ㄣˋ，yìn。拿飲料給人或畜喝。

⑱ 送出：送到。出到。至。　呼：召使來。　具：副詞。全部。都。　疏：音ㄕㄨˋ；shù。分條陳述說明事件。　覆：審查核實。

⑲ 髀：音ㄅㄧˋ，ㄅㄧˇ；bì，bǐ。大腿。　戟：古兵器名。合戈矛為一體。可以直刺和橫擊。　創瘢：音ㄔㄨㄤ ㄅㄢ；chūng bān。傷口所留下的疤痕。瘢：疤痕。　時疾：季節性流行之疾病。

翻譯：

　　南朝宋文帝元嘉年間，南康郡平固縣人黃苗，是州政府在役的差吏。他的休假時程已經逾期，但他仍照走不誤，經過宮亭湖時，他入廟去許願，希望免遭逾期未歸的罪罰，也想回家一趟，若兩個願望都能順利實現，他會進貢豬和酒來報答神恩。黃苗到州銷假，都順心如願，於是打道回去。他攜帶的物資原本寥少，所以就不上宮亭廟謝恩。

　　行船到都城的邊界，他和同伴將船併排著停泊在湖畔過夜。半夜，黃苗的船突然隨著水流一直往南漂去，速度迅捷如風。將近四更時，船漂到了宮亭湖，黃苗方才醒覺。他看到船上有三個人，都穿著黑衣，他們拿繩索捆綁黃苗，黑夜中架著他登上宮亭廟的庭階。黃苗見宮亭廟神約莫四十歲，黃臉，身披錦袍。廟的橫樑下懸掛著一顆夜光珠，彈丸般大小，整個屋子卻被照耀得光輝明亮。一人在廳事的小門外稟報：「平固人黃苗，許願要上貢豬和酒，卻遯逃回家，奉命予以逮捕，今已到案。」神敕令罰黃苗三年徒刑，須抓取三十個人犯！神遣差吏將黃苗驅送到深山林內，腰間綁著鏈條，繫鎖在樹幹，每天用生肉餵他吃。

　　黃苗變得意識不清，只感覺得到冷熱，他身體生瘡，全身長出有斑紋的

獸毛。十天之後,斑毛已經長到能遮蓋身體了,尖爪利牙也生了出來,個性變得暴躁兇惡,他張牙舞爪,蠢蠢欲動。差吏見狀即解開鎖鏈放黃苗走,任憑他四處行動。三年之間,他一共抓到了二十九人,輪到要捉新淦縣當地一名女子時,由於女子是士族人家,從不外出,後來碰巧她與姐妹從後門出來,要去拜訪親家,女子當時殿後,才捉得到她。因為這名女子不易捉取,所以歷經五年,黃苗才湊齊了人數。

差吏將黃苗遣送到宮亭廟,神下令釋放他走。差吏就用鹽水和飯餵食黃苗,他身上的獸毛漸漸脫落,頭髮和鬍鬚全長了出來,尖爪利牙掉落,生出新的指甲和牙齒了。經過十五天,黃苗還原成人形,精神狀態也恢復正常,於是送他到大路。縣令召喚黃苗前來報告整件事,查核這段時間他所抓到的人,逐一詢問家屬相關的情形,所回答的內容都與黃苗相合。黃苗的大腿當年曾被戟刺傷過,傷疤尚在。黃苗回家後八年,感染流行病死去。

三、化虎吃人 南朝 宋・東陽無疑:《齊諧記》

太元元年,江夏郡安陸縣薛道恂,年二十二,少來了了❶。忽得時行病,差後發狂,百藥救治不損,乃服散狂走,猶多劇❷。忽失踪跡,遂變作虎,食人不可復數❸。有一女子,樹下採桑,虎往取之食。食竟,乃藏其釵釧著山石間❹。後還作人,皆知取之。

經一年,還家為人。遂出都仕官,為殿中令史❺。夜共人語,忽道天地變怪之事。道恂自云:「吾昔常得病發狂,遂化作虎,噉人一年❻。」中兼便敘其處所並人姓名。其同坐人,或有食其父子兄弟者,於是號泣❼。捉以付官,遂餓死建康獄中❽。

【注釋】

❶ 太元:晉孝武帝司馬曜年號。自公元 376 至 396 年。 江夏:郡名。在今湖北省境

內。　安陸：縣名。在今湖北省漢川市。　薛道恂：人名。　了了：音ㄌㄧㄠˇ
ㄌㄧㄠˇ；liǎo liǎo。聰明伶俐，明白事理。

❷　時行病：季節性流行病。　差：音ㄔㄞˋ；chài。病除。　損：減輕。降低。　服
散狂走：服用藥散之後再快速行走，藉以促進藥效發散。魏晉時士人有服食五石散
之風氣，此藥散由五種礦物研磨而成，具毒性，故須行走以發散之。　猶多劇：仍
然很痛苦。劇：苦痛。

❸　不可復數：指數目多，數不清。復：副詞。無實義。在句中只起強調作用。

❹　食竟：吃完。竟：終。　釵釧：頭上的兩股定髮首飾和手上的腕環。

❺　令史：古官名，掌文書之職。

❻　常：通「嘗」。曾經。　噉：音ㄉㄢˋ；dàn。食，吃。

❼　號：音ㄏㄠˊ；háo。有言之哭。

❽　付官：交付給官府予以治罪。　建康：縣名。在今江蘇省南京市。

翻譯：

　　東晉孝武帝太元元年，江夏郡安陸縣人薛道恂，二十二歲，從小就聰明
伶俐。不料突然得了流行病，病好之後人卻發瘋了，各種各樣的藥物都無法
減輕他的症狀！於是服用藥散並快速地奔跑來刺激藥效的發揮；然而仍然非
常痛苦。薛道恂之後突然失蹤了，接著變身成老虎，他吃掉的人不計其數。
其中有一個女子，她在桑樹下採桑葉，老虎前往獵食她；將這名女子吃掉之
後，老虎還把她的髮釵和手鐲藏在山壁間。薛道恂還原成人形後，都知道去
取回這些首飾。

　　經過一年，薛道恂回到家變回了人。接著到都城去做官，擔任殿中的文
書官。晚上他和人閒聊，突然談起天底下的變異怪事。薛道恂自己宣稱：
「我從前曾經生病發瘋過，後來就變成了老虎，吃人吃了一年！」言談中還
補充自己是在哪個地方，吃了哪些個叫什麼名字的人們。和他同坐的人，有
些人的父子兄弟是被薛道恂變成老虎時給吃掉的，聽聞之後號哭哀訴。他們
捉住薛道恂，將他交付給官府。薛道恂後來就餓死在建康的監獄裡。

四、古墓狸女招領　　南朝　宋·東陽無疑：《齊諧記》

　　國步山有廟，又一亭。呂思與少婦投宿，失婦❶。思遂覓，見一大城，廳事一人紗帽憑几❷。左右競來擊之，思以刀斫，計當殺百餘人，餘者便乃大走，向人盡成死狸❸。看向廳事，乃是古始大冢。冢上穿，下甚明，見一群女子在冢裡，見其婦如失性人❹。因抱出冢口，又入抱取於先女子，有數十，中有通身已生毛者❺，亦有毛腳、面成狸者。

　　須臾，天曉，將婦還亭。亭吏問之，具如此答❻。前後有失兒女者，零丁有數十。吏便欲此零丁，至冢口迎此群女，隨家遠近而報之，各迎取於此。後一、二年，廟無復靈❼。

【注釋】

❶　亭：秦、漢制度，縣道上十里一亭，設亭吏一人，掌治安。亭有供旅客停留宿食的公舍。　失：找不到。

❷　覓：尋找。　廳事：官府辦公的地方。亦做聽事。　紗帽：魏晉時期官員所戴的一種以漆紗製成的帽子，類似圓形籠子，戴時罩在冠幘之外，下用絲帶繫縛。　憑几：供腰、背憑靠或擱手的低矮小家具。由三足支撐，几面狹窄，几身略有弧度，類似扶手。

❸　左右：旁側，也指在旁侍候的人或近臣。　競：爭逐。爭先恐後地搶著。　斫：音ㄓㄨㄛˊ；zhuó。劈，用刀、斧砍。　大走：迅速逃走。大：表程度深，規模廣。　向：剛才。原先。修飾名詞之用。　乃：竟然。原來。

❹　穿：穿孔，鑿通。　失性：喪失意識。

❺　通身：全身，整個身體。

南京博物院，東晉灰陶憑几，席地而坐時的憑倚家具，可當扶手，背靠，腰靠使用，南京市太平門出土。

❻　須臾：片刻。　　將：音ㄐㄧㄤ；jiāng。攜帶。　　亭吏：亭長。掌管亭的小吏。
　　具：副詞。全部。

❼　零丁：尋人招帖。古時以紙書之，懸於一竿，並用鉦鈴作響警眾，以公告周知。
　　斂：收聚。　　無復：無。復為音節助詞。

翻譯：

　　國步山有一座廟，又有一座亭。呂思和年輕的妻子前往投宿，妻子卻失
蹤了，呂思於是去尋找她。他看到一座大城，廳堂裡有個人戴著漆紗帽倚著
憑几。這個人身旁的侍衛見狀後爭相撲過來攻擊呂思，呂思提起刀來砍殺他
們，估計砍死了一百多人。其他的人便相繼落荒而逃，而剛才被砍死的那些
人全變成了死狸！呂思再看一眼先前的那個辦公廳，竟然是一座古代的大
墓。由於古墓的上方已經洞穿，因此下方甚為明亮。呂思看見一群女子在古
墓裡，也看到了妻子，她像個神智不清的瘋子。呂思遂將妻子抱出，放到墳
墓口，又進去將先前看到的那些女子們也抱出來，有幾十個人之多，其中有
的已全身長滿了毛，也有的是腳上或臉上長了毛，即將要變成狸的。

　　不久，天亮了，呂思帶著妻子回到亭，亭吏詢問他此事的經過，呂思詳
細地回答他。那一陣子，有不少人家的女兒失蹤，尋人啟事累計有數十張。
亭吏於是湊集這些尋人啟事，去到墳墓口接回這些女子，根據她們家距離的
遠近進行通知，各家一一來此領回。一兩年之後，這座廟就不靈驗了。

五、虎人亭長　東晉・干寶：《搜神記》卷十二

　　江漢之域，有貙人❶。其先，廩君之苗裔也。能化為虎❷。長
沙所屬蠻縣東高居民，曾作檻捕虎❸。檻發！

　　明日，眾人共往格之，見一亭長，赤幘大冠❹，在檻中坐。因
問：「君何以入此中？」亭長大怒，曰：「昨忽被縣召，夜避雨，
遂誤入此中。急出我❺！」曰：「君見召，不當有文書耶❻？」即

出懷中召文書。於是即出之。尋視，乃化為虎，上山走❼。

　　或云：「貙虎化為人，好著紫葛衣，其足無踵❽。虎有五指者，皆是貙。」

【注釋】

❶　江漢：長江和其最大支流漢水所流經的區域。　　貙人：古代以貙為圖騰的氏族，居於江漢之間。貙：音彳ㄨ；chū。獸名，斑紋如貓，形似虎而五指，屬於虎一類的

猛獸，今稱豹貓。

❷　先：先世，祖先。　　廩君：古代西南夷對其領袖的稱呼。「廩」為虎之意，「廩君」為虎君。謂其君如虎之勇猛。巴人有「尚五」觀念，崇尚數目為五的事物。貙虎有五指。巴人起源於湖北省清江下游。巴人為奪取鹽業資源，曾由其領袖廩君帶領，與以「鹽水女神」為代表的某個母系民族展開爭戰，廩君勝利後建立了巴王國。巴人以白虎為圖騰，又稱白虎夷，以活人祭祀。　　苗裔：後代子孫。

❸　長沙：郡名。今湖南省全境、湖北省、江西省與廣東、廣西兩省部分。　　蠻：古時對南方少數民族的鄙稱。　　檻：音ㄐㄧㄢˋ；jiàn。捕捉野獸的機具。包括穿地陷之的穽與捕獸的機具。合稱檻穽。

❹　發：發動，指捕獸之陷阱已經被觸動。　　格：打擊。　　亭長：秦漢時每十里為一亭，設亭長一人。掌治安，訴訟等事。　　赤幘大冠：以紅色的包頭巾定髮，外套一頂高統冠，為武職人員所戴。

❺　召：命人來，予以接見。　　急：趕快，迅速。　　出：放出。

❻　見召：被召喚前來。見：助動詞。被，表示被動。　　不當：不。當為音節助詞。耶：語末助詞。表示疑問。

❼　尋：副詞。隨即，不久。　　走：疾趨，奔跑。

❽　葛衣：用葛纖維織成的布其所製作的衣服。俗稱夏布。　　足無踵：足部沒有腳跟。貓科動物是趾行性動物，足部沒有腳踵。不同於人行走時腳踵著地的蹠行性。

翻譯：

　　長江、漢水流域一帶，住有「貙人」一族，他們的祖先是古代巴族領袖廩君的後裔，能變身為老虎。隸屬長沙郡下的東高縣為蠻縣，當地居民曾設置陷阱要捕捉老虎。陷阱的機具被觸動了！

　　第二天，眾人共同前往，打算格殺老虎，不料卻看到一位亭長，戴著內襯紅色頭巾的大冠，在陷阱裡坐著。眾人於是問他：「您怎麼會進到這裡面去？」亭長非常的生氣，他說：「昨天臨時被縣官召喚，晚上為了躲雨，就誤入這裡頭了。趕快放我出去！」眾人說：「您被徵召，不是有文件嗎？」亭長就從懷裡拿出徵召的文件來，眾人於是趕緊將他放出來。不久再察看他時，他已經變身為老虎，朝山上跑走了。

　　有人說：「當貙虎變形為人的時候，喜歡穿著紫色的葛布衣，他們的足部沒有腳踵。凡是老虎具有五個指頭的，都是『貙』。」

六、土地公徵人作虎騎　　南朝 宋・劉敬叔：《異苑》卷八

　　晉太康中，滎陽鄭襲為廣陵太守❶。門下騶忽如狂，奄失其所在。經日尋得，裸身呼吟，膚血淋漓❷。問其故，云社公令其作虎，以斑皮衣之❸。辭以「執鞭之士，不堪虓躍❹。」神怒，還使剝皮。皮已著肉，瘡毀慘痛。旬日乃差❺。

【注釋】

❶ 晉：朝代名。自公元 265 至 316 年為西晉。公元 317 至 420 年為東晉。太康為晉武帝司馬炎之年號。自公元 280 至 289 年。　滎陽：郡名。在今河南省境內。　鄭襲：人名。　廣陵：郡名。在今江蘇省境內。　太守：官名。管理一郡政事之首長。

❷ 門下：衙門。下：處所名詞詞尾，泛指所在處。　騶：音ㄗㄡ；zōu。主駕車馬之吏卒。　奄：音一ㄢˇ；yiǎn。忽然。　經日：數日。

❸ 社公：土地神。　衣：音一ˋ；yì。給人穿上。披戴。

❹ 辭：不接受。　執鞭之士：執鞭駕車的官員。士：泛指受俸居官的人。　不堪：不能勝任。受不了。　虓：音ㄒㄧㄠ；xiāo。虎怒吼。

❺ 還：副詞。隨即。　使：命令。要求。　著：音ㄓㄨㄛˊ；zhúo。附著。　瘡毀：傷口壞損。　旬日：十天。　乃：才。　差：音ㄔㄞˋ；chài。病除。

翻譯：

　　西晉武帝太康年間，滎陽郡人鄭襲擔任廣陵郡太守。府衙一個主駕車馬的騶吏突然像是瘋了，接著就失去他的行蹤。幾天之後找到了，他全身赤裸地大聲哀號，皮肉鮮血淋漓。問他事情的原故，說是土地公命令他變作老虎，拿斑紋虎皮給他穿在身上。他加以拒絕，說：「我是執鞭駕車之士，不能如此騰跳怒吼。」土地公聽了之後發怒，隨即下令剝除他身上的虎皮。由於虎皮已經附著在肉上了，所以撕得皮開肉綻，痛楚不堪。十天之後他的傷口才痊癒。

七、變成個熊樣　　南朝 宋・劉敬叔：《異苑》卷八

　　元嘉三年，<u>邵陵</u><u>高平</u><u>黃秀</u>，無故入山，經日不還❶。其兒<u>根生</u>尋覓，見<u>秀</u>蹲空樹中，從頭至腰，毛色如熊。問其何故，答云：「天謫我如此。汝但自去❷。」兒哀慟而歸。逾年，伐山人見之，其形盡為熊矣。

【注釋】

❶ 元嘉：南朝宋文帝劉義隆年號。自公元424至453年。　邵陵：郡名。在今湖南省境內。　高平：縣名。在今湖南省高平鎮。　黃秀：人名。　無故：沒有原因。故：原故，原因。　經日：數日。

❷ 根生：人名。　謫：因罪受罰。　但自：但。副詞。只管，儘管。自：音節助詞。

翻譯：

　　南朝宋文帝元嘉三年，邵陵郡高平縣人黃秀，無緣無故地入山去，幾天後仍然沒有回來。他的兒子根生上山去尋找，見到黃秀蹲在一個空樹幹裡，從頭到腰，身上的毛色像隻熊。兒子問他怎麼會變成這樣，他說：「老天把我懲罰成這樣；你儘管走吧！」兒子哀慟地回去。過一年後，有上山伐木的人看見黃秀，說他的模樣完全變成熊了。

八、化虎有祕笈　　東晉・陶潛：《搜神後記》卷四

　　<u>魏</u>時，<u>尋陽縣</u>北山中蠻人有術❶，能使人化作虎，毛色爪牙，悉如真虎。鄉人<u>周眕</u>有一奴，使入山伐薪。奴有婦及妹，亦與俱行。既至山，奴語二人云：「汝且上高樹❷，視我所為。」如其言。既而入草，須臾，見一大黃斑虎從草中出，奮迅吼喚，甚可

畏怖❸。二人大駭。良久，還草中，少時復還為人，語二人云：
「歸家慎勿道！」後遂向等輩說之❹。

　　周尋得知，乃以醇酒飲之，令熟醉❺。使人解其衣服，乃身體
事事詳視，了無他異。唯於髻髮中得一紙，畫作大虎，虎邊有符，
周密取錄之❻。奴既醒，喚問之。見事已露，遂具說本末，云❼：
「先嘗於蠻中告糴，有蠻師云有此術，乃以三尺布，數升米糈❽，
一赤雄雞，一升酒，授得此法。」

【注釋】

❶　魏：朝代名。曹丕建立。自公元 220 至 265 年。
　　尋陽：縣名。在今湖北省黃梅縣。　蠻：古時對
　　南方少數民族的鄙稱。　術：方法。技藝。俗謂
　　巫、祝占卜之類的方法為術。

❷　且：副詞。姑且。　上：動詞。登，升。

❸　須臾：片刻。　奮迅：迅猛。　甚可：甚。可為
　　音節助詞。

❹　慎：千萬，表示禁戒。　道：說。　等輩：同
　　輩。

❺　尋：副詞，隨即，不久。　飲：音 ㄧㄣˋ；
　　yìn。以飲料給人喝。　熟醉：酣醉。

❻　乃：而且。　了無：完全沒有。　密取錄之：暗
　　中將它拿出來收藏著。錄：收藏。

❼　具：副詞。都，全。　本末：事物的原委。

❽　糴：音ㄉㄧˊ；dí。買入穀物。　糈：音ㄒㄩˇ；
　　xǔ。祭神用的精米。

四川廣漢三星堆博物院，商
代，古蜀著犢鼻褌跪坐的巫
師青銅塑像，三星堆一號祭
祀坑出土。

翻譯：

　　三國魏時，住在尋陽縣北邊山區的蠻人有法術，能使人變身成老虎，毛
色爪牙，完全都跟真的老虎一樣。當地鄉民周眕有個奴僕，被派往山裡砍
柴。這名奴僕有妻子和妹妹，也跟著他一同前往。入山之後，奴僕對她們兩

人說：「妳們暫時先爬到高樹上，注意看我的舉動！」兩人照著他的話去做。之後奴僕走進草叢裡，不久，就看見一隻大型的黃斑老虎從草叢中出來，迅猛有力地吼叫著，樣子十分嚇人。兩人非常驚恐。過了許久，老虎回到草叢裡，不久再度變回了人。他告訴她們兩人說：「回家之後千萬不要說出來！」之後她們跟同輩說起了這件事。

　　主人周眕不久得知此事，就叫這名奴僕來喝醇酒，令他喝得大醉不醒。接著命人解開他的衣服，於是仔細檢查他身上所有的物件，但完全沒有發現什麼異狀。只在他的髮髻裡找到一張紙，紙上畫了一隻大老虎，老虎旁邊還有符文。周眕偷偷把紙藏起來收好。奴僕醒來之後，把他叫過來詢問此事，奴僕知道事情已經走露了風聲，便把經過全都說了出來。他說：「先前曾經到蠻地去買米，有個蠻人巫師說他有化虎的法術，於是用三尺的布，幾升的精米，一隻紅羽大公雞，以及一升的酒作代價，他就傳授我這個法術。」

九、神狗與公主　東晉・干寶：《搜神記》卷十四

　　高辛氏，有老婦人居於王宮，得耳疾歷時，醫為挑治，出頂蟲，大如繭❶。婦人去後，置以瓠䕩，覆之以盤❷。俄爾，頂蟲乃化為犬。其文五色，因名盤瓠，遂畜之❸。

　　時戎吳強盛，數侵邊境❹，遣將征討，不能擒勝。乃募天下有能得戎吳將軍首者，購金千斤，封邑萬戶，又賜以少女❺。後盤瓠銜得一頭，將造王闕。王診視之，即是戎吳❻。「為之奈何？」群臣皆曰：「盤瓠是畜，不可官秩，又不可妻，雖有功，無施也❼。」少女聞之，啟王曰❽：「大王既以我許天下矣❾，盤瓠銜首而來，為國除害，此天命使然，豈狗之智力哉？！王者重言，伯者重信，不可以女子微軀，而負明約於天下，國之禍也❿！」王懼而從

之。令少女從盤瓠。

盤瓠將女上南山❶，草木茂盛，無人行跡。於是女解去衣裳，為僕豎之結，著獨力之衣，隨盤瓠升山入谷，止於石室之中❷。王悲思之，遣往視覓，天輒風雨，嶺震雲晦，往者莫至❸。蓋經三年，產六男六女。盤瓠死後，自相配偶，因為夫婦❹。織績木皮，染以草實。好五色衣服，裁制皆有尾形。後母歸，以語王❺，王遣使迎諸男女，天不復雨。衣服褊褤，言語侏離，飲食蹲踞，好山惡都。王順其意，賜以名山廣澤，號曰「蠻夷」❻。

蠻夷者，外癡內黠，安土重舊。以其受異氣於天命，故待以不常之律，田作賈販，無關繻符傳、租稅之賦❼。有邑君長，皆賜印綬。冠用獺皮，取其游食於水。今即梁、漢、巴、蜀、武陵、長沙、廬江郡夷是也❽。用糝雜魚肉，叩槽而號❾，以祭盤瓠，其俗至今。故世稱「赤髀橫裙❿，盤瓠子孫。」

【注釋】

❶ 高辛氏：氏族名，上古帝嚳之號。黃帝之曾孫，堯之父。　頂蟲：大蟲。頂：最，極。　繭：蠶或昆蟲吐絲所結成之橢圓形物。

❷ 瓠蘺：指用胡蘆製成的容器。同「瓠蠡」。瓠：音ㄏㄨˋ；hù。蔬類植物，也叫葫蘆。剖老瓠去瓤，可成挹舀水漿之器。

❸ 俄爾：同「俄而」，忽然，頃刻。　文：花紋。　畜：音ㄒㄩˋ；xù。養。

❹ 數：音ㄕㄨㄛˋ；shuò。屢次。

❺ 購：懸賞，收買。　封邑：帝王分賜給臣子的土地。　少女：最小的女兒。

❻ 將：持，拿。　造：到，去。　王闕：王宮的門觀。闕：音ㄑㄩㄝˋ；què。宮門旁樹兩觀於其前，所以標示宮門，也可登高眺望遠處。　診視：察看，驗視。

❼ 畜：音ㄔㄨˋ；chù。人所飼養的禽獸。　秩：官吏的職位或品級。　施：加惠，恩惠。

❽ 啟：陳述，告訴。

❾ 許：允嫁。

❿ 伯：古代管領一方的長官。　微軀：卑微的身體。

❶　將：攜帶。領。

❷　僕豎：供役使的人。　結：髮結。將頭髮編織或繫縈成結。　獨力：雜役，奴僕。六朝習稱奴僕為人力、腳力、手力、事力、獨力。　升山：登山，上山。

❸　輒：音ㄓㄜˊ；zhé。每，總是。　震：雷擊。

❹　因：於是。表示結果。

❺　語：音ㄩˋ；yù。告訴。

❻　不復：不。復為音節助詞。　襜褕：聯綿詞。形容衣服顏色鮮豔。　侏離：聯綿詞。形容異地語音難辨。　好山惡都：喜好山林不愛都城。好：音ㄏㄠˋ；hào。喜愛，親善。　蠻夷：古代中國對居住於邊境地區的非漢民族之鄙稱。

❼　不常之律：特別的法律。　關繻：稽查出入關口的憑證。繻：音ㄖㄨ；rū。漢代出入關隘的帛條憑證。　符傳：古代朝廷用以傳達命令、調兵遣將的憑證。

❽　冠：音ㄍㄨㄢ；quān。帽子的總稱。　獺：音ㄊㄚˇ；tǎ。水獺，捕魚為食，其皮為製裘佳品。　梁：州名。在今重慶市大部及陝西省境內。　漢：郡名。漢中郡。在今四川省境內。　巴：郡名。在今四川省境內。　蜀：郡名。四川省成都一帶。武陵：郡名。在今湖南、湖北、貴州省境內，以及重慶市、廣西省壯族自治區。酈道元《水經・沅水注》：「今武陵郡夷，即盤瓠之種落也。其狗皮毛，嫡孫世寶錄之。」　長沙：郡名。在今湖南省境內。　廬江郡：郡名。在今安徽省境內。

❾　糝：音ㄙㄢˇ；sǎn。飯粒。　叩槽：擊打著木製的食槽。槽：四邊高起，中間陷入的器具。　號：大聲喊叫。引聲長鳴。

❿　赤髀：赤裸著大腿。髀：音ㄅㄧˇ；ㄅㄧˋ；bǐ；bì。大腿。　橫：與縱直相對的方向。

翻譯：

　　上古的高辛氏族，有個老婦人住在王宮裡，得了耳疾很久了，醫生為她診療，從耳朵挑出了頂蟲，大得像蠶繭。婦人離開王宮後，將那隻頂蟲放在葫蘆瓢裡，蓋上盤子。不久，頂蟲就變成了狗。牠身上的斑紋有五種顏色，於是將牠取名為「盤瓠」，並且畜養著。

　　當時戎吳部族強盛，屢次來侵犯高辛氏的邊境，國王派遣將軍去征伐，都不能擒拿制勝。國王於是懸賞天下，凡能獲得戎吳將軍首級者，賞金一千斤，封地一萬戶，並將小公主賜給他。這之後，盤瓠銜來了一顆頭顱，把它放到王宮的門觀前。國王仔細察看頭顱，就是戎吳將軍的首級。國王問：「該怎麼辦呢？」群臣都說：「盤瓠是畜生，不可授予官職，也不可賞賜公

主給牠作妻，雖然有功勞，但不予行賞！」國王的小女兒聽了，稟報父王說：「大王既然將我許諾給天下能得戎吳首級者，盤瓠咬著首級而來，為國除害，這是天命使然，豈是一隻狗的智力所能辦得到！身為一國君王的以言為重，身為一方首長的以信為重，不可因為捨不得我這個卑微的女子身軀，而違背了對天下的公開約定，否則國家將有禍端。」國王害怕天將降禍，於是聽從她的意見，命令小公主去跟隨盤瓠。

　　盤瓠帶著公主登上南山，當地草木茂盛，沒有人煙。於是公主脫去華貴的衣裳，盤著僕役的髮髻，穿上勞工的粗布衣服，跟著盤瓠上山入谷，住在石板砌成的小屋裡。國王悲傷地思念她，派人前往尋覓探視，但天候總是颱風下雨，山嶺震動，雲霧灰暗，派去的人都無法到達山區。這樣經過了約莫三年，小公主和盤瓠生下了六男六女。在盤瓠死後，他們互相匹配，結為夫婦。他們織草木樹皮的纖維為衣料，又用草木的果實加以染色，喜歡五顏六色的衣服，在衣服的剪裁上都留有尾巴的形狀。後來他們的母親回去，將情況告訴國王，國王派遣使者來迎接男孫、女孫，天不下雨了。他們的衣服豔麗多彩，語言嘰哩咕嚕，飲食時都是蹲著吃喝，喜歡住在山林而不喜歡居住都市。國王順著他們的心意，將名山大澤賜與他們，稱他們為：「蠻夷」。

　　蠻夷之人，外表看似癡憨但其實內心聰慧，他們安居故鄉，喜歡舊里。由於他們得自天命賦予的異氣，所以就用特別法來管理；從事農作和貨物販賣都不需有通行憑證和稅賦，擁有都城和領地的首長，都頒賜官印綬帶給他們。蠻夷戴的帽子是用水獺皮製作的，取其游食於河水之意。就是現在住在梁州、漢中郡、巴、蜀、武陵、長沙、廬江等郡的蠻夷。他們用飯粒拌著魚肉，敲著木槽號叫，用這樣的方式來祭祀他們的始祖──盤瓠。這個習俗一直延續到現在。所以世人常說：「赤裸大腿，橫圍短裙，盤瓠子孫是也。」

十、孤兒家的虎媽　　南朝 宋・東陽無疑：《齊諧記》

　　晉義熙四年，東陽郡太末縣吳道宗，少失父，與母居，未有婦兒❶。宗貸不在家，鄰人聞其屋中碰磕之聲；窺不見其母，但有烏斑虎在其屋中❷。鄉里驚怛，恐虎入其家食其母，便鳴鼓，會人共往救之。圍宅突進，不見有虎，但見其母，語如平常，不解其意❸。

　　兒還，母語之曰：「宿罪見譴，當有變化事❹。」後一月，便失其母。縣界內虎災屢起，皆云母烏斑虎。百姓患之，發人格擊之，殺數人；後人射虎中膺，并戟刺中其腹，然不能即得❺。

　　經數日後，虎還其家故牀上，不能復人形，伏牀上而死。其兒號泣，如葬其母法，朝冥哭臨之❻。

【注釋】

❶ 晉：朝代名。司馬炎建立。自公元 265 至 316 年為西晉，公元 317 至 420 年為東晉。　義熙：晉安帝司馬德宗年號。自公元 405 至 418 年。　東陽：郡名。在今浙江省境內。　太末：縣名。在今浙江省江山市。　吳道宗：人名。

❷ 貸：音ㄌㄧㄣˋ；lìn。受僱為人做工。　碰磕：碰撞敲擊。磕：音ㄎㄜ；kē。敲擊。　窺：暗中偷看。　烏斑虎：黑色斑紋的老虎。　但有：只有。但：副詞。只，徒。

❸ 驚怛：驚愕，恐懼。怛：音ㄉㄚˊ；dá。驚恐。　會人：集合人們。會：聚集，匯合。　突進：衝進去。突：衝撞。　不解其意：不明何故。解：理解，懂得。

❹ 語之：告訴他。語：音ㄩˋ；yù。告訴。之：指示代名詞。此指吳道宗。　宿罪見譴：因從前的罪過被懲罰。宿：早先。見：介詞。表示被動，相當於「被」。譴：責備。　當：表示肯定或推斷。

❺ 發人格擊之：發動人員去擊殺老虎。格：打擊，抗拒。　射虎中膺：射中老虎的胸部。膺：音ㄧㄥ；yīng。胸。　戟：古兵器名。合戈矛為一體，可以直刺和橫擊。

❻ 故牀：原先的牀。　伏：覆；以面向下。　朝冥哭臨之：早晚哭弔她。古時父母之喪需在每天早上和晚上各哭一次以示哀痛。冥：夜晚。臨：音ㄌㄧㄣˋ；lìn。哭弔。之：指示代名詞。此指其母親。

翻譯：

　　晉朝安帝義熙四年，東陽郡太末縣人吳道宗，自幼即失去父親，只和母親居住，尚未有妻兒。吳道宗出去幫傭不在家，鄰人聽到他家屋子裡傳出撞擊的聲音，遂去探頭查看，沒看到他母親，卻發現有一隻黑色斑紋的老虎在他們屋子裡。村里驚恐，憂心老虎進到吳道宗家吃掉他母親，於是鳴鼓號召，集合眾人同往營救她。眾人包圍屋子，突襲進入後，沒看見有老虎，只見到他母親，她的言語一如平常；村民們不知道究竟是怎麼一回事。

　　兒子回來之後，母親對他說：「我因從前的罪行遭受譴責了，大概會有變故發生。」過後一個月，就失去他母親的蹤影。在此同時，太末縣界內屢屢發生老虎為患的災情，都說是一隻母的黑紋老虎所犯。百姓們憂慮虎患，發動人員去格殺牠。老虎咬死了幾個人，後來被人用箭射中了胸部，又被戟給刺中腹部，但村民們當時不能立即擒獲牠。

　　幾天之後，老虎回到牠家原本的牀上，但已經不能恢復成人形了，牠俯臥在牀上後死去。牠的兒子號咷痛哭，依照葬母親之禮安葬牠，每天早晚都傷心哭弔他的母親。

十一、殘忍者的化身　　南朝 宋・祖沖之：《述異記》

　　南康營民任考之伐船材，忽見大社樹上有一猴懷孕，考之便登木逐猴，騰赴如飛❶。樹既孤迥，下又有人，猴知不脫，因以左手抱樹枝，右手撫腹❷。考之禽得，遙擲地殺之，割其腹，有一子，形狀垂產❸。

　　是夜夢見一人如神，以殺猴責讓之❹。後考之病，經旬，初如狂，因漸化為虎，毛爪悉生，音聲亦變❺。遂逸走入山，永失蹤跡❻。

【注釋】

❶ 南康：郡名。在今江西省境內。　營民：營戶中的民兵。東晉及南北朝時期，戰俘或佔領區的居民多集中編列為營戶。營戶內由軍隊管轄的民兵必須從事各種生產勞動，其所生產之物品多數提供軍隊給養之需。南朝時期，南康郡是營戶集中居住區之一。　伐船材：砍伐造船的木材。　社樹：古代立社以祭土地之神，於社廟種樹以為標誌，是為社樹。　登木逐猴：爬到樹上追猴子。　騰赴如飛：奔跳迅速，猶如在飛行。此句省略主詞「猴」。

❷ 迥：高遠。　不脫：不能逃脫。無法免禍。　撫：按。

❸ 禽得：捉到，逮到。禽：通「擒」。　遙：遠。　擺地：甩落於地。擺：排除，撇開。　割：用刀截斷。　垂產：將近出生。垂：將及。

❹ 是夜：這一夜。此夜。是：此，這。　責讓：以言辭責備。

❺ 經旬：過了十天。旬：音ㄒㄩㄣˊ；xún。十天。　初如狂：開始時好像發瘋了。

❻ 逸走：逃跑。

翻譯：

　　南康郡軍營列管的民兵任考之，被派去砍伐可作為造船木材的樹，忽然看見社廟的大樹上有一隻懷著身孕的母猴，任考之就爬到樹上追捕母猴。母猴在樹枝間彈跳竄逃，迅捷如飛。但這一棵大社樹巍然獨立，沒有相比鄰的樹木供牠脫逃，且樹底下又有人，也跑不掉，母猴知道在劫難逃，於是牠用左手抱著樹枝，右手按住肚子護著。任考之捉到母猴之後，就將牠從樹上攢到地面摔死，他割開母猴的肚子，裡頭有一隻小猴胎兒，看牠的形體應該是就要出生了。

　　那天晚上任考之夢見有個像是神模樣的人，以殺猴這件事嚴詞譴責他。之後任考之就生病了，過了十天，他先是像發了瘋似的，接著就漸漸地變身成老虎，獸毛、利爪全都長出來了，連聲音也變了！任考之於是逃竄到山裡去，此後永遠失去了他的行蹤。

※問題與討論

1.介紹一種你所知道的圖騰動物，簡述其部落的起源傳說。

2.更換敘述者立場，請改以當事人口吻重述任何一則故事。

3.在你身上曾經存有，或表現過人性和獸性的爭執嗎？若有，你的化解之道為何？

4.介紹三種《西遊記》中的半獸人身分，簡述他們的個性及變身經過。

主題六、家有仙妻

前　言

　　本篇主題是指仙女因為某種特殊緣故而降落凡塵，成為世俗男子之妻，其後因為下凡的緣故解除而又駕返天界的故事。下凡的緣故較偏重於「天助」，仙女的身分是被天神委派的女性使者，可以說是「天上掉下來的禮物」，她（祂）肩負著「幫助男人成家」的任務而來，使命達成後就會離開；所謂的使命，通常是改善家庭經濟環境。除了作為天使的緣故而為人妻外，亦有仙女是在下凡嬉遊時遭男人擄為妻室；不論原因為何，仙妻故事象徵著男性對家庭幸福的期待，以及對夢幻妻子的典型投影。

　　作為天使的仙妻提供世俗男子一種慈愛溫柔的奉獻。她善良體貼，賢淑持家，巧手烹飪、紡織技藝精湛，甚至還有法寶或超能力。她默默地幫助孤貧的好男人，點燃他在困境中的生活希望。以自小失去父母的謝端而言，白水素女的出現，使他獲得了珍貴的家庭溫情，一個賢慧女性的手藝與關懷，從此他擁有飯菜飄香，鍋爐溫暖的晚餐時刻。至於賣身葬父的董永，他的奴隸生涯也因為織女的力助而得以豁免。由此可知：家有仙妻的主題也反映了傳統家庭的經濟生活模式是男耕女織，即男主外，女主內的農家生產型態以及「勤勞治生」、「儲蓄致富」的家計原則。

　　仙女「下嫁」凡夫，除了基於上述「自助人助而後天助之」的因素外，也透露男性奢望婚姻對象能夠高抬貴手，惠施物質享受之樂；如天上玉女給弦超的幸福保證是高級車馬、珍饌佳餚、豪華衣料。唐傳奇更設想織女的服裝精妙無縫，《靈怪錄》說：「郭翰暑月臥庭中，仰視空中，有人冉冉而下，曰：『吾織女也。』徐視其衣，並無縫。翰問之，謂曰：『天衣本非針

線為也。』」天衣無縫的典故也源於男人對仙女的物質生活遐想。

此類故事也幽微地觸及兩性對家庭生育的現實態度。雖說仙女是男人理想中的妻子典型，但故事中的仙女除了姑獲鳥產下三個女兒外，其餘未見有人／仙的結晶體。可見仙妻一般是不生育的；究竟是仙／人之間不能生，或不必生或不要生？詳情不得而知，但《搜神記》載有玉女對凡夫的「婚外情協定」：「我，神人；不為君生子，亦無妒忌之性，不害君婚姻之義。」這似乎意味著，與仙妻的遇合不需要擔負生兒育女的倫理義務。凡間男女總要扛著人倫義務，難以坐享沒有塵勞的婚姻，於是轉向仙界奢求；而仙界雖無塵勞，卻缺少男歡女愛，於是仙女思凡下塵；凡夫與仙女，遂有了交集的亮點。由於繁衍子嗣本是凡人克服人皆有死的宿命，使自己的生命在死亡之後仍留有血脈得以參與未來；仙人既然免死，就不怕無後，或許不再著意於以生兒育女獲得永生，因此，仙妻也就不必升格為仙媽。

另外，姑獲鳥的男子是用綁架的手段強佔仙女，他偷窺仙鳥在野外沐浴，繼而扣留羽衣，以近似擄人的方式剝奪仙鳥的行動權。然而，仙女應當會為此鬱悶寡歡，否則當她得悉羽衣的下落後，何以立即揚長而去，不再駐留？這一點除了顯示強求的姻緣無效外，也呈現仙女下凡為妻，其實是可遇而不可求，且必然是暫時性而已；《詩》曰：「南有喬木，不可休思。漢有游女，不可求思。」人間男子殷殷嚮往的理想妻室似乎只能是一則仙話。此外，從民俗學視角來看：姑獲鳥反映了太古時代的野合習俗，其過程為：臨水、脫衣而浴、偷衣擇偶；表現未有婚姻制度之前成年男女的配對規則。

總之，「仙妻」反映男性對於理想婚配對象的期盼，它是一種對珍寶式女性的慾望幻覺，或許也隱含著世間男子對婚姻生活品質的失意，以及由此而產生的綺麗夢想。概括而言，其內在心理結構是佔有慾與匱乏感的虛實對應關係。執筆杜撰並散播仙妻傳說的男性作家與男性讀者，應可藉創作與閱讀仙妻玉女情緣的故事作一番畫餅充飢的滿足。

最後一提唐‧段成式《酉陽雜俎》〈羽篇〉對姑獲鳥傳說的演繹，文曰：「夜飛晝隱如鬼神，衣毛為飛鳥，脫毛為婦人。無子，喜取人子，胸前有乳。凡人飴小兒不可露處，小兒衣亦不可露曬，毛落衣中，當為鳥祟，或

以血點其衣為誌。或言產死者所化。」這個傳說點明姑獲鳥是「產死者」之化身，她胸前還有乳房可以哺育幼兒，其不幸遭遇令人同情。段成式也警惕家長不可在露天環境下哺育幼兒，幼兒的衣服也不可晾曬在無所遮蔽處，以免遭姑獲鳥點血為誌。這個禁忌意味古人已警覺有寄生於鳥類身上吸血維生的禽蟎，會在鳥類飛行時從空中掉落在小兒衣物上，繼而叮咬小兒皮膚，若遭受感染則恐致命。姑獲鳥故事傳到日本之後，有兩個分支，一支是仙女與羽衣松的故事，另一支與日本的怨靈「產女」（うぶめ）傳說結合，並且在江戶時代取代了「產女」，而以「姑獲鳥」（うぶめどり）通稱。產女是死亡的孕婦或產婦之怨靈，她們的下半身被鮮血染紅，懷裡抱著嬰兒立在路口或橋頭，請求路人幫她抱一抱孩子，其喪子幽恨令人不勝感慨。

一、織女下凡為人妻　　東晉‧干寶：《搜神記》卷一

漢董永，千乘人。少偏孤，與父居。肆力田畝，鹿車載自隨❶。父亡，無以葬，乃自賣為奴，以供喪事。主人知其賢，與錢一萬，遣之❷。

永行三年喪畢，欲還主人，供其奴職。道逢一婦人，曰：「願為子妻❸。」遂與之俱。主人謂永曰：「以錢與君矣。」永曰：「蒙君之惠，父喪收藏❹。永雖小人，必欲服勤致力❺，以報厚德。」主曰：「婦人何能？」永曰：「能織。」主曰：「必爾者，但令君婦為我織縑百足❻。」於是永妻為主人家織，十日而畢。女出門，謂永曰：「我，天之織女也。緣君至孝，天帝令我助君償債耳❼。」語畢，凌空而去，不知所在❽。

【注釋】

❶　漢：朝代名。由劉邦建立。自公元前 202 年至公元 9 年為西漢；公元 25 年至公元

220 年為東漢，劉秀建立。　千乘：郡名。在今山東省境內。　偏孤：無父或無
母。此指喪母。　肆力：盡力。　鹿車：用人力推動的獨輪小車。鹿：通「轆」，
轆轤，滾動的輪子。

❷ 乃自：乃。自為音節助詞。　供：供應。　與：給予。　遣：使離開。遣散。

❸ 供：擔任職務。　子：古代對男子的尊稱。

❹ 蒙：受。承受。　惠：恩惠，仁慈，寬厚。　收藏：收葬。藏：通「葬」。

❺ 小人：地位卑下的人。　必：一定要。表示主觀意志。　服勤：服持勤務之事。

❻ 必爾：若是如此。必：如果，倘若。對前文否定語意所做出的不得已的假設性肯
定。　但：連詞。只要。　縑：雙絲織成為帶黃色的細緻絹帛。　疋：音ㄆㄧˇ；
pǐ。量詞。通「匹」。布帛長四丈為匹。一丈等於十尺。

❼ 緣：因為。　償：報答，酬報。償還。　耳：助詞。表肯定語氣。

❽ 凌空：升上天空。凌：登高。升高。

翻譯：

　　漢朝董永是千乘郡人。自幼喪母，和父親一同居住。他辛勤耕種，下田
時總是用一台手推車將父親帶在身邊。父親過世後，董永沒錢為他下葬，於
是賣身為奴，以支付喪事的費用。主人知道他的善良，給了他一萬元之後，
遣他離開。

　　董永服完父親的三年喪期後，要回主人家履行奴僕的職務。他在路上遇
到一位女子，對他說：「我願意成為您的妻子。」董永於是與她一同前往主
人家。主人對董永說：「我是把錢贈送給你的。」董永說：「承蒙您的恩
惠，亡父得以收葬。我雖是個卑微的人，但我一定要為您努力工作，以報答
您深厚的德澤。」主人說：「你媳婦會做什麼呢？」董永說：「她能織
布。」主人說：「若你堅持要還錢的話，那麼只要令你媳婦為我織一百匹縑
帛吧。」於是董永的妻子為主人家織布，十天就完成了。女子走出主人家門
之後，告訴董永：「我，是天上的織女。因為你非常孝順，天帝才派遣我來
幫助你償還債務。」話說完，她升天而去，不知蹤跡。

二、田螺姑娘來煮飯　　東晉‧陶潛：《搜神後記》卷五

　　晉安帝時，侯官人謝端❶，少喪父母，無有親屬，為鄰人所養。至年十七、八，恭謹自守，不履非法❷。始出居，未有妻，鄰人共愍念之，規為娶婦，未得❸。端夜臥早起，躬耕力作，不舍晝夜❹。

　　後於邑下得一大螺，如三升壺❺。以為異物，取以歸，貯甕中。畜之十數日❻。端每早至野，還，見其戶中有飯飲湯火，如有人為者。端謂鄰人為之惠也❼。數日如此，便往謝鄰人。鄰人曰：「吾初不為是，何見謝也❽？」端又以鄰人不喻其意。然數爾如此，後更實問❾，鄰人笑曰：「卿已自取婦，密著室中炊爨，而言吾為之炊耶？」端默然心疑，不知其故❿。

　　後以雞鳴出去，平早潛歸⓫，於籬外竊窺其家中，見一少女，從甕中出，至竈下燃火⓬。端便入門，徑至甕所視螺，但見殼。乃到竈下問之曰：「新婦從何所來，而相為炊⓭？」女大惶惑，欲還甕中，不能得去，答曰：「我天漢中白水素女也⓮。天帝哀卿少孤，恭慎自守，故使我權為守舍炊烹。十年之中，使卿居富，得

婦，自當還去❶。而卿無故竊相窺掩，吾形已見，不宜復留，當相委去。雖然，爾後自當少差❶。勤於田作，漁采治生。留此殼去，以貯米穀，常可不乏❶。」端請留，終不肯。時天忽風雨，翕然而去❶。

　　端為立神座，時節祭祀。居常饒足，不致大富耳❶。於是鄉人以女妻之，後仕至令長云。今道中素女祠是也❷。

【注釋】

❶　晉安帝：司馬德宗。於公元 397 至 419 年在位。　侯官：縣名。在今福建省福州市。縣內有螺江，傳謝端在此釣得異螺，故名之。　謝端：人名。

❷　不履：不做。履：施行。執行。

❸　始：副詞。才。剛。　愍：哀憐。同情。　規：謀畫。　得：取得。合適。滿意。

❹　躬耕：親自下田耕種。

❺　邑下：村邑。下為處所名詞詞尾。泛指該處。　升：容量單位，約合今 200c.c.。

❻　畜：音ㄒㄩˋ；xù。養。

❼　飯飲湯火：乾飯米汁熱水和灶裡的柴火。飲：白飲。米汁。鍋中煮飯時將半熟飯粒撈出所餘的白色米湯。湯：熱水。　惠：恩惠。善行。

❽　初不：「初」接否定詞「不」形成「初不」格式，表示「從未」、「不曾」。　是：此，這。　見謝：謝我。見：用於動詞前，表示代詞賓語的省略。

❾　喻：明白。知道。　數爾：數。爾為音節助詞。數：音ㄕㄨㄛˋ；shuò。屢次，多次。　更：音ㄍㄥˋ；gèng。副詞。再，又。　實：助詞。無義。

❿　卿：第二人稱。　已自：已。自為音節助詞。　密：隱藏，秘密。　炊爨：燒火作飯。爨：音ㄘㄨㄢˋ；cuàn。以火熟物。　默然：安靜不言。

⓫　平早：即平明。天剛亮的時候。　潛：暗中。

⓬　竈下：廚房，炊物之處。竈：音ㄗㄠˋ；zào。炊飲食之器具。下：處所名詞詞尾。泛指該處。

⓭　徑：直接。迅速。　但：連詞。只。僅。　相為：為我。相為偏指用法，可代指受事的一方。

⓮　天漢：即天河，星空。《詩·小雅·大東》：「維天有漢，監亦有光。」　白水：銀河。　素女：天河仙女。

⓯　權：暫且，暫時。　自當：自。當為音節助詞。自：副詞。用於加強判斷語氣。自然。

⓰　窺掩：乘其不備而偷看。　　委去：離開。　　少差：略加改善。差：音ㄔㄞˋ；
　　chài。好轉。

⓱　常可：常。可為音節助詞。常：恆久，經常。　　不乏：無缺。

⓲　翕：音ㄒㄧ；xī。迅速的樣子。

⓳　時節：指四時的節序。　　居：生存。　　耳：語氣詞。而已。

⓴　令長：一縣的行政首長。大縣曰令，小縣曰長。　　云：句末語氣詞。無義。

翻譯：

　　東晉安帝時侯官縣人謝端，從小失去父母，沒有其他的親屬，為鄰人所撫養。長到十七、八歲了，謙恭謹慎，不為非作歹。當謝端剛搬出去住時，沒有妻子，鄰人們都同情他，設法要為他娶房媳婦，但未娶成。謝端晚睡早起，勤勞於農事，日夜不懈。

　　後來他在村子裡撿到一顆大螺，如三升水壺般大，他認為這是個奇特的東西，於是把牠拿回家，放在甕缸裡，養了十幾天。謝端每天一早就去田野工作，回來時看到小屋裡已經備好飯和米汁，柴火和熱水也都有了，像是有人料理過……謝端以為是鄰人幫他的忙。幾天來一直如此，於是去向鄰人道謝。鄰人說：「我不曾這樣做，為何要謝我？」謝端以為鄰人不知道他的意思。然而炊飯的情形又出現了好多次，謝端就再去詢問，鄰人笑著說：「你已經娶了媳婦，藏在家裡燒飯，怎麼說是我去為你煮飯呢？」謝端沉默不語，心生懷疑，但不知道這究竟是怎麼一回事。

　　後來他特意在雞鳴時出門去，天剛亮時就悄悄回來，他躲在籬笆外偷看家裡面的動靜……看到一名年輕女子從甕缸裡面出來，走到竈下升火。謝端於是進門來，他直接去甕缸處查看田螺還在不在，卻只看到螺殼；於是到廚房問那名女子說：「娘子是從哪裡來的，怎麼要為我煮飯呢？」女子非常驚慌，她想回到甕裡，卻沒辦法過去，於是回答說：「我是星空的銀河仙女。天帝同情你自幼喪失父母，猶能謙恭謹慎，有為有守，所以派遣我暫時幫你顧家煮飯。十年之中，讓你家境富有，娶得妻子，我自然就會回去。然而你冒昧地來窺伺我，現在我原形已經顯露，不該再留下來，要離你而去了。雖然如此，此後你的情況必然會改善！只要勤勞地種田、捕魚、採集，就能謀生

了。我留下這個螺殼給你，你拿它來貯存稻米穀物，長久不虞匱乏。」謝端請求她留下來，她終究不肯。當時天空突然起風下雨，瞬間她就消失不見了。

　　謝端為她設立了神位，四時節令祭祀。謝端在生活上都能維持豐足有餘，只是尚未很富有罷了。於是同鄉的人把女兒嫁給了他，後來他當到了縣令。現今路上的素女祠就是這樣設立來的。

三、姑獲鳥的羽毛衣　　晉‧郭璞：《玄中記》

　　姑獲鳥夜飛晝藏❶，蓋鬼神類。衣毛為飛鳥❷，脫毛為女人。一名天帝少女，一名夜行游女，一名鉤星，一名隱飛❸。鳥無子，喜取人子養之以為子。今時小兒之衣不欲夜露者，為此物愛以血點其衣為誌，即取小兒也❹。故世人名為鬼鳥，荊州為多❺。

　　昔豫章男子，見田中有六、七女人，不知是鳥，匍匐往❻，先

得其所解毛衣，取藏之，即往就諸鳥。諸鳥各去就毛衣，衣之飛去。一鳥獨不得去，男子取以為婦，生三女。其母後使女問父，知衣在積稻下❼，得之，衣而飛去。後以衣迎三女，三女兒得衣亦飛去。

【注釋】

❶　姑獲鳥：傳說中的鳥名，可能為夜行性的貓頭鷹或蝙蝠之類。
❷　衣毛：披覆羽毛衣（以鳥羽製成的衣服）。衣：音一ˋ；yì。覆被之，穿著之。
❸　鉤星：鬼鳥名。
❹　露：無覆蓋的。　為：介詞。表原因。　愛：常。
❺　荊州：州名。在今湖南、湖北兩省境內。
❻　豫章：郡名。在今江西省境內。　田：種植稻穀瓜蔬之地。　匍匐：音ㄆㄨˊㄈㄨˊ；pú fú。伏地爬行。
❼　積：堆疊。

翻譯：

　　姑獲鳥夜晚飛行，白天隱身，應是鬼神之類的東西。當她披上羽毛之後是為飛鳥，脫下羽毛之後就是女人。她又被稱作為天帝少女、夜行游女、鉤星，或隱飛鳥。姑獲鳥沒有孩子，喜歡取走別人的孩子當作是自己的孩子來養育。現今幼兒的衣服所以不要在夜間暴露於戶外，就是因為姑獲鳥常用血點在幼兒的衣服上做記號，然後帶走這個小兒。所以世人稱她為鬼鳥，荊州地區最多。

　　從前，豫章有名男子，看到田野裡有六、七個女人，他不知道她們是鳥；男子趴著身子爬了過去，先去偷拿她們脫下來的羽毛衣，把它們藏好後，立即朝向這群鳥撲了過去。這些鳥各自去取回自己的羽毛衣，穿上後立即飛走。唯獨一隻鳥無法飛離，男子就娶她為妻，生了三個女兒。之後母親指使女兒去向父親探問，知道羽毛衣藏在稻穀堆底下。母親取得了羽毛衣，穿上後飛走。後來她又拿了羽毛衣來接她的三個女兒，三個女兒獲得羽毛衣之後也都飛走了。

四、玉女婚外情　　東晉・干寶：《搜神記》卷一

　　魏濟北郡從事掾弦超，字義起，以嘉平中夜獨宿，夢有神女來從之。自稱：天上玉女，東郡人，姓成公，字知瓊，早失父母，天帝哀其孤苦，遣令下嫁從夫❶。超當其夢也，精爽感悟，嘉其美異，非常人之容，覺寤欽想，若存若亡，如此三、四夕❷。

　　一旦，顯然來游，駕輜軿車，從八婢。服綾羅綺繡之衣，姿顏容體，狀若飛仙，自言年七十，視之如十、五六女❸。車上有壺榼，青白琉璃五具。飲啖奇異，饌具醴酒，與超共飲食❹。謂超曰：「我，天上玉女，見遣下嫁，故來從君，不謂君德。宿時感運，宜為夫婦❺。不能有益，亦不能為損。然往來常可得駕輕車，乘肥馬，飲食常可得遠味異膳，繒素常可得充用不乏❻。然我神人，不為君生子，亦無妒忌之性，不害君婚姻之義。」遂為夫婦。贈詩一篇，其文曰：「飄颻浮勃逢，敖曹雲石滋。芝英不須潤，至德與時期❼。神仙豈虛感，應運來相之。納我榮五族，逆我致禍災。」此其詩之大較。其文二百餘言，不能悉錄。兼注《易》七卷，有卦有象，以象為屬❽。故其〈文言〉既有義理，又可以占吉凶，猶揚子之《太玄》，薛氏之《中經》也。超皆能通其旨意，用之占候❾。

　　作夫婦經七、八年，父母為超娶婦之後，分日而燕，分夕而寢，夜來晨去，倏忽若飛，唯超見之，他人不見❿。雖居闇室，輒聞人聲，常見蹤跡，然不睹其形。後人怪問，漏泄其事⓫。玉女遂求去，云：「我，神人也。雖與君交，不願人知，而君性疏漏，我今本末已露，不復與君通接。積年交結，恩義不輕，一旦分別，豈不愴恨？勢不得不爾。各自努力⓬！」又呼侍御，下酒飲

啖，發篋，取織成裙衫兩副遺超，又贈詩一首❸。把臂告辭，涕泣流離，蕭然升車，去若飛迅。超憂感積日，殆至委頓❹。

去後五年。超奉郡使至洛，到濟北魚山下，陌上西行，遙望曲道頭有一馬車，似知瓊❺。驅馳至前，果是也。遂披帷相見，悲喜交切。控左援綏，同乘至洛。遂為室家，克復舊好。至太康中，猶在❻。但不日日往來，每於三月三日，五月五日，七月七日，九月九日，旦、十五日，輒下往來，經宿而去。張茂先為之作《神女賦》❼。

南京博物院，東晉笑容婉約典雅的盛裝仕女灰陶俑，南京市西善橋出土。

【注釋】

❶　魏：朝代名。三國之一。曹丕建立。自公元 220 至 265 年。　濟北郡：郡名。在今山東省境內。　從事掾：官名。郡府分曹辦公，各曹有正、副首長，曹置從事，協理事務。掾：音ㄩㄢˋ；yuàn。官署屬員。　嘉平：三國時魏君主齊王曹芳的年號，自公元 249 至 254 年。　從：就。依。　東郡：郡名。在今河南省境內。

❷　精爽：精神，魂靈。　嘉：贊美。稱贊。　常人：普通的人。一般人。　覺寤：睡醒。覺：音ㄐㄧㄠˋ；jiào。睡醒。　欽想：思慕。

❸　一旦：某個早晨。旦：天明，早晨。　顯然：明顯的樣子。　輜軿：音ㄗ ㄆㄧㄥˊ；zē píng。四面有帷障遮蔽，有車廂可供臥息與載物的車輛，多為貴婦人所乘。服：穿著。

❹　壺榼：泛指長筒形或扁圓形，上方有小孔可以塞住的盛酒或貯水器具。榼：音ㄎㄜ；kē。以大竹筒製成可盛一斛酒的容器。　具：量詞。器物的單位。　醴酒：

甜酒。醴：音ㄌㄧˇ；lǐ。甜酒。

❺ 見遣：派遣我。見：助動詞，表示被動，有指代第一人稱作賓語的省略作用。　不謂君德：不議論你的道德品行。謂：議論。　宿時感運：從前定好的感應機緣。

❻ 輕車：輕快捷利的車輛。　繒素：絲織品。繒：音ㄗㄥ；zēng。絲織品的總稱。素：白色生絹。

❼ 浮勃：蓬萊仙島。漂浮於海上的仙山。太古時代，浮山自東海飄來與羅山相傳，此山無根，隨風來往，道教以為靈山，中多地仙之人，左側有玉女峯。浮山浮來傅羅，傅轉為博，博音同勃。浮勃當指與羅山相傳的浮山。　逄：大。　敖曹：連綿詞，形容喧鬧，此指繁多。　雲石：礦石名。雲母。古人以為此石為雲之根。故名。　滋：增長、蕃盛。　芝英：瑞草名。靈芝。

❽ 易：古代卜筮之書。　卦：古代記形的符號，用來占卜吉凶。　象：解釋爻象之辭。　彖：音ㄊㄨㄢˋ；tuàn。《周易》統括一卦之辭。

❾ 文言：解釋《周易》卦象的一篇文字，為《易傳》（十翼）之一。　揚子：揚雄。公元前 52 至公元 18 年在世。西漢學者，博通群籍。《漢書》有傳。　太玄：揚雄仿《周易》所作之著述。　薛氏：人名。不詳。　中經：書名。闡說轉危為安，救亡圖存之道的書。　占候：視天象變化以測吉凶。五天為一候。一年有七十二候。

❿ 燕：在寢室休息。　倏忽：指極短的時間。倏：音ㄕㄨ；shū。疾走貌。

⓫ 輒：總是。每每。　後人怪問：之後有人覺得奇怪而探問。

⓬ 不復：不。復為音節助詞。　通接：往來交好。　愴恨：悲傷遺憾。　不得不爾：必須如此。爾：如此。

⓭ 下酒飲啖：備置酒食來吃喝。下酒：置酒。　發簏：打開竹製的箱子。　遺：音ㄨㄟˋ；wèi。給予。

⓮ 把臂：握人手臂，表示親密。　流離：淋漓。沾溼或下滴貌。　肅然：敏捷的樣子。　升車：上車。登車。　殆至委頓：幾近委靡不振。　殆：音ㄉㄞˋ；dài。幾乎。

⓯ 奉郡使至洛：接受郡的指派出使到洛陽。洛：洛陽的省稱。　魚山：山名。在今山省東阿縣西南，相傳因山形似甲魚，或因山頂有魚姑廟而名魚山。魏晉時建有神女祠，供奉成公知瓊。　陌：道路，常較其兩旁之土地略高。　曲道頭：彎道上。頭：詞尾。

⓰ 披帷：撥開窗帷。披：分開。　控左援綏：駕御左邊的馬，握住車上的繩子，使其在一定的範圍內行駛。綏：上車時挽手所用的繩索。　克復舊好：恢復舊情。　太康：西晉武帝司馬炎年號。自公元 280 至 289 年。

⓱ 旦：月旦。每月初一。　宿：隔夜。　張茂先：張華，字茂先。晉朝人，公元 232 至 300 年在世。博學多聞。《晉書》有傳。

翻譯：

　　魏國濟北郡的文書官弦超，字義起，在齊王嘉平年間，某天半夜獨寢時，夢見神女來依從他。她自稱「天上玉女」，東郡人，姓成公，字知瓊，早年失去父母，天帝同情她孤單可憐，派遣她下凡嫁人。弦超雖在夢境中，仍神智清楚，他讚賞她的絕美，她那與眾不同的儀容！弦超醒來後，對她戀慕不忘，她的形影忽隱忽現，就這樣過了三、四個晚上。

　　一天上午，玉女現身游訪弦超，乘坐著有窗帷與車廂的輜軿車，八個婢女隨行。玉女穿著綾羅綺繡的華服，容貌身材猶如天上的飛仙。她自稱年已七十，但看上去卻像是十五、六歲的少女。車上備有酒壺，青白色的琉璃餐具五件。食物非常特殊，餐間備有甜酒。她與弦超共進飲食，告訴弦超說：「我是天上玉女，天帝遣我下凡嫁人。我來跟著您，不是考量您的德行，而是從前的宿緣觸發，使我們應該結為夫婦。我對你不會有什麼幫助，但也不會有損失。不過，交通上常有輕車可乘，駿馬可騎，飲食上常有遠方的奇珍異饌，絲質衣物也都充足供應，不會短缺。不過，我是神仙，所以不為你生孩子，也沒有妒忌心，不會危害你的婚姻。」於是結為夫婦。玉女送給他一篇詩，內容是：「飄飄仙島大，錯落雲石多，靈芝自潤澤，至德同日月。神仙豈虛幻，應運得贊助；納我榮五族，逆我招禍災。」這是她詩的大概，全文有兩百多字，不能全部抄錄。此外，她也注釋了《易》七卷，對各卦的構成及卦象的意義都有解說，並且以象辭的判斷為根據，因此其〈文言傳〉既有哲理，也可以用來占卜吉凶，類似揚雄的《太玄經》、薛氏的《中經》。弦超都能通解其中的旨意，並且拿來預卜吉凶。

　　玉女和弦超作了七、八年夫婦後，父母為弦超娶了媳婦。之後他們倆白天隔日相處，晚上隔夜同眠，玉女晚上來，早上離開，來去迅速如飛。只有弦超看得到她，其他人都見不到玉女。即使處在陰暗的室內，仍經常聽得到她的聲音，發現到她的行蹤，不過卻看不到她的形體。之後有人覺得奇怪而去問弦超，弦超便把事情給洩漏了。玉女因此求去，她說：「我是神仙。雖然跟你交往，但不願被人知道，而你生性粗疏，如今我身分已經暴露，無法和你交好了。多年來的恩情不可說不重，現在要分別，怎不令人悲傷？但情

況不得不如此。彼此珍重努力吧！」又使喚僕役侍候，置酒佈菜，一同飲食，玉女打開竹箱子，取出已經織好的裙衫兩套送給弦超，又送給他一首詩。隨後握著他的手臂告辭，她淚流滿面，匆促地上了車，飛速離開。弦超憂傷了好多天，幾乎一病不起。

　　玉女離開五年後，弦超奉命出差到洛陽，車行到濟北郡魚山附近時，在西行的路上，遠遠地看到彎道那端有一輛馬車，好像是知瓊的；那輛馬車急馳來前，果然是知瓊！她撥開窗帷與他相見，兩人悲喜交集，非常激動。他們控引馬車，握牢綏繩，並駕齊驅地同往洛陽。於是再度成為夫妻，重修舊好。到晉武帝太康年間，她還在。但不是天天往來，每逢三月三日，五月五日，七月七日，九月九日，每月的初一和十五，才會下凡來交往，過夜之後就離開。張茂先為這段佳話作了一首《神女賦》。

※問題與討論

1. 徵詢兩組已婚與未婚男女對理想配偶的條件預設，嘗試歸納比較，並評論現實與理想的差距。
2. 比較仙妻和女性精怪在言談舉止和交往目的上的差異？
3. 觀賞日本卡通《櫻桃小丸子》第二季第 217 集，嘗試分析該集的敘事技巧，並解說其效果。
4. 仙女的身軀有由鳥羽製成的羽衣所包覆，有由大型的螺殼所窩藏，請問羽衣與螺殼可能的寓意為何？
5. 食衣住行育樂的生活資源，玉女能提供給凡夫弦超的有哪幾類，她不能提供的又是什麼？思索其中的意義並表述你的意見。

主題七、活見鬼

前　言

　　古代對「鬼」的解釋有二，一指人死為鬼，一指老物怪為鬼。《禮記‧祭義》對「鬼」的解釋是：「眾生必死，死必歸土，此之謂鬼。」在志怪故事之中的「鬼」，絕大部分是此指，即稱人死之後的魂靈。然，亦有部分指其他萬物幻化為人形而作祟使壞的老物怪為鬼，漢代思想家王充在《論衡》有言：「鬼者，老物之精也。」本篇主題係以「死鬼」為對象，物怪之鬼，另見主題十一「降妖大觀」。本篇多為男鬼，但有別於「冤魂索命錄」中以尋仇報冤為目的的鬼。此外，偶涉一、二女鬼者，她們是故事人物之亡母，或亡妻，或來省視孩子，或出面央請要事，與「陰陽生死戀」中年輕美貌來陽間求愛的女鬼大不相同。有趣的是，面貌凶惡，造型恐怖的「方相」，其職能原是「鬼見愁」的捉鬼者，但在志怪故事中，卻成為人們望而生畏的「死鬼」。

　　常態而言，活人見不到鬼，即使有，見鬼的經驗總是偶然與短暫，人與鬼之間，井水不犯河水，似乎是陰陽兩界的默契。不過，魏晉南北朝的見鬼現象卻可謂盛況空前，沒有其他時代可以望其項背！見鬼事件頻傳的原因仍在於死難變故所帶來的人生衝擊。中國人認為死者入土為安，然而，死於非命，又無葬身之所的亡者，在當時卻是所在多有；如公元 238 年，曹魏派遣大將軍司馬懿長征遼東公孫淵，司馬懿屠殺平民與公卿百官九千餘人，將屍體堆在道路兩側，覆土夯實為「京觀」。這些橫死且不得安息的亡魂，或許會在喪失生命權力的死後階段，四處漂盪，或多方作祟，呼應「時衰鬼弄人」的俗話。

　　活見鬼也可能是一種精神症狀的現象描述：如秦巨伯是個酗酒者，他聲稱被兩個貌似他孫兒的鬼痛毆，可能是酒精中毒所引起的徵狀；患者精神妄躁錯亂、視覺扭曲，會出現恐怖的幻覺。秦巨伯所看到的鬼，應當是酒精中毒導致的幻象；酗酒使他的兩個孫子死在他發酒瘋的刀口下。從社會環境來看，騷亂的時局，生死無常，禍福難料，人心惴慄惶惑，在疑心生暗鬼的情境下，見鬼的情形便時有所聞了。見鬼的遭遇聳動聽聞，具有很高的傳播價值，人鬼之間的關係有利害衝突，也有越界的真情；有奇異趣味，也引人歎恨，是以文人之筆，切磋琢磨，設想並撰寫出各式各樣的見鬼異聞。

一、鐵齒人遇到硬頸鬼

　　無名氏：《志怪》

　　顧邵為豫章，崇學校，禁淫祀，風化大行❶。歷毀諸廟，至盧山廟❷，一郡悉諫，不從。

　　夜忽聞有排大門聲，怪之。忽有一人，開閤逕前，狀若方相❸，自說是盧君。邵獨對之，要進，上牀❹，鬼即入坐。邵善《左傳》，鬼遂與邵談《春秋》，彌夜不能相屈❺。邵歎其積辯，謂曰：「《傳》載晉景公所夢大厲者，古今同有是

重慶博物院，方相氏陶俑，右手持椎，左手握蛇，兩者皆為執鬼之用，先秦時方相氏為驅疫神巫，漢代作為鎮墓神獸，成都青杠坡出土。

物也❻。」鬼笑曰：「今大則有之，屬則不然。」燈火盡，邵不命取，乃隨燒《左傳》以續之❼。

　　鬼頻請退，邵輒留之❽。鬼本欲淩邵，邵神氣湛然，不可得乘❾。鬼反和遜，求復廟，言皆懇至❿。邵笑而不答，鬼發怒而退，顧謂邵曰：「今夕不能讐君，三年之內，君必衰矣，當因此時相報⓫！」邵曰：「何事忽忽？且復留談論⓬。」鬼乃隱而不見。視門閤，悉閉如故。

　　如期，邵果篤疾⓭，恆夢見此鬼來擊之。並勸邵復廟，邵曰：「邪豈勝正！」終不聽⓮，後遂卒。

【注釋】

❶ 顧邵：三國時吳人，公元 183 至 214 年在世。博覽書傳，令譽遠揚，娶孫策女，年二十七任豫章郡太守。在郡五年卒。《三國志》有傳。　為：作官。　豫章：郡名。在今江西省境內。此指豫章郡的官員。　崇：推重，崇尚。　淫祀：過度的，濫設的祭祀。《禮記・曲禮》：「非其所祭而祭之，名曰淫祀。」　風化：風俗，教化。

❷ 歷：普遍。逐一。　毀：破壞，廢除　廬山：在江西省九江市，北鄰長江，東南傍鄱陽湖。廬山山神信仰由來已久，為中國道教聖地之一。

❸ 排：推開，撞開　閤：門旁的小戶。　逕：同「徑」。直接。　前：進。　方相：古代驅疫避邪之巫，初由人披熊皮，戴黃金四目之面具扮成。

❹ 要：因一ㄠˇ；yāo。邀約，招請。　牀：坐榻。供人坐臥的低矮家具。

❺ 左傳：書名。編年體史書。相傳為春秋時魯國左丘明所撰。　春秋：書名。為編年體史書，相傳孔子據魯史修訂而成。　彌夜：整夜。　相屈：屈服他，折服他。相為偏指用法，代指受事的第三人稱。

❻ 積辯：雄辯。積：多，連續累積。　晉景公：春秋時之諸侯王，於公元前 599 至前582 年在位。　大厲：惡鬼。《左傳・成公十年》：「晉侯夢大厲，被髮及地，搏膺而踊。」　物：鬼。

❼ 續之：使火光繼續。之：指示代名詞，此處指火。

❽ 頻：屢次。　輒：每，總是。

❾ 淩：侵犯，欺侮。　神氣：指精神，意態。　湛然：深沉穩重的樣子。湛：音ㄓㄢˋ；zhàn。深沉。　乘：音ㄔㄥˊ；chéng。戰勝，壓服。

⑩　反：反而。　復：恢復。
⑪　讎：音ㄔㄡˊ；chóu。對付。付出對等的代價。　相報：報復你。相為偏指用法。
　　代指受事的第二人稱。
⑫　且復：雙音節副詞。暫且。復：音節助詞。　匆匆：急遽貌。匆：音ㄘㄨㄥ；
　　cōng。
⑬　篤疾：病勢沉重。
⑭　聽：同意。准許。

翻譯：

　　顧邵在豫章郡擔任郡守，崇尚學校教育，禁止迷信祭祀，使當地的風俗教化大有發展。他逐一破除各座廟宇，到要毀壞廬山廟時，全郡都勸阻他，但顧邵不為所動。

　　某晚，顧邵突然聽見大門被撞開的聲音，他覺得很奇怪。忽然出現了一個人，這個人打開房門直接進來，模樣像是驅鬼神巫──方相。此人自稱是廬君。顧邵單獨面對他，邀他上座，鬼立即就座。顧邵精通《左傳》，鬼就和顧邵討論《春秋》，辯論了一整夜都不能折服鬼。顧邵贊歎他雄辯滔滔，對他說：「《左傳》記載晉景公夢見過大的惡鬼……原來古今都有這種鬼物啊！」鬼笑著說：「現今看來，大確實是有，至於惡鬼則不符事實。」燈火已經燒盡了，顧邵沒有命人取燃油來，而是隨手焚燒《左傳》以延續火光。

　　鬼頻頻請退，顧邵就一再挽留他。鬼原本要來侵犯顧邵，但顧邵的神態深沉穩重，無法壓制。之後，鬼反倒溫和謙遜，請求顧邵恢復廬山廟，言語句句懇切。但顧邵卻笑而不答，鬼勃然發怒地退席，他回頭對顧邵放話：「今晚我對付不了你，但是，三年之內，你必衰微，到時候我會來報復你！」顧邵說：「什麼事如此行色匆匆？暫且再留下來談論啊。」鬼隨即消失不見了。檢視門戶，全都跟之前一樣關閉著。

　　三年到了，顧邵果然病重，他總是夢見這個鬼來攻擊他，並且勸告他把廬山廟給恢復了，顧邵說：「邪豈能勝正！」他始終不准許。後來就身故了。

二、搭便車扮鬼臉　　東晉·干寶：《搜神記》卷十六

　　吳赤烏三年，句章民楊度至餘姚❶。夜行，有一年少，持琵琶，求寄載❷。度受之。鼓琵琶數十曲，曲畢，乃吐舌擘目，以怖度而去❸。

　　復行二十里許，又見一老父，自云姓王名戒。因復載之❹。謂曰：「鬼工鼓琵琶，甚哀。」戒曰：「我亦能鼓。」即是向鬼❺。復擘眼吐舌，度怖幾死。

重慶博物院，東漢方相氏俑頭，其造型為大耳有角，暴目齜牙吐長舌，神情兇惡，成都市青杠坡出土。

【注釋】

❶　吳：朝代名。三國之一，孫權建立。自公元222至280年。　赤烏：孫吳大帝孫權之年號。自公元238至250年。　赤烏三年：即公元240年。　句章：音ㄍㄡ ㄓㄤ；gōu zhāng。縣名。在今浙江省寧波市。　餘姚：縣名。在今浙江省餘姚市。

❷　琵琶：一種撥弦樂器，本作「批把」，胡地樂器。木製，體圓形或橢圓形，上有長柄或曲柄，四弦。　寄載：託寄搭乘。晉時常用詞。

❸ 鼓：演奏：彈奏。　　乃：竟然。　　擘目：眼睛暴開。擘：裂開。　　怖：驚嚇。恐嚇。

❹ 復：副詞。又。　　里：長度單位。約合半公里。　　許：置於數詞之後，表示約略之數。　　因復：因。於是。復為音節助詞。

❺ 工：擅長。　　甚哀：很動聽。哀：樂音動聽感人。魏晉新義。　　向：原先，剛才。

翻譯：

　　吳國孫權大帝赤烏三年時，句章縣民楊度到餘姚縣去。夜晚行車時，遇到一位年輕人，手拿琵琶，請求搭乘便車。楊度接納了他。這位年輕人用琵琶彈奏了幾十首曲子，曲子彈完後，他竟吐舌暴目，以這樣的鬼臉驚嚇楊度後離去。

　　楊度再前行了約二十里路，又看到一位老先生，自稱姓王名戒。於是搭載他。楊度對他說：「鬼很會彈琵琶，琴音非常感人！」王戒說：「我也會彈琵琶！」原來他就是先前的鬼。他再次暴眼吐舌，楊度幾乎被他給嚇死。

三、捨不得　　南朝 宋·劉義慶：《幽明錄》卷六

　　近世有人得一小給使，頻求還家，未遂。後日久，此吏在南窗下眠❶。此人見門中有一婦人，年五、六十，肥大，行步艱難。吏眠失覆，婦人至牀邊取被以覆之，回復出門去❷。吏轉側衣落，婦人復如初❸。

　　此人心怪，明問吏以何事求歸，吏云：「母病。」次問狀貌及年❹，皆如所見，唯云形瘦不同。又問：「母何患？」答云：「病腫耳。」而即遣吏假❺。使出，便得家信，云母喪。追計所見之肥，乃是其腫狀也❻。

【注釋】

❶ 小給使：年少供官府差遣的人。　頻：屢次。　未遂：不成。　吏：魏晉南北朝的特殊社會階層，出自吏戶。吏民自十五歲起服役。有定期休假，急事可請急假。

❷ 失覆：未蓋被子。失：遺漏。　回復：回轉身。復：音節助詞。

❸ 轉側：輾轉反側，形容睡不安穩，翻身換邊。　落：脫落。　復：副詞。又。表示行為或動作的反復。

❹ 次：接續著。順序敘事，後項對前項稱次。

❺ 患：染病。　病腫耳：罹患的是腫脹之病。耳：助詞。表肯定語氣。　假：音ㄐㄧㄚˋ；jià。給假。假期。

❻ 家信：家中傳來的消息。信：家書；口信。　計：推想。

翻譯：

　　近世有人得到一位小僕役，他多次請假回家，都沒有准假成行。過了一段時間後，這位小僕役在南窗邊的牀上睡覺，此人從窗外看到門裡有一位婦人，年約五、六十歲，身形肥大，走路困難。小僕役睡覺時沒蓋被子，婦人到牀邊將被子拉過來幫他蓋好，轉身要出門離去時，小僕役翻身，衣服掉了，婦人又如先前般將他衣服蓋好。

　　這人覺得很奇怪，明天問小僕役是因為何事而要告假回家，小僕役說：「母親生病了。」接著詢問他母親的相貌和年歲，回答的都和他昨日所見到的婦人一樣，唯獨說他母親身體清瘦這一點不同。又問他：「母親生的是什麼疾病？」回答說：「得的是腫脹病。」此人立刻准假讓小僕役回家去。才令他離開，就得到他家捎來的消息，說他母親已經過世。推想先前所看到的肥胖體態，原來是他母親患病的浮腫樣子。

四、聰明人出賣糊塗鬼　東晉・干寶：《搜神記》卷十六

　　南陽宋定伯❶，年少時，夜行逢鬼。問之，鬼言：「我是鬼。」鬼問：「汝復誰？」定伯誑之❷，曰：「我亦鬼。」鬼問：

「欲至何所？」答曰：「欲至宛市❸。」鬼言：「我亦欲至宛市。」遂行數里。鬼言：「步行太極，可共遞相擔，何如？」定伯曰：「大善❹。」

鬼便先擔定伯數里。鬼言：「卿太重，將非鬼也❺？」定伯言：「我新鬼，故身重耳。」定伯因復擔鬼，鬼略無重❻。如是再三。定伯復言：「我新鬼，不知有何所畏忌？」鬼答言：「惟不喜人唾。」於是共行，道遇水，定伯令鬼先渡，聽之，了然無聲音❼。定伯自渡，漕漼作聲❽。鬼復言：「何以有聲？」定伯曰：「新死，不習渡水故耳。勿怪吾也❾。」

行欲至宛市，定伯便擔鬼著肩上，急執之，鬼大呼，聲咋咋然，索下，不復聽之❿。徑至宛市中，下著地，化為一羊，便賣

之。恐其變化，唾之。得錢千五百乃去❶。當時<u>石崇</u>有言❷：「<u>定伯</u>賣鬼，得錢千五。」

【注釋】

❶ 南陽：郡名。在今河南省和湖北省境內。　宋定伯：人名。

❷ 復：又。此處「復」為「復是」之省。　誑：音ㄎㄨㄤˊ；kuáng。欺騙，迷惑。

❸ 宛市：宛縣的市集。宛：縣名，為南陽郡治所，在今河南省南陽市。

❹ 太極：太累。極：疲累。　共遞：共同輪番。　相擔：互相背負。　大善：很好。大：表規模廣，程度深。善：好。

❺ 卿：第二人稱代詞，相當於「你」或「您」。　將：副詞。表示揣測的委婉語氣。相當於「恐怕」、「應該」。

❻ 耳：助詞。表示肯定的語氣。　因復：因。復為音節助詞。　略：副詞。表示程度，與「不」、「無」連用，義為「完全沒有」。

❼ 人唾：生人的口水。　了然：完全。

❽ 自：親自。　漕灌：音ㄘㄠˊ　ㄘㄨㄟˇ；caó cǔi。狀聲詞，形容水花四濺的聲音。

❾ 習：熟悉，通曉。　故：緣故。　耳：語氣詞。有「僅止於此」的意思。相當於「而已」。　怪：責備，埋怨。

❿ 急持之：緊緊地捉住它。急：緊。　咋咋然：大聲喊叫的聲音。　索：要求。　不復：不。復為音節助詞。　聽：同意。

⓫ 徑：捷速，直接。　下：放落。　唾：吐唾沫。　乃：才。

⓬ 石崇：人名。公元 249 至 300 年在世。有才學，豪奢闊氣，曾任荊州刺史，《晉書》有傳。

翻譯：

南陽郡人宋定伯，年輕時，曾經在走夜路時遇到鬼。他問鬼是誰，鬼說：「我是鬼。」鬼問他：「你又是誰？」定伯欺騙他說：「我也是鬼。」鬼問他說：「要到什麼地方？」回答說：「要去宛市。」鬼說：「我也是要去宛市！」於是相偕走了幾里路。鬼提議：「用走的太累了，我們可以互相輪番著揹對方，你看如何？」定伯說：「太好了。」

鬼於是先揹定伯走了幾里路。鬼說：「你太重了，恐怕不是鬼吧？」定伯說：「我是新鬼，所以身子比較重啦。」定伯接著揹鬼，鬼完全沒有重

量。他們就這樣重複地揹著對方前進。定伯又說：「我是新鬼，不知道鬼有什麼要忌諱的？」鬼回答說：「就是不喜歡生人的口水。」於是一同行走，途中遇到河流，定伯要鬼先過河，聽鬼過河，完全沒有任何聲音。輪到定伯自身渡河，漕漕濯濯，聲音大作。鬼又說：「怎麼會有聲音？」定伯說：「剛死不久，還不熟悉渡河才會這樣。不要怪罪我啦。」

快要走到宛縣的市集時，定伯就把鬼擔在肩上，且牢牢地抓住他，鬼大呼小叫，聲音咋咋響，要求放他下來，宋定伯就是不聽他的。宋定伯直接走到宛縣市集中，將鬼放到地上，鬼變成一隻羊，於是出售牠。宋定伯耽心牠會變形，便對牠吐口水。把羊賣了，賺得一千五百元，宋定伯才離開市集。當時石崇有句話這麼說：「定伯賣鬼，得錢千五。」

五、餓鬼推磨　　南朝 宋・劉義慶：《幽明錄》卷六

新死鬼，形疲神頓❶，忽見生時友人，死及二十年，肥健，相問訊，曰：「卿那爾❷？」曰：「吾飢餓，殆不自任！卿知諸方便，故當以法見教❸。」友鬼云：「此甚易耳！但為人作怪，人必大怖，當與卿食❹。」

新鬼往入大墟東頭，有一家奉佛精進，屋西廂有磨，鬼就推此磨，如人推法❺。此家主人語子弟曰：「佛憐我家貧，令鬼推磨！」乃輦麥與之。至夕，磨數斛，疲頓乃去❻。遂罵友鬼：「卿那誑我？！」又曰：「但復去，自當得也❼。」復從墟西頭入一家，家奉道，門旁有碓，此鬼便上碓，如人舂狀❽。此人言：「昨日鬼助某甲，今復來助吾，可輦穀與之！」又給婢簸篩❾。至夕，力疲甚，不與鬼食。鬼暮歸，大怒曰：「吾自與卿為婚姻，非他比，如何見欺？二日助人，不得一甌飲食❿！」友鬼曰：「卿自不

偶耳！此二家奉佛事道，情自難動，今去，可覓百姓家作怪，則無不得❶。」

　　鬼復去，得一家，門首有竹竿❷。從門入，見有一羣女子，窗前共食；至庭中，有一白狗，便抱令空中行。其家見之大驚，言：「自來未有此怪！」占云：「有客鬼索食，可殺狗❸，並甘果酒飯，于庭中祀之，可得無他。」其家如師言，鬼果大得食。自此後恆作怪，友鬼之教也❹。

【注釋】

❶ 頓：疲乏，困窮。

❷ 相問訊：問候他。相：偏指受事的一方。　卿：第二人稱代名詞。相當於「你」、「您」。　那：疑問副詞。「怎麼」。　爾：指示代詞。如此，這樣。

❸ 殆：大概。　任：堪，勝，承擔。　諸方便：各種方法。各種計謀。佛教用語。故當：「故」和「當」合用，組成熟語，其作用相當於副詞的「想必」，用於推測，表示委婉語氣。　見教：教我。「見」用於動詞前，表示代詞賓語的省略。

❹ 耳：助詞。有「僅止於此」的意思，猶「而已」「罷了」。　為人作怪：和生人作

陝西歷史博物館，東漢綠釉磨房明器，內有石磨，舂穀的碓與臼，後方養有家禽，陝西省西安市公安分局繳交。

怪。為：與，同。

❺ 墟：墟里。村落。　奉：恭敬地侍奉。　精進：佛教用語，指能持善樂道，不自放逸為精進。　西廂：堂屋西側。　磨：音ㄇㄛˋ；mò。磨粉用具。

❻ 輦：音ㄋㄧㄢˇ；niǎn。原指人拉的車。此作動詞用，指用小車運輸器物。　與：給予。　斛：音ㄏㄨˊ；hú，容量單位。古代以十斗為一斛，約合今二十公升。

❼ 誑：音ㄎㄨㄤˊ；kuáng。欺騙，迷惑。　但：副詞。只管，儘管。　自當：雙音節副詞。自。當僅作音節助詞之用。用於加強判斷語氣或確認事實。必定。

❽ 碓：音ㄉㄨㄟˋ；dùi。用腳踩踏以春米穀的機器設備。　春：音ㄔㄨㄥ；chōng。用杵臼搗穀類。

❾ 給婢：供給婢女（協同新死鬼勞作）。給：音ㄐㄧˇ；jǐ。供應。　簸篩：音ㄅㄛˇㄕㄞ；bǒ shāi。用竹編有細孔的篩子，將穀物中的糠粃播揚出去。簸：顛動。篩：底面多小孔，用來分離物質粗細的竹器。簸篩的工作須兩人分工合作，一人持篩，一人上傳欲篩之物。

❿ 姻：音ㄧㄣ；yīn。通「姻」，姻親。　比：比擬；類似。　見欺：欺騙我，欺負我。見用於動詞前，表示代詞賓語的省略。　甌：裝茶，或裝酒的瓦製杯子。一甌，形容份量很少。

⓫ 不偶：不遇。遭遇不順利。　動：影響。　可：表規勸，宜。　百姓家：指不信仰佛教、道教的尋常人家。

⓬ 門首有竹竿：在大門口用一條或兩條竹竿封住大門，加強固定，防止門扇遭人從中推開。

⓭ 占：音ㄓㄢ；zhān。檢視兆象以判吉凶。　客鬼：外來的鬼。不是已死的祖先。可：宜。表規勸。

⓮ 果：副詞。終於。　大：表示程度深，範圍廣。　教：教育，訓誨。

翻譯：

　　一個剛死不久的鬼，形體瘦弱，神情憔悴，突然看到生前的朋友，都已經死了二十年，卻相當肥壯。鬼朋友問候他，說：「你怎麼瘦成這樣啊？」新鬼說：「我已經餓到快支持不住了！你知道的那些討食要領，想必可以教我幾招吧！」鬼朋友說：「這很簡單啊！你只要對活人搞鬼作怪，人就會很恐懼，自然就會給你食物了。」

　　新鬼從東邊的村落進去，有一戶人家信佛虔誠，屋子西邊有個磨，鬼就去推這個磨，像人一樣的推法。這家主人對子弟說：「佛祖憐憫我們家貧窮，派遣鬼來推磨了！」於是用推車運小麥來給鬼磨。到黃昏時，已經磨了

好幾斛，新鬼直磨到疲憊不堪才離開。他罵鬼朋友說：「你為什麼要欺騙我？！」鬼朋友說：「儘管去，一定會得到東西吃的！」新鬼又從村落的西邊進到一戶人家，這家信奉道教，門旁有一個舂穀子的石碓，新鬼就上去踏踩，像人一樣的舂法。這家人說：「昨天鬼幫助了某甲，今天又來幫助我，快去運穀子來給他舂！」還供應婢女協同簸篩米糠。到了黃昏，鬼已經筋疲力盡，主人家也不給鬼一些吃的。新鬼天黑回去的時候，非常生氣地說：「我和你也算是姻親，交情非比尋常，為什麼你要欺騙我？兩天我都幫人家幹活，卻連一小杯的飲食都得不到！」鬼朋友說：「是你自己運氣不好罷了。這兩戶人家有的信佛教，有的信道教，當然很難驚擾他們！現在你再去，勸你找戶普通人家作怪，這樣就會要什麼有什麼了。」

新鬼又去了村子裡，找到一戶人家，大門口有竹竿加固封鎖。新鬼從門直接進入，看到一羣女子聚在窗前吃東西；新鬼來到中庭，那裡有一隻白狗，便抱起那隻白狗，讓牠在空中行走。這戶人家看到這情形後非常驚恐，說：「從來不曾有過這種怪事！」占者說：「有外來的鬼要討食。勸你們殺掉這隻狗，備好甘果和酒飯，放到庭院中來祭祀他，這樣就不會有事了。」他家按照法師說的來做，鬼終於大吃了一頓。此後他就常常作怪，這都是鬼朋友的教導啊。

六、鬼朋友報恩請吃飯　南朝 宋・劉義慶：《幽明錄》卷六

晉升平元年，任懷仁年十三，為臺書佐❶。鄉里有王祖復為令史，恆寵之。懷仁已十五、六矣，頗有異意❷。祖銜恨，至嘉興，殺懷仁，以棺殯埋於徐祚田頭❸。

祚夜宿息田上，忽見有家，至朝、中、暮三時，輒分以祭之。呼云❹：「田頭鬼！來就食。」至暝眠時，亦云：「來伴我宿。」如此積時，後忽見形❺，云：「我家明當除服作祭，祭甚豐

厚，君明隨去。」祚云：「我是生人，不當相見❻。」鬼云：「我
自當隱君形❼。」祚便隨鬼去，計行食頃❽，便到其家。家大有
客，鬼將祚上靈座，大食滅❾。闔家號泣，不能自勝，謂其兒還
❿。

　　見王祖來，便曰：「此是殺我人，猶畏之！」便走出，祚即
形露⓫。家中大驚，具問祚，因敘本末。遂隨祚迎喪，鬼便斷絕
⓬。

【注釋】

❶　晉：朝代名。司馬炎建立。自公元 265 至 316 年為西晉。自公元 317 至 420 年為東
晉。　升平：東晉穆帝司馬聃年號。自公元 357 至 361 年。　任懷仁：人名。
臺：官署名。晉時指中央朝廷為臺。　書佐：抄寫文書的低階職位佐吏。

❷　王祖：人名。　復：副詞，又。　為：作官。　令史：官名。掌文書之事務。
寵：寵愛，委婉指稱對某人從事性行為。《晉書・五行志》：「太康之後，男寵大
興，甚於女色，士大夫莫不尚之。」　異意：有不同的意圖，指不願繼續和王祖有
染。

❸　銜恨：懷恨。　嘉興：縣名。在今浙江省嘉興市。　殯埋：埋葬。　徐祚：人名。

❹　宿息田上：在田裡的農舍夜宿。農夫野宿於田舍。　輒：每，總是。　分：分別。
呼：呼請。

❺　田頭：田。頭是詞綴。　來就食：來吃。　瞑眠：同義連文。睡覺。　積時：時間
久了。　見形：顯露形貌。見：音ㄒㄧㄢˋ；xiàn。現的本字。顯露，出現。

❻　除服：喪期已滿，除去喪服。　生人：活人。　不當：不應該。　相見：出現。
見：音ㄒㄧㄢˋ；xiàn。現的本字。出現。

❼　自當：自。必定。用於加強判斷語氣或確認事實。當為音節助詞。

❽　計：估算。計算。　食頃：一飯之頃，形容時間短。

❾　大有：有很多。大：指規模廣。　將：帶領。　上：升，登。　靈座：亦稱靈位。
供奉神主的几筵。服除而撤。　大食滅：大吃一頓，把東西都吃光了。滅：盡。

❿　闔家：全家。闔：全。　號泣：凶喪場合出聲且有哀訴之言的哭。　自勝：自我控
制。勝：音ㄕㄥ；shēng。經得起。　謂：認為，以為。

⓫　走：疾趨，快跑。

⓬　具：副詞。都，全。　本末：事物的始終，原委。　喪：音ㄙㄤ；sāng。裝有死者
遺體的棺木。

翻譯：

　　晉穆帝升平元年，任懷仁十三歲，擔任中央朝廷的低階文書辦事員。同鄉有一人叫王祖的也在朝中擔任令史一職。王祖經常寵倖任懷仁。任懷仁已經十五、六歲了，他很不願和王祖有瓜葛。王祖遂懷恨在心，到了嘉興縣，就殺了任懷仁，將他裝棺入殮後，埋葬在農夫徐祚的田邊。

　　徐祚夜晚睡在田裡的農舍時，突然看到田邊有座土墳！他於是在早上、中午、黃昏的三個時段，分三次祭墳，呼請說：「田頭鬼！來吃飯了！」到要睡覺時，他也會說：「來伴著我睡吧！」就這樣過了一段時間後，任懷仁突然現形，對他說：「明天喪期滿了，我家要做祭祀，祭祀很豐富，您明天跟我一同去。」徐祚說：「我是活人，不該出現。」鬼說：「我一定會幫您隱形。」徐祚就跟著鬼同去，估計只走了一頓飯的時間，就到他家了。他家來了好多的賓客，鬼帶著徐祚登上靈座，他們倆大吃大喝地把祭品吃得精光。全家人號哭哀訴，克制不住傷悲，以為他們的兒子真的回來了。

　　當任懷仁看到王祖前來，就說：「這正是殺害我的人，我還是很怕他！」接著就跑出去，徐祚立即顯露原形。任家非常驚恐，仔細詢問徐祚是怎麼回事，他便說出事情的前後經過。任的家人於是跟隨著徐祚去迎回兒子的棺木，此後鬼就絕跡了。

七、放心不下的鬼丈夫　　南朝　宋·劉義慶：《幽明錄》卷二

　　庾崇者，建元中江州溺死。爾日即還家，見形一如平生。多在妻樂氏室中❶。妻初恐懼，每呼諸從女作伴，於是鬼來漸疏❷。時或暫來，輒恚罵曰❸：「貪與生者接耳，反致疑惡，豈副我歸意邪❹？」從女在內紡績，忽見紡績之具在空中，有物撥亂，或投之於地❺。從女怖懼皆去，鬼即常見。

　　有一男才三歲，就母求食。母曰：「無錢，食那可得？」鬼

乃淒愴，撫其兒頭曰：「我不幸早逝，令汝窮乏；愧汝念汝，情何極也❻！」忽見將二百錢置妻前，云：「可為兒買食❼。」如此經年，妻轉貧苦不立❽。鬼云：「卿既守節，而貧苦若此，直當相迎耳！」未幾，妻得疾亡，鬼乃寂然❾。

【注釋】

❶ 庾崇：人名。　建元：東晉康帝司馬岳的年號。自公元 343 至 344 年。　江州：州名。在今江西、浙江二省境內。　爾日：猶言當天。　見形：現形。見：音ㄒㄧㄢˋ；xiàn。「現」的本字。顯露，出現。　平生：生前。　室：內室。臥房。

❷ 呼：呼請。　諸：眾，各個。　從女：姪女。從：音ㄗㄨㄥˋ；zòng。同一宗族次於至親者叫從。　疏：少。

❸ 暫：突然。匆匆。　輒：每每，總是。　恚：音ㄏㄨㄟˋ；huì。發怒，怨恨。

❹ 貪：欲。　耳：語氣詞。有僅止於此之意。猶罷了。　反致疑惡：反而遭來嫌惡。惡：音ㄨˋ；wù。憎恨，討厭。　副：符合。

❺ 紡績：紡織緝麻。　具：器具，工具。　有物：有鬼。　撥亂：分開來挑亂。投：擲，扔。

❻ 念：憐愛。魏晉新義。　極：苦。困。

❼ 將：攜持。　可：請。表示祈請的語氣。

❽ 轉：副詞。表示程度的變化。相當於「漸漸」、「越來越」。

❾ 卿：第二人稱代詞。用於夫稱妻，有表示親暱的作用。　直當：直。逕直，直接。當為音節助詞。　相迎：迎接你。相：偏指受事的第二人稱。　耳：助詞。表示肯定。　未幾：不久。

翻譯：

庾崇，他在東晉康帝建元年間於江州溺死。當天他的鬼魂就回家，模樣一如生前。他多半出現在妻子樂氏的房間裡。妻子初時恐懼，總是呼請堂姊妹們來作伴，於是鬼漸漸少出現了。有時突然回來，就怒罵她：「妳只想跟活人交往，我反遭妳的嫌惡，這難道對得起我回來的用心？」堂姊妹們在室內紡紗，突然看到紡紗的器具浮到空中，紡好的紗也被鬼撥亂，有的還被扔到地上。堂姊妹們害怕得都離開了，此後鬼就經常出現。

他們有一個兒子才三歲，兒子向母親討東西吃，母親說：「沒錢，哪來

的東西吃？」鬼聞言悲痛，他摸著兒子的頭說：「我不幸早死，讓你們貧窮挨餓；我愧對你，憐愛你，我的心何其的痛苦啊！」忽然見到他拿兩百元放在妻子面前，說：「請妳給兒子買東西吃！」就這樣過了一年，妻子越來越窮苦，日子過不下去了。鬼說：「既然妳守節不嫁，又貧苦成這樣，那我直接來接你去了。」不久，妻子得病亡故，鬼從此無聲無息。

八、醉鬼中了鬼計　　東晉・干寶：《搜神記》卷十六

　　瑯琊秦巨伯，年六十，嘗夜行飲酒，道經蓬山廟❶。忽見其兩孫迎之，扶持百餘步，便捉伯頸著地，罵：「老奴，汝某日捶我，我今當殺汝❷！」伯思惟某時信捶此孫。伯乃佯死，乃置伯去❸。

　　伯歸家，欲治兩孫。兩孫驚愕❹，叩頭言：「為子孫，寧可有此！恐是鬼魅，乞更試之❺。」伯意悟。數日，乃詐醉，行此廟間。復見兩孫來扶持伯❻。伯乃急持，鬼動作不得。達家，乃是兩偶人也❼。伯著火炙之，腹背俱焦坼。出著庭中，夜皆亡去❽。伯恨不得殺之❾。

　　後月餘，又佯酒醉夜行，懷刃以去。家不知也。極夜不還。其孫恐又為此鬼所困，乃俱往迎伯，伯竟刺殺之❿。

【注釋】

❶　瑯琊：郡名。在今山東省境內。　秦巨伯：人名。　夜行：晚上外出。　蓬山：山名。蓬萊山亦稱蓬山，為海上仙山。此處之蓬山當指大蓬山，或達蓬山，在今浙江省慈溪市，傳秦始皇東游，欲自此入蓬萊仙山，故名。

❷　步：長度名。六尺為一步，約一公尺餘。　便捉：就按住。便：副詞。就。　著地：觸地。著：音ㄓㄨㄛˊ；zhúo。碰觸。　捶：以拳擊。以杖擊。　當：必定。

❸　思惟：思量。思考。　信：的確。　乃：於是。　佯死：裝死。佯：音一ㄤˊ；

四川博物院，東漢酒肆畫像磚拓印，釀酒，買賣酒，鹿車運酒，大人追著孩童跑。
彭州市義合徵集。

    yáng。假裝。　　置：放開，釋放，放棄。

❹　治：懲處。　　驚惋：驚歎。

❺　為：做，擔任。　　寧可：表示強烈的否定意思。豈可。怎麼能。　　乞：請求。
　　更：音ㄍㄥˋ；gèng。再，又。

❻　意悟：理解。　　詐醉：假裝酒醉。　　間：處所，那裡。　　持：劫持。挾制。

❼　急持：緊緊捉住。急：嚴密，緊。　　動作不得：無法動彈。動作：舉動。得：表示
　　狀態或能力。　　達：至，到。　　乃是：原來是。　　偶：木質或土質製的人像。

❽　著火：引火。著：音ㄓㄨㄛˊ；zhúo。用。　　炙：燒烤。　　焦坼：燒焦裂開。坼：
　　音ㄔㄜˋ；chè。裂開。　　出著：丟棄到。出：遺棄。著用在動詞後，相當於
　　「在」、「到」。　　亡：逃跑，逃亡。

❾　恨：後悔，遺憾。　　不得：不能夠。

❿　懷刃：藏著刀子。　　極夜：夜深了。極：至。達到最高限度。　　恐：恐怕。表示擔
　　心。　　竟：副詞。竟然。

翻譯：

    秦巨伯是琅琊郡人，六十歲。一天晚上他外出喝酒，路過蓬山廟，忽然
看到他的兩個孫子來接他！他們倆攙扶著他走了一段路後，猛地按住他的脖

子將他推倒在地，罵說：「死老頭，那天你拿棍子捶我，今天我定要殺了你！」秦巨伯心想某天他確實打了這個孫子；於是裝死，鬼見狀也就丟下他不管走開了。

　　秦巨伯回到家之後，要修理這兩個孫子，兩個孫子驚恐感慨，跪地磕頭說：「做兒孫的怎麼可能有這樣的行為？怕是遇到鬼魅吧？求求您再查探一下實情。」秦巨伯想想也對。

　　幾天後，秦巨伯於是裝醉，走來蓬山廟附近。他又看見兩個孫子前來攙扶自己，秦巨伯牢牢地擒住他們，鬼動彈不得。到家後，原來是兩尊木偶人。秦巨伯燃火來燒他們，木偶的腹背都燒到焦黑破裂了。秦巨伯將他們棄置在中庭。半夜，木偶都逃掉了。秦巨伯懊悔沒有解決掉他們。

　　又過了一個多月，秦巨伯再度裝醉走夜路，他帶著刀子出門，家人都不知道他去了哪裡，已經深夜了，他還沒回家。他的孫子擔心他又被那兩隻鬼給困住，便相偕去路上接他，秦巨伯竟然將孫子給刺死了。

九、小心有鬼　　東晉‧干寶：《搜神記》卷十六

　　吳興施續，為尋陽督，能言論❶。有門生，亦有理意，常秉無鬼論❷。忽有一黑衣白帢客來，與共語，遂及鬼神❸。移日，客辭屈，乃曰❹：「君辭巧，理不足。僕即是鬼❺，何以云無？！」問：「鬼何以來？」答曰：「受使來取君，期盡明日食時❻。」

　　門生請乞酸苦。鬼問：「有人似君者否❼？」門生云：「施續帳下都督，與僕相似❽。」便與俱往，與都督對坐。鬼手中出一鐵鑿，可尺餘，安著都督頭，便舉椎打之❾。都督云：「頭覺微痛。」向來轉劇，食頃便亡❿。

甘肅博物院，漢代彩繪木刻著單衣彩繪人俑，漢八刀工藝（刀法簡淨，平整，銳利，對稱），武威磨嘴子出土。

【注釋】

❶ 吳興：郡名。在今浙江、江蘇兩省境內。　施續：人名。　尋陽：郡名。在今江蘇省境內。　督：官名。各級軍事首長。大將軍。　言論：言談、議論。

❷ 門生：門客，侍從官僚。六朝時仕宦者可招募部曲，其於門下親侍者謂之門生。　意理：思想見解。　秉：秉持。執持。

❸ 白帢：白色的便帽。帢：音ㄑㄧㄚˋ；qià。古代的一種圓錐形便帽，用縑帛縫製。　遂：副詞。終於。

❹ 移日：經過長時間。　辭屈：辭窮，言辭被駁倒。

❺ 僕：自身謙稱。

❻ 受使：接受指使者所給予的命令。　取：捕捉。拿。　期：生命期限。　食時：吃早餐的時候。古人將一天分為十二時，食時相當於早上七點到九點。

❼ 酸苦：悲痛，痛苦。　否：音ㄈㄡˇ；fǒ。用於句尾，表示疑問。

❽ 帳下都督：官名。將軍府內的庶務總管。帳下：將軍府。古代將帥設帳幕辦公，以防塵避風。下：處所名詞詞尾。泛指該處。

❾ 鐵鑿：鐵製的尖銳器具。鑿：音ㄗㄨㄛˋ；zuò。用以穿木之金屬器具。　可：大約。　安著：放置在。　椎：用以敲擊他物之木製器具。槌。

❿ 向來：後來。　轉劇：漸趨嚴重。　食頃：一飯之頃。短暫的時間。

翻譯：

　　吳興郡人施續，擔任尋陽總督大將軍，善於清談辯論。他有位門生，也頗有獨到的理念，總是秉持無鬼論。一天，忽然有一位身穿黑衣，頭戴白色圓錐帽的客人，來與他談論，終於觸及了鬼神議題。雙方辯論了很久，黑衣客理屈辭窮，於是說：「您的辯辭巧妙，但道理不足！在下就是鬼！為什麼說無鬼？！」門生問他：「鬼，你來的原因是什麼？」回答說：「我奉命前來捉拿您，您的生期將在明天早晨食時終了。」

　　門生心酸地求鬼饒命。鬼問他：「有沒有人長得像您？」門生說：「施續幕將軍府的都督，與在下相似。」鬼於是和門生一同前往。鬼和那個都督對向坐著，鬼的手中出現一根鐵鑿，約有一尺多長，鬼將鐵鑿放在都督的頭上，接著舉起椎子敲下去。都督說：「我的頭覺得有些痛！」後來痛得越加嚴重，不久就身亡了。

十、鬼打架　　南朝　宋・劉義慶：《幽明錄》卷四

　　建德民虞敬上廁，輒有一人授草，手內與之，不睹其形❶。如此非一過❷。

　　後至廁，久無送者，但聞戶外鬥聲。窺之，正見死奴與死婢爭先進草，奴適在前，婢便因後摑之，由此輒兩相擊❸。食頃，敬欲出，婢奴陣勢方未已，乃厲聲叱之，奄如火滅。自是遂絕❹。

【注釋】

❶　建德：縣名。在今浙江省建德市。　虞敬：人名。　輒：每，總是。　授：給予，付與。　草：草製的粗紙，用以拭糞。　手內與之：以手拿著伸進去給他。內：音ㄋㄚˋ；nà。入。

❷　過：量詞。次，遍。

❸　但：連詞。用於複句第二分句，表示輕度轉折。意為「只是」，「不過」。　窺：

從孔隙中向外看。偵視。　正：副詞。剛好。　進：奉上。　適：副詞。剛，剛才。　撾：音ㄓㄨㄚ；zhūa。敲打，打擊。

❹ 食頃：一飯之頃，形容時間短。　陣勢：雙方敵對爭勝的戰況。　方：副詞。仍然，還。表示動作或狀態不因某種情況的發生而改變。　屬聲：高聲。　叱：音ㄔˋ；chì。大聲喝斥。　奄：音ㄧㄢˇ；yǎn。迅疾，忽然。

南京博物院，東漢陶倉，陶廁所與豬圈，溷廁，徐州土山出土。

翻譯：

　　建德縣民虞敬上廁所時，總會有個人拿草紙給他，由於都是伸手遞進去給的，所以虞敬沒看過他的樣子。像這樣送草紙給他用的情形不只一次了。

　　後來他去上廁所，很久都沒有來送草紙的，不過卻聽到門外有打鬥聲。虞敬從廁所的洞口向外查看，正好看到他家死去的奴僕和死去的婢女爭先恐後地搶著要給主人送草紙，奴僕才搶到前面，奴婢就在後面打他，兩個就這樣一直互相打鬥著。約莫過了一頓飯的時間，虞敬想從廁所出來了，但奴婢與奴僕卻還打個沒完；虞敬就大聲斥責他們！突然，他們像火熄滅了一般，從此消失不見了。

十一、鬼夫人設局殺妾　　無名氏：《志怪》

　　永嘉中，黃門將張禹曾行經大澤中❶。天陰晦，忽見一宅門大開。禹遂前至廳事。有一婢出問之❷，禹曰：「行次遇雨，欲寄宿耳❸。」婢入報之，尋出，呼禹前❹。

　　見一女子年三十許，坐帳中，有侍婢二十餘人，衣服皆燦麗。問禹所欲，禹曰：「自有飯，唯須飲耳❺。」女敕取鐺與之，因燃火作湯，雖聞沸聲，探之尚冷❻。女曰：「我亡人也，塚墓之間無以相共，慚愧而已❼。」因歔欷告禹曰：「我是任城縣孫家女，父為中山太守，出適頓丘李氏❽。有一男一女，男年十一，女年七歲。亡後，李氏幸我舊使婢承貴者。今我兒每被捶楚，不避頭面。常痛極心髓❾！欲殺此婢，然亡人氣弱，須有所憑。託君助濟此事，當厚報君❿。」禹曰：「雖念夫人言，緣殺人事大，不敢承命⓫！」婦人曰：「何緣令君手刃？唯欲因君為我語李氏家，說我告君事狀⓬。李氏念惜承貴，必做禳除。君當語之，自言能為厭斷之法⓭。李氏聞此，必令承貴茹事，我因伺便殺之⓮。」禹許諾。

　　及明而出，遂語李氏，具以其言告之⓯。李氏驚愕，以語承貴，大懼，遂求救於禹。既而禹見孫氏自外來，侍婢二十餘人，悉持刀刺承貴，應手仆地而死⓰。未幾，禹復經過澤中，此人遣婢送五十匹雜綵以報禹⓱。

【注釋】

❶　永嘉：晉懷帝司馬熾年號。自公元 307 至 312 年。　黃門將：官名，隸屬於黃門，為領兵部將之職，帝王出行，負責護駕。黃門：禁署，以官門漆成黃色，故曰黃門。　張禹：人名。

四川博物院，東漢鳳闕畫像磚拓印，大門向內開啟，大邑縣安仁出土。

❷　前：進。　廳事：原指官府辦公的地方，其後私人住宅的廳堂也稱為廳事。　出：由內到外。　問之：詢問張禹。之：代詞。指張禹。

❸　行次：在旅途中。次：途中停留之處。　欲：想要，要。　耳：助詞。表示僅止於此。

❹　尋：副詞。隨即，不久。　呼：呼請。

❺　坐帳中：坐在帷帳之內的牀榻上。帷帳有防塵避風與男女禮防之用。廳堂前的帷帳是在楹柱之後的橫楣上掛帷幔，可分段褰卷起來，並將繫帷的組綬末端垂露於下，作為裝飾。　飲：喝的東西。

❻　敕：音ㄔˋ；chì。　命令。　鐺：音ㄔㄥ；chēng。有足的圓型鍋具。　與：給予。　作湯：燒熱水，燒開水。　探：摸取。

❼　相共：供應你。相：偏指受事的一方。　共：音ㄍㄨㄥ；gōng。供給。

❽　欷歔：嘆息聲，飲泣聲。　任城縣：縣名。在今山東省濟寧市。　中山：郡名。在今河北省境內。　太守：官名。管理一郡政事之首長。　出適：出嫁。適：女子出嫁。　頓丘：縣名。在今河南省濮陽市。

❾　幸：寵愛。　使婢：使女，貼身供役使的婢女。　者：助詞。用於句尾，表示肯
定。　捶楚：用杖或板打。　痛極：同義連文雙音詞。痛苦。

❿　須：必須，應當。　濟：完成。　厚報：豐厚地酬謝。

⓫　念：憐，同情。　緣：因為。　承命：接受命令。

⓬　何緣：表示反詰，相當於「哪裡」、「豈」。　手刃：親手用刀殺死。　唯：只
有，獨。　因：憑藉，利用。　告：語，告訴。

⓭　念惜：憐愛。　禳除：舉行祭祀以去除邪惡。禳：音ㄖㄤˊ；ráng。除疾殃之祭。
當：要。　語之：告訴他。之：指示代名詞。指李氏。　厭斷：用法術鎮壓、禁絕
邪魅引來的禍害。厭：音一ㄚ；yā。鎮壓、抑制。

⓮　蒞事：親臨現場視事。　因：於是。　伺便：等候，偵查有利時機。

⓯　明：曉。　具：副詞。都，全。通「俱」。

⓰　既而：不久。　悉：全，都。　應手：立即。　仆地：跌倒於地。

⓱　未幾：不久。　匹：量詞。計算布帛的單位。長四尺為匹。　雜綵：各種各樣的彩
色絲織物。漢代以後，采帛可做為貨幣之用。

翻譯：

　　晉朝懷帝永嘉年間，黃門將官張禹曾經路過一處大湖邊。當時天色陰暗
不明，突然看到一座豪宅的大門敞開著。張禹於是走進大廳，有位婢女出來
詢問他有什麼事？張禹說：「半路遇到雨，想要在府上寄宿一晚。」婢女入
內稟報，不久出來，呼請張禹進來。

　　張禹見到一個女子年約三十歲，坐在帷帳中，服侍的婢女有二十多人，
她們的衣服都鮮豔華麗。帳中的女子詢問張禹需要些什麼？張禹說：「我有
飯，只需要開水即可。」女子命令婢女去取鐵鍋給他，接著燒柴煮水，張禹
雖然聽到水沸騰的聲音，但用手一探，水卻仍然是冷的。女子說：「我是個
亡者，墳墓裡頭沒有什麼可款待你的，只有慚愧以對了！」接著她低聲啜泣
地告訴張禹：「我是任城縣孫家的女兒，父親是中山郡的太守，我出嫁到頓
丘李氏家。生有一男一女，兒子十一歲，女兒七歲。我亡故之後，李氏寵納
了我過去使喚的婢女承貴。現在我兒子常常被她用棍子打，劈頭蓋臉不顧輕
重；使我痛心不已！我想要殺掉這個婢女，但亡人的精氣微弱，需要有個依
託。拜託您助我完成此事，我會好好報答您的。」張禹說：「我雖然同情夫
人所說的遭遇，但因為殺人事關重大，我不敢答應您的請託。」女子說：

「我怎麼會要您動手殺人呢？我只是想透過您為我去告訴李家，說我跟您講的這些事情……李氏疼惜承貴，一定會做消災法事！您要告訴他，說您有降伏鬼怪的法術，李氏一聽，就會請承貴來法事現場，這樣我就可以趁機殺掉她！」張禹答應了。

天亮後，張禹從大宅離開，便去告訴李氏，把李氏亡妻的話全都說了。李氏聞言大驚，也告訴了承貴。承貴很恐懼，於是向張禹求救……不久之後，張禹看見孫氏從外面進來了，領著二十幾個婢女，個個都拿刀刺殺承貴，承貴隨即仆地而死。

過後不久，張禹又經過湖邊，這個夫人派遣婢女送來了五十匹各色的絲織品以報答張禹。

十二、幽靈馬車　東晉‧陶潛：《搜神後記》卷三

　　宋時有諸生遠學，其父母燃火夜作❶，兒忽至前，嘆息曰：「今我但魂爾，非復生人❷。」父母問之，兒曰：「此月初病，以今日某時亡。今在琅琊任子成家，明日當殮❸，來迎父母。」父母曰：「去此千里，雖復顛倒，那得及汝❹？」兒曰：「外有車來，但乘之，自得至矣❺。」

　　父母從之，上車。忽若睡，比雞鳴，已至所在。視其駕乘，但魂車木馬❻。遂與主人相見，臨兒悲哀。問其疾消息，如言❼。

【注釋】

❶　宋：朝代名。南朝之一，劉裕建立。自公元 420 至 479 年。此事當為南朝人所作而屬入《搜神後記》。陶潛為東晉人，不及聞知南朝事。　　諸：句中助詞，無義。生：有才學的人，泛指讀書人。　　作：做工。諸如析麻、製乾糧、染衣、整治農具等事。

❷　但：副詞。只，只是。　　魂：離開身體而存在的神魂。　　爾：語氣詞。相當於「而已」、「罷了」。　　非復：非。不是。復：音節助詞。　　生人：活人。

❸　琅琊：郡名。在山東省境內。　　任子成：人名。　　殮：給死者穿著入棺。

❹　去：距離。　　復：副詞。無實義。有強調語氣之作用。　　顛倒：指日以繼夜地趕路。　　及：追上。

❺　但：連詞。表示一種條件。只要。　　自得：即可。就能。自：副詞。即，就。比：音ㄅㄧˋ；bì。連接詞。及，等到……的時候。　　雞鳴：公雞報曉，指天剛亮之際。

❻　但：連接詞。用於複句第二分句，表示輕度轉折，意為「只是」、「不過是」。魂車：古代喪禮於下葬前依死者生前外出之狀所備的車。　　木馬：木製紙糊之馬，於喪禮時用以掛載魂車。魂車木馬原應在死後第二日夜半焚燒，意在為死者送行。

❼　主人：客舍的經營者。　　臨：音ㄌㄧㄣˋ；lìn。哭弔。　　消息：原指生滅盛衰，中古時新出疾病的治療調養之義。

翻譯：

　　劉宋時期有一位書生到遠方去遊學。他家鄉的父母晚上燃著火燭在勞作

時，兒子突然來到他們面前，嘆息著說：「現在我只是魂氣而已，不是活生生的人了。」父母親詢問他是什麼情況，兒子說：「這個月的月初病了，在今天某時死了。現今在琅邪任子成家裡，明日就要入殮，我來迎接父母去看我一面。」父母說：「琅邪離此地有千里之遠，我們再怎麼日夜趕路，哪能趕得上你啊……」兒子說：「外面有車子來，只要搭乘它，自然就會到達。」

父母聽從他的話，上車了。兩人忽然像是睡著了一般……到了雞鳴破曉時，已經到了兒子寄宿所在。查看剛才所乘坐的馬車，原來只是喪禮時使用的魂車木馬。父母於是與主人相見，他們哀傷地來到兒子的遺體前憑弔。詢問主人他病情的起落與治療情形，都和兒子說的一樣。

十三、鬼知音　　晉・荀氏：《靈鬼志》

嵇康燈下彈琴，忽有一人長丈餘，著黑單衣，革帶❶。康熟視之，乃吹火滅之，曰：「恥與魑魅爭光❷！」

嘗行，去洛數十里，有亭名月華，投此亭，由來殺人❸。中散心神蕭散，了無懼意❹。至一更，操琴，先作諸弄，雅聲逸奏，空中稱善。中散撫琴而呼之❺：「君是何人？」答云：「身是故人，幽沒於此❻。聞君彈琴，音曲清和，昔所好，故來聽耳❼。身不幸非理就終❽，形體殘毀，不宜接見君子。然愛君之琴，要當相見，君勿怪惡之❾。君可更作數曲。」中散復為撫琴，擊節❿，曰：「夜已久，何不來也？形骸之間，復何足計⓫！」乃手擘其頭，曰：「聞君奏琴，不覺心開神悟，恍若暫生⓬。」遂與共論音聲之趣，辭甚清辯。謂中散曰：「君試以琴見與⓭。」乃彈〈廣陵散〉。便從受之，果悉得。中散先所受引，殊不及⓮。與中散誓：

「不得教人！」

天明，語中散：「相與雖一遇於今夕，可以遠同千載。於此長絕，不勝悵然⓯！」

四川博物院，東漢撫琴俑；觀賞俑，撫琴者頭部略為上揚，呈現沈醉於樂音的陶然神情，聆賞者左手支地，側耳傾聽，似浸淫於美好的樂音中。成都天回山崖墓出土。

【注釋】

❶ 嵇康：三國時魏人。公元 223 至 262 年在世。風神俊逸，善鼓琴，精樂理，為竹林七賢之一。曾任中散大夫。後為司馬昭所殺。　丈：度量單位。十尺為丈。約合今 220 公分。　單衣：白色素紗長衫，也做「襌衣」，領、袖、下襬皆有緣飾。　革帶：以皮革製成的腰帶。古代官服須配有可盛官印的皮製鞶囊，並將它繫於革帶之上。

❷ 熟視：細看。　魍魅：傳說中的鬼怪精魅。

❸ 去：距離。　洛：市名。洛陽、洛京的省稱。為西晉首都。在今河南省洛陽市。里：長度單位。約合半公里。　亭：縣道上設置的基層行政單位。亭設有供旅客停留宿食的公舍。　投：到，臨。　殺人：使人死亡。

❹ 中散：官名。中散大夫的省稱，此指嵇康，因其曾任魏中散大夫一職。此職為皇帝從官的行列，無固定職務。　蕭散：灑脫安詳的樣子。　了無：完全沒有。了：音ㄌㄧㄠˇ；liǎo。完全。

❺ 弄：樂一曲曰弄。　撫琴：撫按琴絃，指彈奏。　呼：呼喚。

❻ 身：我。第一人稱代詞。　故人：死者。　幽沒：死亡。幽：指死亡，埋葬。沒：
音ㄇㄛˋ；mò。死亡。通「歿」。

❼ 好：音ㄏㄠˋ；hào。喜愛。　耳：助詞。表肯定語氣。

❽ 非理就終：死於非命。

❾ 要當：要。當為音節助詞。　相見：見你。相：偏指受事一方。　怪惡：同義連文
雙音詞。驚駭。惡：音ㄨˋ；wù。厭惡。

❿ 擊節：用手或拍板以調節樂曲。

⓫ 形骸：形體。　復：副詞。無實義，在句中只表示強調的作用。　計：考慮，謀
議。

⓬ 挈：音ㄑㄧㄝˋ；qiè。懸持，提起。　怳：音ㄏㄨㄤˇ；huǎng。心神飄忽不定。
通「恍」。　暫生：突然活過來。暫：突然。

⓭ 音聲：音樂。指由和諧樂音組合而成的藝術形式。　試：暫且。　見與：給我。
見：用於動詞前，表示代詞賓語的省略。與：給予。

⓮ 廣陵散：琴曲名。散，曲類名稱，如操、弄、序、引之類。內容據傳是聶政為嚴仲
子報仇刺殺韓相俠累的故事。此曲漢末魏晉時期流傳於民間，《世說新語・雅量》
載嵇康臨刑東市時，神氣不變地索琴彈奏〈廣陵散〉。演奏結束，他感嘆著說：
「袁孝尼嘗請學此散，吾靳故不與，〈廣陵散〉於今絕矣。」　從：跟隨，追隨。
果：副詞。終於。　悉得：全部獲取。　引：樂曲體裁之一，有序曲之意。　殊：
極，甚。

⓯ 語：音ㄩˋ；yù。告訴。　相與：與你。相：偏指受事一方。　不勝：承受不住。

翻譯：

　　嵇康在燈下彈琴，突然出現一個身高十尺多的人，穿著黑色的長衫，繫
著革帶。嵇康仔細打量了他，接著將火吹滅，他說：「不屑和鬼魅爭光！」

　　有次他外出旅行，在距洛陽數十里遠之處，有亭，名為月華。投宿此亭
的人，向來都會死亡。嵇中散內心灑脫自在，完全沒有任何恐懼。到一更時
他彈著琴，先彈奏幾首小曲，樂音高雅飄逸，這時空中傳來了稱讚聲，嵇中
散邊彈琴邊呼喚他：「您是什麼人？」答說：「我是個亡者，埋葬在此地。
聽到您在彈琴，樂音清揚和諧，是我往昔所喜好的，所以前來聆賞。我不幸
橫死，身體殘破毀損，本不該與君子相見，但喜愛您的琴音，需要見您，希
望您不要厭惡這不全之軀。請您再演奏幾首曲子吧！」嵇中散繼續為他彈
琴，鬼跟著打拍子，嵇康說：「夜已深了，何不前來？形骸之間，不足為

慮！」鬼於是用手提著頭顱現身，說：「聽到您彈琴，不覺心情開朗，精神明達，彷彿又活過來似的！」於是和嵇康一起討論音樂的旨趣，他的樂論甚為清晰明白。他對嵇中散說：「請您暫且把琴給我一下？」鬼接過琴之後就彈奏〈廣陵散〉樂曲，嵇康便跟著他學習，最後，整首曲子全學會了。嵇中散先前所學的樂曲遠遠比不上它。鬼與嵇中散立誓約定，不可以將此曲教給別人。

　　天亮了，他對嵇中散說：「與你雖然只邂逅於今晚，但一夕的友誼卻永恆如千載……在此永別，不勝惆悵！」

十四、鬼媳婦要渡河　　東晉·干寶：《搜神記》卷五

　　淮南全椒縣有丁新婦者，本丹陽丁氏女，年十六，適全椒謝家❶。其姑嚴酷，使役有程，不如限者，仍便笞捶❷。不可堪，九月七日乃自經死❸。遂有靈響聞於民間，發言於巫祝曰：「念人家婦女，作息不倦，使避九月七日，勿用作事❹！」

　　吳平後，其女幽魂思鄉欲歸❺。永平元年九月七日，見形，著縹衣，戴青蓋，從一婢，至牛渚津求渡❻。有兩男子共乘船捕魚，仍呼求載❼。兩男子笑，共調弄之，言：「聽我為婦，當相渡也❽。」丁嫗曰：「謂汝是佳人，而無所知。汝是人，當使汝入泥死；是鬼，使汝入水。」便卻入草中❾。

　　須臾，有一老翁乘船載葦，嫗從索渡❿。翁曰：「船上無裝，豈可露渡，恐不中載耳。」嫗言：「無苦⓫。」翁因出葦半許，安處著船中，徑渡之⓬，至南岸。臨去，語翁曰：「吾是鬼神，非人也，自能得過，然宜使民間粗相聞知⓭。翁之厚意，出葦相渡，深有慚感，當有以相謝者⓮。若翁速還去，必有所見，亦當有所得

也！」翁曰：「媿燥濕不至❺，何敢蒙謝！」翁還西岸，見兩男子覆水中。進前數里，有魚千數，跳躍水邊，風吹至岸上。翁遂棄葦，載魚以歸。

　　於是<u>丁嫗</u>遂還<u>丹陽</u>，江南人皆呼為<u>丁姑</u>。九月七日不用作事，咸以為息日也。今所在祠之❻。

【注釋】

❶　淮南：郡名。在今安徽省境內。　全椒縣：縣名。在今安徽省全椒縣。　新婦：指新嫁娘，或泛指已婚之婦女。　丹陽：郡名。在今江蘇、浙江、安徽三省境內。適：女子出嫁。

❷　姑：丈夫的母親。　嚴酷：嚴峻。酷為音節助詞。　使役：派遣勞務。　程：規定，考核。　限：定制，準則。　仍便：於是。　笞捶：音ㄔ ㄔㄨㄟˊ；chī chúi。用鞭、杖、竹板抽打。《晉書・刑法志》載：「魏文帝時有大女劉朱，撾子婦酷暴，前後三婦自殺。」反映當時媳婦受虐待情況。

四川博物院，東漢放筏畫像磚拓印，兩人乘筏，似欲捕魚，岸邊有一人在釣魚。廣漢市農場徵集。

❸　堪：能承擔或忍受。　自經：上吊自殺。
❹　靈響：猶言靈驗。　巫祝：從事通靈鬼神的職業者。　念：憐惜。同情。魏晉時期產生憐愛之意。　作息：工作和休息。此偏指工作。　不倦：不懈怠。
❺　吳平：指三國吳國在公元280年遭西晉平定的時期。
❻　永平：晉惠帝司馬衷之年號，僅一年。公元291年。　見形：顯露其形。見：音　ㄒㄧㄢˋ；xiàn。通「現」。　縹衣：用青白色絲織物所製成的衣裳。　青蓋：黑色的頭巾。蓋：婦女行路避塵所著的面巾及披肩。　牛渚津：渡口名。在安徽省當塗縣。為牛渚山突出於長江之處，是往來南北的必經水道，水極深。　渡：過江河。
❼　仍：乃。於是。　呼：呼請。　求載：請求搭船乘載。
❽　調弄：調戲，戲弄。　聽：接受，聽從。　當：副詞。則。　相渡：渡你。相：偏指受事一方。
❾　嫗：音ㄩˋ；yù。婦女的通稱。　佳人：好人。　卻：後退。
❿　須臾：片刻。　葦：蘆葦。生於溼地或淺水。莖供葺屋、編簾等用，也可做造紙材料。　索：請求。
⓫　裝：裝備。此指船上的篷艙、頂蓋等裝備。　露渡：露船而渡。指該船無任何遮蓋、鋪墊之物。　中載：適合搭載。　耳：助詞。表肯定語氣。
⓬　無苦：不妨礙。苦：妨礙。　出：由內而外取出。　半許：約略一半。許：表示約略之詞。　徑：捷速，直接。
⓭　自：副詞。用於加強判斷語氣或確認事實。自然，當然。　能得：能夠，可以。同義連文雙音詞。　粗：粗略，大概。
⓮　憖感：因某事而感激。此為道謝之謙詞。憖通「慚」。魏晉時有感激之義。　當：將。
⓯　亦當：亦。當為音節助詞。　媿：慚愧。通「愧」。　燥濕不至：謙稱招待不周，未能提供舒適之便。
⓰　息：歇止，休息。　所在：到處。

翻譯：

　　淮南郡全椒縣有一位姓丁的媳婦，本來是丹陽郡丁氏家的女兒，十六歲時，嫁來全椒縣的謝家。她的婆婆很嚴厲，交派勞務給她都有嚴格的規定，沒有符合標準的話，婆婆就會用棍棒毆打她。她不堪忍受，就在九月七日那天上吊自殺。之後有靈異訊息在民間流傳，說丁氏附身在巫祝發言：「同情家庭婦女勞動不懈，要她們避開九月七日，當天不用作事！」

　　孫吳被平定之後，丁氏女的幽魂想念家鄉希望能回去。她在晉惠帝永平元年九月七日那天現形，穿著淡青色的衣服，戴著黑色的頭巾，跟隨著一個婢女，來到牛渚津找船要渡河。有兩個男子一齊乘船在捕魚，丁氏於是呼請他們過來載她。兩個男子色色地笑著，共同調戲她，說：「肯作我媳婦的話，就載妳渡河。」丁氏說：「我以為你們是好人，原來是對你們不了解！你們是人，就要你們栽進爛泥中死；是鬼，就要你們落水。」接著就退到草叢中。

　　不久，有一位老翁乘船載著蘆葦過來，丁氏請求載她渡河。老翁說：「船上沒裝篷子，怎麼可以沒個遮蔽地渡河呢？恐怕不好載吧。」丁氏說：「不要擔心。」老翁於是搬出將近一半的蘆葦，讓出個空間給丁氏乘坐，就直接載她過河，抵達了南岸。將離去時，她對老翁說：「我是鬼神，不是人，本來就能過河，但我要民間對此事略有所聞。老翁您好心好意，搬出蘆葦來載我渡河，我深為感激！我將有所答謝。若老翁趕快回去，必定會有所發現，也必定會有所收獲。」老翁說：「不好意思，照顧不周，哪裡敢接受妳的答謝！」老翁回到西岸，看到兩個男子覆滅在水中。再往前數里，發現有上千隻的魚在水邊跳躍著，這些魚又被風吹到岸上。老翁就捨棄蘆葦，載魚回去了。

　　於是丁氏就回到了故鄉丹陽郡，江南人都稱她為丁姑。九月七日這一天不用作事，大家都當作是休息日。現在當地到處都立祠祭拜丁氏。

十五、不說話的丈夫　　東晉·陶潛：《搜神後記》卷三

　　<u>董壽之</u>被誅，其家尚未知。妻夜坐，忽見<u>壽之</u>居其側，嘆息不已❶。妻問：「夜間何得而歸？」<u>壽之</u>都不應答❷。有頃，出門，繞雞籠而行，籠中雞驚叫❸。

　　妻疑有異，持火出戶視之；見血數升，而<u>壽之</u>失所在，遂以

告姑❹。因與大小號哭，知有變。及晨，果得兇問❺。

【注釋】

❶ 董壽之：人名。仕於北齊。　誅：殺戮。　居其側：位於她的旁邊。居：處於，位於。

❷ 夜間：晚上。　都：副詞。表示程度。全，完全。多與否定詞「不」連用，表示完全否定。

❸ 有頃：不久。　叫：鳴。

❹ 升：容量單位。約合今 220c.c.。　姑：婆婆。婦稱夫之母曰姑。

❺ 號：音ㄏㄠˊ；háo。出聲哭，且有哀訴之辭。　變：突發事故。災難。　兇問：凶問。死訊。

翻譯：

　　董壽之被殺害了，他家還不知道消息。他的妻子夜晚獨自在房內坐著，忽然見到董壽之就在她身旁，不停地嘆息著……妻子問他：「夜晚天色黑暗，你怎麼回來的？」董壽之都沒有回答她。過了一陣子，他出房門，繞著雞籠走，籠中的雞驚嚇地啼叫。

　　妻子懷疑情況有異，她拿著火炬出房門查看；看到地上有好多的血，卻沒有董壽之的蹤影；就把這情況告訴婆婆。婆媳因而與一家大小號哭哀訴，知道有變故了。到了早晨，果然接到噩耗。

六朝博物院，三國・吳・雞籠（雞舍），南京市江寧上枋城出土。

十六、找死　南朝 宋·劉義慶：《幽明錄》卷六

　　彭虎子少壯有膂力❶，常謂無鬼神。母死，俗巫戒之云❷：「某日殃煞當還，重有所殺，宜出避之❸。」合家細弱悉出逃隱，虎子獨留不去❹。

　　夜中，有人排門入，至東西屋覓人不得，次入屋，向廬室中❺。虎子遑遽無計，牀頭先有一甕，便入其中，以板蓋頭❻，覺母在板上，有人問：「板下無人邪❼？」母云：「無。」相率而去❽。

【注釋】

❶ 彭虎子：人名。　膂力：四肢有力。膂，音ㄌㄩˇ；lǔ。體力。

❷ 俗巫：民間以通鬼神為業的人。

❸ 殃煞：災禍，禍殃。　當：將。　重：音ㄔㄨㄥˊ；chóng。再。　殺：殺死。滅亡。　宜：助動詞。當。

❹ 合家：闔家。全家。　細弱：妻子兒女。泛指家屬。　悉：全，都。　獨：副詞。表狀態、方式。唯獨。

❺ 排門：猛力推開門扇。　次：接著。依先後順序進行。　向：朝向，趨向。　廬室：孝子守靈的小屋。

❻ 惶遽：驚慌恐懼。　無計：沒有對策，想不出方法。　甕：陶製盛器。

❼ 邪：音一ㄝˊ；yé。助詞。表疑問。

❽ 相率：一個跟著一個。

翻譯：

　　彭虎子年少力壯，體魄強健，總認為世間沒有鬼神！母親過世時，民間的巫師告誡他們家說：「在某一天，殃煞將回來，還會有人死，你們應當離開家到外面去以避開祂！」全家老弱婦孺都出去躲避殃煞，唯獨虎子留下來不走。

　　半夜時，有人撞開門扇進來了！他們到東西兩側的廂房都沒有找到人，接著進到屋內，朝著孝子守靈的小屋來。虎子驚慌失措，不知如何是好？牀

頭早先擺有一個甕，虎子於是躲進甕裡，且用一塊木板蓋住頭。他感覺母親在木板上，有人發問：「木板下沒有人嗎？」母親回答說：「沒有。」這些人就一個接一個出去了。

十七、鬼打牆　晉·荀氏：《靈鬼志》

周子長僑居武昌五丈浦東堈頭❶。咸康三年，子長至寒溪浦中稴家，家去五丈數里❷；合暮還五丈，未達減一里許。先是空堈，忽見四匝瓦屋當道❸。門卒便捉子長頭❹。子長曰：「我是佛弟子，何故捉我？」吏問曰：「若是佛弟子，能經唄不❺？」子長先能誦〈四天王〉及〈鹿子經〉，便為誦之三、四過。捉故不置❻。知是鬼，便罵曰：「武昌癡鬼！語汝，我是佛弟子，為汝誦經數偈，故不放人也？」捉者便放，不復見屋❼。

鬼故逐之，過家門前，鬼遮，不得入門，亦不得作聲❽。而心將鬼至寒溪寺中過❾，子長便擒鬼胸，復罵曰：「武昌癡鬼，今當將汝至寺中和尚前了之。」鬼亦擒子長胸，相拖度五丈塘西行❿。後諸鬼謂捉者曰：「放為！西，將牽我入寺中。」捉者曰：「已擒，故不放⓫！」子長故復語後者曰：「寺中正有道人輩，乃未肯畏之⓬？」後一鬼小語曰：「汝近城東，看道人面，何以敗⓭？」便共大笑。

子長比達家，已三更盡矣⓮。

【注釋】

❶ 周子長：人名。　僑居：寄居他鄉。僑：寄居異地。　武昌：縣名。在今湖北省鄂州市。　五丈：湖名。　浦：水濱。　堈頭：山丘。頭：詞綴。

❷ 咸康：年號。東晉成帝司馬衍年號。自公元 335 至 342 年。　寒溪：溪名。　去：

距離。

❸ 合暮：天已全黑。合：全。　未達減一里許：還差一里路左右就到（家）了。減：
差，不足。許：表示約略估計之詞。　四匝：四周。　當道：正對著路。

❹ 捉：按住。抓住。

❺ 經唄：指佛教信徒誦唸的經文。唄：音ㄅㄞˋ；bài。梵音的誦經聲。

❻ 〈四天王〉：佛經名。《佛說四天王經》，劉宋智嚴共寶雲譯。　〈鹿子經〉：佛
經名。《佛說鹿母經》。西晉竺法護譯。　過：次數。　捉故不置：仍然抓住他不
放。故：副詞。依然。置：免，棄。

❼ 偈：音ㄐㄧˋ；jì。佛經中的頌詞。梵語偈佗的簡稱。　故：副詞。依然，仍舊。
不復：不。復為音節助詞。

❽ 遮：阻攔。擋住。　作聲：發出聲音。

❾ 心：想著。　將：送。帶往。　過：到。

❿ 了：音ㄌㄧㄠˇ；liǎo。了結。　相拖：拖他（周子長）。相：偏指受事的一方。

⓫ 放為：放開。為：音ㄨㄟˊ；wéi。語尾助詞。　牽：牽連，拖累。　故：副詞。
加強判斷語氣或確認某種事實。相當於就是。

⓬ 故復：故。故意。復為音節助詞。　正：副詞。確認事實，加強肯定語氣。　道
人：六朝時僧人的別稱。即和尚。　乃：竟然。

⓭ 小語：小聲說。　汝：原作第二人稱代詞，你，此用為無定代詞，泛指受話者。
何以敗：何以會毀損！此為反詰句，強調不會有損傷；無傷之意。

⓮ 比：音ㄅㄧˋ；bì。介詞。及，等到。　更：一夜的五分之一，三更為夜間十一時
至子夜一時。

翻譯：

周子長僑居在武昌縣五丈浦東岸的山頭。東晉成帝咸康三年時，周子長
到寒溪浦的姑家，姑家距離五丈浦僅有數里。天色全黑時，周子長回五丈浦
去，還差不到一里路左右時，周子長先是看到一片空曠的山丘，之後突然看
見四周全是瓦屋，就這樣橫擋在路前！門卒一見就擒住周子長的頭，周子長
說：「我是佛門弟子，為什麼捉我？」門卒問他：「若是佛門弟子，你會不
會唸經？」周子長先前會誦唸〈四天王經〉和〈鹿子經〉，就為這個鬼誦唸
了三、四遍。但鬼仍然捉住他不放，周子長知道他是個鬼，就罵他說：「武
昌笨鬼！告訴你，我是佛門弟子，為你唸了幾遍的佛經，你還是不放人
嗎？」捉他的鬼於是放人，四周的瓦屋也消失不見了。

但那鬼依舊在後面追逐著他，當他經過家門前時，鬼擋住他，不給他進門，也不許他出聲。周子長心想要把這鬼帶到寒溪寺裡去，於是揪住鬼的胸口，又罵他：「武昌笨鬼！我現在要拉你去佛寺裡，在和尚面前把你給了結掉！」鬼也揪住周子長的胸口，拖著周子長經過五丈塘，朝西走去。後面跟著的幾個鬼對那個捉住周子長的鬼說：「放了他吧，往西，會連累我們都進佛寺裡去啊！」那個鬼說：「已經逮到了，就是不放人！」周子長故意告訴後面的幾個鬼說：「佛寺裡真的有一群和尚，你們竟然不怕他們啊？」後面有一個鬼小聲地說：「你靠近城東，去看和尚一面，怎麼會有所損失！」幾個鬼聽了一起大笑。

當周子長到家時，三更都已經過完了。

十八、回家探親　東晉・戴祚：《甄異傳》

譙郡夏侯文規居京❶，亡後一年，見形還家❷。乘犢車❸，賓從數十人，自云北海太守❹。家設饌❺，見所飲食，當時皆盡，去後器滿如故。家人號泣，文規曰：「勿哭，尋便來❻。」或一月或四、五十日輒來，或停半日。其所將赤衣騶導❼，形皆短小，坐息籬間及廟屋中，不知文規當去，時家人每呼令起，玩習不為異物❽。

文規有數歲孫，念之，抱來。左右鬼神抱取以進。此兒不堪鬼氣❾，便絕，不復識人。文規索水噀之❿，乃醒。

見庭中桃樹，乃曰：「此桃我昔所種，子甚美好。」其婦曰：「人言亡者畏桃，君何為不畏？」答曰：「桃東南枝長二尺八寸向日者，憎之。或亦不畏。」見地有蒜殼⓫，令拾去之，觀其意似憎蒜而不畏桃也。

六朝博物院，東晉陶牛車與隨從陶俑群，南京象山王氏家族墓出土。

【注釋】

❶ 譙郡：郡名。在今安徽省境內。譙：音ㄑㄧㄠˊ；qiáo。　夏侯文規：人名。　居京：住在京城。

❷ 見形：現形。現出形體，令人得以看見。

❸ 犢車：牛車。有車廂，可安坐其中。犢：音ㄉㄨˊ；dú。牛。晉代一般官吏都用牛駕車，稱為犢車。

❹ 賓從：賓客，隨從。　北海：郡名。在今山東省境內。　太守：官名。管理一郡政事之行政首長。

❺ 饌：酒食的總稱。

❻ 尋：副詞。隨即，不久。

❼ 輒：音ㄓㄜˊ；zhé。每每，總是。　將：將：音ㄐㄧㄤˋ，jiàng。率領，統率。赤衣騶導：在前面開道引車的騎吏與走卒。騎吏戴赤幘，著赤衣，以為威武。騶：音ㄗㄡ；zōu。主駕車馬之吏。

❽ 廂房：廳堂左右兩側較低的排屋。　呼令：呼請。敬辭。中古時新生禮敬之義。

不為異物：不把它們看作鬼。異物：鬼。
❾ 念：憐愛。　進：奉上。　不堪：不能承受。
❿ 絕：昏倒。　不復識人：不知人。不復：不。復為音節助詞。　噀：音ㄒㄩㄣˋ；
xùn。把水含在嘴裡再噴灑出來。
⓫ 殼：果皮；果仁的外皮。

翻譯：

　　譙郡人夏侯文規住在京城，死後一年現出原形地回到了家，他乘坐牛車，賓客隨從有幾十個人之多，自稱是北海郡太守。家裡為他們準備了酒食，看到他們在進餐時雖然都把食物吃光，但離開後，食器內的酒食卻又像先前一樣盛得滿滿。文規要離開時，家裡的人哀訴號哭，文規說：「不要哭，不久就會回來。」有時隔一個月，有時是四、五十天就會回來，回來時多數是停留個半天。他所率領的那些紅衣開路引車隸卒，身形都非常短小，他們坐在籬笆之間或是廂房內休息，以致於不知道文規要離開了，家人常常要去呼請他們起來。文規的家人和這些小鬼熟悉了，也不把他們當作鬼。

　　文規有一個孫子只有幾歲大，文規憐愛他，令人抱來。隨侍文規的鬼把孫子抱來給他，但這孩子受不了鬼氣，就昏了過去，沒有知覺。文規要人拿水過來，他將水含在嘴裡再噴向這個小孩，小孩於是甦醒過來了。

　　文規看見庭中的桃樹，就說道：「這棵桃樹是我從前種的，結出來的桃子滋味非常甜美。」他的妻子說：「人家說：『亡者畏桃』，您為什麼不怕呢？」文規回答說：「桃樹要長在東南方，樹枝長二尺八吋，且是面向太陽的；才會嫌惡它，有的也並不怕。」看到地上有大蒜殼，文規令人將它們撿起來扔掉。觀察他的意向似乎是討厭蒜而不畏懼桃樹。

十九、牛頭鬼隨侍在側　　南朝 齊·王琰：《冥祥記》

　　<u>何澹之</u>，<u>東海</u>人，<u>宋</u>大司農，不信經法，多行殘害❶。<u>永初</u>中

得病❷，見一鬼，形甚長壯，牛頭人身，手執鐵叉，晝夜守之，憂怖屏營。使道家作章符印籙，備諸禳絕，而猶見如故❸。

　　相識沙門慧義，聞其病往候❹，澹之為說所見，慧義曰：「此是牛頭阿旁也，罪福不昧，唯人所招；君能轉心向法，則此鬼自消❺。」澹之迷很不革，頃之遂死❻。

【注釋】

❶ 何澹之：人名。　東海：郡名。在今江蘇省境內。　宋：朝代名。南朝之一，劉裕建立。自公元 420 至 479 年。　大司農：官名。掌管租稅錢穀鹽鐵等事。　經法：佛教泛指佛經及宇宙的真理。

❷ 永初：年號。南朝宋武帝劉裕的年號。自公元 420 至 422 年。

❸ 屏營：音ㄅㄧㄥ ㄧㄥˊ；bīng íng。惶恐貌。　章符印籙：道教視天曹為中央朝廷機構，信徒為人民，人民有難，由道士，類如官員，以行政文書向天曹訴願求助。即以章表符籙等文書，驅遣鬼神，祈求災難疾病得以消除。籙：符。道教之神祕文書。　禳：音ㄖㄤˊ；ráng。去除疾殃之祭。　如故：依舊。

❹ 相識：認識他。相：偏指受事的一方。　沙門：出家的僧徒。亦作「桑門」。巴利語 samaṇa 的音譯。義譯為勤修善法，止息惡行之意。在印度指出家人。　往候：去探望，前往問候。

❺ 牛頭阿旁：佛教地獄的鬼卒名。《五苦章句經》：「獄卒名阿旁，牛頭人身，兩腳牛蹄，力壯排山。」阿旁為梵語音譯。　不昧：不隱。昭然明白。　法：佛教泛指宇宙的至道。梵語達摩，意譯為法。

❻ 迷很：蒙蔽不悟。　革：改變。　頃之：不多久。

翻譯：

　　何澹之，是東海郡人，在南朝劉宋時擔任大司農，他不信佛法，做了許多殘害生靈的壞事。宋武帝永初年間他病倒了，見到一隻鬼，體型十分高大健壯，牛頭人身，手握著鐵叉，不分日夜地看管著他！何澹之憂心恐懼，請道士為他上章燒符作法，又舉行各種消災去病的儀式，希望能除掉這隻牛頭鬼，但他仍舊看到了牠。

　　有個認識他的僧人叫慧義，聽說他生病了前來問候，何澹之告訴慧義他

所看到的景象，慧義說：「這是牛頭鬼阿旁。祂賞善罰惡，清楚分明，完全根據人的作為而定；您能轉變心意，改信佛法，那麼這個鬼自然會消失。」何澹之迷障甚深，不願回心向佛，不久他就死了。

二十、不准再嫁　東晉‧戴祚：《甄異傳》

金吾司馬義妾碧玉，善絃歌❶。義以太元中病篤❷，謂碧玉曰：「吾死，汝不當別嫁，嫁當殺汝❸！」曰：「謹奉命。」

葬後，其鄰家欲娶之，碧玉當去，見義乘馬入門，引弓射之，正中其喉，喉便痛亟，姿態失常，奄忽便絕❹。

十餘日乃甦，不能語，四肢如被撾損。周歲始能言，猶不分明❺。碧玉色甚不美，本以聲見取，既被患，遂不得嫁❻。

重慶博物院，頭戴花冠的撫琴女俑。合川出土。

【注釋】

❶ 金吾：官名。掌京師門內屯兵，防衛安全。後更名為執金吾。皇帝出巡時為前導。金吾原為儀仗棒，以銅為之，黃金塗兩端，象徵權威、顯赫。　司馬義：人名。　妾：小妻。　善弦歌：擅長以琴瑟伴奏而歌。

❷ 太元：年號。東晉孝武帝司馬曜之年號。自公元 376 至 396 年。

❸ 不當：不應當。　嫁當殺汝：改嫁就殺了你。當：副詞。則。　亟：音ㄐㄧˊ；jí。表示程度高。甚。通「極」。

❹ 當去：在嫁去的時候。當：在（某一時間）。奄忽：倏忽。忽然。　絕：昏死。

❺ 甦：蘇醒。死而復生。 撾：音ㄓㄨㄚ；zhūa。敲打，打擊。 周歲：一年。
❻ 被患：有病在身。被：音ㄆㄧ；pī。蒙上。

翻譯：

　　京師衛隊長，掌執金吾的司馬義有個小妾叫碧玉，她擅長彈琴歌唱。司馬義在晉孝武帝太元年間病得很嚴重，他交代碧玉：「我死了，你不可以改嫁，改嫁，我就殺了你！」碧玉說：「遵命。」

　　司馬義下葬之後，他的鄰居想要娶碧玉，在碧玉要嫁過去的時候，她看到司馬義騎著馬進門，拉開弓朝她射箭！箭不偏不倚地射中了碧玉的咽喉，她的咽喉極度疼痛，痛到容貌體態都已失常，很快地就昏死過去了。

　　十多天之後她才甦醒，醒來之後也無法言語，她的四肢好像都被人打傷了一般。一年之後她才能說話，但話也說得不清不楚。碧玉容貌很不好看，原是以歌聲取勝，現在既然染上了病，最終也沒得嫁了。

二十一、鬼饒命　　東晉‧戴祚：《甄異傳》

　　彭城張闓以建武二年從野還宅❶，見一人臥道側，問之，云：「足病，不能復去，家在南楚，無所告訴❷。」闓憫之。有後車載物，棄以載之。既達家，此人了無感色，且語闓曰：「向實不病，聊相試耳❸！」闓大怒，曰：「君是何人，而敢弄我也？」答曰：「我是鬼耳❹！承北臺使，來相收錄；見君長者，不忍相取，故伴為病臥道側❺。向乃捐物見載，誠銜此意；然被命而來，不自由，奈何❻！」

　　闓驚，請留鬼，以豚酒祀之。鬼相為醊享，於是流涕固請，求救❼。鬼曰：「有與君同名字者否？」闓曰：「有僑人黃闓❽。」鬼曰：「君可詣之，我當自往❾。」闓到家，主人出見，鬼

以赤摽摽其頭，因回手以小鈹刺其心，主人覺，鬼便出❿。謂閩曰：「君有貴相，某為惜之，故虧法以相濟；然神道幽密，不可宣洩⓫！」閩後去，主人暴心痛，夜半便死。閩年六十，位至光祿大夫⓬。

【注釋】

❶　彭城：郡名。在今江蘇省境內。　張閩：人名。公元 265 至 328 年在世。東吳名臣張昭曾孫。　建武：年號。東晉元帝司馬睿之年號。自公元 317 至 318 年。　野：郊原。田野。

❷　復去：去。復，副詞。無實義。在句中只起強調作用。　告訴：訴說。此指遇急難，向人求助。

❸　了無感色：完全沒有感激的表情。　語：音ㄩˋ；yù。告訴。　向：先前。　不病：沒有病痛。　聊：姑且。　相試：試探你。相：偏指受事的一方。　耳：助詞。表語氣。猶「罷了」、「而已」。

❹　弄：作弄。愚弄。　我是鬼耳：我是鬼。耳：助詞。表肯定語氣。

❺　承北臺使：擔任朝廷的使者。承：擔任。臺：晉、宋間謂朝廷禁省為臺，使者為臺使。　相收錄：逮捕你。相：偏指受事的一方。　佯：佯：音一ㄤˊ；yáng。假裝。

❻　捐物：捨棄物件。　見載：載我。見：用於動詞前，表示代詞賓語的省略。　銜：領受。感懷。　被命：受命。被：音ㄆㄧ；pī。　自由：按己意行動，不受限制。

❼　酹享：以酒灑地然後奉酒請賓客飲用。古時祭祀祖先、宴享大賓，皆先以酒灑地，以示謝天地賜食而後送上爵一類的酒器來請賓客飲用。酹：音ㄌㄟˋ；lèi。　固：堅持。堅決。

❽　僑人：東晉、南北朝時稱流亡江南的北方人為僑人。

❾　可：祈請。　詣：音一ˋ；yì。往，到。拜訪。　當自：當。將。自為音節助詞。

❿　到家：抵達（黃閩）家。　主人：指黃閩。相較於賓客而言。　赤摽槍。摽：音ㄅㄧㄠ；biāo。通「鏢」。武器名。形似鎗頭，用以投擲。　摽：音ㄆㄧㄠ；piāo。擊。　回手：反手。回：掉轉。　鈹：音ㄆㄧ；pī。兵器。劍屬。形如刀而兩邊有刃。　覺：覺：音ㄐㄩㄝˊ；jué。發現。　出：離開。

⓫　貴相：有富貴相。　某：無定代詞。用為自稱，相當於「我」。　為：介詞。表示行為的原因。　虧法：違法。虧：毀損，減少。　相濟：濟助你。相：偏指受事的一方。

⓬　暴：音ㄅㄠˋ；bào，突然。迅速。　光祿大夫：官名。屬顧問性質的非正式官職，沒有固定的職守。

翻譯：

　　彭城郡張闔在晉元帝建武二年從郊野要回住處時，途中看到一個人倒臥在路邊，張闔詢問他是怎麼了。對方說：「腳痛，不能走了……我家遠在南楚，無人可求助。」張闔同情這個人的處境，張闔的座車後還有載物的車輛，於是把車上的物品捨棄，騰出空間來載他。到家之後，這個人完全沒有感激的表情，而且還對張闔說：「剛才我實在沒有腳痛，不過是在考驗你而已！」張闔聽了非常生氣，他說：「您是什麼人，竟敢耍弄我？」對方回答說：「我是鬼啊！我奉朝廷之命前來逮捕你；但看您是長者，不忍心捉拿你，於是假裝生病倒臥在路邊。剛才你捨棄了物品來搭載我，我真心領受你這一片善意！但我是奉命而來，不能自作主張……該怎麼辦呢？」

　　張闔聽了很驚慌，他請鬼留下來，拿出豬肉和酒來奉祀他，鬼也禮貌地與他敬酒對飲。張闔流著淚一直求饒，請求鬼能救他一命。鬼說：「有沒有人和您同名？」張闔說：「有個外地僑居在此的人叫黃闔。」鬼說：「請您去拜訪他，我隨後就到。」張闔到了對方家，主人出來相見，鬼就用紅色的標槍刺他的頭，接著反手用小刀刺他的心，主人發覺後，鬼就出去了。鬼告訴張闔：「您有尊貴之相，我為此保惜您的性命，所以違法來幫助您；但神道玄妙機密，不可將此事洩漏出去！」張闔離開之後，主人突然心痛，半夜他就死了。張闔活到了六十歲，當到光祿大夫的職位。

二十二、勿忘我　北魏・楊衒之：《洛陽伽藍記》卷三

　　阜財里內有開善寺，京兆人韋英宅也❶。英早卒，其妻梁氏不治喪而嫁，更納河內人向子集為夫❷。雖曰改嫁，仍居英宅。

　　英聞梁氏嫁，白日來歸，乘馬將數人至於庭前，呼曰：「阿梁！卿忘我也❸？！」子集驚怖，張弓射之，應弦而倒，即變為桃人，所騎之馬亦化為茅馬，從者數人盡化為蒲人❹。梁氏惶懼，舍

宅為寺❺。

【注釋】

❶ 阜財里：洛陽市內的一個
　　里名。為高級住宅區。
　　京兆：漢代京畿的行政區
　　劃名，後世因稱京都為京
　　兆。　韋英：人名。

❷ 治喪：治理喪事。此指妻
　　為夫服喪守孝，孝期為三
　　年。　更：音ㄍㄥˋ；
　　gèng。副詞。再，又。
　　河內：郡名。在今河南省
　　境內。　向子集：人名。

❸ 庭：堂前之地。　卿：第
　　二人稱代名詞。

❹ 張弓：拉緊弓弦，開弓。
　　應弦而倒：隨著箭的射出
　　而倒下。應：音一ㄥˋ；
　　yìng。相應。弦：連結於
　　弓兩端上的直線。　桃
　　人：用桃木刻成的人形
　　偶，用以驅鬼。　茅馬：
　　用茅草紮成的馬，為古代
　　殉葬用品。　蒲人：用蒲
　　草紮成的人形偶，為古代
　　殉葬用品。

❺ 舍宅為寺：將住宅捐出，
　　作為佛寺之用。舍：音
　　ㄕㄜˇ；shě。通「捨」，捨棄。

甘肅博物館，東漢綠釉陶樓院，重門累閣，層樓高
聳的豪宅。武威雷台出土。

翻譯：

　　阜財里內有一座開善寺，它原是京兆人韋英的住宅。韋英很早就過世，

他的妻子梁氏不為他服喪就改嫁，她將河內郡人向子集納作丈夫。雖然說是改嫁，但他們仍然住在韋英的屋子裡。

　　韋英聽說梁氏改嫁了，他在大白天回來，騎著馬，帶領著幾個人來到門庭前，大聲喊著：「阿梁！你忘了我嗎？！」向子集驚恐，拉滿弓朝他發射！韋英中箭倒地，倒地的他立刻變成了桃木刻成的人偶，騎乘的馬也變成了茅草的芻馬，所率領的幾個隨從，也全化成了殉葬用的草偶。梁氏惶恐不安，便將宅邸捐作為佛寺。

※問題與討論

1. 你持有鬼論還是無鬼論？請介紹你的觀點。
2. 鬼在你的設想中會有什麼異於常人的外貌或言行方式？反問自己，何以如此設想？
3. 有機會見鬼的話，你最想見到哪一個鬼？想從鬼那裡得知什麼訊息？
4. 〈鬼媳婦要渡河〉反映的婦女關懷議題為何？試說明之。
5. 閱讀清・蒲松齡：《聊齋誌異》中的〈王六郎〉，申說它和〈鬼知音〉所欲發揚的友情之道為何？
6. 唐朝詩人岑參名作〈涼州館中與諸判官夜集〉云：「彎彎月出掛城頭，城頭月出照涼州。涼州七里十萬家，胡人半解彈琵琶。琵琶一曲腸堪折，風蕭蕭兮夜漫漫。」試以此詩為範，將〈搭便車扮鬼臉〉的情節代入，仿作一首七言古詩。

主題八、動物緣

前　言

　　人類立身於六合之中，與一切的生靈共處於這顆神奇美麗的地球上，人類並不是最初的生物，也不是能飛能游，力大無窮，或是體格龐大的動物；但是人類在進化之中所累積的智慧與文明，卻為人類打造了一個幾乎能號令萬物的權力帝國，這個帝國由人類作主，發言，控制，和享受。在這個以人為本的意識型態之下，人對同類宣稱：「夫人肖天地之貌，懷五常之性，聰明精粹，有生之最靈者也。爪牙不足以供嗜欲，趨走不足以避利害，無毛羽以禦寒暑，必將役物以為養，任智而不恃力，此其所以為貴也。」（《漢書‧刑法志》）班固的話是說，人在爪牙、毛羽、趨走、氣力等天賦上是不如動物的，但人卻以智巧勝出，能「役物以為養」，也就是常言的「人是萬物之靈！」從積極面來看，人本中心的觀念能驅策人類精進奮勉，當「人」不讓；但相對的，它也可能唆使人類以居高臨下的態勢，對非我族類的動物資源予取予求。

　　動物在人類的控制和馴養下，提供許多身不由己的犧牲奉獻，耕田、推磨、駕車、捕魚、協助狩獵、看守家園、披甲打仗等；此外，人類在建置法律時，也曾將法官、陪審團、行刑者的棘手任務交派給鱷魚、老虎、蛇、大象、獅子、馬等，由牠們來裁定被告有罪或無罪，當死或不當死，以及恐怖體罰的行刑者。《搜神記》卷二曾載：「扶南王范尋養虎於山，有犯罪者，投於虎。不噬，乃宥之。故山名大蟲，亦名大靈。又養鱷魚十寶，若犯罪者，投與鱷魚，不噬，乃赦之。無罪者皆不噬。故有鱷魚池。」可見古代曾利用兇猛的老虎和鱷魚來作執法者。不過，相對的愛物現象也有，即用人類

的法律來維護動物的生命權，如《幽明錄》對謀殺鸜鵒的兇手處以五年徒刑，而在北魏・楊衒之的《洛陽伽藍記》卷三，則對謀殺獅子的兩名官員提出了彈劾。

人類與動物所以建立互信互愛的關係，除了源於動物提供人類在農耕漁獵和運輸上的協助外，更多是建立在情感與生活上的溫暖依偎。至於對動物的行為作出褒貶的評價，則來自於忠孝仁勇等道德規範的類推，所以有「虎毒不食子」、「舐犢情深」、「羊跪乳」、「慈烏夜啼」等的孝慈解釋與稱頌。不過，動物對於人類所加諸的賞罰和榮辱，應當並不在意，因為這些是非、利害、虛榮、美醜等價值判斷，其實只流通於人類社會之中。

本單元所選錄的故事內容全部符合人類的道德準則和利益，如知恩圖報、捨身取義、英勇救主、忠誠、機智、仁愛等德目。在動物種類的分布上，則以狗的故事最多，其他有大象、老虎、熊、牛、鸚鵡和烏龜。另外還選了三則情節較曲折的故事，第一則是一名身受家暴之苦的丈夫利用羊來騙取妻子的不忍心，藉以擺脫被虐待的遭遇，反映六朝婦女的「惡」勢力；第二則是有名的螞蟻報恩故事，蟻王在恩人危急的時刻領「兵蟻」相助；第三則是英勇滅火的鸚鵡，屬於另類的佛教本生經故事，描述佛在過去世為鸚鵡，為了救助受困於森林大火的動物們，奮不顧身的勇敢義行。佛教認為一切眾生都處在三界六道的生死世界中輪迴不已，今生的處境要由前世的業緣來決定，只有不斷地棄惡就善，經過無數次的反復修行，才能成佛或羅漢。本生經就是以釋迦牟尼前生的各種經歷為例，闡述上述教義的佛典，釋迦牟尼佛的前世做過鸚鵡、海龜、獼猴、鹿、兔子、鯨等，饒有趣味。

根據康樂・勞倫茲（Konrad Lorenz, 1903-1989）在《所羅門王的指環》（*King Soloman's Ring*）一書中所述，鸚鵡會唯妙唯肖地學人說「話」，但是無法明白「話」的意義，所以志怪之中會報案的鸜鵒是匪夷所思的，至於狗的故事則與牠「盡忠領袖」的天性契合。血源中有狼種（Canis lupus）成分的狗最為忠實，這類的狗會在六個月大時完成「良犬擇主」的大事，此後海枯石爛，矢志不渝。由於這個天性，狗會為牠的主人赴湯蹈火，在所不惜，也會攻擊對牠主人有害的對象。狗的智商比貓、鸚鵡都高，相當於一歲多的人

類，能理解主人給予的訊息，即使是輕微的暗示，也能和主人彼此維持高度的默契；狗又是社會性動物，長於與主人建立永久而深厚的友誼。「忠狗」故事皆立基於上述這些天性。

如果人的生活圈只有人，而沒有蟲魚鳥獸，那樣的生活也太無趣了。人類可以與動物共享資源，分攤憂悶寂寥，跨越語言鴻溝，相互陪伴，一同玩耍，不離不棄，這是多麼簡單坦白的友情！此所以人與動物之間的善緣故事總是令兒童洗耳恭聽，也使童心未泯的大人心嚮往之，因而樂於傳述，樂於創作。

一、熊媽媽的愛心　東晉·陶潛：《搜神後記》卷九

晉升平中，有人入山射鹿。忽墮一坎，窅然深絕❶。內有數頭熊子。須臾，有一大熊來，瞪視此人，人謂必以害己❷。良久，出藏果❸，分與諸子。末後作一分，置此人前。此人飢甚，於是冒死取啖之。既而轉相狎習❹。

熊母每旦出，覓果食還，輒分此人，賴以延命❺。熊子後大，其母一一負

之而出。子既盡，人分死坎中，窮無出路❻。熊母尋復還入，坐人邊。人解其意，便抱熊足，於是躍出，竟得無他❼。

【注釋】

❶ 晉：朝代名。司馬炎建立。自公元 265 至 316 年為西晉。自 317 至 420 年為東晉。升平：東晉穆帝司馬聃年號。自公元 357 至 361 年。　坎：坑穴，地洞。地面低陷的地方。　窅然：深遠貌。窅：音一ㄠˇ；yǎo。凹陷，深遠。　絕：極；甚。

❷ 熊：動物名。哺乳類。體肥滿，長一至一公尺半。棲深山，穴居樹洞、土窟中，所食多蟲蔬，亦有肉食者。　須臾：片刻。　謂：認為。　以：連接詞。連接詞組或分句，表示一種結果。因而。

❸ 出：由內而外，拿出來。

❹ 置：放置。　啖：音ㄉㄢˋ；dàn。吃。　既而：之後。　狎習：親近熟悉。

❺ 輒：總是。　賴：依靠，憑藉。　延命：延長性命。活下來。

❻ 負：以背載物。　盡：完畢。　分：音ㄈㄣˋ；fèn。料想，理應。　窮：盡。

❼ 尋復：尋。副詞。隨即，不久。復為音節助詞。　竟：果然。表示事實與所料相符。

翻譯：

　　晉朝穆帝升平年間，有個人入山去獵鹿。忽然跌進一個地洞裡，地洞暗黑一片，又很深邃。地洞裡有幾隻幼熊。不久，有一隻大熊進來了，瞪著這個人看；這個人認為大熊這樣瞪視著自己，必定會來傷害自己。許久，大熊拿出身上藏著的果實，分給牠的幾隻小熊吃，最後再分一份，放在這個人的前面。這個人因為非常飢餓，於是冒死去拿過來吃。之後他和這幾隻熊漸漸變得熟悉親近了。

　　熊母每天早上離開山洞去覓食，獲得果實回來後，總是分給這個獵人吃，他就這樣靠著果實活命了。小熊長大後，牠們的母親一隻一隻地揹著牠們離開了地洞。小熊全部離開後，獵人料想自己會死在地洞裡，因為完全找不到出得去的路。熊母不久之後回到洞裡，牠坐在獵人的身邊，獵人了解牠的意思，就抱住熊母的腳，於是隨牠一躍而出，果然平安無事。

二、滅火救主的義犬　東晉‧干寶：《搜神記》卷二十

　　孫權時，李信純，襄陽紀南人也❶。家養一狗，字曰「黑龍」，愛之尤甚，行坐相隨，飲饌之間，皆分與食❷。忽一日，於城外飲酒大醉，歸家不及，臥於草中。遇太守鄭瑕出獵，見田草深，遣人縱火爇之❸。信純臥處，恰當順風。犬見火來，乃以口拽純衣，純亦不動❹。臥處比有一溪，相去三、五十步，犬即奔往，入水濕身，走來臥處。周迴以身灑之，獲免主人大難❺。

　　犬運水困乏，致斃於側。俄爾，信純醒來，見犬已死，遍身毛濕。甚訝其事❻。觀火蹤跡，因爾慟哭❼。聞於太守。太守憫之，曰：「犬之報恩甚於人。人不知恩，豈如犬乎！」即命具棺槨衣衾葬之❽。今紀南有義犬塚，高十餘丈。

四川博物院，東漢陶犬，此犬雄姿英發，氣勢不凡，配有頸圈。

【注釋】

❶　孫權：三國時吳國的開國皇帝。公元182至252年在世。　李信純：人名。　襄陽：郡名。在今湖北省境內。　紀南：城名。在今湖北省荊州市。

❷　字：稱呼其名。　飲饌之間：吃飯的時候。

❸　太守：一郡的行政首長。　鄭瑕：人名。　爇：音ㄖㄨㄛˋ；ruò。燃燒。

❹　拽：音一ㄝˋ；yè。拉，拖帶。
　　亦：副詞。用在轉折句中，有強調作用。相當於「仍」、「卻」、「還」。

❺　走：疾趨，快跑。　周迴：循環。

獲免：得以免除。

❻　致斃：導致死亡。　　俄爾：通「俄而」。頃刻。　　訝：怪，疑。

❼　爾：此。指犬犧牲性命救活了他一事。

❽　棺槨：棺材和套在棺材外的外棺。槨：音ㄍㄨㄛˇ；guǒ。外棺。　　衣衾：衣服和被褥。

翻譯：

　　三國孫權時代，有個李信純，是襄陽郡紀南城人。他家養了一隻狗，取名為「黑龍」。李信純非常疼愛黑龍，進出作息都把牠帶在身邊，吃飯時也都會將食物分給牠吃。有一天，李信純在城外喝酒大醉，還沒走到家，就醉倒在草叢中了。剛好遇到太守鄭瑕出來打獵，看到田野的雜草深密，不利打獵，於是派人放火焚草。李信純醉臥的地方，正好順著風向。當狗看到火勢就要延燒過來時，便用嘴巴去拉李信純的衣服，但李信純仍是動也不動。在他倒臥處附近有條溪流，距離約有三、五十步遠，狗立即狂奔去溪邊，牠跳進溪裡把身體弄濕，再跑回李信純醉倒的地方，反覆繞著圈子，將牠身上的水抖灑下來……黑龍就這樣幫助主人逃過了這場大難。

　　狗在運水救火的過程中筋疲力盡，以致於倒臥在主人的身邊死去。不久，李信純酒醒過來了，他看到愛犬已死，全身的毛濕透，甚為驚怪，不明白究竟發生了什麼事？！當目睹身旁有火燒過的蹤跡，才了解愛犬為了救他而犧牲生命，他因而傷心痛哭。這件事傳到了太守那裡，太守悲憫這隻忠狗，說：「狗的報恩義舉有過於人。人若不知恩圖報，豈如一隻狗！」立即下令備妥棺槨衣衾來安葬牠。現在紀南城有一座義犬塚，高達十餘丈，就是在紀念黑龍。

三、救救我家的母老虎　　東晉・干寶：《搜神記》卷二十

　　蘇易者，盧陵婦人，善看產❶，夜忽為虎所取。行六、七里，至大壙，厝易置地❷，蹲而守。見有牝虎當產，不得解，匍匐欲

死，輒仰視❸。易怪之，乃為探出之❹，有三子。生畢，虎負易還。再三送野肉於門內。

【注釋】

❶ 蘇易：人名。　盧陵：古郡名。在今江西省境內。　善：擅長，善於。　看產：看護照料生產一事。

❷ 壙：音ㄎㄨㄤˋ；kuàng。深而廣的地穴。郊野空穴。　厝：音ㄘㄨㄛˋ；cuò。安置。　置：安放。

❸ 解：排開，脫除。此指分娩而出。　匍匐：伏地而行。　欲死：將死。　輒：每每，總是。

❹ 探：以手引取。

翻譯：

　　蘇易，是盧陵當地的一位婦人，擅長看護待產者，幫她們順利接生。一天晚上她突然被一隻老虎給捉走。行走了六、七里路之後，來到郊野一處大地穴。老虎在此把蘇易放到地上，蹲下來看守著她。蘇易看到有一隻母老虎就要生產了，但卻無法將虎子娩出，母老虎趴伏在地上痛苦地掙扎，看似快死了，牠一直仰起頭來注視著蘇易，蘇易覺得這個情形不尋常，於是為牠小心地引出胎兒，共接生出了三隻小老虎。生產完畢後，先前那隻老虎又揹著蘇易回去。此後牠多次贈送野肉到蘇易家門內。

四、黑牛的眼淚　南朝　宋‧劉義慶：《幽明錄》卷六

　　元嘉中，益州刺史吉翰遷為南徐州❶。先於蜀中載一青牛，每常自乘，恆於目前養視。翰遘疾多日❷，牛亦不肯食。及亡，牛流涕滂沱。吉氏喪未還都，先遣驅牛回宅，牛不肯行❸。知其異，即待喪。喪既下船，便隨去。

【注釋】

❶ 元嘉：南朝宋文帝劉義隆年號。自公元 424 至 453 年。　益州：州名。在今四川省、重慶市、雲南省境內。　刺史：官名。掌一州的軍政大權。　吉翰：人名。　遷：徙官。調動官職。　南徐州：州名。在今蘇江省境內。

❷ 蜀：郡名。今四川省境內。　載：搭乘。　青牛：黑牛。　自乘：親自駕駛。　遘疾：生病。遘：音ㄍㄡ丶；gòu。遭遇。

❸ 流涕：流眼淚。牛以淚液來濕潤眼球，人以為哭泣。　滂沱：大雨貌。此指流很多眼淚。　喪：音ㄙㄤ；sāng。裝有死者遺體的棺木。　先遣：前導人員。

翻譯：

宋文帝元嘉年間，益州刺史吉翰調職到南徐州去。先前他在蜀地乘坐的是一輛黑牛所拉的座車，他經常親自駕駛牛車，也總是將黑牛留在身邊看顧。後來吉翰生病了好多天，牛也不肯進食。到了吉翰死去的時候，牛哭得涕淚滂沱。當吉氏的靈柩還沒運抵都城時，前導人員想把先到的牛趕回家，但牛卻不肯走。人們意會到牠的靈性，就讓牠也等候著吉翰的棺柩。當棺柩從船上運下來之後，牛才跟著一起離去。

五、愛講話的鸜鵒　南朝 宋・劉義慶：《幽明錄》卷三

　　晉司空桓豁在荊州，有參軍剪五月五日鸜鵒舌❶，教令學語，遂無所不名，與人相問❷。顧參軍善彈琵琶，鸜鵒每立聽移時，又善能效人語笑聲❸。司空大會吏佐，令悉效四坐語，無不絕似❹。有參佐齆鼻，語難學，學之不似，因納頭於甕中以效焉，遂與齆者語聲不異❺。

　　主典人於鸜鵒前盜物，參軍如廁，鸜鵒伺無人，密白主典人盜某物，參軍銜之而未發❻。後盜牛肉，鸜鵒復白，參軍曰：「汝云盜肉，應有驗❼。」鸜鵒曰：「以新荷葉裹，著屏風後❽。」檢之果獲，痛加治❾。而盜者患之，以熱湯灌殺❿。參軍為之悲傷累日，遂請殺此人，以報其怨⓫。司空言曰：「原殺鸜鵒之痛，誠合治殺。不可以禽鳥故，極之於法⓬。」令止五歲刑也⓭。

【注釋】

❶ 司空：官名。與太尉、司徒並稱三公。掌監察。　桓豁：人名。晉朝將領。公元320 至 377 年在世。桓溫之弟，於公元 365 至 377 年擔任荊州刺史。卒贈司空。《晉書》有傳。　荊州：州名。在今湖南、湖北兩省境內。　參軍：官名。諸王及將軍府之幕僚，參謀軍務。　鸜鵒：音ㄑㄩˊ　ㄩˋ；qú yù。鳥名，今通稱八哥。傳說在五月五日端午節，將鸜鵒幼雛的舌尖剪去其一，能教牠學說人話。鸜鵒在南唐時因避後主李煜之名諱而改稱八哥，八哥為鸚鵡之阿拉伯語「八八哥」的音譯。

❷ 名：動詞。稱呼。　相問：互相問候。

❸ 琵琶：樂器名。長頭圓腹的四弦或六弦樂器。　移時：一段時間。　善能：善於。效：摹倣。

❹ 吏佐：古代將帥府中的參謀及僚屬。　四坐：周圍在坐的人。　絕似：極為相似。絕：極，甚。

❺ 參佐：僚屬。部下。　齆鼻：阻塞不通氣的鼻子。齆，音ㄨㄥˋ；wèng。鼻塞。內頭於甕中：把頭放進甕子裡。內：音ㄋㄚˋ；nà。通納，入，收藏。甕：音ㄨㄥˋ；wèng。陶製盛放物品的器具。

❻ 主典人：掌管典藏物品的人，應是倉曹參軍，或是倉吏。典：庋藏。　密白：偷偷

地稟報。白：稟告，陳述。　衒：蘊積於中。　發：揭露。

❼　驗：憑證，證明。

❽　裹：包，纏。　屏風：室內家具，有單扇的板屏，也有多扇可摺轉的圍屏。可防止
　　風或光直接進入室內；亦可作為室內空間之區隔屏障。

❾　檢：查察。　痛加治：嚴屬地加以懲處。痛：副詞。極，甚。治：處罰。

❿　患：厭恨。　湯：熱開水。　灌：澆。　殺：死。

⓫　請：請願，陳情。　殺：誅殺。　怨：仇冤。

⓬　原：考察。　痛：疾恨。　誠：副詞。真。　合：應該。　極之於法：極刑。死
　　刑。極：至，達到最高限度。

⓭　止：副詞。只，僅。　五歲刑：五年的徒刑。

翻譯：

　　晉朝司空桓豁在荊州擔任刺史時，有一位參軍在五月五日修剪了鸜鴿的
舌頭，並教牠學說話，就這樣牠什麼都會稱呼，也會和人互相問候。官府裡
的顧參軍擅長彈琵琶，鸜鴿每每站在他旁邊聽上好一陣子；牠還擅長模仿每
個人說話和笑聲的音調。桓司空召集官員開大會時，要鸜鴿模仿周圍人員的
腔調，每個人的聲音都學得唯妙唯肖。唯有一個參佐鼻塞，他帶鼻音的腔調
很難學，學起來也不像，鸜鴿就把頭伸進甕裡面來模仿，這樣就跟齆鼻者的
語音沒有兩樣。

　　負責倉儲的人在鸜鴿面前盜取公物；當參軍去上廁所時，鸜鴿趁四下無
人，偷偷向他報告倉儲員盜取某物。參軍將這件事先懸著不舉發。之後倉儲
員又盜取牛肉，鸜鴿再去報告，參軍說：「你說他偷了肉，那得要有物
證。」鸜鴿說：「用鮮荷葉包著，藏在屏風後面。」檢查後果然找到了，參
軍嚴屬地懲治了這個監守自盜的人。這個偷牛肉的人忌恨這隻多嘴的鸜鴿，
於是用熱水燙死牠。參軍為此傷心了許多天，他向上級陳情應處死這個人，
以抵償鸜鴿遇害的冤仇。桓司空說：「要追究毒殺鸜鴿的仇恨，確實合該以
死懲治；但不可因為禽鳥遇害之故，就把人處以極刑。」下令只處五年徒
刑。

六、大象報拔刺之恩　南朝 宋・劉敬叔：《異苑》卷三

　　始興郡陽山縣有人行田，忽遇一象，以鼻捲之❶。遙入深山，見一象，腳有巨刺。此人牽挽得出，病者即起，相與躑陸❷，狀若歡喜。前象復載人，就一污濕地，以鼻掘出數條長牙，送還本處。

　　彼境田稼常為象所困，其象俗呼為「大客」。因語云：「我田稼在此，恆為大客所犯，若念我者，勿復見侵❸。」便見躑躅，如有馴解❹。於是一家業田，絕無其患。

【注釋】

❶　始興：郡名。在今廣東省境內。　陽山：縣名。在今廣東省清遠市。　行田：種田。行與田結合，形成雙音動詞。　象：大獸名，哺乳類。高二至三公尺，鼻長，可自由伸縮，力大能拔木。上顎二門牙極長，伸出口外。性溫馴，以樹根、嫩芽、果實為食。

❷　牽挽：拉，拖。　相與：一起。共。　躑陸：踏地。躑：音ㄓㄨㄛˊ；zhuó。用足
　　踏。
❸　大客：大象。　念：憐惜。　勿復：勿，不要。復：音節助詞。　見侵：侵犯我。
　　見：用在動詞前，表示代詞賓語的省略。
❹　躑躅：音ㄓˊ　ㄓㄨˊ；zhí zhú。踏步不前。　馴解：順服理解。

翻譯：

　　始興郡陽山縣有個人去種田，突然遇到一頭大象，用鼻子將他捲起來，走進遙遠的深山裡。這個人在山中看到了另一頭大象，牠的腳底插有一根巨刺，他於是將巨刺從象腳中拔了出來，這頭受傷的大象立即起身，與先前那頭大象一起踏地踩步，看似歡喜。先前那頭大象再次將此人捲起來，載他去一個低溼的地方，牠用象鼻掘出幾條長象牙後，連同象牙將他送回當初載他的地方。

　　那一帶的農作物常常被大象所破壞，當地人通稱大象為「大客」。這個人於是告訴大象說：「我的農作物在這裡，常常被大客侵犯，如果你同情我，不要來侵害我的農作物。」接著就看到大象在地上踏步，好像有所理解。於是他們家的田作，從此沒有大象為患。

七、忠狗救難咬蟒蛇　　南朝 宋・劉義慶：《幽明錄》卷二

　　<u>晉太興</u>二年，<u>吳</u>人<u>華隆</u>好弋獵，畜一犬❶，號曰：「的尾」，每將自隨❷。<u>隆</u>後至江邊，被一大蛇圍繞固身，犬遂咬蛇死焉，而<u>隆</u>僵仆❸，無所知矣。

　　犬徬徨嘷吠，往復路間❹，家人怪其如此，因隨犬往，<u>隆</u>悶絕委地，載歸家，二日乃蘇❺。<u>隆</u>未蘇之間，犬終不食。自此，愛惜同於親戚焉。

四川博物院，東漢弋射畫像磚拓印。畫面左側為河岸邊，蔥蘢樹木下有兩人正引弓欲放，所用的短箭後繫著細繩，繩另一端連著可以轉動的繞繩軸，以便收回獵物，成都羊子山出土。

【注釋】

❶ 晉：朝代名。司馬炎建立。自公元 265 至 316 年為西晉。自公元 317 至 420 年為東晉。　太興：晉元帝司馬睿年號。自公元 318 至 321 年。　吳：郡名。在今江蘇省境內。　華隆：人名。　弋獵：弋射。弋：音一ˋ；yì。以繩繫箭而射，射得獵物後，箭上所繫的細繩可以將獵物收回。　畜：音ㄒㄩˋ；xù。養。

❷ 將：音ㄐㄧㄤ；jiāng。攜帶。　自隨：跟隨著自己。

❸ 大蛇：應屬蟒蛇一類，蟒蛇經常出沒於江邊草叢之中，伺機絞殺人畜。　固：牢固地纏住。　僵仆：倒下。

❹ 徬徨：往復徘徊。　嘷吠：音ㄏㄠˊ ㄈㄟˋ；haó feì。野獸號叫。　往復：往返，來回。　路間：路上。間：處，那裡。

❺ 悶絕：暈倒。　委地：倒在地上。　蘇：蘇醒，覺醒。

翻譯：

　　東晉元帝太興二年，吳地人華隆喜好弋射獵雁。他養了一隻狗，叫作：「的尾」，總是將牠帶在身邊跟著。其後華隆到江邊去弋射，被一條大蟒蛇

四川博物院，東漢陶犬。

牢牢地纏絞在身上，狗見狀便衝過去把蛇咬死了，但華隆已經直挺挺地仆倒在地，不省人事了。

狗徘徊不安地高聲吠叫，又在路上來來回回地跑著，家裡的人覺得牠這個舉動不尋常，於是跟隨著狗前往查看究竟……這才發現華隆已經昏迷倒地，趕緊將他載回家；兩天後他才甦醒。在華隆還沒醒來的時候，狗始終不肯進食。從此，他們愛惜這隻狗同於自己的親人。

八、聰明狗與呆主人　　東晉・陶潛：《搜神後記》卷九

晉太和中，廣陵人楊生養一狗，甚愛憐之，行止與俱❶。後生飲酒醉，行大澤草中，眠不能動。時方冬月燎原，風勢極盛，狗乃周章號喚❷，生醉不覺。前有一坑水，狗便走往水中，還以身灑生左右草上。如此數次，周旋跬步❸，草皆沾濕，火至，免焚。生醒，方見之。

爾後，生因暗行，墮於空井中，狗呻吟徹曉。有人經過，怪此狗向井號❹，往視，見生。生曰：「君可出我，當有厚報。」人曰：「以此狗見與，便當相出❺。」生曰：「此狗曾活我已死，不得相與，餘即無惜❻。」人曰：「若爾，便不相出❼。」狗因下頭目井，生知其意，乃語路人云：「以狗相與❽。」人即出之，繫之

而去。卻後五日，狗夜走歸❾。

【注釋】

❶ 晉：朝代名。司馬炎建立。自公元 265 至 316 年為西晉。自公元 317 至 420 年為東
　晉。　太和：東晉廢帝司馬奕年號。自公元 366 至 371 年。　廣陵：郡名。在今江
　蘇省境內。　楊生：人名。　行止：動靜進退，指一切行動。　俱：偕，同。

❷ 燎原：火燒原野。據北齊・賈思勰《齊民要術》記載，為使來年春耕土壤易於耙
　鬆，作物幼芽細根得以舒展，應在秋收之後燎原，以便燒盡土裡的草根。　周章：
　驚惶恐懼。　號喚：大聲呼叫。

❸ 還：返回。　左右：身邊。周圍。　周旋：循環，盤桓。　跬步：半步。跬：音
　ㄎㄨㄟˇ；kuǐ。

❹ 因：因為。　徹曉：直到天亮。　怪：感到奇怪。

❺ 可：祈請。　出：脫困，出險，脫離。　見與：給我。見：用於動詞前，表示代詞
　賓語的省略。　便當：便。就。當為音節助詞。　相出：救出你。相為偏指副詞，
　偏指受事的第二人稱。

❻ 活：救活。　不得：不能。　相與：給你。相：偏指受事的一方。

❼ 爾：此。這樣。

❽ 下頭：把頭伸下去。　目：注視。　語：音ㄩˋ；yù。告訴。

❾ 卻後：過後。　走歸：跑回來。

翻譯：

　　晉朝廢帝太和年間，廣陵郡人楊生養了一隻狗，非常疼愛牠，進進出出
都帶著牠。後來有一次，楊生喝醉了酒，在經過一處大草原途中，就醉臥在
地，睡得一動也不動。當時正逢冬天放火燎原之際，風勢非常的猛烈，狗驚
恐倉皇地叫喚主人，但楊生已醉得不醒人事。他在醉倒之處前有一個水坑，
狗立即跑進水裡，再跑回來用身上的水去潑灑楊生身邊的草地。這樣來回好
多次，牠小步小步地在主人的周圍繞圈子，草就這樣全被水給沾濕了，火勢
雖延燒到這裡，也不至於燒著。楊生醒來才看到了這一切。

　　之後有一次，楊生因為在暗夜摸黑行走，人不慎掉進了空井中，狗整晚
哀鳴求救到天亮。有個人經過，覺得這隻狗對著這口井一直高聲號叫很奇
怪，就上前往井裡探看，看到了楊生。楊生說：「請您救我出去，我會厚厚

地報答您。」這個人說：「把這隻狗送給我，我就救你出來。」楊生說：
「這隻狗曾經救活過我，不能給你，其他的毫不吝惜！」這個人說：「若是
如此，就不救你出來！」狗於是把頭伸入井中對楊生使眼色，楊生知道牠的
意思，就告訴這路人說：「我把狗送給你。」這個人立即救出楊生，把狗綁
好後就帶著牠離開。五天過後，狗在晚上跑回來了。

九、忠狗護主襲情敵　　東晉・陶潛：《搜神後記》卷九

　　會稽句章民張然，滯役在都，經年不得歸❶。家有少婦，無
子，惟與一奴守舍，婦遂與奴私通。然在都養一狗，甚快，名
曰：「烏龍」，常以自隨❷。

　　後假歸，婦與奴謀，欲得殺然。然及婦作飯食，共坐下食。
婦語然：「與君當大別離，君可強啖❸。」然未得啖，奴已張弓撥
矢當戶，須然食畢❹。

　　然涕泣不食，乃以盤中肉及飯擲狗，祝曰：「養汝數年，吾
當將死，汝能救我否？」狗得食不啖，惟注睛舐脣視奴❺。然亦覺

甘肅省嘉峪關新城魏晉壁畫墓五號墓守門犬，《嘉峪關壁畫墓發掘報
告》圖版五四（北京：文物出版社，1985）。

之。奴催食轉急，<u>然</u>決計，拍膝大呼曰：「烏龍，與手❻！」狗應聲傷奴。奴失刀仗倒地，狗咋其陰，<u>然</u>因取刀殺奴❼。以婦付縣❽，殺之。

【注釋】

❶ 會稽：郡名。在今江蘇省東南及浙江省西部境內。　句章：縣名。在今浙江省慈溪縣境內。　張然：人名。　滯役：因服勤而須長期居留於某地。滯：停留。役：服役，在役期間從事官府雜役差務。　都：國都。都城。　經年：整年。經：常。

❷ 通：通姦。　快：快於心，稱心合意。

❸ 作飯食：煮飯作菜。飯食：複音名詞。　下食：設食。把食物送上食案。下：上菜。秦漢俗語謂飯菜上桌為「下」。　語：音ㄩˋ；yù。告訴。　可：祈請。　強啖：努力吃。啖：音ㄉㄢˋ；dàn。吃。

❹ 當戶：面對著房門口。　張弓：拉開弓。　撥矢：將箭架在絃上，準備發放。須：等待。

❺ 祝：以言語告神祈福。此處係對狗祝告。　注睛舐脣：狗在憤怒時雙眼瞪視，揚脣露齒的表情。

❻ 催食：催促快吃。　轉急：越來越急。　決計：決定計策。　與手：痛相擊。痛打。魏晉南北朝口語。

❼ 應聲：立即。　刀仗：刀戟等兵器的總名。　咋：音ㄗㄜˊ；zé。咬，嚙。　陰：外生殖器。　因：副詞。於是。

❽ 付縣：交付縣府治罪。

翻譯：

　　會稽郡句章縣民張然，因服役執勤滯留在都城，整年無法回家。他家裡有個年輕的妻子，沒有小孩，只與一個奴僕守著家屋，妻子後來和奴僕有了姦情。張然在都城養了一隻狗，非常稱心，名字叫：「烏龍」，他常常將牠帶在身邊跟著。

　　後來張然放假回家，妻子和奴僕共謀，打算殺掉張然。張然和妻子燒飯作菜，兩人並坐在一起，飯菜上桌後，妻子對張然說：「與您就要久別離了……請您多吃些。」張然還沒吃，奴僕已經拉弓搭箭地堵在房門口，就等著張然吃完。

　　張然感慨落淚，吃不下去，便把盤子裡的肉和飯都丟給狗，祈禱著：「我養你好多年了，現在我就要死了，你能救我嗎？」狗得到了食物並不吃，只是瞪大眼睛，揚起嘴唇地注視著奴僕。張然也察覺到狗的表現。奴僕焦躁地催促張然趕快吃，張然決定反擊，他拍著膝蓋大叫：「烏龍，咬死他！」狗立刻撲擊奴僕！奴僕失手掉落弓箭，人也仆倒在地，狗衝上去咬他的外陰，張然接著拿刀殺了奴僕。他把妻子交付縣府治罪，縣官處死了她。

十、千里犬黃耳　　南朝 宋・祖沖之：《述異記》

　　陸機少時，頗好遊獵。在吳，有家客獻快犬。名曰黃耳❶。機後仕洛，常將自隨❷。此犬黠慧，能解人語。又嘗借人三百里外，犬識路自還，一日至家。

　　機羈官京師，久無家問，因戲語犬曰❸：「我家絕無書信，汝能齎書馳取消息不❹？」犬喜，搖尾作聲應之。機試為書，盛以竹筒，繫犬頸，犬出驛路，走向吳。飢則入草噬肉❺。每經大水，輒依渡者，弭耳掉尾向之。其人憐愛，因呼上船。裁近岸，犬即騰上，速去如飛❻。逕至機家，口銜竹筒，作聲示人❼。機家開筒取書，看畢，犬又向人作聲，如有所求。其家作答書內筒中，復繫犬頸。犬既得答，仍馳還洛。計人程五旬，而犬往還裁半月❽。

　　後犬死，殯之❾，遣送還葬機家村南，去機家二百步，聚土為墳。村人呼為黃耳塚。

【注釋】

❶　陸機：人名。公元261至303年在世。吳國望族，吳亡後，入洛仕晉，為著名文學家，《晉書》有傳。　吳：郡名。在今江蘇省境內。　家客：門客。寄食於貴族豪門的人。　快犬：好犬。快：形容詞。好。

❷ 洛：都城名。洛陽的簡稱。在今河南省洛陽市。　將：音ㄐㄧㄤ；jiāng。攜帶。
自隨：跟隨著自己。

❸ 羈官：旅居為官。羈：寄居，寄居作客。　家問：家中的音訊。問：音訊。　戲：
開玩笑。

❹ 絕無：都沒有。　齎書：送信。齎：音ㄐㄧ；jī。隨身攜帶。　不：音ㄈㄡˇ；
fǒ。同「否」。用於句尾，表示疑問。

❺ 試：事未徵實而欲為探之。　書：書信，尺牘。　盛：音ㄔㄥˊ；chéng。以器受
物。　竹筒：漢代有用斷竹製成之郵筒，可收受書信。　出：到，至。　驛路：驛
馬傳車所行之大路。驛原指傳達公文而置備的馬、車。　入草噬肉：進入草原中撲
咬禽獸作為食物。

❻ 渡者：擺渡者，船夫。　弭耳：耳朵順服地貼著，表示畏懼聽從。弭：音ㄇㄧˇ；
mǐ。安定，順服。　掉尾：搖著尾巴。掉：搖擺。　裁：通「纔」。方。剛。
騰：跳躍。

❼ 逕至：直接到。　銜：以口含物。　作聲：發出聲音。

❽ 內：音ㄋㄚˋ；nà。通「納」。放入。　復：副詞。表示行為動作的反復或繼續。
相當於「又」、「還」。　計：計算。　旬：十天。　裁：僅僅。通「纔」。

❾ 殯之：給死者（犬）穿著入棺。之：指示代名詞。此指黃耳。

翻譯：

　　陸機年輕時，非常喜歡遊獵。他在吳國時，家裡有個門客獻上一隻好
犬，名叫：「黃耳」。陸機後來到洛陽去作官，常常把黃耳帶在身邊跟隨
著。這隻狗聰明機伶，能理解人說話的意思。曾經有一次陸機把黃耳借給一
個住在三百里外的人，狗認得路，自己跑回來了，一天就到家。

甘肅博物院，漢代彩繪木臥狗，漢八刀工藝，簡潔，平整，銳
利，對稱。武威磨嘴子出土。

　　陸機因為作官而寄居在京師，很久都沒有家裡的消息，於是開玩笑地告訴狗說：「我家都沒有消息，你能把信帶回家再捎回家裡的音訊嗎？」犬聞言高興，搖著尾巴汪汪叫來回答他。陸機姑且一試地寫了信，他把信裝在竹筒裡，並把它綁在犬的脖子上。犬來到了官道，往吳國的方向奔跑而去。飢餓時，牠就跑到草叢裡捕捉小動物來吃。每逢要渡過大河流時，牠就挨近船，塌下耳朵，搖著尾巴裝可憐，船夫看了都很憐愛，就喊牠一起上船。當船到站，才要靠岸時，犬就立即騰跳上岸，飛奔而去。就這樣，黃耳一直跑到陸機家了，牠口銜竹筒，汪汪作聲地向人示意。陸機家人於是打開竹筒，拿出了書信，看完之後，犬又向人汪汪作聲，好像有所請求；他家的人於是寫了回信，放進竹筒中，再將它綁在犬的脖子上。犬得到了回信，就又快跑回洛陽。估計人要走五十天的路程，這隻犬來回只花了半個月。

　　後來狗死了，為牠裝棺入殮，送回陸機家村子的南邊安葬，地點離陸機家約二百步之遠，下葬後將土堆高起來做成墳墓。村民稱之為「黃耳塚」。

十一、烏龜來救溺　　東晉・陶潛：《搜神後記》卷十

　　晉咸康中，豫州刺史毛寶戍邾城❶。有一軍人，於武昌市見人賣一白龜子，長四、五寸❷，潔白可愛，便買取持歸，著甕中養之。日漸大，近欲尺許❸。其人憐之，持至江邊，放江水中，視其去。

　　後邾城遭石季龍攻陷，毛寶棄豫州，赴江者莫不沉溺❹。於時所養龜人被鎧持刀，亦同自投❺。既入水中，覺如墮一石上，水裁至腰❻。須臾，游出，中流視之，乃是先所放白龜，甲六、七尺❼。既抵東岸，出頭視此人，徐游而去。中江猶回首視此人而沒❽。

【注釋】

❶ 晉：朝代名。公元 265 年，司馬炎代魏稱帝，國號晉。自公元 265 至 316 年為西晉。公元 317 至 420 年為東晉。　咸康：東晉成帝司馬衍年號，自公元 335 至 342 年。　豫州：州名。在今河南省境內。　刺史：官名。魏晉時刺史掌一州的軍政大權，即州長。　毛寶：人名。東晉將領。公元？至 339 年在世。任輔國將軍。他在戌守邾城時，遭北朝後趙石季龍以五萬人來犯，援軍遲遲不到，城陷，毛寶率兵突圍不利，六千名軍人無路可退，溺死於江中。《晉書》有傳。　戌：防守。　邾城：城名。在今湖北省黃岡城區。

❷ 武昌：郡名。在今湖北省境內。　白龜子：白色的小龜。　寸：長度單位。相當於現在的 2.3 公分。

❸ 著：音ㄓㄨㄛˊ；zhuó。放置。　甕：陶製盛器。　尺許：大約一尺。尺：長度單位，相當於現在的 22 公分。

❹ 石季龍：人名。石虎，字季龍，羯人。十六國時後趙君主石勒之侄。殘忍善戰，窮兵黷武，官拜征虜將軍。《晉書》有傳。　赴江者：投江的人。赴：投入，跳進。沉溺：落水，淹沒。

❺ 被鎧：音ㄆㄧ ㄎㄞˇ；pī kǎi。穿著戰士護身的鎧甲。　自投：自己跳進（江

中）。投：跳入。

❻　墮：墜落。　裁：通「纔」。僅僅之意。

❼　須臾：片刻，不久。　中流：半渡，渡程的中間。　甲：龜甲。烏龜背上的硬質外
　　殼。

❽　徐：溫和的，緩慢的。　沒：音ㄇㄛˋ；mò。入水。

翻譯：

　　晉朝成帝咸康年間，豫州刺史毛寶駐守邾城。有一個軍人，在武昌的市
集看見有人在賣一隻白色的小烏龜，長約四、五寸，潔白可愛，就將牠買下
來帶回去，放在甕子裡養著。烏龜一天天地長大，長到將近一尺多長了。這
個人憐愛牠，就帶牠到江邊，放入江水中，望著牠游走。

　　後來邾城被石季龍的軍隊攻陷，毛寶棄守豫州，被迫投江的軍人沒有不
滅頂淹死的。當時這個養烏龜的人也是披甲持刀，跟著軍隊一同跳進了大江
中；但是當他沒入水中時，覺得自己好像掉到一塊石頭上，水深才到腰部。
不久，他游出了水面，游到河中央時，他察看究竟是觸到什麼，原來是先前
所放生的那隻白色烏龜，龜甲已有六、七尺長了。此人安抵東岸後，烏龜從
水裡冒出頭來望著他看，然後才慢慢的游走，在江心處牠還回首凝視著他才
潛入水下。

十二、順手牽羊　　南朝 宋·虞通之：《妒記》

　　京邑有士人婦，大妒忌：於夫小則罵詈，大必捶打❶。常以長
繩繫夫腳，且喚便牽繩❷。士人密與巫嫗為計。因婦眠，士人入
廁，以繩繫羊，士人緣牆走避❸。

　　婦覺❹，牽繩而羊至，大驚怪，召問巫。巫曰：「娘積惡❺，
先人怪責，故郎君變成羊。若能改悔，乃可祈請。」婦因悲號，
抱羊慟哭，自咎悔誓❻。

　　師嫗乃令七日齋，舉家大小悉避於室中，祭鬼神，祝羊還復本形❼。婿徐徐還，婦見婿，啼問曰❽：「多日作羊，不乃辛苦耶❾？」婿曰：「猶憶啖草不美，腹中痛爾❿。」婦愈悲哀。後復妒忌，婿因伏地作羊鳴；婦驚起，徒跣呼先人為誓，不復敢爾。於此不復妒忌⓫。

【注釋】

❶ 京邑：京都所在的地區。　士人：讀書居官之人。　大：程度強烈。很。非常。妒忌：妻子對丈夫嫌怨責怪，喜怒無常。　詈：音ㄌㄧˋ；lì。責罵。

❷ 且：副詞。將。　牽：引之使前。

❸ 密：秘密，暗中。　巫嫗：從事以法術溝通鬼神為職業的女性。　為計：想辦法，商議計謀。　緣牆：攀爬上牆。　走避：跑去躲起來。

❹ 覺：睡醒。

❺ 娘：對女主人的稱呼。　先人：祖先。　郎君：丈夫。　積惡：多惡，做許多凶暴的壞事。

❻ 悲號：悲傷地哭訴。號：音ㄏㄠˊ；háo。哭時口中有哀訴之言。　自咎：承認自己的過失。認錯。

❼ 齋：祭祀前整潔身心，以示虔誠。　祝：以言告神，祈禱。

❽ 徐徐：緩緩，慢慢。　啼：出聲哭。

❾ 不乃：不。乃：助詞。無義。

❿ 啖：音ㄉㄢˋ；dàn。吃。　爾：助詞。用於句末，表示肯定語氣。

⓫ 徒跣：赤足步行。跣：音ㄒㄧㄢˇ；xiǎn。光著腳。古人脫履入席，著履離席；此謂其慌張失措，未及穿鞋。　不復敢爾：敢如此。不復：不。復為音節助詞。

翻譯：

　　京城有個士人的妻子，非常地妒忌；對丈夫小則怒罵，大則痛打。常常拿長繩綁住丈夫的腳，要使喚他就將繩子一拉牽過來。士人暗中與女巫商量對策……某日趁妻子睡著時，閃進廁所裡，將繩子改綁在羊的身上，然後爬牆跑走，躲了起來。

　　妻子醒來後，拉了拉繩子，牽過來的卻是一隻羊！妻子非常驚駭，便召請女巫諮詢。女巫說：「夫人您積惡多端，遭祖先怪罪，所以您的夫君變成

了羊。如果您能悔改，我才可以祈請神明恢復他的原形。」妻子聽了傷心哀訴，抱著羊痛哭，承認自己錯了，立誓要悔改。

女巫於是令她齋戒七天，全家老小都要進內室迴避。然後祭祀鬼神，禱請鬼神讓羊回復丈夫的原形。夫婿慢慢地回來了，妻子看到夫婿，哭著問他：「做了這麼多天的羊，辛不辛苦啊？」夫婿回答說：「還記得草很難吃，吃了肚子會痛。」妻子聽了更傷心。後來妻子又怒火中燒了，那夫婿就趴在地上學羊叫；妻子嚇得忙起身離席，光著腳就喊列祖列宗，發誓不敢這樣了。此後她就不對丈夫大發雷霆了。

十三、螞蟻雄兵來劫囚　　東晉・干寶：《搜神記》卷二十

吳富陽縣董昭之，嘗乘船過錢塘江❶，中央見有一蟻，著一短蘆，走一頭回，復向一頭，甚遑遽❷。昭之曰：「此畏死也。」欲取著船。船中人罵：「此是毒螫物，不可長，我當踏殺之❸！」昭意甚憐此蟻，因以繩繫蘆著船。船至岸，蟻得出。其夜，夢一人烏衣，從百許人來謝，云❹：「僕是蟻中之王，不慎墮江，慚君濟活。若有急難，當見告語❺！」

歷十餘年，時所在劫盜，昭之被橫錄為劫主，繫獄餘杭❻。昭之忽思蟻王夢，緩急當告❼，「今何處告之？」結念之際，同被禁者問之，昭之具以實告❽。其人曰：「但取三兩蟻著掌中，語之❾。」昭之如其言，夜果夢烏衣人云：「可急投餘杭山中。天下既亂，赦令不久也❿。」於是便覺。蟻嚙械已盡，因得出獄，過江投餘杭山。旋遇赦，得免⓫。

【注釋】

❶ 吳：朝代名。三國之一。孫權建立。自公元 222 至 280 年。　富陽縣：縣名。在今浙江省杭州市。　董昭之：人名。　錢塘江：水名。浙江之下游稱錢塘江。流經浙江省境內。

❷ 著：音ㄓㄨㄛˊ；zhuó。附著。　蘆：蘆葦，葦，蒹葭。生於溼地或淺水之植物。　走一頭回：跑到一端就又掉轉回頭。回：掉轉。　遑遽：恐懼，畏懼。

❸ 螫：音ㄕˋ；shì。毒害。　長：音ㄓㄤˇ；zhǎng。養活。　當：將，將要。

❹ 從：音ㄘㄨㄥˊ；cóng。跟隨。

❺ 僕：自稱謙詞，相當於「我」、「在下」。　慚君濟活：幸好您救活了我。慚：感念。為魏晉新義。　當見告語：必定要告訴我。當：必定。見：用於動詞前，表示代詞賓語的省略。

❻ 歷：經過。　所在：到處。　橫錄：橫遭逮捕。橫：音ㄏㄥˋ；hèng。強橫地。錄：逮捕。　劫主：強盜頭子。搶劫犯。　繫獄餘杭：囚禁在餘杭的監獄。餘杭：縣名。在今浙江省杭州市。

❼ 緩急：危急之事。緩字無實義。

❽ 結念之際：正在考慮之時。結念：構思。　具：副詞。全，都。

❾ 但：連接詞。只要，表示一種條件。　語之：告訴牠。語：ㄩˋ；yù。告訴。之：指示代詞。此指螞蟻。

❿ 可：合，宜，該。表規勸。　投：投奔。

⓫ 覺：音ㄐㄧㄠˋ；jiào。睡醒。　嚙：音ㄧㄠˇ；yǎo。同「咬」。以口嚼物。械：加於罪人首、手、足，以限制其行動的木製刑具。如枷、桎、梏等。　餘杭山：山名。在今浙江省境內。　旋：頃刻，不久。

翻譯：

吳國富陽縣人董昭之，曾經乘船過錢塘江，在江中見到一隻螞蟻，攀附在一根短短的蘆葦上，牠向蘆葦的一邊跑去後又趕緊掉頭，繼續向另一頭跑著，非常焦急害怕。董昭之說：「這隻螞蟻是在怕死啊。」董昭之想把這隻螞蟻捉到船上。船上的人責罵他：「這是有毒害蟲，不可以養，我要踩死牠！」董昭之心裡非常同情這隻螞蟻，於是用繩子綁住蘆葦，附著在船邊。船到岸了，螞蟻因而脫困。那天晚上，夢見有一個黑衣人，率領一百多人來道謝，說：「在下是蟻中之王，不慎掉入江中，感謝您救我活命。此後若有急難，務必要告訴我！」

　　過了十多年後，當時到處有劫匪，董昭之被當作是搶匪橫遭逮捕，關進餘杭的監獄裡。董昭之忽然想起蟻王的夢，說有急難事可以告訴他，「如今要去哪裡告訴他呢？」正在憂慮的時候，一同被監禁的人問他是什麼事，董昭之據實以告。這個人說：「只要抓兩、三隻螞蟻放在掌心，把話告訴牠們；就可以了！」董昭之照著他的話做。當晚果然夢見黑衣人告訴他：「你應該趕緊逃到餘杭山中。天下已經亂了，赦令不久就會頒佈。」接著他就醒來了，醒來時發覺螞蟻已經把身上的刑具都啃光了，因而可以脫逃出獄，他過江投奔到餘杭山。不久遇到赦罪，因而免死。

十四、慈悲的救火鸚鵡　　南朝 宋‧劉義慶：《宣驗記》

　　有鸚鵡飛集他山，山中禽獸輒相愛重❶。鸚鵡自念：「雖樂，不可久也。」便去。後數月，山中大火。鸚鵡遙見，便入水霑羽，飛而灑之。天神言：「汝雖有志意，何足云也！」對曰：「雖知不能救，然嘗僑居是山❷，禽獸行善，皆為兄弟，不忍見耳❸」。天神嘉感，即為雨滅火。

【注釋】

❶　鸚鵡：鳥名。羽毛色彩美麗，頭圓，嘴大而短，舌頭柔軟，經訓練，能模擬人語及其他聲音。

❷　灑：揮散，滴落。　僑居是山：寓居此山。僑：寄寓。是：此。

❸　不忍見耳：不忍心看見啊。耳：句末語尾助詞，表示堅決。

翻譯：

　　有隻鸚鵡飛到一座山去棲息，這座山的禽鳥走獸彼此互相尊重友愛。鸚鵡心裡想著：「雖然和樂，但此地不可久留。」便飛去了。幾個月之後，山裡發生了大火。鸚鵡遠遠地看到了，連忙飛入水裡將羽毛沾濕，再飛到天空

將羽毛上的水珠灑下。天神告訴牠：「你雖有這片心意，但哪裡足夠滅火？」鸚鵡答說：「雖然知道這樣救不了火，但我曾寄居這座山，動物們善良和氣，大家都像兄弟一樣，我真的不忍心看見他們被火燒啊。」天神受到感動，也嘉許鸚鵡的慈悲義舉，立刻降下大雨來滅火。

※問題與討論

1. 介紹你最喜歡的一種動物，簡述牠的生物習性和你之所以喜歡牠的原因。
2. 你認為人類對於伴侶動物的理想態度和方式是什麼？說明之。
3. 清代閨秀喜歡飼養鸚鵡作為寵物，試設想鸚鵡帶給她們的樂趣為何？
4. 敘寫一則動物救助動物的小故事。文長 300 字。
5. 鸚鵡救火的故事源自於佛典的本生經，三國時吳國康僧會翻譯的《舊雜譬喻經》有其原貌，請就此一故事的傳入與輸出，嘗試論述佛典故事對六朝志怪的啟發。

主題九、我來變變看

前　言

　　本篇主題特指人的身體發生異於常態的變化，包含：身體可以自行分離並重組，頭、腳可以和他人交換移植，靈魂可以自肉身脫去，以及身體可以隱形而不被他人發覺等。整體而言，顛覆了正常的身體型態，表現出非完成性，非封閉性，非獨體性的異常變化。

　　依人類的生理結構與當時的醫療技術而言，這些身體離合重組成功的事例是不可能辦到的，即使今日之器官移植、美容整形手術已有精良之表現，但是頭顱的「脫身」飛翔，不同人種的雙腿移植，開膛剖肚的內臟淘洗，依舊是一項怪譚！然而，文學是一種擬判斷語言，未必要與事實完全相符，文本裡外的對應關係可以做如下觀：即故事表層固然是言之鑿鑿的變身場面，但值得尋味的還有它的文化意蘊與天方遐想。以「換腳」與「變臉」兩故事為例，它涉及當時漢人的身體審美觀，漢人普遍少鬚少體毛，身體也少有體味，因此面對異族胡人的身體特徵為大目、高鼻、多鬚、體毛糾結，有體味時，自然產生嫌厭的反應，且當時的身體審美觀是以漢人為中心，因而才出現換腳者終身憎穢其飛毛腿，換臉者則令人一看就逃之夭夭的歧視情節。然而，換腿的士人因為移植了胡人的雙腿而有了重生的機會，所以也委婉地申明胡漢民族交流的正面意義，至於換臉的男子則處境尷尬，有「啼笑皆非」之後遺症。〈頭殼飛去〉的故事反映中國西南方「長頸族」的長頸特徵。長頸族為保護婦孺免遭老虎咬噬頸部，以致失血喪生，故在婦女的頸部套上銅圈加固，自五歲之後逐年遞增。在外觀上，頸部顯得異常得長，以致於有伸縮或飛翔的駭人傳聞。

　　漢·司馬遷在《史記·大宛列傳》提到漢武帝時中國與安息（波斯）建立了友好的外交關係，波斯贈送漢朝「大鳥卵及黎軒善眩人」以表親善；大鳥卵是鴕鳥蛋，黎軒是今埃及亞歷山卓港的音譯，善眩人即魔術藝人。韋昭注釋云：「眩人，變化惑人也。」漢魏時期出現的吐火、自縛自解、吞刀、植瓜種樹、屠人截馬等，都是這些外國魔術藝人的表演項目。自漢發展至今，幻術已有更多進階式的表演，如斷肢、斷頭、身首相離或是把人、動物、器物整個變不見了等等花樣。中古時期，對印度僧尼洗澡方式的遐想也出現在志怪裡，如桓溫偷窺比丘尼大卸八塊式的洗澡奇景。《晉書·藝術列傳》載大和尚佛圖澄「腹旁有一孔，常以絮塞之，每夜讀書，則拔絮孔中，出光照於一室。」除了作為照明設備之外，這個「腹孔」也是洗澡的竅門，「嘗齋時平旦至流水側，從腹旁孔中引出五臟六腑洗之。訖，還內腹中。」大和尚這種「掏心掏肺」的沐浴方式與桓溫敬奉的女尼類似，顯然都在各顯神通，或以警世，但實際情形是僧人在洗浴淨身而已。佛陀告訴眾僧，須徹底刷除塵垢，使身體潔淨芳香，如此，能令見者歡喜，莫不恭敬。東漢·安世高譯成漢文的《佛說溫室洗浴眾僧經》說，用七物沐浴，可除七病。七物是然火、淨水、澡豆、蘇膏、淳灰、楊枝和內衣。

　　佛教對志怪的影響，除了地獄、感應、顯靈等宣教故事收錄在編外，尚且改編佛經本事，加工成新奇的故事；只是，在轉譯之間，中國作家著重其鮮活奇異的趣味性，淡化原有的宗教旨意，但加入的佛教元素已為志怪闢出新穎奇特的內容。以〈鵝籠裡的書生〉來說，本事源於古印度，由三國時吳國康僧會譯成漢文《舊雜譬喻經》上卷三十四中的第十八則〈梵志吐壺〉而來。梵志是梵文外來語，其意為「淨行」，也譯成「婆羅門」，是古印度的貴族，相當於中國的「士」階層。佛典故事是：

> 昔有國王，持婦女急。正夫人謂太子：「我為汝母，生不見國中，欲一出，汝可白王。」如是至三。太子白王，王則聽。太子自為御車。出，群臣於道路，奉迎為拜，夫人出其手開帳，令人得見之。太子見女人而如是，便詐腹痛而還。夫人言：「我無相甚矣。」太子自念：

「我母當此，何況餘乎！」夜便委國去，入山中遊觀。時道邊有樹，下有好泉水。太子上樹。逢見梵志獨行來，入水池浴。出，飯食，作術吐出一壺，壺中有女人，與於屏處作家室，梵志遂得臥。女人則復作術，吐出一壺，壺中有年少男子，復與共臥，已便吞壺。須臾，梵志起，復內婦著壺中。吞之已，作杖而去。太子歸國白王，請道人及諸臣下，持作三人食，著一邊。梵志既至，言：「我獨自耳。」太子曰：「道人當出婦共食。」道人不得止，出婦。太子謂婦：「當出男子共食。」如是至三，不得止，出男子共食，已便去。王問太子：「汝何因知之？」答曰：「我母欲觀國中，我為御車，母出手令人見之。我念女人能多欲，便詐腹痛還。入山，見是道人藏婦腹中，當有姦。如是女人姦不可絕，願大王赦宮中，自在行來。」王則敕後宮中，其欲行者從志也。師曰：「天下不可信，女人也。」

　　《譬喻經》是僧人用故事作為譬喻，以解說佛典中的道理。上文〈梵志吐壺〉的故事顯然對情欲多所否定，人的話不可信；人的心不可測；人的欲望太多！這個故事由吳均改寫成〈鵝籠書生〉後，不但人不可信，愛人尤其不可信。作者幽默地由旁觀者許彥來看世間男女的情場敷衍，相互隱瞞，偷藏備胎的自私心機，寫得比佛經詼諧熱鬧，且發人深省。小說結尾暗藏玄機，交代陽羨書生臨別贈與許彥一個大銅盤，其後許彥當上了蘭臺令史，在國家圖書館典編祕籍，他把這個大銅盤再轉贈給張侍中，發現銅盤有「漢永平三年所作」的款識。吳均以文物見證佛經東傳與佛典漢譯的時間；該年乃是漢明帝劉莊遣人西行，求取佛法與佛經的歷史時刻。

　　從深層意義來看〈梵志吐壺〉，諸法無我，諸行無常是它的奧義；佛說一切現象，變遷無常，要遠離顛倒夢想的恐怖，就是認知到變遷之理法為「因緣」，如此可望解開執著，不再耽溺於表面的現象。與〈鵝籠書生〉相對的故事是《幽明錄》的石氏女，她能為愛而靈魂出竅，她愛得太強烈，導致意識混沌不明，產生魂不附體的經驗，作為靈魂的「分身」靠著視覺上的幻象進行了部分活動。這個故事成為往後小說和戲劇上著名的「倩女離魂」

主題而大有表現。如唐・陳玄祐：《離魂記》、元・鄭德輝：《迷青瑣倩女
離魂》，都是名篇。

一、變臉　　南朝 宋・劉義慶：《幽明錄》卷四

　　河東賈弼，小名翳兒，具諳究世譜❶。義熙中，為琅邪府參軍
❷。夜夢有一人，面甚醜❸，多鬚、大鼻、䁱目❸，請之曰：「愛君
之貌，欲易頭❹，可乎？」弼曰：「人各有頭面，豈容此理！」明
晝又夢，意甚惡之，乃於夢中許易❺。

　　明朝起，自不覺，而人悉驚走藏，云：「那漢何處來❻？」琅
邪王大驚，遣傳教呼視，弼到，琅邪遙見，起還內❼。弼取鏡自
看，方知怪異。因還家，家人悉驚入內，婦女走藏，曰：「那得
異男子？！」弼坐，自陳說良久，并遣
人至府檢問❽，方信。

　　後能半面啼，半面笑；兩手各捉一
筆，俱書，辭意皆美；此為異也，餘并
如先。俄而安帝崩，恭帝立❾。

重慶博物院，東漢男俑，
眉目清秀，面容端正，歡
顏帶笑，成都市羊子山出
土。

【注釋】

❶　河東：郡名。山西省境內黃河以東的地區。　賈
弼：亦稱賈弼之，事繫其孫《南史・賈希鏡傳》
下，賈弼為譜學名家，共蒐集十八州一百一十六
個郡的家族譜籍，凡諸大族，略無遺闕。　具：
有某種才能、條件。　諳究：精研熟悉。諳：音
ㄢ：ān。熟習。　世譜：氏族或宗族的系統。魏
晉南北朝時重視門第，選舉必稽譜系，研究某一
家族之譜系遂成為專門之學。

❷　義熙：東晉安帝司馬德宗之年號。自公元 405 至 418 年。　　琅邪府：琅邪郡國王之官署。琅邪郡在今山東省境內。當時之琅邪王為司馬德文，自公元 392 年至 418 年在位，後被劉裕立為晉恭帝，一年後遇害。　　參軍：官名。參謀軍事之職務。

❸　齇皰：音ㄓㄚ　ㄆㄠˋ；zhā pào。指長在鼻子，臉上的瘡皰。　　瞯目：指人眼珠不正，露出較多眼白，斜視。瞯：音ㄒㄧㄢˊ；xián。目上視。

❹　易：交換。

❺　頭面：頭臉。複音詞，側重臉。　　惡：音ㄨˋ；wù。討厭，憎惡。　　許：答應。同意。

❻　走藏：逃跑以躲藏。　　那：遠稱指示代名詞。此處之「那」為魏晉南北朝孤例。

❼　遣：派遣。　　傳教：傳達指令的下級小吏。　　呼：召喚。　　內：寢室。

❽　那得：疑問副詞。詢問原因。　　陳說：解釋原因。說明理由的場合，不同於一般的陳述。　　檢：查察。

❾　俄而：通「俄爾」。不久。忽然。　　安帝：東晉皇帝司馬德宗，於公元 397 至 418 年在位。　　崩：帝王死稱崩。　　恭帝：東晉皇帝司馬德文。於公元 419 至 420 年在位。

翻譯：

　　河東郡人賈弼，小名翳兒，精通世家大族之譜系。東晉安帝義熙年間，他擔任琅邪府的參軍。某個晚上夢見有一人，面上長膿皰，鬍鬚多、鼻子大、眼睛斜視，請求他說：「我喜歡您的面貌，想和您交換頭，可以嗎？」賈弼說：「每個人各有自己的頭臉，豈有和別人換臉的道理！」明天早上又夢見他，賈弼很討厭他的一再糾纏，就在夢裡答應跟他換臉。

　　明天早晨起牀，賈弼自己並未發覺異狀，但人們一看到他，全被嚇得跑去躲藏，說：「那個男人是哪裡來的？！」琅邪王非常震驚，派傳令員召他前來查看。賈弼一到，琅邪王遠遠看見了他，立即起身回寢室去。賈弼拿鏡子來照看自己，才知道出了怪事。於是回家去，家人一見到他，也都嚇得閃進臥室裡去，婦女們則跑去躲起來，說：「怎麼來了個怪異男？」賈弼坐下來，他花了好久的時間解釋這件事情，家裡又派人去琊琊府查問情況，這才相信了他。

　　後來他的臉能半面哭，半面笑；兩手各握一筆，雙管齊下，都寫出了辭意優美的文章；這是他換臉後的異常之處，其餘都和先前一樣。不久晉安帝駕崩，晉恭帝即位。

二、換腳　　南朝 宋・劉義慶：《幽明錄》卷二

　　晉元帝世有甲者，衣冠族姓，暴病亡❶。見人將上天詣司命，司命更推校❷，算歷未盡，不應枉召，主者發遣令還❸。甲尤腳痛，不能行，無緣得歸❹。主者數人共愁，相謂曰：「甲若卒以腳痛不能歸，我等坐枉人之罪❺。」遂相率具白司命❻。司命思之良久，曰：「適新召胡人康乙者，在西門外，此人當遂死，其腳甚健，易之❼，彼此無損。」主者承敕出❽，將易之，胡形體甚醜，腳殊可惡❾，甲終不肯。主者曰：「君若不易，便長決留此耳❿。」不獲已，遂聽之⓫。主者令二人並閉目，倏忽，二人腳已互易矣。仍即遣之⓬。

　　豁然復生，具為家人說。發視，果是胡腳，叢毛連結⓭，且胡臭。甲本士，愛翫手足，而忽得此，了不欲見⓮。雖獲更活，每惆悵，殆如欲死。旁人見，識此胡者，死猶未殯，家近在茄子浦⓯。甲親往視胡尸，果見其腳著胡體，正當殯斂⓰，對之泣。

　　胡兒並有至性，每節朔，兒並悲思，馳往抱甲腳號咷；忽行路相逢，便攀援啼哭❼。為此，每出入時，恆令人守門，以防胡子❽。終身憎穢，未嘗愓視，雖三伏盛暑，必復重衣，無暫露也❾。

【注釋】

❶　晉元帝：東晉元帝司馬睿。公元 276 至 322 年在世。　甲：某甲。因其姓名不詳，故稱之為甲。　衣冠：原指士大夫的衣著、冠戴，此指貴族、士族，官紳。　族姓：指大族，望族。　暴：突然。

❷　見：助動詞。被，表示被動。　將：帶、捉。　詣：往，到。　司命：神名，負責與生命有關的事物。　推校：推算考核。

❸　算歷：壽命。　枉：無辜，冤枉。　主者：主其事的人。　發遣：遣送。

❹　尤：埋怨，歸咎。　腳：脛。小腿。　緣：憑藉，依賴的事物。

❺　卒：最後，最終。　我等：我們。　坐：獲罪。

❻　相率：互相跟從。　新：纔，剛。　具白：全部報告。具：副詞，全。白：動詞，稟告，陳述。

❼　適：恰好，正巧。　當遂死：將要死去。遂：終。　易之：交換腳。之：指示代名詞。此指兩人的腳。

❽　承敕：奉命。敕：音ㄔˋ；chì。命令。

❾　殊：極，甚。　可惡：令人討厭。惡：音ㄜˋ；è。醜陋。

❿　不易：不交換。　便：轉折連詞。　長決：永久處置。決：處置。　耳：語氣助詞。表肯定。

⓫　不獲已：沒辦法了。已：語氣詞。置於句尾，表示感歎或肯定。　聽：同意。

⓬　倏忽：疾速，指極短的時間。　仍：副詞。於是。

⓭　豁然：明覺醒悟貌。　發視：揭開來查看。　叢毛：指眾多而繁雜積聚的體毛。

⓮　翫：音ㄨㄢˊ；wán。喜好、觀賞。　了不：完全沒有。了：音ㄌㄧㄠˇ；liǎo。完全。

⓯　殆：音ㄉㄞˋ；dài。幾乎，近乎。　殯：埋葬。　茄子浦：地名。在今江蘇省南京市附近的長江沙洲。史載東晉都城建康附近有一地名「茄子浦」，以其地宜茄子，人多種植之故，因以名浦。

⓰　著：音ㄓㄨㄛˊ；zhuó。附著。　正當：正，恰好。當為音節助詞。

⓱　並：副詞。都，皆。　至性：孝性。特指孝順父母的本性。　節朔：節日，節令。朔：農曆每月初一。此泛指年節祭祀之日。　號咷：放聲哭訴。　攀援：挽留。

⓲　恆：經常。平常。　胡子：胡人的兒子。

⓳　愓視：當作「娛視」。娛：心情愉快。　三伏：農曆夏至之後到立秋之前的炎熱時

期，有初伏、中伏、末伏，每伏十日。　必復：雙音節副詞。必定。復為詞綴，無義。　暫：猝然。　重衣：（穿）兩層衣服。重：音ㄔㄨㄥˊ；chóng。重複、重疊。

翻譯：

晉元帝時代有個某甲，是衣冠士族，突然病死了，被人捉去天上晉見司命神。司命神再次核算後，發現他的壽命還沒完結，不應錯召他來，令主事者遣送他回去。某甲抱怨腳痛，不能行走，無法走回陽世了。主其事的幾個人一起發愁，彼此說道：「某甲若是最後因為腳痛而不能回去，我們就犯下冤枉人的罪啦！」於是一起去向司命神報告。司命神思索了很久，說：「恰巧剛才召來了個胡人康乙，正在西門外等候著，此人就要死了，他的腳很健壯，讓他和某甲交換，對彼此都沒有損失。」主事者奉命後出來，正準備為他們換腳時；由於胡人的身體很醜，腳更令人嫌惡，某甲一直不肯。主事者說：「您要是不換腳，就要處置您永久留在此地了！」某甲不得已，於是同意換腳。主事者命令兩人都閉上眼睛，瞬間，兩人的腳已經交換好了。於是立刻遣他回去。

某甲突然復活了，他向家人說明事情的全部經過。然後揭開衣服來檢查，果真是胡人的腳，腿毛密密麻麻，糾結叢生，而且還有胡臭。某甲原本是士族，向來十分欣賞自身的手腳，如今突然換來這麼一雙腳，他完全不想見到它。雖然獲得了重生的機會，但總是惆悵失意，簡直生不如死似地。有人見到他的毛毛腳，認出它們原先的主人；說這個胡人死了，但還沒入殮，他家就在附近的茄子浦。某甲遂親自前往探視胡人的屍體，果然看到自己的腳安裝在胡人的屍體上，正要放進棺材裡！某甲忍不住對著自己的那雙腳落淚。

胡人的孩子們個個真情至孝，每到祭祀節日時，胡兒們追思亡父，就會一起奔往某甲家，抱住某甲的腳嚎啕大哭；偶然在路上遇見了，也要哭哭啼啼拉住他不放。因為這樣，某甲每次進出家門時，總是派人守住門口，以防備胡兒們。他終身嫌棄這雙腳，不曾欣然正眼看待，即使在七、八月的大熱天，他一定要穿上兩層衣服，不讓這雙腳給突然露出來。

三、頭殼飛去　　東晉‧干寶：《搜神記》卷十二

　　秦時，南方有落頭民，其頭能飛❶。其種人部有祭祀，號曰
「蟲落」，故因取名焉❷。

　　吳時，將軍朱桓得一婢，每夜臥後，頭輒飛去，或從狗竇，
或從天窗中出入，以耳為翼❸。將曉復還。數數如此，傍人怪之
❹。夜中照視，唯有身無頭。其體微冷，氣息裁屬。乃蒙之以被❺。

　　至曉，頭還，礙被，不得安，兩三度墮地，噫咤甚愁，體氣
甚急，狀若將死❻。乃去被，頭復起，傳頸。有頃，和平❼。

　　桓以為大怪，畏不敢畜，乃放遣之❽。既而詳之❾，乃知天性
也。時南征大將，亦往往得之。又嘗有覆以銅盤者，頭不得進，
遂死❿。

【注釋】

❶　秦：朝代名。嬴政建立。自公元前 259 至前 195 年。
❷　種人：同一族類的人。　部：設置。　蟲落：法術名。傳說古蜀的鹽水女神能施
　　「蟲落」之術，使飛蟲漫天，令敵方視線不清，我方則可乘勢襲敵，或在掩蔽下迅
　　速撤退。
❸　吳：朝代名。孫權建立。自公元 222 至 280 年。　朱桓：人名。孫吳將軍，公元
　　177 至 238 年在世。仁惠愛士，輕財貴義，《三國志》有傳。　臥：睡。　輒：音
　　ㄓㄜˊ；zhé。每每，總是。　狗竇：穴壁供狗出入的洞。竇：孔道。　以耳為
　　翼：以耳朵為翅膀。
❹　數數：屢次。數：音ㄕㄨㄛˋ；shuò。多次，屢次。　怪之：認為此事怪異。
❺　照視：照明以察看。　氣息裁屬：指氣息微弱，只剩上氣接著下氣而已。裁：僅
　　僅。通「纔」。屬：音ㄓㄨˇ；zhǔ。連接，跟隨。　蒙：覆蓋。　被：被子。寢
　　時覆體之具。
❻　礙被：為被褥所阻擋。礙：阻擋。　安：安置，安放。　度：量詞。次，回。　噫
　　咤：唉聲歎氣。咤：音ㄓㄚˋ；zhà。悲歎聲。　體氣：呼吸，喘氣。
❼　去：除去。　起：飛起來。起：上升。　傳：附著。通「附」。　和平：指呼吸平
　　順。

❽　畜：音ㄒㄩˋ；xù。養。容留。　放遣：使離開，遣散。
❾　既而：之後。　詳：知悉。知道。
❿　嘗：曾經。　覆：遮蓋，掩蔽。　進：入。

翻譯：

　　秦朝的時候，南方有「落頭民」一族，他們的頭能飛行。這個族群設有祭祀，名為：「蟲落」，所以就以「蟲落」來稱呼他們。

　　吳國時，將軍朱桓收了一個婢女，每晚就寢後，她的頭就會飛出去，有時從狗洞，有時從天窗中進出；這顆頭是用耳朵作為飛行翼的。將近天明時頭就又飛了回來，屢屢如此！旁人覺得她很詭異，夜裡拿燈火去照看，發現她只有身體而沒有頭，且身體略冷，氣息很微弱，於是為她蓋上被子。

　　到了天亮，她的頭飛回來了，但被子阻隔著，頭安裝不上身體；她的頭三番兩次地掉落地面，它唉聲歎氣，非常憂愁，氣喘得越來越急，樣子像是快要死了！旁人於是掀去她的被子，這時頭再度飛起，終於附著在頸子上了。不久，氣息均勻平順了。

　　朱桓認為這情形太怪異了，他心生畏懼，不敢收留這個婢女，就遣散她走。之後才明白落頭原是他們族群的習性。當時南征的將軍們也常常擄獲其族人，還曾經有人用銅盤覆蓋住其身體，導致頭無法飛進銅盤內與身體接合，因而死亡了。

四、斷舌魔術　　東晉・干寶：《搜神記》卷二

　　晉永嘉中，有天竺胡人，來渡江南❶。其人有數術，能斷舌、復續、吐火，所在人士聚觀❷。將斷時，先以舌吐示賓客。然後刀截，血流覆地。乃取置器中，傳以示人❸。視之，舌頭半舌猶在。既而還，取含續之❹，坐有頃，坐人見舌則如故，不知其實斷否❺。

　　其續斷❻，取絹布，與人各執一頭，對剪，中斷之。已而取兩

斷合，視絹布還連續，無異故體❼。時人多疑以為幻，陰乃試之
❽，真斷絹也。

其吐火，先有藥在器中，取火一片，與黍糖合之❾，再三吹呼，已而張
口，火滿口中，因就爇取以炊，則火也❿。又取書紙及繩縷之屬投火中，眾
共視之，見其燒爇了盡。乃撥灰中，舉而出之，故向物也⓫。

【注釋】

❶ 晉：朝代名。司馬炎建立。自公元 265 至 316 年為西晉。公元 317 至 420 年為東
晉。　永嘉：年號。西晉懷帝司馬熾年號。自公元 307 至 312 年。　天竺：國名。
印度的古稱。　胡人：中國古代稱西部或北部少數民族的人。也泛指外國人。　江
南：長江以南地區。

❷ 數術：技藝，技法。此稱幻術、魔術。　復續：魔術名稱。指將物體截斷後再連接
如初的戲法。　吐火：噴火。　所在：到處。所到之處。

❸ 器：可內盛物品的用具。　傳：遞送，傳送。

❹ 既而：不久，過後。　還：返回。　續之：連接之。之：指示代名詞。此指斷舌。

❺ 有頃：片刻。不久。　坐人：在坐的人。　如故：如初，和原來一樣。

❻ 續斷：魔術名稱。指將物體截斷後再連接如初的戲法。

❼ 一頭：一端。　兩斷：兩段，兩截。斷：量詞。同「段」。　合：聚攏，會合。
還：副詞。依然。保持原狀態不變。　故體：原來的物件。故：本來的，先前的。

❽ 陰：暗，隱。偷偷地。　乃：助詞。無義。加強語氣作用。　試之：考察之，試求
之。　之：指示代名詞。此指絹布。

❾ 藥：猛烈而易發火爆炸之物。火藥。　黍糖：麥芽糖。用糯米飯發酵後的漿水熬煮
成的糖。硝、硫磺、雄黃與糖蜜一同燃燒，會導致劇烈燃燒。

❿ 已而：隨即。　就爇：點燃柴枝。爇：音ㄖㄨㄛˋ；ruò。燃燒，點燃。　炊：張
口吹氣，使火著物。　則：連接詞。前面是條件，後面用「則」連接，表示結果。
火：動詞。起火。燃燒。

⓫ 屬：音ㄕㄨˇ；shǔ。種類，相似的事物。　投：擲，扔。　舉：向上托，挑起
來。　故：副詞。仍然。　向物：原先的物品，剛才的物品。

翻譯：

晉朝懷帝永嘉年間，有個印度人渡江來到江南。此人有幻術，他能表演
斷舌、復續、吐火等三種戲法。演出所到之處，人群聚集圍觀。他在表演斷

舌時，先把舌頭吐出來展示給觀眾看，然後用刀將舌頭割斷，這時血流滿地。接著將切斷的舌頭放到器皿中，給觀眾一個一個地傳看。察看其人，半截舌頭仍在嘴裡面。之後斷舌傳回來了，他將它拿起來含在嘴裡接上，不久，在座的人看到他的舌頭完好如初了，不知道他的舌頭是否有真的切斷？

　　他在表演續斷魔術時，取來絹布，與人各握住絹布的一端，然後平分為二地剪開，絹布就從中間斷掉了。之後他再把兩段剪斷的絹布合在一起，絹布依然相連接著，和未剪斷時沒有兩樣。當時有不少人懷疑他在造假，就偷偷檢查那塊絹布，發現絹布真的被剪斷了。

　　他在表演吐火時，火藥已事先放在器具中了，接著去引一片火苗來，與麥芽糖一起混合，繼而反覆地呼吸運氣，隨即張大嘴巴，只見他的嘴巴裡滿滿都是火！他又對著點燃的柴枝吐火吹氣，柴枝就起火燒了起來。又把書本紙張以及繩子、碎布之類的東西投入火裡，觀眾一起察看這些物品，看見它們全被燒光了。接著他撥開灰燼，將裡面的東西挑舉出來，仍然是先前放入的那些物品。

五、窺浴警告　　東晉‧陶潛：《搜神後記》卷二

　　晉大司馬桓溫，字元子❶。末年，忽有一比丘尼，失其名，來自遠方，投溫為檀越❷。尼才行不恒，溫甚敬待，居之門內❸。

　　尼每浴，必至移時❹。溫疑而窺之。見尼裸身，揮刀，破腹出臟，斷截身首，支分臠切❺。溫怪駭而還。及至尼出浴室，身形如常。溫以實問，尼答曰：「若逐凌君上，形當如之❻。」時溫方謀問鼎❼，聞之悵然，故以戒懼，終守臣節。尼後辭去，不知所在。

【注釋】

❶　晉：朝代名。司馬炎代魏稱帝，國號晉。公元 265 至 316 年史稱西晉。公元 317 至

420 年史稱東晉。　大司馬：官名。晉置大司馬，與大將軍、丞相一起掌朝政。桓溫：人名。東晉將領。公元 312 至 373 年在世。桓溫字元子。晉明帝司馬紹之女婿，官至大司馬，威權盛大。桓溫原謀廢晉自建王朝，事未及成而死。《晉書》有傳。

❷ 比丘尼：受過具足戒的女僧。梵語 bhikṣuni 的音譯。「ni」為對女性的敬稱。具足戒包括戒殺、戒盜、戒淫、戒妄語、戒不定等。　投：投誠，投向。　檀越：布施衣食給僧人的施主。「檀」為梵語音譯，指以財物供養僧人。「越」為漢文，指度越苦海。

❸ 不恆：特出，不平常。　居之門內：安置她於門庭之內。指在家供養。

❹ 移時：一段時間。

❺ 支分臠切：肢解後切成塊狀。臠：音ㄌㄨㄢˊ；luán。切成塊狀的肉。

❻ 凌：踰越，侵犯。　形：刑罰。通「刑」。

❼ 問鼎：圖謀王位。春秋時期以九鼎為傳國之寶，問鼎有圖謀王位之意。

翻譯：

　　晉朝大司馬桓溫，字元子。晚年時，忽然有一位比丘尼，名字已失傳，她來自遠方，投靠桓溫為其施主。這位比丘尼的修行能力非比尋常，桓溫待她十分恭敬，安置她在家中供養。

　　比丘尼每次沐浴，總是耗時許久，桓溫內心起疑，於是去窺看她洗澡。他見尼赤裸著身體，揮動刀子，剖開肚腹，取出內臟，斷開身體和首級，卸下四肢，切成大塊大塊的肉！桓溫嚇得趕快跑回去。當尼洗好澡步出浴室時，她的身形卻完好如常。桓溫據實相問，尼回答說：「若是僭越君主，刑罰就像這樣！」當時桓溫正圖謀自立為王，聽見這話後相當失望，因而更加惶恐地警惕自己，最後他守住臣子的節操。比丘尼後來告辭離開，不知去向。

六、鵝籠書生的愛情盛宴　南朝 宋・吳均：《續齊諧記》

　　<u>陽羨許彥</u>，于<u>綏安</u>山行❶，遇一書生，年十七、八，臥路側，

云腳痛，求寄鵝籠中。<u>彥</u>以為戲言。書生便入籠，籠亦不更廣，書生亦不更小，宛然與雙鵝並坐❷，鵝亦不驚。<u>彥</u>負籠而去，都不覺重❸。

前行息樹下，書生乃出籠，謂<u>彥</u>曰：「欲為君薄設。」<u>彥</u>曰：「善❹。」乃口中吐出一銅奩子，奩子中具諸餚饌，珍羞方丈❺。其器皿皆銅物，氣味香旨，世所罕見。酒數行，謂<u>彥</u>曰：「向將一婦人自隨，今欲暫邀之❻。」<u>彥</u>曰：「善。」又於口中吐一女子，年可十五、六❼，衣服綺麗，容貌殊絕，共坐宴。

俄而書生醉臥❽，此女謂<u>彥</u>曰：「雖與書生結妻，而實懷怨。向亦竊得一男子同行，書生既眠，暫喚之，君幸勿言❾。」<u>彥</u>曰：「善。」女子於口中吐出一男子，年可二十三、四，亦穎悟可愛，乃與<u>彥</u>敍寒溫❿。

書生臥欲覺，女子口吐一錦行障遮書生⓫，書生乃留女子共臥。男子謂<u>彥</u>曰：「此女子雖有心，情亦不甚。向復竊得一女人同行，今欲暫見之，願君勿洩⓬。」<u>彥</u>曰：「善。」男子又於口中吐一婦人，年可二十許⓭，共酌戲談甚久。聞書生動聲，男子曰：「二人眠已覺。」因取所吐女人，還納口中。

須臾，書生處，女乃出，謂<u>彥</u>曰：「書生欲起⓮。」乃吞向男子，獨對<u>彥</u>坐。然後書生起，謂<u>彥</u>曰：「暫眠遂久，君獨坐，當悒悒邪⓯？日又晚，當與君別。」遂吞其女子、諸器皿，悉納口中，留大銅盤⓰，可二尺廣，與<u>彥</u>別，曰：「無以藉君⓱，與君相憶也。」

<u>彥</u>太元中，為蘭臺令史，以盤餉侍中<u>張散</u>。<u>散</u>看其銘，題云是<u>永平</u>三年作⓲。

【注釋】

❶ 陽羨：縣名。在今江蘇省宜興市。　許彥：人名。　綏安：縣名。在今江蘇省宜興市西南。　行：旅行。

❷ 戲言：玩笑話。　更：音ㄍㄥˋ；gèng。愈加。　宛然：柔軟屈曲的樣子。

❸ 負：以背載物。　都不：全不。完全否定。

❹ 息：止息，休息。　薄設：粗略地備辦飲食。設：具饌。古人出行須自帶炊具、糧食，以炊煮止飢。　善：好。同意。

❺ 奩子：盛物之器。奩：音ㄌㄧㄢˊ；lián。　具：盡，全。　諸：眾多的。　餚饌：魚肉等的葷食。　珍羞：珍貴的食物。　方丈：一丈乘以一丈的面積。

❻ 香旨：香美。　行：行酒，倒酒勸飲。　向：剛才，先前。　將：攜帶。　暫：臨時。

❼ 可：大約。

❽ 俄而：不久。

❾ 懷怨：隱忍著怨懟。懷：隱忍。　竊：私下，暗中。　幸：期望。

❿ 敘寒溫：猶言寒喧。

⓫ 覺：音ㄐㄩㄝˊ；jué。睡醒。　錦：用彩色經緯的絲織成各種有圖案的絲織品。　行障：旅行時用布與竹竿設置的圍屏，可防風沙、遮蔽，以供休憩之用。

⓬ 甚：真誠。　向復：向。先前。復為音節助詞。

⓭ 許：表示約略估計之詞。

⓮ 須臾：片刻。　處：處所。　乃：確實。強調作用。

⓯ 暫眠：一時睡著。　當：表示肯定或推斷。相當於「大概」。　悒悒：憂悶，不舒暢。悒：音ㄧˋ；yì。憂鬱不安。　邪：音ㄧㄝˊ；yé。助詞。表疑問。

⓰ 盤：盛物之器，可盛水、盛菜、盛飯。

⓱ 藉：貢獻；資助。

⓲ 銘：刻在金石上的文字，以垂久

四川博物院，三國，庖廚俑，食案上食物豐盛，有豬頭、鱉，左側有號稱「天下第一餃」的偃月形餃子。重慶市出土。

遠。　太元：東晉孝武帝司馬昌明之年號。自公元 376 至 396 年。　蘭臺：官署名。本為漢代宮廷藏書處，設蘭臺令史掌管書奏。　餉：饋贈。　侍中：官名。侍從皇帝左右，出入宮廷，應對顧問。　永平：東漢明帝劉莊年號。自公元 58 至 75年。

翻譯：

　　陽羨縣人許彥在綏安縣的山區行走，遇見一位書生，年約十七、八歲，躺臥在路邊，說他腳痛，請求進鵝籠裡借坐一程。許彥以為是玩笑話，但書生接著就進入了鵝籠，鵝籠沒有變寬，書生也沒有變小，但他和兩隻鵝服服貼貼地並坐著，鵝也沒有受到驚嚇。許彥就這樣背著鵝籠前行，完全不覺得沉重。

　　前行到一棵樹下，停下來休息。書生就從鵝籠裡出來，他對許彥說：「我想為你簡單準備些飲食。」許彥說：「好的。」書生就從口中吐出一個銅製的食盒，食盒裡酒肉菜肴一應俱全，珍貴美味的食物擺滿了一丈見方。他的餐具器皿都是銅製的，食物又香又好吃，是人間罕見的美食。喝了幾趟酒之後，書生對許彥說：「先前我帶了一個女子跟著我，現在我臨時想邀請她出來。」許彥說：「好的。」書生就又從口中吐出了一個女子，年約十五、六歲，衣著華麗，容貌極為出色，她坐下來跟他們一起飲宴。

　　不久，書生醉倒了。這個女子對許彥說：「雖然我和書生結為夫妻，但內心實在隱忍著怨恨；先前我也暗中帶了一個男子同行，書生既然睡著了，我想叫他出來一下，希望你不要說出去。」許彥說：「好的。」女子就從口中吐出一個男子，年約二十三、四歲，也是聰穎可愛，他接著就和許彥寒喧聊天。

　　醉倒的書生就要醒來了，女子從口裡吐出一個錦繡圍障遮住書生，書生就留女子在裡面共眠。被女子喚出的那名男子對許彥說：「這個女子雖然有心，但用情不深；先前我偷帶了一個女人同行，現在我臨時想見見她，希望你不要洩露出去。」許彥說：「好的。」男子又從口中吐出一個女人，年約二十多歲，他們一起喝酒、嬉戲、閑聊了很久。之後，聽到書生那裡有些動

靜，男子說：「他們兩個已經睡醒了。」於是把先前吐出的女人再放入口中。

　　不久，女子果然從書生那裡走出來了，她對許彥說：「書生要起身了。」就把先前的男子吞了進去，一個人獨對許彥坐著。之後書生起來了，他對許彥說：「一睡睡太久了，留你一個人獨自坐著，想必悶悶不樂吧？天色已晚，該與你道別了。」於是把女子吞了進去、器皿等東西也全部放入口中。最後留下一個大銅盤，約二尺寬，書生拿著它向許彥道別，說：「沒有什麼可以奉獻給你，這個送你留作回憶。」

　　許彥在東晉孝武帝太元年間，擔任文獻典藏的蘭臺令史，他將這個大銅盤餽贈給侍中張散。張散看銅盤上的銘文，刻的是漢朝明帝永平三年製作。

七、隱形人　　東晉・干寶：《搜神記》卷一

　　介琰者，不知何許人也。住建安方山。從其師白羊公、杜受玄一無為之道，能變化隱形❶。嘗往來東海，暫過秣陵，與吳主相聞❷。吳主留琰，乃為琰架宮廟。一日之中，數遣人往問起居❸。琰或為童子，或為老翁；無所食啗，不受餉遺❹。

　　吳主欲學其術，琰以吳主多內御，積月不教❺。吳主怒，敕縛琰，著甲士引弩射之❻。弩發，而繩縛猶存❼，不知琰之所之。

【注釋】

❶　介琰：人名。　建安：郡名。在今福建省境內。　方山：山名。在今江蘇省南京市江寧區，是一座四面等方，孤絕聳立的死火山，也是道教名山。　從：追隨。　白羊公：道士名號，為介琰之師。　杜：或為杜契之誤脫，杜契為漢末人，後渡江依孫策，任孫權之校尉，能隱形遁跡。　受：受業學習。　玄一無為：道家的至道，神明的法術。　變化隱形：指道士的陽神已經修成，擁有神通變化能力，可以升遷自如，脫棄軀殼。

❷ 嘗：曾經。　往來：往，去。「來」無義。　東海：縣名。在今江蘇省連雲港市。
暫過：臨時經過。暫：短時間。　秣陵：縣名。在江蘇省南京市。　相聞：互通音
聞，拜訪問候。相為偏指副詞。偏指受事的一方。

❸ 架：搭建，搭設。　宮廟：房屋，道觀。　數：音ㄕㄨㄛˋ；shuò。屢次，多次。
往問起居：垂詢日常生活狀況。問候安否。

❹ 食啖：吃喝。啖：音ㄉㄢˋ；dàn。食，飲。　餉遺：音ㄒㄧㄤˇ ㄨㄟˋ；xiǎng
wèi。饋贈。

❺ 內御：女色，性事。內：女色，宮人。御：接寢。指性行為。道教認為貪圖色欲者
無法修道，修煉者須奉行戒律，以求身心純潔。　積月：多月。接連著好幾個月。

❻ 敕：命令。　縛：音ㄈㄨˋ；fù。捆綁。受刑之前，將雙手綁縛於身後。作動詞
解。　著：使，命令。　甲士：披甲的戰士。泛指武裝的兵士。　引弩：開弓張
弦。弩：用機械發射的弓，弓臂水平，設有弩機，力強可以及遠。

❼ 繩縛：捆綁（介琰）的繩索。

翻譯：

　　介琰，不知道是哪裡人。他住在建安郡的方山，追隨他的老師白羊公和
杜某學習道教神秘玄奇的法術，會變身和隱形。介琰曾經去東海郡，臨時經
過秣陵時，他去拜訪吳國的君主。吳國君主留住介琰，並為他建造宮廟，一
天之中，多次遣人去問候起居，饋贈飲食。介琰有時變身成兒童，有時變身
成老翁；他不吃不喝，饋贈的糧餉也都不接受。

　　吳國君主想要學習他的法術，介琰因吳國君主好色多欲，連著好幾個月
都不教他。吳國君主發怒，命人捆綁介琰，下令武士拉開弓弩射殺他。弩機
發動，箭射了出去，捆綁他的繩縛還在，卻不知介琰人在何處。

八、癡情女魂不守舍　　南朝 宋·劉義慶：《幽明錄》卷五

　　鉅鹿有龐阿者❶，美容儀。同郡石氏有女，曾內覘阿❷，心悅
之。未幾，阿見此女來詣阿❸，阿妻極妒，聞之，使婢縛之，送還
石家，中路遂化為煙氣而滅。婢乃直詣石家說此事❹。石氏之父大

驚曰：「我女都不出門，豈可毀謗如此！」

　　阿婦自是常加意伺察之❺。居一夜，方值女在齋中，乃自拘執❻，以詣石氏。石氏之父見之，愕眙❼，曰：「我適從內來，見女與母共作❽，何得在此？」即令婢僕於內喚女出，向所縛者奄然滅焉❾。父疑有異，故遣其母詰之❿。女曰：「昔年龐阿來廳中，曾竊視之，自爾彷彿即夢詣阿，及入戶，即為妻所縛⓫。」石曰：「天下遂有此奇事！夫精神所感，靈神為之冥著⓬，滅者蓋其魂神也。」

　　既而女誓心不嫁。經年，阿妻忽得邪病，醫藥無徵，阿乃授幣石氏女為妻⓭。

【注釋】

❶ 鉅鹿：郡名。在今河北省境內。　龐阿：人名。　者：用在判斷句或敘述句名詞主詞後，表示停頓。

❷ 內：內室。相對於外部廳堂的內室。　覩：音ㄉㄨˇ；dǔ。見。

❸ 未幾：不久。　詣：拜訪。

❹ 直詣：直接前往。

❺ 加意：注意，留意。　伺察：偵察，等候。

❻ 居：在。處於某種時間之中。　方：恰好。　值：相遇。　齋：屋舍。此指臥房，為六朝新生詞。　拘執：逮捕束縛。

❼ 愕眙：驚視。眙：音ㄔˋ；chì。驚視。

❽ 適：剛才。　共作：一起作

六朝博物院，東晉笑容爽朗，體態優美的陶女俑，南京市雨花台出土。

事。

❾　向：原先，剛才。　奄然：忽然。

❿　異：不尋常之處。　故遣：特意派遣。　詰：責問。

⓫　竊視：偷看。　自爾：從此。爾：此。　及：到了……時候。　戶：臥室的小門。

⓬　冥著：暗中彰顯。著：音 ㄓㄨˋ；zhù。顯露。

⓭　誓心：立誓。　邪病：風邪引起的疾病。　無徵：無效驗。　授幣：古時婚禮的納徵程序。男方授予玉、馬、皮、圭、璧、帛等財物給女方，以示聘娶女方為妻。

翻譯：

　　鉅鹿郡有個叫龐阿的人，相貌俊美，舉止優雅。同郡石氏人家有個女兒，曾在家裡看見過龐阿，就這樣愛上他了。不久，龐阿看到這個女子前來探訪自己。龐阿的妻子極為嫉妒，聽說這事之後，就派婢女把石氏女給綁住，送還石家去。半路上石氏女卻化為一縷煙消失不見了。婢女於是直接去石家述說這件事。石氏的父親非常震驚，他說：「我女兒從未出過大門，豈可如此毀謗她！」

　　龐阿的妻子從此經常注意偵察是否有石氏女的蹤跡。就在一天晚上，正好遇到石氏女在臥室裡，於是親自動手捆綁她，押著她去見她父親石氏。石氏的父親看到女兒之後目瞪口呆，他說：「我剛剛才從內室過來，看到我女兒和她母親一起在做事，如何她會在這裡？」他立刻派婢僕去內室把女兒叫出來，這時先前所捆綁的女兒忽然消失不見了！父親懷疑其中有不尋常的隱情，特地要母親去盤問女兒。女兒說：「往年龐阿來家中廳堂時，我曾偷看過他，從此之後就像做夢似地去找龐阿，進到房門後，就被他妻子綁住了……」石父說：「天底下竟然有這等奇事！真情所至，連神魂也受到感召而現形，消失的應該就是她的神魂吧！？」

　　此後石氏女立誓不嫁。一年後，龐阿的妻子忽然得到邪病，醫藥無效，龐阿於是授予石家聘禮，娶石氏女為妻。

九、金蟬脫殼的丈夫　　東晉·陶潛：《搜神後記》卷三

宋時有一人，忘其姓氏，與婦同寢。天曉，婦起出後，其夫尋亦出外❶。婦還，見其夫猶在被中眠。

須臾，奴子自外來，云：「郎求鏡❷。」婦以奴詐，乃指牀上以示奴。奴云：「適從郎間來❸。」於是馳白其夫。夫大愕，便入。與婦共視，被中人高枕安寢，正是其形，了無一異❹。慮是其神魂，不敢驚動；乃共以手徐徐撫牀，遂冉冉入席而滅❺。夫婦惋怖不已。

少時，夫忽得疾，性理乖錯，終身不癒❻。

【注釋】

❶ 宋：朝代名。南朝之一，劉裕建立。自公元 420 至 479 年。　起：起牀。　尋：副詞。隨即，不久。

❷ 須臾：片刻，一會兒。　奴子：男性少年奴僕。　郎：奴僕稱其主人為郎。

❸ 婦以奴詐：婦人認為奴僕在說謊。以：認為。詐：欺騙。　適從郎間來：剛才從主人那裡過來。適：副詞。剛才。間：處，那裡。

❹ 馳：疾驅，快速跑去。　白：稟告，陳述。　大愕：非常震驚。大：程度深。愕：驚訝。　了無一異：完全沒有一點差異。了：音ㄌㄧㄠˇ；liǎo。完全。

❺ 慮：思考，考慮。　徐徐：緩慢的，溫和的。　冉冉：漸進的樣子。　滅：消失。

❻ 少時：不多時，不久。少：音ㄕㄠˇ；shǎo。數量小。　性理：神志。　乖錯：背離失誤。

翻譯：

劉宋時期有一人，姓氏現已遺忘，他和妻子同牀睡覺。天亮了，妻子先起牀，離開臥房後，她的丈夫不久也出房門去了。當妻子又回房間時，看見她的丈夫還在被窩中睡著覺。

不久，奴僕從外面進來說：「主人要拿鏡子。」妻子以為奴僕在說謊，就指指牀上在睡覺的主人給奴僕看。奴僕說：「可是我才從主人那裡過來的

啊！？」奴僕遂趕快跑去報告主人，主人聽後非常震驚！他進來臥室，和妻子一起查視情況；那被窩裡的人睡得很沉，外貌正是丈夫的模樣，沒有一些些的不同。考慮到被窩裡的人應該是丈夫的神魂，夫妻兩不敢驚擾他；遂一齊用手慢慢地撫按著牀，被窩裡的人於是慢慢地沒入席子裡消失了。夫婦倆為此驚慌不已。

不久，丈夫忽然得病了，神志錯亂，終身都沒有痊癒。

十、種瓜得瓜　　東晉‧干寶：《搜神記》卷一

吳時有徐光者，嘗行術於市里。從人乞瓜，其主勿與❶。便從索瓣，杖地種之。俄而瓜生蔓延，生花成實。乃取食之❷。因賜觀者。鬻者反視所出賣，皆亡耗矣❸。

凡言水旱，甚驗。過大將軍孫綝門，褰衣而趨，左右唾踐❹。或問其故，答曰：「流血臭腥，不可耐！」綝聞，惡而殺之❺。斬

其首，無血。

　　及綝廢幼帝，更立景帝，將拜陵，上車，有大風颭綝車，車為之傾❻。見光在松樹上，拊手指揮，嗤笑之❼。綝問侍從，皆無見者。俄而景帝誅綝。

【注釋】

❶　吳：朝代名。三國之一。孫權建立，自公元 222 至 280 年。　徐光：人名。　行術：施行幻術。術：特指幻術、法術。　市里：市場。　乞：向人求討。　其主：瓜的主人。　勿與：不給。

❷　索瓣：討取瓜中的籽。瓣：瓜中實，瓜籽。　杖地種之：用手杖或棍子在地上種（瓜籽）。　俄而：忽然，頃刻。

❸　鬻者：賣者。指賣瓜的人。　反視：回頭看。反：通「返」。　亡耗：遺失，消失。

❹　孫綝：人名。字子通，公元 231 至 259 年在世。掌孫吳軍政大權，位居丞相，後遭景帝孫休斬首示眾，年二十八。《三國志・吳志》有傳。　褰衣：用手提起衣服。　趨：快走，跑。　左右唾踐：向左右兩邊吐口水，表示嫌棄。

❺　不可耐：受不了。耐：忍受，禁得住。　惡：音ㄨˋ；wù。憎恨，討厭。

❻　幼帝：孫亮。公元 243 至 260 年在世。孫權的幼子，後遭孫綝廢黜，於流放途中亡
　　故。　景帝：孫休。公元 235 至 264 年在世。孫權的第六子，孫綝廢孫亮後，孫休
　　即位。　陵：帝王的墳墓。　盪：往來搖動。震動。　傾：倒，翻覆。《三國志・
　　吳志・孫綝傳》載：「永安元年十二月丁卯，建業中，謠言明會有變，綝聞之不
　　悅。夜，大風發木揚沙，綝益恐。」
❼　拊手：拍手。拊：音ㄈㄨˇ；fǔ。拍，輕擊。　指揮：發令調度。　嗤笑：譏笑。

翻譯：

　　孫吳時代有個叫徐光的人，曾經在市集上施展法術。他向賣瓜的人要
瓜，賣瓜的人不給，徐光就跟他要瓜囊，然後用手杖在地上挖洞把瓜囊給種
了下去。不久瓜苗長出，藤鬚蔓延，開花又結果了。徐光於是將瓜摘下來食
用，還分送給圍觀的人們吃。賣瓜的人回頭查看他原本要出售的瓜，竟然全
都遺失了。

　　徐光凡是預言水災、旱災的情況，都很靈驗。有一次徐光經過大將軍孫
綝宅第的門前，他拉起衣服快步通過，還向左右兩邊吐口水。有人問他為什
麼這樣做，徐光回答說：「血流滿地，腥臭味叫人受不了！」孫綝聽說後，
憤而將他殺害，但徐光首級被斬落時，卻沒有血流出來。

　　後來孫綝廢黜幼帝孫亮，改立孫休為景帝。當孫綝要去皇陵祭拜時，才
一上車，就有一陣大風撼動孫綝的座車，車就這樣翻覆了。當時孫綝看到徐
光人在松樹上，拍手指揮，興風翻車，冷冷地嘲笑他。孫綝問侍從有否看
見，但都沒有人看到。不久景帝孫休處死了孫綝。

十一、馬皮懷少女　　東晉・干寶：《搜神記》卷十四

　　舊說太古之時，有大人遠征，家無餘人，唯有一女❶、牡馬一
匹，女親養之。窮居幽處，思念其父，乃戲馬曰❷：「爾能為我迎
得父還❸，吾將嫁汝。」馬既承此言，乃絕韁而去，徑至父所❹。

　　父見馬驚喜，因取而乘之。馬望所自來❺，悲鳴不已。父曰：「此馬無事如此，我家得無有故乎❻？」亟乘以歸。為畜生有非常之情，故厚加芻養❼。馬不肯食。每見女出入，輒喜怒奮擊❽。如此非一。父怪之，密以問女。女具以告父，「必為是故❾。」父曰：「勿言！恐辱家門。且莫出入。」於是伏弩射殺之，暴皮于庭❿。

　　父行，女與鄰女於皮所戲，以足蹙之曰⓫：「汝是畜生，而欲取人為婦耶？招此屠剝⓬，如何自苦？」言未及竟，馬皮蹶然而起，卷女以行⓭。鄰女忙怕，不敢救之，走告其父⓮。父還，求索，已出失之⓯。後經數日，得於大樹枝間，女及馬皮，盡化為蠶，而績於樹上⓰。其繭綸理厚大⓱，異於常蠶。鄰婦取而養之，其收數倍。因名其樹曰「桑」。桑者，喪也。由斯百姓競種之⓲，今世所養是也。言桑蠶者，是古蠶之餘類也。

【注釋】

❶　大人：部落大人，即首領。　餘：其餘，除此以外的。

❷　牡馬：雄馬。牡：雄性。　戲：開玩笑。

❸　爾：你。第二人稱代名詞。　迎得：迎接回來。「得」：結構助詞，表示動作的完成或結果。

❹　承此言：聽到這句話，知道這句話。　絕韁：扯斷韁繩。韁：繫馬之繩。　逕：直接。　父所：父親在的處所。

❺　望：向遠處看。　自來：從。由彼到此。

❻　得無：用於疑問句，表示揣度。莫非，該不會。　有故：有變故。有喪禍事故。

❼　亟：音ㄐㄧˊ；jí。趕快，急速。　為：音ㄨㄟˋ；wèi。由於。因為。　非常之情：不同尋常的情義。　芻養：以草料餵養牲口。芻：音ㄔㄨˊ；chú。養牲口的草料。

❽　出入：外出。偏義複音詞。　輒：每，總是。　奮擊：激動地用力踢踏。

❾　非一：很多次。　怪之：認為此事奇怪。　密：慎密地，秘密地。　具：副詞。全部。都。　是故：這個原故。是：此，這。故：原因。

❿　伏弩：埋伏弓箭。弩：音ㄋㄨˇ；nǔ。用機械發射的弓，力量強，射程遠。弩機主要由弩弓和弩臂兩部份組成，弓上裝弦，臂上裝弩機，兩者配合而發箭。　暴：音ㄆㄨˋ；pù。曬。　庭：堂前之地。

⓫　父行：父親外出。　所：處所。　蹙：音ㄘㄨˋ；cù。踢，踏。同「蹴」。　取：通「娶」。男子結婚。

⓬　招：自取，引起。

⓭　竟：終了。完畢。　躩然：僵直躍起的樣子。躩：音ㄐㄩㄝˊ；jué。足挺直不能屈曲而仆倒。

⓮　忙怕：慌張害怕。　走：奔跑。疾趨。

⓯　求索：尋求，探尋。　失之：失去他們的蹤跡。之：指示代詞。此指馬皮和少女。

⓰　績：以線接合著。

⓱　繭：蠶以及某些昆蟲成蛹期前吐絲所作的橢圓形殼。　綸理：絲的纖維。綸：凡粗於絲者為綸。

⓲　由斯：從此。

翻譯：

　　傳說在遠古的時候，有某個部落的首領到遠方去打仗，他家裡沒有其他的人，只有一個女兒和一匹公馬，女兒親自飼養這匹公馬。她隻身獨居，孤苦伶仃，想念著父親，於是開玩笑地對著馬說：「你要是能為我將父親接回

來的話，我就嫁給你。」馬聽懂了這句話，牠遂扯斷韁繩離去，馬不停蹄地奔馳到父親所在的地方。

　　父親一看到馬，又驚又喜，於是牽過馬來騎乘，馬望著牠所奔馳來的方向，不停的悲鳴……父親心想：「這匹馬沒事這樣嘶鳴，我家該不會是出了什麼變故？」他急忙騎馬回去。回去後，父親基於牲畜能有如此不凡的忠心，於是用更豐富的飼料來餵養牠。但是馬卻不肯吃，每當牠看到那女兒外出時，就會喜怒交加，激動地踢踏著馬蹄；這樣的情況有許多次。父親覺得奇怪，暗中去詢問女兒，女兒把事情的經過告訴了父親，父親說：「一定是為了這個緣故！」父親說：「不要說出去！恐怕有辱家門，妳也別出來！」於是埋伏弓弩，射殺了這匹馬，並剝下馬皮，曝曬在門前的空地上。

　　一日，父親外出，女兒和鄰居的女孩在曬馬皮之處遊戲，她用腳踢著馬皮說：「你是個畜牲，還想娶人來當妻子啊？落到被屠宰剝皮了，你這是何苦呢？」話還沒說完，馬皮突然豎立起來，將女兒給捲走了。鄰居的女孩又緊張又害怕，不敢去救她，趕緊跑去告訴她父親。當父親回來尋找時，已經失去了他們的蹤影。幾天過後，在一棵大樹的樹枝間找到了，女兒和馬皮一齊化成了蠶繭，以絲連在樹上。這種蠶繭的蠶絲纖維特別粗厚，和普通的蠶不一樣。鄰婦將它取下來飼養，絲的收成是普通蠶的好幾倍。於是稱呼這棵樹為「桑」，「桑」就是「喪」的意思。此後百姓爭相種植它，也就是當今所栽植的桑樹；所謂桑蠶，就是古蠶遺留下來的品種。

十二、成都怪叔叔　東晉・葛洪：《神仙傳》

　　李阿者，蜀人傳世見之，不老。常乞於成都市❶，所得復散賜與貧窮者。夜去朝還，市人莫知所止❷。或往問事，阿無所言。但占阿顏色❸，若顏色欣然，則事皆吉；若容貌慘戚，則事皆凶；若阿含笑者，則有大慶；微嘆者，則有深憂。如此候之，未曾不審

也❹。

　　有古強者，疑阿異人，常親事之。試隨阿還所宿，乃在青城山中❺。強後復欲隨阿去，然身未知道，恐有虎狼，私持其父大刀❻。阿見而怒強曰❼：「汝隨我行，那畏虎也！」取強刀以擊石，刀折壞，強憂刀敗。

　　至旦隨出❽，阿問強曰：「汝憂刀敗也？」強言：「實恐父怪怒。」阿則取刀，左手擊地，刀復如故❾。強隨阿還成都，未至，道逢人奔車，阿以腳置其車下轢，腳皆折。阿即死❿。強怖，守視之。須臾，阿起，以手撫腳，而復如常⓫。

　　強年十八，見阿年五十許；強年八十餘，而阿猶然不異。後語人：「被崑崙山召⓬，當去。」遂不復還也。

【注釋】

❶　李阿：人名。　蜀：郡名。在今四川省境內。　傳世：指父子兩代相繼。　成都：都城名。在今四川省成都市。　市：市集。

❷　朝：早晨。　止：停留，居住。

❸　占：視兆以判吉凶。　顏色：臉上的表情。

❹　候：窺察，偵視。　審：確實。

❺　古強：人名。　異人：不凡之人。　親事之：以父母親之道侍奉他。　試：副詞。試探性的。　青城山：山名，在四川省灌縣西南，為岷山第一峰。

❻　後復：後。後來。復為音節助詞。　身：自己。　未知道：不認識路。道：路。私：偷偷地。

❼　怒強：對古強發怒。　怒：動詞。生氣。譴責。

❽　敗：毀壞。　旦：早晨。

❾　如故：和先前一樣完好。

❿　奔車：疾馳的車。　腳：小腿。脛。　轢：車輪輾過。

⓫　怖：懼怕。　守視：看守和觀察。　須臾：片刻。　撫：輕輕觸摸。　如常：和平時一樣。

⓬　許：量詞。約計數量之稱。　崑崙山：中國最大山脈，西自蔥嶺發脈，沿新疆，西藏之邊境入內地。此處泛指傳說中的仙山。　不復：不。復為音節助詞。

翻譯：

　　李阿這個人，住在四川的上一輩就已經見過他，但他一直都不老。他經常在成都市集上乞討，並將乞討得來的東西，再分賜給窮苦的人。晚上出城去，早上進城來，成都市集上的人都不知道他住在哪裡。有人去找他卜問事情，李阿並無所言，問者要從李阿的表情上判斷吉凶—若是他表情愉快貌，那麼所問的事就吉祥；若是他面容悽慘憂傷，那麼所問的事就有災殃；若是李阿含笑，那麼事情就大吉大利；若是輕聲嘆氣，那麼就有嚴重的禍患。問事的人依照這個方式來預測吉凶禍福，從未有誤。

　　有一個人叫古強，他懷疑李阿是位仙人，以侍親之道來服事李阿。他偷偷尾隨李阿回去他的住所，原來是住在青城山裡。古強後來想跟著李阿去青城山，但他自己不知道路，又擔心有虎、狼，於是偷偷帶著父親的大刀。李阿看到他身帶大刀，就生氣地對古強說：「你跟著我走，哪需要怕老虎！」他把古強的刀拿去劈石頭，刀折壞了。古強擔心刀毀損了。

　　天亮後，古強隨李阿出來，李阿問古強：「你擔心刀壞了嗎？」古強說：「實在是怕我父親責罵。」李阿就把刀拿過來，左手持刀去劈地，刀又回復如初。古強跟著李阿回成都，未到時，路上遇到有人駕車奔馳前來，李阿把雙腳往車底下橫伸過去，兩隻腳都被輾斷，人也立即死去。古強很害怕，守候著李阿。不久，李阿爬起來，用手撫一撫雙腳，腳又回復如常了。

　　在古強十八歲時，李阿看起來大約是五十多歲的人；當古強八十多歲的時候，李阿的樣子也依然沒有變。李阿後來告訴人：「我被崑崙山召請，就要去報到了。」從此他就沒回來了。

十三、變身閃人的母親　　東晉・干寶：《搜神記》卷十四

　　<u>魏黃初中</u>，<u>清河宋士宗母</u>❶，夏天於浴室裡浴，遣家中大小悉出❷，獨在室中良久。家人不解其意，於壁穿中窺之❸，不見人

體，見盆水中有一大鱉。遂開戶，大小悉入，了不與人相承❹。嘗先著銀釵，猶在頭上。相與守之啼泣，無可奈何。意欲求去，永不可留❺。

視之積日，轉懈❻，自捉出戶外，其去甚駛❼，逐之不及，遂便入水。後數日，忽還。巡行宅舍，如平生，了無所言而去。時人謂士宗應行喪治服❽。士宗以母形雖變，而生理尚存，竟不治喪❾。此與江夏黃母相似❿。

【注釋】

❶ 魏：朝代名。曹丕建立。自公元 220 至 265 年。　黃初：三國魏文帝曹丕年號。自公元 220 至 226 年。　清河：郡名。在今河北省境內。　宋士宗：人名。

❷ 遣：使離去，遣開。　大小：全家人的通稱。　悉：全，都。

❸ 壁穿：牆壁上的洞孔。

❹ 戶：室內的單扇小門。　了不：完全不。　相承：互相了解。承：知道。

❺ 嘗：曾經。　釵：兩股笄。戴於頭上的首飾。　不可留：不留。可為音節助詞。

❻ 視之：看顧這隻鱉。之：指示代名詞，指鱉。　積日：多日。　轉懈：轉趨鬆懈。

❼ 自捉：自行趁機。捉：趁。　駛：迅速。原指馬行迅速，後泛指迅速。

❽ 行喪：舉行喪事。　治服：整治喪服。服：喪衣，孝服。

❾ 生理：生命。　竟：副詞。終究。畢竟。　治喪：辦理喪事。喪：與死亡有關之事物或典禮。

❿ 江夏：郡名。在今湖北省境內。　黃母：《搜神記》卷十四載：「漢靈帝時，江夏黃氏之母浴盤水中，久而不起，變為黿（巨鱉）矣。婢驚走告。比家人來，黿轉入深淵。其後時時出見。初浴簪一銀釵，猶在其首。於是黃氏累世不敢食黿肉。」

翻譯：

魏文帝黃初年間，清河郡人宋士宗的母親，夏天在浴室裡洗澡，她要家中大大小小都出去，一人獨自在浴室中待了很久。家人不明白她發生了什麼事，於是從牆壁裡的洞口窺看她的動靜，然而卻沒有看到人影，只看到浴盆的水裡有一隻大鱉。他們於是把浴室的門打開，一家大小都進去，但她已經完全無法和人應答了。先前她戴著的銀製髮簪，仍然留在頭上。家人哭哭啼

啼地守著她，但又無可奈何。她的意思像是要求離開，永遠不要留下來。

　　家人看守了許多天之後，慢慢變得鬆懈，她就自行趁機溜出戶外，她走得非常迅速，家人追趕不及，接著她就跳入水裡。幾天過後，這隻大鱉突然回家，牠在屋裡屋外巡視繞行，一如平生。牠一句話都沒說就離開了。當時人認為宋士宗應該為母親治喪守孝，但宋士宗認為母親的形體雖然變化了，可是她實際上還是活著。最後並沒有為母親舉行喪事。這件事跟江夏郡黃氏母親變成鱉的情況相似。

※問題與討論

1. 將變身故事的情節拆分為變身前、轉折點、變身後等三個階段，嘗試說明這個構成模式所造成的閱讀驚奇感。
2. 列舉三種漫畫中具有變身能力的人物，概略說明他們變身的動機和效應為何？
3. 如果你具有隱身術或變身術，你希望在什麼樣的場合作什麼樣的用途？
4. 說明你對人物美醜以及整形手術的看法。

主題十、醫病奇聞

前　言

　　人類自有性命以來，其精神與肉體就不斷面臨各種疾病的侵害，《老子》說：「吾所以有大患，以吾有身也。若吾無身，吾有何患？」人在棄絕身體，或被身體棄絕之前，身體的疾患仍是不得忽視的生命課題。醫療文化，正是為了維護人類在身體和精神上的健康舒適所實踐出來的知識及行為。五千年前的殷商卜辭已出現疾、醫、疒、齲、蠱等文字，可見疾病既是人類的生存難題，也是社會文化的啟蒙推手。殷人尚鬼，遇事用卜，所以身體疼痛時就會請貞卜者向鬼神求診問病，貞卜者根據甲骨上灼出的裂痕推測病因，再將這些病因推測以及病況結果刻在甲骨上，成為卜辭的內容之一。出現於卜辭的病因計有四類：一是天帝降罰，二是鬼神作祟，三是妖邪中蠱，四是氣候變化所產生的影響。前三項病因需請巫祝向鬼神祈福，並行袚禳儀式以去妖邪之禍。最後一因則可用藥物加以治療。這些治療原則歷經三千年後，依然影響著魏晉南北朝的醫病觀，民間從事醫療行為的人員也以巫醫為多，道士、僧人也在濟世的行列中。

　　巫醫，現又被稱之為「薩滿」，「薩滿」為 shaman 的音譯，是合巫師與醫師等兩項功能身分於一身的人，在醫療文化史上，巫醫治病是十分普遍的現象。《山海經》卷十六〈大荒西經〉載：「大荒之中有靈山，巫咸，巫即……十巫，從此升降，百藥爰在。」可見上山採藥是巫師的重要工作，而巫之所以採藥，自然是為了救治病痛。《晉書‧列傳》第六十五〈藝術〉載錄當時能以卜筮占吉凶禍福之諸道人，這些道人除宗教本業外，也兼職醫療工作，如診斷、醫治，心理輔導等，可謂合巫術與醫術於一身之「薩滿」。

佛教還有「便宜行事」的醫療儀式；通常以頌經、發願皈依為治療手段，治療者不限僧人，信佛者即可充當。王琰《冥祥記》敘：「晉董吉者，於潛人也。奉法三世，至吉尤精進。恆齋戒，誦《首楞嚴經》。村中有病，輒請吉讀經；所救多愈。」董吉以佛教徒的身分充任鄉村大夫，為村中病患誦經治病，是典型的「非典型」醫療方法。

中國專業的官方醫藥人員在先秦時業已存在，《周禮》〈天官・冢宰下〉：「醫師，掌醫之政令，聚毒藥（鄭玄注：毒藥，藥之辛苦者，藥之物，恆多毒。）以共醫事。凡邦之有疾病者、疕瘍者造焉，則使醫分而治之。歲終，則稽其醫事以制其食，十全為上，十失一，次之；十失二，次之；十失三，次之；十失四，為下。」（鄭玄注：食，祿也。全猶愈也。以失四為下者，五則半矣，或不治自愈。）漢末、六朝時，醫師與巫師的職能已經區分開來，「病作而醫用，禍起而巫使」即巫師負責禳災驅鬼，而醫師則專掌治病。然而當時對疾病成因的辨識仍游移於中邪或中病，且民間的醫師嚴重不足，因此，巫師也仍然執行醫師的去病工作，尤其是精神異常的疾病。

巫醫通常會有他特定的治療儀式，且在某個治療手續完成後，從患者的居處，或是身體的某處，取出某個他向病人診斷出的致病物體；例如「蛇」、「狐毛」等，然後展示給病人及在現場的人員察看。意思是說：病因已除，痊癒在即，彼此可以寬心之類的撫慰話語；類似當今外科醫生會把他自病人身上割除的腫瘤呈給病人的親友檢視，表示治療成功的意思。

志怪亦記載了瘟疫的流行與防治。當時屢次發生大瘟疫，曹丕〈與吳質書〉曰：「昔年疾疫，親故多罹其災，徐、陳、應、劉，一時俱逝，痛可言耶！」曹植〈說疫氣〉亦曰：「建安二十二年（公元217年），癘氣流行，家家有僵尸之痛，室室有號泣之哀。或闔門而殪，或覆族而喪。或以為疫者，鬼神所作。」收錄於志怪的瘟疫有狂犬病、霍亂、肺炎，瘧疾也常有所聞。民間傳說瘟神趙公明率領鬼兵行使瘟病於人間，鬼兵分屬八部軍團，各部各有其不同的症狀表現，已有疾病分科的觀念。鬼兵部眾被描述為數量極多，個頭短小，身著黑衣，活動力充沛；反映先民對病原體微小、數目多，繁殖活躍的推想與感受。在發明顯微鏡之類的精密儀器之前，由於未能實際觀察

到這些微小的病原體，自然會對病原體產生這類穿鑿附會的想像。瘟神傳說後來演變為民間以「犒軍」祭祀活動來防疫。瘟神是天帝派遣的將軍，直屬天庭中央政府所管轄，民間遂從封建王權的角度尊稱瘟神為將軍、王爺、千歲、五將軍或五營神將軍，其造型則為槍身人首。瘟神除放在寺廟被人供奉外，早期農村聚落的東南西北等四方外圍的地上也有簡單的設置，是全村防疫信仰的防護罩。「犒軍」的對象既是瘟神與鬼兵，祭祀所用的紙錢便印有盔甲和馬匹圖案。

魏晉以降，繼續沿用先秦以來的驅疫儀式。《周禮》〈夏官·司馬〉載：「方相氏，掌蒙熊皮，黃金四目，玄衣朱裳，執戈揚盾，率百吏而時難（即儺），以索室驅疫之鬼。」周人以為疾病是疫鬼作祟，所以要由方相氏執行「儺」的儀式來驅除掃蕩。此儀式的進行原則是巫師，即方相氏，頭戴恐怖凶惡面具，手舞斧鉞，上劈下砍，左擋右推，作禹步行，且須以深沉有力、剛健明快之腳步遶境，以威嚇並驅逐鬼疫。今八家將遶境活動或鍾馗嫁妹（魅）為其遺緒。

本篇故事也觸及醫藥技術的興起，如東漢名醫華佗已開創性地使用麻沸散進行全身麻醉，以利施行外科手術，是中國醫療先鋒。華佗除能施行麻醉手術外，還知曉以消炎的膏藥敷在傷口，以防感染。再者，針灸術也出現了，它可以從事內科、外科上的治療。病理解剖、瘧疾症狀也有詼詭敘述。在藥材的使用上，記載了蚺蛇膽治眼疾，生吞蜘蛛治霍亂，桔梗湯治狂犬病，其他尚有白馬尿可消除腫瘤，以及將死人頭骨炙燒研粉可以作為外傷敷劑等等。總之，窮鄉僻壤，有病無醫，有方無藥，先民為了治療疾病，殫精力竭地思索防範與治療之道，藉以克服疾病對生命的威脅，雖然屢有荒唐不經的藥方與猜測，但卻透出人類敏於推理，勇於實驗的醫療曙光。

一、蛇麼毛病　　東晉・干寶：《搜神記》卷十七

秦瞻居曲阿彭皇野，忽有物如蛇，突入其腦中❶。蛇來，先聞臭氣，便於鼻中入，盤其頭中，覺哄哄，僅聞其腦間食聲咂咂。數日而出去❷。尋復來，取手巾縛鼻口，亦被入❸。積年無他病，唯患頭重❹。

【注釋】

❶ 秦瞻：人名。　曲阿：縣名。在今江蘇省丹陽縣。　彭皇：邑名。堯封彭祖於彭城，彭皇或為彭皇城，今江蘇省連雲港市有皇城村。　野：郊區。　物：鬼物。　突：音ㄊㄨ；tū。刺。

❷ 盤：環繞。　哄哄：象聲詞。形容物體快速盤旋迴繞的聲音。　咂咂：象聲詞。形容啃食的聲音。咂：音ㄗㄚ；zā。

❸ 縛：綁，束。　被，遭受，遭到。　入：由外至內進入。

❹ 積年：多年。　患：生病。疾苦。

翻譯：

秦瞻住在曲阿縣彭皇的郊區。有時忽然會有個鬼物像蛇一般，鑽入他的腦子裡。當蛇要來的時候，會先聞到腥臭味，接著就從鼻孔鑽進去，盤繞在他的頭裡面，感覺頭部哄哄作響，只聽見蛇在腦裡面吃東西的咂咂聲。幾天過後，蛇就出去，但不久蛇又會再來，即使拿手巾綁在口鼻上擋著，也會被蛇鑽進去。多年來，他沒有其他的病，只是頭昏昏沉沉的。

二、蛇膽治眼疾　　東晉・干寶：《搜神記》卷十一

顏含字宏都❶，次嫂樊氏，因疾失明。醫人疏方，須蚺蛇膽，而尋求備至❷，無由得之。含憂歎累時❸。

　　嘗晝獨坐，忽有一青衣童子，年可十三、四，持一青囊授含❹。含開視，乃蛇膽也。童子逡巡出戶，化成青鳥飛去。得膽藥成，嫂病即愈❺。

【注釋】

❶ 顏含：人名。晉人，以孝悌著稱，入《晉書》〈孝友傳〉。

❷ 疏：分條陳述。　方：藥方。藥單。　蚺蛇：蟒蛇類，無毒，其膽可入藥。蚺：音ㄖㄢˇ；rǎn。備至：無所不至。

❸ 累時：多時。累：音ㄌㄟˇ；lěi。多次，連續。

❹ 青衣：漢代以後稱婢女為青衣，以其穿著衣服為青綠色。　囊：盛物的袋子。　授：給予，付與。

❺ 逡巡：迅速。時間短暫。聯綿詞。　青鳥：傳說青鳥是西王母的使者，且為西王母採集靈藥。　愈：病好轉，痊癒。通「癒」。

重慶博物院，神鳥口銜不死靈藥。

翻譯：

　　顏含字宏都，他的二嫂樊氏，因為生病導致雙目失明。醫生開出藥方，需要有蟒蛇膽，然而他到處尋求都無法獲得，顏含為此事憂心許久。

　　某個白天他獨自坐著，忽然有一個穿著青色衣服的小童，年約十三、四歲，手持一個青色袋子交給顏含。顏含打開來察看，正是蛇膽。小童迅速退出房門，隨即化成青鳥飛走了。獲得蛇膽之後，藥方配成了，他嫂子的病就痊癒了。

三、華佗拿狗開刀　　東晉・干寶：《搜神記》卷三

　　沛國華佗❶，字元化，一名旉。瑯邪劉勳為河內太守❷，有女年几二十，苦腳左膝裡有瘡，癢而不痛。瘡愈，數十日復發❸。如此七、八年。迎佗使視。佗曰：「是易治之。當得稻糠黃色犬一頭❹，好馬二匹。」以繩繫犬頸，使走馬牽犬，馬極輒易❺。計馬走三十餘里，犬不能行。復令步人拖曳，計向五十里❻。

　　乃以藥飲女❼，女即安臥，不知人。因取大刀，斷犬腹近後腳之前。以所斷之處向瘡口，令二、三寸停之。須臾，有若蛇者從瘡中出❽，便以鐵椎橫貫蛇頭❾。蛇在皮中動搖良久，須臾不動，乃牽出，長三尺許，純是蛇，但有眼處，而無瞳子，又逆鱗耳❿。以膏散著瘡中，七日愈⓫。

【注釋】

❶　沛國：郡國名。在今安徽省境內。　華佗：漢末人。公元 145 至 208 年在世。精通方藥、針灸及外科手術。後因不欲為曹操治頭痛之病，詐稱妻疾，潛逃回鄉，遭曹操殺害。《後漢書》有傳。　旉：音ㄈㄨ；fū。古「敷」字。

❷　瑯邪：郡名。在今山東省境內。　劉勳：人名。　河內：郡名。在今河南省境內。太守：官名。管理一郡政事之首長。

❸　年几：通「年紀」。　苦：疾病，患。　腳：脛。小腿。　瘡：音ㄔㄨㄤ；chuāng。化膿結塊之類的傷口總名。　愈：病好轉。痊癒。通「癒」。

❹　是：指示代名詞。此，這。　當：必定。　得：求之而獲。　稻糠色：稻穀般的黃色。糠：穀皮。

❺　走馬：馳馬，快速跑步中的馬。　牽：拉。拖拉。　極：疲困。　輒易：即刻交換。輒：即時。

❻　計：計算。　拖曳：牽拉。拖拉。　向五十里：接近五十里。向：趨近。　里：長度單位。一里約合半公里。

❼　飲：音一ㄣˋ；yìn。以飲料給人喝。

❽　停：止息，滯留。　須臾：片刻。一會兒。

❾　鐵椎：鐵製的尖銳鑽子。　貫：貫穿。射穿。

❿　許：表示約略估計之詞。　　但有：只有。但：副詞。只，只是。　　逆鱗：鱗片倒
　　生。　　耳：語氣詞。表示肯定。
⓫　膏散：煎煉而成的膏狀或屑狀藥物，攤於紙片或布片上，以貼患處。

翻譯：

　　沛國人華佗，字元化，一名旉。瑯邪郡人劉勳擔任河內郡太守，他有個
女兒年紀二十歲，患左腿膝蓋裡有個膿瘡，會癢但不痛，膿瘡癒合後，隔幾
十天會再發，如此的情況已有七、八年了。劉勳迎接華佗來，請他診視。華
佗說：「這容易治療。但必須找一隻稻糠色的黃毛狗和兩匹好馬來才行。」
他用繩索綁住狗的脖子，使走馬拖著狗跑，這匹馬累了就替換另一匹馬。估
計馬跑了三十多里後，狗已經走不動了。接著又使人步行來拖拉著狗，合計
走了將近五十里路。

　　於是拿藥給劉勳的女兒喝，喝下後便安靜地睡著了，不省人事。接著拿
起一把大刀，從狗腹部靠近後腳前予以砍斷，把砍斷之處朝向瘡口，讓它停
放在瘡口前二、三寸之處。不久，有像蛇一樣的蟲從瘡口裡出來，華佗立刻
用鐵椎貫穿蛇頭；蛇在皮肉裡扭動許久，片刻後不動了，於是將牠拉出。長
約三尺，完全是一條蛇，不過牠只有眼窩，而沒有眼珠，又，鱗片是逆向排
列的。華佗用藥膏和藥粉敷在瘡口上，七天之後痊癒。

四、靈異診斷　　東晉·干寶：《搜神記》卷三

　　信都令家，婦女驚恐，更互疾病，使輅筮之❶。輅曰：「君北
堂西頭有兩死男子：一男持矛，一男持弓箭；頭在壁內，腳在壁
外。持矛者主刺頭，故頭重痛，不得舉也；持弓箭者主射胸腹，
故心中懸痛❷，不得飲食也。晝則浮游，夜來病人，故使驚恐也
❸。」

　　於是掘其室中，入地八尺，果得二棺。一棺中有矛，一棺中

有角弓及箭。箭久遠，木皆消爛，但有鐵及角完耳❹。乃徙骸骨，
去城二十里埋之。無復疾病❺。

【注釋】

❶ 信都：縣名。在今河北省冀州市。　令：官名。秦漢時縣官管轄區萬戶以上的叫
令。　更互：輪流交替。　輅：音ㄌㄨˋ；lù。指管輅。三國時魏人，公元 209 至
256 年在世，年十五，入太學讀書，才冠諸生。善《周易》，精通占卜方術。《三
國志》有傳，傳載管輅嘗歎曰：「天與我才明，不與我年壽，恐四十七、八間；不
見女嫁，兒娶婦也。若得免此，欲作洛陽令，可使路不拾遺，枹鼓不鳴。但恐至太
山治鬼，不得治生人。」　筮：音ㄕˋ；shì。以著草算數，占卜吉凶。

❷ 北堂：臥室。婦女盥洗處。古人將臥室設於朝北的方位。　矛：長柄有刃的刺擊兵
器。　不得：不能夠，不可以。　舉：向上擡起來。　心中懸痛：胸口痛。懸：牽
掛。

❸ 浮游：漫遊。虛浮於空中移動。　病人：使人生病。病：作使動動詞用法。　故：
因此。

❹ 角弓：用獸角裝飾的弓。　但：副詞。只，只是。　完：完整。　耳：語氣詞。有
「僅止於此」的意思。相當於「而已」、「罷了」。

❺ 徙：遷移。　去：距離。　里：長度單位。約合半公里。　無復：無。復為音節助詞。

翻譯：

　　信都縣令家的婦女們陷於驚慌恐懼之中，她們輪番生病個沒完，於是請
管輅來為此事算個吉凶。管輅說：「您府上的臥室西邊有兩個男性死者：一
個男的拿著矛，另一個男的拿著弓箭；他們的頭在牆壁內，腳則在牆壁外。
拿矛的負責刺向頭部，所以你們的家人會覺得頭部沉重疼痛，無法擡起頭
來；拿弓箭的負責射向胸腹部，所以胸口感到悶痛，無法進食。這兩個男鬼
白天到處飄浮，晚上就來危害人，所以家人才會覺得驚恐。」

　　於是開挖北堂的室，挖到地下八尺時，果然發現了兩具棺材。一具棺材
中有矛，另一具棺材中有用獸角裝飾的弓和箭；箭因為年代久遠，木頭的部
分都腐爛掉了，只剩下鐵和獸角的部分還是完整的。於是將這兩個男子的骸
骨搬遷出來，在距離城外二十里之處將他們埋葬好。此後信都縣令家的人就
沒有病了。

五、恐怖藥方　　南朝 宋‧劉義慶：《幽明錄》卷四

　　庾宏為竟陵王府佐，家在江陵❶。宏令奴無患者載米餉家❷，未達三里，遭劫被殺，尸流泊查口村❸。

　　時岸傍有文欣者，母病，醫云：「須得髑髏屑，服之即差❹。」欣重賞募索。有鄰婦楊氏見無患尸，因斷頭與欣。

　　欣燒之，欲去皮肉，經三日夜不焦，眼角張轉。欣雖異之❺，猶惜不棄。因刮耳頰骨與母服之，即覺骨停喉中❻，經七日而卒。尋而楊氏得疾，通身洪腫❼，形如牛馬。見無患頭來罵云：「善惡之報，其能免乎？」楊氏以語兒❽，言終而卒。

【注釋】

❶　庾宏：人名。　　竟陵：郡國名。在今湖北省境內。　　竟陵王：南朝劉宋宗室劉義誕，受封為竟陵王。《南史》有傳。　　佐：處於輔佐地位的僚屬。　　江陵：縣名。在今湖北省荊州市。

❷　令：使。　　者：用在判斷句或敘述句名詞主語後，表示停頓。　　餉：饋贈。

❸　未達：在到達某處之前。　　里：長度單位。約合半公里。　　遭劫：遇到強盜。劫：搶匪。　　泊：停留，停頓。　　查口村：村名。

❹　髑髏：音ㄉㄨˊ ㄌㄡˊ。dú ló。死人的頭骨。　　屑：音ㄒㄧㄝˋ；xiè。碎末。　　服：食用。　　差：音ㄔㄞˋ；chài。病除。通「瘥」。

❺　張轉：睜開轉動。

❻　刮：用平而利的器具削除。　　停：滯留。

❼　尋：副詞。不久。隨即。　　通身：全身。　　通：全部，整個。　　洪腫：大腫。洪：大。

❽　善惡：惡。偏義複詞。　　其：副詞。表示反詰。相當於「難道」。　　語：音ㄩˋ；yù。告訴。

翻譯：

　　庾宏擔任竟陵王府的僚屬，他家住在江陵。庾宏派遣奴僕名叫無患的載米回去餽贈給家裡。還差三里路就到家時，遇到搶匪，人遭殺害了。無患的

屍體沿著河水漂流，停頓在查口村。

　　當時岸邊住有一個叫文欣的人，他母親生了病，醫生說：「必須取得死人頭的碎屑，服用後，病就會好。」文欣重金賞購死人頭。有個鄰婦楊氏看見了無患的屍體，於是割斷他的頭交給文欣。

　　文欣拿這顆頭去燒，想要除掉頭上的皮肉，但是燒了三天三夜，仍無法燒焦，眼角也還張開著。文欣雖然覺得這情形很離奇，但還是捨不得丟棄它。於是用刀刮下耳朵和面頰間的骨頭來給母親服用，母親一服，立刻感覺骨頭卡在喉嚨裡，七天過後她死了。不久鄰婦楊氏也得病了，全身嚴重發腫，形軀脹大得有如牛馬。她看到無患的頭前來罵她說：「作惡的報應，怎麼能逃得掉？」楊氏把這話告訴兒子，話說完她就死了。

六、臨牀白馬尿　　東晉・陶潛：《搜神後記》卷三

　　昔有一人，與奴同時得腹瘕病，治不能愈。奴既死，乃剖腹視之，得一白鼈，赤眼，甚鮮明❶。乃試以諸毒藥澆灌之，并內藥於鼈口，悉無損動❷。乃繫鼈於牀腳。

　　忽有一客來看之，乘一白馬。既而馬溺濺鼈，鼈乃惶駭，欲疾走避溺❸，因繫之不得去，乃縮藏頭頸足焉。病者察之，謂其子曰：「吾病或可以救矣❹。」乃試取白馬溺以灌鼈上，須臾，便消成數升水❺。病者乃頓服升餘白馬溺，病豁然愈❻。

【注釋】

❶　腹瘕病：腹部長有腫瘤之病。瘕：音ㄐㄧㄚˇ；jiǎ。腹中結塊，腫瘤。由寄生蟲引起的腹中結塊之病。　愈：病好轉，痊癒。通「癒」。　白鼈：白色的鼈。對寄生蟲團塊或腫瘤的稱述。後以「鼈瘕」病名之。

❷　試：試探，試驗。　澆灌：水自高處往下淋。　內：音ㄋㄚˋ；nà。同「納」。放入。　悉：全，都。　損動：損傷，消滅。動：改變。

❸　溺：音ㄋㄧㄠˋ：niào。小便。
　　同「尿」。　　濺：迸射，液體受
　　到衝擊而四處散射。　疾走：急
　　速逃跑。疾：急速。
❹　或：或許。
❺　須臾：片刻。　升：度量衡單位。
　　一升相當於今 200c.c.。
❻　頓服：立即服用。　豁然：一掃
　　而空的樣子。豁：免除，空虛。

翻譯：

　　從前有一個人，他和奴僕同
時得了腹部生有腫瘤的疾病，怎
麼治都治不好。奴僕病死了之
後，主人家就剖開他的肚子來診
查，發現裡頭有一隻白色的鱉，
眼睛是紅色的，顏色非常明亮。
於是試著用各種的毒藥來澆牠，
還把毒藥放進鱉的嘴巴裡，但對

四川博物院，東漢陶馬俑，樂山崖墓出土。

牠完全不起作用。於是就把鱉綁在牀腳邊。

　　此時忽然有個訪客來探視主人，他騎乘的是一匹白馬。稍後白馬撒尿
了，馬尿濺到了那隻鱉，那隻鱉非常害怕，想趕快跑開以閃避馬尿，但因為
被綁住了而跑不掉，鱉於是把頭、頸和腳都縮藏起來。患病的人注意到這個
情形，告訴他兒子說：「我的病可能有救了！」於是試著用白馬尿澆在鱉的
身上，不久，鱉就消溶成一灘水了。患病的人立即喝下一升多的白馬尿，他
的病全好了。

七、洗乾淨就好　　南朝 齊・王琰：《冥祥記》

　　晉興寧中，沙門竺法義，山居好學。住在始寧保山❶。遊刃眾典，尤善《法華》。受業弟子，常有百餘❷。

　　至咸安二年，忽感心氣，疾病積時，攻治備至，而了不損❸。日就綿篤。遂不復自治。唯歸誠觀世音❹。

　　如此數日，晝眠，夢見一道人來，候其病，因為治之，刳出腸胃，湔洗腑臟；見有結聚不淨物甚多❺。洗濯畢，還內之❻。語義曰：「汝病已除。」眠覺，眾患豁然，尋得復常❼。

【注釋】

❶ 晉：朝代名。司馬炎建立。自公元 265 至 316 年為西晉。公元 317 至 420 年為東晉。　興寧：東晉哀帝司馬丕的年號。自公元 363 至 365 年。　沙門：出家的僧徒。　竺法義：人名。　始寧：縣名。在今浙江省紹興市。　保山：鄉名。在今浙江省紹興市上虞區。

❷ 游刃眾典：精研各種佛法。游刃：即遊刃，遊刃有餘，指才能優良，善於治事。典：經籍。此指佛典。　《法華》：佛經名。為《妙法蓮華經》之省稱，意指佛法如白蓮花般潔淨完美。

❸ 咸安：東晉簡文帝司馬昱的年號。自公元 371 至 372 年。　心氣：中醫稱心臟的生理功能為心氣。　了不損：完全都沒有減輕。了不：完全沒有。損：減輕。

❹ 日就綿篤：日益病危。就：趨向。綿篤：古人於病人病重之際，以棉花置其鼻孔之前，藉以檢視病人是否尚有呼吸。　歸誠：歸命。指佛教徒依附信從佛法僧。　不復：不。復為音節助詞。　觀世音：佛教菩薩名。唐代玄奘譯為觀自在。

❺ 道人：魏晉時對僧人的稱呼。　候：探望。　因為治之：於是為他治療。因：副詞。因而，於是。　刳：音ㄎㄨ；kū。剖開。　湔洗：洗滌。湔：音ㄐㄧㄢˋ；jiàn。洗淨污穢。

❻ 還內之：再放進他的身體內。還：副詞。再。內：音ㄋㄚˋ；nà。通「納」。放入。　之：代詞。指竺法義的身體。

❼ 語：音ㄩˋ；yù。告訴。　除：去掉。　覺：睡醒。　眾患豁然：各種病症都除去了。豁：音ㄏㄨㄛˋ；huò。免除，排遣。　尋得復常：不久能恢復正常。尋：副詞。隨即，不久。　得：能，可。復：恢復。

翻譯：

　　晉朝哀帝興寧年間，僧人竺法義，隱居於山中鑽研佛學。他住在始寧縣的保山鄉。竺法義對佛教經典十分熟習，尤其專精《法華經》，從學於他的弟子經常有百餘人。

　　到了簡文帝咸安二年時，竺法義突然感覺心臟不適，這病病了好久，雖然用盡各種醫治的方法，但病情完全沒有減輕。他一天一天地病危，於是不做治療了，一心一意存念觀世音菩薩。

　　這樣過了幾天，在某個白天睡覺時，竺法義夢見一位僧人前來探望他的病情，接著就為他治療。他為竺法義剖腹取出腸胃，洗滌他的臟腑，竺法義看見臟腑裡聚集了好多不乾淨的東西。臟腑洗濯完畢後，僧人再將它們放回竺法義的身體裡，他告訴竺法義說：「你的病已經治好了。」醒來之後，竺法義覺得各種病痛都消除了，不久身體恢復正常了。

八、瘟神出巡　　東晉・干寶：《搜神記》卷五

　　散騎侍郎王祐，疾困，與母辭訣❶。既而聞有通賓者❷，曰：「某郡某里某人。嘗為別駕。」祐亦雅聞其姓字❸。有頃，奄然來至❹，曰：「與卿士類，有自然之分，又州里，情便款然❺。今年國家有大事，出三將軍，分布徵發。吾等十餘人，為趙公明府參佐❻。至此倉卒，見卿有高門大屋，故來投。與卿相得，大不可言❼！」祐知其鬼神，曰：「不幸疾篤，死在旦夕。遭卿❽，以性命相託。」答曰：「人生有死，此必然之事。死者不繫生時貴賤❾。吾今見領兵三千，須卿，得度簿相付❿。如此地難得，不宜辭之❶。」祐曰：「老母年高，兄弟無有，一旦死亡，前無供養。」遂歔欷不能自勝❷。其人愴然，曰❸：「卿位為常伯，而家無餘財

❹。向聞與尊夫人辭訣，言辭哀苦，然則，卿，國士也，如何可令死？吾當相為❺！」因起去：「明日更來。」

其明日又來。祐曰：「卿許活吾，當卒恩否❻？」答曰：「大老子業已許卿，當復相欺耶❼？！」見從者數百人，皆長二尺許，烏衣軍服，赤油為誌❽。祐家擊鼓禱祀。諸鬼聞鼓聲，皆應節起舞，振袖，颯颯有聲❾。祐將為設酒食，辭曰：「不須。」因復起去❿，謂祐曰：「病在人體中，如火，當以水解之。」因取一杯水，發被灌之⓫。又曰：「為卿留赤筆十餘枝，在薦下，可與人，使簪之⓬。出入辟惡災，舉事皆無恙。」因道曰：「王甲、李乙，吾皆與之。」遂執祐手，與辭⓭。

時祐得安眠，夜中忽覺，乃呼左右，令開被⓮：「神以水灌我，將大沾濡⓯！」開被而信，有水在上被之下，下被之上，不浸⓰，如露之在荷。量之，得三升七合⓱。於是疾三分愈二，數日大除⓲。凡其所道當取者，皆死亡，唯王文英，半年後乃亡。所道與赤筆人，皆經疾病及兵亂，皆亦無恙。

初有妖書云：「上帝以三將軍趙公明、鍾士季，各督數萬鬼下取人。莫知所在。」祐病差，見此書，與所道趙公明合⓳。

【注釋】

❶ 散騎侍郎：官名，執掌規諫，不典事，侍從皇帝左右。　王祐：人名。　疾困：病重垂危。　訣：與死者告別，永別。

❷ 通：求見。

❸ 別駕：官名。為州刺史的佐吏。因隨刺使出巡時另乘傳車，故稱別駕。　雅聞：素聞，久仰。雅：平素。

❹ 有頃：不久。　奄然：忽然，迅疾貌。奄：音一ㄢˇ；yǎn。忽然。

❺ 士類：讀書人。　自然之分：當然的情誼。分：音ㄈㄣˋ；fèn。情誼。　州里：古代兩千五百家為州，二十五家為里。本為行政單位，後泛指鄉里，或本土。此指同鄉。魏晉人謂同州人為州里。　款然：親切誠摯。

❻ 大事：指戰爭。《春秋正義・序》：「國之大事，在祀與戎。」此非祀，故為戎。
出：派出。　趙公明：瘟神名。玄武之神，又稱趙玄壇，俗稱趙元帥。道教傳說，
神姓趙名明，字公明。自秦時避世山中，精修至道，功成，封正一玄壇元帥，主除
瘟剪瘧，保病禳災；凡訟冤伸抑，使之解釋公平；買賣求財，使之得利。全國各地
均有玄壇廟，民間奉為財神，其像頭戴鐵冠，黑面濃鬚，手執鞭，跨黑虎，故又稱
黑虎玄壇。　參佐：僚屬；部下。

❼ 倉卒：匆促。卒：音ㄘㄨˋ；cù。急遽貌，通「促」、「猝」。　投：到。　相
得：互相投合。　大不可言：極言其好，非言語可以形容。

❽ 遭卿：遇到您。卿：第二人稱稱代詞。相當於「你」或「您」。同輩互稱時，有表
示尊敬或客氣的作用。

❾ 繋：涉及，關係。

❿ 見：助動詞。表示他人行為及於此。　須：需要。　度簿：財務賦稅的統計清冊。
度：度支。簿：登記項目數量的清冊。　相付：交付給你。相：表示動作偏指受事
的一方。

⓫ 如此地難得：這樣地難得。地：語尾助詞，為六朝新生詞。　辭：拒絕。

⓬ 唏嘘：歎息聲，抽泣聲。　自勝：自我克制。自我承受。

⓭ 愴然：悲傷貌。

⓮ 常伯：官名。以從諸伯中選拔而名，故指管理一方之長官。晉人亦以之稱散騎常
侍。　餘財：饒足的錢財。

⓯ 向：先前，剛才。　國士：一國之中才能出眾的人。　相為：相助。幫助你。相：
表示動作偏指受事的一方。

⓰ 許：答應。允許。　卒恩：實現恩惠。卒：盡，完成。

⓱ 大老子：自我傲稱之詞。魏晉人口語。　業：既然，已經。　當復：當。將。復為
音節助詞。　相欺：欺騙你。

⓲ 尺：長度單位。約合現今 22 公分。　許：表示約略估計之詞。　以赤油為誌：以
紅色的紬布作為徽誌。油為紬之通假字。紬是粗的綢布，用廢繭殘絲紡成粗絲所織
成的平紋織物。誌：識別隊伍的徽誌，以絳帛，即赤紬披在肩上或背後。正規軍須
在衣外加徽誌。《說文》：「卒，衣有題誌者。」

⓳ 應節：配合著節拍。應：音一ㄥˋ；yìng。應和。　振袖：用力揚起袖子使其飄
動。　颯颯：此指袖子甩動之聲。颯：音ㄙㄚˋ；sà。風聲。

⓴ 將：將要。　設：具饌。　因復：因。於是。復為音節助詞。

㉑ 發被：揭開被褥。　灌：澆水，注入。

㉒ 赤筆：紅色的簪筆。簪筆為一種插在冠上的髮簪，長五寸，簪頭用毛裝飾，可以寫
字。文官上朝時，會在髮髻上簪以白筆，以便隨時書寫，此則為赤筆。　薦：蓆
子；草蓆。　簪：音ㄗㄢ；zān。原指插在髮髻或冠的長針，此作動詞用。插；
戴。

㉓　舉：皆，全。　　無恙：無疾無憂。　　與辭：與（他）辭別。
㉔　左右：指在身邊侍候的人。　　開被：揭開被褥。
㉕　大：表示規模廣，程度深。　　沾濡：浸濕。
㉖　信：確實。　　浸：沾濕。
㉗　升：容量單位。相當於現今之 200c.c.。　　合：音ㄍㄜˇ；gě。容量單位。相當於現今之20c.c.。
㉘　愈：病好轉，痊癒。通「癒」。　　大除：病症大大地消除。
㉙　妖書：不祥的文字內容，多指凶災，禍殃的預言文書。　　鍾士季：即鍾會，字士季。公元 225 至 264 年在世。三國時魏人。有才理。公元 263 年，征蜀有功，官至司徒，進封縣侯。後與蜀將姜維據蜀叛變，為部將亂兵所殺。《三國志》有傳。病差：病除，痊癒。差：音ㄔㄞˋ；chài。病除。

翻譯：

　　散騎侍郎王祐，病重垂危，正和母親作臨終的訣別。接著就聽到來人通報有賓客求見，說：「是某郡某里的某位人士。擔任過別駕。」王祐久仰其人姓名。不久，這位人士迅速地到來了，他說：「我和您都是讀書人，自然一見如故，且又是同鄉，就覺得親切融洽。今年國家將發生戰爭，派出了三位將軍，四處在徵調人員。我們一行十多個人，都是趙公明將軍府的部屬。匆匆忙忙來到此地，看到您的宅第高大寬敞，所以前來歇息。我和您志同道合，這真是太好了啊！」王祐知道他是鬼神，對他說：「我不幸病重，命在垂危，如今遇到了您，想將性命大事託付給您。」這位人士回答說：「人生有死，這是必然的事。死後和在世時的貴賤並不相關。現在我被委派率領兵眾三千人，需要借重您，把檔案清冊交給您，機會是這樣地難得，您不該推辭。」王祐說：「我母親年歲已高，我又無其他的兄弟，一旦我死去，母親跟前便無人供養了……」說著就低聲哭泣不止。這人聞言悲傷，說：「您是一方的官員，家裡竟然沒有充裕的錢財；先前我聽見您在和母親訣別，句句哀傷懇切……您是一國之內出眾的人才，如何能讓您死去？我一定要幫助您！」於是起身離開，說：「明日我會再來。」

　　明天，他又來了。王祐說：「您答應要救活我，這個恩惠真的會實現嗎？」此人回答說：「老子我已經答應您了，會欺騙您嗎？！」王祐看到他

的部眾有好幾百個人，每個都只有兩尺高左右，他們穿著黑色的軍服，披戴紅色的紬布徽誌。王祐家擊鼓祝禱。那些鬼聽到鼓聲都配合著節拍舞動起來，奮舉衣袖，颯颯有聲。王祐要為他們備辦酒食，此人推辭說：「不需要。」接著他起身離開，告訴王祐說：「病在人體內，就像是火，應當要用水來化解它。」於是拿來一杯水，掀開王祐的被褥，把水澆下。又說：「我為您留有十多枝的紅色簪筆，放在席子下，請送給別人，讓他們簪在髮髻上，這樣出入可以避免凶災，萬事也都平安無恙。」接著又說：「王甲、李乙，我都給了他們筆。」他握住王祐的手致意，然後辭別而去。

當時王祐本來安睡著，但半夜突然醒過來，他大聲呼叫近侍，令他們把被褥掀開，說：「神拿水澆我，我會溼透了！」掀開被子，果然有水，水在上被的下面，下被的上面，沒有滲透被子，彷彿露水凝結在荷葉上。量了量水，有三升七合。他的病就此好了三分之二，幾天之後疾病幾乎都消除了。凡是當初神說要徵召的人都死去了，只剩下王文英，他過半年後才死。至於那些獲得朱筆插戴的人，他們經歷了疾病和戰亂，但都安然無恙。

先前民間曾出現過妖書，說：「上帝派遣三位將軍趙公明和鍾士季等，各督導數萬鬼兵下來抓人，但不知其行蹤之所在。」王祐病好後，曾看過這妖書，內容與所聽說的趙公明事情相合。

九、中蠱　東晉‧干寶：《搜神記》卷十二

　　鄱陽趙壽，有犬蠱。時陳岑詣壽，忽有大黃犬六、七群，出吠岑❶。後余伯婦與壽婦食，吐血幾死，乃屑桔梗以飲之而愈❷。

　　蠱有怪物，若鬼。其妖形變化，雜類殊種，或為狗豕，或為蟲蛇，其人自知其形狀。行之於百姓，所中皆死❸。

【注釋】

❶　鄱陽：郡名。在今江西省境內。　趙壽：人名。　犬蠱：以犬為媒介的寄生蟲或毒素。蠱：音ㄍㄨˇ；gǔ。人工培養的毒物。　陳岑：人名。　詣：音一ˋ；yì。拜訪。　吠：狗叫。

❷　余：我。　伯姆：伯母。伯父的妻子。　幾死：幾乎死了。幾：音ㄐㄧ；jī。副詞。幾乎。　乃：副詞。於是。　屑：碎末。此作動詞用，使成碎末。　桔梗：草名。一名梗草，草莖能入藥。　愈：病好轉，痊癒。

❸　行之於百姓：在民間傳染散布。行：流動，傳布。　中：音ㄓㄨㄥˋ；zhòng。著，為外物所著，遭到。

翻譯：

　　鄱陽郡人趙壽，他能培養犬蠱之毒。當時陳岑去拜訪趙壽，忽然就有大黃狗六、七群，衝出來對著陳岑狂吠。後來我伯母和趙壽的妻子用餐，伯母竟吐血到幾乎喪命！於是把桔梗切碎，煎成藥，讓她喝下才好。

　　蠱裡面是有怪物的，這些怪物像是鬼，能變化出各種妖異的形狀！種類紛雜，有的是狗、是豬，有的是蟲、是蛇。那些養蠱的人都知道自己養的蠱所變幻出的形狀。他們將這些毒蠱施放於民間，凡是中蠱的都會死亡。

十、大痢丸　　東晉·陶潛：《搜神後記》卷六

　　李子豫少善醫方，當代稱其通靈❶。許永為豫州刺史，鎮歷陽。其弟得病，心腹疼痛十餘年，殆死❷。忽一夜，聞屏風後有鬼謂腹中鬼曰：「何不速殺之？不然，李子豫當從此過。以赤丸打汝，汝其死矣❸。」腹中鬼對曰：「吾不畏之！」

　　及旦，許永遂使人候子豫，果來❹。未入門，病者自聞中有呻吟聲。及子豫入視，曰：「鬼病也❺。」遂於巾箱中出八毒赤丸子，與服之❻。須臾，腹中雷鳴彭轉，大利數行，遂差。今八毒丸

方是也**❼**。

【注釋】

❶ 李子豫：人名。　少善醫方：年輕時精於醫藥。方，藥方。　通靈：精通，通曉，神異。

❷ 許永：人名。　豫州：州名。在今河南省境內。　刺史：官名。州郡的行政首長，掌一州軍政大權。　鎮：鎮守。　歷陽：郡名。在今安徽省境內。　殆死：快死了。殆：幾乎。

❸ 屏風：室內陳設作為擋風或遮蔽的用具。　當：將要。　朱丸：大紅色的藥丸。丸：藥丸。根據配方將藥物碾研成粉末，再以水、蜜或米糊等作為賦形劑所製成的圓形藥丸。　其：語氣詞。加強測度、估計的語氣，相當於「恐怕」、「大概」。

❹ 及旦：到了天亮。及，達到。　候：接待迎接賓客。　果來：果然來到。果：與預期相合。

❺ 鬼病也：鬼所引發的疾病。病：疾病。此作使動用法，使生病。

❻ 巾箱：古時放置手巾、書卷等小物品的小箱篋。　八毒赤丸子：以八種有毒性的物料配伍而成的藥丸。今八毒丸的配方中有雄黃、真珠、礬石、蜈蚣、巴豆、附子、藜蘆、牡丹皮。其中巴豆為瀉藥。　與服之：給他服用。與：給。服：食用。之：第三人稱代詞。此指許永之弟。

❼ 須臾：片刻。　腹中雷鳴彭轉：形容肚子脹氣所產生的聲響。彭轉：盛多而轉動。大利：嚴重腹瀉。大：副詞，表示程度深，規模廣。利：腹瀉。通「痢」。　行：音ㄏㄤˊ；háng。排洩物。大便曰大行，小便曰小行。　差：音ㄔㄞˋ；chài。病除。通「瘥」。

翻譯：

　　李子豫年輕時就擅長醫藥，當代人稱讚他的醫術高明，出神入化。許永擔任豫州刺史，鎮守在歷陽郡。他的弟弟得病，胸腹部疼痛已有十多年，人就快死了。某晚，他忽然聽到屏風後面有個鬼對肚子裡的鬼說：「為什麼不趕快殺了他？不然，李子豫就要經過這裡了！他若拿紅藥丸打你，你恐怕就死定了！」肚子裡的鬼回答說：「我才不怕他！」

　　到了早晨，許永派人去迎請李子豫，果然來了。李子豫還沒進門時，病人自己就聽到肚子裡有哀嚎聲。等到李子豫進來診察病症後，他肯定地說：「這是鬼造成的病。」接著從小箱子裡拿出了八毒紅藥丸給患者服用。不

久，患者的肚腹像雷鳴一樣轟隆作響，接著大瀉了很多糞穢，病就此痊癒。
這藥方就是當今通稱的八毒丸。

十一、烏雞治瘟疫　　東晉・干寶：《搜神記》卷二

夏侯弘自云見鬼，與其言語。鎮西謝尚所乘馬忽死，憂惱甚
至❶。謝曰：「卿若能令此馬生者，卿真為見鬼也❷。」弘去，良
久還，曰：「廟神樂君馬，故取之。今當活❸。」尚對死馬坐。須
臾，馬忽自門外走還，至馬尸間便滅，應時能動，起行❹。

謝曰：「我無嗣，是我一身之罰❺。」弘經時無所告。曰：
「頃所見，小鬼耳❻，必不能辨此源由。」後忽逢一鬼，乘新車，
從十許人，著青絲布袍。弘前提牛鼻❼，車中人謂弘曰：「何以見
阻❽？」弘曰：「欲有所問！鎮西將軍謝尚無兒，此君風流令望
❾，不可使之絕祀！」車中人動容曰：「君所道，正是僕兒❿。年
少時，與家中婢通，誓曰不再婚，而違約。今此婢死，在天訴之
⓫。是故無兒。」弘具以告。謝曰：「吾少時誠有此事⓬。」

弘於江陵，見一大鬼，提矛戟⓭，有隨從小鬼數人。弘畏懼，
下路避之。大鬼過後，捉得一小鬼，問：「此何物？」曰：「殺
人以此矛戟。若中心腹者，無不輒死⓮。」弘曰：「治此病有方否
⓯？」鬼曰：「以烏雞薄之，即差。」弘曰：「今欲何行？」鬼
曰：「當至荊、揚二州⓰。」

爾時，比日行心腹病，無有不死者⓱。弘乃教人殺烏雞以薄
之，十不失八九。今治中惡，輒用烏雞薄之。弘之由也⓲。

六朝博物院，東晉陶製犢車，南京市西善橋建寧磚瓦廠出土。

【注釋】

❶　夏侯弘：人名。餘不詳。　鎮西：鎮西將軍之省稱。　謝尚：人名。晉代名臣。公元 308 至 357 年在世。善音樂，謝鯤之子，為鎮西將軍。《晉書》有傳。　甚至：至極。

❷　卿：第二人稱代名詞。相當於「你」或「您」。　者：助詞。用於假設分句之後，引出可能的結果。　為：是。

❸　樂：音ㄧㄠˋ；yào。喜愛。　故：所以。　當：將，將要。

❹　須臾：片刻。　間：處，那裡。　應時：即時。　起行：站起來行走。

❺　無嗣：沒有子嗣。　一身：一己。身：我。第一人稱代詞。　罰：處罰。懲罰。公元 1964 年謝鯤家族墓被發現於南京，根據墓誌所載，謝尚無子，由其姪兒繼嗣。

❻　經時：長時，經過一段時間。　頃：副詞。剛才。　耳：助詞。猶「罷了」。「而已」合音。

❼　從：音ㄗㄨㄥˋ；zòng。隨從者。　前提牛鼻：向前拉住貫穿牛鼻的韁繩，使停車。此為牛車，晉朝貴盛喜乘牛車，車速平緩，有車廂可供坐臥。

❽　見阻：阻擋我。見：用於動詞前，表示代詞賓語的省略。

❾　風流：英俊，傑出。　令望：有善美的威儀，使人景仰。

❿　動容：內心有所感動而表現於面容。　僕：自身謙稱。我。在下。

⓫　通：通姦。指婚姻之外所發生的男女性關係。　訴：控告。訴訟。

⓬　具：副詞。都，全。通「俱」。　誠：確實。

⓭ 江陵：縣名。在今湖北省荊州市。　提：垂手拿著。　矛戟：兵器名。長柄，合戈、矛為一體，其刃有二，可以直刺和橫擊。

⓮ 中：音ㄓㄨㄥˋ；zhòng。著：擊中目標。　輒：音ㄓㄜˊ；zhé。即時。

⓯ 方：藥方，單方。

⓰ 薄：附著，敷布。　差：音ㄔㄞˋ；chài。病除。通「瘥」。晉·葛洪：《肘後備急方》關於救猝死中惡者之方為：「破白犬以搵心上，無白犬，白雞亦佳。」不論是白犬、白雞或烏雞，此方之作用近似心肺復甦術。

⓱ 荊、揚二州：指荊州和揚州。荊州在今湖北、湖南兩省境內。揚州在今安徽、江蘇、浙江、江西、福建五省境內。　爾時：其時，或彼時。爾：此，這，那。　比日：每日，連日。　行：傳布。

⓲ 中惡：突然患急病。中：音ㄓㄨㄥˋ；zhòng。著。　由：緣故。來源。

翻譯：

夏侯弘自稱能見得到鬼，且可以和他們對話。鎮西將軍謝尚他所騎乘的馬忽然死了，為此憂煩備至。謝尚對夏侯弘說：「您若能使這匹馬起死回生，那您的確是見得到鬼。」夏侯弘告退，過了許久才回來，他說：「廟神喜歡您的馬，所以取走了牠。現在馬就要活過來了。」謝尚於是面對死馬坐著靜候。不久，馬忽然從門外跑回來了，跑到死馬附近處就消失，此時，死馬立刻能夠活動，接著能站起來行走了。

謝尚說：「我沒有後代，這是我自己個人的處罰。」夏侯弘許久都無可奉告。他說：「方才所見，只是名小鬼，一定沒辦法探得其中原因。」後來他突然遇到一個鬼，乘坐著新牛車，隨從有十來個人；這個鬼穿著黑色的絲袍。夏侯弘遂向前提住牛鼻前的韁繩；車廂內的人對夏侯弘說：「為什麼阻擋我？」夏侯弘說：「想要請教個問題。鎮西將軍謝尚沒有兒子，這位先生風度翩翩，名望美好，不能讓他絕了後代啊！」車廂內的人聞言感傷，他說：「您所說的，正是在下的孩兒。他年輕時，曾和家裡的婢女私通，對她立誓不再另娶他人，但卻違反了誓言。現在這婢女死了，她上天庭去申訴。他是這個緣故才沒有兒子的。」夏侯弘將情況全告訴了謝尚。謝尚說：「我年輕時確實有過這件事。」

夏侯弘在江陵見到一隻大鬼，手提著矛戟，有隨從小鬼數個人。夏侯弘

心生畏懼，退到路邊去迴避。大鬼路過後，他捉了一個小鬼來問：「這是什麼東西？」小鬼說：「要人死就用這個矛戟。若刺中心腹，沒有不立即死的。」夏侯弘說：「治療這個病有無藥方？」鬼回答說：「用烏骨雞敷在心上，立刻痊癒。」夏侯弘問：「現在打算去哪裡？」鬼回答說：「我們要去荊州、揚州這兩處。」

當時，連續多日在流行心腹疾病，染上的人沒有不喪命的。夏侯弘於是教人殺烏雞來敷胸口，十之八九都能痊癒。當今治療急性傳染病的，總是用烏雞來敷胸口。這方法是從夏侯弘傳開的。

十二、生吞蜘蛛治霍亂　　南朝 宋・劉義慶：《幽明錄》卷二

某郡張甲者，與司徒蔡謨舊有親，僑住謨家❶。暫行數宿，過

期不返❷。謨晝眠，夢甲云：「暫行忽暴病，患心腹痛，病脹滿，不得吐下。某時死，主人殯殮❸。」謨悲涕相對。又云：「我病名『乾霍亂』，自可治之，但人莫知其藥，故令死耳❹。」謨曰：「何以治之？」甲曰：「取蜘蛛，生斷去腳，吞之，則愈❺。」

謨覺，使人往甲行所驗之，果死❻。問主人，病與時日，皆與夢符。後有患乾霍亂者，謨試用，輒差❼。

【注釋】

❶ 張甲：人名。姓張名不詳，故以甲稱之。　司徒：官名。與太尉、司空合稱三公，掌農林建設、民政等職務。　蔡謨：人名。晉朝公元 281 至 356 年在世，博學多聞，任義興太守、侍中。《晉書》有傳。　舊：故舊，從前已經相識的親友。　僑住：寄寓，借住。僑：寄居異地。

❷ 暫行：臨時出行。行：外出。　數宿：幾個晚上。宿：隔夜。

❸ 暴病：突然生病。　不得吐下：吐不出來也瀉不下來。　主人殯殮：旅舍的主人（為他）入殮裝棺。

❹ 乾霍亂：指霍亂之欲吐不吐，欲瀉不瀉，胸腹煩悶絞痛者。中國古代的霍亂是急性腸胃炎，東漢・張機在《傷寒論》曰：「嘔吐而利（痢），名曰霍亂。」不同於近代的流行性傳染病「霍亂」（Cholera asiatica）。　自：副詞。原來，本來。　故令死耳：因此導致死亡。故：連詞。因此，所以。令：使。耳：語氣詞，表示肯定。

❺ 生斷去腳：活活折去（蜘蛛）腳。生：活。李時珍《本草綱目》卷四十蟲部蜘蛛條下錄有此事。

❻ 覺：音ㄐㄧㄠˋ；jiào。睡醒。　行所：旅行的所在。　果死：果真死了。果：成為事實。

❼ 符：符合。　輒：副詞。就。　差：因ㄔㄞˋ；chài。病除。同「瘥」。

翻譯：

某郡有個叫張甲的人，他與司徒蔡謨是親舊，寄住在蔡謨家。後來張甲臨時到外地去了幾天，過了歸期還沒回來。某天，蔡謨在睡午覺，夢見某甲告訴他：「暫時出外個幾天卻突然生了病，患的是胸腹部疼痛的病，這病害得我肚子嚴重發脹，既吐不出來，也瀉不下去。我是在某時死的，旅舍主人

已為我入殮了。」蔡謨對著他悲傷落淚。張甲又說：「我得的這個病叫『乾霍亂』，其實是可以醫好的，只是人們不知道它的藥方，所以才會造成死亡。」蔡謨說：「要用什麼來治？」張甲說：「將蜘蛛抓來，活著把牠的腳都摘除，再將蜘蛛吞下。這樣就會痊癒了。」

蔡謨醒來之後，令人到張甲旅行的地點查驗，果然人已經死了。詢問旅舍主人有關張甲的病情和時間，都跟夢裡所說的符合。後來要是有人患上乾霍亂，蔡謨試著用生蜘蛛來救治，患者就痊癒了。

十三、病鬼求診　　南朝 宋・吳均：《續齊諧記》

錢塘徐秋夫善治病，宅在湖溝橋東。夜聞空中呻吟聲甚苦。秋夫起，至呻吟處問曰：「汝是鬼邪？何為如此？饑寒須衣食邪？抱病須治療邪❶？」鬼曰：「我是東陽人，姓斯名僧平。昔為樂游吏，患腰痛死❷。今在湖北，雖為鬼，苦亦如生。為君善醫，故來相告❸。」秋夫曰：「但汝無形，何由治❹？」鬼曰：「但縛茅作人，按穴鍼之，訖，棄流水中可也❺。」

秋夫作茅人，為鍼腰目二處，并復薄祭，遣人送後湖中❻。及暝，夢鬼曰：「已差，并承惠食，感君厚意❼。」

秋夫宋元嘉六年為奉朝請❽。

【注釋】

❶ 錢塘：縣名。在今浙江省杭州市。　徐秋夫：人名。　善：擅長，高妙。　湖溝橋：橋名。　抱病：有病。懷有病。

❷ 東陽：郡名。在今浙江省境內。　樂游吏：樂游苑的管理官員。樂游苑原是晉朝的「藥園」，後經南朝宋文帝劉義隆改名為「樂游苑」，並增建亭臺樓閣等之景觀工程，成為皇家園林。在今江蘇省江寧縣。樂：音ㄌㄜˋ；lè。快樂，高興。

❸ 湖北：湖的北岸。　苦亦如生：疾病的痛苦和生前一般。　為：音ㄨㄟˋ；wèi。

因為，由於。　醫：治病。

❹ 何由治：要如何醫治。由：途徑。

❺ 但：連詞。表示一種條件。只要。　縛茅作
人：綁個草人。縛：束，綑綁。茅：茅草。
法術之施行原則粗分為兩類，一是相似律，
一是接觸律；前者取類似之物，如其人之芻
像作法；後者取附著於其人之物品，如頭
髮、衣物以作法。　穴：穴位。人體可以進
行針灸的部位。　鍼：音ㄓㄣ；zhēn。醫療
用具，細微的針。此作動詞用，用針刺。
《靈樞經‧九鍼十二原》：「無用砭石，欲
以微鍼通其經脈，調其血氣。」　訖：音
ㄑㄧˋ；qì。完畢，終了。

❻ 腰目：腰間的穴位。目：孔，穴。　并復：
并。一併。復為音節助詞。　薄祭：簡單地
祭拜。祭：致飲食於神鬼前以祀之。

❼ 差：音ㄔㄞˋ；chài。病除。通「瘥」。
承：接受。　惠：贈。賜。　感：感激，感
謝。

❽ 宋：朝代名。南朝之一。劉裕建立。自公元
420 至 479 年。　元嘉六年：宋文帝劉義隆
的年號，六年為公元 429 年。　奉朝請：官
名。古代諸侯春季朝見天子叫朝，秋季朝見
叫請。漢代對退職大臣、皇室、外戚，多給
以奉朝請名義，使得參加朝會。南朝時，則
為閒散官員之安置，僅參加春秋朝會。

甘肅博物院，漢代彩繪著單衣的
文吏木俑，漢八刀工藝，刀法簡
潔，平整，銳利，對稱。武威磨
嘴子出土。

翻譯：

　　錢塘縣人徐秋夫善於治病，他家住在湖溝橋東邊。某個夜晚，他聽到空
中傳來甚為痛苦的呻吟聲。徐秋夫於是起牀，走到呻吟的地方詢問：「你是
鬼嗎？為什麼如此叫苦？是肚子餓或是寒冷？需要衣服或飲食嗎？你有病需
要治療？」鬼說：「我是東陽郡人，姓斯名僧平。從前我在樂游苑擔任吏
員，生前患腰痛而死。現在我在湖的北岸，雖然是鬼，可是痛苦卻和生前一

樣。因為你善於醫療，所以來向你求助！」秋夫說：「但你沒有形體，我要如何為你治療？」鬼說：「你只要將茅草綁成人形，在這個茅草的人形上按照穴位進行針灸，針灸完畢後，把茅草人丟棄到流水中就可以了。」

徐秋夫做了茅草人，在它腰部的兩個穴位上針灸。還一併做個簡單的祭祀。然後派人將茅草人丟棄到屋後的湖泊中。到了晚上，夢見鬼來對他說：「已經痊癒了，還承蒙您惠贈食物！感謝您仁厚的善心。」

徐秋夫在宋文帝元嘉六年的時候擔任了朝廷的官員。

十四、禁用此藥　南朝　宋・祖沖之：《述異記》

宋泰始中有張乙者，被鞭，瘡痛不竭，人教之燒死人骨以傅之❶。雇同房小兒，登山岡，取一髑髏，燒以傅瘡❷。

其夜，戶內有爐火燒此兒手，又空中有物按小兒頭內火中❸，罵曰：「汝何以燒我頭？今以此火償汝❹！」小兒大喚曰：「張乙燒耳❺！」答曰：「汝不取與張乙，張乙那得燒之？！」按頭良久，髮然都盡，皮肉焦爛，然後舍之❻。

乙大怖，送所餘骨埋反故處，酒肉酹之，無復災異也❼。

【注釋】

❶ 宋：朝代名。南朝之一。劉裕建立。自公元 420 至 479 年。　泰始：南朝宋明帝劉彧年號，自公元 465 至 471 年。　張乙：人名。姓張名不詳，故以乙稱之。　者：助詞。用在敘述句主語後，表示停頓。　被鞭：遭鞭刑。鞭是一種細長的皮革製刑具。　瘡痛不竭：創傷疼痛不止。瘡：音ㄔㄨㄤ；chuāng。通「創」，傷口。竭：盡。　傅之：塗搽在傷口上。傅：音ㄈㄨ；fū。通「敷」。敷：塗，搽。之：指示代名詞。此指鞭傷患處。

❷ 雇：傭賃。出錢招人服勞務。　髑髏：音ㄉㄨˊ　ㄌㄡˊ；dú ló。死人的頭骨。

❸ 戶內：房間內。戶為房間單扇的小門。　物：鬼物。　內：音ㄋㄚˋ；nà。「納」的本字。放入。

❹ 償：歸還。報答。
❺ 大喚：大聲呼叫。喚：呼叫。　耳：助詞。位於句末，表肯定語氣，同「矣」。
❻ 髮然都盡：頭髮都燒光了。然：「燃」的本字。燃燒。　舍之：釋放他。放開他。舍：音ㄕㄜˇ；shě。釋放。之：指示代名詞。此指小兒。
❼ 大怖：非常害怕。大：程度深。　所餘：所剩下的。所殘留的。　埋反故處：埋回原來的地方。反：通「返」。回。　故：前。本。　醊：音ㄓㄨㄟˋ；zhuì。祭祀時以酒灑地，表示對鬼神的祭奠。　無復：無。復為音節助詞。

翻譯：

宋代明帝泰始年間有個叫張乙的人，因故遭受鞭刑，他的傷處疼痛，一直都好不了。有人教他將死人骨頭焚燒之後敷在傷處上。張乙於是雇請同房的一個孩童，上山去撿一顆死人頭回來，要他將頭骨燒好後拿來敷瘡。

那天晚上，房門內有爐火延燒到這個孩童的手，空中又有鬼物將這小孩的頭按進火爐裡，罵他說：「你為什麼要燒我的頭？我現在也讓你嚐嚐被火燒的滋味！」這個小孩痛得大叫，他說：「是張乙要燒的！」回答說：「你不去撿回來給張乙，張乙哪裡有得燒？」小孩的頭被按入火裡好久，頭髮全燒光了，皮肉也燒到焦爛，這才放開他。

張乙非常恐懼，他將剩下來的頭骨送回原處埋好，並用酒和肉祭拜這個亡者，之後就沒有災異了。

十五、瘧疾偏方　　無名氏：《錄異傳》

宏老，吳興烏程人，患瘧經年不差❶。宏後獨至田舍，瘧發，有數小兒或騎公腹，或扶公手腳。公因陽瞑，忽起，捉得一兒，遂化成黃鸝，餘者皆走❷。

公乃縛以還家。莫縣窗上❸，云：「明日當殺食之！」比曉，失鸝處。公瘧遂斷❹。於時人有得瘧者，但呼「宏公」，便瘧斷。

【注釋】

❶　宏老：人名。或姓宏名不詳之老翁。　吳興：郡名。在今浙江、江蘇兩省境內。
　　烏程：縣名。在今浙江省吳興縣。　瘧：瘧疾，病名。由瘧蚊為媒介，週期性發作
　　的急性傳染病。　差：音ㄔㄞˋ；chài。病除。通「瘥」。
❷　扶：持。攙扶。　陽瞑：假裝在小睡。陽：通「佯」。假裝。瞑：假寐，小睡。通
　　「眠」。　鶂：音ㄧˋ；yì。善飛之水鳥。形如鷺鷥而體形較大。
❸　莫縣窗上：傍晚時將牠懸掛在窗戶上。莫：暮的本字。傍晚日將落時。縣：音
　　ㄒㄩㄢˊ；xuán。通「懸」，高掛。
❹　比曉：到了天亮時。比：音ㄅㄧˋ；bì。介詞。到了……時。　斷：消除，斷絕。

翻譯：

　　宏老是吳興郡烏程縣人，他染上瘧疾已經好幾年了，都沒有痊癒。某次
宏老獨自到田裡的農舍去，這時瘧疾發作了！身旁出現了幾個小兒，有的騎
在宏老的肚子上，有的架持著宏老的手腳。宏老於是裝睡，接著突然起身，
他捉到其中一個小兒，這個小兒隨即變成了一隻黃色的水鳥，其他小兒見狀
全都跑走了。

　　宏老便把這隻水鳥綁好抓回家，傍晚時將牠懸掛在窗戶上，說「明天就
宰來吃掉牠！」到了天亮，找不到水鳥的蹤跡了！宏老的瘧疾從此根治。當
時人有得到瘧疾的，只要高喊「宏公」，瘧疾就會斷除。

十六、針神奇　南朝 宋・東陽無疑：《齊諧記》

　　有<u>范</u>光祿者，得病；腹、腳並腫，不能飲食❶。忽有一人，清
朝不自通達，逕入光祿齋中；就光祿邊坐❷。光祿謂曰：「先不知
君，君那得來而不自通？」此人答云：「佛使我來理君病也❸。」

　　發衣見之，因出甘刀針腫上❹。儵忽之間，頓針兩腳及膀胱百
餘下，然不覺痛。復欲針腹，其兒黃門不聽，語竟便去❺。後針孔
中黃膿汁嘗二、三升許。至明曉，腳都差，針亦無孔❻。

【注釋】

❶　光祿：官名。屬顧問性質的非正式官職，沒有固定的職守，為加官或褒贈之官。
　　腫：癰，毒瘡。

❷　清朝：早晨。清早。　不自：不。自為音節助詞。　通達：傳達求見，通報求見。
　　齋：屋舍。此指臥房，為六朝新生詞。

❸　先不知君：從前並不認識你。先：在前的時間。知：認識。　佛：佛陀。　理：治療。

❹　發：打開，揭開。　甘刀：針灸器具，針杆較粗，有刀刃面，可以破膿放血。
　　針：用針刺。名詞作動詞用法，針指醫療用具。南齊・龔慶宣輯：《劉涓子鬼遺
　　方》指出：須先辨別癰是否有膿，當癰上薄且有膿者，便可破之。所破之法，應在
　　下逆上破之，令膿得易出。

❺　儵忽：疾速貌。儵：音ㄕㄨˋ；shù。迅速，通「倏」。　頓：即時，立刻。
　　下：量詞。表施行的次數。　黃門：官名。黃門侍郎的省稱。黃門原是官署名，以
　　此為官名。掌管宮廷門禁與警衛。　聽：同意。准許。

❻　升：升：容量單位。約合今 220c.c.。　許：表示約略估計之詞。　差：音ㄔㄞˋ；
　　chài。痊癒。

翻譯：

　　有個擔任光祿大夫的范姓人士，生病了；肚子和腳都長有膿瘡，也不能
進食。忽然有一個人，在清晨時未經過通報求見程序，就直接進到范光祿的
臥室內，趨近范光祿的身邊坐著。范光祿對他說：「我不認識您，您怎麼可
以不求見就直接進來呢？」這個人回答說：「佛祖派我來治療您的病。」

　　他掀開范光祿的衣服以露出其身體，接著拿出針刀扎在那些膿瘡上，片
刻之間，就在范光祿的雙腳和膀胱上，迅速扎了一百多下；然而范光祿都不
覺得痛。當他還要扎肚子時，范光祿擔任黃門侍郎的兒子並不同意，那個人
聽罷就離開了。後來從扎孔流出的黃膿約有兩、三升之多。到了天亮，范光
祿的雙腳都好了，也沒有留下任何的針孔。

十七、吃不消　　南朝　宋・東陽無疑：《齊諧記》

　　江夏郡 安陸縣，隆安之初，有一人姓郭名坦，兄弟三人❶。其

大兒忽得時行病，病後遂大能食；一日食斛餘米❷。其家供給五年，乃至罄貧，語曰：「汝當自覓食❸。」

後至一家，門前已得莒飯，又從後門乞❹，其人答曰：「實不知君有兩門。」腹大飢不可忍，後門有三畦韭，一畦大蒜，因噉兩畦，便大悶極❺，臥地。

須臾，至大吐，吐一物，似龍，出地漸漸大❻。須臾，主人持飯出，腹不能食，遂撮飯內著向所吐出物上❼，即消成水。此人於此病遂得差❽。

【注釋】

❶ 江夏：郡名。在今湖北省境內。　安陸：縣名。在今湖北省漢川市。　隆安：東晉安帝司馬德宗之年號。自公元 397 至 401 年。

❷ 時行病：流行性疾病。　大：表程度深，規模廣。　斛：音ㄏㄨˊ；hú。容積量器名。一斛為十斗。約合二十公升。

❸ 罄：音ㄑㄧㄥˋ；qìng。器中空。引申為盡，完。　當自：當。該。自為音節助詞。

❹ 莒飯：用芋頭作成的飯。莒：音ㄐㄩˇ；jǔ。齊地方言稱芋為莒。《說文》：「齊謂芋為莒。」飢荒時，芋頭可以補米穀之不足，能救饑饉之民。　乞：向人乞討。

❺ 噉：音ㄉㄢˋ；dàn。吃。　畦：音ㄒㄧ；xī。田園中分成的小區。　悶極：昏沉無力。同義連文複音詞。

❻ 須臾：片刻。　至：到（指某個境況）。　似龍：長條狀似龍的鱗蟲生物。當是寄生蟲。元・賈茗《飲食須知》：「芹菜：春秋二時，宜防蛇虺遺精，誤食，令面手發青，胸腹脹痛，成蛟龍瘕。服餳糖三盌，日三度，吐出便瘥。」　出地：到地上。出：到。

❼ 撮：音ㄘㄨㄛ；cuō。抓取。　內：音ㄋㄚˋ；nà。通「納」。放入。

❽ 差：音ㄔㄞˋ；chài。病除。通「瘥」。

翻譯：

江夏郡安陸縣這個地方，在晉安帝隆安初年時，有一人姓郭名坦，他家兄弟有三人。那個大兒子突然得了流行性傳染病，病好之後，他就變得很能吃，一天能吃掉十斗多的米！他家供給了五年，終於被他吃到米缸見底，家

境貧窮。家人告訴他：「你該去找吃的了。」

　　後來他到一家去要飯，在前門已經要到芋頭飯了，但還是吃不飽，又到後門去討食，他尷尬地回答主人說：「實在不知道你家有兩道門……」他肚子非常餓，已經無法忍耐了！後門有三區韭菜田，一區大蒜田；他連吃了兩區，之後，便昏昏沉沉，四肢無力，倒臥在地上。

　　不久，他開始嚴重地嘔吐，吐出了一團鬼物，樣子像是龍，觸地後它漸漸變大！稍後，主人拿飯出來，但他的肚子已經不能進食了！於是抓些飯放進剛剛吐出來的那團鬼物上，那鬼物立即滅化成水。這個人的病就這樣痊癒了。

※問題與討論

1. 台灣有哪些民俗活動的原始目的與驅除瘟疫有關？簡答之。
2. 在醫病故事中，最少需要哪幾個角色？他們的關係與在情節推進所擔任的功能為何？
3. 敘寫一則令你印象深刻的醫病小故事。
4. 試從現代醫療的觀點解說本篇故事出現的病症及其治療原理。
5. 瘧疾的異聞在志怪有數起，但均未提及「蚊子」，請問這是什麼緣故？亦請說明在〈瘧疾偏方〉故事中出現的水鳥其可能反映的情況或病況。
6. 「懸壺濟世」與「杏林春暖」的典故均自志怪文本而來，請簡述這兩位行醫者的治病事跡。
7. 簡介東晉・葛洪《肘後救卒方》一書之書名意義與該書之內容；2015 年屠呦呦因發現青蒿素可成功治療瘧疾而獲諾貝爾醫學獎，她的研究與此書有何關係？說明之。

主題十一、降妖大觀

前　言

　　妖怪為何出現？他們的出現預示著禍還是福？是禍，能否躲得過？他們都藏匿在何處？要用什麼方法才能辨識出妖怪的原形？哪些高人術士能降服妖怪？常人若是遇到妖物作祟該如何對付？

　　魏晉南北朝承繼漢朝的宇宙觀、氣化論，認為妖怪的形成原因有二，一是五行的運行秩序發生錯亂所引發的「物變」；二是時間巨量變化觀所導出的「物老成精」。陰陽家哲學認為宇宙萬物的構成元素是「氣」，統合稱之為「氣」，分項稱之則為木、火、土、金、水，也就是「五行」。由於萬物的構成基質都是氣，所以彼此有交通互感的先決條件；又由於氣是運動不息的，所以物的變化不息也是必然的，且可以跨越物與物之間的界限。在正常情況下，物各有其氣，氣各有其運行之序，彼此和諧，雜而不越；但氣的運行秩序若發生了錯亂，則必然引發物的穩態擾動，產生各種異變。晉・干寶在《搜神記》卷六說：「妖怪者，蓋精氣之依物者也。氣亂於中，物變於外。形神氣質，表裡之用也。本於五行，通於五事。雖消息升降，化動萬端，其於休咎之徵，皆可得域而論矣。」是以妖怪形成的原因在於物的內在精氣發生淆亂，導致「物」的外在現象有反常的變化，反常現象是吉凶禍福的徵兆。

　　妖怪的另一個發生原因是「物老成精」。「物老成精」的變化觀有其哲理意涵，時間等同於經歷、智慧、生命力的數量，量大則質變，所以，晉・郭璞在《玄中記》說：「狐五十歲，能變化為婦人，百歲為美女，為神巫；或為丈夫，與女人交接；能知千里外事，善蠱魅，使人迷惑失智。千歲即與

天通，為天狐。」可見物「老」則能成「精」，因而有所謂的「古靈精怪」、「老妖精」等用詞。物老成精的作祟妖怪，自矜有「魔高一丈」的能耐，多數好鬥求勝，樂於挑選「人」作為試探、欺騙、耍弄的對象，以與五行之秀的生靈一較高低。晉・葛洪在《抱朴子內篇・登涉》曾說：「萬物之老者，其精悉能假託人形，以眩惑人目而常試人。」即妖怪經常偽裝成人形，試探人們是否具有鑑別真假的目力和抗拒欺誘的能耐；受試者若是缺乏智慧和勇氣，妖怪就可得寸進尺，明目張膽地危害他們。有的妖怪驚嚇落單者，有的欺負弱小，暗處埋伏，伺機擾民，是一股藏匿於周遭的邪惡勢力。

　　對於妖怪或異形的整治方式，志怪多以「劾魅」謂之，克敵制勝的基本原則是當事人必須處變不驚，果敢自強地迎戰妖怪的挑釁。降伏妖怪，須先偵查照視，識別妖怪的原形，進而捕捉擒拿，使其無所遁隱，最後加以終結，方法有以火焚燒，以刀劍刺擊，或自然風化滅絕。此外，也可運用「詞語巫術」，操作方法是探知並呼喚該妖怪的名號以使其現出原形。由於「詞語巫術」就是把「詞語」當作「物」本身，因此，若能叫出該妖怪的名號，即是識出並控制住了該妖物。懷有法術的道士則施行特定儀式來收妖，降妖的步驟一般如下：一、發現妖的藏身處，二、揭露妖的原形原貌，三、驅逐或斬除妖怪。在巫術或宗教的儀式中，降妖巫術雖然有故弄玄虛之嫌，然就文化意涵而言，捉妖達人所以試圖表演出各種奇蹟或神蹟，或許不是出於無知與狂妄，而是意識到凡人在幻覺上的渴望，在情感上的脆弱以及個體力量在克服困境，或思覺失調上的局限。有「道」之士在實施法術時或可助人振作，驅除心物場域中的妖邪，突破命運或環境所帶來的恐慌無助。當然，不可否認的，有以法術濟世者，也有以之欺世詐財者。

　　巫術情境是一種交感現象，對所有參與者而言，捉妖降怪的儀式過程是一場恐怖欣喜兼具的活動體驗！不論是降妖者捕風捉影的聳動舉止，或是山雨欲來的緊張氣氛，或是強烈騷動的情感渴望，都令人振奮激昂，且因為邪惡勢力將被鎮壓，「得救」在即，而使不安的情緒壓力獲得了釋放，心境因洩壓完了而趨於平和。可以想見，在中古時代，捉妖降怪必是一場令群眾期待的奇妙儀式；至於箇中的邪正真偽之辨，則必須與群眾的心理期待並觀；

所謂信者自信，疑者自疑，立場不同，盡可各自表述。

　　降妖驅邪的「執法者」，隨著儒教、道教、佛教的發展與相互競爭也產生了消長變化。魏晉時期，由書生、方士、術士、巫師擔綱；佛教興盛之後，法師也成了制伏妖孽的有力人士，他們與各種妖怪形成勢不兩立的對抗局面，以大義凜然，不容作怪的嚴正姿態肅清妖邪，構成張力十足的典型劇情。

一、人模人樣　　東晉・干寶：《搜神記》卷十八

　　吳時，盧陵郡都亭重屋中，常有鬼魅，宿者輒死。自後使官，莫敢入亭止宿❶。時丹陽人湯應者，大有膽武，使至盧陵，便止亭宿。吏啟不可，應不聽。迸從者還外，唯持一大刀，獨處亭中❷。

　　至三更竟，忽聞有叩閣者❸。應遙問：「是誰？」答云：「部郡相聞。」應使進，致詞而去❹。頃間，復有叩閣者如前，曰：「府君相聞。」應復使進，身著皁衣。去後，應謂是人，了無疑也❺。旋又有叩閣者，云：「部郡、府君相詣。」應乃疑曰：「此夜非時，又部郡、府君，不應同行❻。」知是鬼魅。因持刀迎之。見二人，皆盛衣服，俱進。坐畢，府君者便與應談❼。談未竟，而部郡忽起至應背後。應乃迴顧，以刀逆擊，中之❽。府君下坐走出，應急追，至亭後牆下，及之。斫傷數下，應乃還臥❾。

　　達曙，將人往尋，見有血跡，皆得之。云稱府君者，是一老豨也；部郡者，是一老狸也。自是遂絕❿。

【注釋】

❶ 吳：國號名。孫權建立。自公元 222 至 280 年。　盧陵：郡名。在今江西省境內。
都亭：縣邑行政區內的基層單位，可供行人停留食宿。亭有負責治安的亭吏。都：
舊稱縣邑為都。　重屋：樓屋。重：音ㄔㄨㄥˊ；chóng。層。　輒：音ㄓㄜˊ；
zhé。每，總是。　使官：受命出使的官員。使：派遣，出使。

❷ 丹陽：郡名。在今江蘇、安徽二省境內。　湯應：人名。　大有膽武：很有膽量且
體魄強壯。　啟：陳述，告訴。　迸：音ㄅㄥˋ；bèng。斥退。遣散。　從者：隨
從的人員。　還外：返回亭外。

❸ 三更：一夜分為五更，半夜子時為三更，即夜十一時至凌晨一時。　竟：盡。終。
叩閣者：敲打閣門求見的人。閣：辦公衙署旁的夾室。

❹ 部郡：官名。部郡國從事史的簡稱，部是監察區域，監察郡國行政區域有無非法，
從事可代表刺史監督府君。　相聞：問候您。

❺ 頃間：少時，片刻。　府君：漢晉時對太守的稱呼。　身著皁衣：身上穿著黑色的
官服。皁：音ㄗㄠˋ；zào。黑色。漢代官服為黑色。　謂：認為，以為。　了無
疑也：完全不懷疑。了：音ㄌㄧㄠˇ；liǎo。完全。

❻ 旋：頃刻，不久。　相詣：拜訪你。詣：音ㄧˋ；yì。拜訪。相：表示動作偏指受
事的一方。　非時：不合時宜。時間不對。　不應同行：依迴避制度，部郡與府君
為相互監督之兩方，故不應同行辦公。

❼ 迎之：預先等候著他們。迎：等候。之：代詞。　盛衣服：衣冠穿戴整齊。

❽ 談未竟：談話尚未結束。　迴顧：回頭看。　逆擊：迎向前去攻擊。逆：迎截。
中之：擊中牠。中：音ㄓㄨㄥˋ；zhòng。著，擊中目標。

❾ 下坐：離開坐位。下：降下。去。　走出：跑出去。走：跑。　牆下：牆邊。下：
處所名詞詞尾，泛指該處。　及之：追上牠了。及：追上。之：代詞。指冒充府君
的妖魅。　臥：睡覺。

❿ 達曙：到了天亮。　將人：攜帶人員。將：音ㄐㄧㄤ；jiāng。攜帶。　皆得之：都
找到了牠們。之：代詞。　豨：音ㄒㄧˊ；xí。豬。

翻譯：

　　吳國時，盧陵郡所轄縣邑的亭樓內，常有鬼魅出現，留宿的人總是死。
此後出使此地的官員，沒人敢進亭屋留宿。當時丹陽郡人有個叫湯應的，非
常勇猛有膽。他出差到盧陵，就留在亭屋內要宿夜。亭吏向他報告這裡住不
得，湯應不予理會。遣發隨從人員出去，自己只拿了一口大刀，隻身留在亭
屋裡。

　　三更過後，突然聽到有敲門聲！湯應遠遠的問道：「是誰？」回答說：「部郡來向您致意。」湯應請他進來，對方致詞完後就離開。不久，又聽到跟先前一樣的敲門聲，說：「府君來向您致意。」湯應又請他進來，對方穿著黑色的官服。之後也離去了。湯應認為他們是人，完全沒有起疑心。不久，又有敲門聲了，說：「部郡、府君來拜訪您。」湯應這才起疑，他想著：「這麼晚了，時間不對，而且，部郡監督府君，依法不應同行。」湯應遂知道他們是鬼魅，於是握住大刀候迎。他看見有兩個人，都穿戴整齊，一起進來。坐好之後，自稱府君的先跟湯應說著話，話還沒說完，自稱是部郡的突然起身閃到湯應背後，湯應立刻轉頭查看，同時舉刀迎擊，砍中了他。那個府君見狀立即離座跑出去，湯應緊急追趕，一直追到了亭屋後的牆邊，才追到牠。砍傷幾刀後，湯應這才回亭屋睡覺。

　　天將亮時，領著人員去尋找，發現有血跡，沿著血跡追查，果然找到了這兩個鬼怪。那個自稱是府君的，原來是一頭老豬；那個自稱是部郡的，是一頭老狐狸。從此這個亭沒有妖怪了。

二、套話捉妖計　東晉・干寶：《搜神記》卷十八

　　<u>安陽</u>城南有一亭，夜不可宿，宿輒殺人❶。書生明術數，乃過宿之❷。亭民曰：「此不可宿！前後宿此❸，未有活者。」書生曰：「無苦也。吾自能諧❹。」遂住廂舍❺，乃端坐誦書，良久乃休。

　　夜半後，有一人，著皂單衣，來往戶外，呼「亭主！」，亭主應諾❻，「見亭中有人耶❼？」答曰：「向者有一書生，在此讀書。適休，似未寢❽。」乃喑嗟而去❾。須臾，復有一人，冠赤幘者，呼「亭主！」，問答如前，復喑嗟而去❿。

　　既去，寂然。書生知無來者，即起，詣向者呼處，效呼「亭

主⓫！」。亭主亦應諾。復云：「亭中有人耶？」亭主答如前。乃問曰：「向黑衣來者誰？」曰：「北舍母豬也。」又曰：「冠赤幘來者誰？」曰：「西舍老雄雞父也⓬。」曰：「汝復誰耶？」曰：「我是老蝎也。」於是書生密，便誦書至明，不敢寐⓭。

　　天明，亭民來視，驚曰：「君何得獨活？！」書生曰：「促索劍來！吾與卿取魅⓮。」乃握劍至昨夜應處，果得老蝎，大如琵琶，毒長數尺⓯。西舍得老雄雞父。北舍得老母豬。凡殺三物，亭毒遂靜，永無災橫。

【注釋】

❶　安陽：郡名。在今河南省境內。　亭：設置於縣道的基層行政單位，有供行人停留的公舍。亭設吏卒二人，一人掌開門、關門和掃除事務；另一人掌追捕盜賊事務。　輒：副詞。總是，就。　殺人：人遭殺死。

❷　術數：道術，技能，方法。　過：去。

❸　亭民：亭卒。　前後：表示在一段時間之內，某個事件多次發生。

❹　苦：煩惱。苦於，為某種事物或境況所苦。　自：副詞。用於加強判斷語氣。自然。　諧：處理。安排。解決。

❺　廨舍：音ㄒㄧㄝˋ；xiè。亭舍。客館。

❻　著皂單衣：穿著黑色的長衫。著：音ㄓㄨㄛˊ；zhuó。穿著。皂：音ㄗㄠˋ；zào。黑色。單衣：僅次於朝服的盛服。類似長衫，領、袖、下襬有緣飾。　來往：偏義雙音詞。來。　戶：內室的單扇小門。　呼：叫，喚。　應諾：應答聲。諾：應承之詞。

❼　耶：語氣助詞。用於句末，表示疑問，相當於「嗎」。

❽　向者：剛才。者：助詞。與時間詞結合，構成「者」字短語，表示某一段時間。　適休：剛剛休息。適：副詞。才，剛才。

❾　喑嗟：嘆息。喑：音ㄧㄣ；yīn。忍氣不言。嗟：音ㄐㄧㄝ；jiē。憂嘆。

❿　須臾：片刻。　復：副詞。表示行為動作的反複或繼續。相當於「又」；「再」。冠赤幘：戴著紅色的頭巾。冠：音ㄍㄨㄢˋ；guàn。戴帽。幘：音ㄗㄜˊ；zé。包頭髮的巾帕。武職人員戴赤幘。

⓫　既去：離開後。既：副詞。之後，已經。　起：起牀。　詣：音ㄧˋ；yì。到……去。往。　效：摹仿，效法。

⓬　向：剛才。　舍：客舍。　老雄雞父：老的雄性種雞。父：牝。雄性。

⓭　蝎：蠍子。動物名。一種有八隻腳的節肢動物，尾部末端為帶有毒囊的螫針。整個
　　身體形狀猶如琵琶。　密：靜寂。　寐：音ㄇㄟˋ；mèi 入睡，睡著。

⓮　獨：副詞。表狀態。惟獨。　促：副詞。快。　索劍來：找一把劍來。索：尋求。
　　索取。　卿：第二人稱代詞。相當於「你」或「您」。

⓯　應：音一ㄥˋ；yìng。應答。答問。　琵琶：弦樂器名。細長頸，下為橢圓形音
　　箱。　毒：苦惡有害之物。此指蠍子施放毒液的尾部。　尺：長度單位。一尺約為
　　今二十三公分。　亭毒：此亭的禍患。

翻譯：

　　安陽城南有一座亭，夜晚不可留宿，留宿就會遇害。有書生精通道術，
他前往投宿。亭卒對他說：「此處不可住宿，近來凡是在此留宿的，沒有人
能活著！」書生說：「別擔心！我自然有辦法解決。」於是就在客館住了下
來。他端坐著讀書，許久之後才休息。

　　半夜過後，有一人，穿著黑色領袖有緣飾的長衫，來到房門外，喊「亭
主！」亭主應聲。黑衣人說：「見到亭中有什麼人嗎？」回答說：「剛才有
一位書生在此讀書。剛剛休息，好像還沒入睡。」黑衣人於是嘆著氣離開。
過不久，又有一人，戴著紅色的頭巾，也喊「亭主！」，他們的問答一如先
前，戴紅色頭巾的也嘆著氣離開了。

　　此人離開後，四周一片靜寂。書生知道不會再有來人了，立刻起牀，他
去方才呼喚的地方，模倣著喊「亭主！」亭主也應了聲。書生接著說：「亭
裡面有人嗎？」亭主的回答如前。再問他：「剛才那個穿黑衣的是誰？」回
答說：「是客房北邊的母豬。」又問：「戴紅色頭巾來的那個是誰？」回答
說：「是西邊客房的老公雞。」又問：「你又是誰呢？」回答說：「我是老
蠍子啊。」於是書生安靜不語，一直讀書到天明，都不敢入睡。

　　天明後，亭卒來巡視，吃驚地說：「為何唯獨您可以活下來？！」書生
說：「快去找一把劍來，我要和你一起去抓妖！」書生於是握著劍來到昨天
應答的地方，果然逮到了老蠍子，牠大如琵琶，毒蠍長達數尺。接著在西邊
的客房逮到老公雞，在北邊的客房逮到了老母豬。一共殺掉了三隻妖怪，亭
患從此肅清，永遠沒有災禍了。

三、皮囊收狐妖　　東晉‧干寶：《搜神記》卷三

　　韓友字景先，盧江舒人也。善占卜，亦行京房厭勝之術❶。劉世則女病魅積年，巫為攻禱，伐空冢故城間❷，得狸、鼉數十，病猶不差❸。

　　友筮之，命作布囊，俟女發時，張囊著窗牖間❹。友閉戶作氣，若有所驅❺。須臾間，見囊大脹，如吹，因決敗之。女仍大發❻。

　　友乃更作皮囊二枚，沓張之，施張如前，囊復脹滿❼。因急縛囊口，懸著樹，二十許日，漸消❽。開視，有二斤狐毛。女病遂差。

【注釋】

❶　韓友：人名。晉代術士，善占卜，能圖宅相冢，亦行厭勝法術。《晉書》有傳。盧江：郡名。在今安徽省境內。　舒：縣名。在今安徽省盧江縣。　占卜：預測吉凶。　京房：人名。公元前77至公元前37年在世。西漢的《易經》學者，宣揚自然災異與人間吉凶互相感應說。　厭勝：以某種行動、符咒或物品壓制禍亂或邪靈。厭：音一ㄚ；yā。鎮壓，制服。

❷　劉世則：人名。　病：受困於；受苦於。　魅：鬼怪。　攻禱：進行祈禱法事。攻：從事某事。　伐：征討，砍斫。　間：處所。

❸　狸：動物名。　鼉：音ㄊㄨㄛˊ；tuó。動物名。一名鼉龍，一名豬婆龍，或稱揚子鱷。體長六尺至丈餘，四足，背尾有鱗甲，力猛能襲堤岸，皮可蒙製為鼓。差：音ㄔㄞˋ；chài。病除。

❹　筮：音ㄕˋ；shì。以蓍草為工具，推演出數目，再依數目算出吉凶。　布囊：布做的盛物袋子。　俟：音ㄙˋ；sì 等待。　張：打開，陳設。　牖：音一ㄡˇ；yǒu。窗戶。

❺　作氣：用力振動空氣。　若：好像。　驅：驅逐，排除。

❻　如吹：如吹氣一般。吹：合口出氣。　因：因而。於是。　決敗：裂開破掉。仍：副詞。乃。於是，就。　大發：嚴重地發作。大：表示程度嚴重。發：某種行為現象的啟動。

❼　更：音ㄍㄥˋ；gèng。副詞。再，又。　沓張之：將兩個皮囊重疊會合（使其更強

大）。沓：音ㄊㄚˋ；tà。會合。之：指示代詞。此指皮囊。　施張：設置後予以展開。

❽　急縛：綁緊。急：緊，緊縮。　許：表示約略估計之詞。

翻譯：

　　韓友字景先，廬江郡舒縣人。他擅長占卜吉凶，也能施作京房學派的驅妖法術。劉世則的女兒被鬼魅纏身所苦多年，巫師曾為她施行祈禳法術，到廢棄的空墳和舊城征討妖物，逮獲了幾十隻的狸和鼉龍；但她的病情仍然沒有好轉。

　　韓友為她卜筮後，命人製作布袋，一等女子發作時，就張開布袋裝設在窗戶邊。韓友關閉房門，雙手用力地揮動著空氣，好像在驅趕著什麼，不久，就看到布袋急速地發脹，像是被吹氣一般！接著布袋脹到破了，那女子就更加嚴重地發狂。

　　韓友於是重作了兩枚皮囊，將它們重疊套合，像之前一樣張開裝在窗戶邊，皮囊又鼓脹得飽滿了！韓友於是牢牢綁緊囊口，將它懸掛在樹上。二十多天後，皮囊漸漸地消氣了。打開來檢查，裡面有二斤重的狐毛。女子的病於是痊癒了。

四、徒手搏擊老妖怪　　東晉‧干寶：《搜神記》卷十八

　　南陽西郊有一亭，人不可止，止則有禍❶。邑人宋大賢，以正道自處，嘗宿亭樓，夜坐鼓琴，不設兵仗❷。

　　至夜半時，忽有鬼來，登梯與大賢語，瞋目磋齒，形貌可惡❸。大賢鼓琴如故，鬼乃去❹。

　　於市中取死人頭來，還語大賢曰：「寧可少睡耶❺？」因以死人頭投大賢前❻。大賢曰：「甚佳！吾暮臥無枕，正欲得此❼。」

鬼復去。良久乃還，曰：「寧可共手搏耶❽？」大賢曰：「善
❾。」語未竟，鬼在前，<u>大賢</u>便逆捉其腰❿。鬼但急言：「死
⓫！」<u>大賢</u>遂殺之。

　　明日視之，乃老狐也。自是亭舍更無妖怪⓬。

東晉徒手搏擊（相撲）圖，高句麗壁畫墓，吉林省集安市出土。

【注釋】

❶　南陽：郡名。在今河南省境內。　郊：邑外為郊。古代都城以外百里稱之為郊。也
　　泛指城外，野外。　亭：設置於縣道的基層行政單位，有供旅客停留宿食的公舍。
　　止：留宿，居住。

❷　邑人：京城人。邑：城市。大曰都，小曰邑。　宋大賢：人名。　嘗：曾經。　鼓
　　琴：彈琴。鼓：作動詞解。彈奏。　不設兵仗：沒有設置兵器。仗：劍戟等兵器之
　　總稱。

❸　登梯：上樓梯。　瞋目磋齒：瞪著眼，咬牙切齒。　可惡：令人嫌惡。

❹　如故：如初。和原先的情形一樣。　乃：於是。　去：離開。

❺ 市：市集。古時亦在市集執行死刑。　語：音ㄩˋ；yù。告訴。　寧可：豈能。表示強烈的否定意思。　少睡：稍睡。少：副詞。修飾動詞，表示時間短暫。

❻ 投：擲，扔。

❼ 正：副詞。正巧。剛好。

❽ 共：一起。共同。　手搏：徒手搏擊。東晉定名為相撲。意謂互相撲抱纏鬥。相撲以快捷勝力量，須手腳急快，遲慢不得。

❾ 善：好。同意的肯定詞。

❿ 語未竟：話沒說完。竟：結束。終了。　逆捉：向前捉住。逆：迎向前。

⓫ 但：連詞。猶言「只是」。　急言：著急地說。　死：停止。住手。

⓬ 乃：原來是。　自是：從此。　更無：再也沒有。更：副詞。再。

翻譯：

　　南陽郡西郊有一個亭，行人不可在此留宿，留宿就會遇難。縣城人宋大賢，向來以正道立身處世。他曾經到亭樓住宿，夜裡安坐彈琴，沒有備置兵器。

　　到了半夜時，突然有個鬼出現，他登梯上樓來和宋大賢說話，猙獰著雙眼，咬牙切齒，面貌醜惡。但宋大賢照常彈琴，鬼便離開了。

　　鬼到市集拿來了一顆死人頭，回來對宋大賢說：「能跟死人頭稍微睡個覺嗎？」於是就把死人頭丟到宋大賢面前。宋大賢說：「太好了！我晚上睡覺正缺枕頭，想要的就是這個！」鬼再度離開。很久之後他才回來，說：「敢跟我徒手搏擊嗎？！」宋大賢說：「好啊！」話未說完，鬼在他面前，宋大賢便迎上去抱住他的腰。鬼只是急著說：「住手！」宋大賢隨即殺了牠。

　　明天去查看究竟，原來是一隻老狐。從此亭舍再也沒出現過妖怪了。

五、老爸不是人　　東晉・干寶：《搜神記》卷十八

　　晉時，吳興一人有二男，田中作時，嘗見父來罵詈，趕打之❶。兒以告母。母問其父，父大驚，知是鬼魅。便令兒研之。鬼便

寂，不復往❷。

　　父憂，恐兒為鬼所困，便自往看。兒謂是鬼，便殺而埋之。鬼便遂歸，作其父形，且語其家❸：「二兒已殺妖矣。」兒暮歸，共相慶賀，積年不覺❹。

　　後有一法師過其家，語二兒云：「君尊侯有大邪氣。」兒以白父，父大怒。兒出，以語師，令速去❺。師遂作聲入，父即成大老狸，入牀下，遂擒殺之。向所殺者，乃真父也。改殯治服。一兒遂自殺，一兒忿懊，亦死❻。

【注釋】

❶　晉：朝代名。司馬炎建立，自公元 265 至 316 年為西晉；自公元 316 至 420 年為東晉。　吳興：郡名。在今浙江省境內。　作：勞動。幹活。　詈：音ㄌㄧˋ；lì。罵，責備。　趕：驅逐。

❷　斫：音ㄓㄨㄛˊ；zhuó。劈，用刀斧砍。　寂：安靜。　不復：不。復為音節助詞。

❸　作其父形：變成他父親的形狀。作：做成。　語：音ㄩˋ；yù。告訴。

❹　積年：多年。　不覺：沒有發覺。覺：音ㄐㄩㄝˊ；jué。發現。

❺　尊侯：對別人父親的敬稱。　兒以白父。兒子把話稟告父親。以：介詞，把。以之後省略了「其言」。白：稟告，陳述。　以語師：把情形告訴法師。以：介詞，把。　令：請。

❻　向：舊時，往者。原先。　乃：是。原來是。　改殯治服：重新埋葬並穿戴孝服服喪。　忿懊：憤恨不平，悔恨。

翻譯：

　　晉朝時，吳興郡某人有兩個兒子，這兩個兒子在田裡耕作時，見到父親前來屬聲責罵，還追著他們打。兒子回家後把這事情告訴母親，母親就去詢問父親，父親非常吃驚，知道是鬼魅在作怪，他就命令兒子，那是鬼，再出現就砍他。於是鬼銷聲匿跡，不去田裡鬧了。

　　父親憂心，害怕兒子們又被鬼騷擾，就親自到田裡查看。兒子看到父親以為是鬼，就砍死他且就地埋葬。鬼於是扮作他父親的模樣回他家去，且對

他家的人說：「兩個兒子已經把妖怪給殺了。」兒子們黃昏時回來，一家人互相慶賀，多年來都沒有發現真相……

　　後來有個法師經過他們家，告訴兩個兒子說：「令尊有很嚴重的邪氣。」兒子把話告訴父親，父親大發雷霆。兒子出去告訴法師他們父親大怒，請法師趕快離開！法師聞言便作聲進入他們家，那個父親立即變成一隻老狸，躲到牀底下，法師隨即擒拿老狸且殺了牠。從前他們所殺的，原來是真正的父親。兒子們於是將父親改葬並且戴孝服喪。一個兒子為此自殺，另一個兒子懊悔痛心，後來也死了。

六、白蛇黑幫　南朝　宋・劉敬叔：《異苑》卷八

　　後漢時，姑蘇忽有男子衣白衣，冠白冠，形神修勵，從者六、七人，遍擾居民❶。欲掩害之❷，即有風雨，郡兵不能掩。

　　術士趙晃聞之，往白郡守曰❸：「此妖也，欲見之乎❹？」乃淨水焚香，長嘯一聲，大風疾至❺。聞室中數十人響應，晃擲手中符如風，頃若有人持物來者❻。晃曰：「何敢幻惑如此！」隨復旋風擁去❼。

　　晃謂守曰：「可視之❽。」使者出門，人已報云：「去此百步，有大白蛇長三丈，斷首路旁。其六、七從者，皆身首異處，亦黿鼉之屬❾。」

【注釋】

❶　後漢：王朝名。劉秀建立。自公元 25 至 220 年。　姑蘇：城名。在今江蘇省蘇州市。　衣白衣：穿著白色的衣服，第一個衣，音一ヽ；yì。作動詞用，穿著。第二個衣，音一；yī。衣服。　冠白冠：戴著白色的帽子。第一個冠：音ㄍㄨㄢヽ；guàn。作動詞用，戴帽。第二個冠，音ㄍㄨㄢ；guān。作名詞用。帽子的總稱。修勵：修長挺拔。勵：昂揚奮發。

❷ 掩：乘其不備而偷襲之。

❸ 術士：熟習巫祝占卜之術的道士。　趙晃：人名。　白：稟告，陳述。　郡守：官名。一郡之行政首長，即太守。

❹ 見之：使他顯現出來。見：音ㄒㄧㄢˋ；xiàn。顯露。之：指示代詞。指該妖物。

❺ 淨水：灑水以求潔淨。作法之前的準備動作，使濁去清來，凶穢消散。　焚香：在香爐中焚燒香木。道士冥想煙圈為雲，乘雲以騰達天庭。此為發爐階段。　大風疾至：一陣大風急速吹來。疾：急速。

❻ 室：作法的淨室。　數十人響應：數十人的應答聲。此為出官階段的表現。道士以冥想召出身內的分身作為功曹，以行使符上的命令。　擲：投，拋。　符：道士用以調遣神兵、驅鬼降妖治病等的文書。　頃：少時，片刻。　持物：執持鬼物。

❼ 隨復：立刻。隨即。復為音節助詞。　擁去：聚集而去。此為納官階段，道士所召喚出的分身又回到道士真身。

❽ 可：祈請。　視：看，審查。　之：第三人稱代詞。代指妖物。

❾ 去：距離。　步：度量名。六尺為步。約今 130 公分。　丈：度量名。十尺為丈。約今 220 公分。　黿鼉之屬：黿和鱷魚一類的動物。　黿：音ㄩㄢˊ；yuán。大鱉。背青黃色。頭有疙瘩，俗稱癩頭黿。鼉：音ㄊㄨㄛˊ；tuó。一名鼉龍，又名豬婆龍，或揚子鱷。體長六尺至丈餘，四足，背尾鱗甲。力猛能壞堤岸。今稱中華短吻鱷，為中國保育類動物。

翻譯：

　　後漢時，姑蘇城突然出現了一名男子，穿白衣，戴白冠，體態修長挺拔，隨從有六、七個人之多，他們到處騷擾居民。每當官府要突襲他們，立即就有風雨，使得郡兵無法突襲。

　　術士趙晃聽說了這事，前往稟報太守說：「這是妖怪，大人想讓他們現出原形嗎？」趙晃於是以水潔淨四周，焚燒香爐，他長嘯一聲！一陣大風迅速抵達，聽到室內有幾十個人在應答；趙晃將手中的符扔出，那道符快如風，不久，彷彿有人持著鬼物前來。趙晃說：「竟敢如此變形惑眾！」那些人隨即如旋風般席捲而去。

　　趙晃對太守說：「祈請檢視妖怪。」使者才出門，就有人員前來報告說：「距離此地百步，有一條巨大的白蛇長達三丈，蛇頭斷了，倒臥在路旁。牠那六、七個隨從，全都身首異處，也是黿或鱷魚之類的妖物。」

七、假鬼假怪　　東晉・干寶：《搜神記》卷二

　　壽光侯者，漢章帝時人也❶。能劾百鬼眾魅，令自縛見形❷。其鄉人有婦為魅所病，侯為劾之，得大蛇數丈❸，死於門外；婦因以安。又有大樹，樹有精，人止其下者死❹，鳥過之亦墜。侯劾之，樹盛夏枯落，有大蛇長七、八丈，懸死樹間。

　　章帝聞之，徵問，對曰：「有之❺。」帝曰：「殿下有怪，夜半後，常有數人，絳衣披髮，持火相隨。豈能劾之❻？」侯曰：「此小怪，易消耳❼。」帝偽使三人為之。侯乃設法，三人登時仆地無氣❽。帝驚曰：「非魅也！朕相試耳。」即使解之❾。

【注釋】

❶ 壽光侯：人名。東漢時之方士。　漢章帝：東漢皇帝劉炟。公元 58 至 88 年在世，公元 76 至 88 年在位。《後漢書》有傳。

❷ 劾：音ㄏㄜˊ；hé。揭發，審判有罪者。　魅：鬼怪。　自縛：自綁，有請罪之義。　見形：顯露形體。見：音ㄒㄧㄢˋ；xiàn。顯露。

❸ 病：困，苦。　丈：度名。十尺為丈，相當於今 220 公分。

❹ 精：神靈，鬼怪。　止：停止，停息。

❺ 徵：徵召。　之：代詞。此，這。指這件事。

❻ 殿下：宮殿。下：處所名詞詞尾。非指方位。　絳衣：大紅色的衣服。漢代官員之禮服為大紅色。　披髮：頭髮披散者。　相隨：一個跟著一個。　豈：副詞。表推測，相當於「可否」。

❼ 耳：助詞。表肯定語氣。

❽ 乃：於是。　設法：施作法術。　登時：立即。　仆地：向前傾跌倒地。

❾ 朕：音ㄓㄣˋ；zhèn。古時自稱為朕，無貴賤之分。自秦始皇起專用為帝王的自稱。　解：排除，消除，免去。此指解除施加的法力。

翻譯：

　　壽光侯是漢章帝時候的人。他能糾劾百鬼，降伏各種妖怪，使妖怪們自我請罪地現出原形。他有位同鄉的妻子苦於鬼怪所糾纏，壽光侯為她劾魅，

降伏一條數十尺長的大蛇，大蛇就死在門外；那位婦人從此平安。又有一棵大樹，樹有精怪，人要是在樹下停留就會喪命，甚至連鳥兒飛過也會墜地。壽光侯為這棵樹劾魅，大樹竟在盛夏時枯萎落葉，有一條長達七、八十尺的大蛇，懸掛在樹枝間死去了。

漢章帝聽說了這些事，徵召壽光侯前來詢問，壽光侯回答說：「是有這些事。」章帝說：「宮殿裡有妖怪，半夜之後，經常有幾個人，穿著深紅色的衣服，披頭散髮，他們拿著火炬，一個跟著一個⋯⋯你能否降伏他們？」壽光侯說：「這些是小妖怪，容易解決掉。」皇帝遣三個人假扮成鬼怪。壽光侯於是施作法術，那三個人立刻仆倒在地，沒有呼吸。皇帝吃驚地說：「他們不是鬼怪！是朕想試探你的法術罷了。」立刻叫壽光侯解除對他們所施加的法術。

八、新娘中邪了　　南朝　宋·劉義慶：《幽明錄》卷五

宋高祖永初中，張春為武昌太守❶，時有人嫁女，未及升車，忽便失性❷。出外毆擊人乘，云己不樂嫁俗人❸。巫云是邪魅，乃將女至江際，擊鼓，以術祝治療❹。

春以為欺惑百姓，刻期須得妖魅❺。後有一青蛇來到巫所❺，即以大釘釘頭。至日中，復見大龜從江來，伏前。更以赤朱書背作符，更遣去入江❻。至暮，有大白鼉從江中出，乍沉乍浮，向龜隨後催逼❼。鼉自分死，冒未先入幔與女辭決❽。女慟哭，云失其姻好。自此漸差❾。

或問巫曰：「魅者歸于何物❿？」巫云：「蛇是傳通，龜是媒人，鼉是其對。所獲三物，悉是魅⓫。」春始知靈驗。

【注釋】

❶ 宋高祖：南朝宋武帝劉裕，公元 420 至 479 年在世。　永初：南朝宋武帝劉裕之年
　　號。自公元 420 至 422 年。　張春：人名。　武昌：郡名。在今湖北省境內。　太
　　守：官名。管理一郡政事之首長。

❷ 及：當……時候，到了……時候。　升車：上車，登車。指登上禮車。　失性：精
　　神錯亂。通「失心」。

❸ 出外：離開室內到外面。　乘：音ㄕㄥˋ；shèng。車輛。　不樂：不欲。不願
　　意。　俗人：凡人。

❹ 將：帶。　江際：江邊。際：邊際。　術祝：祭祀鬼神以求降福去禍之法術。

❺ 刻期：限定時間。　所：處所，地方。

❻ 伏：身體前傾，面向下。　赤朱：紅色，此指紅色的顏料或墨水。　書背：在背上
　　寫字。　符：道士用以驅鬼治病等的神祕文書。　更：音ㄍㄥˋ；gèng。副詞。
　　再。　遣去：驅逐使離開。

❼ 鼉：音ㄊㄨㄛˊ；túo。一名鼉龍，又名豬婆龍，揚子鱷。體長六尺至丈餘，四
　　足，背尾鱗甲。　乍沉乍浮：忽沉忽浮。乍：忽然。　向：剛才，原先。

❽ 自分：自我推測，料想。　冒未：即「冒昧」。魯莽，輕率。未：音ㄇㄟˋ；
　　mèi，通「昧」。　幔：帳幕。古時婚禮以青布與柳枝圍成幔屋，謂之青廬，設於
　　門內外，在此舉行交拜禮，迎娶新婦，宴請親友。夫家領人，挾車俱呼：「新婦
　　子，催出來！」直到新婦登車為止。

❾ 姻好：好夫家，佳婿。姻：女子之婿家。　差：音ㄔㄞˋ；chài。病除。

❿ 歸：歸屬。　何物：何種鬼物。

⓫ 傳通：轉達消息，傳遞消息。　對：配偶，對象。　悉：全，都。

翻譯：

　　宋高祖永初年間，張春擔任武昌郡太守，當時有戶人家要嫁女兒，新娘
未上車之前，忽然精神錯亂，她跑出去攻擊迎娶的人員和車輛，說自己不願
嫁給凡夫！巫師說她這是中了妖邪，就將女子帶到江邊，敲擊著鼓，要用法
術來治療她。

　　張春認為巫師是在欺騙百姓，限定他必須如期抓到妖魅。後來有一條青
蛇爬到巫師所在處，巫師立即用大釘子釘住牠的頭。到了中午，又見到一隻
大龜從江中游過來，伏在巫師面前，巫師又用朱墨在龜背上畫符，再趕牠進
江裡。到了天黑，有一隻白色大鱷魚從江中冒出，載浮載沉，先前那隻大龜

則緊隨在後催逼著牠。鱷魚料定自己此行必死，莽撞地衝進帷帳中和女子訣別。女子傷心大哭，說她失去好郎君了！但此後她的神智逐漸好轉。

　　有人問巫師說：「這些妖魅算是什麼鬼物？」巫師說：「蛇是傳話的信差，龜是媒人，鱷魚是她的配偶。所抓到的三個鬼物，通通都是妖魅。」張春這才知道法術的靈驗。

九、炫學的老狐　　東晉・干寶：《搜神記》卷十八

　　張華字茂先，晉惠帝時為司空❶。於時燕昭王墓前有一斑狐，積年能為變幻。乃變作一書生，欲詣張公❷。過問墓前華表曰❸：「以我才貌，可得見張司空否？」華表曰：「子之妙解，無為不可，但張公智度，恐難籠絡，出必遇辱，殆不得返❹。非但喪子千歲之質，亦當深誤老表❺！」狐不從，乃持刺謁華❻。

　　華見其總角風流，潔白如玉，舉動容止，顧盼生姿，雅重之❼。於是論及文章，辨校聲實，華未嘗聞❽。比復商略三史，探賾百家，談《老》、《莊》之奧區，披〈風〉、〈雅〉之絕旨❾，包十聖，貫三才，箴八儒，擿五禮，華無不應聲屈滯❿。乃歎曰：「天下豈有此年少！？若非鬼魅，則是狐狸！」

　　乃掃榻延留，留人防護⓫。此生乃曰：「明公當尊賢容眾，嘉善而矜不能，奈何憎人學問！墨子兼愛，豈若是耶⓬？」言卒，便求退，華已使人防門，不得出⓭。既而又謂華曰：「公門置甲兵欄騎，當是致疑於僕也⓮。將恐天下之人，捲舌而不言；智謀之士，望門而不進。深為明公惜之⓯。」華不應，而使人防禦甚嚴⓰。

　　時豐城令雷煥，字孔章，博物士也，來訪華⓱。華以書生白之⓲，孔章曰：「若疑之，何不呼獵犬試之⓳？」乃命犬以試，竟無

憚色。狐曰：「我天生才智，反以為妖，以犬試我，遮莫千試萬慮，其能為患乎❷⓿？」華聞益怒，曰：「此必真妖也！聞魑魅忌狗，所別者數百年物耳❷❶；千年老精，不能復別。惟得千年枯木照之，則形立見❷❷！」孔章曰：「千年神木，何由可得？」華曰：「世傳燕昭王墓前華表木，已經千年。」乃遣人伐華表。

使人欲至木所❷❸，忽空中有一青衣小兒來，問使曰：「君何來也？」使曰：「張司空有一年少來謁，多才巧辯，疑是妖魅。使我取華表照之。」青衣曰：「老狐不智，不聽我言，今日禍已及我，其可逃乎？」乃發聲而泣，倏然不見。使乃伐其木，血流，便將木歸❷❹。燃之以照書生，乃一斑狐。華曰：「此二物不值我，千年不可復得！」乃烹之❷❺。

【注釋】

❶ 張華：人名。晉代人，公元232至300年在世。博學多聞，強記默識，官至司空，著有《博物志》，《晉書》有傳。　晉惠帝：司馬衷，於公元259至306年在世。《晉書》有傳。　司空：官名。魏晉時為三公之一。司空原掌土木水利建設，魏晉時為文官公，開府置曹掾，為重臣加官。

❷ 燕昭王：公元前？至前279年。戰國時燕王，名平。　斑狐：色彩交錯，有斑紋的狐。　積年：多年。　詣：音一ˋ；yì。拜訪。

❸ 過問：前往詢問。　華表：古代立於宮殿、城垣或陵墓前的巨形柱子，有路標作用。

❹ 子：對話時尊稱對方，相當於第二人稱代詞「您」。　妙解：敏慧精深的領悟力。智度：聰明才智。　籠絡：控制，駕馭。籠與絡皆為羈絆牲畜的工具，故引申為掌控之意。　殆：大概。

❺ 非但：不僅，不止。　喪：失去。　千歲之質：千年修鍊而成的資質。　老表：華表自稱。老為前綴，用於名詞前，使單音詞變成雙音詞。

❻ 持刺：手持著名片。刺：名片。古代交游之時先行投遞的一種書寫來客姓名、字號、爵里及拜問之辭等內容的禮儀用品，類似於今日之「名片」。木質的刺在晉墓中已獲出土，是窄長條的木簡形狀，寬約三公分，長約二十公分左右，上端所刺文字為「弟子」加姓名及「再拜」，中間寫「問起居」，下端寫「字某某」，前或加籍貫。　謁：音一せˋ；yè。拜訪。

❼ 總角：年少。古代男女未成年前束髮為兩結，形狀如角，故稱「總角」。　風流：英俊，傑出。　雅重之：極為看重他。雅：極，甚。之：指示代名詞。此指書生。

❽ 辨校：分辨考核。　聲實：名實，概念與內涵。

❾ 比復：續復。繼續又。　商略：商討。　三史：魏、晉、六朝以《史記》、《漢書》、《東觀漢記》為三史。　探賾：深入研究。賾：音ㄗㄜˊ；zé。精微，深奧。　百家：指先秦諸子，舉成數而言。　老、莊：以《老子》、《莊子》為代表的道家學說。　奧區：深義。　風、雅：指《詩經》中的〈國風〉和〈大雅〉、〈小雅〉。　絕旨：獨特的主旨。極為高明的旨意。

❿ 包：統攬，統攝。　十聖：十個聖賢。所指不詳。可能指孔門十哲，或是十家之聖。前者是顏淵、閔子騫、冉伯牛、仲弓、宰我、子貢、冉有、子路、子游、子夏。後者為儒、道、墨、陰陽、法、名、農、兵、雜及小說等十家。　貫：通達。貫通熟習。　三才：天、地、人。　箴：規誡，舉其過而正之。　八儒：相傳孔子死後，儒家分為八派，即子張、子思、顏氏、孟氏、漆雕氏、仲良氏、孫氏、樂正氏。　摘：音ㄊ一ˋ；tì。挑剔，舉出細微的過失。　五禮：古代以祭祀的事為吉禮，冠、婚的事為嘉禮，賓客的事為賓禮，軍旅的事為軍禮，喪葬的事為凶禮。合稱為五禮。　應聲屈滯：立即屈服，無言可對。

⑪　掃榻：拂去牀榻上的塵土。表示歡迎賓客。　　延留：招納，接待，使賓客留住。

⑫　明公：對權貴長官的尊稱。　　嘉善：贊揚別人的長處和優點。　　矜不能：憐憫能力不足者。　　墨子：即墨翟。公元前 478？至公元前 392？年在世。春秋、戰國之際的思想家，墨家學派的創始者。　　兼愛：戰國時墨翟提倡「兼相愛，交相利」，主張愛無差等，不分厚薄親疏。　　若是：如此，像這樣。是：指示代詞。此，這。指張華嫉才的舉動。　　耶：語氣助詞，用於句末，表疑問，相當於「嗎」。

⑬　言卒：說完話。卒，終。盡。　　防門：在門口設下防備，管制出入。

⑭　欄騎：器具名。或作蘭錡。音ㄌㄢˊ　ㄧˇ；lán yǐ。漢代兵器架的總稱。蘭是放刀、劍、戈、戟、矛、盾牌、盔甲等兵器的架子；錡是放弓弩、箭的架子，由於弓、弩必須橫放以防變形，所以錡是水平式排列的架子。　　致疑：表示懷疑。致：發出。　　僕：自身謙稱。在下。我。

⑮　捲舌而不言：收起舌頭，噤口不語。　　深：表示程度深。甚，很。　　惜之：惋惜此事。哀傷此事。之：指示代詞。指嫉才。

⑯　應：回答。　　嚴：嚴密。

⑰　豐城：縣名。在今江西省境內。　　令：官名。秦漢時縣官轄區萬戶以上的叫令，萬戶以下的叫長。　　雷煥：人名。晉代人。通曉緯象、天文，曾在豐城縣之獄屋地底下，掘得龍泉與太阿寶劍一雙。事繫《晉書·張華傳》。　　博物：博識多知。

⑱　以：介詞。把，拿。　　白之：告訴他，向他陳述。之：指示代詞。此指雷煥。

⑲　試：試探。

⑳　遮莫：任憑，儘管。　　其：語氣詞。用於句中，表示反詰。相當於「哪裡」。　　為患：憂慮，害怕。

㉑　魑魅：音ㄔ　ㄇㄟˋ；chī mèi。怪物，精怪。　　忌：畏懼。　　別：區別，辨別。　　耳：助詞。猶「罷了」。「而已」合音。

㉒　復：副詞。無實義，在句中只起強調作用。　　惟：副詞。惟獨，只有。　　照：察看。　　見：ㄒㄧㄢˋ；xiàn。「現」的本字。顯露，出現。

㉓　使人：奉命前往的人。　　欲：將要，要。　　木所：木柱（華表）所在地。

㉔　倏然：光動貌。疾速，指極短的時間。一轉眼。倏：音ㄕㄨ；shū。　　將：攜帶。

㉕　值：遇到，碰上。　　復得：得到。復：副詞。無實義。在句中只起強調作用。　　烹：以火烹煮；殺。

翻譯：

　　張華字茂先，晉惠帝時擔任司空。當時燕昭王墓前有一隻斑狐，積聚多年的修練，能幻化變形。於是牠變作一名書生，打算去拜訪張華。他去徵詢墓前的華表，說：「以我的才貌，能否拜見張司空？」華表說：「憑藉您精

熟高深的學識，當然沒有什麼不可；但張公的聰明才智，恐怕您罩不住，出訪必會受辱，大概也回不來了。不僅喪失您千年修鍊而成的資質，也可能會嚴重危害到老表我！」斑狐不聽他的勸說，就拿著名刺去晉見張華了。

張華看他年輕英俊，膚色潔白如玉，舉手投足，風度翩翩，非常地賞識他。他們討論文章學，辨正文學的概念與內涵，書生所提出的見解都是張華前所未聞的觀點。接著又評議《史記》、《漢書》、《東觀漢記》的優劣，究明百家學說的思想，闡述老莊學派的奧義，詮釋《詩經》的微妙要旨，綜合論述十聖的事蹟，剖析天地人之間的道理，針砭八家儒學派別的闕誤，耙梳五種典禮的瑕疵……凡此種種學識，張華無不聞言而立即折服。張華由是感歎著說：「普天之下怎麼可能有如此傑出的青年？此人若非鬼魅，那麼就是狐狸！！」

於是清掃房舍，整理牀榻，邀請書生留下來住；同時又派人員駐守。這名書生說：「賢明的大人您應當要有尊賢容人的雅量，讚賞別人的優點，也同情那些能力不足的人。奈何您竟嫉恨別人的學問！墨子兼愛之道，難道是這樣的作法？」說完，便請求告退，但張華已派人在門口防守，書生因而無法出去。之後書生又告訴張華說：「您在門口設置了武裝士兵和兵器架，大概是對我產生了懷疑。我擔心天下之人，從此將噤口不言；智謀之士，也會望門興嘆，不敢舉足而入！深深為您感到遺憾啊！」張華不回應他，但下令人員展開更嚴密的防禦。

當時豐城縣令雷煥，字孔章，是一個博學多識的學者，他來拜訪張華。張華把書生的事情告訴他，孔章說：「如果懷疑他，為什麼不叫獵犬來試探？」於是命人牽獵犬來測試；書生始終沒有露出恐懼的神情。狐說：「我天生才智過人，反而被當作是妖怪，如今還用獵犬來偵測我？！儘管費盡心思，千試萬試吧，我怎麼可能會被困住？！」張華聽了越發生氣，他說：「這隻必定是真妖無疑。聽說精怪忌憚狗，但狗所能辨認的不過是數百年資歷的物怪而已；若是千年老妖精，那麼狗就無法辨識了。唯有找到千年的枯木燃燒來照視它，它的原形才會立刻顯現！」孔章曰：「千年神木，要如何取得呢？」張華說：「世間傳說燕昭王墓的墳前有一根華表木柱，它已經有

千年之久了。」於是遣人前去砍伐華表。

　　奉命砍伐華表的使者快到木柱所在時，空中忽然出現了一個穿著青色衣服的小童，他問使者說：「您來做什麼？」使者說：「有一位青年前去拜訪張司空，他才華洋溢，能言善道，被張司空懷疑是妖魅，所以派遣我來此取回華表以便檢測他。」青衣小童說：「老狐不智，不聽我的話，如今災禍已經連累到我了，我還能逃得掉嗎？」說著就出聲哭泣，瞬間，小童消失不見了。使者便動手砍伐那神木，血從木中流出……砍斷之後，使者便攜帶華表木柱回去給張華。張華放火燃燒木柱，烈焰照視下，原來書生是一隻斑紋狐。張華說：「這兩個物怪若不是給我遇上了，千年也無法逮得到。」於是將斑狐烹殺了。

十、沒戲唱的鼠妖　　南朝 宋‧劉義慶：《幽明錄》卷五

　　清河郡太守至，前後輒死❶。新太守到，如廁，有人長三尺，冠幘、皂服❷，云：「府君某日死❸。」太守不應，心甚不樂，催使吏為作凶具，外頗怪❹。

　　其日日中，如廁，復見前所見人，言：「府君今日日中當死❺！」三言，亦不應。乃言：「府君當道而不道，鼠為死。」乃頓仆地，大如豚❻。郡內遂安。

【注釋】

❶　清河：郡名。在今河北省境內。　太守：官名。管理一郡政務之首長。　前後：在某段時間之內先後多次發生。　輒：則。

❷　如廁：上廁所。如：往、到。　尺：長度單位，十寸為尺。約為今之 22 公分。冠幘：戴著平巾幘；一種扁圓形小帽。冠：音ㄍㄨㄢˋ；guàn。作動詞用，戴帽。皂服：黑色的衣服。當時低階官吏的制服為皂衣黑綬。

❸　府君：漢魏時太守自辟僚屬如公府，因尊稱太守為府君。

四川博物院，東漢迎謁、前驅畫像磚拓印，公府僚屬拜謁長官，長官坐車未來之前，前導持門旌先至。成都新都區出土。

❹　應：音一ㄥˋ；yìng。回答。　催：促使。　使吏：使喚的下級差吏。　凶具：棺材。　外：衙役。　怪：怪笑。

❺　當：會，必定。

❻　當道：應該要說。　為：則。連詞。前句是條件，後句是結果。　頓：即時，立刻。　仆地：向前跌倒在地。　豚：小豬。

翻譯：

　　清河郡太守抵達當地就職時，先後有多人上任就身亡。新任的太守又到了。他去上廁所，有個人身高三尺，頭戴平巾幘，穿著黑衣，說：「府君某天會死掉！」太守不予理會，但心情非常不好，他催差吏趕緊為他準備棺材。衙役甚為不解。

　　當天中午，他去上廁所，又見到先前所遇到的那個黑衣人，對他說：「府君今天中午會死掉！」這樣連續說了三次，太守都不回話。那人於是說：「府君該說卻不說，如此老鼠會死掉。」頓時就仆倒在地！是一隻大如小豬的老鼠。一郡之內從此平安無事。

十一、人鼠鬥法逆轉勝　　南朝 宋‧劉義慶：《幽明錄》卷三

　　吳 北寺 終祚道人臥齋中，鼠從坎出，言終祚後數日當死❶。終祚呼奴，令買犬❷。鼠云：「亦不畏此也。但令犬入此戶，必死！」須臾，犬至，果然❸。

　　終祚乃下聲語其奴曰❹：「明市雇十擔水來❺。」鼠已逆知之❻，云：「止！欲水澆取我？我穴周流，無所不至❼！」竟日澆灌，了無所獲❽。密令奴更借三十餘人❾。鼠云：「吾上屋居，奈我何？」至時，處在屋上❿。

　　奴名周，鼠云：「阿周盜二十萬錢叛！」後試開庫⓫，實如所言也。奴亦叛去。

　　終祚當為商賈⓬，閉其戶而謂鼠曰：「汝正欲使我富耳。今有遠行，勤守我房中，勿令有所零失也⓭。」時桓玄在南州禁殺牛，甚急。終祚載數船錢，竊買牛皮還東⓮。貨之⓯，得二十萬。還，室猶閉，一無所失，怪亦絕。遂大富。

【注釋】

❶　吳：指吳郡，在今江蘇省境內。　　北寺：蘇州報恩寺，因位於城北，故名北寺。有吳中第一古剎之稱。　　終祚：人名。　　道人：六朝時對僧人的稱呼。　　臥：休息，寢息。　　齋：房舍。六朝時指臥房。　　坎：地洞。　　當：會，必定。

❷　呼：召使來。　　犬：古代用犬來捕捉老鼠，六朝時，民間尚未豢養貓以為捕鼠之用。

❸　亦：助詞。用於句首或句中，無義。　　但：連詞。表示一種條件。只要。　　戶：室內的小門。　　須臾：不久。

❹　下聲：低聲。　　語：音ㄩˋ；yù。告訴。

❺　雇：傭貨。出錢招人服勞務。　　擔：音ㄉㄢˋ；dàn。量詞。一挑物品為一擔。

❻　逆知：預先料知。　　逆：預料，推測。

❼　止：停住。　　澆：灌。　　周流：周轉循環，遍行各地。

❽　了無：完全沒有。

❾　密：秘密，暗中。　更：音ㄍㄥˋ；gèng。再，又。

❿　上：升，登。　居：居住。　處：居留。隱遁。

⓫　叛：逃走。　試：偵察，試驗。

⓬　當為：將要做，將要從事。　商賈：買賣生意。賈：音ㄍㄨˇ；gǔ。居貨待售者。

⓭　正：副詞。確認事實，加強肯定語氣。　耳：助詞。表肯定語氣。　勤：認真。
　　零失：短缺，短少。

⓮　桓玄：晉人。公元 369 年至 404 年在世。桓溫之子，官至江州刺史，軍權在握，後
　　舉兵反，兵敗被殺。《晉書》有傳。　南州：東晉時稱江蘇姑孰為南州。　急：嚴
　　峻，緊嚴。桓玄時，牛大疫，禁殺牛，以防民眾食疫死牛致命。　竊：暗暗地。
　　還東：往東返回吳郡。

⓯　貨：賣出。

翻譯：

　　在吳郡的北寺有個僧人叫終祚，一日，在臥房裡睡覺時，有隻老鼠從地
洞裡出來，說終祚過幾天會死。終祚喊奴僕來，命他去買隻狗回來捉老鼠。
老鼠放話：「我也不怕這個啦！只要狗一踏進這扇房門，必定沒命！」不
久，狗來了，果然沒命。

　　終祚於是又小聲地對奴僕說：「明天到市場去買十擔水回來。」老鼠已
經預先料到了，牠又放話：「別亂來！想用灌水這招抓我？哈！我的地洞四
通八達，我愛去哪就去哪，沒有到不了的地方！」灌水灌了一整天，完全抓
不到老鼠。終祚又暗中叫奴僕去借調三十多個人來。老鼠說：「我爬到房屋
上頭去住，看你拿我怎麼辦？」到時，老鼠果然隱遁在屋上。

　　奴僕名叫周，老鼠跟終祚說：「阿周偷了二十萬錢跑了。」終祚打開金
庫來查證，確實如老鼠所說的，而奴僕也已經逃跑了。

　　終祚想要做貨物供應商，他關起房門來對老鼠說：「你就是想要使我富
有啦！現在我要遠行，你認真看守我的房子，不要讓東西有所短失！」當時
桓玄在南州禁止殺牛，禁令非常嚴。終祚載著幾船的錢，偷偷買了牛皮返回
吳郡，再把牛皮賣出去，賺了二十萬。回到家，屋子仍然門窗緊閉，完全沒
有物品遺失，而鼠怪也不見了。從此他就非常富有了。

十二、面無七孔的黑衣人　　南朝 宋·郭季產：《集異記》

　　宋中山劉玄，居越城❶。日暮，忽見一人著烏袴褶來❷。取火照之，面首無七孔，面莽曭然❸。乃請師筮之❹。師曰：「此是君家先世物，久則為魅，殺人；及其未有眼目，可早除之❺！」

　　劉因執縛，刀斫數下❻，乃變為一枕，此乃是其祖時枕也。

【注釋】

❶ 宋：朝代名。南朝之一。劉裕建立。自公元 420 至 479 年。中山：郡名。在今河北省境內。　劉玄：人名。　越城：城名。在今浙江省紹興市。

❷ 袴褶：音ㄎㄨˋ　ㄒ一ˊ；kù xí。服裝名。袴：脛衣，套褲。褶：短襖。長度在大腿中，膝蓋上的短外套。腰繫革帶。上服褶而下縛袴，方便於騎乘之服裝，多為軍服或行旅之服。

❸ 取火：拿火炬。　面首：面貌。　莽曭：渾然一片。曭：音ㄊㄤˇ；tăng。不明。

❹ 師：有專門知識技藝的人。此指能卜吉凶之道人。　筮：以蓍草的數目推算吉凶。

❺ 魅：鬼怪。　殺人：使人喪命。　及：趁，當。　可：應該。宜。規勸之語。

❻ 斫：砍斷。　下：量詞。表次數。

六朝博物院，南朝著袴褶的兩名武吏俑。南京紫金山棒球場出土。

翻譯：

　　宋代中山郡人劉玄，住在越城。天黑時，突然看到一個穿著黑色短襖及套褲的人前來，劉玄拿火炬來照看他，這個人的頭臉竟然沒有七孔，面貌模糊不清！於是請巫師來卜筮此事。巫師說：「這是您家祖先的物件，因年代久遠變成了妖魅，它會害死人。趁它還沒有長出眼睛時，勸您儘早除掉它！」

　　劉玄於是捆綁此人，用刀劈砍他幾下後，竟變成了一顆枕頭！這原來是他祖父時代的古早枕頭啊。

十三、說夢話的枕頭　　東晉・干寶：《搜神記》卷十八

　　魏景初中，咸陽縣吏王臣家有怪❶。無故聞拍手相呼，伺無所見❷。其母夜作倦，就枕寢息。有頃，復聞竈下有呼聲曰❸：「文約，何以不來？」頭下枕應曰：「我見枕，不能往。汝可來就我飲❹。」

　　至明，乃飯鍤也❺。即聚燒之，其怪遂絕。

【注釋】

❶　景初：魏明帝曹叡年號。自公元 237 至 239 年。　咸陽：縣名，在今陝西省咸陽市。　吏：在官府服役，供差使雜務的役吏。　王臣：人名。

❷　拍手：魏晉時人以拍掌作聲來尋人。　伺：偵查。

❸　夜作倦：晚上工作得累了。作：勞作。　竈下：廚房。下為處所名詞詞尾，泛指該處。

❹　我見枕：我被人的頭給壓住了。見：介詞。表示被動。枕：以頭枕物。　可：請。祈請的語氣。

❺　乃：原來是。竟然。　飯鍤：飯匙。舀飯的瓢、勺之類的用具。

翻譯：

　　魏明帝景初年間，咸陽縣的役吏王臣家有怪物。家中無緣無故會聽見拍手呼叫找人的聲音，仔細查看卻什麼也沒發現。他母親晚上勞作累了，倚靠枕頭睡著覺。不久，聽見廚房有叫喚聲說：「文約，怎麼不來啊？」頭底下的枕頭回答說：「我被枕住了，不能過去。請你來我這裡喝酒。」

　　到了天明，發現枕頭旁竟然有支飯匙。立即一併燒掉它們，家裡的怪物就不再出現了。

十四、葛太守找槎　　東晉・干寶：《搜神記》卷十一

　　吳時，葛祚為衡陽太守❶。郡境有大槎橫水，能為妖怪❷。百姓為立廟，行旅禱祀，槎乃沉沒，不者槎浮，則船為之破壞❸。

　　祚將去官，乃大具斧斤，將去民累❹。明日當至，其夜，聞江中洶洶有人聲。往視之，槎乃移去，沿流下數里，駐灣中❺。

　　自此行者無復沉覆之患。衡陽人為祚立碑，曰：「正德祈禳，神木為移❻。」

【注釋】

❶　吳：朝代名。三國之一，孫權建立，自公元222至280年。　　葛祚：人名。三國時人。　　衡陽：郡名。在今湖南省境內。　　太守：官名。管理一郡政事之首長。

❷　大槎：巨大的木頭或木筏。槎：音ㄔㄚˊ；chá。斜砍的木頭。木筏　　橫水：橫向地漂浮在河流上。

❸　行旅：自此去彼，前往異地。　　乃：才。於是。然後。　　不者：若是沒有。者：助詞。用於假設分句後，引出可能產生的結局。

❹　去官：離職。　　大具斧斤：大事準備劈砍木頭的刀斧。　　將去民累：帶走人民的禍害。將去：攜帶而去。累：音ㄌㄟˇ；lěi。憂患，危難。

❺　當：將。將要。　　洶洶：人多聚眾的喧鬧聲音；水騰湧貌。　　乃：竟然。　　沿流下數里：順著河道往下移動了幾里。　　駐：止住，停留。　　灣中：河流彎曲處。

❻　無復：無。復為音節助詞。　祈禳：祈求福祥，祛除災變。

翻譯：

　　吳國時葛祚擔任衡陽太守。郡的轄境內有一巨大的漂流木橫阻在江面上，能化為妖怪作祟。當地百姓為漂流木立了一座廟，每逢要去外地行旅，就進廟裡祈禱水路平安；如此，漂流木就會沉下，要是不去祭拜，漂流木就會浮上河面，船隻因此遭到破壞。

　　葛祚將要離職時，大事張羅了許多斧頭、大刀，要為民除害。預計明天要到江邊動手。當晚，聽到江中鬧鬨鬨的，有人眾喧嘩的聲音。於是前往查看究竟，漂流木竟然移開了，它沿著河道往下漂流了幾里後，就駐留在河灣內不動。

　　從此來往的行人沒有翻船的憂慮。衡陽郡人民為葛祚立碑紀功，碑文上寫著：「正德祈禳，神木為移。」

十五、黏膠對付蝙蝠邪　　南朝　宋·劉義慶：《幽明錄》卷六

　　宋初，淮南郡有物髡人髮❶。太守朱誕曰：「吾知之矣。」多置黐以塗壁❷。

　　夕有數蝙蝠，大如雞，集其上❸。不得去，殺之乃絕。屋簷下，已有數百人頭髻❹。

【注釋】

❶　宋：宋：朝代名。南朝之一。劉裕建立。自公元420至479年。　淮南：郡名。在江蘇、安徽兩省境內。　髡：音ㄎㄨㄣ；kūn。剃去頭髮。剪斷。

❷　太守：官名。管理一郡政事。　朱誕：人名。三國吳人，曾任淮南郡內史、建安郡太守。工書法。　置：購置，購買。　黐：音ㄔ；chī。木膠。以細葉冬青樹皮製成，可以黏鳥。

❸　蝙蝠：動物名。哺乳類動物。形狀似鼠，前後肢有薄膜與身體相連。夜間飛翔，捕

食蚊蟻、昆蟲為生。　集：聚集。原指群鳥棲止樹上。

❹　去：離開。　乃：才。　簷：音一ㄢˊ；yán。屋簷。垂於屋舍邊沿之橫竹片或橫木片，用以遮蔽風雨之飄入。

翻譯：

　　南朝劉宋初年，淮南郡出現了怪物，會剪去人的髮髻。太守朱誕說：「我知道該怎麼做了。」他購置了好多的黏膠來塗牆壁。

　　傍晚時有多隻蝙蝠飛來，像雞一般大，牠們成群棲息在牆壁上；但因為被牆壁上的黏膠給黏住了，都飛不去。殺掉這些蝙蝠之後，怪物才絕跡。當時在屋簷下，已經掛有好幾百顆人的髮髻。

十六、神偷治蛇妖　　魏・曹丕：《列異傳》

　　魯少千者，得仙人符。楚王少女為魅所病，請少千❶。少千未至數十里，止宿。夜有乘鼈蓋車從數千騎來，自稱伯敬，候少千❷。遂請內酒數榼，肴饌數案❸。臨別言：「楚王女病，是吾所為。君若相為一還，我謝君二十萬❹。」千受錢，即為還，從他道詣楚，為治之❺。

　　於女舍前，有排戶者，但聞云❻：「少千欺汝翁！」遂有風聲西北去，視處有血滿盆。女遂絕氣，夜半乃蘇❼。王使人尋風，於城西北得一死蛇，長數丈，小蛇千百，伏死其旁❽。

　　後詔下郡縣，以其日月，大司農失錢二十萬，太官失案數具；少千載錢，上書具陳說，天子異之❾。

【注釋】

❶　魯少千：人名。漢朝人，能執百鬼。　者：用在判斷句或敘述句名詞主詞後，表示停頓。　符：道教用來召神驅鬼，消災去病的神祕文書，符上畫有文字、線條及圖

　　形。　　楚王：漢代諸侯王，封於楚，為楚王，餘不詳。　　少女：最小的女兒。
請：以事相求。

❷　未至：在到達某處之前。　　里：距離單位。一里約合半公里。　　輜蓋車：輜車。休
旅車。有車蓋與車帷遮蔽的車型，車廂內可載物，能臥息。又稱輜甲車。　　從：跟
隨。　　候：探望。問候。

❸　內酒：接受酒。內：音ㄋㄚˋ；nà。通「納」，收下。　　榼：音ㄎㄜ；kē。酒壺。
古代盛酒的扁圓形、橫筒形、蒜頭形器具，上方有小圓孔，以草束塞住。　　肴饌：
魚肉之類的葷菜和糕餅類食物。饌：音ㄉㄢˋ；dàn。糕餅。　　案：食器名。無足
曰盤，有足曰案，所以陳舉食物。托盤。

❹　相為：幫我個忙。相：表示動作偏指受事的一方。為：做某件事。　　一：助詞。加
強語氣。　　還：返回。

❺　他道：其他的道路。別的道路。　　詣：音一ˋ，yè：到，往。

❻　排戶：推開房門。戶：內室的單扇小門。

❼　絕氣：斷氣。沒有呼吸。　　蘇：再生；復活；醒覺。

❽　尋：探求，尋找。　　伏死：受死。

❾　詔：皇帝下命令。　　載錢：將錢裝袋運送。　　大司農：官名。掌管租稅錢穀鹽鐵等
事。　　上書：用文字向上級陳述事情。　　具：全。　　陳說：解釋原因。

翻譯：

　　魯少千這個人，獲有仙人符。當時楚王最小的女兒被鬼魅纏身所苦，請
求少千來降妖。少千在距離楚國約數十里之處停下來宿夜，夜晚有個乘坐輜
蓋休旅車，隨從有數千名騎吏的人前來，他自稱是伯敬，說要拜訪少千。伯
敬請少千收下他致贈的幾壺酒，以及幾盤的魚、肉和糕餅。臨別時他對少千
說：「楚王女兒的病，是我幹的。您要是能幫個忙，掉頭回去，我就酬謝您
二十萬元！」少千收了錢，立即回去；不過他其實是從別的路到楚國，去為
楚王的少女治病。

　　魯少千在治楚王少女的病時，臥室前，房門被推開了；不見其形，只聞
其聲，說：「少千，你欺騙老子！」接著有風聲往西北方揚長而去，查看地
上，竟有滿盆之多的血！楚王的女兒隨即氣絕昏迷了，直到半夜她才甦醒。
楚王派人依著風向找尋，在城的西北方找到了一條死蛇，長達數丈，小蛇有
成千上百條，受死在大蛇的周圍。

　　之後朝廷下令郡縣查辦一樁竊盜案，說在某月某日，大司農遺失了二十萬元，太官失竊了幾套食案。少千將錢封裝好，以書面報告上呈，一一解釋。天子認為這件事相當詭異。

※問題與討論

1.杜撰一個妖怪，說明它的原形、變形、埋伏的地點，騷擾居民的方式以及最後的下場？
2.東方的妖怪和西方的妖怪有何異同之處？它們的出沒象徵何種意義？舉例說明之。
3.任選一則故事，將人與妖怪鬥法的情節編寫為三分鐘的兒童廣播劇並作實際演出。
4.嘗試從現實面，推測這些被視之為「妖怪」的物，以及「降妖」的行動，是否另有其他的可能性或是操作技法。

主題十二、感天動地

前　言

　　本篇收錄當代流傳的倔強不屈人物事料，他們在遭逢艱鉅的死難威脅時，依然擁有堅強的鬥志和不肯妥協的傲氣！不論是攸關個人的生死榮辱，或是群體的存亡危機，在緊要關頭時，都能挺身而出，凜然抵抗災害或強權的蹂躪，甚至不惜捐棄自己的生命，即使狂瀾難以力挽，也絕不消極地坐以待斃。這些人物包括：鑄劍大師干將莫邪之子，他慨然將寶劍和自己的首級獻給欲替他報殺父之仇的俠客，還有地方官員為解除旱象而自焚其身，將軍遭敵軍斬落首級依然笑傲回營，含冤寡婦在刑場向天地立下毒誓以表明自己的清白，少女李寄自告奮勇，踏上殺蛇之路，為鄉民除去危害多年的巨蟒——雖然這也同時反映了中古時期以活人獻祭藉以消除災難的習俗。

　　從心理學層面而言，危難所激發出的恐懼和憤怒等情緒，通常會抑制行動力，使人們變得軟弱；但對這些勇者而言，恐懼和憤怒反而強化了他們的抗拒意識，鼓舞其心智，甚至刺激肉體的腎上腺素分泌，強化體能，以超越眼前的困境。遺憾的是，這些遇險的人物多數是卑微的平民，勢單力薄，面對這些突如其來的天災人禍時，其實很難成功克服危亡，所以故事通常是以悲劇收場。少數成功者中最值一提的當推少女英雄李寄，她除了有勇氣和孝心之外，還有智謀和臨危應變的膽識，是志怪之中絕無僅有的女英雄人物，年僅十三歲。在中國父權結構下的傳統社會，向來僅看重男性的勇氣和年長者的智謀，這個少女英雄的脫穎而出益發顯得珍貴。

　　「干將莫邪」的故事涉及了中國先民的煉鐵傳奇，也反映春秋戰國時期，越國對軍事技術的積極追求。鐵原是地殼裡蘊藏甚為豐富的金屬，但在

自然界中是以礦石而不是以金屬形式存在，所以，要取得鐵之前須先煉鐵。中國自公元前六百年開始煉鐵，傳說干將之妻莫邪以身殉爐而突破性地提高了熔爐的溫度，使煉鐵的技術大幅躍進。在科技史上，中國的冶鐵技術比世界各國領先了二千年，干將莫邪的傳說反映了鋼鐵達人的早慧與悲劇。鐵器初時是作為戰爭武器之用，由於硬化的鐵製造出來的兵器比青銅兵器更為鋒利與堅韌，因而取代了青銅兵器。干將莫邪所以遭到楚王處決，應非如傳說所言的「耗時三年過久，王怒而殺之」，實際的原因應是先秦時期統治者對軍事武器冶煉技術的激烈爭取與獨佔所致。吳、楚、越是先秦時期南方的強國，三國征戰頻繁激烈，促進鐵兵器的快速發展，出土兵器上皆有君主之銘文，如「越王鳩淺自作用劍」（鳩淺為句踐的通假字）、「吳王夫差自作用劍」，其鑄劍技術精良，劍脊堅韌，劍鋒銳利。

　　孝婦周青則是冤獄的縮影，孑然一身的她，無依無靠！婆婆的久病自殺使她蒙遭謀害的指控，臨刑之前，她頂天立地宣示自己的清白，拷問天地世道良心何在，無情天地亦為之動容，以三年枯旱鄭重暴露她無所哭訴的冤恨。元朝劇作家關漢卿以孝婦周青為本事，寫出了曠世名作《竇娥冤》。此劇於一百多年前即譯為法文，流傳於歐洲。川劇、京劇的〈六月雪〉是其著名劇目。

一、彭娥走山　　南朝 宋·劉義慶：《幽明錄》卷二

　　晉永嘉之亂，郡縣無定主，強弱相暴❶。宜陽縣有女子，姓彭，名娥，父母昆弟十餘口，為長沙賊所攻❷。時娥負器出汲於溪，聞賊至，走還❸。正見塢壁已破，不勝其哀，與賊相格❹。

　　賊縛娥驅出溪邊，將殺之。溪際有大山❺，石壁高數十丈，娥仰天呼曰：「皇天寧有神不？我為何罪，而當如此❻！」因走向山，山立開，廣數丈，平路如砥❼。群賊亦逐娥入山，山遂隱合，

泯然如初❽，賊皆壓死山裡，頭出山外。

　　娥遂隱不復出。娥所捨汲器化為石，形似雞，土人因號曰石雞山，其水為娥潭❾。

【注釋】

❶　晉：朝代名。司馬炎建立。自公元 265 至 316 年為西晉。公元 317 至 420 年為東晉。　永嘉之亂：指公元 307 至 312 年間，西晉懷帝司馬熾在位時發生的嚴重戰亂。　定主：固定的首長。　相暴：欺侮，糟蹋，強奪。相：表示動作偏指受事的一方。

❷　宜陽縣：在今江西省宜春市。　昆弟：兄弟。據江西《高旦彭氏家譜》載：「九十四世（彭）鬱……晉考秀才。永嘉五年，杜子文陷長沙，其黨入宜春劫掠，公不屈被害。……生三子：隆簡、隆悅、隆光，女一：娥。」　長沙：郡名。在今湖南省境內。　攻：攻擊，打劫。

❸　負器：背著（取水的）器具。　出：到。汲：引水，取水。　走還：跑回去。走：疾趨，跑。

❹　正：副詞。剛好。　塢壁：聚落外圍用以防禦盜匪入侵的土牆。依漢簡資料，塢牆高約二十四至三十六公尺。塢壁原是軍事堡壘，漢魏兩晉時期戰亂連年，民眾築塢壁以保險自守。關中地區有塢壁三千餘所。塢：音ㄨˋ；wù。城外的土障。　不勝：忍不住。勝：音ㄕㄥ；shēng。承受。格：徒手打鬥，抗拒。

❺　縛：捆綁。受刑之前將雙手反綁。　驅出：驅趕到，逼迫進往。出：到。　溪際：溪邊。際：邊際。

❻　寧：副詞。豈，難道。　不：音ㄈㄡˇ；fǒ。同「否」。用於句尾，表示疑問。罪：過失。

四川博物院，東漢陶提雙瓶俑，成都天回山出土。

❼　砥：平滑柔細的石頭。

❽　隱合：密合。　泯然：消失不見。此指先前出現的裂口消失了。

❾　不復：不。復為音節助詞。　捨：丟棄。　汲器：取水的器具。　隱：藏匿。　土人：土著。當地人。　石雞山：山名。　娥潭：潭名。

翻譯：

　　晉朝永嘉之亂時，郡縣沒有穩定的首長，強橫者侵略貧弱的人。宜陽縣有一個女子，姓彭，名娥，父母兄弟一家十多個人，遭到長沙郡的盜匪攻擊。當時彭娥背著汲水器到溪邊去取水。她聽到盜匪攻過來的喧騰聲，急忙跑回去，趕到時正看到土牆已被攻破了，她克制不住悲憤，與盜匪們格鬥。

　　盜匪捆綁彭娥，趕她到溪邊去，準備要殺掉她。溪邊有一座大山，巖壁高達數百尺，彭娥仰天大喊：「老天還有靈嗎？！我做了什麼壞事，而該當如此！」她朝大山跑了過去，山立即開裂，開口寬達數十尺，地面現出砥石般的平路。彭娥跑進去後，盜匪們在後追殺她，也一路跟著進入山裡，但山隨即又密合如初，開口已消失了。盜匪們不及逃出，都被夾死在山壁裡，頭顱卻伸出於山外！

　　彭娥就隱藏在山裡不出來。她所拋下的汲水器化成了石頭，形狀像是雞，當地的人於是稱這座山為石雞山，而那個水潭就叫做娥潭。

二、無頭將軍的笑傲告別　　東晉‧干寶：《搜神記》卷十一

　　漢武時，蒼梧賈雍為豫章太守❶，有神術。出界討賊❷，為賊所殺，失頭，上馬回，營中咸走來視雍❸。雍胸中語曰：「戰不利，為賊所傷。諸君視有頭佳乎？無頭佳乎？」吏涕泣曰：「有頭佳。」雍曰：「不然，無頭亦佳。」言畢，遂死。

【注釋】

❶　漢武：帝號。即漢武帝劉徹，公元前 140 至前 87 年在位。　蒼梧：郡名。在今湖
南、廣西兩省境內。　賈雍：人名。　豫章：郡名。在今江西省境內。　太守：官
名。管理一郡政事之行政首長。《後漢書・續百官志》：「邊郡太守各將萬騎，行
障塞烽火追虜。」

❷　神術：絕奇的技能。　出界：到邊界。出：到。　討賊：征討盜賊。

❸　營：軍營。　咸：皆，都。　走來：跑過來。走：疾趨，跑。

翻譯：

　　漢武帝時，蒼梧郡人賈雍擔任豫章郡太守，他有神奇的技能。賈雍到郡
的邊界去討伐亂賊，卻被亂賊殺害，失掉頭顱，但他仍跨上戰馬返回了軍
營。營裡的士兵們都跑過來探視賈雍。賈雍從胸腔中發出了話語：「戰況不
利，被賊給傷了……諸位看：有頭好？無頭好呢？」士兵們流著淚說：「有
頭好。」賈雍說：「不然，無頭也好。」話說完，他就死了。

三、自焚求雨　　東晉・干寶：《搜神記》卷十一

　　後漢諒輔，字漢儒，廣漢新都人❶。少給佐吏，漿水不交❷。為從事，大小畢舉，郡縣斂手。時夏枯旱，太守自曝中庭，而雨不降❸。

　　輔以五官掾，出禱山川❹，自誓曰：「輔為郡股肱❺，不能進諫納忠，薦賢退惡，和調百姓，至令天地否隔，萬物枯焦，百姓喁喁，無所控訴，咎盡在輔❻。今郡太守內省責己，自曝中庭，使輔謝罪，為民祈福，精誠懇到，未有感徹❼。輔今敢自誓，若至日中無雨，請以身塞無狀❽。」

　　乃積薪柴❾，將自焚焉。至日中時，山氣轉黑，起雷，雨大作，一郡沾潤。世以此稱其至誠。

【注釋】

❶ 後漢：朝代名。劉秀建立。自公元 25 至 220 年。　諒輔：人名。《後漢書》有傳。　廣漢：郡名。在今四川省境內。　新都：縣名，在今四川省成都市。

❷ 給：音ㄐㄧˇ；jǐ。供職。　佐吏：輔佐備詢的官員。　漿水不交：勤於政事，廢餐忘食。漿水：酸漿水。用米飯發酵的漿水。可單獨作為飲料。漿為冷飲，所謂「熱如湯，冷如漿」。交：接近。

❸ 從事：官名。漢制，為郡太守的佐官。　大小畢舉：指大小政務都推行得當。畢：皆。舉：立，興辦。　斂手：用手相疊，拇指交叉，置於腹前。為下對上。表示恭敬的禮儀。　太守：官名。總理一郡政務之首長。

❹ 五官掾：郡太守的佐官，掌春秋祭祀。掾：音ㄩㄢˋ；yuàn。本為佐助之義，後通稱副官為掾。　出禱山川：到山川之前祈禱。出：到。

❺ 股肱：原指大腿和胳臂。此指輔佐的官員。

❻ 否隔：閉塞不通。否：音ㄆㄧˇ；pǐ。閉塞。　喁喁：音ㄩㄥˊ ㄩㄥˊ；yóng yóng。原指魚口露出水面之狀，此以比喻百姓張口望天，苦候降雨的樣子。　咎：罪責。

❼ 感徹：感通。

❽ 敢：副詞。敬。自言冒昧之詞。　以身塞無狀：用我的性命來彌補為政無功的缺

失。身：我。第一人稱代詞。塞：音ㄙㄞˋ；sài。填補。　　無狀：無功狀，無成績。

❾　積：堆疊，累積。漢·董仲舒《春秋繁露·求雨》：「春旱求雨，令縣邑以水日禱社稷山川，積薪而燔之。」

翻譯：

　　後漢人諒輔，字漢儒，廣漢郡新都縣人。年少時擔任差吏，做事勤勉，經常忙到漿水都沒沾上口。之後擔任郡的佐官，大小政務，都推行得當，地方人士都對他斂手致敬。當時夏天枯旱不雨，郡太守烈日下自曝於中庭祈雨，然而雨並沒有降下。

南京博物院，行斂手禮男俑，
南京市出土。

　　諒輔以五官掾的身分，到山川之前禱告，他發誓說：「諒輔擔任郡的輔佐，不能進獻諫言，採納忠告，推薦賢者，黜退惡人，調和百姓，以致天地閉塞不通，萬物枯焦垂死！百姓哀鳴求救，痛楚無處投訴！一切罪責都在諒輔。現在郡太守內省自責，自己曝身中庭，使諒輔向天地謝罪，為人民祈福，如此精誠懇至，卻仍未感動天地降雨！諒輔現在冒昧立誓，若到日中仍未降雨，容我獻上生命來彌補施政無功之罪。」

　　於是堆積木柴，準備燃火自焚。到日中時，山裡的雲氣變得濃黑了，接著雷聲響起，大雨滂沱而下，一郡都得到了雨水的滋潤。世人認為這是他的至誠感動了天地。

四、士可殺不可辱　　東晉・干寶：《搜神記》卷十六

　　溫序字公次，太原祁人也❶。任護羌校尉，行部至隴西，為隗
囂將所劫，欲生降之❷。序大怒，以節撾殺人。賊趨欲殺序，苟宇
止之曰❸：「義士欲死節。」賜劍，令自裁❹。

　　序受劍，銜鬚著口中，歎曰：「無令鬚污土❺！」遂伏劍死。
更始憐之，送喪到洛陽城旁，為築冢❻。長子壽，為鄒平侯相❼，
夢序告之曰：「久客思鄉。」壽即棄官，上書乞骸骨歸葬，帝許
之❽。

【注釋】

❶　溫序：人名。東漢人，公元？至 30 年在世。光武帝建武六年，即公元 30 年，任護
　　羌校尉，於赴任途中遇害。《後漢書》有傳。　太原：郡名。在今山西省境內。
　　祁：縣名。在今山西省晉中市。

❷　護羌校尉：官名。負責西羌軍政事務的首長。校尉原為武官職務，後掌管少數民族
　　地區之長官亦稱校尉。　行部：巡視所轄部署，考察行政。　隴西：郡名。在今甘
　　肅省境內。　隗囂：人名。？至公元 33 年。東漢人，任西州大將軍。王莽末年，
　　據隴西起兵，後遭光武帝劉秀征討，病死。　將：部將。　生降：活捉招降。降：
　　音ㄒㄧㄤˊ；xiáng。降伏。據《後漢書》載，苟宇謂溫序曰：「子若與我并威同
　　力，天下可圖也。」序曰：「受國重任，分當效死，義不貪生，苟背恩德！」

❸　節：旌節。中央政府向官員授權，允許其代行天子軍政職權的憑證與象徵。以竹節
　　為之，旄牛尾為飾。　撾殺：擊殺。撾：音ㄓㄨㄚ；zhuā。敲打，擊。持節使臣有
　　權力殺二千石以下官員以及無官位之人。　趨：向前跑去。　苟宇：人名。隗囂的
　　部將。　止之：阻止他們。之：指示代名詞。指欲殺害溫序的軍人們。

❹　死節：守節義而死。　賜：給予。　自裁：自殺。

❺　銜鬚：用嘴含著鬍鬚。　污土：為泥土所污。污：不潔，恥辱。　酈道元：《水
　　經・渭水注》：「東北徑襄武縣故城北……漢護羌校尉溫序行部，為隗囂部將苟宇
　　所拘，銜須自刎處也。」

❻　伏劍：以劍割頸自殺。伏：受。　更始：新莽末年劉玄在位時年號，自公元 23 至
　　25 年。據《後漢書》載，更始當作「光武」，指東漢光武帝劉秀。公元前 5 年至
　　公元 57 年在世。　憐：愛惜。　送喪：運送遺體。　洛陽城：城名。在今河南省

洛陽市。

❼ 壽：溫壽，人名。溫序的長子。　鄒平：郡國名。在今山東省境內。　相：官名。侯國的丞相。由朝廷任命。

❽ 客：旅居他鄉。　乞骸骨：古代官吏因年老請求退職，稱乞骸骨，言使其骸骨得歸葬故鄉。此處兼指溫壽欲將父親骸骨遷回故鄉安葬。

翻譯：

　　溫序字公次，太原郡祈縣人。溫序擔任護羌校尉，到隴西巡視時，為隗囂的部將所劫持，打算要招降他。溫序震怒，以手中所持的旄節打死了人。叛軍們跑過去要殺溫序，苟宇制止他們說：「義士要守節而死。」給溫序劍，令他自殺。

　　溫序接下了劍，他把鬍鬚含在嘴裡，歎惜地說：「莫令吾鬚為塵土所污！」於是以劍刎頸而死。皇帝憐惜他，令人將他的遺體護送到洛陽城旁安葬，並為他興築了墳墓。溫序的長子溫壽，擔任鄒平侯國的丞相，夢見父親溫序告訴他：「客居異地已久，思念故鄉了。」溫壽立即辭去官職，上書奏請皇帝恩准他攜父親的骸骨歸葬故里，皇帝准許了他。

五、虎口救妻　東晉・干寶：《搜神記》卷五

　　陳郡謝玉為瑯邪內史，在京城。所在虎暴，殺人甚眾❶。有一人，以小船載年少婦，以大刀插著船，挾暮來至邏所❷。將出，語云：「此間頃來甚多草穢，君載細小，作此輕行，大為不易。可止邏宿也❸。」相問訊既畢，邏將適還去❹。

　　其婦上岸，便為虎將去。其夫拔刀大喚，欲逐之。先奉事蔣侯，乃喚求助❺。如此當行十里，忽如有一黑衣為之導。其人隨之，當復二十里❻，見大樹。既至一穴，虎子聞行聲，謂其母至，皆走出❼。其人即其所殺之。便拔刀隱樹側住❽。

　　良久，虎方至。便下婦著地，倒牽入穴❾。其人以刀當腰斫斷
之。虎既死，其婦故活，向曉能語❿。問之，云：「虎初取，便負著
背上。臨至而後下之。四體無他，止為草木傷耳⓫。」扶歸還船。

　　明夜，夢一人語之曰：「蔣侯使助，汝知否？」至家，殺豬
祠焉⓬。

【注釋】

❶ 陳郡：郡名。在今河南省境內。　謝玉：人名。　瑯邪：郡國名。在今山東、江蘇
兩省境內　內史：官名。諸王國的內史，相當於郡太守。　所在：當地。　虎暴：
老虎凶惡殘暴。

❷ 挾暮：傍晚，日將落下時。挾：音ㄒㄧㄝˊ；xié。靠近。　邏所：巡邏哨所。

❸ 將出：巡邏的統領出來。　語：音ㄩˋ；yù。告訴。　此間：這裡。間：表示地點
所在。　頃來：近來。　草穢：草叢之中的邪物。暗指老虎。　細小：指家眷。
輕行：輕便但不安全的行旅。　大為：大。副詞。很。為是音節助詞。　可止邏
宿：最好在巡邏哨站內留宿。可：宜。該。規勸之語。

❹ 問訊：互相通問請教。　既畢：完畢後。既：副詞。之後。　邏將：巡邏的統領。
適：副詞。才。

❺ 為虎將去：被老虎帶走。將：捉，拿。　蔣侯：蔣子文。漢末秣陵尉，生平自言骨
相清正，死當為神，後逐盜賊，傷額而死。三國時吳國孫權追封他為侯，立廟祠
之。

❻ 當行十里：大概行走了十里。當：表示推斷。　里：距離單位。一里約合半公里。
當復：當。大概。復為音節助詞。

❼ 謂：以為。　走出：跑出來。

❽ 所：所在。　拔刀：舉刀。　隱：藏匿。隱匿。　住：停止不動。作（隱的）補語
用。句式為（隱）……住。

❾ 方：才。　下婦：把婦人放下來。下：從高處到低處。作動詞解。　倒牽：倒退著
拖拉。倒：顛倒。

❿ 當腰：正對著腰。　故活：因而活命。故：因此。　向曉：天將亮時。向：副詞。
將，將要。

⓫ 臨至：將到達，臨到達。臨：副詞。即將。　止：副詞。止，僅。　耳：助詞。
「而已」合音。

⓬ 祠：祭祀。得求酬神。

翻譯：

　　陳郡人謝玉擔任瑯邪國的內史，居於京城。當地老虎凶暴，咬死了許多人。當時有一個人，他用小船載著年輕的妻子出行，把大刀插在船上備患，天快黑時來到巡邏所。巡邏所的統領出來，告訴他：「這一帶最近有許多草叢邪物，您載著妻子，裝備簡單，很難保平安。最好是留在巡邏所裡過夜。」彼此問候完畢後，巡邏人員這才回去了。

　　此人的妻子才剛上岸，就被老虎捉去。她丈夫見狀立即舉起大刀高聲喊叫，想要驅走老虎。他先前奉祀蔣侯，便召喚蔣侯來幫助他。這樣大約走了十里路，忽然似有一位黑衣人在為他領路……此人就跟隨著他大約走了二十里路，看到有大樹。接著來到一個洞穴，虎仔們聽到行走的聲音，以為是牠們的母親回來，都從洞裡跑了出來。此人就地殺死了虎仔們。隨後，他舉起大刀埋伏在樹旁不動。

　　許久，老虎才到。老虎把他的妻子放到地上，再倒退著將她拖入洞穴。此人舉刀將老虎攔腰砍斷。老虎死了，他的妻子得以活命。天將亮時她能說話了，問她事情的經過，說：「剛被老虎捉走時，就被牠駄在背上。快到洞穴時才放我下來。我的手腳沒有怎樣，只是被草木割傷而已。」丈夫扶著她回到船上。

　　明天晚上，此人夢見有個人對他說：「是蔣侯幫助了你，你知不知道？」到家之後，此人殺豬來酬謝蔣侯的庇佑。

六、干將莫邪與俠客　東晉‧干寶：《搜神記》卷十一

　　<u>楚</u>干將、莫邪為<u>楚王</u>作劍❶，三年乃成。王怒，欲殺之。劍有雌雄。其妻重身當產，夫語妻曰❷：「吾為王作劍，三年乃成。王怒，往必殺我。汝若生子是男，大，告之曰：『出戶望南山，松生石上，劍在其背。』」於是即將雌劍❸，往見<u>楚王</u>。王大怒，使

相之❹：「劍有二，一雄一雌。雌來，雄不來。」王怒，即殺之。

　　莫邪子名赤比，後壯，乃問其母曰：「吾父所在？」母曰：「汝父為楚王作劍，三年乃成。王怒，殺之。去時囑我：『語汝子：出戶望南山，松生石上，劍在其背。』」於是子出戶南望，不見有山，但覩堂前松柱下，石砥之上❺，即以斧破其背，得劍。日夜思欲報楚王。

　　王夢見一兒，眉間廣尺❻，言：「欲報讎！」王即購之千金。兒聞之，亡去。入山行歌。客有逢者❼，謂：「子年少，何哭之甚悲耶？」曰：「吾干將、莫邪子也。楚王殺吾父，吾欲報之！」客曰：「聞王購子頭千金，將子頭與劍來，為子報之。」兒曰：「幸甚！」即自刎，兩手捧頭及劍奉之，立僵❽。客曰：「不負子也。」於是屍乃仆❾。

　　客持頭往見楚王，王大喜。客曰：「此乃勇士頭也！當於湯鑊煮之。」王如其言。煮頭三日三夕，不爛。頭踔出湯中，瞋目大怒❿。客曰：「此兒頭不爛，願王自往臨視之，是必爛也⓫。」王即臨之。客以劍擬王⓬，王頭隨墮湯中。客亦自擬己頭，頭復墮湯中。三首俱爛，不可識別。乃分其湯肉葬之，故通名「三王墓」。今在汝南北宜春縣界。

【注釋】

❶　楚：國名。先秦諸侯國，立國年不詳，公元前 223 年滅於秦。　干將、莫邪：人名。相傳春秋時吳人干將與妻莫邪善鑄劍。莫邪：亦作，「莫耶」。一說干將在匠門鑄劍時，鐵汁不下，其妻莫邪自投入爐中，鐵汁乃出，遂成二劍，雄劍名干將，雌劍名莫邪。　楚王：古代楚國之君王，不詳所指。

❷　重身：懷孕，重：音ㄔㄨㄥˊ；chóng。懷孕。　當產：將要生產。　語：音ㄩˋ；yù。告訴。

❸　出戶：走出房門外。　望：向遠處看。　將：攜帶。

❹　相：音ㄒㄧㄤˋ；xiàng。視，觀察。　之：代詞。它。此指劍。

❺　但：副詞。只，僅。　覩：見。　下：處所名詞詞尾，泛指該處。　砥：音ㄉㄧˇ；dǐ。磨刀石。用以磨利器物的柔細礦石。

❻　廣：寬。

❼　購：懸重賞以徵求，收買。　亡去：逃走，逃亡而去。　行歌：唱歌。　客：從事某種活動的人。如俠客、刺客。

❽　幸甚：至為期盼。幸：期望。　自刎：割頸自殺。刎：音ㄨㄣˇ；wěn。割。　僵：直立不動。

❾　負：揹負。　仆：向前傾倒。

❿　鑊：音ㄏㄨㄛˋ；huò。形似大盆之鐵鍋。鑊亦為刑具，鑊烹為古代的酷刑。　踔：音ㄔㄨㄛ；chuō。騰躍而上，跳出。　瞋：音ㄆㄧㄣˊ；pín。恨而張目。

⓫　臨：面對，居上視下，以尊視卑。　是：如此，這樣。

⓬　擬：比劃。以刀破物，使其分開。

⓭　汝南：縣名。在今河南省駐馬店市。　宜春縣：地名。在今江西省宜春市。

翻譯：

　　楚國人干將、莫邪為楚王造劍，耗時三年才完成。楚王為此發怒，打算

殺掉他。這對寶劍有雌有雄。當時干將的妻子懷孕，即將生產，丈夫告訴妻子：「我為大王作劍，三年才完成，大王當會為此發怒，此次我前往，他必定殺害我。妳若生的是男孩，長大後，告訴他：『出戶望南山，松生石上，劍在其背。』」於是就帶著雌劍，去見楚王。楚王果然大怒，令人鑑察這支劍，驗劍的人說：「此劍有兩支，一支雄，一支雌。雌劍來了，雄劍不來。」楚王一聽大怒，立刻殺了干將。

莫邪的兒子名叫赤比，長大之後，就問他的母親說：「我父親在哪裡？」母親說：「你父親為楚王作劍，三年才鑄成。王怒而殺了他。他離開時叮囑我：『告訴你兒子：「出戶望南山，松生石上，劍在其背。」』」這孩子於是走出房門，朝南方觀望，但並沒有看到什麼山，只看到堂前松木柱子下，墊著一塊磨刀石，……他立刻用斧頭鑿破柱子的背面，得到父親留下來的雄劍。他日日夜夜想要報復楚王。

楚王夢見一個孩子，兩眉之間寬達一尺，揚言他要報仇！楚王立即宣布以一千金買他的人頭。赤比聽說之後，逃亡而去。他走進山中唱著悲歌，有個俠客遇到了他，對他說：「你年紀輕輕，為什麼哭得這樣悲傷？」他說：「我是干將莫邪的孩子。楚王殺了我父親，我想要報這個仇！」俠客說：「聽說楚王懸賞了千金要你的人頭，把你的頭還有劍交給我，我來為你報仇！」孩子說：「至為盼望！」他立刻引劍自刎，雙手捧著頭和劍呈給俠客，屍身僵立著，俠客說：「不會辜負你！」屍體這才向前仆倒。

俠客拿著頭前往晉見楚王，楚王非常高興。俠客說：「這乃是勇士的頭，應當放到大湯鍋裡去烹煮。」楚王照著他的話去做。不過，頭煮了三天三夜，都沒有腐爛，這顆頭甚且跳出湯面，瞪大眼睛怒視著。俠客說：「這孩子的頭煮不爛，希望大王您親臨現場查視他，如此頭必定爛。」楚王立刻走到大湯鍋前，這時俠客用劍劃開楚王的頭，楚王的頭隨即掉入湯中。俠客也拿劍劃開自己的頭，頭也掉入了湯中。三顆頭一起化爛，已經分辨不出誰是誰了。於是將這些湯肉分成三份來下葬，所以通稱葬處為「三王墓」。現在它的所在處位於汝南郡北邊與宜春縣的交界。

七、少女英雄斬巨蟒　東晉・干寶：《搜神記》卷十九

　　<u>東越</u> <u>閩中</u>，有<u>庸嶺</u>❶，高數十里。其西北隙中，有大蛇，長七、八丈，大十餘圍，土俗常病❷。<u>東冶</u>都尉及屬城長吏，多有死者。祭以牛羊，故不得福❸。或與人夢，或下諭巫祝，欲得啗童女十二、三者❹。都尉令長，並共患之。然氣屬不息。共請求人家生婢子，兼有罪家女養之❺。至八月朝祭，送蛇穴口。蛇出，吞嚙之。累年如此❻，已用九女。

　　爾時預復募索❼，未得其女。<u>將樂縣</u> <u>李誕</u>家，有六女，無男，其小女名<u>寄</u>，應募欲行，父母不聽❽。<u>寄</u>曰：「父母無相❾，惟生六女，無有一男，雖有如無。女無<u>緹縈</u>濟父母之功❿，既不能供

養，徒費衣食，生無所益，不如早死。賣寄之身，可得少錢，以供父母，豈不善耶？」父母慈憐，終不聽去。寄自潛行❶，不可禁止。

寄乃告請好劍及咋蛇犬❷。至八月朝，便詣廟中坐。懷劍，將犬❸。先將數石米餈，用蜜麨灌之❹，以置穴口。蛇便出，頭大如囷❺，目如二尺鏡。聞餈香氣，先啗食之。寄便放犬，犬就齧咋，寄從後斫得數創❻。瘡痛急，蛇因踊出，至庭而死❼。寄入視穴，得其九女髑髏，悉舉出，詫言曰❽：「汝曹怯弱❾，為蛇所食，甚可哀愍。」於是寄女緩步而歸。

越王聞之，聘寄女為后，拜其父為將樂令，母及姊皆有賞賜。自是東冶無復妖邪之物。其歌謠至今存焉⓴。

【注釋】

❶ 東越：國名。古越人與古閩人合建閩越國。漢立，冊封其統治者為東越王。居今福建、浙江兩省境內。　閩中：郡名。在今浙江、福建兩省境內。　庸嶺：中國南方的山嶺名。

❷ 隰：音ㄒㄧˊ；xí。低溼之地。　丈：度名。十尺為丈，約合今 220 公分。　圍：計算圓周的量詞。一說五吋為圍，一抱也稱圍，說法不一。　土俗：當地的居民。常病：恆常憂懼。

❸ 東冶：城名。即冶城。自公元前 202 至 110 年間為越國的首都。在今福建省福州市郊區，其旁為冶山，城因山為名。　都尉：官名。郡國的副首長，負責地方行政及治安。　吏：地方政府中職務較低的官員。　故：副詞。仍然。　福：神降吉祥以滿足人之願望。

❹ 下：下魂附著（在活人身上）。　巫祝：從事通鬼神之術的人。　啗：音ㄉㄢˋ；dàn。食，吞食。

❺ 厲：災疫。通「癘」。　家生婢子：封建社會裡的家奴或家婢其所產下的女兒。子，語尾詞。　罪家：罪人家屬因罪罰而被編入官府為奴。

❻ 朝祭：血祭。古代旦朝用血腥祭祀宗廟。朝：音ㄓㄠ；zhāo。初時，最初一段時間之稱。　齧：音ㄧㄠˇ；yǎo。同「咬」。　累年：歷年，多年。

❼ 爾時：猶言其時或彼時。　預復：預先。復為音節助詞。　募：徵集，招募。

❽　將樂縣：縣名。屬福建省。　　應募：響應招募。　　聽：同意，接受。

❾　無相：沒福氣之相。命不好。此為佛典引起的詞義演變，有相即有端正之相，引申為命好；反之即無相，從外貌上無有貴相。

❿　緹縈：漢太倉縣縣令淳于意的小女兒。淳于意因罪被捕入獄，須遭肉刑之苦，他忿謂女兒：「生子不生男，緩急非有益。」緹縈聞言感傷，遂隨父入長安，上書請入身為官婢，以贖父親之刑罰。

⓫　終：自始至終。究竟，到底。　　不聽：不同意，不准。　　潛行：暗中前往。

⓬　告：請，求。　　咋舌犬：能咬殺蛇類的一種兇猛犬隻。咋：音ㄗㄜˊ；zé。咬。

⓭　詣：音ㄧˋ；yì。往，到。　　懷：懷藏。　　將：音ㄐㄧㄤ；jiāng。攜帶。

⓮　石：音ㄉㄢˋ；dàn。量詞。重量單位。一百二十斤為一石。　　餈：音ㄘˊ；cí。將糯米蒸熟後搗至碎爛作成之餅。今作「糍」。　　麨：音ㄔㄠˇ；chǎo。以米、麥等炒熟後磨成粉的乾糧。　　灌：注入。

⓯　囷：音ㄑㄩㄣ；qūn。圓形的糧倉。

⓰　就：趨向。走近。　　斫得：砍出。　　創：音ㄔㄨㄤ；chuāng。創傷。

⓱　急：嚴峻。　　踊：往上彈跳。　　庭：堂前空地。

⓲　髑髏：音ㄉㄨˊ ㄌㄡˊ；dú lóu。死人的頭骨。　　詫：音ㄔㄚˋ；chà。告知。

⓳　汝曹：汝輩，你們。

⓴　聘：娶。　　拜：授官。　　無復：無。復為音節助詞。

翻譯：

　　東越國的閩中郡有一座山名為庸嶺，高數十里，在山的西北處沼澤中，住著一條巨蟒，長有七、八十尺，粗達十幾圍。當地的居民總是提心吊膽，而東冶城的都尉和城裡的僚屬也有不少人死掉。他們用牛羊來獻祭，卻仍得不到庇祐。這條巨蟒有時托夢給人，有時附身巫師傳話，說牠想吃十二、三歲的處女。都尉與縣令對這個要求都很憂心，但瘟疫又沒有平息下來，只得四處募求奴婢們所產下的女兒，以及罪犯家的女兒們來蓄養著，以備祭蛇之用。每年到了八月上旬的血祭，就將少女送到蛇洞前，巨蟒會從蛇穴中爬出，將少女吞咬下肚。多年來都如此祭蛇，已經用掉九個少女了。

　　當時要預先募求少女，卻還募不到人。將樂縣民李誕家生有六個女兒，沒有兒子。他家最小的女兒叫做李寄，響應召募要去赴義，但父母不同意她去。李寄說：「爹娘命不好，只生了六個女兒，一個兒子也沒有，女兒不能養家，有跟沒有一樣。女兒沒有緹縈救濟父母的功勞，既然不能供養父母，

我活著也只是浪費衣食，活著既無所幫助，不如早死好了。把我賣掉，也可以得到一些錢，用這些錢來供養父母，難道不好嗎？」父母疼惜她，說什麼都不同意她去。李寄自己秘密行動，父母無從禁止。

　　李寄於是去訪求鋒利的劍和能咬蛇的狗。到了八月初，她便到蛇洞前的廟裡坐著；懷裡藏著利劍，手中牽著狗。她先把一顆重達數百斤的糯米餈，灌入用蜂蜜拌過的麥粉，再把它放在蛇洞前。不久，巨蟒就爬出洞來了，牠的頭大如一座圓形的穀倉，眼睛像是一面直徑二尺大的鏡子。牠聞到了糯米餈的香氣，就開始吃了起來。之後李寄便放狗攻擊，狗立即撲上去咬蛇，李寄跟在狗的後面砍蛇，砍出了幾道傷口！巨蟒傷口劇痛，遂從蛇洞中滾跳出來，牠在爬到廟前的空地時死去。李寄進去蛇洞察看，找到之前那九個少女的頭骨，她把這些頭骨全部捧出來，感歎地說：「妳們膽怯脆弱，就這樣被大蛇吃掉，真是太可憐了！」於是她從容邁步回家。

　　越王聽說了這件事，聘娶李寄為王后，任命李寄的父親為將樂縣縣長，母親和姊姊們也都獲得賞賜。從此之後，東冶就沒有妖邪之物了。讚頌李寄事蹟的歌謠到現在還流傳著。

八、孝婦冤感動天　　東晉・干寶：《搜神記》卷十一

　　漢時，東海孝婦養姑甚謹❶。姑曰：「婦養我勤苦，我已老，何惜餘年，久累年少❷。」遂自縊死。其女告官云：「婦殺我母❸！」官收繫之，拷掠毒治❹。孝婦不堪苦楚，自誣服之❺。時于公為獄史，曰：「此婦養姑十餘年，以孝聞徹，必不殺也❻。」太守不聽。于公爭不得理，抱其獄詞，哭於府而去❼。

　　自後郡中枯旱，三年不雨。後太守至，于公曰：「孝婦不當死，前太守枉殺之，咎當在此❽。」太守即時身祭孝婦冢，因表其墓❾。天立雨，歲大熟❿。

　　長老傳云：「孝婦名<u>周青</u>。<u>青</u>將死，車載十丈竹竿，以懸五
旛❶，立誓於眾曰：『<u>青</u>若有罪，願殺，血當順下；<u>青</u>若枉死，血
當逆流！』既行刑已，其血青黃，緣旛竹而上標，又緣旛而下云
❷。」

【注釋】

❶　漢：朝代名。劉邦建立。自公元前 202 年至公元 9 年為西漢；公元 25 年至 220 年
　　為東漢，劉秀建立。　東海：郡名。在今山東省境內。　養姑：奉養婆婆。姑：丈
　　夫的母親。　謹：慎重，細心。

❷　勤苦：努力。　惜：捨不得。　餘年：剩餘的歲月。　累：連累。

❸　自縊：上吊自殺。縊：勒頸氣絕而死。　告官：向官府提出控訴。　殺：殺死。

❹　收繫：逮捕囚禁。　考掠毒治：慘酷地嚴刑拷打。毒：強烈地，無情地。

❺　自誣：自己承認被誣陷的罪名。　服之：服殺人之罪。

❻　于公：人名，或為姓于之長者。西漢時人，任縣獄史，郡決曹，決獄公平，哀矜鰥
　　寡，郡中為之生立祠，號曰「于公祠」。《漢書》有傳，附於其子〈于定國列傳〉
　　中。　獄史：看守典獄，判決獄訟的官員。漢時掌理一郡司法的是決曹，但定案判
　　刑權則在太守。　以孝聞徹：因為孝行而使名聲傳遍四方。　殺：殺死。

❼　太守：官名。郡守。一郡之首長。漢代地方行政官兼管司法，可自行判處案件。
　　不聽：不同意。　爭不得理：辯論卻不獲申理。理：申理。　獄詞：審訊定案且據
　　以定罪的文書。獄：官司。訴訟案件。詞：獄訟者之申說及對話皆曰詞，即俗稱之
　　口供。

❽　枉殺：冤屈處死。　咎：音ㄐㄧㄡˋ；jiù。災禍。

❾　身：親自。　表其墓：在她的墳墓前立木為標記，刻文表彰其事蹟。

❿　立雨：立即降雨。　歲大熟：年收穫非常豐饒。熟：豐。

⓫　以懸五旛：用來懸掛著五面魂旗。旛：音ㄈㄢ；fān；長幅下垂的旗。此指魂幡。
　　出喪時引魂之幡。

⓬　緣：沿著。　標：專設於刑場的高柱，受刑者在標下斬首，行刑後立即懸首於標
　　上。　云：句末語氣詞。

翻譯：

　　漢朝時，東海郡有位孝順的媳婦，她細心地奉養婆婆。婆婆心想：「媳
婦奉養我真是辛苦，我已經老了，何必捨不得餘生，再下去會把年輕人拖累

得太久。」於是上吊自殺而死。老婦的女兒向官府提出控告，說：「媳婦殺害了我母親！」官府將媳婦逮捕起來關入牢裡，對她無情地拷打逼供。孝婦受不了刑求的慘痛，承認了這個誣陷她的殺人罪。當時于公擔任典獄官，他說：「這位媳婦奉養婆婆已有十多年了，她的孝順是大家都知道的，她絕不會殺害婆婆！」太守不同意于公的說法，于公的辯論未獲申理，他在官府抱著那份口供大哭，然後離去。

此後東海郡就發生了旱災，三年不曾降雨。後來，繼任的太守到任，于公說：「那位孝婦不該被處死，前任太守冤殺了她，災禍的原因應當在此！」太守立刻親自前往孝婦的墳前祭拜，並在她的墓前立碑，表彰她的孝順與清白。天立即降下雨來，當年的收成非常豐饒。

長老們傳說：「孝婦的名字叫周青。周青將被處決時，囚車載著十丈高的竹竿，竹竿上懸掛著五面招魂旗，她當眾立誓說：『我周青若是有罪，甘願受死，血會順流下來；我周青若是冤死，血會逆流！』死刑執行完畢了，她的血是青黃色的，那血沿著招魂旗的竹竿噴到刑柱，又沿著招魂旗流了下來啊！」

九、向雷公怒吼　　東晉·陶潛：《搜神後記》卷十

吳興人章苟者，五月中於田中耕。以飯置菰裡，每晚取食，飯亦已盡。如此非一❶。

後伺之，見一大蛇偷食，苟遂以鍫斫之，蛇便走去❷。苟逐之，至一坂，有穴，便入穴。但聞嗁聲云：「斫傷我某甲❸！」或言：「當何如？」或云：「付雷公，令霹靂殺奴❹！」

須臾，雲雨冥合，霹靂覆苟上❺。苟乃跳梁❻，大罵曰：「天使我貧窮，展力耕墾，蛇來偷食，罪當在蛇，反更霹靂我耶❼？！乃無知雷公也❽。雷公若來，吾當以鍫斫汝腹！」須臾，雲雨漸

散，轉霹靂向穴，蛇死者數十。

【注釋】

❶ 吳興：郡名。在今浙江、江蘇兩省境內。　章
　苟：人名。　者：助詞，用在敘述句名詞主語後
　表示停頓。　菰：音ㄍㄨ；gū，植物名。又稱茭
　白。生於水澤，葉狹長，莖可食，即茭白筍。吳
　中地區在五月初五到夏至之間，會用茭白葉包裹
　糯米，煮爛作食，謂之角黍，即糉子。西晉‧周
　處《風土記》有載。　非一：很多次。不能解釋
　為不止一次。

❷ 伺：偵察，等待。　殳：音ㄕㄨ，shū。古代兵
　器名。長木棒，一端有尖角，有棱無刃，撞擊
　用，長一丈二尺。農家多用作農具，或是防衛護
　身之用。　斫：音ㄓㄨㄛˊ；zhuó。劈，用刀斧
　砍。　走去：疾趨而去，快速溜掉。

❸ 坂：音ㄅㄢˇ；bǎn。山坡，斜坡。　但：副詞。
　只。

❹ 或：有人。　當：應該，應當。　付：交付。交
　給。　霹靂：雷之急擊者為霹靂。　奴：對人的
　鄙稱，有輕賤意。

❺ 須臾：片刻。　冥合：暗合。　覆：罩住。

❻ 跳梁：跳躍。通「跳踉」。因暴怒而激動跺腳。

❼ 展力：盡力、努力。　耕墾：耕種翻土，開闢荒
　地。墾：用力於農事。　反：副詞。反而。　霹
　靂：以急雷劈擊。此作動詞用。　耶：語末助
　詞。表示疑問。

❽ 乃：卻，竟然。

四川博物院，漢代著草鞋執
鑱腰佩刀的農夫陶俑，成都
市出土。

翻譯：

　　吳興郡人章苟，五月半時到田裡耕作。他把飯裹在茭白葉裡；每到傍晚
要取來食用時，葉子裡的飯已經被吃得精光了！這樣的情形有過好多次。

　　後來他暗中查看，看見一條大蛇來偷吃！章苟於是拿起長棍劈地，蛇遂

溜走；章苟緊追著牠，追到一處山坡，山坡有個洞穴，蛇就鑽進洞穴去了。章苟在洞口外只聽見啼哭的聲音說：「砍傷我的是某甲啦！」有問道：「該怎麼辦呢？」有說道：「交給雷公，叫牠用閃電劈死這個賤奴！」

不久，烏雲密佈，雨水集結，閃電籠罩在章苟的上方。章苟氣得跳腳，破口大罵說：「老天令我這樣貧窮，我得勤力耕種才有飯吃，如今蛇來偷我的飯吃，罪應當在蛇，怎麼反而要來電我？！竟然有這樣愚昧的雷公？好，雷公你當真要來，我就用這長棍砍你的肚子！」不久，雲漸漸散去，雨也停了，閃電轉向山坡上的蛇穴，被雷劈死的蛇有幾十條。

十、硬頸善男子　　無名氏：《旌異記》

元魏天平中，定州募士孫敬德防於北陲，造觀音像，年滿將還，常加禮事❶。後為劫賊橫引，禁於京獄，不勝拷掠，遂妄承罪，竝斷死刑，明旦行決❷。

其夜，禮拜懺悔，淚下如雨。啟曰：「今身被枉，當是過去枉他，願償債畢，誓不重作❸。」又發大願云云。言已，少時，依稀如夢❹：見一沙門，教誦《觀世音救生經》。經有佛名，令誦千徧，得度苦難❺。

敬德欻覺，起坐緣之，了無參錯，比至平明，已滿一百徧❻。右司執縛向市，且行且誦，臨欲加刑，誦滿千徧❼。執刀下斫，折為三段，不損皮肉，易刀又折❽；凡經三換，刀折如初。監當官人，莫不驚異，具狀聞奏丞相高歡，表請其事，遂得免死❾。敕寫此經傳之，今所謂《高王觀世音》是也❿。

敬德放還，設齋報願，出在防像，乃見項上有三刀痕，鄉郭同睹，歎其通感⓫。

【注釋】

❶ 元魏：朝代名。南北朝時魏。自公元 386 至 557 年。史稱元魏。原姓拓拔，後改姓元氏。　天平：元魏孝靜帝元善見之年號，自公元 534 至 537 年。　定州：州名。在今河北省境內。　募士：被徵召的士兵。募：徵集，招募。　防：防守，抵禦。　北陲：北方的邊境。　造觀音像：雕塑觀音佛像。　觀音：佛教菩薩名，鳩摩羅什譯作觀世音，唐・玄奘譯為觀自在。意譯為「現音聲」。

❷ 劫賊：盜匪。　橫引：妄加牽連。橫：音ㄏㄥˋ；hèng。妄為。引：交代。審訊中牽連涉案的人。橫引、誣引為漢魏六朝習語，指被人誣陷或被迫交代而供出的資訊。　不勝：無法忍受。勝：音ㄕㄥ；shēng。承受。　拷掠：拷打。　竝斷死刑：同被判決為死刑。

❸ 懺悔：將自己的過錯坦白供出，並尋求寬恕。在宗教心理上，個人為了與自己信仰的神建立正確的關係，會將自己的過錯誠實供出，以求滌罪與淨化。　啟：陳述。禱告。　身：我。第一人稱代詞。

重慶博物院，南朝觀音菩薩頭像，成都市萬佛寺遺址出土。

❹ 願：佛教用來指稱對佛發下的誓願。　云云：如此如此，不一一引述的說法。　已：完畢。　少時：不久。少：音ㄕㄠˇ；shǎo。不多。

❺ 沙門：僧徒。亦作「桑門」。梵語室羅摩拏的音譯。義譯為勤修善法，止息惡行之意。　《觀世音救生經》：佛經名。今猶流傳，中有念八大菩薩名號，如：「南無觀世音菩薩摩訶薩」以及「願以此功德，普及於一切，頌滿一千遍，重罪皆消滅。」等內容。　度：度：逃過。度過。

❻ 欻：音ㄒㄩ；xū。忽然。　覺：音ㄐㄧㄠˋ；jiào。睡醒。　起坐緣之：起身坐起來照著僧人所教的經文唸誦。　緣：遵照。之：指示代名詞。此指《觀世音救生經》。　了：音ㄌㄧㄠˇ；liǎo。完全。　參錯：不相合，錯誤。　比：音ㄅㄧˋ；bì。副詞。表時間上的接近。將要。　平明：天剛亮的時候。

❼ 右司：官名。此指主管刑法的官員。　向市：往市場的方向。向：趨向。市：市原是貨物聚集的買賣場所。古代執行死刑時也在市場。　且行且誦：一邊走一邊誦經。「且……且」連用。表示兩事同時進行。

❽ 斫：劈；用刀斧砍。　折：折斷。　易：換。

❾ 初：原本，先前。　監當官人：值勤的監斬官員。　具狀：將全部經過陳述出來的文件。具：陳述。狀：文體的一種。向上級陳述事實的文書。　聞：傳達。　奏：向上級陳述。　丞相：宰相。協助皇帝處理國家政務的最高行政長官。　高歡：人名。公元 496 至 547 年在世，為北魏權臣，子高洋建立北齊政權後，追尊他為高祖神武帝。《北齊書》有傳。

❿ 敕：音彳ㄏ丶，chì。告誡，命令。南北朝以下，專稱君主的詔命。　《高王觀世音》：即前所稱之《觀世音救生經》。中有「高王觀世音，能救諸苦危，臨危急難中，死者變成活。」此為高歡偽造之佛經。

⓫ 設齋：施設齋食以供奉僧佛。　出：前往。　防像：邊境的佛像。　乃：竟。項：腦後的脖子。　鄉郭：鄉里。

翻譯：

北魏孝靜帝天平年間，定州士兵孫敬德駐防在北方的邊界，服役期間他塑造了一尊觀音像。他服役的年限屆滿，將要還鄉了，他對這尊觀音像禮拜有加。後來他遭搶匪誣陷，監禁於京城的監獄中。孫敬德無法忍受嚴酷的拷打，於是胡亂認罪，與搶匪同被處以死刑，次日早上要行刑。

當天晚上，孫敬德禮拜懺悔，痛哭落淚。他禱告說：「我現在被冤枉，應當是過去我也冤枉他人，但願償債完畢，發誓不再造罪業。」他又發下弘願等等。話說完後，不久，彷彿如在夢中：他看到一位僧徒，教他背誦《觀世音救生經》。經文裡有佛的名號，僧人令他誦念一千遍，說如此就可以度過這個苦難。

孫敬德忽然醒了，他起身坐好，依照僧人教他的經文誦唸，完全沒有唸錯。到天亮之時，已經唸滿一百遍。執法人員捆綁孫敬德帶往刑場，他邊走邊唸著經，到快要行刑時，他已誦滿一千遍的經文了。行刑者持刀砍下，刀斷成三截，沒有傷到孫敬德的皮肉！更換一把刀來也還是折斷了。這樣一共換了三把刀，刀子都如先前一般地斷了。負責監斬的官員們，沒有不感到驚奇的！於是將這個情況呈報丞相高歡，請求裁決此事。孫敬德於是得以免死。丞相高歡下令要書寫這部佛經廣為流傳，這就是現在的《高王觀世音》佛典。

　　孫敬德被放回之後，他施設齋飯來報恩還願。他到邊防的觀世音菩薩像前，竟看見神像頸項上有三條刀痕！鄉里的人有目共睹，讚歎觀世音菩薩的神通感應。

十一、寧死不屈　北魏‧楊衒之：《洛陽伽藍記》卷三

　　出建春門外一里餘，至<u>東石橋</u>。南北而行，<u>晉太康元年造</u>❶。橋南有<u>魏朝</u>時馬市，刑<u>嵇康</u>之所也❷。橋北大道西有建陽里，大道東有<u>綏民里</u>，里內有<u>河間劉宣明</u>宅。<u>神龜</u>年中，以直諫<u>忤旨</u>，斬於都市❸。<u>訖</u>，目不瞑，尸行百步。時人<u>譚</u>以枉死。<u>宣明</u>少有名譽，精通經史，<u>危行</u>及於誅死❹。

【注釋】

❶　建春門：洛陽城門名。　東石橋：橋梁名。　南北而行：南北向通行。　晉太康元年：西晉武帝司馬炎年號。自公元 280 至 289 年。元年為公元 280 年，該年西晉平吳，統一中國，改元為太康。

❷　魏朝：王朝名。曹丕建立，自公元 220 至 266 年。　馬市：馬匹買賣的市集。　嵇康：人名。公元 223 至 263 年在世。三國魏人，官至中散大夫，世稱嵇中散。文學家、音樂家。《晉書》有傳。

❸　綏民里：里名，位於洛陽市內。　河間：郡國名。在今河北省境內。　劉宣明：人名。　神龜：年號名。北魏孝明帝元詡年號。自公元 518 至 520 年。　忤旨：抗旨。違逆帝王的主張。忤：牴觸。違逆。旨：主張，此指帝王的主張。

❹　訖：音ㄑ一ˋ；qì。完畢，終了。　目不瞑：眼睛沒有閉上。　譚：談論，說。通「談」。　危行：正直的行為。

翻譯：

　　出建春門外一里餘，到東石橋，橋是南北向通行的，西晉太康元年建造。橋的南邊有魏國時的馬市，為處決嵇康之所在。橋北邊的大路西側是建

陽里，大路東側有綏民里，里內有河間郡人劉宣明的住宅。劉宣明在北魏孝明帝神龜年間，因為耿直進諫，觸怒了皇帝，被斬首於京都的市集。斬首完畢後，劉宣明的眼睛沒有閉上，屍身尚且行走了一百多步。當時人認為劉宣明是冤枉遇害。劉宣明年輕時即有很好的名譽，精通經史典籍，行為剛正不阿以致於遭帝王處死。

※ 問題與討論

1. 憤怒是人類的原始情緒，也是一種制約反應，說明本篇故事的憤怒來源是什麼？人物的反應為何？是否足以展開復仇的行動？
2. 試作一則新聞報導，介紹某處蛇廟及其設置歷史與祭祀概況。
3. 構想一個歷險小英雄遊戲內容，情節包括危難的挑戰、任務的接受、艱難的奮鬥、獲得勝利。
4. 梅蘭芳 1918 年創造一齣取材自「李寄斬蛇」的京劇，名為〈童女斬蛇〉；試比較兩者在情節與主旨上的異同。

主題十三、幽明即時通

前　言

　　《墨子・經上》：「夢，臥而以為然。臥，知無知也。」哲學家墨子要言不煩地從理性面解釋睡夢與認知的關係。他說，睡眠中人的認知能力處於無從知曉事物的狀態，但「夢」卻使睡眠中的人將夢境信以為真。從感性面而言，「夢」必有各種私人情感經驗和懸心的雜訊寓於其中，憂慮、恐慌或亟欲實現的「夢」，都在夢中。原始思維甚且視夢境為人與鬼魂交談的混沌場域，半夢半醒之際，是意識域的邊疆，架設有幽明通話的稀有頻道。究竟，夢是無知無意義的幻境？還是有知有意義的非常會晤？

　　南朝文人江淹在〈恨賦〉說：「自古皆有死，莫不飲恨而吞聲！」他慨歎表示，生死本是自然循環，如春草之生而又盡，盡而又生；只是人非草木，生死事大，縱使明知「自古皆有死」，卻仍為一切「飲恨而吞聲」的死者滋生感慨。從死者而言，恆有未了的心願，但亡者已被註銷行動權，縱有未了的心願也只能委託活人代辦，幽明之間「傳話」的前提在此。活著的人也可能牽掛亡故親友死後的「生活狀況」？雖然明知「死去原知萬事空」，但在死別的初期階段卻不能自己！當他親視死者進棺入土之後，有關寒冷，飢餓，幽閉，陰暗，潮濕，受苦等的移情想像，使他們認為亡者需要協助，期盼「魂魄悠悠入夢來」的另類重逢！人鬼之間的另類通訊就在如許的心理背景下萌生。

　　從心理層面而言，這類受鬼所託的夢境，或說是妄想，原是意識的變體，由於睡眠者和世界上的人事物仍然維持著某種參與的關係，所以「日有所思，夜有所夢」，那些牽腸掛肚的心事自然就會在夢境中一再出現了。故

事中死去的鬼利用「託夢」的方式和活著的人對話，多半是請求協助，其餘則是通報自己的死訊，交代生前不及說出的祕密……如蔣濟將軍的亡兒託夢給母親，懇求他的父親能出面為他向未來的上司關說，將自己辛勞不堪的「地下工作」作一調動，好符合他生前的貴族身分；或是戰死的丈夫叮嚀妻子，認屍時要看清楚結髮的式樣，不要錯領了屍體，令自己死後還流離失所；也有生死不渝的朋友，託夢通知自己的死訊、葬期，請友人來參加葬禮，作最後一次的相聚。

　　往者已逝，來者不可追，身為父親的蔣濟因為幽明託夢，獲得遺憾之餘的些許安慰。縱然兒子已遠逝，但體察到他已遷轉到另外一個世界並存在著、活動著，父母老淚也可以擦去。亂世的苦命夫妻、相知摯友，也在最後的託夢道別中，痛定思痛地承受親友已然死去的事實，並為他們的後事盡一份心力。如此，生者和死者盡完最後的人倫責任，彼此皆可放心或放手地繼續過各自的日子了。

　　公孫達死後「附身」於幼兒，以其聲口垂訓死生循環乃自然之定律，要他們好自為之，這是民間信以為然的通靈形態，可資參考；劉義慶《幽明錄》的〈焦湖廟祝〉，反映夢境已有「醒悟」的寓言化發展，是黃粱一夢主題的前驅之作。

一、結髮認屍　　南朝 宋・劉義慶：《幽明錄》卷三

　　晉太元初，苻堅遣將楊安侵襄陽❶。其一人於軍中亡，有同鄉人扶喪歸❷，明日當到家。死者夜與婦夢曰❸：「所送者非我尸。倉樂面下者是也。汝昔為我作結髮猶存，可解看便知❹。」

　　迨明日，送喪者果至。婦語母如此，母不然之❺。婦自至南豐，細檢他家尸，髮如先，分明是其手迹❻。

【注釋】

❶ 晉：朝代名。司馬炎建立。自公元 265 至 316 年西晉。自公元 317 至 412 年東晉。太元：年號。東晉孝武帝司馬昌明年號。自公元 376 至 396 年。　符堅：人名。公元 338 至 385 年在世。前秦君主。符堅在太元初年，屢次派遣軍隊攻佔襄陽。《晉書》有其載記。　遣：派遣。　楊安：人名。前秦將軍。太元三年擔任前鋒，領軍七萬入侵襄陽。見《晉書》〈符堅載記〉。　襄陽：郡名。在今湖北省境內，是前秦與東晉的邊境，為軍事重鎮。

❷ 其：第三人稱代詞。作定語，表示領有，相當於「他們的」。　扶喪：護送屍體。喪：裝有屍體的棺材。

❸ 與婦夢：託夢給其妻。與：給予。

❹ 倉樂面下：此辭有疑義，或謂「樂」為衍字，「倉樂面下」應是「倉面下」，即船艙下面。倉：船的內部。通「艙」。　結髮：將頭髮編織，紮束為髮結，以固定之，使其不散亂。　可：宜，當。表示祈請。

❺　迄：至，到。　語：音ㄩˋ；yù　告訴。　不然之：不認同她的說法。不以之為
是。然：是。之：指示代名詞，此指夢境中所傳達的信息。

❻　南豐：縣名。在今江西省撫州市。　手迹：親手作的事物。迹：事迹。事物之可見
者。

翻譯：

　　晉孝武帝太元初年，前秦君王苻堅派遣部將楊安侵略襄陽郡。襄陽郡守
軍的一名軍人陣亡，有同鄉人要送屍體歸鄉，明天就會送到他家。死者當晚
託夢給妻子說：「所運回去的那具不是我的屍體。艙面下的才是我。從前妳
為我結的髮辮還在，請妳解開來看，就會認出我。」

　　到了明天，運送屍體的果然抵達了，妻子告訴母親昨天夢裡的事，母親
不以為然。妻子便親自到南豐縣去，仔細檢查別人家的屍體，終於認到了亡
夫！丈夫的結髮一如生前，那髮辮分明是她所編結的。

二、幫鬼搬家　東晉·干寶：《搜神記》卷十六

　　漢南陽文穎，字叔長，建安中為甘陵府丞❶。過界止宿，夜
三鼓時❷，夢見一人跪前，曰：「昔我先人，葬我於此，水來湍
墓，棺木溺，漬水處半，然無以自溫❸。聞君在此，故來相依。欲
屈明日暫住須臾，幸為相遷高燥處❹。」鬼披衣示穎，而皆沾濕。
穎心愴然，即窹，語諸左右❺，曰：「夢為虛耳，亦何足怪❻！」

　　穎乃還眠。向寐復夢見，謂穎曰：「我以窮苦告君，奈何不
相愍悼乎❼？」穎夢中問曰：「子為誰？」對曰：「吾本趙人，今
屬汪芒氏之神❽。」穎曰：「子棺今何所在？」對曰：「近在君帳
北十數步，水側枯楊樹下，即是吾也。天將明，不復得見，君必
念之❾！」穎答曰：「喏❿。」忽然便窹。

　　天明可發❶，<u>穎</u>曰：「雖云夢不足怪，此何太適❷！」左右曰：「亦何惜須臾，不驗之耶？」<u>穎</u>即起，率十數人將導，順水上❸，果得一枯楊，曰：「是矣。」掘其下，未幾，果得棺。棺甚朽壞，半沒水中。<u>穎</u>謂左右曰：「向聞於人，謂之虛矣。世俗所傳，不可無驗❹。」為移其棺，葬之而去。

【注釋】

❶　漢：朝代名。劉邦建立。自公元前 206 年至公元 7 年為西漢。公元 25 至 220 年為東漢。　南陽：郡名。在今河南省境內。　文穎：人名。　建安：年號。東漢獻帝劉協年號。自公元 196 至 220 年。　甘陵：郡國名，在今河北、山東兩省境內。　府丞：郡府的丞相。輔助太守。

❷　界：邊界。　止宿：停留過夜。　三鼓：三更。古人將夜晚從七點到翌日五點區分為五段，稱一更、二更、三更、四更、五更；由於打鼓報時，亦可稱一鼓、二鼓、三鼓、四鼓、五鼓。三鼓為晚間十一點到子夜一點。

❸　湍：音ㄊㄨㄢ；tuān。水勢急速而遭沖刷。　溺：淹沒。　漬水：淹泡，浸泡。　然：副詞。乃。於是。　無以自溫：無法保持溫暖。自：副詞。用於加強判斷語氣。

❹　故：特地。　相依：依附你。依託你。相：表示動作偏指受事的一方。　屈：委屈，此為敬辭，用於請託他人。　住：停留。　須臾：片刻。　遷：遷移。

❺　披衣：打開衣服，解衣。披：分開。　愴然：悲傷。　寤：音ㄨˋ；wù。睡醒。　語：音ㄩˋ；yù。告訴。　左右：旁側，指在旁伺候的人。

❻　耳：助詞。表語氣。猶罷了。「而已」合音。　亦：副詞。用在轉折或遞進等類句中，有加強語氣或強調作用。相當於「並」、「還」。

❼　向寐：接近入睡時。向：介詞。接近某個時間。寐：睡著。　憫悼：可憐，痛惜。

❽　子：講話時尊稱對方，相當於第二人稱代詞「您」。　趙：古國名。在今山西、河北、陝西三省境內。　汪芒氏：古國名。又稱防風氏，為大禹時期之氏族。封地在今浙江省境內。

❾　不復：不。復為音節助詞。　念：憐憫。考慮。

❿　喏：音ㄋㄨㄛˋ；nuò。應諾聲。

⓫　發：出發。啟程。

⓬　適：音ㄉㄧˊ；dí。通「的確」的「的」，明白真確。清晰。

⓭　將導：在前頭引路。將：引領。

⓮　沒：音ㄇㄛˋ；mò。入水。　不可：不。可為音節助詞。　無驗：沒有證據。

翻譯：

　　漢朝時南陽郡人文穎，字叔長，他在漢獻帝建安年間擔任甘陵郡府的丞相。某次經過邊界時，與隨員駐留過夜。三更半夜時，夢見一個人跪在他的面前，說：「從前我的家人將我埋葬於此，但是河水沖蝕了墳墓，棺木淹到水了，浸水處已經過半，使我不得溫暖。聽說您在此地，特地前來請託，想勞駕您明天暫且別走，好心幫我搬到地勢高且乾燥的地方！」鬼揭開衣服給文穎看，他的衣服全部都濡濕了。文穎內心哀悽，就醒了過來；他告訴身邊的人他做了這個夢，他們說：「夢境只是虛象罷了，並不值得大驚小怪！」

　　文穎於是回去繼續睡，快睡著時他又夢見那個鬼了，鬼對文穎說：「我把困難向您稟告，為什麼您不能同情我？」文穎在夢中問他：「你是誰？」鬼答說：「我本來是趙國人，現在則屬汪芒氏神祇所管轄。」文穎說：「你的棺木如今是在哪裡？」答說：「靠近您帳棚北邊約十數步之處，河邊有一棵枯死的楊樹，樹下就是我所在的位置了。天就要亮了，不得相見，請您一定要憐憫我的遭遇。」文穎回答說：「嗯。」忽然就醒來了。

　　天亮了，可以啟程了；文穎說：「雖然說夢不值得大驚小怪，但這夢境也太清晰了。」身邊的人說：「既然這樣，又何必在乎一點時間，我們何不去查驗看看？」文穎立即動身，他領著十多人在前面引路，沿著河流上去後，果然發現一株枯死的楊樹，文穎說：「就是這裡了！」挖掘下去後，不久，果然發現了一具棺木。棺木腐朽得非常嚴重，一半已浸泡在水裡了。文穎對身邊的人說：「過去聽人說起靈異事件，都認為那是虛造的；世間的傳說，原來不是毫無根據！」於是為鬼遷移棺木，安葬妥善之後才離去。

三、非常關說　　東晉・干寶：《搜神記》卷十六

　　蔣濟字子通，楚國平阿人也。仕魏，為領軍將軍❶。其婦夢見亡兒，涕泣曰：「死生異路。我生時為卿相子孫，今在地下為泰

山伍伯，憔悴困苦，不可復言❷。今太廟西謳士孫阿，見召為泰山令，願母為白侯，屬阿，令轉我得樂處❸。」言訖，母忽然驚寤❹。

　　明日以白濟。濟曰：「夢為虛耳。不足怪也❺！」日暮，復夢，曰：「我來迎新君，止在廟下。未發之頃，暫得來歸❻。新君明日日中當發，臨發多事，不復得歸❼。永辭於此。侯氣彊，難感悟，故自訴於母。願重啟侯，何惜不一試驗之❽。」遂道阿之形狀，言甚備悉。天明，母重啟濟：「雖云夢不足怪，此何太適適❾。亦何惜不一驗之。」

　　濟乃遣人詣太廟下，推問孫阿，果得之，形狀證驗，悉如兒言❿。濟涕泣曰：「幾負吾兒！」於是乃見孫阿，具語其事⓫。阿不懼當死，而喜得為泰山令，惟恐濟言不信也，曰：「若如節下

重慶博物院，東漢軺車與一名伍伯畫像磚拓印，伍伯在車隊之前持長棍負責驅趕路人迴避，使道路淨空。伍伯亦稱車辟。彭州市太平出土。

言⓬，阿之願也。不知賢子欲得何職？」濟曰：「隨地下樂者與之
⓭。」阿曰：「輒當奉教。」乃厚賞之。言訖⓮，遣還。

濟欲速知其驗，從領軍門至廟下，十步安一人⓯，以傳消息。
辰時傳阿心痛，巳時傳阿劇，日中傳阿亡⓰。濟曰：「雖哀吾兒之
不幸。且喜亡者有知。」

後月餘，兒復來，語母曰：「已得轉為錄事矣⓱。」

【注釋】

❶　蔣濟：人名。字子通，才兼文武。三國時魏領軍將軍，晉爵昌陵亭侯，《三國志》
　　有傳。　楚國：古國名。在今湖南省境內。　平阿：縣名。在今安徽省境內。
　　魏：朝代名。曹丕建立。自公元220至265年。　領軍將軍：官名。曹丕始置。統
　　領禁兵。

❷　泰山：山名。在今山東省境內。古代中國視泰山為冥界所在。　伍伯：地方官府的
　　兵卒差役。漢以來充當輿衛前導，即走卒，須長途急行。　不可復言：不可言，非
　　言語所能形容。復：副詞，無實義。在句中只起強調作用。

❸　太廟：天子的祖廟。　謳士：古代祭祀鬼神或在送葬時詠歌的人。謳：音ㄡ；ōu。
　　齊聲歌唱，歌頌。　見召：被招來。見：助動詞。表示被動。　令：官名。秦、漢
　　時縣官轄區萬戶以上的叫令。　白侯：稟報王侯。白：稟白，陳述。侯：古代的爵
　　位。　屬：音ㄓㄨˇ；zhǔ。通「囑」，託付。　轉：遷職。調動職務。

❹　言訖：說完話。訖：音ㄑㄧˋ；qì。完畢，終了。　寤：音ㄨˋ；wù。睡醒。

❺　耳：語氣詞。相當於「而已」、「罷了」。　不足：不值得。

❻　復夢：又再作夢。復：再。　止：停息，停留。　廟下：太廟附近。下為處所名詞
　　詞尾，泛指該處。　未發：還沒出發。　頃：片刻，少時。　暫：短時間。匆匆。

❼　臨發：到了要出發之時。　不復：不。復為音節助詞。

❽　侯氣彊：蔣濟受封為陵亭侯，指王侯氣場強大。　重：音ㄔㄨㄥˊ；chóng。重
　　複。　一：助詞。加強語氣。

❾　適適：分明，確實。形容夢境清楚明白。適：音ㄉㄧˊ；dí。通「的確」的
　　「的」，明白真確。

❿　詣：音ㄧˋ；yì。到……去。　推問：推究詢問。

⓫　幾負：幾乎辜負。幾：音ㄐㄧ；jī。副詞。幾乎。　具語：全部告訴。具：副詞。
　　都，全。語：音ㄩˋ；yù。告訴。

⓬　節下：敬稱。對將領的尊稱，麾下。節：旄節，古時將軍持旄牛尾作為竿節的旌

麾，用以指麾軍隊。

❸　隨：隨宜，隨順不拘。　地下：地府。古時認為的死後世界，專管死人鬼魂之機構。　樂者：愉快的職務。者：助詞：用於形容詞後，構成短語，用以指事物。與之：給予他。之：指示代名詞。此指蔣濟亡兒。

❹　輒當：輒。當為音節助詞。輒：音ㄓㄜˊ；zhé。即時。　奉教：接受教益。此為謙辭，意即遵照指示。

❺　安：設置，安放。

❻　辰時：上午七點至九點。　巳時：上午九點到十一點。　劇：痛苦。

❼　已得：已經。「得」同副詞連用，表示動作進行的情況。　錄事：官名。掌管錄眾官署文簿，舉彈善惡。

翻譯：

蔣濟字子通，是楚國平阿人。他在魏朝作官，擔任領軍將軍。某夜，他的妻子夢見死去的兒子，流著淚說：「死生異路。我在世時是卿相家的兒孫，現在在地府卻擔任泰山府君的走卒，勞累辛苦，真不是言語所能形容。現今太廟西邊有一個頌歌者名叫孫阿，他獲派為泰山府君，願母親向父親大人稟報，囑附孫阿，請他將我轉調到輕鬆的單位。」話一說完，母親突然驚醒過來。

第二天，她向蔣濟述說這個夢。蔣濟說：「夢只是幻象而已！不值得大驚小怪啦。」天黑時，母親又夢見死去的兒子了，他說：「我是來迎接新上任的府君，在太廟附近稍作停留。還沒出發前，利用片刻，暫時回家一下。新任府君明天中午就要啟程，臨啟程的時候有很多事情要忙，不能回來。孩兒在此向母親辭別。父親大人的氣場很強，我很難接觸他，所以只能向母親訴說，希望您再向父親大人稟報，請他不妨去驗證一下虛實。」於是描述孫阿的形貌，說得非常詳細清楚。天亮了，母親再度跟蔣濟陳述：「雖然說夢是不須要大驚小怪的，但這個夢境實在是確鑿分明，您何妨去查證一下呢？」

蔣濟於是派人到太廟附近探詢孫阿這個人，果然給找到了，形貌證據都如他兒子所說。蔣濟知道後流下淚來，說：「差一點就辜負了我兒子啊！」於是召見孫阿，將這事的經過詳細告訴他。孫阿不怕自己就要死了，反而高

興可以在死後擔任泰山的首長，他只擔心蔣濟說的話不是真的。他說：「若真是如將軍您所說的，那正是孫阿的願望！不知道令公子想要哪個職務？」蔣濟說：「看地下哪個職務輕鬆就調他去那裡。」孫阿說：「立即遵從照辦。」蔣濟於是豐厚地賞賜了孫阿。說完，遣他回去。

蔣濟想趕快知道事情是否應驗，於是從領軍將軍的大門一路直到太廟附近，每十步就安置一個人員來傳遞消息。辰時傳出孫阿心痛了，巳時傳出孫阿更加痛苦，午時傳來孫阿已經死亡了。蔣濟說：「雖然悲痛我兒的不幸，但也欣慰亡者有知。」

一個月多之後，兒子又回來了，他告訴母親說：「已經轉任為文職的錄事了。」

四、朋友再見　　東晉・干寶：《搜神記》卷十一

漢范式，字巨卿，山陽金鄉人也❶。一名氾。與汝南張劭為友，劭字元伯，二人並遊太學❷。後告歸鄉里❸，式謂元伯曰：「後二年當還，將過拜尊親，見孺子焉。」乃共剋期日❹。

後期方至，元伯具以白母，請設饌以候之❺。母曰：「二年之別，千里結言，爾何相信之審耶❻？」曰：「巨卿，信士；必不乖違❼。」母曰：「若然，當為爾醞酒❽。」至期果到。升堂拜飲，盡歡而別❾。

後元伯寢疾甚篤，同郡郅君章、殷子徵晨夜省視之。元伯臨終，歎曰：「恨不見我死友❿。」子徵曰：「吾與君章，盡心於子，是非死友，復欲誰求⓫？」元伯曰：「若二子者，吾生友耳⓬；山陽范巨卿，所謂死友也。」尋而卒⓭。

式忽夢見元伯，玄冕垂纓，屐履而呼曰⓮：「巨卿，吾以某日

死，當以爾時葬，永歸黃泉。子未忘我，豈能相及❺？」式恍然覺悟，悲歡泣下，便服朋友之服，投其葬日，馳往赴之❻。

　　未及到而葬已發引。既至壙，將窆，而柩不肯進❼。其母撫之曰：「元伯，豈有望耶❽？」遂停柩。移時，乃見素車白馬，號哭而來❾。其母望之曰：「是必范巨卿也！」既至，叩喪言曰❿：「行矣㉑，元伯！死生異路，永從此辭！」會葬者千人，咸為揮涕。式因執紼而引，柩於是乃前㉒。式遂留止冢次，為修墳樹，然後乃去㉓。

重慶博物院，東漢講學畫像磚拓印，經師戴冠憑几坐在高床（講坐）上講學，左側兩位高足手捧簡冊，右側有三位學童手持觚，專心聽講，專席上的書生腰際配有書刀，為都講。成都市羊子山出土。

【注釋】

❶ 漢：朝代名。劉邦建立。自公元前 206 至公元 7 年為西漢。公元 25 至 220 年為東漢，劉秀建立。　范式：東漢人，《後漢書》有傳。　山陽：郡名。在今河南省境內。　金鄉：縣名。在今山東省境內。

❷ 汝南：郡名。在今河南省境內。　張劭：人名。見《後漢書》〈范式傳〉。　太學：古學校名。即國學。漢武帝時始置太學。設五經博士。

❸ 告歸：請假回鄉。告：古時休假曰告。

❹ 當：會，必定。　過拜：來拜訪。　孺子：兒童的通稱。　焉：語氣詞。用在句末，加強肯定語氣。　剋：限定，約定。　期日：約定的日期。

❺ 方至：將要到了。方：副詞，將要。　具：副詞。都，全。通「俱」。　設饌：籌備飲食。　候之：接待他。之：指示代名詞。指張劭。

❻ 千里結言：在遙遠的外地所作的口頭承諾。　爾：第二人稱代詞。你。　審：確定。　耶：語氣助詞，用於句末，表示疑問，相當於「嗎」。

❼ 信士：誠實的人。　乖違：背信，失約。

❽ 若然：假使是那樣。若：連詞。表示假設。然：指示代詞。指范式會赴約。　當：當然。表示肯定語氣。　醞酒：釀酒。醞：音ㄩㄣˋ；yùn。釀酒。

❾ 升堂：即升堂拜母。古代友誼深厚的人，在相訪時，會進入後堂拜望對方的母親。

❿ 寢疾甚篤：臥病在牀，情況很嚴重。篤：指病勢的沉重。　恨：遺憾。　死友：交情生死不渝，死不相負的朋友。

⓫ 子：講話時尊稱對方，相當於第二人稱代詞「您」。　是非死友：這樣的朋友不是死友。是：此，這。　復欲：欲。復：副詞。無實義。在句中只起強調作用。

⓬ 若二子者：如兩位先生。若：如，像。子：尊稱男子。者：用於代名詞，構成「者」字短語，用以指人。　生友：一生的朋友。有生之年的朋友。　耳：語氣詞。表示肯定。

⓭ 尋：副詞。隨即，不久。

⓮ 玄冕乘纓：戴著黑色的禮帽，結冠的帽帶沒有綁好而掛著。比喻情況急迫，來不及繫好。冕：禮帽。乘：登上。纓：帽帶。　屣履：納履未正，曳之而行。喻緊急之態。屣：音ㄒㄧˇ；xǐ。履不著跟。　呼：喊叫。

⓯ 以：在。　當以爾時葬：將在某時下葬。當：將。爾：指示代名詞。這，那。　相及：趕上，到達。

⓰ 服朋友之服：穿戴為朋友服喪的喪服。第一個服：穿著。第二個服：舊時喪禮規定穿戴的喪服。《儀禮‧喪服》注曰：「朋友雖無親，有同道之恩，相為服緦之絰帶。」即以縷細而織疏之布束於腰。　投：到，臨。　馳往：迅速前往。

⓱ 發引：舊時出殯，柩車啟行，送葬者執紼前導，謂之發引。　壙：音ㄎㄨㄤˋ；kuàng。墓穴。　窆：音ㄅㄧㄢˇ；biǎn。葬時穿土下棺。

⑱　撫之：撫摸著棺材。之：指示代名詞。此指棺材。　　豈有望耶：難道還有什麼期望的嗎？　豈：副詞。表示反詰。

⑲　移時：少頃，一段時間。　素車白馬：白車白馬。用於凶、喪之禮。素車：以白土塗飾的車子。　號哭：在喪葬場合中出聲哭，且有哀訴之辭。

⑳　望：向遠處看。　是：此。　叩喪：敲打棺材。叩：擊，打。喪：喪具，此指棺木。

㉑　行矣：走吧。矣：語氣助詞。用於陳述句，表示感嘆。

㉒　揮涕：拭淚。　執紼：送葬者牽著靈車或棺材的繩索以助行進。紼：音ㄈㄨˊ；fú。牽引棺木的繩索。　引：引導，帶領。

㉓　留止塚次：留住在墳墓附近。次：泛指所在之處。　修墳樹：種植整理墳墓旁的樹木。

翻譯：

漢朝人范式，字巨卿，是山陽郡金鄉人。又名范氾。他和汝南郡人張劭結為朋友；張劭字元伯，兩人一起在太學就讀。後來他們請假返鄉，范式對張元伯說：「兩年後我會回來，到時將拜訪您的尊親，探視您的孩子。」於是共同約定相會的日期。

後來，約定的日期就要到了，張元伯將這件事情告訴母親，請她準備飲食接待范式。母親說：「離別已經兩年了，又是千里之外的口頭約定，你怎麼相信他確實會來呢？」元伯答說：「巨卿，是個守信用的讀書人，一定不會失約！」母親說：「果真是這樣，我就來為你釀酒準備。」約定的日期到了，范式果然抵達。他登堂拜見張劭的母親，賓主敬酒禮拜，盡歡然後道別離去。

後來張元伯臥病在牀，病情十分嚴重，同郡人郅君章、殷子徵早晚來探視。張元伯臨終前，感嘆地說：「遺憾再也見不到我的死友了！」殷子徵說：「我和郅君章盡心地對待您，如此的朋友不算死友，你想要的死友是誰？」張元伯說：「如您二位，是我有生之年的朋友；但山陽郡范巨卿，卻是我至死不渝的朋友。」不久張元伯過世。

某日，范式忽然夢見了張元伯，夢中他神色匆匆，玄冕的帽帶還沒繫好，鞋子也將就套著，他呼喊著：「巨卿！我在某天死了，將在某時下葬，

永歸黃泉了！你若沒有忘記我，能否趕來參加葬禮？」范式恍然醒悟過來，悲歡流淚。於是穿上為朋友服的喪服，在張元伯葬期前，迅速駕車趕去赴會。

　　范式還沒趕到時，靈柩已經起行上路，送葬者扶柩前往墓地。到達墓地後，要將棺木放入墓穴時，棺木卻不肯移動。張元伯的母親撫摸著棺材說：「元伯啊，莫非你還在等著誰來嗎？」於是暫且停止移動棺柩。不久，看到一輛奔喪的白馬素車，車上有人哭號著趕來。張元伯的母親遠遠望見了，她說：「這個人一定是范巨卿！」范式來到了，他敲叩靈柩，說：「走吧，元伯！死生異路，就此永別了……」當時參加葬禮的有一千多人，都為此拭淚。范式於是執紼引柩，棺柩這時才往前移動。下葬後，范式留在墓地，他栽植整修好墳樹之後才離去。

五、鬼情報　　東晉・陶潛：《搜神後記》卷六

　　承儉者，東莞人。病亡，葬本縣界❶，後十年，忽夜與其縣令夢云：「沒故民承儉，人今見劫，明府急見救❷！」令便敕內外裝束，作百人仗，便令馳馬往塚上❸。

　　日已向出，天忽大霧，對面不相見，但聞塚中匉匉破棺聲。有二人墳上望，霧暝，不見人往❹。令既至，百人同聲大叫，收得塚中三人。墳上二人遂得逃走❺。棺未壞，令即使人修復之。

　　其夜，令又夢儉云：「二人雖得走，民悉誌之：一人面上有青誌，如藋葉；一人斷其前兩齒折❻。明府但案此尋覓，自得也。」令從其言追捕，并擒獲❼。

【注釋】

❶ 承儉：人名。　東莞：縣名。在今山東省境內。　界：邊界。

❷　沒：音ㄇㄛˋ；mò。死亡。通「歿」。　　故民：過去的住民。舊時的百姓。
　　人：我。　　見劫：遭到搶劫。見：助動詞。被，表示被動。　　明府：漢魏以來對太
　　守牧尹，皆稱府君，或明府君，省稱明府。　　見救：救我。見：用於動詞前，表示
　　代詞賓語的省略。

❸　令：縣令。秦、漢時，縣官轄區萬戶以上的叫令。　　敕：音ㄔˋ；chì。命令。
　　裝束：整裝。　　百人仗：由一百人組成的武裝隊伍。仗：劍、戟等的兵器總稱。
　　便：立即。　　馳：疾驅，快速前往。

❹　日已向出：太陽已快要出來。向：接近。　　但：副詞。只是。　　恟恟：音ㄒㄩㄥ
　　ㄒㄩㄥ；xiōng xiōng。喧喊聲。　　望：向遠處看。　　暝：晦，昏暗。

❺　收：拘捕。　　逃走：跑掉。

❻　悉：全，都。　　誌：記。　　青誌：黑痣。誌：皮膚上的斑痕。通「痣」。　　藿葉：
　　豆葉。藿：音ㄏㄨㄛˋ；huò。豆類植物的葉子，豆角謂之莢，其葉謂之藿。　　斷
　　其前兩齒折：斷掉他前面的兩顆牙齒。折：作補語用。斷掉。句式為「斷」……
　　「折」。

❼　但：連詞。表示一種條件。只要。　　案：通「按」。依，依照。　　自得：就能抓到。
　　自：副詞。用於加強判斷語氣。　　并：一併。　　擒獲：捕捉到。獲為補語。得到。

翻譯：

　　有個叫承儉的，是東莞縣人。因病身故，葬在東莞縣的邊界。十年之
後，某晚突然託夢給該縣的縣令說：「已故縣民承儉，本人目前遭到搶劫，
請縣令大人快來救我！」縣令於是下令縣府人員裝備整齊，組織好一支百人
的武裝衛隊，即刻要他們快馬前往墳場。

　　太陽快要升起時，天突然起了大濃霧，即便面對面也看不見，衛隊人員
只聽到墳墓裡有哄哄的破棺聲。當時有兩個人在墳上張望把風，但因為霧濃
天暗，沒看見縣府人員過來。縣令到達墳場後，百名衛隊人員同聲呼叫喊
威，逮捕到墳墓裡的三個人。墳上那兩個人給逃走了。棺材還沒毀壞，縣令
立即派人加以修復。

　　當天晚上，縣令又夢到了承儉，他說：「那兩人雖然給跑掉了，但縣民
都記下來了：一人的臉上有顆大黑痣，形狀像是藿葉；另一人跌斷他前面的
兩顆牙齒。縣令大人只要按照這些線索尋覓，自然逮得到。」縣令聽從他的
話追捕，果然一併捉到。

六、門框上的金釵　　東晉・干寶：《搜神記》卷十七

　　吳人費季，久客于楚，時道多劫，妻常憂之❶。季與同輩旅宿廬山下，各相問出家幾時❷。季曰：「吾去家已數年矣。臨來，與妻別，就求金釵以行，欲觀其志，當與吾否耳❸。得釵，乃以著戶楣上。臨發，失與道，此釵故當在戶上也❹。」

　　爾夕，其妻夢季曰：「吾行遇盜，死已二年。若不信吾言，吾行時取汝釵，遂不以行，留在戶楣上，可往取之❺。」妻覺，揣釵得之，家遂發喪。後一年餘，季乃歸還❻。

【注釋】

❶ 吳：地區名。春秋時吳國疆域在今江蘇省長江以南，錢塘江以北地區；三國時孫權亦在江東建立吳國。因以吳泛指江蘇省一帶。　費季：人名。　客：旅居他鄉。楚：地區名。古楚國所轄之境，後泛指湖南省、湖北省之區域。　劫：盜賊。

❷ 旅宿：寄旅住宿，旅居。　廬山：山名。在今江西省境內。　出家：離開家。

❸ 去：離開。　臨來：將要出門來此時。臨：臨到……時候。　就：介詞。向。介出有關人物。　金釵：金或銅製成的髮飾，有兩股，用以貫串髮髻固定之。　以行：帶著走。以：介詞。拿，把。　當與吾否耳：會不會給我。當：將。與：給。耳：語氣詞。罷了。

❹ 著戶楣上：放在門框上的橫木上。著：音ㄓㄨㄛˊ；zhuó。放置。戶：臥房的小門。楣：門框上的橫木。　失與道：忘記告訴她。失：遺漏。與道：說給（她）知道。　故當：故。仍。當為音節助詞。

❺ 爾夕：當晚。爾：此，這。　可：請。祈請語氣。

❻ 揣：音ㄔㄨㄞˇ；chuǎi。試探，摸索。　發喪：宣布死訊，人死公告於眾。　乃：卻，竟。

翻譯：

　　吳地人費季，長久旅居在楚地，當時路上多有搶匪，妻子時常憂慮他的安危。費季和同輩寄宿在廬山附近，互相詢問對方離家多久了。費季說：「我離開家已經有幾年了。臨走前和妻子道別，向她要金釵給我伴行；我是

想觀察她的心意，到底會或是不會給我罷了。我拿到金釵後，就把它放在臥房的門楣上。啟程前，忘了告訴她；這個金釵還在房門上。」

那天晚上，他的妻子夢見費季告訴她：「我在外地遇到了盜匪，死有兩年了。你若不相信我說的話，當年我要離家時，拿了你的金釵，但沒有帶走它，我將它留在門楣上，請你去取下來吧。」妻子醒了，果然在門楣上摸到了金釵！家裡遂以為費季死了，宣布他的死訊。一年多之後，費季竟然回來了。

七、尿出了人命　南朝 宋・劉義慶：《幽明錄》卷三

桓大司馬鎮赭圻時，有何參軍晨出，行於田野中❶，溺死人髑髏上。還，晝寢，夢一婦人語云❷：「君是佳人，何以見穢污❸？暮當令知之！」

是時有暴虎，人無敢夜行者。何常穴壁作溺穴❹。其夜，趨穴欲溺，虎怒溺，嚙斷陰莖❺，即死。

【注釋】

❶ 桓大司馬：指桓溫，公元 312 至 373 年在世。官至大司馬。豪爽有雄略，《晉書》有傳。大司馬：官名。掌軍政。　鎮：鎮守。時桓溫加領揚州牧，在赭圻駐守。赭圻：嶺名。在今安徽省境內。桓溫曾於公元 364 年在赭圻山麓築城鎮守。　參軍：官名。參謀軍務之簡稱，位任頗重。　行：出行。

❷ 溺：音ㄋㄧㄠˋ；niào。小便。同「尿」。　髑髏：音ㄉㄨˊ　ㄌㄡˊ；dú ló。死人的頭骨。　晝寢：白天睡覺。　語：音ㄩˋ；yù。告訴。

❸ 佳人：好人。　見穢污：弄髒我。見：用於動詞前，表示代詞賓語的省略。　暴虎：兇惡的老虎。

❹ 穴壁：在牆壁上鑽洞。穴：音ㄒㄩㄝˊ；xué。孔洞，此作動詞用，穿鑿，使成洞。　溺穴：向室外小便的洞口。

❺ 趨：向。　嚙：音ㄧㄠˇ；yǎo。同「咬」。以口嚼物。　陰莖：男性外生殖器。為六朝新生詞。

翻譯：

桓溫大司馬鎮守赭圻時，有個何參軍早晨外出，去到田野中走走，他在一顆死人頭上撒了一泡尿。回來睡午覺時，夢見一個女人對他說：「您是好人，為何要污辱我？今晚會讓您知道後果！」

當時有暴虎出沒，人們不敢在夜晚外出。為此，何參軍經常在牆壁上挖一個可以向外撒尿的洞口。那天晚上，他傾身往洞口要撒尿時，老虎就咬斷他的陰莖，他當場死亡。

八、拔掉眼中刺　　南朝 宋·祖沖之：《述異記》

陳留周氏婢，名興進，入山取樵❶。倦寢，夢見一女語之曰：「近在汝頭前，目中有刺，煩為拔之，當有厚報❷。」

及覺，見一朽棺，頭穿壞，髑髏墮地，草生目中❸。便為拔草，內著棺中，以甓塞穿❹。即於髑髏處得一雙金指環。

【注釋】

❶ 陳留：郡名。在今河南省境內。　樵：柴薪。

❷ 倦寢：疲累得睡著了。　語之曰：告訴她說。語：音ㄩˋ；yù。告訴。之：指示代名詞。此指周氏婢。　頭前：前方。　煩：煩勞。　當：會。必定。

❸ 及覺：到了睡醒的時候。及：到了⋯⋯時候。覺：音ㄐㄧㄠˋ；jiào。睡醒。　頭穿壞：（棺材）前端破洞。頭：物體的前端。穿：穿孔，破洞。作動詞解。　髑髏墮地：死人的頭骨掉落在地上。髑髏：音ㄉㄨˊ ㄌㄡˊ；dú ló。死人的頭骨。

❹ 內著棺中：放入棺材裡。內：音ㄋㄚˋ；nà。「納」的本字。入。　甓：音ㄆㄧˋ；pì。磚塊；未燒的土坯。　塞：音ㄙㄜˋ；sè。填塞。堵住。　穿：洞孔。作名詞解。

翻譯：

陳留郡有個周氏人家的婢女，名字叫興進。上山去取柴，疲累得睡著

了，夢見一個女子告訴她：「我就在你前面，我眼睛裡有刺，麻煩妳幫我把刺拔掉；會有厚禮報謝。」

到她醒來的時候，看到一具腐朽的棺材，棺材的前端破洞了，死者的頭骨掉落在地，草長進了她的目眶中。婢女於是為她把草拔掉，又將頭骨放進棺材裡，還揀了一塊磚頭塞住棺材的破洞。接著她就在頭骨附近拾得一雙金指環。

九、不要再哭了　魏·曹丕：《列異傳》

任城公孫達，甘露中為陳郡，卒官，將斂，兒及郡吏數十人臨喪❶。達有五歲兒，忽作靈語，音聲如父，呵眾人：「哭止！吾欲有所道❷。」因呼諸兒，以次教戒。兒悲哀不能自勝❸。乃慰之曰：「四時之運，猶有所終；人物短脆，當無窮？」如此數千語，皆成文章。

兒乃問曰：「人死皆無知，惟大人聰明殊特，獨有神耶？」答曰：「存亡之事，未易可言；鬼神之事，非人知也❹。」索紙作言，辭義滿紙。投地云：「封書與魏君宰，暮有信來，即以付之❺。」其暮，君宰果有信來。

【注釋】

❶ 任城：郡名。在今山東省境內。　甘露：年號。三國魏高貴鄉公曹髦之年號。自公元 256 至 260 年。甘露年號出現在曹丕（公元 187 至 226 年在世）身故之後，因此，本則故事可能是後人續寫後添入。　為陳郡：治理陳郡。擔任陳郡太守。陳郡：郡名。在今河南省境內。　卒官：死於任上。　斂：音ㄌㄧㄢ丶；liàn。斂藏。為死者更衣曰小斂，入棺曰大斂。　臨喪：哭弔死者。臨：音ㄌㄧㄣ丶；lìn。哭弔。喪：遺體。

❷ 呵：大聲喝斥，大聲喝止。　哭止：停止悲哭。哭：出聲哭。特指凶喪場合的哭

喪。

❸ 勝：音ㄕㄥ；shēng。承受。

❹ 無知：沒有知覺，失去意識。　殊特：特別出眾。　獨：唯獨。　易可：易。可為音節助詞。

❺ 投地：扔到地上。投：擲，扔。　封書：將信密封。封：密閉，封緘。　君宰：統治者，主宰。　信：送信的信差。

翻譯：

　　任城郡公孫達，在魏國高貴鄉公甘露年間擔任陳郡太守，於任內死去。將要入殮時，他的兒子們以及郡府的官員數十人都親臨哭弔。公孫達有個五歲的兒子，這時突然說起靈異的話語，聲音聽起來像是他父親，他大聲叱喝眾人，說：「不要哭了！我有話要說。」接著呼喚兒子們的名字，逐個教誨訓誡。兒子們聽了之後更是悲傷不已。他於是安慰他們說：「春夏秋冬的運轉，都還有個終了；人命短暫脆弱，豈能無窮？」這樣說了幾千字的話語，都是文情並茂。

　　兒子們於是問他：「常人死後都一無所知，為何只有父親大人能如此聰明特殊地顯靈？」回答說：「生死之事，不易說明；鬼神之事，也非人所能理解。」他要求拿紙來給他寫字，寫滿一整篇情理兼備的內容。寫完後，他將紙丟到地上說：「將信封好，交給魏國的君主，傍晚會有信差來，就把信交給他！」那天傍晚，君宰果然派遣信差前來。

十、如夢一場　　南朝 宋・劉義慶：《幽明錄》

　　焦湖廟有一玉枕，枕有小坼❶。

　　時單父縣人楊林為賈客，至廟祈求❷。廟巫謂曰：「君欲好婚否？」林曰：「幸甚❸。」巫即遣林近枕邊，因入坼中。遂見朱門瓊室，有趙太尉在其中，即嫁女與林。生六子，皆為祕書郎❹。歷

數十年，並無思鄉之志。忽如夢覺，猶在枕旁。<u>林</u>愴然久之❺。

【注釋】

❶　焦湖：湖名。又名巢湖，在安徽省巢縣西南。　　坼：音ㄔㄜ；che。開裂。

❷　單父：縣名，在今山東省單縣。　　賈客：販貨的商人。賈：音ㄍㄨˇ；gǔ。居貨待售者。指坐商。　　祈：向神求福。

❸　巫：以通神鬼為業的人。　　幸甚：很期待。

❹　朱門瓊室：指富貴人家所住的房屋。　　趙太尉：人物稱謂，不詳所指何人。太尉：官名，為全國軍事首長。　　秘書郎：官名，掌管圖書經籍。

❺　志：意向。　　覺：醒。　　愴然：悲傷貌。

翻譯：

　　焦湖廟有一顆玉枕，這顆玉枕有道小裂口。

　　當時單父縣人楊林，是個供貨的生意人。有天他到廟裡祈福，廟巫問他：「您想要有好姻緣嗎？」楊林說：「非常期待。」廟巫就讓楊林走近玉枕邊，楊林就此進入裂口中。隨後他看到了朱門大戶、瓊樓玉宇，趙太尉在其中，他將女兒嫁給楊林。他們生了六個兒子，每個都當上了祕書郎。經過了數十年，楊林並沒有歸鄉的意思。但突然像夢醒一般，楊林發現原來他仍舊站在玉枕旁。楊林為之悵惘許久。

※問題與討論

1.幽明即時通的人「夢境」有重複出現的情況，請說明它的敘事效果。

2.杜撰一則託夢小故事，故事的情節為鬼請人幫助他解決某個困難。

3.你曾做過什麼特別的夢嗎？敘述並嘗試自我分析該夢境可能的意義。

主題十四、恐怖特區

前　言

　　空間是人類終身不可須臾或離的活動場域，缺乏空間的據有，生或死都是一片不可想像的荒蕪！因此，人類對於空間的需求是最基本的在世條件，擁有一方空間，意味著擁有被庇護和獲得棲身之處的安全感。但在魏晉南北朝，大動亂與大遷徙的大環境，迫使人們浪跡天涯海角，且須面臨許多邊緣的場所：荒廢的空屋，古舊的墳塚，偏僻的驛亭，蠻荒的絕地，以及屍骨堆積橫野的焦土戰場。這些陌生、神秘、且帶有死滅陰影的空間在聯接到當時人們內心中的生存威脅時，必然會發酵出更多主觀上的驚疑反應！即使對於家屋的地底下、屋梁上、廁所內、牆角邊，也蒙上一股疑心生暗鬼的恐懼感。「重壁」也值得關注，「重壁」又稱「複牆」，即牆內設有複牆。其建築工法是在夯土牆中留置，或鑿出空腔，與外界無門徑可相通，成為密室。樓蘭漢魏遺址有此建築之具體情形，其內部為一狹長的密閉小室。在亂世，重壁可以匿財藏身，以防不測之禍；但也可能有亡命之徒或刺客埋伏其中。〈廁所藏凶〉的殺手應該就是藏身於重壁之內。

　　本篇主題在寫由空間所引起的恐慌事件，或由恐慌心理所引起的空間想像。內容包括對成仙勝地的探險，發現「仙谷」原來是「蛇谷」，所謂飛天作仙的人，其實是被巨蟒凌空吞噬的犧牲；戰場上的亡靈不知戰火已滅，每到夜晚，依然爬起來繼續廝殺吶喊，令人唏噓；家屋的內外看似平靜，卻有怨靈埋伏其中，或哭或叫，任意作怪；有的隱身在牆壁裡，有的潛藏在廁所內，忽隱忽現，常在出其不意的情況中，騷擾或危害居住者。有的凶宅因為屋主處變不驚而得逢凶化吉；有的凶宅卻會置主人於死地，然後一切復歸平

靜。這些場景和撞邪事件是故事的趣味所在，同時也反映人類對空間的豐富想像與訴說，它們是生存與居處之間的神祕對話，既透露著無邊的疑慮，也展現一股不信邪的生存意志。

一、仙谷探祕　　西晉‧張華：《博物志》卷十

天門郡有幽山峻谷，而其上人有從下經過者❶，忽然踴出林表，狀如飛仙，遂絕跡❷。年中如此甚數❸，遂名此處為仙谷。有樂道好事者，入此谷中，洗沐以求飛仙，往往得去❹。

有長生意思人，疑必妖怪。乃以大石自墜，牽一犬入谷中，犬復飛去❺。其人還告鄉里，募數十人，執杖揭山草❻，伐木，至山頂觀之，遙見一物長數十丈，其高隱人，耳如簸箕❼。格射刺殺之❽。

所吞人骨積此左右，已成封❾，蟒開口廣丈餘，前後失人，皆此蟒氣所噏上❿。於是此地遂安穩無患。

【注釋】

❶　天門郡：郡名，在今湖南省境內，境內有天門山，郡因山為名。　幽山：深山。上：登。

❷　踴出：往上跳出。踴：往上跳。　林表：樹林外，樹林頂端。表：外，外面。　絕跡：不見行蹤。消失。

❸　數：音ㄕㄨㄛˋ；shuò。屢次，多次。

❹　樂道：喜好道家成仙之術。　洗沐：齋戒沐浴。道教認為成仙之術須擇人跡罕至之名山，齋戒沐浴焚香以求之。

❺　長生意思人：擅長構思計謀的人。長：善，優。意思：心思。　墜：自上而下掛著。　復：副詞。無實義，在句中只起強調作用。

❻　執杖：手持棍棒。　揭：自密合中拔之使開。見根貌。

❼　丈：度量單位名，十尺為丈。一丈約合今220公分。　其高隱人：它立起來的高度

超出於人。隱：高，突出。　簸箕：音ㄅㄛ、　ㄐㄧ；bò jī。揚去穀物中糠殼的工具，為一直徑約六十公分之圓形器物。

❽　格：打擊。

❾　封：疊高成堆。冢。

❿　前後：在一段時間內。　嗡：音ㄒㄧ；xī。同「吸」。吸氣入內。

翻譯：

　　天門郡當地有深山峻谷，前往登山的人從山谷下方經過時，有人會突然騰空躍出樹林外，樣子就像是飛天仙人，然後消失不見……一年當中如此的情況常常發生，人們於是就把這裡稱為「仙谷」。那些喜歡道家成仙之術的人，會進入這個山谷中，淨身沐浴，祈求飛天成仙，而通常都能夠如願而去。

　　有個足智多謀的人，他懷疑山谷裡必定有妖怪！於是用一顆大石頭，垂掛在身上，且牽一隻狗進入山谷中，果不出其所料，狗真的飛去了！這個人回去將情況告訴村裡的人，募集到了幾十個人。眾人拿棍棒剗除山裡的雜草，砍伐樹木，登上山頂觀察山谷。遠遠望見一個物怪，長達幾十丈，昂首起來比人還高，兩耳大如簸箕……眾人於是聯手格殺，擊斃了牠！

　　蟒蛇所吞食的人骨積疊在附近，已成一座骷髏堆。蟒蛇的大嘴張開來有十多尺寬！這段時間失蹤的人，都是被這條蟒蛇給吞沒。殺掉蟒蛇後，這一帶從此就安定沒有災禍了。

二、廁所藏凶　　東晉‧陶潛：《搜神後記》卷七

　　<u>宋襄城李頤</u>，其父為人不信妖邪。有一宅，由來凶不可居，居者輒死。父便買居之❶。多年安吉，子孫昌熾。為二千石，當徙家之官。臨去，請會內外親戚❷。酒食既行，父乃言曰：「天下竟有吉凶否❸？此宅由來言凶，自吾居之，多年安吉，乃得遷官，鬼

為何在？自今已後，便為吉宅。居者住止，心無所嫌也❹。」

語訖，如廁，須臾，見壁中有一物，如卷席大，高五尺許，正白❺。便還取刀斫之，中斷，化為兩人；復橫斫之，又成四人！便奪取刀，反斫殺李。持至坐上，斫殺其子弟❻。凡姓李者必死，惟異姓無他。

頤尚幼在抱。家內知變，乳母抱出後門，藏他家，止其一身獲免。頤字景真，位至湘東太守❼。

【注釋】

❶ 宋：朝代名。南朝之一。劉裕建立。自公元 420 至 479 年。 襄城：郡名。在今河南省境內。 輒：副詞。就，總是。 買居之：買入此宅居住其中。當時賣宅者在宅門題門帖，就表示此屋出售。

❷ 為二千石：任高級官員，其年俸所得是二千石的穀子，約合今六萬公斤重。 當：將、將要。 徙家：搬家。 之官：就職，上任。 請會：邀集。 內外親戚：同姓本宗和異姓外戚等親屬。

重慶博物院，東漢豬圈與溷廁。

❸ 行：舉行，進行。 乃：於是。 竟：副詞。究竟。

❹ 住止：留住，住下來。 嫌：疑忌，顧慮。

❺ 訖：音ㄑㄧˋ；qì。完畢，完了。用於另一動詞後作補語。 如廁：到廁所。如：至，到。 須臾：片刻，一會兒。 壁：牆壁。應是「重壁」，重：音ㄔㄨㄥˊ；chóng。夾層的牆壁，中有空間，可藏人或財物。 卷席：卷起來的席子。席：古人坐臥鋪墊的用具。席可以捲收。 五尺許：五尺長左右，約合今 120 公分。許：

置於數詞之後，表示約數。　正白：純白色。正：純一不雜。
❻ 斫：劈；用刀斧砍。　中斷：從中間斷裂。　復：副詞，又，再，還。表示行為動
　作的繼續或反復。　持：拿著，握著。
❼ 止：副詞。只，僅。　湘東：郡名。在今湖南省境內。　太守：一郡之行政首長。

翻譯：

　　宋代襄城郡人李頤，他的父親為人不信邪。有一間宅舍，向來凶險，不能居住，住進去的人總會喪命。他的父親不以為意，便買下來住著。多年來平安吉祥，子孫繁榮。後來他當上了高級官員，即將搬家去就任新職。

　　當他們要搬離時，宴請了本宗和外戚等親屬來家中聚餐。酒菜上桌後，他的父親致辭說：「天底下有沒有所謂的吉凶？這個宅舍向來都說凶，但打從我住進來之後，多年來平安吉祥，而且還能夠高升官職，鬼在哪裡啊？從今以後，這屋子就是吉宅，住下來的人心理不要有什麼顧忌的！」

　　話說完，他去上廁所。不久，他看見牆壁裡個鬼物，像卷起來的席子一般大，高約五尺，純白色；他立即回去拿刀來砍這鬼物，從中間將它砍斷，不料它卻化成兩個人；他橫劈它，它再變成四個人。接著鬼物奪取了刀，反過來砍死了李，還持刀來到座位上，砍殺他的子侄後輩。凡是姓李的必死，只有不姓李的沒有遇害。

　　當時李頤還幼小，尚在襁褓中，家裡知道發生災變了，乳母趕緊抱著他從後門逃出去，藏匿在別人家裡。最後只有他一個人倖免於難。李頤字景真，官位做到湘東郡的太守。

三、鬼船升空　南朝 宋・劉義慶：《幽明錄》卷五

　　宋永初三年，吳郡張縫家忽有一鬼，云：「汝分我食，當相佑助❶。」便與鬼食，舒席著地，以飯布席上，肉酒五肴❷。如是，鬼得，便不復犯暴人❸。

　　後為作食，因以刀斫其所食處，便聞數十人哭❹，哭亦甚悲，云：「死何由得棺材？」又聞云：「主人家有梓船，奴甚愛惜，當取以為棺❺。」見擔船至，有斧鋸聲。

　　治船既竟，聞呼喚舉尸著棺中。<u>縫</u>眼不見，唯聞處分，不聞下釘聲❻；便見船漸漸升空，入雲霄中，久久滅，從空中落船，破成百片……便聞如有百數人大笑，云：「汝那能殺我！？我當為汝所困者邪？！但知惡心，我憎汝狀，故破船壞耳❼！」

　　<u>縫</u>便回意奉事此鬼。問吉凶及將來之計❽，語<u>縫</u>曰：「汝可以大甕著壁角中，我當為覓物也❾。」十日一倒，有錢及金銀銅鐵魚腥之屬❿。

【注釋】

❶　宋：朝代名。南朝之一。劉裕建立。自公元 420 至 479 年。　永初：年號。南朝宋武帝劉裕之年號。自公元 420 至 422 年。　吳郡：郡名。在今江蘇省境內。　張縫：人名。　當：會，必定。　相：表示動作偏指受事的一方。

❷　與：授。給予。　舒席：展開席子。　布：陳列。　肴：音一ㄠˊ；yáo。魚肉之類的葷菜。

❸　如是：如此。是：指示代詞。此，這。　不復：不。復為音節助詞。　犯暴：侵犯，欺侮。

❹　作食：設食。　斫：劈，用刀斧砍。　哭：凶喪場合的出聲哀哭。

❺　主人：奴婢對家戶業主的稱呼。　梓船：用梓木作成的船。梓：落葉樹。木質輕而易割。　奴：自己的謙稱。　當：將，將要。

❻　治船：修理那艘船，使其成為棺材。　既竟：完了，完畢。　舉：擡起。　處分：處理，處置。　下釘：釘下釘子。指棺蓋與棺身之間以釘子固定好。

❼　當為：將會被……　為：介詞。用於被動句，相當於「被」。　但：副詞。確認事實，有強調作用。　惡心：壞心，不良的念頭。　狀：情狀。　故：故意。　耳：助詞。表肯定語氣。

❽　回意：改變心意。

❾　語：音ㄩˋ；yù。告訴。　甕：口小腹大之瓦製容器。　著：音ㄓㄨㄛˊ；zhuó。放置。　壁角：牆壁的角落。　當：會，必定。　覓物：挑選東西，物色東西。

❿　屬：種類。眾品不一之合稱。

翻譯：

　　宋代武帝永初三年，吳郡張縫家忽然有了一個鬼，出聲說：「你分給我食物吃，我就會保佑你。」張縫於是提供食物給鬼吃，他將席子鋪在地面，再把飯放在席子上，還備有酒肉與五碟菜給鬼佐餐。這樣子，鬼有得吃喝，就不會侵擾家人了。

　　張縫後來為鬼端飯上菜時，順勢以刀子砍了砍鬼吃飯的所在，接著就聽到幾十個人放聲大哭，哭得非常悲悽，說：「死後如何能弄得到棺材啊？」又聽到說：「主人家有艘梓木造的船，在下很喜愛，我想拿它來做棺材。」張縫見船被抬了過來，還聽見有斧頭、鋸子在砍船、鋸船的聲音。

　　當船已改裝成棺材後，張縫聽到鬼吆喝著把屍體抬進棺材裡；但他看不到那些鬼，只聽見他們處置的聲響，也沒有聽到釘棺蓋的聲音。接著，張縫看到船慢慢地升空，進入到雲層當中，過了很久，船消失不見了；突然，船又從空中掉落，破成了百餘片碎料。之後張縫聽到好像有一百多人嘩然大笑，說：「你怎麼能殺得了我？我難道會被你給整倒？我就知道你存心不良，我痛恨你這個態度，故意把船給砸破！」

　　張縫只得回心轉意侍奉這個鬼。徵詢他有關吉凶及未來的對策，鬼告訴張縫：「你可以拿一個大甕放在牆壁的角落，我會去幫你找些東西來。」張縫每十天倒甕清點一次，裡頭有錢還有金、銀、銅、鐵、魚肉等之類的東西。

四、鬼屋解套　南朝　宋・劉義慶：《幽明錄》卷五

　　曲阿有一人，忘姓名，從京還，逼暮，不得至家。遇雨，宿廣屋中❶。

　　雨止月朗，遙見一女子來至屋簷下。便有悲歎之音，仍解腰中繰繩，懸屋角自絞❷。又覺屋簷上如有人牽繩。此人密以刀斫繰

繩，又斫屋上，見一鬼西走❸。

　　向曙，女氣方蘇，能語：
「家在前。」持此人將歸，向
女父母說其事❹。或是天運使
然，因以女嫁與為妻。

【注釋】

❶　曲阿：縣名。今江蘇省境丹陽
　　縣。　逼暮：接近天黑。
　　逼：迫近。　壙屋：廢棄的
　　房屋。壙：音ㄎㄨㄤˋ；
　　kuàng；荒廢。通
　　「曠」。

❷　朗：明亮。　簷：屋
　　簷。凡屋下覆，四旁
　　冒出的邊沿都謂之
　　簷。　仍：副詞。
　　就。　絭繩：用幾
　　股線絞合而成的繩子。
　　當時女子的常服是上衫下裙，又在腰間以帛帶絭束；絭繩即是繫結束腰的長繩。
　　絭：音ㄑㄩㄢˇ；quǎn。纏繞。　屋角：屋子裡的隱密角落。　自絞：自縊。絞：
　　吊死。

❸　密：暗中，秘密。　斫：音ㄓㄨㄛˊ；zhuó。劈，用刀斧砍。　走：疾趨。快跑。

❹　向曙：將要天亮時。向：介詞。表示接近某個時間。　女氣方蘇：女子的意識才恢
　　復。　氣：呼吸、氣息、精神。方：副詞。才。表示時間關係。蘇：恢復蘇醒。
　　持此人將歸：扶著這個人回去。持：支撐，扶助。將：用於動詞後，起搭配作用，
　　意義虛化。

翻譯：

　　曲阿縣當地有一個人，他的姓名已忘。此人從京城要返鄉，日暮天黑，
趕不得路，當晚還到不了家，中途遇雨，所以就睡在一間廢棄的空屋裡。

雨停息後，月色明亮，他遠遠地望見一個女子走來屋簷下。接著聽見她的悲歎聲，不久她解開腰間的綿繩，在屋子的角落懸梁自殺了！這個人又察覺屋簷上好像有人在拉著那條綿繩，於是偷偷用刀砍斷綿繩，並且朝屋子上方砍了過去，這時他看到一個鬼往西邊跑走了。

接近天亮時，女子才醒來，也能說話了，說：「我家就住在前面。」她扶著這個人回去，這個人對女子的父母說明事情的經過。他們認為這或許是命運注定，於是把女子嫁給他為妻。

五、黑鬼來胡鬧　　南朝 宋‧祖沖之：《述異記》

王瑤，宋大明三年在都病亡❶。瑤亡後，有一鬼，細長黑色，袒，著犢鼻褌，恒來其家❷。或歌嘯，或學人語。常以糞穢投入食中。又于東鄰庾家犯觸人。不異王家時❸。

庾語鬼❹：「以土石投我，了非所畏。若以錢見擲，此真見困❺！」鬼便以新錢數十正擲庾額。庾復言：「新錢不能令痛，唯畏烏錢耳❻！」鬼以烏錢擲之，前後六、七過，合得百餘錢❼。

【注釋】

❶ 宋大明三年：宋，朝代名。南朝之一。劉裕建立，自公元 420 至 479 年。大明為宋孝武帝劉駿年號，自 457 至 464 年。三年為公元 458 年。　都：國都。此指建康。在今江蘇省南京市。

❷ 袒：音ㄊㄢˇ；tǎn。裸露上身。　犢鼻褌：男性貼身短褲，蔽於前而反繫於後，褲子前面的形狀若小牛鼻，故謂之。褌：音ㄎㄨㄣ；kūn。有襠的褲。

❸ 糞穢：糞便。　投：擲，扔。　犯觸：侵犯，冒犯。　不異：相同。

❹ 語：音ㄩˋ；yù。告訴。

❺ 了非：完全不會。了：音ㄌㄧㄠˇ；liǎo。完全。與否定詞連用，有完全否定之意。　見擲：扔我。見：用於動詞前，表示代詞賓語的省略。　見困：困住我。

❻ 正：不歪不斜。　烏錢：使用已久的銅錢，因顏色暗黑故稱之。魏晉南北朝的幣制

變動混亂，且貨幣短
缺，民間盜鑄情況嚴
重，故有偽幣或較賤
的鐵錢，這裡的烏錢
是指較具高幣值的銅
錢。　耳：語氣詞。
有「僅止於此」的意
思。

❼　前後：指在一段時間
內先後發生某種事
件。　過：量詞。
次，遍。

重慶博物院，六朝數種不同的錢幣。

翻譯：

　　王瑤，他在宋代孝
武帝大明三年時，於都
城病逝。王瑤死去後，
有一個鬼，身形高瘦，皮膚黝黑，打著赤膊，只繫一條牛鼻短褲，常常來王
瑤家。這個鬼有時唱歌吹口哨，有時學人說話，還經常拿糞便丟到食物裡。
他也到東邊鄰居庾姓人家去騷擾他們，搗亂的手法跟在王瑤家時沒有兩樣。

　　姓庾的告訴這個鬼說：「你拿土塊、石頭扔我，我完全不怕。但要是用
錢來扔我，這下可真害到我！」鬼便拿了幾十枚的新錢，對準姓庾的額頭砸
了過來。姓庾的又說：「新錢打不痛我，我只怕黑錢而已！」鬼就用黑錢來
扔他，前後拿錢扔了他六、七次，庾某總共獲得一百多枚錢。

六、誤入險境　　南朝 宋・祖沖之：《述異記》

　　<u>南康縣營民區敬之</u>❶，<u>宋元嘉元年</u>，與息共乘舫，自縣泝流，
深入小溪❷。幽荒險絕，人跡所未嘗至。夕登岸，停止舍中❸。<u>敬</u>

之中惡猝死，其子然火守屍❹。

　　忽聞遠哭聲，呼「阿舅」，孝子驚疑；俯仰間，哭者已至❺。如人長大，被髮至足，髮多被面，不見七竅，因呼孝子姓名，慰唁之❻。孝子恐懼，遂聚薪以然火。此物言：「故來相慰，當何所畏，將須然火❼？」

　　此物坐亡人頭邊哭，孝子於火光中竊窺之。見此物以面掩亡人面，亡人面須臾裂剝露骨。孝子懼，欲擊之，無兵仗❽。須臾，其父屍見白骨連續，而皮骨都盡。竟不測此物是何鬼神❾。

【注釋】

❶ 南康：縣名。在今江西省贛州市南康區。　營民：營戶中的民兵。東晉南北朝時，多將所擄獲的戰俘，或所占地區內的居民集中編戶，由軍隊管轄，稱為營戶，其所生產的物資多提供軍用，營民的身分低於平民。　區敬之：人名。

❷ 宋元嘉元年：宋，朝代名。南朝之一。劉裕建立，自公元 420 至 469 年。元嘉為宋文帝劉義隆年號。自公元 424 至 453 年。元年為公元 424 年。　息：音ㄒㄧ；xī。親生子。　舫：音ㄈㄤˇ；fǎng。通指船。　泝流：逆流而上。泝：音ㄙㄨˋ；sù。也作「溯」、「遡」。逆水而上。

❸ 險絕：地勢險阻的絕境。絕：僻遠。　停止：停留，止息。　舍中：在途中住宿。舍：止人宿息。

❹ 中惡：染患急病而死。葛洪：《肘後卒救方》：「或先病痛，或寢臥忽然而絕，皆是中惡。」中：音ㄓㄨㄥˋ；zhòng。為外物所著。　猝死：暴斃。猝：音ㄘㄨˋ；cù。突然。　然火：燃燒柴火。然：燃的本字。

❺ 阿舅：六朝口語上對長者的敬稱。若稱大叔、老伯。　孝子：居父母喪的男子。俯仰：比喻時間短暫。

❻ 被髮：披髮。頭髮分散地搭掛在身上。被：音ㄆㄧ；pī。　被面：覆蓋著臉。被：音ㄅㄟˋ；bèi。羌人被髮覆面。　唁：音ㄧㄢˋ；yàn。對遭遇喪事者提供慰問。

❼ 物：鬼怪。　故來：特別來。故：特別。　將：副詞。表示反詰，相當於「豈」、「難道」。　須：用。要。

❽ 掩：遮蓋。　須臾：片刻。極短的時間。　兵仗：劍、戟之類的兵器總稱。

❾ 連續：接續在一起。　皮骨：去除骨上之肉。皮：音ㄆㄧ；pī。剝去。　都：副詞。表示程度。全。完全。　竟：副詞。自始至終。　測：推測，料想。

翻譯：

　　南康縣有位營民叫區敬之，他在宋文帝元嘉元年時，跟兒子一起乘船，從縣境逆流而上，深入一條小溪，來到一處蠻荒奇險，人跡從未踏上的絕地。黃昏時他們上岸，在半途停下來歇息。但區敬之染上急性疾病，暴斃身亡。他的兒子燃燒柴火，看守著父親的屍體。

　　忽然間，聽到遠處傳來了哭聲，大喊著「阿舅！」，孝子聽了又驚又疑，頃刻間，哭者已經來到。他如人一般高，長髮披散到腳，頭髮把臉遮住，看不見他的五官面貌。他接著高呼孝子的姓名，慰問他喪親的不幸。孝子很害怕，就堆積木柴來燒火。這怪物說：「我專程來慰問你，你有什麼好害怕的，需要這樣子大燒柴火嗎？」

　　這怪物坐在死者頭部旁哭著，孝子在火光中偷偷地窺看他，看到這怪物將自己的臉遮住死者的臉，死者的臉瞬間開裂，露出了骨頭！孝子感到害怕，想要攻擊他，卻沒有刀劍。不久，他父親的屍體只剩一副白骨湊接在一起，骨頭上的肉完全剝除掉了！孝子始終不明白這怪物是何方鬼神。

七、謎情西門亭　　東晉·干寶：《搜神記》卷十六

　　後漢時，汝南汝陽西門亭，有鬼魅。賓客止宿，輒有死亡❶。其屬厭者，皆亡髮失精❷。尋問其故❸，云：「先時頗已有怪物。其後郡侍奉掾宜祿鄭奇來，去亭六、七里，有一端正婦人，乞寄載❹。奇初難之，然後上車。入亭，趨至樓下❺。亭卒白❻：『樓不可上。』奇云：『吾不恐也。』時亦昏冥，遂上樓，與婦人樓宿。

　　未明發去❼。亭卒上樓掃除，見一死婦，大驚。走白亭長❽。亭長擊鼓，會諸廬吏，共集診之❾。乃亭西北八里吳氏婦。新亡，夜臨殯，火滅，及火至，失之❿。其家即持去。奇發行數里，腹

痛，到<u>南頓利陽亭</u>，加劇，物故⓫。樓遂無敢復上。」

【注釋】

❶ 後漢：朝代名。劉秀建立。
自公元 25 至 220 年。　汝
南：郡名。在今河南、安徽
兩省境內。　汝陽：縣名。
在今河南省汝南縣。　亭：
設置於縣道的行政單位。可
供旅客停留宿食。亭配有亭
長一人，掌管追捕盜賊之
務，另有亭卒一人，負責開
閉掃除。　鬼魅：鬼怪。人
死為鬼，物精為魅。　止
宿：留下來住宿。　輒：
每，總是。

❷ 其屬厭者：那些被邪魅侵犯
的人。屬：邪惡。厭：音
一ㄚ；yā。壓制。　亡髮：
失去頭髮。亡：遺失，消
失。　失精：失魂落魄。
精：精神。

❸ 尋問其故：追問事情的緣
故。尋：探索，探究。故：
原因，緣故。

四川博物院，石墓門上亭吏與亭卒浮雕。左側亭
吏赤幘大冠，手捧盾守門迎候，右側亭卒戴平巾
幘，持帚維護清潔。

❹ 頗：副詞。很，甚。　侍奉掾：辦理文書業務的副官。掾：音ㄩㄢˋ；yuàn。本為
佐助之義，後指副官佐吏。　宜祿：縣名。在今河南省境內。　鄭奇：人名。
去：距離。　乞：向人請求。　寄載：委託暫時搭載。

❺ 初：原本，先前。　難之：拒絕她。難：拒斥。之：第三人稱代詞。此指婦人。
趨：急走。

❻ 亭卒：負責亭的開閉與掃除工作者。　白：稟告。陳述。

❼ 未明：天還沒亮。　發去：出發離開。

❽ 走白亭長：跑去報告亭長。走：跑。亭長：負責亭務治安的基層主管，高於里長一
級。

❾ 廬吏：亭所屬的地方鄉村小吏。　診之：察看她，驗視她。之：第三人稱代詞。此

指死婦。

⓾　新亡：剛死。新：纔，剛。　臨殯：將要入殮時。臨：到。及。殯：給死者穿著入
棺。　失之：失去她。之：第三人稱代詞。此指死婦。

⓫　持去：帶走。持：用手執扶。　頓：停留，止息。　加劇：更加嚴重。　物故：死
亡。

翻譯：

　　後漢時，在汝南郡汝陽縣的西門亭，有鬼怪。旅客留下來過夜的總有人
喪命。那些被鬼怪驚擾到的，全都沒了頭髮且神智不清。追問其中的緣故，
有人說：「先前就已經鬧鬼得很厲害了，之後汝南郡的一位文書副官宜祿縣
人鄭奇來此。在距西門亭六、七里處，遇到一位相貌端正的女人，請求載她
一程。鄭奇起初拒絕了她，隨後也讓她上車了。他們一進西門亭，就快步走
去樓下。亭卒向他稟告說：『亭樓不可上去！』鄭奇說：『我不怕啊！』當
時天色也已昏暗了，他逕自上樓去，和這位女人共寢過夜。

　　天還沒亮時，鄭奇動身先行離去，亭卒到樓上掃除時，看見一名死去的
女人！他非常驚恐，趕緊跑去報告亭長。亭長擊鼓通報，召集村里長共同檢
視死者。確認她是距離亭西北八里處吳氏的妻子。昨晚剛過世，他們家的人
要為她入殮時，火炬突然熄滅，等到火再拿過來的時候，她的遺體消失不見
了。吳家接獲通知後，立即來領回這名死婦。而鄭奇出發後走了幾里路，肚
子開始作痛，他到南方的利陽亭歇息下來，不過病情轉趨嚴重，人還是死
了。西門亭樓從此就再也沒有人敢上去了。」

八、家有竊聽鬼　　東晉・干寶：《搜神記》卷十七

　　吳時，嘉興倪彥思，居縣西埏里。忽見鬼魅入其家，與人
語，飲食如人，惟不見形❶。

　　彥思奴婢有竊罵大家者❷。云：「今當以語！」彥思治之，無

敢詈之者❸。彥思有小妻，魅從求之，彥思乃迎道士逐之❹。酒殽既設，魅乃取廁中草糞，布著其上❺。道士便盛擊鼓，召請諸神。魅乃取伏虎，於神座上吹，作角聲音❻。有頃，道士忽覺背上冷，驚起解衣，乃伏虎也。於是道士罷去❼。

　　彥思夜於被中竊與嫗語，共患此魅❽。魅即屋樑上謂彥思曰：「汝與婦道吾，吾今當截汝屋樑❾！」即隆隆有聲。彥思懼梁斷，取火照視，魅即滅火❿；截梁聲愈急，彥思懼屋壞，大小悉遣出，更取火，視梁如故。魅大笑，問彥思：「復道吾否⓫？！」

　　郡中典農聞之曰：「此神正當是狸物耳⓬。」魅即往謂典農曰⓭：「汝取官若干百斛穀，藏著某處，為吏污穢，而敢論吾！今當白於官，將人取汝所盜穀⓮。」典農大怖而謝之⓯。自後無敢道者。三年後去，不知所在。

【注釋】

❶　吳：朝代名。三國之一，由孫權建立。自公元 222 至 280 年。　嘉興：縣名。在今浙江省嘉興市。　倪彥思：人名。　西埏里：里名。在今浙江省境內。埏：音一ㄢˊ；yán。　鬼魅：鬼怪。

❷　竊：暗暗地。　大家：一種尊稱。六朝時奴婢稱主人為大家。　者：用於動詞詞組後，構成「者」字短語，用以指人。

❸　今當以語：現在就把這些話告訴主人。當：將。以：把，拿。語：音ㄩˋ；yù。告訴。　治：懲處。　詈：音ㄌㄧˋ；lì。罵，責備。

❹　小妻：妾。　迎：前去迎請。　逐之：驅鬼。逐：驅趕。之：指示代詞。指鬼。　罷：停止。

❺　酒殽既設：酒菜已準備好。殽：魚肉類食品。設：具饌。　草糞：指屎的

六朝博物院，西晉青瓷刻飛翼紋虎子，南京市邁皋橋鼓樓磚瓦廠出土。

草紙和糞便。　布著其上：覆蓋在那些酒食上面。布：陳列、鋪設。著：在。用在動詞後。其：指示代詞。表示特指。相當於「那」，此指供神的酒菜。

❻　盛：威嚴盛大，極為強勢。　伏虎：尿壺。形狀類似蹲伏之虎。　作角聲音：發出吹獸角的聲音。此舉是在揶揄道士吹牛角作法的儀式。

❼　有頃：不久。

❽　被中：被子裡。被：寢時覆體之具。　嫗：音ㄩˋ；yù。婦女的通稱。　患：厭恨，憂慮。

❾　梁：柱上橫木，用以承受屋舍之重量。　即：介詞。介所在。就在。　道：議論。評論。　截：切斷。割斷。

❿　照視：察看，檢查。　滅火：把火熄掉。

⓫　大小悉遣出：使全家人都出去。大小：全家人的通稱。遣：遣送。　更：音ㄍㄥˋ；gèng。副詞。再，又。　如故：依舊，和原來一樣。　復：副詞。無實義。在句中只起強調作用。

⓬　典農：掌管農事的官員。典：掌管。　正當：正。只，不過。當為音節助詞。耳：助詞。猶「罷了」、「而且」。

⓭　即：副詞。便，立即。

⓮　若干：約計之詞。　斛：音ㄏㄨˊ；hú。量器名。十斗。合今二十公升。　污穢：貪污。不乾淨。　白：稟報。　將人：帶人。將：帶，帶領。

⓯　謝：認錯，道歉。

翻譯：

　　吳國時，嘉興縣人倪彥思，住在本縣的西埏里。某天，忽然看見鬼魅進到他家，鬼魅能和人說話，飲食一如活人，只是不見其形。

　　彥思家有個奴婢在偷罵著主人。鬼說：「我現在就去告訴主人你在罵他！」彥思處罰了這個奴婢，之後沒人敢罵主人了。彥思有一個妾，鬼魅跟彥思討著要她，彥思就迎請道士來驅鬼。祭祀用的酒菜擺設好了，鬼竟去廁所拿草紙和糞便，鋪在酒菜上面。道士於是隆重地擊鼓，召請諸神降臨；這鬼竟去拿尿壺來，在神座上嗚嗚地吹，發出號角般的聲音。不久，道士忽然覺得背脊發冷，嚇得起身脫掉衣服，竟然是尿壺在身上！道士於是停止法事，倉皇離去。

　　彥思夜晚在被褥裡面偷偷和他女人說話，兩人對這個鬼都很煩惱。鬼就在屋樑上對彥思說：「你跟你老婆都在批評我，我現在就要截斷你的屋

樑！」立刻聽見有隆隆的響聲。彥思害怕屋樑斷掉，趕緊拿火燭來檢查，鬼見狀立刻滅掉火燭。割鋸屋樑的聲音越來越危急了。彥思害怕屋子就要垮了，將家裡所有的人都遣出屋外，他又去拿火燭來檢查屋樑，但屋樑完好如初。鬼放聲大笑，問彥思：「還敢說我壞話嗎？！」

　　郡裡的農官聽了倪家鬧鬼的事之後說：「這個鬼魅不過是隻狸怪而已！」鬼魅即刻去對農官說：「你竊取了公家幾百斛的稻穀，藏在某個地方，你作官貪污不乾淨，還敢說我！現在我就去跟官府稟報，帶人去取回你所竊據的稻穀！」農官非常害怕，便向他賠罪。此後沒有人敢再說這個鬼什麼了。三年後鬼離開了倪家，不知去向。

九、牆壁長眼睛　　無名氏：《雜鬼神志怪》

　　零陵太守廣陵劉興道，罷郡，住齋中❶。安牀在西壁下，忽見東壁邊有一眼，斯須之間，便有四，漸漸見多，遂至滿室❷！久乃消散，不知所在。又見牀前有頭髮，從土中稍稍繁多，見一頭而出，乃是方相頭，奄忽自滅❸。

　　劉憂怖，沉寂不起。

【注釋】

❶　零陵：郡名。在今湖南、廣西兩省境內。　太守：官名。秦設郡守，管理一郡政事，漢時更名為太守。　廣陵：郡名。在今江蘇省境內。　劉興道：人名。　罷郡：被免去郡守的職務。罷：免職。　齋：屋舍。六朝時指臥房。

❷　安牀：安置牀。安：安置。安放。　西壁下：西側的牆壁邊。下：處所名詞詞尾，泛指該處。　斯須：片刻，短暫的時間。

❸　方相：古代傳說藏於土中的異獸，先秦時仿其形作成驅疫避邪之神像，後來民間以陶土製成面目猙獰之模型，於出殯時做為前驅，也稱方相。方相埋入土中，以保護死者不被侵擾。　奄忽：迅疾，倏忽。忽然。

翻譯：

　　零陵郡太守廣陵郡人劉興道，被罷免郡守一職後，就住在臥室裡。他把牀安置在西側的牆邊時，突然看見東邊的牆壁邊有一顆眼睛，不久，就有四顆了，漸漸地出現的眼睛越來越多，最後整個房間滿佈著眼睛！很久之後，這些眼睛才消散，不知去向。之後，他又看到牀前的地面有頭髮，從土裡慢慢地冒出越來越多的頭髮，後來看到一顆頭暴露出來，原來是方相的頭，忽然間它又自動消失了。

　　劉興道懷憂驚恐，從此消沉不起。

十、幽靈戰場　　東晉・陶潛：《搜神後記》卷八

　　晉永嘉五年，張榮為高平戍邏主❶。時曹嶷賊寇離亂，人民皆塢壘自保固。見山中火起，飛埃絕焰十餘丈，樹顛火焱，響動山谷❷，又聞人、馬鎧甲聲，謂嶷賊上，人皆惶恐，並戒嚴出，將欲擊之❸。

　　乃引騎到山下，無有人，但見碎火來曬人，袍鎧馬毛鬣皆燒❹。於是軍人走還。明日往視，山中無燃火處，惟見髑髏百頭，布散在山中❺。

【注釋】

❶ 晉：朝代名。司馬炎建立。自公元 265 至 316 年為西晉。自公元 317 至 420 年為東晉。　永嘉：年號。西晉懷帝司馬熾的年號。自公元 307 至 312 年。　張榮：人名。　高平：縣名。在今山西省境內。　戍：音ㄕㄨˋ；shù。邊防區域的營壘、城堡。　邏主：巡邏哨的主管。

❷ 曹嶷：人名。　塢壘：堡壘。四周築有防禦高牆的城。塢壘是一種具軍事守備功能的保安聚落，設有高聳的樓櫓，可供瞭望。規模從幾十戶到數百戶不等。塢壘內有田園、牧場、作坊。管理者為塢主。　飛埃絕燄：揚起的塵土，極大的火勢。丈：十尺為丈。　火焰：火花。焰：音ㄧㄢˋ；yàn。火花。

❸ 鎧甲：古代戰士或戰馬用以護身的鐵甲。鎧：音ㄎㄞˇ；kǎi。　並戒嚴出：皆全副武裝地出發。並：皆。戒嚴：整備軍裝。戒：準備，戒裝。嚴：裝束。出：前往。

❹ 引騎：帶領騎兵。騎：音ㄐㄧˋ；jì。馬兵。　碎火：零星的火花。　曬：火光照射。　袍鎧：戰袍，鎧甲。戰士穿的袍和鐵甲。　鬣：音ㄌㄧㄝˋ；liè。獸類的頸毛。　燒：燃燒。

❺ 走還：快速跑回去。　髑髏：音ㄉㄨˊ　ㄌㄡˊ：dú lóu。死人的頭骨。　百頭：一百多顆。頭：計算的單位。量詞。　布散：散亂地陳列。

甘肅博物院，漢代甲渠候官治所塢壁復原模型（由郛、塢兩個相連的方形城堡組成，其中南面的塢較大，約有兩千平方米。塢的三米範圍內布列四排虎落——尖木椿，牆上有轉射攻擊敵人，塢內側有房屋，灶，牲畜，供士兵生活使用。）

翻譯：

晉朝懷帝永嘉五年時，張榮擔任高平縣邊防哨站的巡邏長。當時曹嶷的亂軍侵擾流離失所的百姓，百姓們都築起防禦的土堡自保安全。他們看到山中燒起了大火，塵埃和火焰高達十餘丈，樹頂上火勢熊熊，整個山谷轟轟烈烈，還聽見了兵馬鎧甲碰擊的鏗鏘，眾人認為是曹嶷的亂軍攻上來了！人人都很惶恐，個個整治軍備，全副武裝地自土堡出發，將要前往迎擊亂軍。

張榮於是領著騎兵到山區偵查，但沒有發現任何人員，只看到零星的火光照映過來，戰袍、盔甲和馬的鬣毛都在燃燒著……軍人們見狀於是馳返。明天再行前往探查時，山中卻沒有火燒之處，只看到有一百多顆的人頭，隨處散落在山裡面。

十一、虐兒凶宅　　北齊·顏之推：《冤魂志》

宋東海徐某甲，前妻許氏。生一男，名鐵臼，而許亡❶。某甲改娶陳氏。陳氏凶虐，志滅鐵臼。陳氏產一男。生而咒之曰：「汝若不除鐵臼。非吾子也！」因名之曰鐵杵，欲以杵擣鐵臼也❷。於是捶打鐵臼，備諸苦毒，飢不給食，寒不加絮❸。某甲性闇弱。又多不在舍，後妻恣意行其暴酷。鐵臼竟以凍餓、病杖而死❹。時年十六。

亡後旬餘，鬼忽還家，登陳牀曰：「我鐵臼也。實無片罪，橫見殘害❺。我母訴怨於天。今得天曹符，來取鐵杵。當令鐵杵疾病，與我遭苦時同。將去自有期日❻。我今停此待之。」聲如生時。家人賓客不見其形，皆聞其語。於是恆在屋樑上住。

陳氏跪謝搏頰，為設祭奠❼，鬼云：「不須如此。餓我令死，豈是一餐所能對謝❽！？」。陳夜中竊語道之，鬼厲聲曰❾：「何

敢道我！今當斷汝屋棟。」便聞鋸聲，屑亦隨落，拉然有響，如棟實崩❿。舉家走出。炳燭照之，亦了無異⓫。

　　鬼又罵鐵杵曰：「汝既殺我，安坐宅上以為快也？當燒汝屋！」即見火然。煙焰大猛，內外狼狽⓬。俄爾自滅，茅茨儼然⓭，不見虧損。日日罵詈，時復歌云：「桃李花，嚴霜落奈何！桃李子，嚴霜早落已！」聲甚傷切⓮。似是自悼不得長成也。

　　於時鐵杵六歲，鬼至便病，體痛腹大，上氣妨食。鬼屢打之。處處青黶⓯。月餘而死。鬼便寂然無聞。

四川博物院，東漢陶樓房，漢代建築奇絕精巧，奠定中國建築的基本樣式與格局，此陶樓樓從屋脊，瓦檐，枋，柱，窗，門，墀，廊，一應俱全。雙流縣牧馬山出土。

【注釋】

❶　宋：朝代名。南朝之一。劉裕建立。自公元 420 至 479 年。　東海：郡名。在今江蘇省境內。　臼：舂米器。古時掘地為臼，其後改以木製或石製之臼作為容受之器。

❷ 志：立志。 咒：以禍福之言相求。口告而祝詛之。 杵：舂米用的棒槌。 擣：
舂，捶。

❸ 苦毒：痛苦。雙音詞。毒為詞綴。 給食：供應食物。給：音ㄐㄧˇ；jǐ。供應。
加絮：在衣被裡添加絲綿。絮：絲綿。

❹ 暴酷：凶狠。雙音詞。 竟：副詞。終於，最後。 病杖：被棍棒毆打成重傷。
杖：以棍棒槌打。

❺ 旬：十天。 登：升上。自下而上。 片罪：些微過失。片：微小。罪：過錯，作
惡。 橫見殘害：粗暴專橫地被你殘害。見：助動詞。被，表示被動。

❻ 訴怨：控訴冤恨。 天曹符：天庭的文件。天曹：天上的神官機構。符：公文。通
行證件。 將去：帶走。攜去。將：帶。 期日：預定的時日。

❼ 跪謝：下跪認錯。 搏頰：兩手互相對打自己的面頰。掌嘴。搏：音ㄅㄛˊ；bó。
對打。 設祭奠：陳列酒食來祭拜。奠：設酒食以祭。

❽ 對謝：足夠賠罪，抵罪。對：相稱，對等。

❾ 竊語：暗中偷偷講話。竊：偷偷地。 道之：討論這件事。道：說。之：指示代名
詞。指家裡鬧鬼一事。 厲聲：高猛的聲音。

❿ 屑：音ㄒㄧㄝˋ；xiè。碎末。 拉然：摧折的樣子。拉：摧毀。 如棟實崩：好
像屋樑真的倒塌了。如：好像。棟：屋中的正樑。

⓫ 舉家走出：全家都跑到外面。舉：全。 炳燭照之：點燃火燭來查看房子。炳：點
燃。照：照明察看。之：指示代名詞。指屋子。 亦了無異：也完全沒有異樣。
亦：副詞。用在轉折，加強語氣用。

⓬ 即見火然：立刻就看到火燒起來了。然：「燃」的本字，燃燒。 內外狼狽：屋裡
屋外都燒壞了。狼狽：散亂，敗壞。

⓭ 俄爾：不久，瞬間。 茅茨儼然：屋頂上的茅草也整整齊齊。茅茨：音ㄇㄠˊ ㄘˊ；
máo cí。以茅草、蘆葦所蓋的屋頂。

⓮ 詈：音ㄌㄧˋ；lì。罵，責備。 桃李花，嚴霜落奈何：此兩句為當時民歌歌詞。
凡是果樹，花開正盛時若遭霜打，就不結果實。歌詞借指自己遭到嚴霜般的摧殘而
不能長大成人。

⓯ 上氣妨食：指腹部脹氣，食慾不振。 黵：音ㄉㄢˇ；dǎn，蒼黑貌。黑紫色。

翻譯：

劉宋時代東海郡人徐氏某甲，他的前妻許氏，生下一名男孩，取名鐵
臼，而後許氏亡故了。某甲再娶了陳氏。陳氏凶殘，處心積慮地想除掉鐵
臼。陳氏後來產下一名男嬰，男嬰一生下來她就對他祝詛：「你若不除掉鐵
臼，就不是我兒子！」於是將他取名為鐵杵，想要用杵來捶打鐵臼。陳氏此

後就對鐵臼又捶又打，使他受盡各種痛苦，飢餓了不給食物吃，寒冷了不給添棉袍被褥保暖。某甲生性昏庸軟弱，且常常不在家，他的後妻肆無忌憚地對鐵臼施加暴行。鐵臼最終因挨餓、受凍及棍棒毆打造成的傷病而死去。死時年僅十六歲。

徐鐵臼死後十多天，他的鬼魂忽然回家了，鬼魂登上陳氏的牀，說：「我是鐵臼。我實在沒有犯過什麼錯，卻遭受妳狠心的殘害。我母親向上天申冤，如今已得到天曹批示的公文，要來抓走鐵杵，會令鐵杵得病，遭受與我一樣的痛苦。帶他走的時程自有安排，現在我就先留在這裡等著！」他的聲音和生前一樣，但家人和賓客都看不到他的形體，不過全都聽得到他的話語。徐鐵臼的鬼魂就這樣一直在屋樑上住著。

陳氏跪下來向他賠罪，她自掌耳光，也備置飲食來祭祀他，鬼說：「不需要這樣子。你活活餓死了我，豈是一頓飯所能抵罪？！」陳氏夜裡偷偷地談論起徐鐵臼的事，鬼厲聲的說：「你還敢說我壞話啊！今天就來鋸斷你家的柱子。」接著就聽到鋸子在鋸木頭的聲音，木屑也隨之落下，柱子傳來搖搖欲墜的聲音，好像確實要崩塌了，全家都跑出去了。後來點亮燭火來檢查，又完全沒有什麼異樣。

鬼又罵徐鐵杵說：「你既然害死了我，還能安坐屋裡以為快活嗎？看我就來燒掉你的屋子！」立刻就看到火苗燃燒了起來，火焰非常猛烈，屋子內外凌亂不堪。一會兒火勢又自動熄滅，屋頂上的茅草也整整齊齊，看不見有燒毀的跡象。徐鐵臼每天在家吒罵，有時又唱著哀歌：「桃花李花，嚴寒的霜雪打落奈何啊！桃子李子，嚴寒的霜雪害你早凋落啊！」歌聲非常悲切，像是在哀悼自己未得成年的夭折。

當時徐鐵杵六歲，鬼來之後他就生病了！他的身體疼痛，肚子腫大，腹部脹氣，吃不下飯。鬼經常打他，使他的身體四處瘀血烏青。一個多月之後鐵杵死了。此後，鬼就銷聲匿跡了。

十二、洛水人家　　北魏·楊衒之:《洛陽伽藍記》卷三

時有虎賁駱子淵者，自云洛陽人。昔孝昌年，戍在彭城❶。其同營人樊元寶得假還京師，子淵附書一封，令達其家❷，云:「宅在靈臺南，近洛河，卿但至彼，家人自出相看❸。」

元寶如其言，至靈臺南，了無人家可問，徙倚欲去❹，忽見一老翁來問:「何從而來，徬徨於此?」元寶具向道之。老翁云:「是吾兒也。」取書，引元寶入❺。遂見館閣崇寬，屋宇佳麗。既坐，命婢取酒。須臾，見婢抱一死小兒而過，元寶初甚怪之❻。俄而酒至，色甚紅，香美異常。兼設珍羞，海陸具備❼。

飲訖辭還❽，老翁送元寶出，云:「後會難期，以為悽恨。」別甚殷勤。老翁還入，元寶不復見其門巷❾，但見高岸對水，淥波東傾❿……唯見一童子，可年十五，新溺死，鼻中出血⓫。方知所飲酒是其血也。

及還彭城，子淵已失矣。元寶與子淵同戍三年，不知是洛水之神也。

【注釋】

❶　虎賁:官名。虎賁郎，主宿衛防禦的精銳武士。賁:音ㄅㄣ;bēn。勇士。虎賁:言如猛虎之奔走，喻其勇武。　駱子淵:人名。　者:助詞。用在敘述句名詞主語後，表示停頓。　洛陽:地名。今河南省洛陽市。　孝昌年:北魏孝明帝元詡之年號。自公元 525 至 527 年。　戍:音ㄕㄨ丶;shù。防守，守邊。　彭城:郡名。在今江蘇省、安徽省境內。

❷　營:軍營，軍壘。　樊元寶:人名。　京師:國都。北魏國都在洛陽。　書:書信，尺牘。　令達其家:請送(信)到他家。令:請。魏晉新義。達:至，到。

❸　靈臺:漢代之觀星臺名。在洛陽城南方之洛水旁。本卷原文有:「東有秦太上公二寺……寺東有靈臺一所，基址雖頹，猶高五丈餘，即是漢光武所立者。……孝昌初，妖賊四侵，州郡失據，朝廷設募徵格於堂之北，從戎者拜曠野將軍……。當時甲冑之士，號『明堂隊』。」　洛河:水名。源出陝西省洛南縣，經洛陽後，到鞏

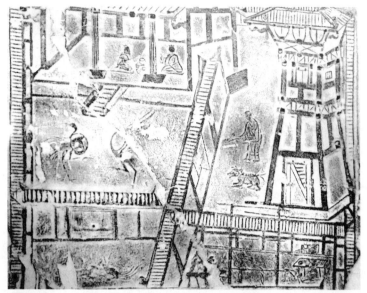

重慶博物院，漢代庭院畫像磚拓印，寬敞的大廳中，主人正在酬賓。
成都市徵集。

縣的洛口流入黃河。　卿：第二人稱代詞。相當於「你」或「您」。　但：連接
詞。只要，表示一種條件。　自：副詞。用於加強判斷語氣或確認事實。自然。
相看：招待你。

❹ 了無：完全沒有。了：音ㄌㄧㄠˇ；liǎo。　問：問候。　徙倚：音ㄒㄧˇ ㄧˇ；
xǐ yǐ。留連徘徊。

❺ 具向道之：全都告訴他。具：副詞。都，全。之：指示代名詞。此指老翁。　是：
表示肯定判斷，認為是正確的。　引：接引，招待。

❻ 須臾：片刻。　初甚怪之：當初覺得此事非常詭異。怪：奇異，不正常。此作使動
用法。

❼ 俄而：不久，瞬間。俄：音ㄜˊ；é。不久。　兼設珍羞：又備辦有珍貴好吃的食
物。羞：美味的食物。　海陸具備：海產、陸產的食物都準備齊全。

❽ 訖：音ㄑㄧˋ；qì。完畢，終了。

❾ 別甚殷勤：離別時非常多情親切。　還入：進去。　不復：不。復為音節助詞。

❿ 但見：只見。但：副詞。空，徒。　高岸對水：高高的河岸面向著河流。　淥波東
傾：清澈的波浪向東奔流。淥：音ㄌㄨˋ；lù。清澈。

⓫ 可：大約。　新：剛，才。　方知所飲酒是其血也：中古時代有河神或龍王悉以人
血為酒之說法。

翻譯：

當年有個擔任宿衛安全的虎賁武士駱子淵，自說是洛陽人。他在北魏孝明帝孝昌年間，駐守在彭城郡。和他同營的樊元寶獲准休假要回京城洛陽，駱子淵給樊元寶一封書信，請託樊元寶送信到他家，他說：「我家就在靈臺的南邊，靠近洛河，你只要抵達那裡，我的家人就會出來接待你。」

元寶按照他的話來到靈臺的南邊，卻沒有任何人家可問候，他留連徘徊後打算離去，忽然看到一個老翁來問他：「您是從何處來的，怎麼會在這裡徘徊？」元寶將事情始末都對他說了。老翁說：「沒錯，他正是我兒子。」他收取書信後，邀請元寶進屋；元寶這才見到有一座樓宇崇高寬敞，房屋精緻華麗。坐定後，老翁命令婢女取酒過來。片刻之後，看到那名婢女竟抱著一個死去的小孩經過，元寶當時覺得這情形詭異極了。不久，酒送過來了，顏色極為鮮紅，酒的香氣和口感都非常好。酒之外，老翁又準備了珍貴美味的食物，海鮮陸產一應俱全。

飲饌完畢之後，元寶告辭回去，老翁送元寶出來，他說：「再見不易，實在令人感傷……」道別時情意非常懇切。老翁進去後，元寶就看不到剛才的門戶巷道；只看到高高的河岸正對著洛水，清澈的波浪向東奔流著……河邊有一個少年約莫十五歲，剛剛溺死，他的鼻孔流出了血。元寶這才知道剛剛所喝下去的「紅酒」原來是他的血。

當元寶回到彭城後，駱子淵已經消失不見了。樊元寶與駱子淵一起戍守三年，不知道他是洛水之神。

十三、詭廟大小眼　　南朝‧無名氏：《神鬼傳》

曲阿當大埭下有廟❶。晉孝武世，有一逸劫，官司十人追之❷。劫迸至廟，跪請求救，許上一豬。因不覺忽在牀下❸。

追者至，覓不見。羣吏悉見入門，又無出處。因請曰：「若

得劫者，當上大牛❹！」少時，劫形見，吏即縛將去❺。劫因云：「神靈已見過度，云何有牛豬之異而乖前福❻？！」言未絕口，覺神像面色有異。

　　既出門，有大虎張口而來，逕奪取劫，銜以去❼。

【注釋】

❶ 曲阿：縣名。在今江蘇省丹陽縣。　當大埭：土壩名。埭：音ㄉㄞˋ；dài。用土堵水稱埭，即土壩。曲阿當地多有埭，可作坡塘，也可供漕運。　下：處所名詞詞尾，表示處所，非指方位。

❷ 晉孝武世：晉孝武帝司馬昌明在位的年代。自公元 373 至 396 年。　逸劫：脫逃的搶匪。逸：逃亡。劫：強盜。　官司：官府。

❸ 逕：直，直捷，迅速。　許上一豬：允諾獻上一頭豬。許：應允。　牀：狹長而低矮的坐具。較坐榻規格高。

❹ 覓不見：找不到。覓：音ㄇㄧˋ；mì。尋找。　悉見：全都看見。　請：請求。乞求。　當上大牛：必定獻上一頭大牛。當：副詞。必定。

❺ 少時：不多時，不久。少：音ㄕㄠˇ；shǎo。數量小。　形見：現形。形體顯現。見：音ㄒㄧㄢˋ；xiàn。「現」的本字。顯露，出現。　縛將去：綑綁而去。綁走。將：助詞。無義。

❻ 見：用於動詞前，表示代詞賓語的省略。此指我，劫匪自稱。　過度：同義連文雙音詞。度脫。脫困。過：越過。度：通「渡」，過。　而：連接詞。表示前後兩分句的轉折關係。竟。　乖：背離，不一致。　面色：表情。

❼ 既：副詞。既而。不久。　銜以走：把他叼走。銜：口含物。以：介詞。把。

翻譯：

　　曲阿縣當大壩附近有一座廟。晉孝武帝時代，有一個脫逃的搶匪，官兵十人緊緊追捕著他。搶匪迅即跑進廟裡，跪地求神相救，許諾要獻上一頭豬。接著人不覺地就在神座下了。

　　追趕的官兵到了，四處都找不著他；這群官兵全都看見搶匪進了廟門，而廟也沒有別的出口。於是向神請願：「如果給我們抓到搶匪的話，必定獻上一頭大牛。」不久，搶匪現形了！差吏立即將他綁走。搶匪就對神說：「神靈已經救我脫困了，怎麼還可以有牛豬之別？神竟然違背了先前的庇

佑！？」話還沒說完，覺得神像的表情有些異樣。

出廟門不久，有一頭大老虎張著嘴巴過來，直接奪走搶匪，叼著他跑掉。

十四、失眠之屋　　東晉・陶潛：《搜神後記》卷八

諸葛長民富貴後，常一月中輒十數夜眠中驚起，跳踉如與人相打❶。毛修之嘗與同宿，見之驚愕，問其故❷，答曰：「正見一物甚黑而有毛，腳不分明，奇健，非我無以制之也❸。」

後來轉數。屋中柱及橡桷間，悉見有蛇頭，令人以刃懸斫，應刃隱藏，去輒復出❹，又搗衣杵相與語，如人聲，不可解。於壁見有巨手長七、八尺臂，大數圍，令斫之，忽然不見。未幾伏誅❺。

【注釋】

❶ 諸葛長民：東晉人。與劉裕合力討伐桓玄之亂，有功，拜輔國將軍，後欲謀逆，遭埋伏於牀後的殺手擊斃。《晉書》有傳。　輒：每每，總是。　跳踉：跳躍。此詞首見於魏晉，與「跳躍」同義。踉：音ㄌㄧㄤˋ；liàng。跳躍。

❷ 毛修之：人名。曾任官於晉朝，後遭北魏俘虜，以善於烹調羊肉而獲賜太官令官爵，主進御膳。《魏書》有傳。　問其故：詢問事情的原因。其：代詞。此指失眠一事。

❸ 正見：就看到。正：副詞。確認事實，加強肯定語氣。　奇健：非常健壯有力。奇：極，甚。

❹ 轉：表示程度的變化。相當於「漸漸」、「越來越……」。　數：音ㄕㄨㄛˋ；shuò。頻繁。　橡桷間：屋頂上的柱子所在處。橡：音ㄔㄨㄢˊ；chuán。架屋瓦的圓形木條。桷：音ㄐㄩㄝˊ；jué。方形的橡。間：處所。　懸：凌空。　應：受。

❺ 搗衣杵：捶洗衣服用的木棒。　不可解：無法懂得。解：知道。　圍：計度圓周的量詞。直徑一尺的圓周長。　未幾伏誅：不久受死。伏：承受。誅：殺戮。

翻譯：

　　諸葛長民富貴發達之後，一個月裡總會有十幾個晚上從睡夢中驚醒而起，他跳來跳去，像是在跟人打架。毛修之曾經跟他同睡，看到他這個樣子很震驚，就問他是什麼緣故；諸葛長民回答說：「我就是看到有個鬼黑烏烏的，而且有毛，腳不太分明，這個鬼出奇地有力，除了我，沒有人能制得了牠！」

　　後來鬼出現的情況越來越頻繁。屋裡的柱子及屋頂梁柱間，都看得到有蛇頭在出沒！諸葛長民令人用刀子凌空拋上去砍，蛇頭感應到刀子立即隱藏！刀子過去後，蛇就再出現。還有的怪事是搗衣棒會互相說話，聲音如同人語，但聽不懂它們在說些什麼。後來又在牆壁裡看見一隻巨大的手，長達七、八尺，粗有好幾圍，諸葛長民令人拿刀劈砍它，突然就不見了。不久，諸葛長民遇害身亡。

四川博物院，東漢陶樓房，樓上有撫琴俑、舞俑，樓下有說唱俑。

※問題與討論

1.〈家有竊聽鬼〉與〈虐兒凶宅〉的鬧鬼現象互有同異，請就情節與主旨說明其同異之處何在？

2.哪些空間曾經使你產生不安的恐懼感，說明內在的恐懼和外在情境之間的

關係。

3.電影中經常出現哪些恐怖場景，試辨察聲效與視效的製造類型及其戲劇效果。

4.漢代住宅結構中有「重壁」，或稱「複壁」、「複牆」，複牆內有開小門或小窗，但與外界並無門徑相通的密閉小室。「重壁」在緊急不測之時可以藏身、隱去，但也可能埋伏歹徒。試構想一個與「重壁」有關的〈恐怖特區〉故事或遊戲大綱。

主題十五、死去又活來

前　言

　　死亡本是人生至關重要的結業式，沒有死亡，生命不會結束，而沒有結束，人生也不會完成。然而，對於這個事實的體認只會加深死亡所帶來的恐懼與痛苦！一旦死亡之後，究竟還有無意識？有無另一個容身的時空場所？能否經由交涉而起死回生？其實都是令必死之人好奇而又不得其解的謎題。在志怪故事中，少數曾經在鬼門關徘徊而又重新入境陽間的人轉述了一些情報，透露為何身故，如何復活，陰間有哪些門道可以閃人等祕辛……由於都是凡人的心事，所以這類復活的異聞更容易繪聲繪影地傳播開來。

　　中國傳統哲學將生命的構成視為靈質與肉質的結合，靈質與肉質皆由「氣」的元素構成。《禮記・郊特牲》說：「魂氣歸于天，形魄歸于地。」魂屬陽氣；質輕，故歸於天；形魄屬陰，質沉，故歸於地。當生命現象健存時，魂魄合而為一，精神與軀體表裡相資。但當生命現象發生異變或終止時，形神即告分離；前者產生靈魂出竅，魂不附體之情形；後者，也就是死亡，則肉身下藏於土壤，靈魂上騰於天曹。在此觀念下，「死亡者」的去向遂有二處，一處是「形魄歸于地」，死者的形軀多被限制於地下，一般是葬身處所在，故不能任意移動；另一處是「魂氣歸于天」，死者的魂氣前往最後的裁決所：「天曹」、「泰山」、「地獄」等，或是臨終意志執著要趕赴的地點。通常魂氣較其屍身具有更自由的行動力。

　　基於以上的觀念，在「死去又活來」的故事中，死者的復活之路有二，一是靈魂上天曹或地府進行斡旋，或趨往求助者的夢中傳遞非常訊息；二是下屍於地的形骸靜候救兵前來解困，將他或她從棺木或墓室中及時救出。當

本尊的魂神重新返回軀體,而損壞的軀體也獲得起碼的修補維護時,死去之後的人就能復活了。從現代醫學常識來推論,復活故事也可能是當時對窒息、休克、昏迷現象做出了死亡的誤判,一旦他們的呼吸、血液循環和意識恢復之後,這些「死者」就被當時的人視之為「復活」而津津樂道了。

俗諺云:「鬼門關,十人九不還。」能僥倖走過生死關頭的人,畢竟是極少數,所以還陽者多數會接受親友的訪問。這些好奇大過於欣喜的發問者,為我們引出了復活的原因有以下幾種:因陰司誤判而得以獲釋的,用財物賄賂天曹而得以豁免死罪的;因鬼判官動了惻隱之心而將死者遣返人世以照顧其遺孤的……林林總總「死去又活來」的曲折情節,除了反映「想要活下去」的強烈願望外,也呈現魏晉南北朝時期對死亡判定的粗疏和司法判決草率且貪污橫流的種種弊端。本篇收有劉義慶《幽明錄》記敘佛教弟子石長和的復生故事,提到歸家後的石長和看見自己「屍大如牛」,又聞到自己的「屍臭」,遂不願意進入這具臭皮囊中復活,此一情節反映佛教獨樹一幟的生死觀。佛教為宣揚肉身無可眷戀,眾生不須執著,佛典故事會述及死屍腫脹臭爛的不淨,呈現另類怵目驚心的死亡啟示。

一、醉死一千天　　東晉・干寶:《搜神記》卷十九

狄希,中山人也❶,能造千日酒,飲之千日醉。時有州人姓劉,名玄石,好飲酒,往求之。希曰:「我酒發來未定,不敢飲君❷。」石曰:「縱未熟,且與一杯,得否❸?」希聞此語,不免飲之。復索曰❹:「美哉!可更與之。」希曰:「且歸,別日當來❺,只此一杯,可眠千日也!」石別,似有怍色。至家,醉死。家人不之疑,哭而葬之❻。

經三年,希曰:「玄石必應酒醒,宜往問之❼。」既往石家,語曰:「石在家否?」家人皆怪之,曰:「玄石亡來,服已闋矣❽。」

四川博物院，東漢酒壚，釀酒與買賣酒畫像磚拓印，後方牆壁掛有酒麴，成都市新都區
出土。

希驚曰：「酒之美矣，而致醉眠千日，今合醒矣！」乃命其家
人，鑿塚破棺看之❾。

　　塚上汗氣徹天，遂命發塚❿！方見開目張口，引聲而言曰：
「快哉！醉我也⓫！」因問希曰：「爾作何物也？令我一杯大醉，
今日方醒！日高幾許⓬？！」墓上人皆笑之，被石酒氣衝入鼻中，
亦各醉臥三月。

【注釋】

❶　狄希：人名。　中山：郡國名。在今河北省境內。中山國境內有甘泉，可釀美酒，
　　民亦好酒。漢中山國王劉勝墓中有大酒甕三十多口，貯酒五千公斤有餘。

❷　發：發酵，酵母菌所引起的變化。　未定：尚未完全發酵。據北齊・賈思勰《齊民
　　要術》所言，當釀酒的穀物開始與麴發生發酵作用時，會產生氣泡，而當酒精濃度
　　達到一定程度時，即不再產生氣泡，此時酒的發酵已完成，可以押出來飲用。狄希
　　所說的「發來未定」即是指釀酒者經由目測，觀察到氣泡尚在產生，故知發酵仍未

　　完成。　飲：音一ㄣˋ；yìn。以飲料給人喝。

❸　熟：指完全發酵。　且：副詞。姑且。暫且。　與：給予。　得否：可以嗎。

❹　不免：不能推辭，不得已。　復索：再一次討取，還要。

❺　美：甘美。　可：請。表祈請的語氣。　更與：再給。更：音ㄍㄥˋ；gèng。副詞。再，又。　別日：改天。　當：將。

❻　作色：慚愧的表情。　哭：有聲之哭，特指凶喪場合的哭。

❼　宜：應當。　問：問候。

❽　怪之：對此感到奇怪。　怪：作動詞用。之：指示代詞。此指狄希詢問劉玄石在家否一事。　服已闋：穿著喪服為親屬守孝的期限已滿。服：喪服。闋：音ㄑㄩㄝˋ；què。滿。

❾　合：應當。　鑿塚：挖開墳墓。

❿　汗氣：熱的水氣。　徹天：通天，貫天。　發塚：掘開墳墓。

⓫　方見：正好看見。方：副詞。正。　引聲：拉長聲音，此指打哈欠或伸懶腰時所發出的聲音。　快：暢快高興。　醉：使酣醉。

⓬　爾：你。第二人稱代名詞。　日高幾許：問時間，即：什麼時候了？日：太陽。古人以太陽所在位置判斷時間的早晚。

翻譯：

　　狄希，是中山郡人。他能釀造千日酒，喝了令人大醉一千天。當時州里有一個人姓劉，名玄石，很愛喝酒，去向狄希討千日酒喝。狄希說：「我的酒自發酵以來猶未停定，不敢給您喝。」劉玄石說：「就算酒還沒發酵成熟，姑且先給一杯，可不可以？」狄希聽他這樣說，只得把酒給他喝。喝完他又再要，說：「美酒啊！請再給我一杯！」狄希說：「你先回去，改天再來，就這麼一杯，夠你睡上個一千天！」劉玄石告辭，似乎面有愧色，到家後，人就醉死了。家人對他的死沒有起疑，哭哭啼啼地把他給下葬了。

　　經過了三年，狄希想著：「玄石必定酒醒了，應該前去問候他。」到了劉玄石家後，問說：「玄石在家嗎？」他家的人都覺得很奇怪，說：「玄石死後到現在，三年的喪期都已滿了！」狄希吃驚的說：「是酒太醇了，才導致他一醉就睡上一千天，現在他應當醒來了！」於是要求他的家人前去挖墳開棺，查看他的情況。

　　一到墳場，就看見墳上蒸氣沖天，於是命人掘開墳墓！墓一挖開，恰好

看見劉玄石睜眼張嘴地打著哈欠，他拉長著聲音說：「暢快！醉得我好爽！！」於是問狄希說：「你釀的是什麼東西啊？怎麼我才喝一杯就大醉，醉到今天才醒！現在是什麼時候了？」壙上的人聽了都覺得好笑，這一笑，被劉玄石的酒氣給衝進鼻子裡，回去之後個個都醉倒了三個月。

二、爽死了　　南朝 宋・劉義慶：《幽明錄》卷五

　　有人家甚富，止有一男，寵恣過常❶。遊市，見一女子美麗，賣胡粉，愛之，無由自達，乃託買粉❷。日往市，得粉便去，初無所言。積漸久，女深疑之❸……明日復來，問曰：「君買此粉，將欲何施❹？」答曰：「意相愛樂，不敢自達，然恆欲相見，故假此以觀姿耳❺。」女悵然有感，遂相許以私，尅以明夕❻。

　　其夜，安寢堂屋，以俟女來❼。薄暮果到，男不勝其悅，把臂曰❽：「宿願始伸於此！！」歡踊遂死❾。女惶懼，不知所以，因避去，明還粉店❿。

　　至食時，父母怪男不起，往視，已死矣。當就殯斂⓫。發篋笥中，見百餘裹胡粉，大小一積⓬。其母曰：「殺吾兒者，必此粉也！」入市遍買胡粉，次此女，比之，手跡如先。遂執問女曰⓭：「何殺我兒？！」女聞嗚咽，具以實陳。父母不信，遂以訴官⓮。女曰：「妾豈復惜死？乞一臨尸盡哀⓯。」縣令許焉。徑往⓰，撫之慟哭曰：「不幸致此，若魂而靈，復何恨哉！」男豁然更生⓱，具說情狀。遂為夫婦，子孫繁茂。

【注釋】

❶　人家：人。家作代詞詞尾。　止：只，僅。　寵恣：寵愛。　過常：過度。

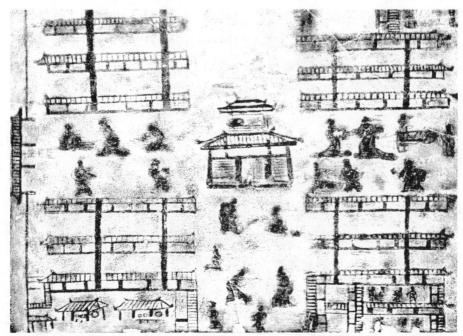

四川博物院，東漢市井畫像磚拓印，買賣物品的市集，中央有一座市樓，為營運中心，市樓上有鼓，市吏用鼓聲通知民眾開市、關市。市有門禁管制。成都市新都區出土。

❷ 市：市集。聚集貨物，進行買賣之處。　胡粉：鉛粉，一名鉛華，是從鉛礦中冶煉出的純白成分，可與米粉、蛤粉混合，加工成粉狀或塊狀，為塗抹於臉以增白的化妝品，男女適用。　由：途徑，管道。　自達：自我表白。

❸ 初無：從來沒有。初：副詞。表示程度，相當於「絲毫」、「從來」。後接否定詞，構成「從不」、「從未」之意。　積漸：累積的次數逐漸多了。　深：表示程度深。甚，很，非常。

❹ 施：用。

❺ 相愛樂：喜愛你。相：偏指受事的一方。愛樂：同義連文。　相見：見妳。相：偏指受事的一方。　假：憑藉，依託。假借。　耳：語氣詞。表示「僅止於此」的意思。

❻ 相許以私：答應和他相好。私：男女之間非婚姻的性關係。　尅：約定日期。通「剋」。

❼ 安寢：安閒地在牀上躺臥著。　堂屋：堂寢正屋。主屋。主臥房。長輩居住於此，晚輩應居住於堂屋兩側較低的廂房。　俟：等待。

❽ 薄暮：傍晚，接近日落。　不勝：受不了。承受不住。　把臂：握住他人手臂，表

示親密。

❾ 宿願：久積的心願。　始伸：舒解了，實現了。始：副詞。剛，才。表示事情發生的時間不久。　歡踊：雀躍、興奮。　遂：竟然。

❿ 不知所以：不知道該怎麼辦。「所」和介詞「以」組成短語，表示解決事情的辦法。　遯：隱避，逃開。　明：第二天。　粉店：放置胡粉的倉庫。

⓫ 食時：吃早飯的時候。古人將一天分為十二時，食時為吃早飯之時，相當於上午七點至九點。　怪：感到不尋常，覺得奇怪。　當就：即將，將要。　殯斂：為死者沐浴更衣，裝入棺中。

⓬ 發：打開。　篋笥：收藏物品之竹製器具。殯斂時會將死者生前常用的物品放入棺中，所以其母打開箱子檢視兒子的遺物。　裹：音ㄍㄨㄛˇ；guǒ。包，包纏之物。　積：堆；疊。

⓭ 手跡：親手所做的事物。　次：至，及。　比：比較，比對，考校。　執：拘捕。

⓮ 具：副詞。全。都。　訴：控告。

⓯ 豈復：副詞。難道。用於疑問或反詰。復：音節助詞。　恡：同「吝」，吝惜。捨不得。　乞一臨屍：請求到屍體前哭弔。一：助詞，加強語氣。臨：哭喪。

⓰ 縣令：縣的行政首長。大縣稱令，小縣稱長。　許焉：允許這件事。焉：代詞，用在動詞後作為賓語。通「之」。　徑往：直接去。

⓱ 復：副詞。在句中無實義，只起強調作用。　豁然：清醒明白的樣子。

翻譯：

　　有個人非常富裕，他只有一個兒子，對他非常寵愛縱容。這個富家子到市集閒逛，見到一個女子相當美麗！是在賣化妝用的胡粉；富家子愛上了她，卻不知如何向她告白，於是假借買胡粉來接近她。富家子每天都到市集去，他一買完胡粉就走開，從未跟那女子說上話。光顧久了之後，女子覺得他買胡粉的行為很可疑……明天男子又來了，她問他說：「先生您買這個胡粉，是要拿來做什麼用的呢？」他回答說：「其實我內心好喜歡妳，但都不敢向妳告白……而我又總是想要見到妳，所以就借買胡粉來一睹丰姿，就是這樣而已。」女子聽了深受感動，於是答應以身相許，約好明天晚上去他家幽會。

　　那天晚上，富家子怡然地在主臥房裡躺臥著，等待那名女子來赴約。傍晚，女子果然前來密會，男子禁不住內心的狂喜，握住她的手臂說：「我的願望終於實現了！！」他興奮極了，竟然就這樣死了。女子見狀，倉皇害

怕，不知如何是好，於是趕快逃走！第二天她回去了粉店。

到了要吃早飯的時候，這家父母覺得兒子還不起牀很是奇怪，於是去房裡查視，一看才發現人已經死了！只得準備為他入斂。母親檢視兒子生前的遺物，她打開竹筐，看見裡面有一百多包的胡粉，大大小小堆在一起。他母親說：「殺我兒子的人，必定是在賣這些粉的！」她進去市集全面採買胡粉，她逐間買逐一比對，買到這個女子所賣出的胡粉時，一經比對，發現包裹的手法和先前竹筐裡的胡粉是一樣的！於是抓住這位女子質問她：「妳為什麼要殺我兒子？」女子聽了之後低聲哭泣，解釋了事情的原委。男子的父母不信，於是向官府提出告訴。女子說：「民女豈會吝惜一死？乞求准許我到他遺體前致哀。」縣長同意了她的要求。女子立即前往男子家，她撫著男子的遺體痛哭地說：「你我不幸落到了這個結局……如果死後魂氣有靈，那有什麼好遺憾的呢？！」這時男子竟大夢初醒地復活了！他詳細地說明了事情的經過。兩人最終結為夫婦，後來子孫滿堂。

三、金手鐲拿來　東晉‧陶潛：《搜神後記》卷四

襄陽李除，中時氣死，其婦守屍❶。至於三更，崛然起坐，搏婦臂上金釧甚遽。婦因助脫，既手執之，還死❷。

婦伺察之，至曉，心中更暖，漸漸得蘇❸。既活，云：「為吏將去，比伴甚多，見有行貨得免者❹，乃許吏金釧，吏令還，故歸取以與吏，吏得釧，便放令還，見吏取釧去。」

後數日，不知猶在婦衣內。婦不敢復著，依事咒埋❺。

【注釋】

❶ 襄陽：郡名，在今湖北省境內。　李除：人名。　中時氣死：得了傳染病而死。中：音ㄓㄨㄥˋ：zhòng：得病。時氣：流行病。　守屍：指死者的家屬守護死者的屍體。

❷ 崛然起坐：直挺挺地坐起來。崛：音ㄐㄩㄝˊ；jué。突起挺立貌。　搏：奪取。
金釧：以金、銀、銅一類貴重金屬製成的手鐲。釧：音ㄔㄨㄢˋ；chuàn。腕環。
遽：急速。　既：既而。後來。　還：音ㄏㄨㄢˊ；huán。副詞。又。表示動作的
重複。

❸ 伺察：觀察。　更：副詞。重新。　蘇：再生；復活；醒覺。

❹ 為吏將去：被鬼吏帶走。為：介詞。用於被動句，相當於「被」。　將去：帶走。
拿去。　比伴：旁邊的同行者。比：音ㄅㄧˋ；bì。鄰近。　行貨：賄賂；收買。

❺ 不敢復著：不敢再戴。著：音ㄓㄨㄛˊ；zhuó。穿戴。　依事咒埋：按照祭祀習
俗，向鬼陳說之後，把祭祀之物埋入土裡。《儀禮·覲禮》：「祭天，燔柴；祭
山、丘陵，升；祭川，沉；祭地，瘞。」事：祭祀。咒：向鬼神陳說。

翻譯：

　　襄陽郡人李除，得了流行病死了。他的妻子為他守屍。到了三更的時
候，他直挺挺地坐起身來，很焦急地搶奪妻子手臂上的金鐲子，妻子於是幫
著他把手鐲給脫下來。後來李除拿到金手鐲了，但他又死去了。

　　他的妻子遂留心觀察他的狀況。到了天亮時分，李除的胸口重新又溫暖
起來，人逐漸地蘇醒了。他復活之後，說道：「我是被鬼差吏給帶走的，旁
邊同去的人相當地多；我看
到那些向鬼差吏賄賂的人可
以免死，就答應鬼吏要給他
金手鐲，他就放我回來，所
以我回來拿金手鐲給他。我
看到鬼吏取走金手鐲了！」

　　幾天之後，才發覺金手
鐲原來還在妻子的衣服裡！
妻子不敢再戴，就按照祭祀
的習俗向鬼說明之後把它們
埋進土裡。

六朝博物院，東晉金釧（金手鐲）四枚，南京市西
善橋建寧磚瓦廠出土。

四、推薦替死鬼　　南朝 宋·劉義慶：《幽明錄》卷四

　　北府索盧貞者，本中郎荀羨之吏也❶。以晉太元五年六月中病亡，經一宿而蘇❷。云見羨之子粹，驚喜曰：「君算未盡，然官須得三將，故不得便爾相放❸……君若知幹捷如君者，當以相代❹！」盧貞即舉龔穎，粹曰：「穎堪事否？」盧貞曰：「穎不復下己❺！」粹初令盧貞疏其名，緣書非鬼用，粹乃索筆自書之。盧貞遂得出❻。

　　忽見一曾鄰居者，死亡七、八年矣，為泰山門主❼，謂盧貞曰：「索都督獨得歸邪❽？」因囑盧貞曰：「卿歸，為謝我婦❾，我未死時，埋萬五千錢於宅中大牀下。我乃本欲與女市釧，不意奄終，不得言於女、妻也❿。」盧貞許之。

　　及蘇，遂使人報其妻，已賣宅移居武進矣⓫。因往語之，仍告買宅主，令掘之，果得錢如其數焉⓬。即遣其妻與女市釧。

　　尋而龔穎亦亡，時輩共奇其事。

【注釋】

❶　北府：北中郎將府的省稱。東晉建都建康，軍府設在建康之北的廣陵，故稱軍府為北府。北中郎將為北府的領導之一，其辦公機構稱北中郎將府。　索盧貞：人名。索：音ㄙㄜˋ；sè. 姓氏。　本：原是。　中郎：官名。中郎將的省稱。　荀羨：人名。公元 322 至 359 年在世。東晉將領，有才望。

❷　晉：朝代名。司馬炎建立。自公元 265 至 316 年為西晉，公元 317 至 420 年為東晉。　太元：東晉孝武帝司馬曜之年號，自公元 376 至 396 年。太元五年相當於公元 380 年。　一宿：一個晚上。隔夜。　蘇：復活；更生；醒覺。

❸　君算未盡：您的歲數還不到死。算：命定的歲數。盡：竭，完。　官：晉時稱直屬上司為「官」，此指荀粲的上司。　便爾相放：就這樣把你釋放。便：副詞。就。爾：如此。相：表示動作偏指受事的一方。

❹　幹捷：辦事能力敏捷有效率。　當以相代：必定會以他來替代你。當：必定。以：介詞。表示行為涉及的對象。「以」的賓語被省略，指可以代替的人選。相：表示

動作偏指受事的一方。

❺　舉：推薦。　龔穎：人名。東晉至南朝宋人。好學有高節，任參軍。《宋書》有
　　傳。　不復下己：不比我差。復：無義。音節助詞。

❻　令：請。　疏：書寫陳報。　緣書非鬼用：因為寫的字不是陰間所用的文字。緣：
　　因為。　索：索取。討取。

❼　泰山門主：掌管泰山門禁開關的人員。泰山：古代中國人認為死後世界的所在地。

❽　都督：官名。統領軍事的將官。　獨：難道，豈是。副詞。

❾　卿：你。第二人稱代詞。　為謝我婦：替我向我太太道歉。謝：自承其過。

❿　我乃本欲與女市釧：我本來是打算要給女兒買金手鐲。　市：購買。　不意奄終：
　　想不到突然死了。奄：忽然。

⓫　報：告知。　武進：縣名。今江蘇省常州市。

⓬　仍告買宅主：於是告知新的屋主。　仍：乃；而且。　如其數：與其（鄰居說的）
　　數目相同。如：同。

翻譯：

　　北中郎將府的索盧貞，原是中郎將荀羨的部屬。索盧貞在晉朝孝武帝太
元五年六月期間病死，經過一個晚上後卻又復活了。他說他見到了長官荀羨
的兒子荀粹，荀粹驚喜地告訴他：「您的壽命還沒完！不過我的上司需要三
位將領人才，所以我不能就這樣放您走！您要是知道有像您一樣幹練的人
才，就可以由他來取代您。」盧貞立刻向他推薦龔穎，荀粹問道：「龔穎能
勝任職務嗎？」盧貞說：「龔穎的才華不在我之下！」荀粹起初請盧貞把龔
穎的姓名寫上來陳報，但因為盧貞寫的文字並非鬼界所用，荀粹於是把筆拿
過來親自再書寫一次。盧貞最後獲釋出來了。

　　離開時，盧貞忽然看到一位過去的鄰居，他已經死了七、八年，現在負
責看守泰山的門禁，他對盧貞說：「索都督莫非您是可以回去了啊！？」接
著囑咐盧貞說：「您回去後，請代我向我妻子道歉——我還沒死的時候，埋
了一萬五千元在房子裡的大牀底下……這錢我原本是要給女兒買手鐲的，想
不到突然死了，沒能對女兒妻子說起。」盧貞答應了他。

　　復活之後，盧貞就遣人去告知鄰居的妻子，但他們已經變賣房子搬去武
進縣了。於是又前往武進縣告知他們，而且告訴買下他們房子的屋主，請他

開挖牀下的地面；果然挖到了錢，數目也相同。屋主立即把錢歸還給那位妻子好給她女兒購買手鐲。

不久之後龔穎也死了，當時人對這事都嘖嘖稱奇。

五、鬼判官開恩　　南朝 宋・劉義慶：《幽明錄》卷三

琅邪人姓王，忘名，居錢塘。妻朱氏，以太元九年病亡，有二孤兒❶。王復以其年四月暴死，三日而心下猶暖，經七日方蘇❷。

說初死時，有二十餘人，皆烏衣，見錄❸，錄去到朱門白壁，狀如宮殿。吏朱衣素帶，玄冠介幘，或所被著，悉珠玉相連結，非世間儀服❹。

復將前❺，見一人長大，所著衣狀如雲氣。王向叩頭，自說：「婦已亡，餘孤兒尚小，無依，奈何？」便流涕❻。此人為之動容，云：「汝命自應來，以汝孤兒，特與三年之期❼。」王又曰：「三年不足活兒。」左右有一人語云❽：「俗尸何癡❾！此間三年，是世中三十年。」因便送出。

又三十年，王果卒。

【注釋】

❶　琅邪：郡名。原在山東省境內，東晉以後，在江蘇省設置琅邪僑郡。此指後者。
　　錢塘：縣名。在今浙江省杭州市。　　太元：東晉孝武帝司馬曜年號，自公元 376 至
　　396 年。太元九年相當於公元 384 年。
❷　復：又。　暴死：突然死亡。暴：音 bào，突然。　　心下：心窩，胸口。下為處所
　　名詞詞尾。　方蘇：才蘇醒。方：副詞。才。表示時間關係。
❸　烏衣：衙役。皁隸。因衙役服裝為黑色，故稱之。　見錄：逮捕他。見：用於動詞
　　前，表示代詞賓語的省略。

❹ 朱衣素帶：貴族或官員的朝服特徵。素帶：由白色絹帛製成的束腰大帶。　玄冠介
幘：文官所戴的黑色頭冠，內襯介幘，二者組合為一有幘之冠。介幘：直接戴在頭
上用以覆髮的小屋狀便帽。　被著：穿著。被：音ㄆㄧ；pī。加衣於身。　儀服：
服飾。

❺ 將：帶。領。

❻ 流涕：流眼淚。

❼ 動容：內心有所感動而表現於面容。　以汝孤兒：因為你有孤兒的緣故。以：介
詞。表示原因。

❽ 左右：旁側的侍衛。

❾ 俗屍何癡：這死人怎麼這樣蠢！

翻譯：

　　琅邪郡人姓王，名字忘了，他家住在錢塘縣。王的妻子朱氏在東晉孝武
帝太元九年時病故，留有兩個孤兒。這個姓王的在當年四月暴斃，死後三
天，他的胸口處依然溫暖，經過七天，這個姓王的才活了過來！

　　他說剛死的時候，看到有二十多個人，每個都穿著黑衣。他們逮捕他，
押到朱門白牆，樣子像是宮殿的地方。官吏穿著朱紅色的衣服，繫著素絹腰
帶，戴著襯有小帽的黑色頭冠，其中有些官員的穿著完全是由珍珠翠玉所連
綴而成，絕非人間的衣飾。

　　他又被帶向前，見到一人身形高大，所穿著的衣服猶如雲氣般輕盈燦
爛。姓王的向此人叩頭，陳述自己的情況：「我妻子已經死了，留下來的孤
兒年紀還小，無依無靠，他們該怎麼辦？」說著他流下淚來。這人聽了之後
神情感慨地說：「你的命數本該來此，但考慮到你的孤兒，我就特別給你寬
延三年期限。」姓王的說：「三年還不夠把兒子養大。」旁邊有一人對他
說：「你這死人怎麼這樣蠢！這裡的三年，可是人世間的三十年！」於是送
他離開冥界。

　　又過了三十年，這個姓王的果然死了。

六、四天過後　　南朝 宋・劉義慶：《幽明錄》卷六

石長和死，四日穌❶。說初死時東南行，見二人治道，恆去和五十步，長和疾行亦爾❷。道兩邊棘刺皆如鷹爪。見人大小群走棘中，如被驅逐，身體破壞，地有凝血。棘中人見長和獨行平道，歎息曰：「佛弟子獨樂，得行大道中！」前行，見七、八十梁瓦屋，中有閣十餘梁，上有窗向❸。有人面辟方三尺，著皁袍，四縱披，憑向坐，唯衣襟以上見❹。長和即向拜。人曰：「石賢者來也。一別二十餘年。」和曰：「爾❺。」意中便若憶此時也。

有馮翊牧孟承夫婦先死，閣上人曰：「賢者識承不❻？」長和曰：「識。」閣上人曰：「孟承生時不精進，今恆為我掃地。承

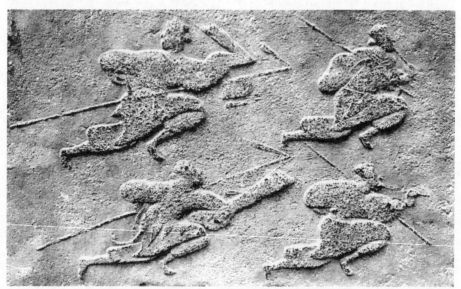

四川博物院，漢代四名伍伯畫像磚拓印，伍伯是儀衛隊伍之前負責驅趕路人，維持道路淨空的走卒，又稱辟車。德陽市柏隆出土。

妻精進，晏然無官家事❼。」舉手指西南一房，曰：「孟承妻今在中。」妻即開窗向，見長和問：「石賢者何時來？」遍問其家中兒女大小名字，「平安否？還時過此，當因一封書❽。」

斯須，見承閣西頭來，一手捉掃帚、糞箕，一手捉把篸❾，亦問家消息。閣上人曰：「聞魚龍超修精進，為信爾否❿？何所修行？」長和曰：「不食魚肉，酒不經口，恆轉尊經，救諸疾痛。」閣上人曰：「所傳莫妄⓫？」閣上問都錄主者：「石賢者命盡耶？枉奪其命耶⓬？」主者報：「按錄，餘四十餘年⓭。」閣上人敕主者：「犢車一乘，兩辟車、兩騎吏，送石賢者⓮！」須臾，東向便有車騎，人從如所差之數⓯。長和拜辭，上車而歸。前所行道邊，所在有亭傳，吏民、牀坐、飲食之具⓰。

倏然歸家，前見父母坐其屍邊⓱。見屍大如牛，聞屍臭。不欲入其中，繞屍三匝⓲，長和歎息，當屍頭前。見其七姊從後推之，便踣屍面上⓳，因即穌。

【注釋】

❶　石長和：人名。　穌：蘇醒。復活。

❷　治道：鋪設道路。　恆：經常，總是。　去：距離。　疾行：快走。　爾：如此。指相距五十步的情況。

❸　獨樂：特別安樂。獨：程度副詞。最、甚。　梁：量詞。計算屋子的單位詞，魏晉新生量詞。　閣：樓房。　窗向：天窗。雙音節同義辭彙。

❹　面辟方：寬廣的方形臉。方：四邊相等。北方人的面相特徵。佛教謂世界有四大洲，南：閻浮提洲，北廣南狹如車廂，人面如之，壽百歲；東：拂於逮洲，圓如滿月，人面如之，壽三百歲；西：瞿耶尼洲，彎如半月，人面如之，壽二百歲；北：鬱單越洲，四方正等，人面如之，壽千歲。　皁袍：黑色的長衣。　四縱袱：一種衣袖寬闊的衣服款式，為學者之服。袱：臂下曰袱，通「腋」。此指袖子。《禮記・儒行》：「孔子曰：『丘少居魯，衣逢袱之衣。』」鄭玄注：「逢猶大也。大袱之衣，大袂襌衣。此君子有道藝者所衣也。」縱袱疑為縫袱之誤。縫袱，即逢袱。

❺　爾：應答之辭。猶言「是」。

❻　有：表示存在。　馮翊：郡名。在今陝西省境內。　牧：漢代以後對州郡長官的尊稱。　孟承：人名。　識：認識，記得。　不：同「否」。用於句尾，表示疑問。

❼　晏然：安逸。　官家事：公家的差事。犯罪者及家屬沒入官府所服雜役之事。

❽　過：過來探望。　當：將。　因：依，憑藉，利用。　書：書信。尺牘。

❾　斯須：片刻。　捉：拿，握。　糞箕：掃除受糞土之器，以竹編結而成。　把篛：掃除用的竹製器具。篛：音ㄉㄞˋ；dài。竹掃帚。

❿　魚龍：人名，應是石長和的字。精進：梵語 virya 的意譯。堅持修善法，斷惡法，毫不懈怠。　為：是。　信爾：真實的，確實的。爾：無義。形容詞詞尾。　否：用於句尾，表示疑問。

⓫　轉：聲音。作動詞用。出聲音唸。　所傳莫妄：傳來的人莫非有誤？傳：遞送。莫：副詞。推測，相當於「莫非」、「莫不是」。

⓬　都錄：總管簿籍。都：匯集，總。　耶：語末助詞。表示疑問。　枉：冤枉。無辜受害。

⓭　按：依照。　錄：簿籍。此指記載生死資料的文籍。　餘四十餘年：剩餘四十多年。

⓮　敕：音ㄔˋ；chì。命令。　犢車一乘：牛車一輛。漢晉以牛車載人，車身高大嚴密，行走平穩，可供坐臥。乘：音ㄕㄥˋ；shèng。量詞。車一輛曰一乘。　兩辟車：兩名執木杖在前開路，令行人避開官車的走卒。辟：通「避」。避開之意。騎吏：騎馬的吏卒。漢代低階官員的出行規格為兩名辟車，兩名騎吏開道。

⓯　人從：隨從。　如：同。　差：音ㄔㄞ；chāi。派遣。

⓰　所在：到處。　亭傳：驛站。傳：音ㄓㄨㄢˋ；zhuàn。驛舍。供驛使或行人停留宿食的場所。　具：器具。

⓱　倐然：疾速，指極短的時間。倐：音ㄕㄨˋ；shù。犬疾走貌。　前：進。

⓲　匝：音ㄗㄚ；zā。環繞一周叫一匝。

⓳　當：面對。　頭前：前面。同義連文雙音詞。　踣：音ㄅㄛˊ；bó。僵直地向前仆倒。

翻譯：

　　石長和死了，四天後復活。他說剛死時是往東南方向走，見到有兩人在鋪路，兩人總是距離他五十步，即使長和快走也一樣。道路兩旁盡是荊棘，鉤刺銳利如鷹爪！長和看到大小成群的人們走在荊棘當中，好像是被驅趕著，他們的身體破損受傷，地上有凝結的血跡。荊棘裡的人看到唯獨長和能在平路上行走，歎息地說：「佛門弟子最為安樂，能行走在寬闊的道路

上！」

　　再往前走，看到了七、八十間的瓦屋，其中有十餘間是樓房，樓上有採光的天窗。有個人四方臉，縱橫各三尺，穿著黑色的袍服，衣袖寬大，他憑靠天窗坐著，只能見到他衣領以上的部份。長和就向他膜拜，閣上人說：「石賢者來了，闊別已有二十多年了！」石長和說：「是啊。」他的意識中就好像憶起了這段過去。

　　有馮翊郡的太守孟承夫婦，他們比石長和先死，閣上人說：「賢者認識孟承嗎？」長和說：「認識。」閣上人說：「孟承在世的時候不勤修佛法，現在總是要為我掃地。他的妻子用功精進，現在舒適悠閒，不需要出公差勞動。」他舉起手來指向西南面的一個房舍，說：「孟承的妻子現在就住在裡面。」孟承的妻子立即打開窗戶，看到石長和就問他：「石賢者什麼時候來的？」她一一唸著家裡兒女們的名字，說：「孩子們都平安嗎？回去的時候請來此一訪，想託您帶一封家書。」

　　不久，看到孟承從樓房的西邊過來了，一手拿著掃帚、糞箕，一手握著竹掃把，也向石長和詢問家裡的消息。閣上人說：「聽說魚龍修行精進，是真的嗎？都做些什麼修行？」長和說：「我不吃魚肉，也不喝酒，經常唸佛經，救濟貧病痛苦的人。」閣上人說：「會不會是傳錯了人？」閣上人詢問簿籍檔案的主管說：「石賢者的命結束了嗎？還是誤取了他的性命？」主管報告說：「依據資料記載，還剩有四十年壽命。」閣上人命令主管說：「派遣一輛牛車，兩名開路的辟車卒，兩名騎吏，護送石賢者回去！」不久，東邊就有車馬和隨從人員按他所差遣的數目出現。長和拜別後，登車回去。先前他所走過的道路，處處都設有驛亭，驛亭內有差吏，牀榻、飲食餐具等一應俱全。

　　石長和很快地回到了家，進去後看見父母坐在自己的屍體旁，也看到自己的屍體已腫大如牛，還聞到了屍臭味！他不想進入屍體裡，繞著自己的屍體走了一圈又一圈，長和歎息著，在自己屍體的前面默然獨對……此時見到他的亡姐從背後推他，石長和遂直直仆倒在屍體的臉上，他就這樣復活了。

七、開棺救死　　東晉・干寶：《搜神記》卷十五

　　晉咸寧二年十二月，琅邪顏畿字世都，得病，就醫張瑳使治❶，死於張家。棺斂已久，家人迎喪，旐每繞樹木而不可解❷。人咸為之感傷。引喪者忽顛仆❸，稱畿言曰：「我壽命未應死，但服藥太多，傷我五臟耳。今當復活，慎無葬也❹！」其父拊而祝之曰：「若爾有命，當復更生，豈非骨肉所願？今但欲還家，不爾葬也❺。」旐乃解。

　　及還家，其婦夢之曰：「吾當復生，可急開棺❻！」婦便說之。其夕，母及家人又夢之。即欲開棺，而父不聽。其弟含，時尚少，乃慨然曰❼：「非常之事，自古有之。今靈異至此，開棺之痛，孰與不開相負❽！」父母從之，乃共發棺，果有生驗，以手刮棺，指爪盡傷，然氣息甚微，存亡不分矣。於是急以綿飲瀝口，能咽，遂與出之❾。

　　將護累月，飲食稍多，能開目視瞻，屈伸手足，然不與人相當❿。不能言語，飲食所須，托之以夢。如此者十餘年，家人疲於供護，不復得操事。含乃棄絕人事，躬親侍養，以知名州黨⓫。後更衰劣，卒復還死焉⓬。

【注釋】

❶　晉咸寧：西晉武帝司馬炎之年號，自公元 275 至 280 年，二年相當於公元 276 年。　琅邪：郡名。在今山東省境內。　顏畿：人名。　就醫張瑳使治：到醫生張瑳家請他治病。就：前往。張瑳：人名。瑳：音ㄘㄨㄛ；cuō。

❷　斂：音ㄌㄧㄢˇ；liàn。斂藏。通殯殮之殮。為死者易衣曰小斂，入棺曰大斂。　喪：音ㄙㄤ；sāng。裝有死者遺體的棺木。　旐：音ㄓㄠˋ；zhào。出殯時為棺柩引路的旗子，即魂幡。　解：解開，散去。

❸　引喪者：抬棺材的人。引：搬運棺材的繩索。此作動詞用。　顛仆：跌倒。

❹　但：只是。　耳：語氣詞。有「僅止於此」之意。　當：將要。　慎：千萬，表示

禁戒。

❺ 拊而祝之：撫摸著棺材對著死者說。祝：向鬼神說話。　爾：第二人稱代詞，你。
當復：當。當然。表示肯定或推斷。復為音節助詞。　骨肉：至親。指家人。
但：只是。　不爾葬也：不葬爾也的倒裝。不會將你埋葬。

❻ 可：請。表示祈請的語氣。

❼ 聽：同意，准許。　含：顏含。人名。以孝悌列於《晉書‧孝友傳》。　慨然：激
昂，激動的樣子。

❽ 孰與不開相負：意謂開棺與不開棺兩相比較，是何者後果較壞。負：虧失。

❾ 綿飲瀝口：把飲水連續不斷地滴入口中。綿：細柔不絕。瀝：滴下。　咽：音一ㄢˋ；
yàn。通「嚥」，吞嚥。　遂與出之：於是將他搬出棺材。

❿ 將護：調養，護理。　累月：連續幾個月。　開目視瞻：張開眼睛看。

⓫ 躬親：親自。　州黨：古代地方行政單位，泛指鄉里。

⓬ 衰劣：衰弱。　卒復：最後。復：音節助詞。

翻譯：

　　西晉武帝咸寧二年十二月，琅邪郡人顏畿字世都，身患疾病，前往醫生
張瑳家醫治，死在張家。顏畿放入棺木中已有一段時間了，家人前來護送靈
柩回家，一路上招魂幡總是纏繞著樹木無法解開，看到的人都為此感傷。後
來抬棺材的人突然跌倒了，聲稱顏畿傳話說：「我的壽命還不應該死，只是
服下太多的藥，傷到我的五臟而已。現在我將要復活，千萬不要把我下葬
啊！」他的父親撫摸著棺材對他說：「如果你還有命，當然會復活，這難道
不是家人的心願？現在我們只是要回家，不會把你給埋葬了。」招魂幡這才
從樹枝間解開。

　　回到家之後，他的妻子夢見他說：「我要復活了，請趕快打開棺木！」
妻子便把這件事說了。那天晚上，他的母親和家人也夢到了。正要開棺時，
他的父親卻不同意。他的弟弟顏含，當時年紀還輕，感慨地說：「不尋常的
事，古今都發生過，現在竟然如此靈異！開棺縱然會悲痛，但比起不開棺的
遺憾，何者傷害較大？」父母聽從了他的意見，於是一同打開棺木，果然顏
畿還有生命跡象！他曾用力抓過棺木，手指甲都是傷。不過氣息非常微弱，
幾乎分辨不出是死是活。於是趕快用少量的水不斷地滴入他的口中，發現他

能夠吞嚥，於是把他抱出了棺木。

　　照顧幾個月之後，顏畿進食的份量稍微增多，也能睜開眼睛看，手腳且可以屈伸，但卻無法與人溝通。他不能說話，飲食及其它需要，都是托夢傳達。這樣過了十多年，家裡的人疲憊不堪地照料他，沒法工作。顏含也放棄正常的營生事業，親自照料兄長顏畿，以此友愛之行知名於州里。後來顏畿的身體越來越衰弱，最後還是死去了。

八、陰錯陽差大劈棺　　東晉・干寶：《搜神記》卷十五

　　漢建安四年二月，武陵充縣婦人李娥❶，年六十歲，病卒，埋於城外，已十四日。娥比舍有蔡仲，聞娥富，謂殯當有金寶，乃盜發冢求金❷。以斧剖棺。斧數下，娥於棺中言曰：「蔡仲，汝護我頭！」仲驚遽，便出走。會為縣吏所見，遂收治。依法，當

棄市❸。

娥兒聞母活，來迎出，將娥回去❹。武陵太守聞娥死復生，召見，問事狀。娥對曰：「聞謬為司命所召，到時得遣出❺。過西門外，適見外兄劉伯文，驚相勞問❻，涕泣悲哀。娥語曰：『伯文，我一日誤為所召，今得遣歸，既不知道❼，不能獨行，為我得一伴否？又我見召在此已十餘日，形體又為家人所葬埋，歸當那得自出？』伯文曰：『當為問之❽。』

即遣門卒與戶曹相問：『司命一日誤召武陵女子李娥，今得遣還。娥在此積日，尸喪又當殯殮，當作何等得出❾？又女弱獨行，豈當有伴耶？是吾外妹，幸為便安之。』答曰：『今武陵西界，有男子李黑，亦得遣還，便可為伴。兼敕黑過娥比舍蔡仲，發出娥也❿。』於是娥遂得出。與伯文別，伯文曰：『書一封，以與兒佗。』娥遂與黑俱歸。事狀如此。」

太守聞之，慨然歎曰：「天下事真不可知也！」乃表以為⓫：「蔡仲雖發冢，為鬼神所使，雖欲無發，勢不得已，宜加寬宥。」，詔書報可。太守欲驗語虛實，即遣馬吏於西界推問李黑，得之，與娥語協。

乃致伯文書與佗。佗識其紙，乃是父亡時送箱中文書也⓬。表文字猶在也，而書不可曉。乃請費長房讀之⓭，曰：「告佗，我當從府君出案行部⓮，當以八月八日日中時，武陵城南溝水畔頓⓯，汝是時必往！」

到期，悉將大小於城南待之。須臾果至。但聞人馬隱隱之聲，詣溝水⓰，便聞有呼聲曰：「佗來，汝得我所寄李娥書不耶？」曰：「即得之，故來至此。」伯文以次呼家中大小，久之，悲傷斷絕，曰：「死生異路，不能數得汝消息。吾亡後，兒

孫乃爾許大❶！」良久，謂佗曰：「來春大病，與此一丸藥，以塗門戶，則辟來年妖癘矣❶。」言訖忽去，竟不得見其形。

　　至來春，武陵果大病，白日皆見鬼，唯伯文之家，鬼不敢向。費長房視藥丸曰：「此方相腦也❶。」

【注釋】

❶　漢建安：東漢獻帝劉協的年號，自公元 196 至 220 年，四年相當於公元 199 年。　武陵：郡名。在今湖南、湖北、貴州三省境內。　充縣：縣名。在今湖南省張家界市。　李娥：人名。其事亦見於《後漢書‧五行志》。

❷　比舍：隔壁鄰居。　蔡仲：人名。　謂：以為。　殯：埋葬。

❸　棄市：古代在鬧市執行死刑，陳屍街頭示眾，稱棄市。

❹　將：帶領。

❺　聞：傳達告知。　謬：錯誤，差錯。　司命：執掌生死的民間神。

❻　外兄：表兄。　劉伯文：人名。　勞問：勞，音ㄌㄠˋ；lào。安慰存問。

❼　不知道：不認得路。

❽　見：助動詞，表示被動。　當：應當。

❾　戶曹：指陰間掌管鬼戶籍的官署。曹：古時分職治事的官署。　尸喪：屍體。　又當：又。當為音節助詞。　何等：怎麼。　女弱：女人。雙音詞。　豈當：豈。當為音節助詞。豈：表示詢問、推測。　幸：希望。　為便：若便。為：若。

❿　敕：告訴，命令。　過：訪候。　發：打開。

⓫　不可知：不能理解。　表：漢代臣子上疏給皇帝的文書，多用於陳述衷情。

⓬　送箱：隨同死者送葬的箱子。內裝褒揚死者德行的文書。

⓭　費長房：東漢人，曾為市掾，市中有老翁賣藥，懸一壺於肆頭，及市罷，輒跳入壺中。市人莫之見，唯費長房於樓上睹之。於是向老翁學道術，能醫療眾疾，役使百鬼，後失其符而為眾鬼所殺。《後漢書》有傳。

⓮　出案行部：外出巡視所監察的轄區。漢制，刺史於八月巡視部區，考察刑政。部為監察區單位。

⓯　溝：城塹，城壕。環繞城壘之水道。　頓：停留。

⓰　悉：全。　將：攜帶。　大小：全家人。　隱隱：聲大貌。　詣：往，到。

⓱　數：音ㄕㄨㄛˋ；shuò。屢次，多次。　乃：竟然。　爾許：如此、這樣。

⓲　大：副詞。程度深，規模廣，性質嚴重。　辟：排除。　癘：疫病。惡疾。

⓳　方相腦：用神獸方相的腦所做成的避邪之物。方相：古代驅疫辟邪的神獸。上古傳說，土中有怪物名為魍象，專吃死人的肝和腦，而又有一種神獸叫方相，其狀如

熊，能驅逐魍象。《周禮》設有「方相氏」職官，由人蒙熊皮，戴黃金四目之面具，黑衣朱裳，執戈揚盾，執行家屋及墓穴內之驅疫儀式。

翻譯：

漢朝獻帝建安四年二月，武陵郡充縣有老婦人李娥，年六十歲，病逝，埋在城外，已經十四天了。李娥的隔壁鄰居蔡仲，聽說李娥家境富有，以為下葬時應當有金寶陪葬，於是去盜墓，想找些金銀財寶。他用斧頭劈棺，斧頭才砍了幾下，就聽見李娥在棺材中說：「蔡仲，你得小心我的頭啊！」蔡仲聞言驚恐，慌忙從墓室跑出去。恰好被縣吏看到，於是把蔡仲逮捕起來治罪。依照法律，要在菜市口處決。

李娥的兒子聽說母親活過來了，前來迎接李娥，要帶她回去。武陵郡太守聽聞李娥死後復生之事，召見她，詢問事情的經過。李娥回答說：「我被告知是遭司命錯召，報到時就獲准離開。經過西門外時，恰巧遇到我的表哥劉伯文，他驚詫地慰問我，我悲傷落淚地對他說：『伯文，我突然被錯召了，現在可以遣返，但我既不知道路，又沒辦法一個人走，你可以幫我找一個同伴嗎？而且我被召來這裡已經十多天了，形體又被家人埋葬好，回去之後我應該怎麼出來？』伯文說：『我會幫你詢問這事。』

劉伯文於是派遣門卒去問戶政司：『司命某日錯召了武陵女子李娥，現在人可以遣返，但李娥在此多日，屍體又已埋葬，應當怎麼做才可以從棺木中出來？還有，女人獨行不便，可否有個同伴？她是我表妹，希望若是方便的話，幫忙安排這件事。』戶政司回答說：『目前武陵郡西界，有個男子叫李黑，他也可以遣返，這樣李黑就可以作伴了。再來我命令李黑他去造訪李娥的鄰居蔡仲，「吩咐」他把李娥挖掘出來。』於是我才可以出來。臨走時，我去和伯文道別，伯文說：『這一封信，請把它交給我兒子劉佗。』於是我就和李黑一起回來了。情況大概是這樣。」

太守聽了，感歎地說：「天下事真是不可思議啊！」於是呈上奏表：「蔡仲雖然盜墓，但他是受到鬼神所驅使，即使他不想掘墓，情況也由不得他，所以應當加以寬赦。」詔書同意他的判決。太守想要驗證李娥說辭的真

假，立即派遣騎吏到西界去盤問李黑，得到的訊息和李娥所說的一致。

李娥把劉伯文的信交給劉佗。劉佗認得這張紙，那是他父親出殯時送箱內的文件。紙上的表揚文字還在，但父親寫的文字卻看不懂。於是去請費長房解讀，費長房唸道：「告訴劉佗，我將隨從府君到監察部巡察，八月八日正午，將在武陵郡城南邊的護城河旁休息，到時候你一定要前往！」

到了約定的時期，劉佗帶著全家老小在城南邊等待著亡父。沒多久他們果然到了；只聽到人聲、馬聲浩浩蕩蕩。大隊人馬到達護城河後，劉佗就聽到有呼喚聲：「佗兒你來，你有沒有收到我託李娥給你的信呢？」劉佗回答說：「就是收到了，所以來到這裡。」伯文逐一地呼喚家裡大大小小的名字，良久，他悲傷欲絕，說：「死生是不同的世界，我不能多得你們的消息。我死了之後，兒孫們竟然長得這麼大了啊！」過了一段時間，他對劉佗說：「明年春天瘟疫會很嚴重，我給你這一顆藥丸，你把它塗抹在門戶上，這樣就能避免來年的邪惡瘟疫。」說完之後突然離去，始終沒看到他的形體。

到了第二年春天，武陵郡果然爆發嚴重的疾病，白天都可以看到鬼！只有劉伯文家，鬼不敢接近。費長房仔細檢查這顆藥丸，他說：「這是驅邪神獸方相腦做成的藥丸！」

九、驚聲尖叫　　東晉・干寶：《搜神記》卷十五

吳臨海松陽人柳榮，從吳相張悌至揚州❶。榮病死船中二日，軍士已上岸，無有埋之者。忽然大叫言：「人縛軍師❷！人縛軍師！」聲甚激揚，遂活。

人問之，榮曰：「上天北斗門下，卒見人縛張悌，意中大愕❸，不覺大叫，言：『何以縛軍師？！』門下人怒榮，叱逐使去❹。榮便怖懼，口餘聲發揚耳❺！」

其日悌即戰死。榮至晉元帝時猶存❻。

【注釋】

❶ 吳：三國之一，由孫權建立，後被晉所滅。自公元 220 至 280 年。　臨海：郡名。在今浙江省境內。　松陽：縣名。在今浙江省麗水市。　柳榮：人名。　相：官名。宰相、丞相。輔佐君主綜理國政。　張悌：三國時吳人，公元 236 至 280 年在世。孫皓封為丞相，官至丞相軍師。晉伐吳時，張悌抱必死之心越過長江決戰，大敗，為晉軍所俘殺。事見《三國志‧孫皓傳》裴注。　揚州：州名。在今江蘇、安徽、浙江、江西、福建五省境內。

❷ 縛：音ㄈㄨˋ；fù。綑綁。受刑之前綑綁雙手於後。　軍師：官名。負責軍隊之督導，權任重大。

❸ 上：到（某處）去。　北斗：在北方天空排列成斗形的七顆亮星。道教認為南斗星註生，北斗星註死。　門下：大門處。北斗七星的區域位於天空正中央，是以道教視之為天帝所居之天庭。故有天門。下為處所名詞詞尾，泛指該處。　卒：音ㄘㄨˋ；cù。突然，通「猝」，「促」。　意中：心中。　大愕：甚為驚訝。

❹ 門下人：守門的衛士。　怒榮：對柳榮的行為感到憤怒。　叱逐：大聲怒罵並驅趕他。

❺ 口餘聲發揚耳：口中大聲地喊出尚未說完的話。餘：剩下的。　發揚：提高聲音喊出去。耳：助詞。有「僅止於此」之意。

❻ 晉元帝：司馬睿，公元 318 至 323 年在位。

翻譯：

　　吳國臨海郡松陽縣人柳榮，跟隨吳國宰相張悌到揚州作戰。柳榮因病在船上死去已經兩天了，軍士們也都上岸打仗去了，沒有人將他埋葬。突然，柳榮大叫著：「有人綁縛軍師了！有人綁縛軍師了！」聲音非常激昂，於是他就活了過來。

　　人家問他是怎麼回事？柳榮說：「我去到天庭的北斗星門處，猛然看到有人綁住張悌，我內心非常震驚，忍不住大叫，說：『為何綁縛軍師？』守門的士卒惱怒我大吼大叫，斥責我趕我出來！我覺得好害怕，嘴裡就喊出還沒說完的話罷了！」

　　那一天張悌就戰死了。柳榮到晉元帝時還活著。

十、喪事變喜事　　南朝 宋·劉義慶：《幽明錄》卷三

晉升平末，故鄣縣老公有一女，居深山，餘杭縣□廣求為婦，不許❶。

公後病死，女上縣買棺，行半道，逢廣，女具道情事❷。女曰：「窮逼，君若能往家守父尸須我還者，便為君妻❸。」廣許之。女曰：「我欄中有豬，可為殺以飴作兒❹。」

廣至女家，但聞屋中有抃掌欣舞之聲❺。廣披離，見眾鬼在堂，共捧弄公尸。廣把杖大呼入門，群鬼盡走❻。廣守尸，取豬殺。

至夜，見尸邊有老鬼，伸手乞肉❼。廣因捉其臂，鬼不復得去，持之愈堅❽。但聞戶外有諸鬼共呼云：「老奴貪食至此，甚快❾！」廣語老鬼❿：「殺公者必是汝！可速還精神，我當放汝；汝若不還者，終不置也⓫！」老鬼曰：「我兒等殺公耳⓬。」比即喚鬼子：「可還之⓭。」公漸活，因放老鬼。

女載棺至，相見悲喜，因取女為婦⓮。

【注釋】

❶ 晉：朝代名。司馬炎建立。自公元 265 至 316 年為西晉。公元 317 至 420 年為東晉。　升平：東晉穆帝司馬聃的年號。自公元 357 至 361 年。　故鄣縣：縣名。在今浙江省安吉縣。　餘杭縣：縣名。在今浙江省杭州市。　□廣：人名。姓氏之字已闕。　許：贊同，答應。

❷ 上縣：到縣城去。上：到（某處）去。　具：副詞。都，全。通「俱」。　半道：半路。　情事：情況，事實。

❸ 窮逼：困阨。　須：等待。　還：返回。

❹ 可為：可。表示祈請。為是音節助詞。　飴：音ㄙˋ；sì。拿食物給人吃。　作兒：負責治喪事務的工人。

❺ 但：連詞。用於複句第二分句，表示輕度轉折。意為「卻」、「只不過」。　抃

掌：拍手。抃：音ㄅㄧㄢˋ；biàn。鼓掌，表示開心。
❻ 披離：撥開籬笆。披：分開。離：通「籬」。　捧弄：用兩手承托，加以戲耍。
　　把：握住。　杖：長的木棍。　盡走：全逃跑了。走：逃跑。
❼ 乞：向人求討。
❽ 捉：握住。　不復：不。復為音節助詞。　持：握住。　堅：牢靠。牢固。
❾ 但：副詞。確認事實。有強調作用。　至此：指落到這個下場。　甚快：很樂，真
　　高興。有幸災樂禍之意。
❿ 語：音ㄩˋ；yù。告訴。
⓫ 可：應當，宜。表示規勸的語氣。　終：自始至終。　不置：不放。
⓬ 耳：語氣詞。表肯定。
⓭ 比：音ㄅㄧˋ；bì。隨即。表時間的接近。　鬼子：指老鬼的兒子。　可：宜。
　　該。表規勸。
⓮ 取：通「娶」。男子結婚。

翻譯：

　　晉朝穆帝升平末年，故鄣縣某老翁有個女兒，父女兩人相依為命地住在
深山裡。餘杭縣民某廣請求老翁把女兒嫁給他為妻，但老翁不答應。

　　老翁後來病死了，他的女兒遂到縣城去買棺木，走到半路時，恰好遇到
某廣，女子就把情況都告訴了他。女子說：「我走投無路了，您若能到家裡
看守父親的屍體等到我回來的話，我就做您的妻子。」某廣答應了。女子
說：「我豬圈裡有豬，請把豬殺了，煮給幹活的工人們吃。」

　　某廣來到了女子家中，卻聽到屋子裡有鼓掌笑鬧的聲音；廣撥開籬笆朝
屋內探看，看到許多鬼聚在廳堂，他們一起捧弄老翁的屍體在玩。廣拿起木
棍大叫著進門，這些鬼見狀都跑光了。廣守著老翁的屍體，又把豬給宰殺
了。

　　到了晚上，廣看到屍體邊有一個老鬼，伸手向廣討肉吃，廣趁勢抓住他
的手臂，老鬼因而跑不掉，他想跑就被廣抓得更牢。不過，廣卻聽到房門外
有許多鬼齊聲嚷著說：「老奴就是貪吃才被逮到！看你被逮好高興喔！」廣
對老鬼說：「殺死老翁的一定就是你！勸你最好快快將他的神魂還過來，我
就放了你；你要是不還的話，我絕不會放開你！」老鬼說：「是我兒他們殺

了老翁啦。」他立刻喊鬼子說：「該還給他了啦！」老翁漸漸地活過來了，於是放了老鬼。

女子載著棺木回來了，大家相見，既悲又喜，廣於是娶女子為妻。

十一、好心的張姑娘　南朝　宋·祖沖之：《述異記》

潁川庾某，宋孝建中遇疾亡，心下猶溫，經宿未殯❶。忽然而寤，說初死時有兩人黑衣，來收縛之❷。驅使前行，見一大城，門樓高峻，防衛重複。將庾入廳前❸，同入者甚眾。廳上一貴人南向坐，侍直數百，呼為府君❹。府君執筆，簡閱到者，次至庾❺，曰：「此人算尚未盡！」催遣之。一人階上來，引庾出❻。

至城門，語吏差人送之。門吏云：「須覆白，然後得出❼。」門外一女子，年十五、六，容色閑麗，曰：「庾君幸得歸，而留停如此，是門司求物❽。」庾云：「向被錄，輕來，無所齎持❾！」女脫左臂三只金釧投庾，云：「并此與之❿。」庾問女何姓，云姓張，家在茅渚，昨霍亂亡⓫。庾曰：「我臨亡，遣齎五千錢擬市材，若再生，當送此錢相報⓬。」女曰：「不忍見君獨厄，此我私物，不煩還家中也。」庾以釧與吏，吏受，竟不覆白，便差人送去⓭。庾與女別，女長歎泣下。

庾既恍惚蘇，至茅渚尋求，果有張氏新亡少女云⓮。

【注釋】

❶ 潁川：郡名。在今河南省境內。　宋：朝代名。南朝之一，劉裕建立。自公元 420 至 479 年。　孝建：南朝宋孝武帝劉駿年號。自公元 454 至 456 年。　宿：隔夜。殯：殯斂。為死者沐浴、著衣、裝棺入斂。

❷ 寤：醒覺。　收縛：拘捕捆綁。

❸ 防衛重複：形容防衛森嚴，管制多重。　將：攜帶。　前：入見，面見。

❹ 侍直：宮中值勤務的侍衛。　直：值班。　府君：漢魏時太守自辟僚屬如公府，因尊稱太守為府君。

❺ 簡閱：檢查審核。　次：依先後順序。

❻ 算：壽命。　催：快。　遣：遣使離去。　階：臺階，殿前的階梯。　引：拉，拽。

❼ 語：音ㄩˋ；yù。告訴。　差：派遣。　覆白：再行稟報。

❽ 而：連接詞。尚且，還。　門司：負責守門的小吏。

❾ 向：剛才。　錄：逮捕。　輕：輕身，空身。　齎：音ㄐㄧ；jī。隨身攜帶。

❿ 投：投贈。　并：合併在一起。　與之：給予他。之：指示代名詞，指門吏。

⓫ 茅渚：地名。在今浙江省紹興市。渚：音ㄓㄨˇ；zhǔ。水中的小塊陸地。　霍亂：中醫泛指有劇烈吐瀉、腹痛等症狀的急性腸胃疾病。

⓬ 臨：臨到……的時候，將要。　遣：派遣，使，令。　擬：計畫，打算。　市材：購買棺材。市：購買。材：棺木。　相報：報答你。相：偏指受事的一方。

⓭ 獨厄：危難至極。　獨：甚，非常。　乃：竟然。

⓮ 蘇：再生，復活。　既，副詞。既而，不久。　恍惚：猛然。突然。　云：句末語氣詞。無義。

翻譯：

　　潁川郡人庾某，南朝宋孝武帝孝建年間染病身亡，死後胸口處還是溫溫的，停屍一晚，尚未入殮，突然間，他醒了過來！自述剛死的時候有兩個黑衣人，前來逮捕並捆綁他，驅趕他往前走。他看到一座大城，城門和樓宇十分高峻，安全防衛好多道。黑衣人帶領庾某進入大廳面見府君，一同進入的人相當多。大廳上有一位貴人面向南方坐著，值勤的侍衛有好幾百人，他們都尊稱這位貴人為府君。府君拿著筆，檢閱來報到的人，檢閱到庾某時，說：「這個人的壽命還沒結束！」府君命人盡速遣返庾某。這時，有個人登上殿階來，將庾某拉出去。

　　庾某來到了城門，告訴門吏派人送他回去，門吏說：「必須再行稟報，核准後，才可以離開！」城門外有一個女子，年約十五、六歲，姿貌安閑秀麗，她說：「庾先生有幸可以回去，卻被如此地留置；是門吏要向您索取財物。」庾某說：「剛才我被他們拘捕，兩手空空地來，身上什麼東西都沒帶

啊！」女子將左手臂上的三隻金手鐲脫了下來，遞給庾某，說：「把這些都
給他吧！」庾某問女子姓什麼？女子回答說：「姓張，家住在茅渚，昨天因
霍亂死了。」庾某說：「我快死的時候，派人拿五千元打算購買一口棺材，
如果我復活的話，我會把這五千元送去你家答謝你。」女子說：「我是不忍
心看到您危難無助，這是我私人的金飾，不必麻煩還給家裡了。」庾某把金
手鐲給了門吏，門吏收下後，竟然也沒稟報，就派人送他走了。庾某與女子
道別，女子長嘆了一口氣，落下了眼淚。

庾某既而突然復活了，他到茅渚尋訪探聽，果然有一位姓張的少女最近
剛過世。

十二、幽明游民　　北魏·楊衒之：《洛陽伽藍記》卷三

沙門達多發冢取磚，得一人，以進❶。時太后與明帝在華林都
堂，以為妖異❷，謂黃門侍郎徐紇曰：「上古以來，頗有此事否
❸？」紇曰：「昔魏時發冢，得霍光女婿范明友家奴，說漢朝廢
立，與史書相符。此不足為異也❹！」

后即令紇問其姓名，死來幾年，何所飲食？死者曰：「臣姓
崔名涵，字子洪，博陵安平人也。父名暢，母姓魏，家在城西阜
財里❺。死時年十五，今滿二十七，在地下十有二年，常似醉臥，
無所食也。時復游行，或遇飯食，如似夢中，不甚辨了❻。」

后即遣門下錄事張秀攜詣阜財里，訪涵父母，果有崔暢，其
妻魏氏❼。秀攜問暢曰：「卿有兒死否❽？」暢曰：「有息子涵
❾，年十五而死。」秀攜曰：「為人所發，今日蘇活，在華林園
中，主人故遣我來相問❿。」暢聞，驚怖曰：「實無此兒！向者謬
言⓫。」秀攜還，具以實陳聞。后遣攜送涵回家。暢聞涵至，門前

起火，手持刀，魏氏把桃枝❶，謂曰：「汝不須來！吾非汝父，汝非吾子，急手速去，可得無殃❶！」

涵遂舍去，游於京師，常宿寺門下，汝南王賜黃衣一具❶。涵性畏日，不敢仰視，又畏水、火及兵刃之屬❶。常走於達路，遇疲則止，不徐行也，時人猶謂是鬼❶。

洛陽大市北奉終里，里內之人多賣送死人之具及諸棺槨❶，涵謂曰：「作柏木棺，勿以桑木為欀❶。」人問其故，涵曰：「吾在地下，見人發鬼兵，有一鬼訴稱是柏棺，應免。主兵吏曰❶：『爾雖柏棺，桑木為欀！』遂不免兵。」京師聞此，柏木踊貴。人疑賣棺者貨涵發此等之言也❶。

南京博物院，漢代畫像磚墓室部分重建。

【注釋】

❶ 沙門：出家僧徒。　達多：人名。　發冢：掘墓。　以進：將（人）奉上。以：介詞。表示行為動作涉及的對象。省略賓語（人）。

❷ 太后：帝王的母親。此指北魏宣武靈皇后胡氏，為明帝之母。《魏書》有傳。　明帝：北魏孝明帝元詡。自公元 516 至 528 年在位。《魏書》有傳。　華林：華林園。宮苑名。在洛陽。　都堂：在華林園西邊之大堂。

❸ 黃門侍郎：黃門省之官職名，為宮廷的近侍。黃門為官署名，負責宮內事務。由於宮門漆成黃色，故謂之。　徐紇：人名。　頗：用於疑問句，相當於「可」，句末常與「否」相呼應。　否：疑問詞。用於句尾。

❹ 魏，朝代名。曹丕建立。自公元 220 至 265 年。　霍光：人名。公元前？至前 68 年。西漢大將軍。《漢書》有傳。　范明友：人名。　不足：不需要。此事載於晉・張華：《博物志》第七卷第二十則，說此奴常遊走於民間，無止住處，後不知所在。

❺ 博陵：郡名。在今河北省境內。博陵崔氏為北方著名望族。　安平：縣名。在今河南省安平縣。　阜財里：洛陽市之里名。為富豪權貴所居之高級住宅區。

❻ 時復：時而，時常。復：音節助詞。　遊行：遊蕩行走。　辨了：明白清楚。了：音ㄌㄧㄠˇ；liǎo。

❼ 門下：官名。門下省之略稱。　錄事：官名。掌官署文簿，舉彈善惡。　張秀攜：人名。　詣：到……去。　準財里：洛陽市里名。即阜財里。　崔暢：人名。

❽ 卿：第二人稱代詞。相當於「你」或「您」。

❾ 息子：子息。親生子。

❿ 故：特意，故意。　相問：詢問你。相：表示動作偏指一方。

⓫ 向者：原先說的，剛才說的。者：助詞。用於形容詞後，構成「者」字短語，用以指事、物。　謬言：錯話。假話。謬：音ㄇㄧㄡˋ；miù。差錯，錯誤。

⓬ 具：副詞。都，全。通「俱」。　陳聞：上言，述說。　起火：生火。　把桃枝：手裡握著驅邪用的桃枝。古人以為鬼畏桃木，故用桃枝驅鬼辟邪。

⓭ 急手：動作迅速。北朝口語。　無殃：無災禍。

⓮ 門下：門邊。下：處所名詞詞尾，泛指該處。　汝南王：元悅。好讀佛經。《魏書》有傳。　黃衣：黃色的僧衣。　一具：一件。具：量詞。

⓯ 屬：種類，相似的事物。

⓰ 遠路：四通八達的大路。　徐行：緩慢地行走。

⓱ 洛陽：市名。在河南省洛陽市。　大市：洛陽市最繁華的市區，包含通商、達貨、調音、樂律、延酤、治觴、慈孝、奉終共八個里，經營音樂、釀酒、殯葬等行業。奉終里：洛陽市之里名，為殯葬業專區。　棺槨：棺材和套在棺外的大棺。槨：音ㄍㄨㄛˇ；guǒ。套棺。

⓮　椫：音ㄒㄧㄤ；xiāng。棺木內部的支架。
⓯　發：徵召，調遣。　主兵吏：負責兵士調遣的吏員。
⓴　柏木：柏木製的棺材。木：棺木。　踊貴：物價上漲。　貨：收買。

翻譯：

　　僧人達多開挖墳墓以取用墓室內的磚材，不料竟在墳墓中發現了一個活人，於是將他呈獻給王室。當時太后和明帝在華林園的大堂，他們認為這是個妖異現象，太后問黃門侍郎徐紇說：「上古以來，可有這一類的事情發生嗎？」徐紇說：「從前魏國時開挖墳墓，發現了漢朝霍光女婿范明友的家奴，他說起漢朝興廢的過程，和史書所記載的完全符合。所以，在墳墓中發現有活人這件事，算不上是妖異，不必惶恐。」

　　太后就令徐紇去詢問這個人的姓名，以及他已經死了幾年，如何飲食等等。死者說：「臣姓崔名涵，字子洪，是博陵郡安平縣人。父親名暢，母親姓魏，家住在洛陽城西的阜財里。死的時候是十五歲，現在滿二十七歲，在地下已經有十二年了。在地下時常常像是醉酒一般地昏睡著，也沒有什麼東西可以進食；有時四處遊走，有時遇到飯菜。就像是在夢中一樣，不是很清楚。」

　　太后立刻派遣門下省的錄事張秀攜前往阜財里，去訪查崔涵的父母，果然找到了崔暢和他的妻子魏氏。張秀攜問崔暢說：「您曾有兒子亡故嗎？」崔暢說：「我有一個親生兒子叫崔涵，十五歲時死了。」張秀攜說：「他被人掘發出來了，目前已經復活，他人在華林園中，太后特別派遣我來問你。」崔暢聽了非常恐懼，他說：「我真的沒有這個兒子，剛剛都是我胡說的。」張秀攜回去，全部據實地向太后報告，太后派遣張秀攜送崔涵回家。崔暢聽說崔涵到家了，就在門前燃起火來，手裡握著刀，而妻子魏氏手裡則拿著驅鬼用的桃枝。崔暢告訴崔涵：「你不需要回來！我不是你父親，你不是我兒子，趕快離開，可以無災殃！」

　　崔涵於是離開家，他在京城漫遊，常常睡在佛寺的門邊，汝南王元悅賜給他一領黃色的僧衣。崔涵生性怕太陽，不敢抬頭看天，又怕水、火以及刀

劍之類鋒利的東西；他常常在大路上奔跑，累了就停止，他不慢慢走，當時的人還是認為他是個鬼。

洛陽市大市的北區是奉終里，里內的人多數是在販賣送葬、殯殮的用具以及各種的棺木，崔涵對他們說：「製作柏木棺材，棺木裡的支架不要用桑木！」人們問他原因，崔涵說：「我在地底下，曾看到有人在徵調鬼兵，有一個鬼陳情說他的棺材是柏木作的，應當可以免徵；負責徵調鬼兵的吏員說：「你的雖然是柏木棺材，但棺材裡面的支架卻是桑木做的！」終究不能免徵兵役。京師的人聽到這樣的傳聞，柏木棺材的價格因而飆漲。人們懷疑是棺木業者賄賂崔涵放出這樣的話來。

十三、搶救　南朝 宋·劉義慶：《幽明錄》卷二

晉有干慶者，無疾而終。時有術士吳猛語慶之子曰❶：「干侯算未窮，我為試請命，未可殯殮！」屍臥靜舍，惟心下稍暖❷。

居七日，猛凌晨至，以水激之❸。日中許，慶蘇焉，旋遂開口，尚未發聲，闔門皆悲喜❹。猛又令以水含灑，遂起，吐腐血數升，稍能言語❺。

三日平復如常。說初見數十人來，執縛桎梏到獄。同輩十餘人以次旋對❻。次未至，俄見吳君北面陳釋，王遂敕脫械令歸❼。所經官府皆見迎接吳君，而吳君皆與之抗禮，即不悉何神也❽。

【注釋】

❶ 晉：朝代名。司馬炎建立。自公元 265 至 316 年為西晉，公元 317 至 420 年為東晉。　干慶：人名。《搜神記》作者干寶之兄。　術士：熟習巫祝占卜方術之士。吳猛：人名。東晉之道士。《晉書》有傳。　語：音ㄩˋ；yù。告訴。

❷ 干侯：干先生，干君。侯：古時士大夫之間的尊稱，猶言君。　算未窮：壽命尚未盡。算：壽命。窮：止，盡。　試：嘗試。　殯殮：給死者穿著入棺等待下葬。

靜舍：清靜的房舍。　心下：胸口。
❸ 居：止息，停留。　以水激之：拿水猛烈潑灑他。之：指示代名詞，此指干慶。
❹ 日中許：中午時分。許：表示約略估計之詞。　慶蘇焉：干慶蘇醒了。蘇：覺醒，復活。焉：語末助詞。同「也」，「矣」。表示肯定。　旋：頃刻，不久。　闔門：全家。闔：音ㄏㄜˊ；hé。總，全。
❺ 以水含灑：用水漱口。灑：音ㄙㄚˇ；sǎ。將水分散落下。　吐腐血：從口中嘔吐出腐壞的血。　升：容量單位。約合今200c.c.。
❻ 初：開始。起初。　執縛桎梏：戴上刑具予以拘捕。桎梏：音ㄓˋ ㄍㄨˋ；zhì gù。木製刑具名，在足曰桎，在手曰梏，即後世之腳鐐和手銬。　以次：按照順序。以：介詞。按，依照。　旋：輪番。
❼ 次未至：順序尚未輪到。　俄：不久，瞬間，忽然。　北面：面向北，可能指面對北斗星君。　陳釋：陳述解說。　敕：命令，多指天命或帝王的詔令。　脫械：卸除刑具。械：枷鎖、鐐銬一類的刑具。
❽ 抗禮：行對等之禮。　即：連詞。就是。　悉：知道。

翻譯：

　　晉朝時有個人叫干慶，他沒病卻死了。當時有個道士吳猛告訴干慶的兒子說：「干先生的壽命還沒終結，我試著為他請命，你先不要將他入殮！」干慶的屍體躺臥在安靜的屋子，只有胸口稍微溫暖而已。

　　經過七天，吳猛在凌晨時分到達干家，他用水猛潑干慶的身體。中午左右，干慶甦醒過來了，隨即張開了口，但他還無法發出聲音，全家人都悲喜交集。吳猛又請干慶含著水漱口，之後他起身，吐出好幾升的壞血，接著稍稍能說些話了。

　　三天之後干慶已恢復正常。他說初時看見幾十個人前來，將他戴上腳鐐和手銬後，就押到監獄去了。和他同去的有十多個人，大家按照順序，輪番接受訊問，還沒輪到干慶的時候，突然就看到了吳先生面向著北方在作解釋，王於是下令卸除干慶身上的刑具，命他回去。一路上所經過的官府都前來迎接吳先生，而吳先生都與他們行對等禮；但就是不知道他們是何方神明。

十四、信差的驚喜　魏·曹丕：《列異傳》

臨淄蔡支者，為縣吏。會奉書謁太守，忽迷路，至岱宗山下❶。見如城郭，遂入致書。見一官，儀衛甚嚴，具如太守❷。乃盛設酒肴，畢，付一書，謂曰：「掾為我致此書與外孫也。」吏答曰：「明府外孫為誰❸？」答曰：「吾太山神也，外孫，天帝也。」吏方驚，乃知所至非人間耳❹。

掾出門，乘馬所之。有頃，忽達天帝座太微宮殿，左右侍臣俱如天子❺。支致書訖，帝命坐，賜酒食，仍勞問之，曰❻：「掾家屬幾人？」對：「父母妻皆已物故❼，尚未再娶。」帝曰：「君妻卒經幾年矣？」支曰：「三年。」帝曰：「君欲見之否？」支曰：「恩唯天帝❽！」帝即命戶曹尚書敕司命❾，輟蔡支婦籍於生錄中，遂命與支相隨而去，乃蘇❿。

歸家，因發妻塚，視其形骸，果有生驗。須臾，起坐語，遂如舊。

【注釋】

❶　臨淄：縣名。在今山東省淄博市。　會：介詞。適，值。　奉書：持信。書：書信。尺牘。　謁：音一ㄝˋ；yè。晉見。　太守：官名。管理一郡政事之首長。岱宗：泰山。舊謂泰山為四岳所宗，故泰山別稱岱宗。舊時謂泰山為人死後鬼魂所歸之地。　山下：山邊。下：處所名詞詞尾，泛指該處。

❷　致書：送信。　儀衛：儀仗與衛士的統稱。文的稱儀，武的稱衛。　嚴：整齊肅穆。　具如：完全相同。

❸　掾：本為佐助之義。後通稱為副官、佐吏為掾。　明府：漢魏以來對太守、牧尹，皆稱府君，或明府君，省稱明府。郡所居曰府，明為賢明之意。

❹　方：副詞。才。表示時間關係。　耳：語氣詞。表示肯定。

❺　之：往。　有頃：不久。　太微：本指星垣名，此作天帝宮廷解。《史記·天官書》：「南宮：朱鳥，權、衡。衡，太微，三光之廷。」

❻　仍：副詞。乃。就，於是。　勞：勞，音ㄌㄠˋ；lào，安慰存問。

甘肅博物院，魏晉新城壁畫墓，驛使騎馬，右手握繮繩，左手持過所（通關憑證）。

❼　物故：死亡。

❽　唯：句中語氣詞，用於加強判斷語氣。

❾　戶曹：掌管民戶的官署。曹古代政府機構的單位名稱。　尚書：官名。掌殿內文書職務。　敕：音彳ㄟˋ，chì。命令。凡長官告諭僚屬稱敕。　司命：執掌生死的星官。

❿　輟：停止。中止。　籍：登記。　生錄：記載生死資料的簿冊。　蘇：甦醒。

翻譯：

　　臨淄縣人蔡支，擔任縣政府的吏員。某次適逢要攜帶書信去晉見太守，但半途突然迷路，來到了泰山邊。他看見像城郭般的建築，以為是郡城到了，於是進去遞送書信。蔡支見到一個官員，他的儀衛陣容非常整齊，完全如同太守級的規格。這位官員擺下豐盛的酒席款待他，飲食完畢後，他交給蔡支一封書信，說：「副官，請為我將這封書信交給我的外孫。」蔡支回答說：「明府大人您的外孫是誰？」回答說：「我是泰山之神，外孫乃是天帝。」蔡支這才大吃一驚，明白自己所到的地方並非是人間！

　　蔡支出門後，乘馬前往，片刻之後，忽然地就到達了天帝的所在處太微

宮殿，隨侍的官員排場完全和天子一樣。蔡支呈送書信後，天帝命他坐下，賜下酒食，接著體恤地問他：「副官家裡頭有幾位家屬？」回答說：「我的父母和妻子都已經過世了，我還未再娶。」天帝說：「妻子過世有幾年了？」蔡支說：「三年了。」天帝說：「您想見一見她嗎？」蔡支說：「請天帝開恩！」天帝立即命令負責戶籍的官員告諭司命星官，將蔡支妻子的資料從生死簿中刪掉，並且命她隨蔡支一起離開，她遂得以復活。

蔡支返回家鄉後，便去掘開妻子的墳墓，檢查她的身體狀況，果然有生命跡象。不久，他的妻子已能坐起身來說話，然後就恢復如常了。

※問題與討論

1. 請向司命神提出你非活下去不可的兩個理由，如果必須進行復活的條件談判，你能做出什麼讓步？
2. 列出一張復活名單，填寫兩個你希望他們復活的人物，說明原因並推測他們在復活之後可能引起的後果。
3. 復活的故事必有解圍救難的人物，試歸納這些決定死生的人物身分屬性。
4. 北齊・賈思勰《齊民要術》曾介紹烈酒「穄米酎」，說酒色如麻油，芬芳酷烈。平時能飲一斗酒的人，若喝三升，必定醉死，請簡介此酒的原料與釀造方法。
5. 六朝貴公子有敷粉飾容的愛美時尚，所塗敷之粉稱為「胡粉」，請簡介胡粉的成分。

主題十六、死亡預告

前　言

　　有生必有死，這是自然生命的法則，凡人也都能明白並「活著」來「等死」。但對於身處大動亂時局的人們而言，死亡的威脅是一張更為沉重刺痛的羅網，插翅難飛！瘟疫的肆虐、戰爭的殺戮、政爭的滅門誅罰、大遷徙路程中的困頓流離……都使當代人在朝不保夕的憂慮中誠惶誠恐；於是杯弓蛇影，穿鑿附會，即使是匪夷所思的吉凶預言，也寧可信其有，以免大難臨頭尚不知走避。在這樣的社會氛圍下，上自帝王將相，下至村夫庶民，多數是戒慎恐懼地留心周遭事物的異常變化，藉以推測未知的禍福，握牢逢凶化吉的契機。

　　除了自殺者外，一般人是無從預知自己的死期和死法，死亡，因而又更令人驚疑不安。亂世的非命橫死，荒謬無常，牽連無端，令當局者憂心忡忡，也引來旁觀者的紛紛議論……於是有好事者將已成為事實的事件予以先後串聯，以後設的角度逆推前事為死亡預警，後事為預言成真的注腳，再加上有五行說作為言之鑿鑿的根據，於是一則又一則的故事伴隨著當事人的死訊而流傳開來。

　　死亡預告與五行說連結的解釋有跡可循，如血為紅色，與血、肉、血腥味有關之異象者為赤祥，赤祥一現，即有災禍將至；與黑狗、黑牛、烏鵲之異象有關者為黑祥，亦預示著滅亡，其他尚有白祥、黃祥、青祥等。五行脫序，化動萬端，氣亂於中，物變於外，所有反常的現象，在在是吉凶禍福的預兆，唯有見微知著，才能因勢利導，或是逆反克服。但，談何容易？本篇衍生自〈五行志〉的災異書寫，如：狗會人立而行，會說人話，飯鍋中鑽出

無數的蟲，或是出現了無端而來的不祥物體；廁所冒出了紅眼怪物，牀底出現了死人頭，地下挖出了巨量錢幣等等。與宿命論有關的文書檔案也是個死訊來源，如看到自己的名字赫然列在「死亡筆記本」上，或是接到了「天庭派令」，要徵召自己出任非世間政府機構的官職；這也是一種「死定了」的上級預告，顯示人間的子民受制於高高在上的天曹，或是無形的天命。簡言之，宿命論是本篇的意識形態。

　　死亡預告的異常現象一旦出現，當事人的反應多半是恐慌和不甘心，所以會採取補救措施來挽回將要被取消的壽命。不過，既然是死亡預告，所以只要它出現了，必然是在劫難逃！所謂：「吉凶可知而不可為也。」這對當事人而言，固然是極為無奈的悲哀，但對於旁觀者而言，卻是情節懸疑頓宕的閱讀趣味所在。裴松之注《三國志》引《蜀記》載關羽初出圍樊，夢見豬咬其足，醒後腳痛，關羽謂其子關平曰：「吾今年衰矣，然不得回。」「然」字，在此是肯定的判斷詞。意思是，腳被咬傷了，走不掉，肯定是回不了家了。義薄雲天的關羽，不無感慨地說出了勇者的知命之言，或許，將軍隨後且低聲吟誦著：「蒿里誰家地？聚斂魂魄無賢愚。鬼伯一何相催促，人命不得少踟躕。」

一、兒子的命被買走了　　東晉・陶潛：《搜神後記》卷五

　　王導子悅為中書郎❶，導夢人以百萬錢買悅，導潛為祈禱者備矣❷。尋掘地，得錢百萬，意甚惡之，一一皆藏閉❸。

　　及悅疾篤，導憂念特至，積日不食❹。忽見一人，形狀甚偉，被甲持刀❺。問是何人，曰：「僕，蔣侯也。公兒不佳，欲為請命，故來爾。公勿復憂❻。」導因與之食，遂至數升❼。

　　食畢，勃然謂導曰❽：「中書命盡，非可救也！」言訖不見。悅亦殞絕❾。

【注釋】

❶ 王導：公元 272 至 339 年在世。晉人，才智優，有膽識，歷任東晉元帝、明帝、成帝三朝宰相，出將入相，政務清簡。《晉書》有傳。　王悅：生卒年不詳。王導長子。《世說新語》載王悅謹順，事親盡色養之孝。「丞相（王導）」還臺（朝廷），及行，未嘗不送至車後。恆與曹夫人（母親）併當箱篋。長豫（王悅字）亡後，丞相還臺，登車後，哭至臺門；曹夫人作簏（竹箱子），封而不忍開。《晉書》有傳。中書郎：官名。即中書侍郎，是中書令的副職，參與朝政。

❷ 潛：暗中，秘密。　備：周詳，齊全。

❸ 尋：副詞。隨即，不久。　惡之：不喜此事。恐懼此事。之：代詞。指在地下挖到百萬錢一事。　一一：逐一地。

❹ 及：當。到了。　特至：即言程度強大。即「非常」，「甚」之意。至：大。　積日：多日。

重慶博物院，漢代串成一貫的錢幣，每貫約有數千枚。

❺ 被甲：披戴著皮革製的護身鎧甲。被：音ㄆㄧ；pī。通「披」，搭在肩背上。

❻ 僕：自身謙辭。　蔣侯：即蔣子文，東漢人。漢末為秣陵尉，討賊至鍾山，傷額而死。三國時孫權晉封他為中都侯，立廟祭祀。　不佳：身體不舒適，小病。　爾：助詞，用於句末，表示肯定語氣。　勿復：莫，不要。「復」虛化，不為義。

❼ 升：容量單位。十合為一升。約今之二百公撮。

❽ 勃然：突然變色。

❾ 訖：音ㄑㄧˋ；qì。完畢，終了。　殞絕：死亡。殞：音ㄩㄣˇ；yǔn。死亡。

翻譯：

　　王導的兒子王悅擔任中書侍郎一職。某夜，王導夢見有人以一百萬元購買王悅的性命，為此王導暗中舉行了各種的祈禱儀式，期望可以為兒子解厄。不久，家人掘地時，挖到了一百萬元，王導對這件事非常憂懼，他將錢一個一個地封藏起來。

　　到了王悅病危之時，王導憂慮萬分，好多天都食不下嚥。忽然見到一個人，體形十分壯碩，身披盔甲，手持大刀。王導問他是什麼人？回答說：「在下，正是蔣侯。大人您的公子身體不適，我想為他求命，特地來此。請大人不要憂愁！」王導於是拿食物招待他，他吃了好多。

　　吃完後，蔣侯突然變臉，他告訴王導：「中書郎命數已盡，無可挽救了！」話說完就消失不見了。王悅不久也亡故了。

二、偷看生死簿　　東晉・干寶：《搜神記》卷五

　　漢<u>下邳周式</u>，嘗至<u>東海</u>❶，道逢一吏，持一卷書，求寄載❷。行十餘里，謂<u>式</u>曰：「吾暫有所過，留書寄君船中，慎勿發之❸！」去後，<u>式</u>盜發視書，皆諸死人錄，下條有<u>式</u>名❹。

　　須臾❺，吏還，式猶視書。吏怒曰：「故以相告，而忽視之❻！」式叩頭流血。良久，吏曰：「感卿遠相載❼，此書不可除卿名。今日已去，還家，三年勿出門，可得度也。勿道見吾書❽！」

　　式還，不出已二年餘，家皆怪之。鄰人卒亡，父怒，使往弔之❾。式不得已，適出門，便見此吏❿。吏曰：「吾令汝三年勿出，而今出門，知復奈何⓫！吾求不見，連累為鞭杖。今已見汝，無可奈何。後三日日中，當相取也⓬。」

　　式還，涕泣具道如此⓭。父故不信，母晝夜與相守⓮。至三日日中時，果見來取，便死。

【注釋】

❶　漢：朝代名。劉邦建立。自公元前 206 至公元 7 年為前漢。公元 25 至 220 年為後漢。　下邳：郡名。在今江蘇省境內。　周式：人名。　東海：縣名。在今江蘇省連雲港市。

❷　吏：小吏。職位低階的官員。　寄載：借載一程。此為六朝常用語。

❸　暫：臨時。　過：訪問，探望。　慎：千萬，表示禁戒。　發：打開，開啟。

❹　盜：乘人不備而偷取他人的東西。　下：次序在後的。　條：分條列出。

❺　須臾：片刻。

❻　故：特別，特意。　而：連接詞。其所連接的前後兩部分是轉折關係。　忽視：輕忽，不重視。

❼　叩頭：最恭敬的禮儀。跪伏在地上禮拜，頭敲擊到地面。動作較強烈的常用於請罪。　感：感激，感謝。　卿：古代對人的敬稱。相當於「您」。　相載：載我。相：偏指受事一方。

❽　已：乃。　度：逃過。　可得：可以。同義連文。　道：說。

❾　卒亡：猝死。卒：音ㄘㄨˋ；cù。急遽貌。通「猝」、「促」。　弔：對有喪事或受到災禍的人表示哀悼、慰問。

❿　適：副詞。才，剛。

⓫　知復奈何：奈何。怎麼辦呢？相當於「夫復奈何」。知：語助詞。相當於「夫」。復：副詞。無實義，在句中只起強調作用。

⓬　吾求不見：我要覓取的人沒有出現。　連累：受到牽連拖累。　鞭杖：以革製、木製的細長刑具體罰有罪過者。　當：將。　相取：捉你。相：偏指受事的一方。

⓭ 具道：全部說出。具：副詞。都，全。

⓮ 故：副詞。依然，仍舊。　與相守：與之相守的省略。與：介詞。引出和行為動作有關的對象。　之：代詞。此指周式。

翻譯：

　　漢朝下邳郡人周式，某次到東海縣去，途中遇到一位吏員，手裡拿著一卷書，請求借載一程。船行十多里之後，他告訴周式：「我臨時要去拜訪個人，這卷書留在你船裡寄放，你絕對不能打開！」他離開後，周式偷偷打開書來看，裡面全是死人的名錄，末後還列有周式的名字。

　　不久，這名吏員回來了，周式卻還在看著書；吏員生氣地說：「我特別警告你不准看，然而你卻不當一回事！」周式跪地叩頭求饒，頭都叩到流血了……許久，吏員說：「感念你不辭路遠而肯搭載我，但你的名字不能從書上刪除！今天你就走吧，回家之後，三年不可出門，就能夠逃過一死。也不要跟人說你看過我這本書！」

　　周式回家後，足不出門已經兩年多了，家人都覺得他這樣很奇怪。後來，他們的鄰居突然過世，父親生氣他都不去致哀，命令他必須前往弔喪。周式不得已只好出門，才出門，就看到了那位吏員。吏員說：「我請你三年不要出門，而現在你出門了，怎麼辦呢？我捉不到你，就被連累到鞭杖懲罰，現在既然看到你了，我也無可奈何。三天後的中午時分，我會來捉你。」

　　周式回家後，流著淚把整件事都說出來。他父親仍然不相信，他母親則是早晚都守著他。到第三天中午的時候，果然看到這位鬼吏前來帶走周式，周式隨即死去。

三、踏上不歸路　　東晉‧干寶：《搜神記》卷九

　　吳諸葛恪征淮南歸❶，將朝會之夜，精爽擾動，通夕不寐❷。

嚴畢趨出，犬銜引其衣。恪曰：「犬不欲我行耶？」出仍入坐❸。少頃復起，犬又銜衣，恪令從者逐之❹。及入，果被殺。

　　其妻在室，語使婢曰：「爾何故血臭❺？」婢曰：「不也。」有頃，愈劇❻。又問婢曰：「汝眼目瞻視，何以不常❼？」婢屹然起躍，頭至於棟，攘臂切齒而言曰❽：「諸葛公乃為孫峻所殺！」於是大小知恪死矣。而吏兵尋至❾。

【注釋】

❶　吳：三國時孫權建立，自公元222至280年。　諸葛恪：公元203至253年在世。三國時人，機智敏辯。孫亮時為大將軍，督導軍事。後因戰事失利，遭孫峻誣陷意圖叛變，被殺。《三國志》有傳。《三國志‧吳書‧孫亮傳》載：「恪率軍伐魏，夏四月，圍新城，大疫，兵卒死者大半。秋八月，恪列軍還。冬十月，大饗，武衛

將軍孫峻伏兵殺恪於殿堂。」　　淮南：郡名。在江蘇省，安徽兩省境內。

❷　朝會：諸侯或臣屬朝見君主。　　精爽：猶精神。　　通夕：整夜。通：全部，整個。
　　寐：入睡，睡著。

❸　嚴畢：裝束完畢。嚴：整裝。　　趨：快步走。　　銜引：以口含物地牽著。　　耶：句
　　末語助詞，表疑問，相當於「嗎」。　　出仍入坐：出去之後就又進來坐著。仍：副
　　詞。就，於是。此「仍」相當於「乃」，不是「仍然」之義。

❹　少頃：片刻，不久。　　從者：隨從人員。從：音ㄗㄨㄥˋ；zòng。

❺　語：音ㄩˋ；yù。告訴。　　使婢：供使喚的婢女。據《三國志・吳志・諸葛恪傳》
　　載：「（恪）將盥漱，聞水腥臭；侍者授衣，衣服亦臭。恪怪其故，易衣、易水；
　　其臭如初。意惆悵不悅。」兩載雖異，然皆聞到血腥之味，為赤祥之徵。

❻　爾：你。第二人稱指示代名詞。　　有頃：不久。　　劇：極，甚。形容程度深。

❼　瞻視：眼睛仰視或直視。　　不常：不正常，怪異。

❽　戄然：疾起貌。戄：音ㄍㄨㄟˋ；guì。通躩。急遽。　　起躍：騰跳而起。　　棟：
　　屋中的正梁。　　攘臂切齒：揮動著雙臂，緊咬著牙齒。表示極端憤慨痛恨。

❾　乃：竟然。　　孫峻：三國時孫吳之皇族。公元219至256年在世。大有武膽。《三
　　國志・吳志・孫峻傳》載孫峻後夢諸葛恪來襲，恐懼，發病死。　　大小：指全家
　　人。　　尋：副詞。隨即，不久。

翻譯：

　　吳國諸葛恪自淮南郡征伐失利後回來了。臨要上朝的前一晚，他的精神
焦慮不安，整晚都無法入睡。當他穿戴已妥，快步要出家門時，狗上前咬住
他的衣服。諸葛恪說：「狗兒不要我外出嗎？」於是又進來屋裡坐著。不久
他再度起身，狗又來咬住他的衣服，這時諸葛恪請隨從把狗驅離。當諸葛恪
進入朝廷之後，果然遭到謀害。

　　當時他的妻子在臥室，問使喚的婢女說：「你怎麼有血腥味啊？」婢女
說：「沒有啊！」不久，血腥味越來越濃。她又問婢女說：「你的眼睛發
直，怎麼反常了呢？」才說著，婢女突然騰跳起來，頭都碰到屋子的正梁！
她揮動雙臂，咬牙切齒地說：「諸葛大人竟然被孫峻殺害了！」於是家人們
都知道諸葛恪死了，之後，逮捕的官兵隨即抵達。

四、廁所裡的討命鬼　東晉‧干寶：《搜神記》卷九

　　庚亮字文康，鄢陵人，鎮荊州❶。登廁，忽見廁中一物，如方相❷，兩眼盡赤，身有光耀，漸漸從土中出！乃攘臂，以拳擊之，應手有聲，縮入地。因而寢疾❸。

　　術士戴洋曰❹：「昔蘇峻事，公於白石祠中祈福，許賽其牛，從來未解❺。故為此鬼所考❻，不可救也。」明年，亮果亡。

【注釋】

❶　庚亮：人名。東晉權臣，公元289 至 340 年在世。好《老》、《莊》，善清談，美風儀。成帝初，以帝舅身分為中書令。蘇峻舉兵謀反，庚亮出奔逃亡，推荊州刺史陶侃為盟主，擊敗蘇峻。陶侃逝世後，庚亮都督荊州軍事，並領荊州州長。《晉書》有傳。　鄢陵：縣名。在今河南省許昌市。　鎮：鎮守。　荊州：地名，在今湖南省、湖北省境內。

❷　登廁：上廁所。登：進，升，自下而上。　方相：古代傳說藏於土中之神獸，或是仿其形而造之驅疫避邪神像。《周禮‧夏官‧方相氏》：「方相氏掌蒙熊皮，黃金四目，玄衣朱裳，執戈揚盾，帥百隸而時難（指方相氏率領眾

四川博物院，東漢陶方相氏俑頭，頭角崢嶸，齜牙咧嘴，大耳暴目，長舌垂墜，呈現豪放詭譎的氣勢。成都市天回山崖幕出土。

官吏，依四時驅逐疫鬼。隸：吏。難：音ㄋㄨㄛˊ；nuó。通「儺」。驅逐疫鬼。），以索室驅疫。」後來民間以陶土燒製或用紙、竹等糊紮成高大猙獰之開路神，用來送喪，亦稱方相。

❸　攘臂：挽起衣袖，露出手臂，用力揮動。　應手：接觸到手。　寢疾：臥病。

❹ 術士：熟習占卜望氣、預測吉凶之術的人。　戴洋：人名。晉代著名術士，擅長占候望氣，預卜吉凶。時為庾亮軍師。《晉書》有傳。

❺ 蘇峻：人名。東晉大將，公元？至 328 年在世。晉成帝時，以討平王敦有功，官歷陽內史，擁精銳士兵數萬人。庾亮主政，謀奪蘇峻兵權，峻遂於公元 327 年舉兵反，後為陶侃、溫嶠聯軍擊敗，遭斬。　許賽：許願。指信仰者祈願於神，答應以某物相報。賽：舊時稱酬神為賽。　解：設祭報謝神恩。

❻ 考：稽察，考核。

翻譯：

庾亮字文康，是鄢陵縣人。他在荊州鎮守時，有一次去上廁所，突然看見廁所裡出現了一個鬼物，樣子像是的方相，它的雙眼全是紅色的，身體有亮光，慢慢地從土裡冒出來。庾亮於是捲起袖子，用拳頭打它，打到它就有聲響，那鬼物隨後縮進地裡面去了。這件事發生之後，庾亮就臥病不起。

術士戴洋說：「從前蘇峻亂事發生時，庾公在白石祠裡向神祈福，許諾要獻一隻牛來酬謝神恩。但直到現在庾公都還沒有謝恩還願，所以才會被這個鬼給糾核，這無法救了。」明年，庾亮果然死亡。

五、滅亡警訊　　東晉・干寶：《搜神記》卷九

魏司馬太傅懿平公孫淵，斬淵父子❶。先時，淵家數有怪，一犬著冠幘絳衣上屋❷；欻有一兒蒸死甑中❸。襄平北市生肉，長圍各數尺，有頭目口喙，無手足而動搖❹。占者曰❺：「有形不成，有體無聲，其國滅亡。」

【注釋】

❶ 魏：朝代名。曹丕建立。自公元 220 至 265 年。　司馬：姓氏。此指時任太傅的司馬懿。公元 179 至 251 年在世。為司馬昭之父，三國時任魏國太傅，封舞陽侯。《三國志》有傳。　太傅：官名。古三公之一。輔佐天子，參與朝政。　公孫淵：人名。公元？至 238 年在世。三國時魏之遼東太守，任大司馬後自立為燕王，設立

百官，對抗曹魏政權。魏派遣司馬懿征討，斬殺公孫淵、公孫脩父子。司馬懿在襄平殘酷屠城，殺死燕國公卿與平民近萬人，並將屍首堆築封土為「京觀」，即「高塚」，以炫耀戰功並震懾敵人。燕國從此滅亡。

❷　數：音ㄕㄨㄛˋ；shuò。多次，屢次。　冠幘：音ㄗㄜˊ；zé。襯墊有小帽的頭冠。　絳衣：大紅色的衣服。漢代官員之禮服為大紅色。　上：升，登。

❸　欻：音ㄒㄩ；xū。突然。　甑：音ㄗㄥˋ；zèng。瓦製煮器。甑底有孔洞，可使蒸氣上騰。後世以竹木製者稱蒸籠。

❹　襄平：縣名。在今遼寧省遼陽市。為中國東北第一個國家－燕國的軍事要塞與大城。　生肉：長出肉。此肉為肉芝，肉靈芝，其觸覺與紋理均似生肉。附生於大石或土裡，頭尾俱有。或稱視肉。《山海經》屢有記載。　喙：音ㄏㄨㄟˋ；huì。口，嘴。

❺　占者：占視吉凶的人。

翻譯：

　　三國時魏太傅司馬懿討平了遼東的公孫淵，斬殺了公孫淵父子。在此之前，公孫淵家多次出現了怪事，有一隻狗戴著有幘的頭冠，穿著大紅色的衣服爬上了屋；之後突然有個兒子意外地被蒸死在甑鍋內。後來在襄平的北區市集長出了一大團的肉，高度和周圍各有數尺，這團肉有頭、眼睛、嘴巴，沒有手腳，但卻能夠動搖。占候吉凶的人說：「有形不成形，有體無聲音，其國必滅亡。」

六、箱子裡的索命天書　南朝 宋・劉義慶：《幽明錄》卷四

　　衡陽太守王矩為廣州❶。矩至長沙，見一人長丈餘，著白布單衣，將奏❷，在岸上呼矩奴子：「過我❸！」矩省奏，為杜靈之。入船共語，稱敘希闊❹。

　　矩問：「君京兆人，何時發來？」答矩「朝發❺。」矩怪，問之，杜曰：「天上京兆。身是鬼，見使來詣君耳❻。」矩大懼！因求紙筆，曰：「君必不解天上書❼。」乃更作，折卷之，從矩求一

小箱盛之，封付矩❽，曰：「君今無開，比到廣州可視耳❾。」

矩到數月，悁悒❿，乃開視，書云：「令召王矩為左司命主簿。」矩意大惡，因疾卒⓫。

六朝博物院，三國‧吳‧墓主人坐榻聆聽音樂俑。南京市江寧出土。

【注釋】

❶ 衡陽：郡名。在今湖南省境內。　太守：官名。管理一郡政事之首長。　王矩：人名。公元？至 306 年在世。晉惠帝永興二年（305 年）以討亂有功遷廣州刺史，至州月餘即身故。《晉書》有傳，附於其弟〈王機傳〉，史載王矩「美姿容，每出游，觀者盈路。」　為廣州：任廣州刺史。廣州：州名。在今廣東、廣西二省境內。

❷ 長沙：縣名。在今湖南省長沙市。　丈：長度單位。十尺為丈，約合今二百公分。單衣：上衣下裳相連且無裡者之衣，領、袖有緣邊。為僅次於朝服的盛服。　將奏：攜帶徵召的竹簡類公文。

❸ 奴子：年少的奴僕。　過我：接我上船去。過：度。由此到彼。

❹ 省奏：查看奏簡。省：ㄒㄧㄥˇ；xǐng。查視。　稱敘：敘說。稱：說，聲言。希闊：猶契闊。指旅途辛苦了之類的話。

❺ 京兆：漢代京畿的行政區域名。在今陝西省境內。後世稱京都為京兆。　發：出發。　朝：早晨。

❻ 怪：以為稀奇、怪異。　身：我。第一人稱代詞。　見使：使我。派遣我。見：用於動詞前，表示代詞賓語的省略。　詣：訪候。　耳：助詞。表肯定語氣。

❼　因求紙筆：於是要求提供紙和筆。此句主詞省略，指鬼。　解：懂得。　書：文字，字體。

❽　更：音ㄍㄥ；gēng。副詞。再，又。　折卷：彎曲捲起來。　盛：音ㄔㄥˊ；chéng。以器受物。　封：密閉，密合。　付：給與。

❾　無開：不可以打開。無：副詞。不可。通「勿」、「毋」。　比：音ㄅㄧˋ；bì。介詞。等到。　耳：助詞。表肯定語氣。

❿　悁悒：音ㄐㄩㄢ ㄧˋ；juān yì。憂愁煩悶。　左司命：神名。司命為掌管和生命有關事物的神，分左右司命各一。　主簿：官名。負責文書簿籍，掌管印鑑等，為掾吏之首。

⓫　大惡：很壞。極差。

翻譯：

衡陽郡太守王矩轉任為廣州太守，當他抵達長沙縣時，看到一個人約有十尺餘高，穿著白色單衣，手裡拿著奏章，在岸上喊王矩的奴僕，說：「接我過去！」王矩檢視奏章，知道此人是杜靈之。此人進入船艙和王矩說話，彼此寒喧問候。

王矩問他：「您是京都人，什麼時候出發的？」回答說：「早晨出發的。」王矩認為速度快得離奇，就再追問他詳情。杜靈之說：「京都是天上的京都！我是鬼，天庭派遣我來訪候您。」王矩聞言非常害怕！接著杜靈之向王矩索取紙筆，他說：「想必您是看不懂天上的文字！」他於是重寫，寫完後將奏章捲好，跟王矩要了一個小箱子來盛裝，密封之後交付王矩，說：「您現在不能打開！等到了廣州之後才能查看。」

王矩到達廣州有幾個月了，心情鬱悶，於是打開箱子裡的奏簡來看，上面寫著：「徵召王矩擔任左司命主簿。」王矩看完後心情非常差，於是就病故了。

七、夢死成真　　東晉・干寶：《搜神記》卷十

　　會稽謝奉與永嘉太守郭伯猷善❶。謝忽夢郭與人於浙江上爭樗

蒲錢，因為水神所責❷，墮水而死，已營理郭凶事❸。

及覺，即往郭許，共圍棋❹。良久，謝云：「卿知吾來意否❺？」因說所夢。郭聞之悵然，云：「吾昨夜亦夢與人爭錢，如卿所夢，何其太的的也❻！」

須臾，如廁，便倒氣絕。謝為凶具，一如其夢❼。

四川博物院，東漢六博畫像磚拓印，兩羽人對著博局而坐，一人方奮擲出骰子，一人神情緊張地注視著對方，下方有草，顯示是在草地上玩。彭州市徵集。

【注釋】

❶　會稽：郡名。在今浙江省境內。　永嘉：縣名。在今浙江省溫州市。　太守：官名。管理一郡政事之首長。　善：親善，友好。

❷　浙江：水名。又名之江，以其多彎，故稱浙江。　爭：決勝負。　樗蒲：音ㄔㄨㄆㄨˊ chū pú。流行於中古時代的一種賭博遊戲。兩人對賭，以五木（即五枚如杏仁狀的扁平木片，木片兩面有圖形，圖形代表采數。），類似骰子的作用，放在杯中搖晃後擲出，兩人共同檢視五木，將五木得出的采數加總，然後決定行棋，己棋先抵終點者得勝。　因：於是。　為：被。　責：譴責。處罰。

❸　營理：張羅，處理。　凶事：喪事。

❹　及：到了……時候。　覺：睡醒。　許：處所，地方。　圍棋：遊戲名。兩人對

　　弈，棋子有黑白兩色，一方各執一色，在縱橫十七道直線所構成的網格點上交替下
　　棋，以圍「地」的大小決定勝負。

❺　卿：第二人稱代詞。相當於「你」或「您」。

❻　的的：音ㄉㄧˊ　ㄉㄧˊ；dí dí。巧合，恰好。「的」通「適」。「的的」為「適
　　適」之借字。適：剛好，適巧。

❼　須臾：片刻。　　如廁：上廁所。如：往，到。　　凶具：棺材。

翻譯：

　　會稽郡人謝奉與永嘉郡太守郭伯猷交情很好。某夜謝奉忽然夢見郭伯猷在浙江上因為與人玩樗蒲賭錢，遭到水神的處罰，遂落水溺死；郭伯猷的喪事他也在夢中處理完畢。

　　當謝奉醒來之後，立即去郭伯猷那裡找他，兩人一起下著圍棋。過了很久，謝奉才說：「你可知道我的來意？」於是告訴他昨晚的夢。郭伯猷聽後一臉惆悵，他說：「我昨天晚上也夢見和人賭錢，如你所做的夢一樣，怎麼會如此巧合呢！」

　　不久，郭伯猷去上廁所，人就倒地氣絕了。謝奉為他張羅棺材，正如夢境中為他治喪一樣。

八、預見滿地腥血　　東晉・干寶：《搜神記》卷二

　　宣城邊洪為廣陽領校❶。母喪歸家，韓友往投之。時日已暮，出告從者❷：「速裝束！吾當夜去❸。」從者曰：「今日已暝，數十里草行，何急復去❹？」友曰：「此間血覆地，寧可復住❺？」苦留之❻，不得。

　　其夜，洪歘發狂❼，絞殺兩子，并殺婦，又斫父婢二人，皆被創❽。因走亡。數日，乃於宅前林中得之，已自經死❾。

【注釋】

❶ 宣城：郡名。在今安徽省境內。　邊洪：人名。　廣陽：郡名。在今河北省境內。
領校：郡的軍事長官。

❷ 韓友：晉人，善占卜，能圖宅相冢，亦行厭勝法術。《晉書》有傳。　投：到，
去。　從者：隨從的人。從：音ㄗㄨㄥˋ；zòng。隨從，跟隨。

❸ 速：迅速。快。　裝束：束裝，整理行裝。　當：必定。　去：離開。

❹ 日：太陽。此指天色。　暝：晦，昏暗。　草行：涉草而行。　急復：急。復：音
節助詞。

❺ 此間：此處。　寧可：豈可，怎麼能。寧：音ㄋㄧㄥˋ；nìng。副詞。豈，難道。
復住：留下來。復：副詞。無實義。在句中只起強調的作用。

❻ 苦：極力，竭力。

❼ 欻：音ㄒㄩ；xū。忽然。突然。

❽ 斫：音ㄓㄨㄛˊ；zhuó。劈殺，用刀斧砍。　被創：受傷。被：音ㄅㄟˋ；bèi。
遭受。創：音ㄔㄨㄤ；chuāng。刀兵之傷。

❾ 走亡：逃亡。走：逃跑。　自經：上吊自殺。據《晉書》第六十五卷〈韓友傳〉
載：「宣城邊洪，以四月中就友卜家中安否。友曰：『卿家有兵殃，其禍甚重！可
伐七束柴積於庚地，至七月丁酉，放火燒之，咎可消也。不爾，其凶難言……』」
邊洪原本遵從韓友的解厄方法，開始積聚柴薪，準備屆時焚燒以除咎，但到了預定
的日期，邊洪卻因當天風勢過於猛烈而不敢點火。

翻譯：

　　宣城郡人邊洪擔任廣陽郡軍事將領，母親過世後他回家服喪。韓友前往
他家投宿。當時天色已黑，韓友卻又匆匆走出來告訴隨從說：「趕緊整理好
行裝，我們今晚一定要離開！」隨從們說：「現在天色暗了，我們在草野中
已經走了好幾十里，為何這麼急著離開？」韓友說：「這裡滿地都是血，怎
麼能夠留下來？」眾人雖然力勸他留下來，但他就是不肯。

　　當天晚上，邊洪突然發狂！他縊死兩個兒子，且殺死妻子，又砍殺他父
親的兩個婢女，婢女們都受了傷。犯案後，邊洪逃走。幾天後，才在屋前的
樹林中發現了他，但他已經上吊身亡。

九、兩紙死亡派令　南朝 宋・劉義慶：《幽明錄》卷五

　　許攸夢烏衣吏奉漆案❶，案上有六封文書，拜跪曰：「府君當為北斗君❷，明年七月。」復有一案，四封文書，云：「陳康為主簿❸。」

　　覺後，適康至，曰：「今當來謁❹！」攸聞益懼❺，問，康曰：「我作道師，死不過作社公；今日得北斗主簿，余為忝矣❻！」

　　明年七月，二人同日死。

四川博物院，拜謁。書案，六足硯分置兩側。主人戴冠坐於席上，和藹地伸出手來致意。謁者手持名刺，恭敬拜跪行禮。廣漢市磚廠徵集。

【注釋】

❶　許攸：人名。　烏衣吏：卒吏。穿黑色衣服的低階吏員。　奉：恭敬地捧著，拿著。　漆案：用漆塗飾的小書案、奏案。古時致送文書，置於小書案上，從吏奉案入，可於書案上批閱文書·

❷　府君：漢魏時太守自辟僚屬如公府，因尊稱太守為府君。　北斗君：即北斗星君，為道教的重要天神之一，負責死亡之事；所謂「南斗註生，北斗註死。」北斗原是由七顆恆星在北天排列成斗形的星群。屬大熊星座。

❸　陳康：人名。　主簿：官名。掌管文書、簿籍和印鑑之官。
❹　覺：睡醒。　適：剛好。　當：應該。　謁：晉見。
❺　益：副詞。更，愈加。
❻　道師：方士，有道術的人。　社公：土地之神。　忝：音ㄊㄧㄢˇ；tiǎn。有愧
　　於。自謙能力不夠，愧居某職之詞。

翻譯：

　　許攸夢見一個穿著黑衣的吏員捧著用漆塗飾的書案，書案上有六封文
書，他拜跪許攸，說：「府君大人您將擔任北斗星君。任期自明年七月
起。」這個烏衣吏還有另一個書案，上面放著四封文書，說：「陳康擔任主
簿。」

　　許攸醒來後，恰好陳康來訪，陳康說：「今天我應該來晉見您啊！」許
攸聽了更覺得害怕，詢問陳康來訪的原因。陳康說：「我是個道士，照理
說，死後也不過就是當個土地公罷了；如今竟然可以做到北斗星君的主簿，
我為之慚愧啊！」

　　明年七月，兩個人在同一天死去。

十、血和米蟲的預警　　東晉・干寶：《搜神記》卷九

　　東陽劉寵，字道和，居於湖熟❶。每夜，門庭自有血數升，不
知所從來。如此三四❷。

　　後寵為折衝將軍，見遣北征❸。將行，而炊飯盡變為蟲。其家
人蒸炒，亦變為蟲。其火愈猛，其蟲愈壯❹。

　　寵遂北征。軍敗於檀丘，為徐龕所殺❺。

【注釋】

❶　東陽：郡名。在今浙江省境內。　劉寵：人名。《晉書》作留寵，公元？至320年
　　在世。為徐州刺史蔡豹麾下之將軍，於徐龕謀反時，力戰而死。事見《晉書・蔡豹

傳》。　湖熟：縣名。在今江蘇省南京市。

❷　門庭：門前的空地。　自：副詞。用於加強判斷語氣或確認事實。　升：容量單位。相當於今二百公撮。　三四：多次。

❸　折衝將軍：官名。衝，戰車的一種。折衝謂使敵人的戰車後撤。　見遣：被派遣。見：助動詞。表示他人行為及於己。

❹　炒：《太平御覽》作「㷶」。當作「糝」，飯粒。　壯：長大。

❺　檀丘：地名。在今山東省平邑縣。徐州刺史蔡豹退守時，徐龕乘虛進入檀丘，搶得其軍備，蔡豹麾下的將軍劉寵在此戰死。　徐龕：人名。公元？至 322 年在世。東晉元帝時任泰山郡太守，元帝太興二年（公元 319 年）興兵謀反，史稱徐龕之亂，事繫《晉書·蔡豹傳》。

翻譯：

　　東陽郡人劉寵，字道和，住在湖熟縣。每天晚上，他家的門庭就會有大量的血，也不知道這些血究竟來自何處？這樣的情況出現了好多次。

　　後來劉寵擔任折衝將軍，被派往北方征討叛軍。軍隊啟程之前，炊飯全部變成了蟲，他家的人在蒸飯時，飯粒也全都化為蟲；而且火勢愈猛，蟲就長得愈大！

　　劉寵率軍北征時，軍隊敗於檀丘，他被徐龕殺害。

十一、眼睛會動的死人頭　　南朝 宋·劉義慶：《幽明錄》
卷五

　　新野庾謹母病，兄弟三人悉在侍疾❶，忽聞牀前狗鬥聲非常❷。舉家共視，了不見狗，只見一死人頭在地，猶有血，兩眼尚動❸。

　　其家怖懼，夜持出於後園中埋之。明旦視之，出在土上，兩眼猶爾❹。即又埋之，後旦已復出❺。乃以磚著頭，令埋之，不復出❻。

後數日，其母遂亡。

【注釋】

❶ 新野：郡名。在今河南省境內。　庾謹：人名。　悉：全，都。　侍疾：陪從在尊長身旁以照料其病體。

❷ 非常：不尋常。

❸ 舉家：全家。　共視：一同查看。　了不：「了」與「不」構成完全否定，表示完全沒有。

❹ 猶爾：仍然如此。此指雙眼轉動的情形。

❺ 即：副詞。便，立刻。　且：天明，早晨。　復：副詞。表示行動的繼續。　出：由內而外冒出。

❻ 著：音ㄓㄨㄛˊ；zhuó。附著。放於其上。　不復：不。復為音節助詞。

翻譯：

　　新野郡人庾謹的母親生病了，他們兄弟三人全都在病榻前照料著她。突然，聽到牀前有怪異的狗群打鬥聲。全家人一起查視，完全不見有狗，只看到一顆死人頭在地上，還有血，兩眼仍在動。

　　他家非常害怕，連夜將這顆頭拿到後園子中埋掉。明天早上查看時，頭冒出地面了，兩眼也依然在動。他們立刻又掩埋它，後天早上去看，頭已經冒出土了。於是用磚塊壓住死人頭，掩埋好它，那顆頭就沒出來了。

　　過後幾天，他們的母親就死了。

十二、死神上門了　　東晉・陶潛：《搜神後記》卷七

　　宋永初三年，謝南康家婢行，逢一黑狗，語婢云：「汝看我背後❶。」婢舉頭，見一人長三尺，有兩頭❷。婢驚怖返走，人、狗亦隨婢後至家庭中，舉家避走❸。

　　婢問狗：「汝來何為？」狗云：「欲乞食爾！」於是婢為設

食❹。並食，食訖❺，兩頭人出，婢因謂狗曰：「人已去矣。」狗曰：「正巳復來。」良久乃沒。不知所在。後，家人死喪殆盡❻。

【注釋】

❶　宋：朝代名。南朝之一。劉裕建立，自公元420至479年。　永初：年號。南朝宋武帝劉裕的年號。自公元420至422年。　謝南康：人名。謝晷，生卒年不詳，約是東晉至南朝宋時在世。襲封南康郡公，故稱謝南康。　家婢：家中的女僕。行：外出。　逢：遇到。　語：音ㄩˋ；yù。告訴。

❷　舉頭：抬頭。　三尺：約六十六公分高。尺：當時的一尺相當於現今二十二公分。

❸　返走：跑回去。　庭：堂前之地。　舉家：全家。

❹　乞食：向人求食。　爾：語氣詞。相當於「而已」、「罷了」。　設食：準備飲食。設：具饌。

❺　並食：一同進食。　訖：音ㄑㄧˋ；qì。完畢，終了。

❻　正巳復來：準巳時再來。正：副詞。巳：上午九點到十一點。　沒：音ㄇㄛˋ；mò。消失，隱沒。　殆盡：幾乎竭盡。幾乎沒了。

翻譯：

　　宋代武帝永初三年，謝南康家的婢女外出，遇到一隻黑狗，黑狗對婢女說：「你看一下我的背後！」婢女抬起頭，看見一個人，高約三尺，有兩顆頭。婢女驚慌地跑回家去，兩頭人和黑狗也跟在婢女後面來到了謝家的庭院中，全家人都嚇得跑去躲起來。

　　婢女問黑狗：「你來幹什麼？」黑狗說：「我只是要來討些吃的！」於是婢女為牠準備食物。黑狗和兩頭人一起吃著，吃完後，兩頭人出去了，婢女便對黑狗說：「那個人已經走了。」黑狗說：「準巳時會再來。」過了許久，黑狗消失了，不知去向。之後，謝家人幾乎死光了。

十三、限期報到　東晉‧戴祚：《甄異傳》

　　長沙王思規，為海鹽令❶。忽見一吏，思規問：「是誰？」吏

云：「命召君為主簿。」因出板置牀前❷。吏又曰：「期限長，遠在十月。若不信我，到七月十五日日中時視天上，當有所見❸。」

　　思規敕家人至期看天，聞有哭聲，空中見人垂旐羅列，狀如送葬❹。

【注釋】

❶　長沙：郡名。在今湖南省全境。　海鹽：縣名。在今浙江省嘉興市。

❷　吏：小吏。低階官職的屬吏。　主簿：官名。負責文書簿籍，掌管印鑑，為掾吏之首。　板：晉法，召王公以下用一尺板。古時帝王詔書或官府的文件、記錄都寫刻在板上，故稱板。　牀：低矮長寬的坐臥家具。較坐榻規格為高。

❸　當：表示肯定或推斷。必定。

❹　敕：音彳ˋ，chì。告訴，命令。　哭聲：哭喪的聲音，專用於凶喪場合。　旐：音ㄓㄠˋ；zhào。魂幡。出喪時為棺柩引路的長條旗子。

翻譯：

　　長沙郡人王思規擔任海鹽縣縣令，忽然見到一位吏員。思規問他：「你是誰？」吏員說：「奉命徵召您擔任主簿。」接著出示派令板，放置在他的牀榻前。吏員說：「期限很長，遠在十月。您若不相信我，就在七月十五日中午時察視天上，必定有所發現。」

　　思規交代家人要如期查看天象。當天，他們聽到有哭喪的聲音，空中看似有人在垂掛的招魂旗後面排列成群，樣子像是在送葬。

※ 問題與討論

1. 你願意在死亡之前收到死訊通知嗎？事先獲悉死期是否較能坦然接受命運的安排？試設想說明之。

2. 臨牀心理學指出人在面對自己將死的心理反應過程可分為五個階段，依序是震驚、憤怒、交涉、沮喪、接受。請指出本篇故事有哪些情節反映上述

的心理狀態。

3.杜撰一則死亡信差來人間接引死者的溫馨故事，採取當事人的敘述立場進行敘事。

4.閱讀清代蒲松齡《聊齋誌異》的〈頭滾〉，比較它與〈眼睛會動的死人頭〉在閱讀趣味與主旨大義上的異同。

四川博物院，東漢墓浮雕石門，上部為怪獸銜環（鋪首），下部為門卒。

附錄一：篇目索引

年代	作者	書名	卷次	篇目與舊題索引
魏	曹丕（187-226）	《列異傳》		一之二〈談生〉、一之十一〈北海道人〉、二之二十三〈鯉魚婦〉、十一之十六〈魯少千〉、十三之九〈公孫達〉、十五之十四〈蔡支〉
西晉	張華（232-300）	《博物志》	卷三	五之一〈猴玃〉
			卷十	四之四〈八月槎〉、十四之一〈天門郡仙谷〉
西晉	陸氏（？-？）	《異林》		一之九〈鍾繇〉
西晉	郭璞（276-324）	《玄中記》		六之三〈姑獲鳥〉
晉	孔約（？-？）	《志怪》		二之一〈謝宗〉
晉	荀氏（？-？）	《靈鬼志》		七之十三〈嵇康〉、七之十七〈周子長〉
東晉	干寶（？-336）	《搜神記》	卷一	三之八〈于吉〉、六之一〈董永〉、六之四〈弦超與知瓊〉、九之七〈介琰〉、九之十〈徐光〉
			卷二	九之四〈天竺胡人〉、十之十一〈夏侯弘〉、十一之七〈壽光侯〉、十六之八〈邊洪〉
			卷三	十之三〈華佗〉、十之四〈管輅〉、十一之三〈韓友〉
			卷四	四之六〈胡母班〉
			卷五	七之十四〈丁新婦〉、十之八〈趙公明參佐〉、十二之五〈蔣侯

				相助〉、十六之二〈周式〉
			卷八	四之五〈熒惑星〉
			卷九	十六之三〈諸葛恪〉、十六之四〈庾亮〉、十六之五〈公孫淵〉、十六之十〈劉寵〉
			卷十	十六之七〈謝郭同夢〉
			卷十一	十之二〈顏含〉、十一之十四〈葛祚〉、十二之二〈賈雍〉、十二之三〈諒輔〉、十二之六〈干將莫邪〉、十二之八〈東海孝婦〉、十三之四〈范式與張劭〉
			卷十二	五之五〈貙虎化人〉、九之三〈落頭民〉、十之九〈犬蠱〉
			卷十四	四之八〈嫦娥〉、五之九〈盤瓠〉、五之十二〈宋士宗母化鼈〉、九之十一〈少女化蠶〉
			卷十五	一之七〈賈偶〉、一之八〈河間郡男女〉、十五之七〈顏畿〉、十五之八〈李娥〉、十五之九〈柳榮〉
			卷十六	一之六〈紫玉〉、三之七〈蘇娥〉、七之二〈楊度〉、七之四〈宋定伯〉、七之八〈秦巨伯〉、七之九〈施續〉、十二之四〈溫序〉、十三之二〈文穎〉、十三之三〈蔣濟亡兒〉、十四之七〈西門亭〉
			卷十七	十之一〈秦瞻〉、十三之六〈費季〉、十四之八〈倪彥思家鬼〉
			卷十八	二之六〈豬臂金鈴〉、二之八〈田琰〉、二之九〈阿紫〉、十一之一〈湯應〉、十一之二〈安陽亭書生〉、十一之四〈宋大賢〉

東晉	戴祚（？-？）	《甄異傳》		一之一〈秦樹〉、二之三〈楊醜奴〉、七之十八〈夏侯文規〉、七之二十〈司馬義妾〉、七之二十一〈張闔〉、十六之十三〈王思規〉
南朝	無名氏	《神鬼傳》		十四之十三〈曲阿廟〉
南朝	無名氏	《續異記》		二之四〈朱法公〉、二之十一〈徐邈〉
南朝·宋	郭季產（？-？）	《集異記》		十一之十二〈劉玄與枕頭怪〉
南朝·宋	虞通之（？-？）	《妒記》		八之十二〈妒婦〉
南朝·宋	劉義慶（403-444）	《幽明錄》	卷一	四之二〈劉晨與阮肇〉
			卷二	七之七〈庾崇〉、八之七〈華隆犬〉、九之二〈士人甲〉、十之十二〈蔡謨〉、十二之一〈彭娥〉、十五之十三〈干慶〉
			卷三	二之十四〈淳于矜〉、八之五〈參軍鸜鵒〉、十一之十一〈終祚道人〉、十三之一〈託夢認屍〉、十三之七〈何參軍〉、十五之五〈王某復生〉、十五之十〈故鄣縣老翁〉
			卷四	二之二十二〈呂球〉、七之十〈虞敬〉、九之一〈賈弼〉、十之五〈庾宏奴無患〉、十五之四〈索盧貞〉、十六之六〈王矩〉
			卷五	二之十六〈薛重〉、九之八〈石氏女〉、十一之八〈張春〉、十一之十〈鼠怪〉、十四之三〈張縫家鬼〉、十四之四〈自絞之屋〉、十五之二〈賣胡粉女〉、十六之九〈許攸〉、十六之十一〈庾謹〉
			卷六	二之七〈鐘道〉、二之二十〈朱

北朝‧齊	顏之推（531-595）	《冤魂志》		三之一〈張稗〉、三之二〈諸葛元崇〉、三之三〈夏侯玄〉、三之四〈呂慶祖〉、三之五〈孫元弼〉、三之六〈太樂伎〉、三之九〈劉毅〉、三之十〈寇祖仁〉、三之十一〈羊道生〉、三之十二〈含玄〉、三之十三〈支法存〉、三之十四〈經曠〉、三之十五〈王濟婢〉、三之十六〈江陵士大夫〉、三之十七〈弘氏〉、十四之十一〈徐鐵臼〉
	無名氏（?-?）	《旌異記》		十二之十〈孫敬德〉
	無名氏（?-?）	《雜鬼神志怪》		十四之九〈劉興道〉
	無名氏（?-?）	《志怪》		七之一〈顧邵〉、七之十一〈張禹〉
	無名氏（?-?）	《錄異傳》		十之十五〈宏老〉
	無名氏（?-?）	《稽神異苑》		二之十三〈白魚江郎〉

附錄二：參考文獻

一、古籍

《三國志》，台北：台灣商務印書館（百納本二十四史），1988 年。

《北齊書》，台北：鼎文書局，1987 年。

《呂氏春秋》，台北：台灣中華書局據畢氏靈巖山館校本校刊《四部備
　　　要》。

《周書》，台北：鼎文書局，1987 年。

《尚書》，台北：藝文印書館，《十三經注疏》。

《南史》，台北：鼎文書局，1985 年。

《後漢書》，台北：台灣商務印書館（百納本二十四史），1988 年。

《晉書》，台北：台灣商務印書館（百納本二十四史），1988 年。

《漢書》，台北：藝文印書館（二十五史），未著出版年。

《魏書》，台北：鼎文書局，1975 年。

〔魏〕曹丕等撰，鄭學弢校注：《列異傳等五種》，北京：文化藝術出版
　　　社，1988 年。

〔晉〕干寶著，黃滌明譯注：《搜神記全譯》，貴陽：貴州人民出版社，
　　　1991 年。

〔晉〕干寶撰，汪紹楹校注：《搜神記》，台北：里仁書局，1999 年。

〔晉〕干寶撰：《搜神記》，上海：幽光社，幽光社藏板，1911 年。

〔晉〕王嘉撰：《拾遺記》，台北：藝文印書館，原刻景印百部叢書集成‧
　　　古今逸史，1965 年。

〔晉〕宗懍撰：《荊楚歲時記》，台北：台灣中華書局，據漢魏叢書本校
　　　勘，1969 年。

〔晉〕陶潛撰：《搜神後記》，台北：藝文印書館，原刻景印百部叢書集成・學津討原本，1965 年。

〔劉宋〕劉義慶著，鄭晚晴輯注：《幽明錄》，北京：文化藝術出版社，1988 年。

〔北魏〕楊衒之撰：《洛陽伽藍記》，台北：四部叢刊影印明如隱堂本。

〔蕭梁〕吳均撰：《續齊諧記》，台北：藝文印書館，原刻景印百部叢書集成・古今逸史，1965 年。

〔北齊〕顏之推撰：《還冤志》，台北：藝文印書館，原刻景印百部叢書集成・寶顏堂本，1965 年。

〔明〕李時珍撰：《本草綱目》，國學名著珍本彙刊，醫學彙刊之一，台北：鼎文書局，1973 年。

二、近人論著

王國良著：《冥祥記研究》，台北：文史哲出版社，1999 年。

方一新著：《東漢魏晉南北朝史書詞語箋釋》，合肥：黃山書社，1997 年。

白雲霽著：《正統道藏》，台北：新文豐出版公司，1977 年。

石昌渝著：《中國小說源流論》，北京：三聯書店，1994 年。

朱慶之著：《佛典與中古漢語詞彙研究》，台北：文津出版社，1992 年。

江藍生著：《魏晉南北朝小說詞語匯釋》，北京：語文出版社，1988 年。

吳同瑞、王文寶、段寶林編：《中國俗文學概論》，北京：北京大學出版社，1997 年。

李劍國輯釋：《唐前志怪小說輯釋》，台北：文史哲出版社，1995 年。

周俊勛著：《魏晉南北朝志怪小說詞彙研究》，成都：巴蜀書社，2006 年。

苟波著：《仙境　仙人　仙夢——中國古代小說的道教理想主義》，成都：巴蜀書社，2008 年。

孫機著：《漢代物質文化資料圖說》，上海：上海古籍出版社，2014 年。

張承宗、魏向東著：《中國風俗通史》，上海：上海文藝出版社，2001 年。

張振德、宋子然、苗永川、袁雪梅合著：《世說新語語言研究》，成都：巴蜀書社，1995 年。

張晉藩著：《中國古代法律制度》，北京：中國廣播電視出版社，1992年。

張萬起編：《世說新語詞典》，北京：商務印書館，1993 年。

梁麗玲著：《漢譯佛典動物故事研究》，台北：文津出版社，2010 年。

陳勝崑著：《中國疾病史》，台北：自然科學文化事業公司，1981 年。

黃勇著：《道教筆記小說研究》，成都：四川大學出版社，2007 年。

趙益著：《六朝南方神仙道教與文學》，上海：上海世紀出版公司，2006年。

劉仲宇著：《中國精怪文化》，上海：上海人民出版社，1997 年。

劉伯驥著：《中國醫學史》，台北：中華學術院，1974 年。

劉苑如著：《身體‧性別‧階級──六朝志怪的常異論述與小說美學》，台北：中央研究院中國文哲研究所，2002 年。

劉達臨編著：《中國古代性文化》，銀川：寧夏人民出版社，1993 年。

鄧雲特著：《中國救荒史》，台北：台灣商務印書館，1966 年。

魯迅編：《中國古小說鉤沉》，台北：盤庚出版社，1978 年。

謝明勳著：《六朝志怪小說研究述論：回顧與論釋》，台北：里仁書局，2011 年。

羅宗真、王志高著：《六朝文物》，南京：南京出版社，2004 年。

〔日〕多田克己著，歐凱寧譯：《日本神妖博物誌》，台北：商周文化事業公司，2009 年。

〔加〕諾思羅普‧弗萊著，陳慧、袁憲軍、吳偉仁譯：《批評的剖析》，天津：百花文藝出版社，1998 年。

〔法〕列維‧史特勞斯（Claude Levi Strauss）著，渠東譯：《圖騰制度》，上海：上海人民出版社，2007 年。

〔美〕丁‧希利斯‧米勒著，申丹譯：《解讀故事》，北京：北京大學出版社，2004 年。

〔美〕威廉・詹姆斯著，蔡怡佳、劉宏信譯：《宗教經驗之種種》，台北：
　　立緒文化事業有限公司，2011 年。

〔英〕李約瑟（Joseph Needham）著，陳立夫主譯：《中國之科學與文
　　明》，台北：台灣商務印書館，1975 年。

〔英〕哈夫洛克・藹理士（Havelock Ellis）著，潘光旦譯：《性心理學》，
　　台北：左岸文化出版社，2002 年。

〔英〕愛德華・泰勒著，連樹生譯、謝繼勝等校：《原始文化》，上海：上
　　海文藝出版社，1992 年。

〔德〕馬克思・韋伯著，康樂、簡惠美譯：《韋伯作品集，經濟行動與社會
　　團體》，桂林：廣西師範大學出版社，2004 年。

〔德〕馬克斯・韋伯著，李強譯：《經濟、諸社會領域及權力》，北京：三
　　聯書店，1998 年。

〔德〕馬克斯・韋伯著、王若芬譯：《儒教與道教》（*Konfuziamismus und
　　Taoismus*），北京：商務印書館，1997 年。

Benjamin Beit-Hallahmi & Michael Argyle, "*The Psychology of Religious
　　Behaviour, Belief & Experience*", (Routledge U.S.A. N.Y. 1997).

後　記

　　終於把再版的勘誤本寄出了，滿紙不是荒唐言，但自己看到滿紙的錯誤，也覺得荒唐，只能告訴自己，過則勿憚改！也真是汗顏，自己對讀書寫字向來認真仔細，初版的注釋翻譯，並不馬虎將就，也是切磋琢磨，怎麼就是疏漏百出，蟬聯不絕。我不覺驚心是否我的為人處世亦復如此，自以為是，自以為可，其實有太多的不是和不可；然而，這些年來的言行色貌終究已經出刊表態，要不回來了。真希望也能像修訂本一樣，讓我有機會面對面地面對自己那些無知的，無心的，許許多多的疏失，或至少可以奉上「才短能薄，闕誤必多」的婉曲按語也好……這樣一想，對於校誤本滿紙的紅字，差可轉憂為喜，至少是有個機會正誤，也可以確實地好好補過。

　　我之所以對魏晉南北朝志怪進行編輯，注釋，翻譯，主要是因為《世說新語》的緣故。在六朝小說的版圖內，志人小說以《世說新語》為經典，志怪小說則以《搜神記》為大宗。我剛回到母校中興大學任教時，開設了《世說新語》專業科目，日夜間部選修人數達兩百人之多，年輕學生喜歡率性任情，放達不羈，才膽器識不凡的魏晉名士；初次與他們千載相逢，總是對竹林七賢惺惺相惜，對《世說新語》則產生幽默有趣的作品印象，因此課堂上也擬枕流漱石，心嚮往之。我之後的學術研究也是以《世說新語》為主，直到 2000 年參加中央研究院文哲所舉辦的「空間、地域與文化研討會——中國文化空間的書寫與闡釋」，當時為了撰寫論文〈虛擬實境中的生命諦視——談魏晉文學中的臨界空間經驗〉才正式拜讀東晉‧干寶的《搜神記》。論文寫作完畢後，我熱烈地想要把志怪小說介紹給學生認識，我想若能開設「魏晉南北朝志怪小說」，那麼在課程的分配上，六朝小說就能夠兼有志人小說與志怪小說兩大畛域；就閱讀接受而言，也堪稱「雅俗共賞」了，因為

在文化屬性上，《世說新語》是士文化，高雅文學；《搜神記》是民間文化，通俗文學。

　　為了教學之利，我設計了十六個單元主題來安排課綱，除了能讓同學執簡御繁外，也能彙輯不同作家對相同主題的發揮和表現；這就是本書最初編輯架構的由來。由於坊間適合教材的尋求不易，所以我著手進行較為詳細的注釋，以利學生有疑時能據以解惑；又為了讓學生更迅速便利地掌握更多的故事，我也字斟句酌地作翻譯。此外，講解各個主題前需要有個啟發性，說明所以然的談話，以便引導年輕學生參悟故事的發生緣由與其深層意蘊，所以每篇有揭幕式的前言，以激活享年千歲的古典故事之現代意味。作業設計與問題討論則是一種反饋式的文化實習，兼顧文藝創作，口說表達，田野調查。有身在此地的本土文化關懷，也有與域外洋文化作一觀摩比較；綴於每個主題之後，寓教於樂，不妨一試。於是乎，日積月累，因章成篇，終於而有本書的誕生，再版的問世。

　　「魏晉南北朝志怪選」最初是在進修部開設，每週三晚上八點到十點在綜合大樓的 109 教室上課。由於當時選課人數有近百人之多，教室內的座位不敷使用，因此每到上課前，108 教室有半數的桌椅都踴躍搬到了 109 教室。冬夜，綜合大樓外一片冷清，暗淡路燈下，榕樹顧影自憐；教室內，濟濟一堂，燈火通明，魏晉南北朝那些光怪陸離的子不語事件，詭異荒謬得令人啞然失笑，悲喜交集得令人掩卷嘆息，徒呼奈何！九點五十五分下課鐘響，桌椅復原，教室前後熄燈，師生相視道別之後，魚貫地走進黑夜，由聚而散，回到來時的不同路上。

　　數年過後的今天，我之所以再想起這些教學點滴，不在於緬懷那一片向學的熱誠，而是認真地思索古典文學的現代意義！不錯，它們確實是從久遠的歷史姍姍走來，然而，它們真的已默默地走進了歷史嗎？我想未必。作為選修課程的《世說新語》和志怪小說之所以能讓這麼多年輕的學生盛情以對，並非是我執教的緣故，而是小說中豐富活潑的故事性，情感性，趣味性，生命性。當年由於選課人數過多，教室空間有限，因此採用加簽的方式控制加選的人數，只有高年級應屆畢業生才同意加簽。記得一位大三的同學

被我「曉以大義」勸退，請他大四或大五再來修，他爭取不得之後，長吁短嘆地離開講桌，我說，老師明年還會再開課啦。他還是有點氣，沉悶的步履表達了他的失望。下學年開學我再遇到他，我還沒開口，他就悻悻然跟我說，志怪跟必修課衝堂，他不能修了啦！他大五時，我休假去杜賓根，休假回來後，因為夜間上課與家庭作息有違，我就不再於進修部開課，當年的承諾奈何付諸東風。我的心中總是記掛著那位沒有選到課的同學對我的不諒解，他的眼神好像我是一個負心人，蹉跎了相遇的良機，無視於他的一片好學芳心……連我自己也覺得確實有愧於他。

　　什麼東西都留不下來，除了作為精神蹤跡的文字之外，這是詮釋學學者加達默爾的體悟，我想也是。對於那些年這些年沒有選上這門課的同學，老師就用這本書言說我要言說而不及在課堂上面對面對同學言說的話語吧！雖然文字是無聲的，但他們常在，不限上課時段與教室地點，想讀書就翻閱扉頁，打開書本，啟動閱讀開關，故事中的人物短劇自然從容上映，老師的書面講解也近在目前，娓娓道來。希望，我們真的能夠再在一起讀書。

尤雅姿　2014 年 9 月 1 日

國家圖書館出版品預行編目資料

魏晉南北朝志怪選

尤雅姿注譯. – 三版. – 臺北市：臺灣學生，2021.10
面；公分

ISBN 978-957-15-1820-6 (平裝)

857.23   108015678

魏晉南北朝志怪選

注　譯　者　尤雅姿
出　版　者　臺灣學生書局有限公司
發　行　人　楊雲龍
發　行　所　臺灣學生書局有限公司
地　　　址　臺北市和平東路一段 75 巷 11 號
劃　撥　帳　號　00024668
電　　　話　(02)23928185
傳　　　眞　(02)23928105
E-mail　student.book@msa.hinet.net
網　　　址　www.studentbook.com.tw
登記證字號　行政院新聞局局版北市業字第玖捌壹號
定　　　價　新臺幣七○○元

二○一一年十一月初版
二○二一年十月三版